一千零一夜

纳 训 译

人民文学出版社

目　次

国王赭理尔德和太子瓦尔德·汗的故事 ……………………… *1*

国王赭理尔德和宰相闪摩肃 ……………………… *1*

国王赭理尔德和圆梦者 ……………………… *3*

猫和老鼠的故事 ……………………… *4*

修行者和奶油罐的故事 ……………………… *7*

宰相闪摩肃向国王致贺词 ……………………… *10*

鱼和蟹的故事 ……………………… *11*

第二个大臣祝贺国王 ……………………… *12*

乌鸦和蛇的故事 ……………………… *13*

第三个大臣祝贺国王 ……………………… *14*

狐狸和野驴的故事 ……………………… *15*

第四个大臣祝贺国王 ……………………… *17*

云游王子的故事 ……………………… *17*

第五个大臣祝贺国王 ……………………… *19*

乌鸦的故事 ……………………… *20*

第六个大臣祝贺国王 ……………………… *21*

耍蛇者和妻室儿女的故事 ……………………… *22*

第七个大臣祝贺国王 ……………………… *24*

蜘蛛和暴风的故事 ……………………… *25*

太子瓦尔德·汗努力攻读 ……………………… *26*

太子瓦尔德·汗回答宰相提出的问题 ……………………………… 28

两个国王的故事 ……………………………………… 30

瞎子瘫子和果园主人的故事 ……………………… 33

猎人和狮子的故事 ……………………………… 37

宰相闪摩肃回答太子瓦尔德·汗的疑问 ………………… 42

太子瓦尔德·汗回答学者提出的问题 ……………… 49

国王赭理尔德寿终正寝 …………………………………… 50

新王沉湎于酒色中 ………………………………………… 52

宰相闪摩肃进谏国王 ……………………………………… 54

渔人的故事 ………………………………………… 55

宠妃阻止国王接见臣民 …………………………………… 56

小孩和匪徒的故事 ………………………………… 57

宰相闪摩肃第二次进谏国王 ……………………………… 58

男人和其妻的故事 ………………………………… 60

宠妃阻止国王接见僚属 …………………………………… 61

商人和匪徒的故事 ………………………………… 62

宰相第三次进谏国王 ……………………………………… 63

狐狸和狼的故事 …………………………………… 65

宠妃阻止国王接见僚属 …………………………………… 67

牧人和恶棍的故事 ………………………………… 68

国王同宠妃商量解围的办法 ……………………………… 69

国王同卫兵商量屠杀朝臣的办法 ………………………… 71

国王命令卫兵屠杀属吏 …………………………………… 72

国王瓦尔德·汗受到邻国的威胁 ………………………… 72

国王瓦尔德·汗向宠妃求教 ……………………………… 74

松鸡和乌龟的故事 ………………………………… 75

国王瓦尔德·汗乔装出访 ………………………………… 77

国王瓦尔德·汗向闪摩肃的儿子求教 …………………… 80

闪摩肃之子教国王怎样对付信使 …………………… 81

国王瓦尔德·汗给印地艾格萨国王回信 …………… 83

印地艾格萨国王收到复信 …………………………… 85

印地艾格萨国王商讨应付瓦尔德·汗的办法 ……… 86

国王瓦尔德·汗拜闪摩肃之子为相 ………………… 88

宰相规劝国王瓦尔德·汗 …………………………… 89

国王瓦尔德·汗重建社稷 …………………………… 93

国王同朝臣商讨惩罚妃嫔的办法 …………………… 94

洗染匠和理发师的故事 ……………………………… 96

艾比·凯尔和艾比·绥尔 …………………………… 96

艾比·凯尔和艾比·绥尔在旅途中 ………………… 99

在旅店中 ……………………………………………… 102

艾比·凯尔觐见国王 ………………………………… 103

国王替艾比·凯尔建筑染坊 ………………………… 105

艾比·绥尔恢复健康 ………………………………… 106

艾比·绥尔去艾比·凯尔的染坊 …………………… 107

艾比·凯尔打骂、驱逐艾比·绥尔 ………………… 108

艾比·绥尔觐见国王,请求建筑澡堂 ……………… 109

国王上澡堂洗澡,感到快乐兴奋 …………………… 110

国王和朝臣赏赐艾比·绥尔 ………………………… 111

王后、船长和普通人去澡堂中洗澡 ………………… 113

艾比·凯尔上澡堂去洗澡及其阴谋 ………………… 114

艾比·凯尔在国王面前谗害艾比·绥尔 …………… 116

国王命船长淹死艾比·绥尔,艾比·绥尔获救 …… 117

艾比·绥尔打鱼,获得国王的宝石戒指 …………… 119

船长对艾比·绥尔解说戒指的特性 ………………… 120

艾比·绥尔带宝石戒指觐见国王 …………………… 121

艾比·绥尔揭穿艾比·凯尔的阴谋 ………………… 122

国王生艾比·凯尔的气 ···················· *123*

渔夫和雄人鱼的故事 ···················· *126*

渔夫和卖面饼的阿卜杜拉 ···················· *126*

渔夫和雄人鱼 ···················· *130*

渔夫和珠宝商的头目人 ···················· *133*

渔夫和国王 ···················· *135*

国王拜卖面饼的阿卜杜拉为相 ···················· *136*

渔夫随雄人鱼去海中旅行 ···················· *138*

渔夫去雄人鱼家中做客 ···················· *143*

渔夫受到国王的优待 ···················· *146*

雄人鱼同渔夫绝交 ···················· *147*

哈里发何鲁纳·拉施德和艾布·哈桑的故事 ···················· *150*

伊补拉欣和赭米莱的故事 ···················· *170*

伊补拉欣悄然做巴格达之行 ···················· *170*

伊补拉欣寄宿在艾布·高西睦·桑德辽涅家中 ···················· *172*

伊补拉欣旅行到巴士拉 ···················· *175*

伊补拉欣和旅舍中的老门房 ···················· *176*

伊补拉欣和裁缝 ···················· *178*

伊补拉欣和花园管理人 ···················· *181*

伊补拉欣看见赭米莱 ···················· *185*

赭米莱同伊补拉欣见面 ···················· *187*

伊补拉欣和赭米莱同船去巴格达 ···················· *189*

伊补拉欣罹难 ···················· *191*

伊补拉欣脱险 ···················· *192*

艾布·哈桑·阿里和佘赭勒图·顿鲁的故事 ···················· *196*

陕麦伦·宰曼的故事 ···················· *216*

陕麦伦·宰曼和卡凯本·萨巴哈 ···················· *216*

陕麦伦·宰曼和苦行者 ···················· *218*

4

陔麦伦·宰曼听苦行者谈巴士拉女郎的故事 ················ 220

陔麦伦·宰曼去巴士拉旅行 ·························· 222

陔麦伦·宰曼结识理发匠,并向他打听女郎的消息 ······ 224

陔麦伦·宰曼去理发匠家中听产婆讲女郎的故事 ········ 225

产婆教陔麦伦·宰曼怎样追求女郎 ·················· 227

尔彼督的老婆教陔麦伦·宰曼怎样愚弄她丈夫 233

陔麦伦·宰曼带尔彼督的老婆逃往埃及 ·············· 244

陔麦伦·宰曼谈小娘子的来历 ······················ 246

尔补顿·拉候曼替儿子求婚 ························ 247

尔彼督跟踪追到埃及 ······························ 248

尔彼督来埃及的原因 ······························ 248

尔彼督的财物被劫 ································ 250

尔彼督在陔麦伦·宰曼家中 ························ 250

陔麦伦·宰曼父子安慰尔彼督 ···················· 252

尔补顿·拉候曼试验尔彼督 ························ 253

尔彼督杀死妻子和女仆 ···························· 255

尔补顿·拉候曼选尔彼督为女婿 ·················· 256

尔彼督回巴士拉 ·································· 257

卡凯本·萨巴哈回娘家去 ·························· 258

阿卜杜拉·法狄勒和两个哥哥的故事 260

艾布·伊斯哈格发现阿卜杜拉的秘密 ·············· 261

阿卜杜拉奉召进京 ································ 264

哈里发查问两条狗的来历 ························ 266

阿卜杜拉叙述两条狗的来历 ······················ 267

　城市的遭遇和变迁 ···························· 278

哈里发伸出援救之手 ···························· 290

阿卜杜拉和狗同食同寝 ·························· 291

阿卜杜拉和萨伊黛再次见面 ······················ 292

萨伊黛聆听红王的教导 …………………………… 294

萨伊黛告诫阿卜杜拉并解救他的两个哥哥 ………… 295

阿卜杜拉带两个哥哥谒见哈里发 …………………… 296

阿卜杜拉优待两个哥哥 ……………………………… 298

纳绥尔和曼稣尔的阴谋诡计 ………………………… 300

阿卜杜拉惨遭谋杀 …………………………………… 302

阿卜杜拉同他的未婚妻不期而遇 …………………… 303

纳绥尔和曼稣尔身受绞刑 …………………………… 305

补鞋匠马尔鲁夫的故事 ………………………………… 307

马尔鲁夫和妻子的生活 ……………………………… 307

马尔鲁夫被巨神带往山中并流浪到异乡 …………… 312

马尔鲁夫和同乡邂逅 ………………………………… 313

马尔鲁夫解释离乡背井的原因 ……………………… 314

阿里教马尔鲁夫怎样骗人 …………………………… 316

商人们向国王控告马尔鲁夫 ………………………… 319

国王召见马尔鲁夫 …………………………………… 323

国王派宰相当说客选马尔鲁夫为驸马 ……………… 324

国王把女儿嫁给马尔鲁夫 …………………………… 325

宰相教国王和公主怎样识别马尔鲁夫的底细 ……… 327

马尔鲁夫向妻子吐露真情 …………………………… 330

公主教马尔鲁夫怎样逃避罪责 ……………………… 331

马尔鲁夫出走 ………………………………………… 333

马尔鲁夫获得宝藏和戒指 …………………………… 334

马尔鲁夫碰到神王 …………………………………… 334

马尔鲁夫优待农夫 …………………………………… 337

神王送信向国王报告消息 …………………………… 338

马尔鲁夫同国王和阿里见面 ………………………… 340

马尔鲁夫赏匹头、珠宝给士兵和婢仆 ……………… 341

马尔鲁夫送衣服首饰给公主和宫女 …………………… 342

国王同宰相商讨怎样认识马尔鲁夫的底细 …………… 343

国王和宰相陪马尔鲁夫游园 …………………………… 344

宰相殷勤劝酒 …………………………………………… 345

马尔鲁夫被抛到荒无人烟的偏僻地方 ………………… 346

国王也被抛到荒无人烟的地方 ………………………… 347

宰相强娶公主为妻 ……………………………………… 348

公主解救国王和马尔鲁夫 ……………………………… 349

马尔鲁夫继承王位 ……………………………………… 351

发颏麦找到马尔鲁夫 …………………………………… 352

马尔鲁夫优待发颏麦 …………………………………… 353

发颏麦偷窃戒指 ………………………………………… 354

发颏麦被太子杀死 ……………………………………… 355

马尔鲁夫娶农夫之女为妻 ……………………………… 356

阿里巴巴和四十大盗的故事 …………………………… 358

高西睦和阿里巴巴 ……………………………………… 358

在森林中 ………………………………………………… 359

开门吧,芝麻芝麻! …………………………………… 360

泄露秘密 ………………………………………………… 361

高西睦威逼阿里巴巴 …………………………………… 362

高西睦在山洞中 ………………………………………… 363

高西睦之死 ……………………………………………… 364

高西睦的尸首 …………………………………………… 365

埋葬高西睦 ……………………………………………… 366

巴巴·穆斯塔发和强盗 ………………………………… 369

马尔基娜的智慧 ………………………………………… 371

马尔基娜和强盗们 ……………………………………… 372

马尔基娜向阿里巴巴报告事件的经过 ………………… 376

匪首之死 …………………………………………………… 379

故事的结束 ………………………………………………… 384

阿拉丁和神灯的故事 ………………………………………… 386

淘气的阿拉丁 ……………………………………………… 386

非洲的魔法师 ……………………………………………… 387

神灯 ………………………………………………………… 397

白狄伦·布杜鲁公主 ……………………………………… 412

公主结婚 …………………………………………………… 423

非洲魔法师重返中国 ……………………………………… 453

阿拉丁被捕 ………………………………………………… 457

阿拉丁复仇 ………………………………………………… 461

魔法师的同胞弟兄 ………………………………………… 468

译后记 ……………………………………………………… 478

国王赭理尔德和太子瓦尔德·汗的故事

国王赭理尔德和宰相闪摩肃

相传，在古代的印度，有个非常权威的大国王，名叫赭理尔德。他生来体格魁梧，形貌昳丽，禀赋优良，性情和善，而且向来爱护臣民，对贫苦的老百姓尤其关怀、体恤备至，所以博得朝野的拥护爱戴。他统辖下的公侯计七十二人之多，全国各城镇中的法官共三百五十人，朝中的文臣武将共七十名。在军队中他的士兵每十名编为一队，各队设有头目统率。

国王的朝臣中，最能干的是宰相闪摩肃。他才华过人，性情纯善，年方二十二岁，英俊有为，不但口才伶俐，能说会道，对答如流，而且看事周全，处事得当，真是天生一表首脑人物。因为他的学识渊博，政见英明，道德文章超群出众，待民慈祥、谦和，所以国王非常看重他，事事倚重他，视他为得意的辅弼。

国王赭理尔德执法公正，爱民如子。臣民中不拘贫富贵贱，他都一律看待，赏罚分明，关怀、保护、体恤他们，无微不至。他深知老百姓的疾苦，在田粮赋税方面，总是简征薄敛，尽量减轻他们的负担。总而言之，国王赭理尔德一片为国为民的好心肠，在历代帝王中是首屈一指的,像他这样爱民的君主是前所未有的。国王赭理尔德的为人虽然如此,但美中不足,伟大的安拉却没赏他一个子嗣。因此,不但国王本人忧愁、难过,而且老百姓也都替他担心、着急。

有一天夜里,国王赭理尔德想到子嗣和王位的继承问题,忧心忡忡,惶惑不安,一直辗转到深夜才勉强睡熟。在睡梦中,他似乎看见自己拿水浇在一棵树根上。忽然从那棵树中冒出一股火焰,一下子把周围的树木给烧焦了。国王大吃一惊,顿时吓醒,惊恐万状,茫然不知所措,即刻唤仆童到跟前,吩咐道:"你快去请宰相,叫他马上来见我。"

仆童遵命,急急忙忙奔到相府,对宰相说:"今晚国王突然从梦中惊醒,命我前来请相爷,要相爷进宫去见国王。"

宰相闪摩肃听说国王召见,立地起身,匆匆赶到宫中,见国王兀自坐在床上。他赶忙跪下去吻了地面,照例赞颂、祝愿一番,然后说道:"愿安拉保佑陛下! 主上为何惶惑不安? 临时召臣进宫有何吩咐?"

国王让宰相坐下,然后叙述梦境,说道:"今夜里,我做了一个可怕的噩梦。在梦中,我好像到了一处树林丛中,拿水浇在当中的一棵树根上。那树根突然冒出一团火焰,一下子把周围的树木都烧焦了。我吓了一跳,顿时惊醒,心有余悸,百思不得其解。我知道你的学识渊博,经验丰富,见闻广阔,善于圆梦,所以连夜着人请你进宫,希望你替我解释这个梦兆,它到底主何吉凶?"

宰相倾听国王叙述梦境,低头沉思默想一会儿,然后抬头露出满脸笑容。国王急不可待,赶忙问道:"闪摩肃,你对这个梦兆有什么看法? 全都告诉我吧,丝毫不必隐瞒。"

"启禀陛下:安拉已授权主上,而使陛下感到愉快呢。因为此梦所显示的全是吉利的兆头,它预示安拉要赏陛下一个子嗣,俾将来陛下百年归天之时,让他继承王位。不过太子的一生中,将遇到一些挫折;个中的详细情形,目前我不愿细谈,因为现在还不是详细解释的时候。”

国王听了宰相之言，大为欢喜，心中的疑虑一时烟消云散，喜形于色地说道：“梦兆显示的既然都是吉利，这就好；等时机到时，你再给我详细解释吧。现在不适于解释的事，待适当的时候你再给我解释，那会使我更高兴的。因为我的要求，不能在安拉的许可范围之外。”

国王赭理尔德和圆梦者

宰相闪摩肃明知国王赭理尔德急于要知道梦兆的究竟，但他不便详细解释，只好托词推卸了责任。国王表面上不强求宰相，却暗地里召集国内知名的占星家和圆梦者齐聚一堂，对他们叙述了梦境，然后说道：“这个梦兆所显示的真实意思，望你们给我详细解释一番。”

当时在座的人中，有一个自告奋勇站起来求国王准许他发言。国王慨然许可，他便说道：“启奏大国王陛下：宰相闪摩肃并不是不能解释梦兆，而是一方面对自身有所顾虑，另一方面是存心安定陛下的恐怖心情，所以他才不详加解释。现在如果陛下许可，我可以替陛下详细解释一番。”

“圆梦者啊！你只管解释，不必顾虑。你可是要说实话呀。”

“大王须知：这个梦兆，它所显示的是陛下即将获得子嗣，在陛下百年归天之后，继承王位。不过将来太子对待老百姓，不按陛下的王道办事，恰恰是背道而驰的。他暴虐、作恶，任意糟蹋臣民，甚至于达到像猫摧残耗子似的那种程度。这是一桩可怕的后事，但求伟大的安拉保佑吧。”

“猫怎样摧残耗子？这是怎么一回事？告诉我吧。”

“愿安拉赏赐陛下长命百岁！”圆梦者祝愿国王，并讲《猫和老鼠的故事》给他听。

猫和老鼠的故事

有一只猫,趁黑夜里去田地中捕食。它奔跑了好一阵,却一无所得。碰巧那天晚上,风雨交加,淋得它浑身湿透,既寒冷,又饥饿,疲惫不堪。在那样饥寒交迫的情况下,它急需弄一点食物充饥、度命。因此,它勉为其难地走动着。正在它继续寻找食物的时候,突然发现一棵树根下有一个洞穴,便挨到洞前,边伸鼻子闻了闻,边喵喵地叫了几声,终于觉察洞中有一只老鼠,便在老鼠身上打主意,打算钻进洞去,捕鼠果腹。

洞中的老鼠发觉猫在洞外,赶忙转过背来,使劲用脚撑持着身体,紧紧地顶住洞门,不让猫有可乘之机。猫眼看这种情景,只得压低嗓音,用微弱的声调说:"弟兄啊! 你干吗这样呢? 我到这儿来,不过是求你布施我,可怜我,让我在你洞中过一宿罢了。因为我上了年纪,体衰力弱,已经动弹不得了。同时今夜里,我在田地中走了老长的路程,累得有气无力,心灰意懒,悲观厌世到极点。多少次我祈望一死了事,索性摆脱这种苦难日子。喏! 如今我又冷又饿,倒在你的窝外,任风吹雨淋,快要气绝身死了。我凭安拉的大名,求你大发慈悲,牵我进你屋去,让我在门廊下面寄宿一夜,因为我是可怜无告的离乡者。古人说得好:'谁用居室庇护可怜的离乡人,将来在最后的审判日,安拉便以天堂做他的庇护所。'如此说来,我的弟兄哟!这是一笔用不尽的赢利,你是不该放弃它的。因此,恳求你容我进你屋去,暂住一宿。明日清晨,我便告辞归去。"

老鼠听了猫的哀求,回道:"你生来跟我为敌,是靠吃我的肉过活的,我怎么能让你进屋来呢? 我怕受你欺骗,因为诈骗是你的本性。对你来说,根本是谈不上信用的。常言道:'把美女托付给色徒、把钱财托付给穷汉之不保险,正如投干柴于烈火,难免不燃烧起来的道理正是一样。'因此,我是不应该相信你的。常言道:'天生的敌对心情,却不因本人的衰老而有丝毫减退。'善哉斯言。"

猫听了老鼠拒绝它的道理,便用更低弱、更感伤、可怜的语调说:"你所谈的这些古训是千真万确的,我一点儿也不否认。不过我对往昔你我之间存在着的天然敌对行为和仇恨心情,深感痛心疾首,抱怨终天,所以前来向你道歉、求恕。古人说得好:'今生宽恕人者,来世即可获得安拉的饶恕。'往昔我是你的仇敌,这固然不可否认。咦!今天我可是前来跟你结交、友好了。古人说得好:'要变敌人为友人,必先对他做些好事情。'弟兄啊!我指安拉向你发誓,并诚心跟你结约:从今以后,我绝对不危害你。再说,现在我即使要做坏事,也是无能为力的了。愿你信任安拉,接受我的誓约,阴功积德,救一救我的命吧。"

"你和我是敌对的,你经常是要危害我的,我怎么能同你谈结交、友好呢?倘若你我之间的敌对行为跟性命无关,那么事情就好办了。可是你我之间的敌对是天然的,是与生命攸关的。古人说得好:'对敌人麻痹大意,等于把手伸进蛇嘴里。'这个比喻是非常恰当的。"

"我衰朽、苦恼到极点。"猫满腔愤恨地说,"现在奄奄一息,快要死在你门前了。你本来是可以救我一命的,但你见死不救;我这条命债。将来是该你来偿还的,这是我对你最后所说的一句话了。"

老鼠听了猫的哀告,有所畏惧,唯恐将来受安拉惩罚,因而产生怜悯心肠,暗自想道:"谁要安拉保佑他免遭仇敌的危害,就该对敌怜悯些,为他做些好事。因此,我托庇安拉,救猫一命,借此积下阴功吧。"它打定主意,毅然走出洞门,把猫拖进洞去。

猫住在老鼠窝里,休息一会儿,精神逐渐恢复过来,便跟老鼠谈心,悲叹自己年迈、力衰,缺乏知心朋友谈心、消愁的凄凉晚景。老鼠听了,觉得可怜,很同情它,把它当好朋友款待,温存地安慰它,殷勤地伺候它。可是猫仍不怀好意,慢步挪到洞门前,把住出口,免得老鼠溜走。老鼠因事要出去,刚走近洞口,就被猫一把抓住,使劲咬它几嘴,揉它几揉,再把它衔在口里,从地上叼起,又扔到地上,然后追逐着咬它,不停地蹂躏它。

老鼠忍受不了猫的蹂躏、虐待,一方面大声呼吁、求救,祈望安拉解救;一方面谴责、埋怨猫背信弃义,问道:"你向我所发的誓言、所许的诺言哪儿去了?难道这就是我信任你、迎接你所应得的报酬吗?古人说得好:'跟敌人结约、交好,并非安身立命之计。'又说:'信赖仇人者,自寻死路也。'事到如今,我只有托庇安拉,听天由命了。安拉会从你手中挽救我的。"

老鼠受到猫的攻击、追逐,正当危急存亡的时候。突然有个猎人带猎犬打那儿路过。那猎犬耳尖,听见树下洞中追逐、吵闹的混战声,以为是狐狸在洞中捕食,便蹦向老鼠洞,打算捉住狐狸。猫慌忙逃窜,刚出洞口,便跌在猎犬手中,当场被咬死。

老鼠幸而得救,虽然虚惊一场,总算没被猫吃掉。古人说得好:"怜人者,人恒怜之;害人者,人恒害之。"从猫和老鼠的故事中,证明这两句话是千真万确的。

圆梦的人讲了《猫和老鼠的故事》,接着说道:"主上,从猫的下场来说,做人必须忠诚老实;对信任自己的人,是不该背信弃义的。凡是爱欺骗而不履行誓语、诺言的人,必然要踏猫的覆辙。因为人世间的各种事物是离不开因果报应的,即所谓善有善报,恶有恶报。做好事的人,终归是有好报酬的。因此,陛下不必过早忧愁、顾虑,更不要因此事而惊心动魄。因为太子经过一度横蛮、暴虐,会幡然改邪归正,回到您的康庄大道上来,认真执行王法、仁政的。陛下的宰相闪摩肃原是一位渊博的饱学之士。在解释梦兆方面,他本来不愿有所隐讳,但必须深思熟虑,慎重行事。古人说:'人中最胆小的,是学识渊博、一心趋善避恶的人。'这句话是有道理的。"

国王赫理尔德欣然接受圆梦者的劝告,重赏他和其余的人,把他们打发走了,这才起身,回到后宫,默然坐着,仔细思考子嗣问题。直到天黑,他才进入寝宫,跟向来最宠爱最受抬举的妃子一起过夜。从那夜起,妃子身怀有孕。过了四个月,胎儿在她腹中动弹起来,妃子感到无限欢喜、快慰,将怀孕的喜信报告国王。国王听了喜报,欣然说道:"指济世救人的安拉起誓,我的梦果然成为事实了。"于是让妃子住在最华丽的宫殿中,百般赏识她,给予最多的享受,她要什么有什么。继而国王吩咐仆童请宰相闪摩肃进宫,眉开眼笑地告诉他妃子怀孕的喜信,最后说道:"我的梦已经成为事实了,我的希望快要实现了。也许这个胎儿是个男孩,将来可继承王位。闪摩肃,你对这件事有什么看法呢?"

宰相闪摩肃听了国王的谈话,默不作声。国王觉得奇怪,问道:"你不把我的欢喜当一回事,漠然不回答我的问话,这是为什么呢?闪摩肃,莫非你讨厌这件事吗?"

闪摩肃赶忙下跪,向国王叩头,说道:"主上,愿安拉赏陛下长命百岁!请问:假若一棵大树被火烧掉,乘凉的人还有什么可取的呢?如果一个人的喉咙阻塞了,他喝醇酒还有什么味道呢?要是一个口渴的人淹在水中了,他还需要喝凉水解渴吗?主上,我是安拉的奴婢,也是陛下的奴婢。居于这样的地位,奴婢我不敢多言,这是有不得已的苦衷呢。古人说:'聪明人对三件事不宜臆断其结局:即出门人在返家前,无可断言其安危;战士在打败敌人前,无可断言其胜利;孕妇在分娩前,无可断言所生是男是女。'陛下须知:对事物预作断言的人,难免要踏修行者的覆辙呢。"

"修行者怎么着?这是怎么一回事呀?"

于是宰相闪摩肃开始讲《修行者和奶油罐的故事》。

修行者和奶油罐的故事

相传,古时候,某城中住着一个埋头修行的信徒,专靠一家大富豪的施舍过生活。他每天领到手的口粮是三个面饼和少许的奶油和蜂蜜。当时城中的奶油非常昂贵。那个虔诚的信徒,把每天获得的奶油储存在一个瓦罐中,舍不得吃。日子一久,奶油积少成多,终于攒了一满罐。为了安全、妥善地保管奶油,他把一满罐奶油高高挂在睡觉的地方。有一天晚上,他拄着拐杖进房,坐在床上,正预备睡觉的时候,突然间,奶油和奶油价昂等杂念一下子涌现在心头,便自言自语地说:"我应该把身边的奶油全都卖掉,用卖奶油所得的钱买一只母绵羊,牵去跟一个庄稼人的公羊一起牧放。待来年,母羊可以生一只小公羊和一只小母羊;到第二年,老母羊和小母羊又各生小母羊、小公羊;就这样,我以一只母羊起家,让老羊生小羊,小羊又生小羊,年复一年,羊子羊孙辈出,直至羊群的数目增加到最多的时候,我这才把自己的股子分出来,卖掉一部分,并拿卖羊所得的钱,买一块地皮,鸠工开辟成花园,并在园中建一幢高楼大厦,然后制备服装,广置婢仆,最后成立家室,娶富商巨贾的千金为妻。成婚之日,闹一次空前的大排场,多宰牛羊鸡鸭,置办丰盛、名贵的饮食、糖果、糕点,用各种鲜艳、芬芳的花卉装饰屋宇,邀请各行各业的艺人前来弹唱、歌舞,并大宴宾客,不论贫富贵贱、学士名流、绅商官宦、王公大臣通通都在被邀请之列。凡来参加婚礼的宾客,要吃的有吃的,要喝的有喝的;各种饮食俱全,应有尽有,而且数量丰富,任宾客随意索取,做到有求必应的地步。洞房花烛之夜,我步入新房,面对装饰、打扮得花枝招展的新娘子,边吃喝,边尽情欣赏她的苗条、美丽的形象,怡然自得,乐不可支,暗自说:'现在我的愿望已经实现,从此可以摆脱终日埋头叩拜的苦行生活了吧。'往后,妻室怀孕,替我生下一个小子。我满心欢喜快乐,借儿子的诞生大宴宾客。从此,我精心养育儿子,教他读书、写算,灌输哲理、文学知识。结果,儿子逐渐长大成人,一跃而为知名之士。在同辈面前,我因他而感到骄傲、自豪。我命令儿子做好事,不许违拗我的命令。我禁止他奸淫、作孽;嘱咐他待人接物必须诚实、正直。我答应多给他零用钱花,只要他越循规蹈矩地做人,我给他的钱就越多。如果他稍有一点邪僻行为或不良倾向,我便拿这根拐杖捶他。"他说着高高举起手中的拐杖,做出一个打儿子的姿势,不想那拐杖正碰着装奶油的瓦罐,一下子把它砸得粉碎。于是碎瓦片和奶油一齐落了下来,淋他一头一脸一身的奶油。从那回之后,他的故事便成为千秋万代发人深省的教训,一直流传至今。

宰相闪摩肃讲了《修行者和奶油罐的故事》,接着说道:"主上,因此,咱们对任何事物,事先是不该遽下断语的。"

"你说得对。你不愧是一位英明的宰相,因为你所说的都是真心话,你所指点的都是好事情,我将按你的愿望提升你的爵位。我对你的见解向来是赞许和接受的。"

宰相闪摩肃受到国王嘉奖,立地跪下去叩头,连呼万岁,表示衷心感谢。继而他祝福国王,说道:"愿安拉赏赐陛下荣华富贵,万寿无疆!臣向来披肝沥胆,忠心耿耿,事无大小巨细,从来不敢有所隐瞒、掩饰。凡是主上乐意的事,我都乐意;凡主上讨厌的事,我都讨厌。总而言之,臣向来是以主上的欢欣为欢欣的。因此,每当主上对臣有所嫌忌的时候,臣便通宵辗转不能成寐。原因是安拉凭陛下的宽大、仁慈,已经使我享尽人间的幸福了。臣祈望安拉今生派天使保佑陛下,来世加倍酬劳陛下的功德。"他祝颂毕,欣然告辞归去。

国王赫理尔德听了宰相闪摩肃的祝愿,洋洋得意,乐不可支。过了一些日子,妃子妊娠期满,生下一个男孩。宦官急急忙忙奔至国王御前,报告太子诞生的喜信。国王听了喜报,感到无限欢喜、快慰,万分感谢安拉,欣然说道:"赞美伟大的安拉!在我绝望之余,他赏我一个儿子了。安拉对待奴婢,向来是慈悲、怜悯为怀的。"于是他吩咐通令全国各地,发布太子诞生的喜信。喜报传出之后,臣民竞相奔告,朝野为之欢腾;文臣武将、学者名流,相率进宫贺喜;朝廷若市,热闹空前。

宰相闪摩肃向国王致贺词

国王赫理尔德的儿子诞生的喜报传了出去，全国各地知名的学者、哲人、文学家和大夫，不惜远道跋涉，相率晋京，向国王贺喜。他们来到宫中，跟文臣武将们齐聚一堂，按地位的高低顺序坐下，共庆太子诞生之喜。国王向以宰相闪摩肃为首的七名大臣示意，要他们为太子的出世各抒己见，畅所欲言。

宰相闪摩肃首先站起来，先请求国王准他发言，然后慷慨致辞，说道："赞美安拉，因为是他创造我们的；也是他把权力、领土赏赐那班公正、廉明的君主，并借他们的手恩顾庶民而使庶民能生存的。尤其是我们的这位大国王，在君主中是首屈一指的。他既复兴我们的国土，又使我们得过丰衣足食的太平盛世。他在满足我们的需要，保护我们的权利，关心我们的疾苦，矫正我们的错误这些方面，君主中有谁能和他媲美呢？再说，一般君主之所以为庶民操劳，替庶民抵御外侮，这也是安拉给予人类的无上恩惠。因为敌人的最终目的是要打败对手，从而统治奴役对方。在这样的情况下，许多人把儿子送给君主去当奴隶，供他们役使，利用他们抵御敌人。至于我们呢，从陛下执政以来，在那种至高无上的、非言语可以形容其万一的恩惠、福泽庇荫下，我们的国土从来没受敌人践踏过。此外，由于陛下是那种恩惠、福泽的真正享受者，而我们在你的庇护、卵翼之下，过着安居乐业的生活，所以祈望安拉加倍报酬陛下，增长陛下的寿岁。在此之前，我们曾经虔心替陛下祈祷，求安拉使陛下长治久安、万寿无疆，并赏陛下生个廉洁的子嗣，以便陛下因他而高兴、愉快。现在安拉应答我们的要求，满足我们的愿望了。在最近的将来，安拉会像拯救水塘中的鱼和蟹那样，使我们摆脱困境的。"

"水塘中的鱼和蟹怎么着？这是怎么一回事？"国王急于要知道

鱼和蟹的故事。

于是宰相闪摩肃开始讲《鱼和蟹的故事》。

鱼和蟹的故事

相传,从前有一群鱼住在某地区的一个水塘中,一向过得很好。后来天久旱不雨,塘中的水逐渐减少,差一点就要干涸。塘中的鱼群感到生命岌岌可危,眼看就会渴死。于是有一尾鱼慨叹说:"这回咱们会落得个什么样的结局呢? 咱们该怎么办呢? 去找谁替咱们出主意呢?"继而它们中年最长、比谁都机智多谋的一尾鱼挺身而出,说道:"除非祈求安拉保佑,咱们没有办法摆脱危险;不过咱们可以去找螃蟹商量,求它给出个主意。因为它是咱们的头目、长上,经验、阅历丰富,见识比谁都切实可靠。走吧! 咱们一块儿向它讨主意去。"

鱼群公认这个办法对头,大家果然约着去到螃蟹家中,见它兀自坐着,对鱼群的困难、危险处境,一点也不知道。鱼群向它请安问好,直截了当地说道:"我们的主人啊! 你是我们的头目、长上,能不管我们的事吗?"

螃蟹回问鱼群好,说道:"你们怎么样了? 你们要我做什么呢?"

鱼群把因塘水减少所感受的困难处境,以及塘水一旦干涸就要渴死的危险情况,详细叙述了一番,然后说道:"因此,我们前来见你,求你替我们想办法,使我们摆脱危险;因为你是我们的头目,你的经验、阅历比谁都丰富。"

螃蟹低头沉思一会儿,然后说道:"从你们对安拉的慈悯以及他给众生预备充分粮食等事所抱的绝望心情来说,毫无疑义,你们是无知愚昧的。莫非你们不知道,安拉无偿地供给他的每个奴婢衣食,而且在创造宇宙万物之前,便注定了他们的寿岁、衣食吗? 干吗还要为已经注定的事担心受怕、自讨苦吃呢? 依我说,咱们能想到的最好办法是:大家虔心虔意地祈求安拉保佑,再就是大家必须清洗私心杂念,表里如一地坚信安拉,求他护佑,使我们免遭灾祸。因为安拉是不使托庇他的人失望的,对求援的人是不拒绝的。总之只要大家洗心革面,公正、诚实做人,咱们就会有好结果,就能获得恩赐。待到冬至,安拉应答我们虔诚的祈祷,天一下雨,地面上洪流泛滥,咱们塘中便有饱和的水源了。所以我主张大家好生忍耐,安心等候安拉的安排。这期间,万一死亡一旦降临,咱们便算寿终正寝,可以长眠安息了。要是到了非逃荒不可的境地,咱们便动身起程,离开家园,迁往安拉所指引的地方去。"

鱼群听了螃蟹的一席话,异口同声地说道:"我们的主人啊!你说得真对;愿安拉替我们重重地赏赐你。"于是它们相率告辞,各自返回原来的地方。

过了没有多久,安拉应答鱼群的祈求,天果然下了大雨,地面上洪流泛滥,塘中的积水逐渐增加,终于超过了先前的水位,满足了鱼群的需要,大家继续过安居乐业的生活。

宰相闪摩肃讲了《鱼和蟹的故事》,接着说道:"主上,当初我们同鱼群一样,对陛下生子和继承王位这件事所抱的也是满腔的绝望情绪,可是到头来,安拉毕竟赏赐陛下这个吉祥的子嗣,给予陛下和我们无上的恩赐。现在祈望安拉使太子成为一个孝子贤孙,光宗耀祖,俾陛下因之而感到高兴、愉快。同时祈望安拉使太子成为一个廉洁的继承人,俾他继陛下之后,赏赐我们爵禄。因为安拉是不使祈求者失望的,而且任何人对安拉的恩惠是不该抱绝望心情的。"

第二个大臣祝贺国王

继宰相闪摩肃的祝贺,第二个大臣站了起来,先向国王赭理尔德请安、致敬,然后当众致贺词,说道:"一位受万民称赞、爱戴的君主,他必须具备慷慨、公正、英明、慈祥的德行;在执法、守法和遵循教律方面,他必须是以身作则的;在替庶民排难解纷时,他必须是大公无私的;对臣民的生命、财产,他必须严加爱惜、防护;对穷苦黎民,他必须具备同情怜悯心肠,注意他们的疾苦;老百姓中,不分上层下级,必须一视同仁,一律平等,给每个黎民享受应得的权利。因为身为一国的君主,他必须这样,万民对他才会馨香祝祷,唯命是听。毫无疑义,身为一国的君主,必须具备这些美德,他今生才能博得万民的拥护、爱戴、流芳千古;在来世,他才能获得造物主的赞许,并享受至高无上的荣誉。

"主上,我们是你的奴婢,唯你的命令是听。刚才我所谈的这种王道仁政,跟前人的称谓是不谋而合的。因为古人说过:'庶民拭目以待而认为可喜可贵的事是:有公正廉明的君主,有高明、巧妙的医生,有学识渊博、认真施教的教师。'不可否认,当今我们过着太平盛世,所享受的就是前人所期待的那种幸福生活。当初,我们对于陛下生子、继承王位这件大事,本来是抱着绝望心情的;幸亏伟大的安拉不绝人之所望,他终于因陛下对他的信赖、托庇而应答陛下的祈祷,赏赐陛下这个子嗣。这显示出陛下的希望理想是再光明灿烂不过的。总而言之,安拉已经像待遇乌鸦那样待遇陛下了。"

"乌鸦怎么着?这是怎么一回事?"国王急于要知道个中底细。

于是大臣开始讲《乌鸦和蛇的故事》。

乌鸦和蛇的故事

相传,从前有一只乌鸦和老伴在一棵大树上筑巢,彼此相亲相爱,过着极其舒适、愉快的生活,直到临近产卵孵化的时候,恰遇盛夏时节,天气炎热。当时在那棵大树左近,有一条毒蛇,不耐炎热,钻出洞来,爬到乌鸦栖息的那棵树下,攀着树枝,爬上树去,盘踞在乌鸦巢中,整整过了一个夏天。

乌鸦夫妇被毒蛇撵走,无家可归,没有栖身产卵孵化的地方,弄得狼狈不堪,濒于绝境,好不容易才熬到秋天,天气凉爽,待毒蛇离开大树回洞去了,才约着飞回巢去。乌鸦欣然对老婆说:"感谢安拉!是他救了我们,使我们摆脱灾难了。固然,今年我们的孵化、积粮受到影响,但安拉是不会叫我们失望的。他赏赐我们平安、健康,这就感激不尽。显然,除安拉之外,可依靠、信赖的人是找不到的。若是安拉愿意,到了来年,他会补偿我们今年的损失的。"

　　乌鸦夫妇飞到大树上的旧巢中,恢复了快乐生活,直过到来年的夏天,已是产卵孵化的季节,可想不到那条毒蛇又钻出洞来,要爬到树上去乘凉。它像头次那样,攀着树枝正爬往鸦巢的时候,突然有一只鹞鹰俯冲下来,抓住毒蛇,猛烈啄伤它的头颅,撕破它的皮肉。后来那条毒蛇跌到地上,昏迷动弹不得。接着蚂蚁发现毒蛇躺在地上,便成群结队地爬到它身上,把它吃得只剩一架骨头。

　　从此乌鸦夫妇无忧无虑、平平安安地住在树上的巢中,过着舒适、快乐的生活,生了许多子孙后代。乌鸦夫妇为了自身健康、平安和子孙后代的昌盛、繁荣,对安拉的恩赏,感激到极点。

　　大臣讲了《乌鸦和蛇的故事》,接着说道:"主上!这位吉祥、幸福的太子,是在陛下和我们的希望破灭,彼此都大失所望的情况下诞生的,是安拉给予陛下和我们的无上恩惠,所以我们应该万分感谢安拉,并祈望安拉恩上加恩地重赏陛下,使陛下的每一件事,都有美满的结果。"

第三个大臣祝贺国王

　　继第二个大臣的祝贺,第三个大臣站起来,向国王赭理尔德致贺词,说道:"公正的大国王啊!继今日太子的诞生,安拉赏赐的无上恩惠、福泽，即将源源降临，的确可喜可贺。因为凡是受世人敬仰、爱戴的人，会博得天神赞许的。显然在安拉的关怀、赏赐下，臣民对陛下满怀敬仰、爱戴心情，陛下已经成为众望所归了；这对陛下和臣民来说都是荣幸的，必须竭诚感谢、赞美安拉，以便安拉恩上加恩地重赏陛下，同时也赏赐臣民们。陛下须知：人生在世，除却安拉的命令、分派外，是什么都成就不了的。因为安拉是赏赐者，人们所获至的一切好事，都是来源于安拉的。安拉按自己的愿望恩赏奴婢，所以同属人类，其中有的人得到许多恩惠，一生享之不尽，用之不竭；有的人则为衣食奔波，为吃穿劳累；有的人成为君主、长上，直上青云；有的人则寄希望于来世，埋头苦练，甘愿终身隐逸。安拉说：'我是损益兼备者；我使人健康，也使人患病；我让人富贵，也叫人贫贱；我致人死命，也复活亡灵；任何事物为我一手所做成；一切事物必归宿到我身边。'因此，凡属人类，都应该感谢安拉。主上，你是虔诚的信徒中最幸福的人。古人说过：'虔诚的信徒中最幸运的是一身兼享今世和来世福泽的人；他一心满足安拉的分配，衷心感谢安拉的安排。'至于那班贪得无厌而超越安拉所规定的范围，妄自追求非分财物的人，难免是要踏狐狸的覆辙的。"

"狐狸怎么着？这是怎么一回事呢？"国王急于要知道个中情形。

于是大臣开始讲《狐狸和野驴的故事》。

狐狸和野驴的故事

相传有一只狐狸，每天必须离开窝巢去打食。有一天，它去山中觅食，奔波了一天，傍晚回窠的时候，中途碰到另一只狐狸，彼此打个招呼，闲聊起来。当谈到打食所得的情况时，那只狐狸便得意地说："前几天，我碰到一匹野驴，那是我整整三天没有食物可吃，正饿得要命的时候，所以我非常喜欢，万分感激安拉为我预备了这份食物。

于是我咬破野驴的肚皮，把它的心挖出来，饱餐了一顿，然后回到窝中。从那天之后，至今我整整三天的工夫没有食物可吃，但肚子还饱饱的，一点儿也不觉得饥饿。"

这只狐狸听了那个同伴的谈话，因羡生嫉，暗自说："我非吃一个野驴心不可。"于是它几天不吃不饮，等着吃野驴心，结果弄得疲弱不堪，差一点就要断气，原有的奔走能力和奋斗精神，日益减退，动弹不得，只好蜷伏在窝中等死。

那期间，有两个猎人进山打猎，发现一匹野驴，便跟踪追捕，整追逐了一天。最后两个猎人之一，放了一只带叉的箭矢，射穿野驴的心脏。野驴带箭奔逃，到了那只等吃野驴心的狐狸窝前，无力再挣扎，支持不住，倒在地上，气绝身死。待猎人赶到时，发现野驴已经死了，便伸手拔箭，可是箭矢脱离箭杆，留在野驴心中了。

那天晚上，狐狸疲弱不堪，饿得发晕。它勉强挣扎着慢吞吞走出窝巢，一眼看见死在窝前的野驴，乐得差一点飞腾起来，说道："赞美安拉，他满足我的愿望，使我不劳而获了。先前，我从来没想到会在窝前得到一匹野驴或其他野兽。这是安拉所安排并驱使野驴来满足我的。"于是狐狸纵身跳到野驴身上，咬破它的肚皮，把头伸进腹内，用嘴唇试探着通过肠胃，找到驴心，张大嘴巴，使劲把它咬下来，然后狼吞虎咽，不经咀嚼就往肚里吞。想不到留在驴心中的箭矢作怪，卡住狐狸的喉咙，既吞不下肚去，也吐不出口来，这才感到大难临头，相信非死不可，喟然叹道："真的，作为奴婢应当知足些，不该超越安拉的分配之上而去追求非分的财物。我要是安分守己，满足于安拉的分派，那就不至于如此自寻死亡了。"

大臣讲了《狐狸和野驴的故事》，接着说道："主上，我们从狐狸的遭遇所得到的教训是：做人应当满足于安拉的分配，衷心感谢其恩赏，而不抱绝望心情。喏！主上，今日太子诞辰，值得庆贺的是：由于陛下意念善良，又能慷慨施舍，所以在绝望之余，安拉赏赐陛下香烟后代。臣下祈望安拉赏赐太子长命百岁,永享幸福,并在陛下百年归天后,使他成为最吉利最践约的继承者。"

第四个大臣祝贺国王

继第三个大臣的祝颂,第四个大臣站起来祝贺国王,说道:"主上,凡为一国的君主,在意念方面,他必须具备善良的心术;在学识方面,他对哲学、法学、政治等学科必须有所探讨、知悉;在言行方面,他对待民众必须公正廉明,该器重的器重,该尊敬的尊敬;对僚属和老百姓中难免的过失,必须尽可能地给予宽恕;民众的负担,必须酌情减轻;庶民的生命、财产,必须全力保护;有功的重赏,有缺点、疵瑕的多加隐盖;答应民众的诺言,必须充分履行。一国之君王能够这样做,他在今生和来世,才是真正的幸福者。因为国王这样做,不仅能博得民众的拥护、爱戴,在民众的帮助下,王权因之而巩固,敌人因之而降服,目的因之而顺利实现。由于国王感激安拉,又得民心,便可获得安拉的关怀、赏赐,国家的兴隆便可计日而待。相反,如果君王的言行同上述德行背道而驰,则他的暴虐、压迫行径,不但会招灾引祸,还要连累老百姓受苦受难。这样一来,国王会踏虐待云游王子那个国王的覆辙呢。"

"云游王子怎么着?这是怎么一回事?"国王听了大臣的祝贺,急于要知道云游王子的遭遇。

于是大臣讲述《云游王子的故事》。

云游王子的故事

相传古代西方,有个暴虐成性、无知愚顽、不理国事、任意糟蹋百姓的暴君。凡去到那个国家的外人,随身所带的财物,总要被没收五分之四,只留给他五分之一。说来事属巧遇,那个暴君原来有个忠厚、温顺的子嗣;只因他眼见世间没有公道、正直,对人世间的一切看不顺眼,便决心抛弃红尘,专心膜拜安拉;于是从小离开王宫,云游天下,以期达到寻道、修行的目的。他逢乡入乡,过城进城,足迹遍荒原漠野,过风餐露宿的生活。

有一次,云游王子路经那个暴君的都城,进去投宿。他刚进城,就被守护的抓住,仔细搜查,只见他身上除了一新一旧的两件衣服外,其他一无所有。结果,守护人恶狠狠地剥下他身上那件新衣,只留给他那件破旧衣服。云游王子不耐其轻视、凌辱,提出抗议,诉苦说:"你们这些该死的残忍家伙!我是个孤苦的寻道人,这件衣服对你们来说,是不会有什么用处的。你们要是不还我,我就去见国王,控告你们。"

"我们是按国王的命令办事的。你要控告,就去控告吧。"守护人满不在乎地回答他。

云游王子去到王宫门前,侍从不准他进去,只得退到一旁,暗自说:"我必须等国王出来,好向他诉苦,陈述我的遭遇。"他耐心等待着,忽然听见一个士兵报告国王驾到的消息,便趁机慢步向前挪动。他刚挨到王宫门前,恰是国王来到宫门外的时候,便趋前祝福国王,控告守护人对他的残暴行为,陈述他是抛弃红尘专心寻道的云游者。说他所碰到的人都优待他;说他所到之地,不论城镇或乡村,从来没受过虐待。最后说道:"当初我进入这座城市,只希望这里的人像对待一般云游者那样对待我;可是你的官员跟我作对,剥了我的一件衣服,还动手打我。恳求陛下注意这件事,助我一臂之力,把衣服还给我,我马上离开这座城市,一刻也不停留。"

"你既然不懂得这里国王的所作所为,那么是谁叫你上这儿来的?"暴虐的国王质问云游王子。

"先让我拿到衣服,然后你要怎么对待我,就怎么对待吧。"

国王听了云游王子的话,勃然大怒,说道:"傻小子!我们剥掉你的衣服,为的是辱没你;你敢来我跟前叫苦,我就要你的命。"国王叫骂着下令把云游王子关进监狱。

云游王子在牢房中，懊悔不该出言顶撞国王，埋怨自己不舍弃衣服，保全生命。当天半夜里，他站起来，埋头做礼拜，祈祷道："伟大的安拉啊！您是公正的裁判者，您知道我的境况和我同这个暴君之间的纠葛。我是您的奴婢，受了冤枉，求您大发慈悲，把我从这个暴君手中救拔出去，并给他应得的惩罚，因为对暴虐者您是不疏忽的。如果您认为我是受到他的虐待，那么求您在今夜里给他应得的惩罚吧。因为您的裁判是最公正不过的，您是权威的、伟大的，对悲伤者是有求必应的。"

狱卒听了可怜的云游王子的祈祷，顿时感到毛骨悚然，正在徘徊不知所措的时候，王宫中突然起火，火势越烧越旺，逐渐蔓延开来，殃及全城，所有的苍生无一幸免，只是云游王子和那个狱卒例外。他俩从被烧倒的狱门中逃命，仓促离开那座火城，到别的城镇去，继续过遨游生活。

大臣讲了《云游王子的故事》，接着说道："吉祥的国王陛下，我国人过着太平日子，白天黑夜，我们随时随地都替陛下祈福求寿；安拉使我们有陛下这样的君王，我们无时无地不竭诚感谢他的恩惠；由于陛下具备公正的美德和廉明的品行，所以我们心安理得，向来处之泰然。当初由于陛下没有子嗣，后继无人，唯恐陛下百年归天，没有英明的君王来治国，所以我们忧心忡忡，如坐针毡。现在蒙安拉慈悲为怀，赏赐我们恩惠，消除我们的苦难，并因太子诞生，给我们带来无限快慰。我们祈望安拉使太子长命富贵，成为廉洁的继承者。"

第五个大臣祝贺国王

继第四个大臣的祝颂，第五个大臣站起来，祝福太子诞辰，说道：

"赞美伟大的、赏善罚恶的安拉！我们证实：大凡感谢安拉严守教律的人，都得到他的恩赐。吉祥的、在民众中以尊严、公道、正直等美德著称的我王陛下，因为你具备这些美德，博得安拉赏识，所以安拉使陛下的王业蒸蒸日上，使你的年祚欣欣向荣，在绝望之后又赏赐陛下这位吉祥的子嗣。今日太子诞辰，全国欢腾，我们心中的欢喜是无穷无尽的。因为在太子出生之前，鉴于陛下没有子嗣，所以我们的忧愁、顾虑是严重的，与日俱增的；尤其想到陛下对我们的公正慈爱时，生怕陛下百年归天后，无人继承王位，群龙无首，我们的意见产生分歧，从而发生争端、分裂，那么乌鸦的遭遇就会在我们之间出现呢。"

"乌鸦的遭遇如何？这是怎么一回事？"国王急于要知道个中的情形。

于是大臣讲述《乌鸦的故事》。

乌 鸦 的 故 事

相传从前在一处荒野地带，有着广阔的流域。当中既有河渠、森林，又有果树。森林间栖息着各种飞禽，终日赞颂唯一的、全能的、创造宇宙万物的安拉，生活非常安定、舒适。飞禽中有一群乌鸦，过得格外惬意。原因是它们中那只作为头目而管理事务的乌鸦，向来非常关心、慈怜同伴们。在它的领导下，大伙儿生活得异常安全、稳定。它长于安排、调度，鸦群中没有谁赶得上它。可是好景不长，那位头目寿终正寝了。领导之死，必然影响大家的生活，大伙儿感到无比忧愁、苦闷。尤其苦恼的是：它们中没有谁能像它那样来接替它，管大家的事。于是，它们召开全体会议，讨论谁当领导最适宜。其中一部分选出一个乌鸦，理由是："这个乌鸦适于做我们的领袖。"可是另一部分持反对意见，不要它当领袖。这样一来，大家意见产生分歧，争论不休，几乎闹僵了。最后勉强达成协议，商定大家各去休息、睡觉，明天一早谁都不忙早起出去觅食，必须耐心等到天亮日出，大家才集合在一个地方,等候雀鸟中谁先飞到大家跟前,它就等于是安拉替大家选择而被派来当领袖的,大家的事就委托它办理。这个主意博得一致同意便照办了。

第二天当乌鸦等待的时候,一只苍鹰突然飞到那里,它们便对苍鹰说:"艾布勒·亥谊尔,我们大伙选你为领袖,管理我们的事情。"

苍鹰慨然接受邀请,说道:"若是安拉愿意,我将替你们做许多好事情。"苍鹰接受了委托之后,每天出去觅食的时候,总要个别地找其中的一只乌鸦同行,趁机啄死它,然后靠吮它的脑髓,吃它的眼睛过活。苍鹰继续如此炮制乌鸦,直到乌鸦们发现它的行径,眼看大批乌鸦被杀死吃掉,相信剩余的生命难保,便互相议论说:"咱们中的大多数死亡了,这该怎么办呢?如果再不留神,咱们极大多数还要遭殃呢。现在是咱们提高警惕,保全性命的时候了。"

乌鸦议论之后,对苍鹰敢怒而不敢言,无不义愤填膺。第二天清晨,眼看没有其他安全办法,不得不约着悄悄离开苍鹰,各奔前程。

大臣讲了《乌鸦的故事》,接着说道:"吾王陛下,当初我们所顾虑的是:除你之外,别人来当我们的国王,会使我们遭受乌鸦的那种命运,那就悲惨了。幸亏安拉以太子的诞生来恩赏我们,使陛下的江山后继有人。现在我们对国家的职权、强大、稳固、太平所抱的信心更大了。赞颂、感谢安拉!愿安拉赐福陛下和臣民们,赏陛下和臣民丰衣足食,长治久安。

第六个大臣祝贺国王

继第五个大臣的祝颂,第六个大臣站起来,祝贺太子诞生之喜,说道:"愿安拉使陛下今生和来世都幸福、快乐。古人说过:'礼拜的人、斋戒的人、孝顺父母的人、裁判公正的人,能博得安拉的赏识,能同安拉见面。'陛下受命为我们的国王,治国以来,公正廉明,这是陛下的德政,祈望安拉多多赏赐陛下,对你所做的好事,给予加倍的报酬。刚才陛下已经听见这位学者谈到在没有国王执政或有不称职的国王的情况下,我们之间的意见会分歧,会发生争执,从而招致灾祸,因此我们中就产生种种忧愁、顾虑。而在事实跟我们所顾虑的情况日益接近的时候,则向安拉祈祷,恳求安拉赏赐国王一个子嗣,以便国王百年归天后继承王位,这是我们的职责,是责无旁贷的。我们这样尽责之后,就该心满意足了。此外,也许有人从尘世的享受方面钟爱国王,或因不考虑后果而替国王做非分的乞求,那就不应该了。因为那样做是凶多吉少的,会带来伤亡的,会像耍蛇者及其妻室儿女那样遭殃的。"

"耍蛇者及其妻室儿女怎么样?那是怎么一回事?"国王听了大臣的祝贺,急于要知道耍蛇者及其妻室儿女的遭遇。

于是大臣讲述《耍蛇者和妻室儿女的故事》。

耍蛇者和妻室儿女的故事

相传古代有个耍蛇的人,以饲蛇卖艺为生。他有个大箕笋,里面养着三条毒蛇。他历来把养蛇的事严加保密,从来不让家里人知其底细。他每天背着箕笋,去城镇中周游,借耍蛇卖艺,赚钱养家糊口。他每天总是早出晚归,一回到家中,随即把装蛇的箕笋悄悄收藏起来,次日再背箕笋往城镇中去谋生。这样的生活,长期以来,他已经习以为常,只是家里人不知笋中装的是什么东西。

有一天耍蛇者照例卖艺归来,老婆一见面就问他:"你这笋中装的什么东西?"

"你问这个干吗?莫非你们吃用的不是多多有余的吗?你应该满足于安拉分配给你的东西,而不必过问其他的事物了。"耍蛇者剀切回答了妻子。

娘儿当丈夫的面虽然默不作声,心里却暗自嘀咕:"我非探索这个箩筐不可,要看一看里面到底装的什么东西。"她打定主意,并告诉孩子们,怂恿他们去向爸爸打听箩中的东西,要他们纠缠他,以便得到回答。这样一来,孩子们的心一直惦记着箩筐,总以为箩中有可吃的东西。因此他们每天都要求父亲让他们看看箩中的东西。做父亲的总是一面推辞,一面好言宽慰,禁止他们提这方面的问题。过了很久,情况一直没变。做母亲的老鼓励孩子们,弄成呶呶不休的局面。后来孩子们同母亲一起做出决定:他们在父亲面前不吃不饮,以此要挟父亲,逼他满足他们的要求,打开箩筐,让他们看箩中之物。

一天下午,正当妻室儿女们那样做的时候,耍蛇者卖艺归来,随身带回许多食物。他坐下来,随即呼唤孩子们同他一块吃喝。孩子们不但不接近他,而且表现出生气的样子。做父亲的好言抚慰孩子们,说道:"你们来看吧,你们要什么呢? 无论吃的、喝的、穿戴的,我全都给你们买来了。"

"爸爸,我们只要你打开箩筐,让我们看看里面的东西。如果你不许可,我们只有自杀之路可走了。"

"孩子们,对你们来说,箩中毫无可取之物。我要是应你们的要求打开箩筐,这对你们的损害可就大了。"

孩子们不听忠言,怒色有增无减。做父亲的眼看那种情景,便吓唬孩子们,示意说,如果他们再不纠正那种行为,就要打他们。可是孩子们毫不解怒,坚持他们的要求。做父亲的一怒之下,拿拐杖去打孩子们。孩子们拔脚往前奔跑,做父亲的在后追逐。当时装蛇的箩筐还未摆在原来收藏的地方,做母亲的趁丈夫同孩子们纠缠不清的时候,赶忙揭开箩盖,偷看里面之物。箩中的毒蛇一下子爬了出来,她被毒蛇咬死。接着几条毒蛇盘踞屋中,横行无阻,几个孩子,大的小的,一个个都被毒蛇咬死,仅做父亲的幸免。他惨遭家破人亡之祸,走投无路,只得撇下故居,去过流浪生活。

大臣讲了《耍蛇者和妻室儿女的故事》，接着说道："吉祥的吾王陛下，从上述这个故事里，我们知道做人不该超越安拉所赋予的范围，再追求其他事物，而应该安分守己，满足于安拉所赋予的一切。陛下的学识经验是非常渊博丰富的，非一般常人可以比拟。此外在绝望之余，安拉又赏赐陛下子嗣，使陛下感到欢欣快慰，实在可喜可贺。我们祈望安拉使太子将来长大，成为一个公道、正直的王位继承者，既蒙安拉的嘉许，又受万民的拥护爱戴。"

第七个大臣祝贺国王

继第六个大臣的祝颂，第七个大臣站起来，祝贺国王，说道："吾王陛下，刚才我的同僚中，几位臣宰、学者、哲人恭祝陛下得子之喜。他们的颂词中，关于颂扬陛下的美德懿行和超群出众的地方，我听了颇有同感，大家都引此以为荣，衷心爱戴陛下，这是我们应尽的职责之一。现在就太子诞辰之喜，我竭诚赞美安拉，因为是他恩赏陛下，并委托陛下执掌王权的，是在他的启发下，陛下和我们才深知感恩戴德的。假若没有陛下，这一切都是不可能的。回顾以往的经验，当陛下执掌大权，同我们在一起的时候，我们就不畏强暴，不怕迫害，即使我们处于弱小地位，也没有谁敢来侵犯我们。古人说过：'世间最幸福的人，是那般拥有公正国王的庶民们；世间最悲惨的人，是那般在暴君压迫下的臣民们。'古人也曾说过：'宁与猛狮同居，不与暴君共处。'安拉以委派陛下担任国王职位，作为对我们的无上恩赐，并且在陛下年迈绝望之时，赏赐陛下这个吉祥子嗣，所以我们应该赞颂他，感谢他。因为人世间最珍贵的礼物是善良的子嗣。古人说过：'没有子孙后代的人，等于生命没有结果，死后没人纪念他。'而陛下历来以身作则，力行公道，虔诚信仰安拉，所以安拉赏赐陛下这位吉祥的子嗣。幸福的太子的诞生，是至高无上的安拉给予陛下和我们的恩惠。这是陛下施行德政、善于忍耐的结果。陛下的这种情景,同暴风中的蜘蛛的情景是很相似的。"

"暴风中的蜘蛛怎么了?这是怎么一回事?"国王急于要知道蜘蛛的情景。

于是大臣讲述《蜘蛛和暴风的故事》。

蜘蛛和暴风的故事

相传从前有个蜘蛛,在一道高而僻静的大门顶上结网定居,过着异常安全的生活,对于安拉使它轻易找到那样不受其他害虫侵害的住所,向来抱着感谢心情。长期以来,蜘蛛继续在既安逸而又不缺食物的环境中生活,始终不忘安拉的恩赏。

有一回,安拉让蜘蛛离开住所,要看一看它感谢、忍耐到什么程度,以此作为对它的考验。于是差遣一阵从东边刮起的暴风,把蜘蛛连其窝巢一股脑儿刮到海中,经历了很大的风险,波涛才把它打到岸边,免于死亡。

蜘蛛死中得活,一方面衷心感谢安拉的护佑,一方面却对暴风发出怨言,说道:"暴风啊!你干吗这样对待我呢?当初我住在大门顶上的窝巢里,非常安全、舒适,你一旦把我刮到这儿来,究竟对你有什么好处呢?"

"你别埋怨,"暴风回答蜘蛛,"我一会儿就送你回去,一直把你送到先前你居住的地方去。"

蜘蛛耐心等待,切望回到原来居住的地方。直待东北风停止,西南风继起,逐渐刮到海岸边,这才把蜘蛛卷了起来,带着飞向它先前居住的那个地区。蜘蛛一下子辨认出来,便慢慢爬上门顶,终于平安回到老家里,继续过安静、舒适的生活。

大臣讲了《蜘蛛和暴风的故事》,接着说道:"赞美安拉,因为是他对陛下前半生安于寂寞、坚持忍耐的德行而给予优越报酬的；也是他在陛下过到晚年阶段，对子嗣已经绝望之后，而趁陛下健在的时候，赏赐陛下香烟后代的。当此太子诞辰，陛下满心欢喜、快慰，举国欢庆之时，我们虔心祈求安拉，像赏赐陛下及其他帝王那样，赏赐太子王位和君权，让他继承陛下的事业，一统天下，爱民如子，其福泽普及于万民，举国过太平盛世。"

太子瓦尔德·汗努力攻读

宰相和大臣们就太子诞辰，先后向国王祝贺毕，国王说道："竭诚赞美安拉，衷心感谢安拉。安拉是创造宇宙万物的唯一主宰。从事物的迹象中，我们知道安拉的崇高、伟大。安拉把王位、君权给予奴婢中他所选择的人，并委以重任，作为安邦治民的代理人，吩咐他公平合理地待人接物，大公无私地执法施政，一切按规章办事；他的所作所为，必须使自己和庶民都心安理得，达到皆大欢喜的地步。谁按照安拉的命令办事，对自身来说，是有报酬的；对安拉来说，就是服从依顺；其结果，今生有安拉保佑，来世会荣获安拉恩赏，这就两全其美了。因为安拉对行善者的报酬，从来是有增无损的。至于那班违反安拉之命行事的人，从自身来说，是犯罪行为；对安拉来说，是反叛行为；这无非是舍来世而取今生罢了，其结果，今生既没有功德，来世也谈不上报酬，是两败俱伤了。因为安拉一不纵容暴虐、作恶之辈，二不忽略奴婢中的任何好人。今天在座的臣僚们，大家谈到由于孤家对众僚属大公无私，并同众僚属执法、处事方面做得得当、中肯，所以安拉赏赐寡人和众僚属，使我们成功胜利，事事顺利如意，这是我们应当格外感谢安拉的。此外，每位僚属在安拉的启示下，根据自己对这些事物的认识，各抒己见，畅所欲言。尤其对安拉无微不至的恩赏，尽情赞颂，竭诚感谢。这里，我也同样感赞安拉，因为我是受安拉委派的一个奴婢。安拉掌握着我的心。我的舌头是服从安拉的。无论安拉对我怎样裁处,我都心甘情愿。对于太子,每位僚属所见到想到的都说过了。大家提到:在孤家过到晚年,对后裔信心微弱,正感绝望之时,忽报太子诞生,这是安拉重新赏赐我们的恩惠。事情的确如此,实在是安拉消除我们的绝望念头,而使社稷能日以继夜地交替下去,这的确是安拉赏赐的无上恩典。安拉应答我们的祈祷而赏赐我们这个孩子,并使他成为有崇高地位的继承者,因此我们衷心感赞安拉,恳求安拉凭其慷慨、仁慈的德行,使孩子具备宽厚性格、善良心术,以便将来长大,成为一个主持公道、正义的国王,从而凭借他的善良、慷慨保护他的臣民,而不受强暴者的侵袭和欺凌。"

国王说毕,僚属和学者们站起来,赞颂安拉、感谢国王一番,然后一一吻过国王的手,这才各自告辞归去。国王回到后宫,看望太子,祝福他,替他取名为瓦尔德·汗,从此精心抚养。

太子瓦尔德·汗年满七岁时,国王要教他读书,特意在京城中心建一幢宫殿,供太子攻读之用。整幢宫殿装备了三百六十间房间,作为教室。继而任命三位哲人、学者充当教师,吩咐他们认真教诲,不论白天黑夜都不得疏忽大意;并规定每天在一间房间里教学;凡是该学的知识,必须应有尽有,好把太子培养成一个各种学问都懂的渊博之士。此外还吩咐教师们把所教的科目分别贴在教室门上,并把太子学过的课程,每周向国王汇报一次。

三位哲人、学者接受教育太子的任务,在教学方面,诚惶诚恐,白天黑夜,毫不松劲;凡是他们所懂的知识,毫无保留地灌输给太子。由于太子聪明过人,理解力强,又肯学习,所以他在学习方面的成就显然不是前人可以比拟的。三位哲人、学者按照指示,每周将太子学习的进度及其精通的地方向国王汇报。国王摆出学者、名士的架子,聆听汇报。教师说:"像太子这样理解力强的人,我们可是从来没见过。"

太子瓦尔德·汗孜孜不倦地学习、深造,到年满十二岁时,各种学问就有了高深的造诣，一跃而为当代超群出众的学者，老师们带他谒见国王，说道："启禀陛下：安拉以这个吉祥的孩子，使陛下感受快慰了。如今太子学了各种知识学问，已经成为一个饱学之士。他的造诣之深，是当今的哲人、学士望尘莫及的。现在我们算是完成教育任务而把他带到御前来交差了。"

国王赭理尔德感到无限欢喜，为了表示格外感谢安拉，赶忙倒身跪下去叩拜，说道："一切赞颂应该归之于安拉，因为他的恩赐是数不尽的。"于是他召宰相闪摩肃进宫，对他说："爱卿，太子的老师们来见寡人，说太子学了各种知识、学问，凡是他们所懂的知识，毫不保留，全部传授给太子，把他教育成超群出众的学者。爱卿，今后你觉得该怎么办呢？"

宰相闪摩肃先叩拜伟大、崇高的安拉，然后站起来吻过国王的手，从容说道："宝石即使埋没在深山中，它仍然像夜明灯那样发光。令郎是一颗珠宝，他虽年幼，但已成为哲人、学士了。他得天独厚，应该赞颂、感谢安拉。若是安拉愿意，明日我召集杰出的学者和大臣们，让大家齐聚一堂，把太子在学术方面的成就，做一番试验好了。"

太子瓦尔德·汗回答宰相提出的问题

国王赭理尔德听了宰相闪摩肃要考试太子，便号召国内德高望重的博学之士和杰出的哲学家前来参与试验。次日学者哲人应邀来到王宫门前，获得国王的允许，这才鱼贯而入。接着宰相闪摩肃驾临，吻了太子的手。太子站起来答礼，向宰相叩拜。宰相说道："幼狮是不宜对其他野兽行叩拜礼的，这同光明不结合黑暗的道理正是一样。"太子说道："幼狮见了国王的宰相，是该向他叩拜的。"他俩彼此说了应酬话，宰相才开始提出问题，说道："告诉我吧：什么是绝对的永恒？他的两个世界所指的是什么？两个世界中的哪个是永恒的?"

太子回道:"绝对的永恒是指伟大、崇高的安拉而言,因为他是无始的第一,是无终的最末。他的两个世界所指的是今生和来世。所谓的永恒的世界,是指来世的幸福而言的。"

"你说的对,"闪摩肃说,"我同意你的见解。不过希望你告诉我:所谓两个世界指的是今生和来世这个道理,你是从哪儿知道的?"

"因为今生原是从无到有而被创造出来的,属于第一世界;可是它变化无常,一切事物经常更替、消亡,当中就人的行为来说,它要求一个赏善罚恶的结局,这就起着促使它重归消亡的作用。同第一世界对称,所以称来世为第二世界。"

"你说的对,我同意你的见解。"闪摩肃说,"不过希望你告诉我,所谓来世的幸福是两个世界中永恒的这个道理,你是从哪儿认识的?"

"我知道这个道理,是因为所谓的来世,它是永活的主宰替那班行为应得报酬者居住的屋子,它是永存不朽的。"

"告诉我吧:在今世中,什么人的行为最值得称羡?"

"行为最值得称羡的是那班宁选来世,不取今世者的人们。"

"谁是宁选来世而不取今世的人呢?"

"大凡知道自己是生活在中断的住宅中,知道自己的生命原是为了死亡才被创造的,知道死后要受清算的人,他们都是宁选来世而舍今世的。因为如果今世中有一个长生不老的人,那就不会有人舍今世而取来世了。"

"告诉我吧:没有今世,来世还存在不存在呢?"

"谁不经过今世,对他来说,就谈不上来世。不过你可以看到今世和人类以及人类最后归宿到其间的来世,这三者间的关系,可以打比喻说:所谓今世,它像一个官僚建筑一间供人临时住宿的狭小房屋,让人们住在其中,做指定的事情,并规定期限,还派人监管着。屋中的人，凡按指示办事的，到限期满时，监管者便放他走出狭屋，前往来世去受赏；凡不服从命令，不按指示办事的人，限期一到，就须离开狭屋，转移到来世去，经受应得的惩罚。而人在今世中的享受，恰像在狭屋中过活期间，吃了从屋顶裂缝中流下的蜂蜜；一尝到甜头，索性懒散下来，把指定该做的事扔在脑后，满足于微不足道的甜蜜，偏安于狭小、苦楚的现状，对来世的赏善罚恶，竟然明知故犯而不加考虑。至于那位监管者，他对任何人都是同样待遇的；凡属限期届满者，必得让他离开狭屋，转往来世去。众所周知，所谓的今世，它是一幢令人眼花缭乱的屋宇，在其中生存的时间固然短促，但在其中的人，如果因为享到一点甜蜜，就贪得无厌，醉心于有限的享受，而舍本逐末，那就落得吃亏、可悲的下场了，原因是他舍来世而取今生的缘故。只有不企图今生些许的享受，毅然舍弃今生，选择来世的人，才是真正的胜利者。"

"你所谈的今世和来世，我同意你的见解。"闪摩肃说，"我可是把今世和来世看成是人类的两个统治者，人对两者都非驯服不可，而两者却是极端相反的；这样一来，人就感到左右为难了。因为奴婢如果倾向于追求今世的生活，这就在来世给他的灵魂带来损害；如果埋头专为来世预备盘缠，这就给肉体造成危害，而没有一个使两个统治者都满意的办法。"

"处今世，一个人在生活方面如果有些成就，那么物质对他为来世的进取便是有力的鼓励和支持。我觉得今世和来世好像是两个国王，其中的一个是公道的，另一个是暴虐的。"

"这是什么意思？"宰相闪摩肃追问一句。

于是太子瓦尔德·汗便讲《两个国王的故事》作答。

两个国王的故事

相传从前有两个国王。其中的一个为人公正，另一个却暴虐成性。那个暴虐国王的国土很肥沃,到处生长着树木、植物,因而果子特别多。国王禁止老百姓经商谋生,凡违拗命令的,就没收他的货物和本钱。老百姓只得忍气吞声,敢怒而不敢言,靠丰产的果子过生活。那个公正的国王不了解情况,却派人带着很多钱,命他前往那个暴君的国中,收购宝石。国王的采购员遵循命令,去到暴君国中经营。有人报告暴君说:"有个生意人到我国来,随身带着大批钱财,要收买本地的宝石。"国王派人把买宝石的商人叫到宫中,问道:"你是谁?你从哪儿来?是谁让你到我国来的?有何企图?"宝石商人说明他的国籍,接着回道:"我国的君王给我钱,吩咐我到贵国来,替他采购这儿出产的宝石。我遵循国王的命令,终于来到这儿了。"

"该死的家伙!"国王火了,"我对本地人的办法你不知道吗?每天都没收他们的钱财呢。你怎么敢带钱到这儿来?喏,你到我国违拗我的法令,就该没收你的钱财。"

"这些钱一文也不是我自己的,我不过是受了委托,暂时经手保管罢了,终归要原物奉还它的主人的。"

"除非交出全部钱财赎买你自身,否则我是不让你在我国获得食物的;如若不然,你只有死路一条。"

采购宝石的人听了暴君之言,心里想道:"我算是栽倒在两个国王之间了。显然这个国王的暴行,对住在其境内的人来说是普遍的,谁都避免不了。要是不满足他的愿望,我就自身难保,财物也得损失掉,必然落得个人财两空的下场。倘若我把钱都给他,那个作为财主的国王也不会饶我,我非死在他手里不可。处这种情况,别的办法没有,我只能把少半的钱给他,满足他的愿望,借此保全我的自身和多半的钱财,从而获得食物,维持生命,并趁机收购我所需要的宝石。这样一来,也许我一方面可以满足他的愿望,一方面我可以从此地取到我的份额,继而带回去向财主交差,满足他的需求。我寄希望于他的公正和宽恕;至于这个暴君所勒索的这笔钱,为数毕竟不多,因此我就不怕受处分了。"商人如此深思熟虑之后,便当面替国王祈祷一番,然后把小部分钱献给他,说道:"启禀国王陛下,我愿意拿钱赎身。这个区区之数,作为我到贵国起直至离开此地止这段期限的赎身银子吧。"

国王接受商人的请求,并给他一年的期限。商人这才用身边的钱,购买大量宝石,然后带回国去交差,完成国王交给他的使命。

太子瓦尔德·汗讲了《两个国王的故事》,接着解释道:"故事中所谓公正的国王,是来世的例子;所谓的暴君,是今世的例子;所谓暴君国中出产的宝石,是功德、善行的例子;所谓的生意人,是人类的例子;他身边的钱,则是生活费用的例子。从这个具体例证来看,我觉得人在今世谋生的时候,不应该不留一天的工夫为来世预备些盘缠。因为要这样做,他才可以一方面以大地的产物,来满足生活需要;另一方面,则以在忙碌的生活中,为谋求它不惜花费精力、时间应得的报酬来满足来世的需求。"

"告诉我吧:人的身体和灵魂,二者在享受报酬、承担罪责方面是相同的呢?还是只限于淫荡的、作孽的身体受惩罚?"

"一班倾向淫荡、作孽的人,根据其克制和忏悔,也有获得报酬的。坏事如此,可以类推,则其反面事物,就不言而喻了。而赏善罚恶之权,是操在安拉手中的。至于人的生存,必须有身体力行;没有身体,灵魂也就不存在了。灵魂的贞洁性,指人在今生坚持虔诚之心意的同时,还瞻顾到来世的裨益。身体与灵魂,像两匹打赌的赛马,也像两个同奶的兄弟,又像两个合伙的伙伴。人的心意,属于总行为的成分;因此,事无好坏,身体和灵魂,总是彼此合伙而为的;在赏与罚方面,应是共同享受、共同承担罪责。身体与灵魂两者之间的关系,跟瞎子、瘫子和果园主人之间的关系正是一样。"

"这是怎么一回事?"宰相闪摩肃急于要知道个中情景。

于是太子瓦尔德·汗讲《瞎子瘫子和果园主人的故事》作答。

瞎子瘸子和果园主人的故事

相传从前有个果园主人弄了一个瞎子和一个瘸子到果园中替他看守果木,教他俩规规矩矩做人,不准胡闹,更不准做对他有损的事情。到了果子成熟的季节,瘸子眼看树上累累的果实,感到嘴馋,便对瞎子说:"你这个该死的家伙!我眼看树上熟透了的果子,想吃得很,可是我站不起来去摘果子。你去吧,因为你的两条腿很健全,可以去摘些果子,拿来咱俩享受吧。"

"你才该死呢!"瞎子开口了,"当初我没想到这个,现在你算是提醒我了。可是这件事我是办不到的,因为我看不见呀。既然要吃果子,这该想什么办法呢?"

瞎子和瘸子正在想摘果子的办法,管理果园的人突然来到他俩面前。他是个明理的人,瘸子便对他说:"喂!管园的,我很想吃果子,可是我们的情况你非常清楚:我是瘸子,不能行动;我的这个伙伴是瞎子,什么都看不见。这该怎么办呢?"

"你俩真该死。园主嘱咐你们的话都忘了吗?他教你们规规矩矩地不许胡闹,不准做损害他的事情呢。快息了这个念头,别胡作非为吧。"

"我们非吃到果子不可。"瘸子和瞎子坚持己见,"你有什么办法?请告诉我们吧。"

瞎子和瘸子不肯丢掉摘果子的念头,管理人便指示说:"这样吧:瞎子站起来,把你这个瘸子背在背上,带你去到果树下,你就可以伸手摘果子了。"

瞎子果然站了起来,背着瘸子,然后按照他的指示,直去到果树下,让他摘他看中的果子,彼此共同享受。就这样他俩天天摘果子吃,习以为常,把好多树上的果子都摘光了。

有一天果园主人来到园中,发现果子丢失,大为生气,对瞎子和瘫子说："该死的家伙哟！你们干的什么好事？我不是告诫你们不准在园中做坏事吗？"

"我们什么事都无能为力，这是主人知道的。"他俩在替自己辩护，"因为我们一个是瘫子，站不起来；另一个是瞎子，眼前的东西，什么都看不见。我们有什么过失呢？"

"你们以为你们的做法以及你们的偷窃勾当我不知道吗？显然是你这个瞎子背着瘫子，听他指示，而把他带到树下去摘果子。"于是果园主人抓着瞎子和瘫子，狠狠地痛打一顿，这才把他俩撵出果园。

太子瓦尔德·汗讲了《瞎子瘫子和果园主人的故事》，接着解释道："故事中的瞎子被喻为身体，它像瞎子同瘫子合作那样，必须同灵魂协作才有所作为；瘫子被喻为灵魂，要依赖身体才能有所行动；果园被喻为人的所作所为，奴婢因它而获得报酬或惩罚；管理果园的人被喻为人的理智，它引人为善，禁人作恶。由此说来，身体和灵魂，对其行为的报酬和惩罚，彼此是同甘共苦的。"

"你说的对，我同意你的这种说法。告诉我吧：什么样的学者，在你看来是最值得称赞的？"

"精通一神教而且能充分利用其学识的人，是最值得称赞的学者。"

"怎么做才成为这样的学者呢？"

"凡安拉喜欢的事多做多为，凡安拉讨厌的事一律不做的人，就成为那样的学者了。"

"学者中最杰出的是什么人？"

"一神论造诣最深的人。"

"他们中最有经验阅历的是什么人？"

"始终按照自己的知识做事的人。"

"他们中心地最纯良的是什么人？"

"经常预备死亡、不断赞颂安拉、欲望淡薄的人,都是心地最纯良者。因为把死亡的途径同自己的灵魂联在一起的人,就更能认识真理,这跟对着明镜观察自身的人,能更清楚地识别自己的本来面目正是一样的道理。"

"什么财宝最可贵?"

"天上的财宝最可贵。"

"天上的什么财宝最可贵?"

"膜拜、赞颂安拉。"

"尘世中的什么财宝最可贵?"

"做有益于人类的事情。"

宰相闪摩肃听了太子瓦尔德·汗的回答,感到满意,说道:"你说的对,我同意你的见解。告诉我吧:知识、见解和智慧之间的区别是什么? 三者是固定、结合在什么地方的?"

"知识来自学习,见解出自经验,智慧出于思考;三者固定、结合在头脑里。一身具备这三者的人,他就是完人;如果再把畏惧安拉的心情合并进去,他的品德就达到至高无上的境界了。"

"你说的对,我同意你的见解。告诉我吧:一位见解正确、聪明过人、智能出众的学者,他会受到嗜好和欲念的影响而改变其德行吗?"

"一个被嗜好、欲念侵袭的人,他的学识、见解、聪明和理智是会受影响而变质的。这好像一只凶猛的秃鹰,本来异常机警,经常翱翔高空,避免猎人袭击。情况固然如此,可它看见一个猎人张起网罗,并把作为诱饵的一块鲜肉摆在网中。秃鹰面对那块鲜肉,经不起嗜好、欲念的诱惑,竟忘记猎人张网的目的,同时也忘了落网雀鸟们的悲惨遭遇,于是忘其所以地翻身俯冲下来,直落到网中啄食鲜肉,结果终于跌在猎人的罗网中。猎人过来一看,见被猎获的是一只秃鹰,不禁大吃一惊,叹道:'我张网的目的,原是让鸽子之类的雀鸟落网的,怎么秃鹰也落到网中来了?'据说,有头脑的人,碰到嗜好、欲念指使他去做某事时,他不会轻举妄动,必须凭理智衡量一下做那种所谓好事的结局,不仅不受嗜好、欲念的束缚、摆布,而且能凭理智战胜嗜好和欲念。所以说,人遇到欲念怂恿、嗜好诱惑时,应该像精明的骑士使用骑术对付劣马那样,充分利用自己的理智。例如一位精悍的骑士驾驭一匹蹦跳奔腾的劣马时,他会利用骑术,勒紧马缰,制止它任意乱蹦乱跳,从而逐渐改正它的劣性,最后达到驾驭自如的地步。对不学无术的笨伯来说,情况就大不相同。他在事物面前,总是糊里糊涂,老受嗜好的役使、欲念的操纵,单凭嗜好、欲念行事,因而往往吃亏上当,最后只落得极其悲惨的下场。"

"你说的对,我同意你的见解。告诉我吧:在什么情况下,知识才能有用? 理智才能抵制嗜好和欲念的危害?"

"当知识、理智的主人把知识、理智用来寻求来世幸福时,二者就有利益而能避免嗜好、欲念的危害。知识、理智本来是有益无害的,但是知识、理智的主人,除了利用少量的知识、理智营谋生活必需的衣食及抵制危害外,其他极大部分的知识、理智,应该被用来经营在来世可以获利的事情。"

"告诉我吧:什么事情是最有价值而应为人专心向往的?"

"做正直善良的事情。"

"专心从事正直善良的事,没有工夫营生,必需的生活费用从哪儿来呢?"

"一天有二十四小时,应该利用一部分时间营生,一部分时间祈祷、睡眠,一部分时间从事学习。有理智而无知识的人,恰如一块不毛之地。荒芜的土地不经开垦耕作,不会长出庄稼来,必须经过开垦、耕作、栽种,才能有收割。所以对荒地来说,要开垦、耕作、栽种才能长出丰硕的果实。对人来说,不学无术的人,于己于人都无好处;必须从事学习,把知识的种子播在心田里,才能开花结实。"

"告诉我吧:什么是知其然而不知其所以然的知识?"

"一般禽兽的知觉,都属于这种类型。因为它们知道吃、喝、睡、醒的时候,却不理解吃、喝、睡、醒的道理。"

"关于这个问题,你做出简短的答复,我同意你的见解。告诉我吧:在君王面前,我应该怎样提防呢?"

"别让他有接近你的机会。"

"他统治着我,我的一切都在他的手掌中,我怎能不让他有接近我的机会呢?"

"他的统治权,限于职务方面你应尽的义务而已。你尽了应尽的义务,他就无权统治你了。"

"宰相对国王应担负什么任务呢?"

"进忠言,明里暗里都勤劳工作,提出正确建议,严格保密,凡是应该报告的事,丝毫不能隐瞒,对吩咐下来的事,丝毫不能疏忽,尽量想法讨他喜欢,不要惹他生气。"

"告诉我吧:做宰相的,对国王该怎样表现呢?"

"如果你当了国王的宰相,又要避免不受其害,那么在聆听他的吩咐或向他陈述意见的时候,必须迎合他的心理,一切超乎他的期待之上。至于你对他的要求么,必须恰如其分,千万别把自己摆在他认为不适当的地位,这就可避免犯上的嫌疑了。如果你受他的柔和所欺蒙而把自己摆在他认为不适当的位置上,那就难免不踏猎人的覆辙了。"

"猎人怎么了?"宰相闪摩肃急于要知道猎人的遭遇。

于是太子瓦尔德·汗讲《猎人和狮子的故事》作答。

猎人和狮子的故事

相传从前有个猎人捕获了一只野兽,剥下他所需要的兽皮,而把兽肉扔在一旁。有一只狮子经过那里,发现兽肉,不劳而获,饱餐了一顿。此后狮子接连上那儿去吃堆在地上的兽肉,跟猎人见面。经过多次接触,狮子和猎人从接近而彼此亲密起来。于是猎人挨到狮子跟前,伸手抚摩它的肩和背,狮子便摇摆它的尾巴。猎人眼看狮子一动也不动,显得很驯服,跟自己混得很亲密,便暗自说:"这只狮子叫我给驯服了,为我所占有啦,这该我骑在它背上,像剥其他野兽那样剥它的皮了。"猎人终于鼓足勇气,一跃跨上狮背,妄图如法炮制它。狮子眼看猎人的举动,野性突然发作,举起前爪,猛击猎人一掌,打得他腹破肠流,继而把他摔在脚下,撕成碎片,使他得到一个粉身碎骨的下场。

太子讲了《猎人和狮子的故事》,接着解释道:"从这个故事里,你便懂得:在侍候国王的时候,宰相的一言一行,在他心目中,必须恰如其分,不可凭自己的高明而冒犯他,免得惹他生气而翻脸不认人。"

"告诉我吧:宰相在国王面前,应该怎样打扮自己?"

"根据忠实的劝导和正确的意见,妥善执行派下来的任务,认真遵循一切命令。"

"按照你的说法,宰相对君王负担着避免他生气,做他喜欢的事,重视他的吩咐等任务,这一切都是分内应做的事。不过请告诉我:如果做宰相的碰上这样一个君王:他只喜欢暴虐、作恶、蛮横等类的坏事,那么做宰相的应该怎么办呢?同那样的昏君共处,难免不遭殃受累的。因为要劝他抛弃嗜好、淫乱、放肆等类癖性,事实上是办不到的。如果任其放荡不羁、残酷暴躁下去,甚至赞同他的那种恶习,这就等于同流合污,须承担罪责,会一变而为庶民的仇敌。你说吧:处这样的境况,该怎么办呢?"

"相爷,你提到的所谓承担罪责,那是指他跟随君王作了恶、犯过罪才能成立的。对宰相来说,当君王指使他跟他一起做坏事时,就该因势利导地给他指出该走的公道、正义的道路,即刻纠正错误,提醒他不可专横暴虐的道理,阐明高尚品德、崇高声望对统治庶民的重要性,鼓励他对赏善罚恶的报应而产生爱憎心情。这样一来,如果君王心悦诚服,肯听他的话,从而回心转意,目的就算实现。否则,别的办法是没有的,只好借个巧妙之故,忍痛离开他,远走高飞。因为彼此分手,便各得其所了。"

"告诉我吧:君王同庶民之间,彼此的权利、义务是什么?"

"忠诚遵循命令,严守法律,舍身救国,凡君王乐意而不违背教律的事全都奉行,并歌颂其德政,这一切都是庶民对君王应尽的义务。保护百姓的生命财产,尊重他们的妻室等,是君王对庶民应尽的职责。"

"我提出的关于君王和庶民之间的权利和义务问题,你给予解答了。告诉我吧:其中有遗漏的地方吗?"

"不错,其中君王对庶民应尽的职责,比庶民对君王应尽的义务更重要,更迫切。君王失职的危害比庶民不尽义务的危害更大。因为君王之废黜,江山之倾覆,权力之丧失,往往是君王失职所造成的。故凡掌一国之大权者,必须抱定三件大事:即重视宗教的利益,庶民的利益和国家的利益。如能坚持维护这三方面的利益,便可长治久安了。"

"告诉我吧:做君王的应该怎样替庶民谋福利?"

"给予庶民应该享受的权利,执行教律,利用学者、哲人施教,使其互相受益,赦免死罪的犯人,保护庶民的财产,减轻其负担,壮大其队伍。"

"告诉我吧:宰相在君王面前,应该享受什么权利?"

"君王应给宰相以信任和尊重的权利,这比给任何人的都重要。其重要性表现在三方面。第一,宰相的一差半错,会给君王带来危害;他的正确主意,会给君王和庶民共同受益。第二,庶民知道宰相在君王面前有崇高的地位,就会用敬仰的眼光看待他,对他表示仰慕、爱戴。第三,宰相眼看自己既蒙君王尊重,又受庶民爱戴,必然会因感恩而卖力效忠长上,并替庶民除害、谋利。"

"关于君王、宰相、庶民的权利和义务及其相互间的特性,你所谈到的,我全听清楚了,我同意你的解释。告诉我吧:做人应该怎样保证口舌不撒谎、骂人,不诽谤、中伤,而能避免说话过火?"

"人的言谈只该涉及善良、有益的东西,不谈与自身无关的事物,不搬弄是非,不把别人的话转告其仇敌,不依势陷害朋友及仇人。除安拉之外,对那些为一班人所期望其恩赐和畏惧其毒害者之流,不怀羡慕、恐怖心情,因为真正掌握损与益的,只能是唯一的安拉。不揭人之底,不胡扯淡,免得今生既惹人怨,来世又要肩负罪责。须知:语言像箭矢;出口之言似射出之箭;既出之言是无法挽回的。要警惕口舌不牢的人,即使是可信任的朋友,也不能以私事委托他,免受泄密之害。在保密方面,对朋友应该比敌人更加注意。因为保密是人人应该履行的忠实任务。"

"告诉我吧:对待家庭和社会应持什么样的德行?"

"人之一生,离开端正的品德是不会有宁息的日子的。不过对家人来说,应该给予他们应得的一切;对亲友也必须做应做的一切。"

"告诉我吧:对家属应该怎样待遇?"

"对父母应该竭诚驯顺,说话轻言慢语,态度和颜悦色,躬身孝敬,小心奉承。对弟兄手足,须言语规劝,钱财接济,事事关心,全力协助,以其忧为忧,以其乐为乐,慨然原谅其过失。因为弟兄经受这样待遇,会报以更可贵的忠言,会因酬谢而不惜贡献其生命。比如说吧:当你获得弟兄的信任时,就把怜爱的心情全都表现出来,对他事事关心,全力以助吧。"

"在我看来,所谓的弟兄不外乎两种:一种是可信任的,另一种是日常社交应酬的。对可信任的弟兄,应照你所说的那样去做。而我要问的是如何对待社交应酬的弟兄们。"

"从社交应酬的弟兄中,你可以获得愉快的感受,学到美好的德行,听到悦耳的言谈,学得交际的本领,所以不仅不该舍弃这些有益于身心的享受,而且要模仿他们的所作所为,像他们待你那样待他们,像他们给你那样,毫不吝啬地回奉他们。比如说,用可掬的笑容相见,以悦耳动听之音谈心等等。这样一来,生活便增加乐趣,言谈就受欢迎。"

"这些事我全懂了。告诉我关于造物主给被创造的生物分配衣食的问题吧。莫不是人与其他动物中,每个人每个动物都规定给一份生活资料,直至生命告终时止? 如果事实真是这样,那么,到底是什么指使谋生的人,在明知生活资料既然是规定了的,不去辛勤营谋,也能获得的情况下,却偏不辞劳瘁地去追求它呢? 如果生活资料不是规定了的,那么,营谋者即使奔波到极点,也不可能获得,他就索性坐下来,一心倚靠主宰而不劳其身心了。"

"我们看见每个人头上都分配得必不可无的一份衣食,不过生活费用是各有其方法和原因的。谋生的人,有以抛弃谋求而偷安的,但要生存,则非谋求不可。而人的谋求,其结果总不外乎两种:一种是达到谋求目的的成功者,另一种是没达目的的失败者。所谓的成功者中,有两种情况:一种是生活费用有了着落,另一种是谋求的结果值得称赞。所谓的失败者中,却形成三种情况:第一种是为谋生而做准备,第二种是不屑于倚靠别人生活,第三种是摆脱非难、咒骂的指责。"

"告诉我谋生的门路吧。"

"谋生应以崇高、伟大的安拉所规定的一切为取舍的准则。凡被规定为合法的,可以尽量追求,凡被指为违法的,必须避而远之。"

谈到这里,宰相闪摩肃和太子瓦尔德·汗之间的问答告一段落。宰相和在座的学者、大臣们站起来,向太子行叩拜礼,表示竭诚尊敬、爱戴。国王赭理尔德眼看那种情景,感到无限快慰,情不自禁地把太子紧紧地搂在怀抱里,父子之情显得格外亲切。继而他让太子坐在宝座上,得意地说道:"赞美安拉,是他赏赐我这个子嗣,使我对生活感受无上乐趣呢。"

宰相闪摩肃回答太子瓦尔德·汗的疑问

太子瓦尔德·汗受宠若惊，当着学者、大臣的面，谦逊地对宰相闪摩肃说道："相爷是学术界的泰斗，对深奥问题的研究尤其精辟；同你比起来，安拉给我的知识，实在微不足道，的确有限得很。关于你所提出的问题，我回答得不论正确也好，错误也好，你全接受了。你在这方面的意图，我是明白的。我答错了的地方，显然蒙你原谅了。现在有些疑难问题，限于我自己的理智、能力和口舌的迟钝，我既不理解，也无法叙述、解释得清楚。这种情况，像清水盛在墨罐里，混淆不清；因此要向你请教，恳求你给予解答，从而解除我心中的一切疑难，免得我再糊里糊涂地过下去。因为安拉以学者的知识医治愚症，跟他以水维持生命，以食物增强体力，以医药治疗疾病的道理是一样的。现在请允许我提出疑问吧。"

宰相闪摩肃回道："你的智慧是超群、出众的，你对问题的解答是正确的，你对事物的分析是很清楚的，对我所提的问题能正确解答，这都是你卓越优秀的地方，所有在座的学者全都证实而公认。我知道你之所以要提疑问，不过是为了精益求精，要把问题解释得更准确，认识得更切实罢了。因为安拉曾经把别人没得到的知识赏赐你，谁都不能同你媲美。你打算问什么？告诉我吧。"

"请告诉我：最初造物主是根据什么而创造宇宙的？因为当初是什么都没有的。而今日宇宙间凡可见之物，它总是有所根据才被创造的。伟大的造物主固然不必根据什么也能创造万物，但其意志及至高无上的威力所要求的是：必须有一物为根据才创造另一物的。"

"陶器的制造者及其他工艺匠人，他们不根据什么是制造不出器皿或工艺品来的，因为他们是被创造者。至于凭奥妙的制造法则创造宇宙的造物主,如果你要认识他的伟大创造能力,只消把各式各样的创造物作为思考对象,多加观察、思考,便可从中获得足以证实造物主之全能的迹象,从而证实他不但能从没有一物的情况下,创造出各种东西来,而且能从纯无元素的过程中创造出物质来,因为作为创造物质的元素,原来是根本不存在的。下面给你举例解释,以便消除你的怀疑。拿昼与夜作例,其迹象也能说明问题。昼与夜是互相更替的。昼归去时,夜便接踵而来;这时候,我们就看不见昼,也不知其归宿到何处。待夜带着黑暗、寂寞归去时,昼又随之而来,这时我们就看不见夜,也不知其归宿地。同样的,日出时,我们不知其光芒从何而来。日落时,我们也不知它落到何处去。类似这样的事例,在造物主创造的事物中,多得不胜枚举。有些事物,即使聪明人看着也会眼花缭乱而感到惶惑不知所措的。"

"大学者啊!关于造物主的创造能力,你给我阐述得清楚明白了。告诉我吧:造物主是怎样进行创造的?"

"造物主用他那在时日之前就存在着的语言进行创造,宇宙万物都是用它创造出来的。"

"崇高伟大的造物主,他要创造宇宙万物的意念,是在宇宙万物出生之前吗?"

"造物主是凭其意念而用他的语言创造宇宙万物的。如果没有语言,或者不说出来,宇宙万物就不会出现。关于这个问题,别人也只会像我这样给你解答的,否则,那就是存心离开题目,把教法相传下来的词义加以曲解而颠倒是非了。比如有人歪曲说:'语言本身具备能力'等,这种信念,应该受到谴责。而我们说崇高、伟大的造物主以其语言创造宇宙万物,意思是说:造物主的本体及其属性是一体的,而不是说造物主的语言本身具备能力;相反,能力是造物主的属性,恰如语言和其他形容词如完美等是造物主的属性一样;因此,伟大、权威的造物主和他的语言,总是相提并论的,舍造物主不提其语言,舍其语言不提造物主。伟大的造物主凭其语言创造宇宙万物,不凭其语言,就不创造一物。造物主凭其真实语言创造万物,所以凭借真实,我们就被创造出来。"

"你所谈的关于造物主的创造过程及其语言的威力,我懂得而接受了。不过听你说:'造物主凭其真实语言创造万物'这句话中提到真实一词,而真实同虚伪是对立的,那么这对立面的虚伪是从何而来的呢? 它怎样在真实面前出现,以至同真实对比,甚至于混到被创造的人类中,致使他们需要在两者之间区别开来呢? 崇高、伟大的造物主是赞许虚伪呢? 还是憎恨它? 如果你说他赞许真实,憎恨虚伪,它凭真实创造万物。那么为造物主所憎恨的虚伪从何进入他所赞许的真实里呢?"

"造物主凭真实创造人类,而人本来是不需要悔悟的。但是由于身上赋有企图、倾向等被称为经营、谋求的能力,从而给虚伪有可乘之机,在这样的情况下,人就不是不需要悔悟的了。所以根据这种论述,每当虚伪凭人类的软弱一旦混进真实,使真与伪混淆不清时,造物主便给人创造悔悟,以期驱逐虚伪,保持真实。倘若人硬要同虚伪混在一起,不肯回头,那么造物主便替他创造惩罚。"

"告诉我吧:虚妄混入真实而真伪混淆的原因是什么? 为什么要给人类定罪又要做忏悔呢?"

"造物主凭真实创造人类,使他们爱惜真实,原来是没有罪过的,也不需要悔悟。但是后来造物主给人配备了欲望,使人性臻于完备的同时,由于欲望本身附带邪僻因素,故虚妄因之而产生,并混进造物主凭它来创造人类的并使人爱惜它的那种真实之中。而当欲望中的邪僻成分扩张到极度时,人就会因过失而偏离真实。谁偏离真实,谁就跌入虚妄之中。"

"如此说来,虚伪之混入真实,那是过失和违命所导致的啰?"

"不错,事实固然如此。因为造物主爱人而需要人的缘故,所以才创造人类,这便是真实的本质。但是人因经常受欲望的作弄,往往会松懈下来,逐渐偏向邪僻,结果会以违主宰之命的过失而跌到虚妄中,这就该承担受罚的罪责。如果能凭悔悟而摆脱虚妄,回头爱护真实,这就该因功而受赏。"

"告诉我吧:违命这种行为是怎么开始的?人类总是跟随他们的始祖亚当行事的。造物主凭真实而造化亚当,他是怎样因欲望而招致过失的呢?莫非欲望中的邪僻成分深入人心之后,人的过失才同悔悟联结起来,以便获得赏善或罚恶的结局吗?在我们看来,有的人显然始终做着违命之事,如偏向于不当爱之事物,以及对爱真实而创造人类的原理,却坚持反对,因而招致主宰的厌恶。有的人则坚持主宰赞许的事物,凡属命令,一律遵循,因而博得主宰的怜爱、赏赐。究竟他们之间发生分歧的原因是什么呢?"

"人类之第一次犯罪,那全是伊补律斯惹出来的。所谓的伊补律斯,他原是伟大的安拉所创造的天神、人类和妖魔中最尊贵的一个。当初他受宠的程度,谁都望尘莫及。伊补律斯眼看自己得天独厚,便骄矜、倨傲起来,目空一切,自命不凡,连主宰的命令都违拗起来,显得洋洋不可一世的样子,因此触怒安拉,才一下子受到贬谪,地位一落千丈,比谁都不如,从此丢失了受宠的资格,终于一变而立于违命犯罪的境地。伊补律斯深知伟大的安拉是不喜欢犯罪的,而眼看亚当受宠的境遇和他正直、顺命的德行,顿生嫉妒之心,就千方百计地用阴谋手段进行破坏,使亚当背离正道,随他一起干坏事。由于亚当落入伊补律斯的圈套中,从而屈从自己的欲望,违背安拉的禁令,犯了过失,所以必须承担罪责。伟大的造物主深知人所禀赋的弱点,如易于屈从敌人、抛弃真实等,便凭其慈祥而替他们做出悔悟的措施,让人借它而从过失的困境中站起来,举起悔悟的武器,打败其敌人伊补律斯及其兵马,回到原来具备的真实中。伊补律斯眼看崇高、伟大的安拉给他无限的宽容,便明目张胆地奔走活动,肆无忌惮地向人挑战,大肆施展各种阴谋手段,拉人下水,以便陪他及其兵马共同承担咎有应得的谴责。伟大的安拉予人以悔悟的能力,教人保持真实,坚持不懈地禁人犯罪、违命,使人懂得大地上存在着进攻的敌人,及其攻势是不分白天黑夜而无止境的。因此,当人类爱真实的禀赋始终坚持不懈的时候,就应受赏赐;如果人经受不起欲望的怂恿而倒向淫荡的时候,就应受惩罚。"

太子瓦尔德·汗提出的疑问,经宰相闪摩肃一一解答之后,他接着问道:"正如你所说的那样:造物主的伟大是无限的,什么都不能克服他,他要做的事谁也不能阻止。事情既然如此,那么人凭什么能违拗其主宰呢? 莫非你不认为造物主能扭转人的犯罪行为吗? 能使他们爱真实的禀赋永久不变吗?"

"伟大的安拉是大公无私的,是慈祥、宽大、怜爱的。他给人指出康庄大道,予人以力量和本领,让他们去做他们要做的好事。如果人把力量、本领用在做坏事上,那就是作奸犯科,自讨罪受。"

"既然是造物主予人的能力,他们才借之而能为所欲为的,那么为什么不索性断绝人的作恶念头,而把他们挽回到正道上呢?"

"那正说明安拉的慈悲是非常巨大的,他的哲理是格外精辟的。比如他先前憎恨伊补律斯,后来却不饶恕他;对亚当呢,却因忏悔而受到宽恕,即当亚当犯罪时,曾经一度受到谴责,后来在他认罪悔悟时,便受到宽恕和爱怜。"

太子听了宰相的解答,说道:"这便是真实的本质。造物主对每个人的行为是要给予应得的赏罚的。因为只有安拉能克服万物。"接着太子问道:"安拉创造他赞许的和憎恨的事物吗?"

"安拉创造一切,但被造的各种事物中,他只赞许他所喜爱的事物。"

"有两件事情,其中一件为安拉所赞许,其主人因而得到赏赐;另一件为安拉所憎恨,其主人因而受到惩罚。这到底是为什么呢?"

"请把所谓的这两件事给我讲清楚些。告诉我:那是什么样的两件事? 以便我据实给你解释。"

"我所说的两件事,是指身体和灵魂所禀赋的善与恶而言的。"

"善与恶是从身体和灵魂的所作所为产生出来的结果,这个道理,据我看来,你这位聪明人显然是懂得的了。所以把两者中的善称为好,因为它是安拉所赞许的;而把其中的恶称为坏,因为它是安拉所憎恨的。现在你该认识安拉了,应该用好作为求得他的赞许了。因为是他命令我们做好事的,也是他禁止我们做坏事的。"

"在我看来,善与恶这两件事,是人体内有名的五种感觉器官所造成的。所谓的感觉器官,即是语言、听觉、视觉、嗅觉和触觉所构成的感觉中枢。切望你告诉我:这五种感官是全为善而被创造的呢?还是为恶而被创造的?"

"关于你所提问题的解答,属于明显的论据,望你仔细理解它,然后把它摆在心胸深处,灌溉你的心田吧。造物主凭真实造化人,并赋予爱真实的本能。而一种被造之物的产生,必须凭他那对各方面都起作用的、最高的权力,所以对造物主只能说他是凭公道、正义和美善创造和统治宇宙万物的。造物主为爱人而造化人,并赋予欲望和为所欲为的能力,还把人身上的五种感官作为有功受赏,有罪受罚的原因。"

"怎么会是这样的呢?"

"因为造物主创造舌头,为的是说话;创造两只手,为的是工作;创造两条腿,为的是走路;创造眼睛,为的是观看;创造耳朵,为的是听闻。他使五官各具本能,让它们各自工作、活动,命令它们只做他赞许的事。比如说话方面所赞许的是诚实,对其对立面的撒谎便得抛弃;视觉方面所赞许的是正经事物,所憎恨的是淫荡、邪僻之类;听觉方面所赞许的是真理,如忠言、经典中的劝谏等;手的作为方面所赞许的是慷慨疏财,助人为乐;所憎恨的是小气吝啬,一毛不拔。脚的作为方面所赞许的是为好事奔波,如因求学而跋涉等;所憎恨的是为纵欲淫荡而到处奔走。除此之外,关于日常生活中,人所禀赋的性欲,它是在灵魂指使下从身体内部产生出来的。这种出自体内的性欲分为两种:一种是生殖方面的,另一种是口腹方面的。生殖方面的性欲是正当、合法的,是在安拉赞许范围之内的;凡属纵欲无度、违法乱纪的性欲,则为安拉所憎恨,都在禁忌之列。口腹方面的如吃喝等,安拉只赞许那班对衣食不论多与少,只按合法手段谋求而知感谢安拉的人。至于妄图非分之财,那是安拉憎恨而不容许的。对这些问题,不这样去理解,那就流于虚妄了。你已经知道:安拉创造宇宙万物,他只是赞许善良的,禁忌丑恶的。因此他命令身体的每一部分组织做它应做的事。因为安拉是智慧的、英明的。”

“告诉我吧:关于亚当要吃安拉禁止他吃的果子,结果造成抗命、违法这件事的始末,安拉在造化他之前就知道了吗?”

“不错,安拉在造化亚当之前是知道的。这方面的证据是:安拉事先警告亚当,禁止他吃那种果实,并告诉他:如果吃了,就是违抗命令。这是正直公道的办法,免得亚当有机会借口向安拉辩解。亚当出了纰漏,跌到困境之中,所受的埋怨、责备可就大了。他的过失错误,后来竟带累了子孙后代,所以安拉差圣、降经,挽救苍生,让圣人来教化我们,给我们解释圣经中的训诫、箴言,指出光明大道,告诉我们什么是该做的,什么是不该做的。所以我们应该按照圣贤的指引去做。因为谁按这种法度去做,就做得对,就成功。谁逾过这种法度,不按指引办事,就是违法乱纪,其结果只会落得今世和来世都蚀本的下场。这便是所谓的正道与邪途。你已经懂得:安拉是万能的,他之所以赋予我们欲望,原是出自他的赞许和需要。他命令我们把它用在合法方面,便可给我们带来好处;如果我们非法地乱用它,就会招致罪恶。假若我们获得的是好处,那是伟大的安拉赏赐的;假若我们获得的是惩罚,那是我们作孽的结果,咎有应得,并非来自伟大的安拉。”

太子瓦尔德·汗听了宰相闪摩肃的解答,说道:“关于安拉和他创造的人类以及其他方面的关系,你所谈到的,我懂了。但有一桩非常奇怪的事,把我给弄糊涂了,请告诉我个中的缘故吧:对亚当的子孙后代说来,他们固然知道人活不了多少年代,总要扔掉一切而离开这个尘世,可是他们却忘记来世,不提念它,只醉心于今生的享乐。

这些事使我感到非常吃惊,这到底是怎么一回事呢?"

"不错,情况的确如此。你所看见的种种变化及其中的欺骗性,便是一个确切的证据。它证明享福人的幸福是不会长久的,穷苦人的灾难也不是永久不变的。富豪即使善于经营、谋划,即使爱财如命,他却不能保证情况的变化。而情况的变化、更替是难免的。财富并不是完全可信赖的,其光怪陆离的现象也不全是有益的。明白这个道理,我们便知道,凡是财迷的人,凡是忽略来世的人,将来的结局是最坏不过的。因为他从财富中所享幸福的程度,同失去财富该受的恐怖、苦楚、嫌恶的程度并不是等量的。我们相信,一个人如果知道离开财产,一旦丧生后所要经历的各种遭遇,那么,他对今生的享受一定不至于贪得无厌,一定会相信来世比今生更好更有益。"

"感谢你这位大学者。我心中的黑暗、疑团,叫你的明灯给照亮了。你指引我正道,我要踏着真理的脚印前进。你给我一盏夜明灯,我要借助它的光芒,一直奔向光明。"

太子瓦尔德·汗回答学者提出的问题

宰相闪摩肃回答太子瓦尔德·汗提出的问题后,在座的一位学者站起来,说道:"春天一到,野兔难免要同大象一起去草地里吃草。今天我从两位的问答中所听到的知识,是我生平没听过的。现在让我来提几个问题,请两位解答吧。请告诉我:在今世中,最好的礼物是什么?"

太子回道:"最好的礼物是健康的身体,合法的饮食,贤良的子嗣。"

"告诉我吧:什么是大的? 什么是小的?"

太子回道:"年纪小的人为他而忍让,叫作大;他为年纪大的人而忍让,叫作小。"

"四种东西为动物所共有,那是什么?"

太子回道:"充饥的食物,解渴的水,甜蜜的睡觉,临终时的痛苦。"

"有三种东西,谁都不能消除其丑恶,那是什么呢?"

太子回道:"愚蠢,无耻行径,撒谎。"

"撒谎固然是彻头彻尾的丑事,但什么样的谎言是可取的呢?"

"能替撒谎者避开危害并招致利益的谎言是可取的。"

"诚实固然全是美好的,但什么样的诚实是丑恶的呢?"

"拿自己所有在人前夸耀、自矜是丑恶的。"

"丑事中最可耻的是什么?"

"自身本来没有一技之长,却偏要向人虚夸、自矜是最可耻的。"

"什么人是最愚蠢的?"

"只注重吃喝,毫无志气的人是最愚蠢的。"

太子瓦尔德·汗回答了大臣提的问题,宰相闪摩肃毕恭毕敬地对国王赭理尔德说道:"陛下是我们的君王,我们希望将来陛下把帝位传给太子,让我们做他的臣仆。"

国王接受宰相的建议,当面鼓励在座的学者和僚属,教他们把太子所解答的问题记在心里,并付诸行动地去实行,还吩咐他们遵循太子的命令,因为他决定让太子为帝位的继承人,继他之后做他们的国王,所以当他们的面谈继承问题,要正式向全国宣布太子继承帝位这件大事,以期朝野上下一致拥护太子,遵循他的命令,按他的指示办事。

国王赭理尔德寿终正寝

太子瓦尔德·汗年满十七岁那年,国王赭理尔德身染重病,快要死了。老王本人感到过世之日已经降临,便对侍从说:"我所患的是不治之疾。你们去把我的儿子和家族、朝臣们传进宫来见我吧。"

侍从遵循命令,急忙奔出宫外,通知、召唤一番,把附近和距离王宫较远的亲属、朝臣们传到宫中。他们进入国王的寝室,问道:"国王陛下,您觉得好些吗?你对贵恙作何看法呢?"

"我这次所患的是不治之疾,大势已去,无可挽救了。我此刻过着的日子,显然是今生的最末一天,同时也是来世的第一天。"老王说罢,转向太子,说道:"儿啊,到我跟前来吧。"

太子瓦尔德·汗挨到老王身边,伤心哭泣得像泪人,床垫几乎叫他的眼泪给湿透。国王眼里噙着泪水,其他在场的亲属、朝臣们,一个个泣不成声。国王对太子说:"儿啊,你别哭。死亡是无法避免的,我不是第一个碰到死亡的人,它要通行到每个人头上的。儿啊,你要畏惧安拉,要做好事,必须这样,你才会跟众人走共同的道路呢。你不可凭自己的爱好行事;不论起坐醒睡,都要诚心感赞安拉;要把真理作为行事的准则。这是我同你最后的一次谈话。祝你安宁!"

太子瓦尔德·汗听了国王的遗嘱,说道:"父王,您老人家知道:我向来是顺从您的;您的嘱咐我记在心上;您的命令我执行;您乐意的事,我乐为不倦。您是一位最好的父亲。您去世后,我一定做您所乐意的事情。您很好地教育了我,现在要离开我,我可不能把您拉回到我身来。今后我牢记您的嘱咐,就会获得幸福,这也是我的最大的幸福。"

老王沉浸在临终时的极度痛苦中,挣扎着说道:"儿啊,你须保全那十种传统的性格,在今世和来世就会得享幸福。所谓的传统性格是:生气时,要克制自己;遭难时,要忍耐;说话时,要诚实;许诺时,要实践诺言;裁判时,要公正;有权力时,要宽容人;对僚属,要尊重;对仇人,要宽恕;该原谅的,就原谅;可施恩的,就施恩;要尽量避免伤亡。此外还有十种传统性格仍须认真保持,安拉便因此使你从庶民中获得利益。你分配时,要公平合理;惩罚时,切勿过火;结盟时,要履行义务,要接受忠言,要避免与人争吵,要责成庶民遵守法令、箴言,要做公正无私的法官等。你必须这样做,才能获得老幼的爱戴,才能使傲慢作恶者有所畏惧。"

老王赭理尔德嘱咐毕,转向前来为他传位给太子瓦尔德·汗做证的亲属、朝臣们,说道:"你们不可违拗你们国王的命令,不可轻视你们族长的指示,否则地方会遭殃,你们的团聚会受影响,你们的身体会受到伤亡,你们的财产会遭受损失,你们的敌人就幸灾乐祸了。喏!你们同我结下的盟约,大家还记得的,现在轮到你们同这个孩子结盟了。我同你们之间的盟约,也便是你们同这个孩子之间的盟约。你们应当听他的命令,服从他的指示,这样做,对你们是有益无害的。今后你们跟他相处共事,要保持跟我相处共事那种状况,你们的事业就会日益兴旺,你们的境况就会日臻美善。喏!孩子在这儿,他是你们的国王,也是你们的恩人。最后祝你们安宁!"

这时候,老王赭理尔德已到弥留时候,感到临终时的痛苦,虽然舌敝难言,却仍挣扎着把儿子瓦尔德·汗紧紧地搂在怀里,亲切地吻他,然后喃喃地赞美安拉几句,便瞑目长逝了。

老王赭理尔德驾崩的噩耗传了出去,全国上下举哀,以最隆重的厚礼殡殓其遗体。

新王沉湎于酒色中

老王赭理尔德的尸体安葬毕,太子瓦尔德·汗同朝臣们一起回到宫中,举行加冕登极典礼,给太子穿上宫服,戴上王冠和戒指,让他坐在宝座上,正式继承帝位,当上国王。从此瓦尔德·汗在朝臣们的辅佐下,按照先王的懿行,公正贤明地安邦治国。但是为时不久,他就经不起世俗恶习的侵袭和诱惑,一下子就沉湎于酒色之中,把他父亲的嘱咐全丢在了脑后。他向老王许下的诺言也忘得一干二净,索性把国事不当一回事,做起有害无益的事来,尤其对女人爱到无以复加的地步,每逢听到美女之名,便派人去弄来做妃子。因此他宫中的妃嫔数量之多,比以色列国王大卫大帝宫中的妃嫔有过之无不及。他过着荒淫无度的享乐生活,既不问国事,又疏远臣僚;对民间的疾苦视若无睹,僚属的呈报,一律置之不理,如石沉大海。群臣从新王不理国事,不问庶民疾苦,不采纳僚属意见等方面,洞察个中症候,深知祸患即将临头,大家碰到困难,束手无策,怨言百出。有人建议说:"我们一起去见群臣之首的大宰相闪摩肃,向他陈述意见,把新王的现状告诉他,让他去见国王吧,否则,我们很快就会遭殃呢。因为新王受了世俗享乐的诱惑,成为它的俘虏了。"

群臣同意这个建议,大家约着去见宰相闪摩肃,说道:"贤明的学者啊!咱们的国王一心贪恋世俗享乐,叫享乐给捆住了。他净做对国家社稷有害无益的事,正所谓城门失火殃及池鱼;再不制止,咱们同老百姓都要受磨难呢。这当中的原因是:咱们整整一个多月没见国王之面,也没接到什么指示,甚至于宰相和其他近臣的处境也都如此;一切请示无从上达,国家大事和庶民疾苦弃置不顾。因此我们前来见你,向你陈述事情的真相,求你设法挽救危局。因为你的地位最高,威信最大,有你这样德高望重的人,我们的国土是不该遭难的。现在你是唯一能挽救国王的人,所以求你进宫谒见国王,劝谏一番,也许他听你的忠言,从而回心转意,会回到正道上来的。"

宰相闪摩肃接受同僚们的建议,即刻起身,找到一个有办法使他接近国王的人,对他说:"好孩子,求你允许我进宫去谒见国王,因为我有事要见国王之面,陈述下情,然后聆听国王的指示。"

"指安拉起誓,我的主人!一个月来国王不许人去见他,包括我本人在内,因此,在这段长时期内,我没见国王之面。不过我可以指引你去找一个能替你求见的人,他是御前的贴身人,经常到厨房中来给国王端饭菜。待他到厨房来端饭菜时,你请求他,他一定会帮你的忙。"

宰相闪摩肃在厨房门前坐着等了一会儿,果然见那个御前的侍从来了。他刚要进厨房,闪摩肃便起身对他说:"我的孩子,我想见国王一面,陈述与国王有关的事。在国王吃过饭,心情舒畅的时候,劳你驾替我请求一番,准我参拜皇上,以便当面陈述与社稷有关的事情。"

"听明白了,遵命就是。"侍从毅然答应宰相的请求。

侍从端饭菜去到后宫,供国王吃喝。当国王吃饱喝足,正显得愉快的时候,侍从说道:"启禀陛下:今有宰相闪摩肃站在门前,恳求陛下准他入见,陈述与陛下有关的事情。"

国王瓦尔德·汗听了侍从的陈述,觉得奇怪,犹疑不定,最后才命侍从带宰相闪摩肃入见。

宰相闪摩肃进谏国王

侍从遵命去到闪摩肃跟前,引他进入后宫。闪摩肃来到国王御前,叩拜毕,然后吻国王的手,祝福他。国王问道:"发生什么事了,你才前来求见我?"

"臣下很久没见陛下尊颜,非常渴念,所以躬身前来求见,有几句话要禀告最幸福的吾王陛下。"

"有什么话,你只管说。"

"陛下知道:安拉把知识、智慧给予陛下这样年幼的人,这是亘古没有过的。继而安拉又以继承帝位给陛下恩上加恩。安拉是不愿陛下因傲慢而将他赏赐的恩典抛给别人的;因此陛下不宜凭自己的财富去跟安拉作对,应该牢记他的告诫,严遵他的命令才对。因为近来我见陛下忘了先王,忘了他的遗嘱,拒提他的誓言,忽视他的告诫和教言,因而抛弃公正明智言行,忘记安拉赏赐的恩惠,不以感谢的心情珍惜它了。"

"怎么会是这样的呢? 这是什么缘故?"

"缘故在于陛下不管国家大事,不问老百姓的疾苦,把安拉委托你的事弃置不顾,一味私心自用,醉心于微不足道的世俗享乐。俗话说得好:'保全国家利益、宗教利益、民众利益,属于君王责无旁贷的职权。'臣以为陛下须认真顾虑事情的结局,便有光明、成功的道路可行;不宜沉醉于微不足道的、暂时的享乐而被引入败亡的困境,那就会踏渔人的覆辙呢。"

"那是怎么一回事?"国王瓦尔德·汗急于要知道渔人的遭遇。

于是宰相闪摩肃开始讲《渔人的故事》。

渔 人 的 故 事

相传从前有个打鱼为生的人,有一天带着鱼网照例到河里去打鱼。他到达河边,走在桥上,看见河中的一尾大鱼,便暗自说:"我不应待在这儿了,我要追随这尾大鱼,直至捉住它为止;因为把这尾大鱼逮到手,我就可以休息几天才打鱼了。"于是他脱掉衣服,下到河中,顺着急流,只顾跟踪追鱼。

过了一阵,他虽然胜利地把大鱼捉到,可是回头一看,自己离河堤已经有很长的距离。眼看急流冲击的结果,他还不扔掉大鱼,赶快游往岸边,却死心塌地抱着大鱼不放,拿生命冒险,坚持漂浮着,任急流冲击。这样一来,急流不停地冲击他,终于把他冲到漩涡之中。跌到那样的漩涡里的人,是无法脱险得救的。这当儿,渔人才惊呼、求救,大声喊道:"救命啊,救命啊……"河渠的监护人闻声赶来,对挣扎在死亡线上的渔人说:"你怎么了? 是什么使你冒生命的危险呢?"

渔人恍然回道:"我是撇开光明的康庄大道不走,而投合嗜好走上败亡之路的人呢。"

"你这个人呀,干吗撇开安全之路不走,却偏把自身引入危险地带呢?"人们发出怨言,"你早就知道进入这个地带的人,是难免要淹死的。你干吗不为挽救生命而扔掉手中的大鱼呢？如果你早知救护自己的生命，就不至于跌到这种非死不可的灾难中。如今我们中没有谁能救你的命了。"

这时候渔人绝望了，随着他冒险捕获而抱着不放的那尾大鱼的丧失，他惨遭灭顶之灾，一命呜呼。

宰相闪摩肃讲了《渔人的故事》，接着对国王瓦尔德·汗说道："主上，臣之所以举这个比喻为例，只是切望陛下抛弃那些带嬉戏的卑贱事物，肩起安邦治民的重担，不让国家、庶民的利益遭受损失；这样一来，民众对陛下就无懈可击了。"

"那么，你说我该怎么办呢？"国王有了回心转意的念头。

"明天，在陛下健康安泰的情况下，尽可准许人们进宫来谒见陛下，以示关怀他们的疾苦，借此向他们表示歉意，并剀切许下要尽全力从事安邦治民的诺言。"

"爱卿，你的话很正确。若是安拉愿意，明天我按照你的劝告去做。"

宰相闪摩肃辞别国王，离开王宫，去到同僚中，把进宫进谏国王的经过及国王的诺言全都告诉了他们。

宠妃阻止国王接见臣民

国王瓦尔德·汗履行诺言，在接见宰相闪摩肃的次日清晨，走出屏风，允许朝臣们觐见，当面向他们表示歉意，答应要做他们所高兴的事。朝臣们听了，人人喜欢，个个满意，随即欢天喜地地各自归去。

朝臣们觐见国王归去之后，宫中的妃嫔中一个为国王最宠爱、最敬重的妃子来到国王御前。她见国王因宰相的进谏有所思索，面色有所改变,不禁大吃一惊,说道:"主上,我看你心神不安,莫非你病了?"

"不,我不是害病,而是叫享乐、放荡把时间、精力全占用了。我干吗疏忽到连自己的事业和民众的疾苦都不闻不问呢?如果这种状况再保持下去,江山会很快给丢掉的。"

"主上,我看你叫朝臣僚属们给欺骗了。他们是存心激怒你,谋害你,不让你从王国中获得享受,不让你过舒服安逸的生活;而是要你在替他们抵挡困难中缩短自己的寿岁,让艰难困苦吞食你的寿命。这样弄下去,你的命运跟为别人利益而丧命者的命运就一样了,或者跟小孩和匪徒的命运也一样了。"

"小孩和匪徒怎么样?这是怎么一回事?"国王急于要知道个中情况。

于是宠妃开始讲《小孩和匪徒的故事》。

小孩和匪徒的故事

相传从前有个由七人合伙的匪帮,到处偷窃财物。有一天他们照例出去偷窃,路经一个胡桃园,便想闯进去摘树上的胡桃。这时候,忽然碰到一个小孩子,他们想利用他,便对他说:"小孩子,你愿意同我们一起到果园里摘胡桃吃吗?"

那个小孩子欣然同意,随匪徒们一起进入果园。这时候,当中有人说:"大伙看一看吧:咱们中谁的身体最轻,个子最小,咱们就托他上树去摘胡桃好了。"

"看来咱们中最灵巧的就数这个小孩子了。"其余的人同声回答。于是匪徒们指定那个小孩子去爬树,边托他上树,边嘱咐道:"小孩子,你别随便摘胡桃,免得被人发觉,会给你带来麻烦呢。"

"那么我该怎么办呢?"

"你坐在树丫中,使劲摇每一条树枝,待胡桃落到地上,我们就捡起来。等树枝上的胡桃落完之后,你再下来,分享你的份额好了。"

那个小孩子爬到树上,果然攀着树枝使劲摇。胡桃落到地上,匪徒们忙着捡。正当匪徒们忙着偷窃的时候,果园主人突然出现在他们面前,问道:"你们在干什么? 这果树是你们的吗?"

"我们没摘果子,只是打这儿经过,见这个孩子在树上,以为果园是他家的,所以向他要胡桃吃。他一摇树枝,胡桃就落下来。我们是没罪的。"

"小家伙,你怎么说呢?"主人责问小孩。

"他们撒谎,我来告诉你实情吧。是这样的:他们在园外碰到我,就约我进来摘果子吃。他们吩咐我爬上树来,教我使劲摇树枝,以便果子落下去让他们捡。我是照他们的意思做的。"

"你可是把你自己扔到祸坑中了。你得到好处没有?"

"我还没吃到果子呢。"

"现在我算明白你的无知愚顽了。你这是为了别人的利益而毁坏自身呀。"于是果园主人转向匪徒们,说道:"我没理由责怪你们,去你们的吧。"他放走匪徒,抓住小孩,痛打一顿。

宠妃讲了《小孩和匪徒的故事》,接着说道:"你的宰相、朝臣们,为他们的利益要危害你,要像匪徒们对待小孩那样对待你。"

"你说的对,我不再出去见他们的面了,我要继续过快乐生活呢。"于是他同妃子们整夜吃喝玩乐,一直欢度到次日天明。

宰相闪摩肃第二次进谏国王

第二天清晨,宰相、朝臣和绅耆们满面春风,欢天喜地地前去朝拜国王。他们来到王宫门前,见宫门关闭着,国王既不出来接见他们,也不允许他们进宫谒见。大家绝望之余,对宰相闪摩肃说:"尊贵的宰相啊!你知道咱们这位年幼君王的真实情况吗?他撒谎、作孽了。看吧:他给你许下诺言,却又毁掉它。他不履行诺言,这是他的罪过,对他说来,是罪上加罪了。不过希望你再一次去求见他,看一看他干吗迟迟不出来?为什么不接见我们?发生这样的事情,不能否认他的品质太恶劣,他残酷到极点了。"

宰相闪摩肃一个人进宫,去到国王御前,说道:"祝陛下万寿无疆!主上,我见陛下倾心于区区的享乐,而把必须注意的大事抛掉,这样做下去,陛下的情况就跟骆驼的主人的情况没有区别了。据说有这样一个故事:当初有人饲养一匹骆驼挤奶喝。由于过分注意驼奶的滋味,对驼缰的拴束往往疏忽大意。有一天驼主挤奶的时候,忘了把骆驼的缰绳拴紧。骆驼发觉自己没拘没束,拔脚就跑,一直奔向荒郊野外,逃得无影无踪。从此驼主没有奶喝,而且连骆驼也没了。这便是因小失大的事例,所谓皮之不存,毛将焉附,正是这个道理。因此,切望陛下多多关怀和重视与你自身和老百姓有利的事情。对一个人来说,他不能因为需要吃喝而终日老坐在厨房门前不动;同样的,他也不能因为需要解决性欲而终日陪随女人。对于饮食,要求足以充饥解渴的分量便可以。对聪明的君主来说,他应该从每天二十四小时中,抽出两小时来过私生活,其余的时间,应该用来为自身和他的臣民谋福利。每天同妇女居处逗留的时间,最多不可超过两小时,否则自己的智慧和健康都会受到损害。因为妇女所盼咐的,不一定是好事;她们所指引的,不一定是正道;所以作为一个男人,不该唯妇女的话是听,不该按她们的指示办事。据我所知,为自己的老婆而丧生的大有其人;其中就有这样的一个男人,他因按照老婆的要求而跟她交欢,结果把老命给葬送了。"

"这是怎么一回事?"国王瓦尔德·汗急于要知道个中情况。

于是宰相闪摩肃开始讲《男人和其妻的故事》。

男人和其妻的故事

相传从前有一个男人,他对妻室非常钟爱,格外尊重她,因而唯老婆之命是从,一切按她的意见行事。那个男人有一块园地,亲身经营栽种,每天都去园中管理、灌溉。有一天老婆问他:"你在园中栽什么呢?"

"凡是你所喜欢所需要的,我都栽了。喏! 我正辛勤灌溉、管理呢。"

"你能带我上园地去看看吗?以便我为你的收获虔诚地祈祷一番,我的祈求灵验得很。"

"行啊,你稍微等一等,明天就带你去。"

第二天,男人果然带老婆上园地去,两口子双双走进园地。那时候有两个年轻人远远地看见他俩进入园地,就嘀咕起来。其中一人说:"那个男人是嫖客,那个娘儿是婊子;他俩进园地去,只是为了私通。"于是他俩跟随那对夫妇,监视两口子的行动。

那对夫妇到园地里,刚息下来,男的就对老婆说:"履行你的诺言,快替我祈祷吧。"

"你必须拿妇女要求男人的那种事满足我的欲望,我才替你祈祷呢。"

"该死的娘儿哟! 难道在家中搞的还不够吗? 在这里干这种事我可是怕出丑,而且会耽误我的工作呢。莫非你不怕别人看见吗?"

"不必介意这个,因为咱们不是私通,不是犯罪。至于灌溉工作,可以慢一步来,你随时可以进行嘛。"她不接受男人的托词和推故,一再要求,缠绵不休。

男人经不起老婆的纠缠,不得已就同她野合起来。这样的新鲜事,被躲在一旁监视他俩的那两个年轻人看见了,便跳出来,进行干预,抓着两口子不放,并威胁道:"你们在此通奸,我们不能放过你们,除非让我们同娘儿来一回,否则就送你们见法官。"

"你这两个该死的家伙!什么是通奸?这是我的老婆,我是这块园地的主人。"男人严正提出辩解。

那两个年轻人不听他辩解,反而扑向娘儿,要强奸她。娘儿吓得大声喊叫,向丈夫呼吁求救,说道:"快来救我,别叫我受人侮辱。"

男人边大声呼吁求救,边迎向年轻人,前去保护老婆;可是受到两个年轻人之一的反扑,拿匕首把他刺死了。最后,两个年轻人轮奸了娘儿。

宰相闪摩肃讲了《男人和其妻的故事》,接着对国王说:"主上,我之所以举这件事为例,以便陛下知道:作为男人,不该唯女人的话是听,唯女人的命是遵,也不该以女人的主意为行事的准则。陛下既然穿了智者、学者的衣冠,就不宜再穿愚昧者的衣服;陛下既识别了正确的意见,就不宜再追随有害的坏主意;这是陛下千万要提防注意的事。至于那些微不足道的享乐,只会给人带来莫大的损害,终归是要灭亡的,是值不得重视的。"

国王瓦尔德·汗听了宰相的劝谏,有所悔悟,欣然说道:"若是安拉愿意,明天我出去接见僚属们好了。"

宰相闪摩肃得到国王的诺言,辞别国王,会见同僚们,把国王说的话告诉他们。

宠妃阻止国王接见僚属

宰相闪摩肃第二次进谏国王的事,叫国王的宠妃知道了,她便来到国王面前,极尽其能事地挑拨离间,说道:"主上,照理说老百姓是君王的奴婢,可是在我看来,现在你反而成为老百姓的奴仆了;因为你害怕他们,他们的凶恶使你有所畏惧。其实他们是在摸你的底。

如果他们知道你软弱可欺,便蔑视你;如果知道你勇敢坚强,就害怕你。一班狡猾的臣僚便是这样对待他们的君王的。他们诡计多端,手段毒辣,其中情景我对你说过。假若你同意按他们的意思办事,他们就把你从你自己的事业牵引到他们的事业中,从而慢慢逐步推移,最后就把你置之死地。这样一来,你就非踏商人的覆辙不可了。"

"商人怎么了? 这是怎么一回事?"国王急于要知道商人的遭遇。

于是宠妃开始讲《商人和匪徒的故事》。

商人和匪徒的故事

相传从前有个富商,携带货物去一座城市中经营生意。他到达城中,租了一间房子住下。有一群匪徒看见商人,便窥测他的行止和住处,存心偷他的货物。他们挨到商人的住处,企图混进去行窃,可是无法达到目的。其中的匪首便对喽啰们说:"让我,替你们想办法对付他吧。"他说着回家去,弄一套医生服装穿起来,肩挎一个药囊,扮成行医者,然后沿街叫唤,找病人治病。他叫唤着去到那个商人屋中,见他正在吃饭,便问道:"你要看病吗?"

"我不要看病;你请坐,同我一块儿吃饭吧。"

匪首果然在商人对面坐下来,陪他一块儿吃喝。他见商人饭量好,便暗自说:"我可找到机会了。"于是他抬头对商人说:"我应当向你进一句忠言,因为你待我太好,我不能把该说的话隐藏起来不说。在我看来,你吃得太多,这是患胃病的原因。若不趁早服药医治,这会有生命的危险呢。"

"我的身体非常健康,消化力很强;我的饭量好,虽然吃得多,身体却一点儿毛病没有。这实在感谢安拉不尽。"

"你这是从外表来看,所以有这样的感觉;我呢,是从实际观察,所以知道你的内体有隐伏着的症候。你若相信我,就服药治疗吧。"

"我从哪儿去找人替我治疗呢？"

"替人根治疾病的是安拉。不过像我这样的行医者，是可以替病人效劳的。"

"快告诉我：该服什么药？给我一些药吃吧。"

匪首果然给商人一包药末，当中大多数是管泻肚的芦荟，并嘱咐他："今晚你服这种药吧。"

商人收下药末。当天夜里，他拿出来试尝一点，觉得有讨厌气味，他不在乎，于是把药粉一口吞下肚去，觉得整夜都平静、舒适。第二天晚上，匪首带着药囊去到商人的住处，把一包芦荟的分量更多的药粉递给商人。商人吃了药粉，夜间泻肚，他却忍受着，心中也没什么疑虑。匪首眼看商人听他的话，对他有了信任，证实他不会反对他，才决心下毒手，给他带去一种毒药。商人服了毒药，大泻不止，肚中的食物拉得丝毫不剩，肠胃随之而破裂，直折腾到次晨，便一命呜呼。匪首把商人毒死之后，匪徒们便一哄涌进屋里，把商人的财货全部抢走。

妃子讲了《商人和匪徒的故事》，接着说道："主上，我之所以给你讲这件事，主要是希望你不要听信那个骗子的话，免得惹出杀身之祸。"

"你说得对。我再不出去见他们的面了。"

宰相第三次进谏国王

第二天清晨，臣僚和民众去到王宫门前，大家坐着等待谒见国王，可是等了一个上午，仍不见国王出来接见他们。他们绝望之余，约着去见宰相闪摩肃，说道："智慧的哲人、精明的学者啊！你不见这个蠢小王变本加厉地在咱们头上撒谎吗？照理说，咱们应该罢免他，另选别人来当国王，情况才会有转机，咱们的事业才能正常发展。不过还得麻烦你，劳驾第三次去见他，明白告诉他：咱们之所以不抵制他，不取消他的君王职位，全是碍于他父亲的情面，因为一则先王待我们太好，二则先王同我们结过誓约。明天，咱们倾全城的官宦和庶民，携带武器，去把城堡的大门攻破。他要是出来接见我们，答应我们的要求，那就万事大吉，可以和好如初。否则，咱们闯进宫去，杀死他，另选别人做国王好了。"

宰相闪摩肃蹒跚地到了宫中，求见国王，直言不讳地说道："主上，近来陛下沉溺于色情、嬉戏之中；你这么对待自身是什么意思呢？到底是谁鼓励你这样做的？你这样糟蹋自身，把先前你所具备的廉洁、聪明、善辩等美德一股脑儿给抹掉了。但愿我能知道：究竟是谁操纵着你？是谁把你这个学者一旦变成了蠢人？先前你是忠义的、和气的，对我的话是信任的，如今却一旦变得疏远、残酷，连我都回避起来了。我曾经三次向你进谏，你却不接受我的忠告。我指引你走正道，你却违反我的指点。告诉我吧：你这么疏忽大意，这么贪玩好色，到底是为什么呢？究竟是谁教你这样做的？你要知道：你的臣民约着要冲进宫来，杀死你，另选别人来当国王。你有力量抵抗全体大众吗？你从他们手中逃脱得了吗？或者你被杀之后还能享受吗？假若你对自身的安全有把握而要坚持以往的所作所为，那就不必听我的忠告了。如果你还要生存下去，还要做国王，这就该猛醒，就该好生掌权执政，显出英明气概，向臣民表示悔恨之心，这才能挽回危局呢。因为臣民们要剥夺你的王权，把它交给别人了。他们决心要造反，要反对你。原因是他们知道你年轻，贪玩好色。俗话说得好：'久浸水中的石头，一旦捞出来，彼此一碰撞，就会冒火花的。'如今你的臣民是多数，他们正商议全力对付你的办法，要把帝位从你手中转交给别人，要把你置之死地才解恨。这样一来，你就难免不踏狼的覆辙了。"

"狼怎么着？这是怎么一回事？"国王瓦尔德·汗急于要知道狼

的遭遇。

于是宰相闪摩肃开始讲《狐狸和狼的故事》。

狐狸和狼的故事

相传从前有一群狐狸,一天,它们成群结队出去找食。正当它们到处寻觅食物的时候,忽然发现一匹死骆驼横陈地上,大家喜不自禁,说道:"这回咱们吃骆驼肉可以过很长的时间了;不过可怕的是咱们之间内讧起来,发生恃强凌弱的情况,弱者就会饿死的。为了防微杜渐,咱们应该找位公正者,给予必需的份额,以便它在咱们中做仲裁,免得强者欺负弱者。"正当它们商讨这桩事情的时候,突然有只饿狼来到它们面前。这时候,有的狐狸建议说:"如果你们认为找位仲裁者的意见是正确的,那就请这位狼做咱们的仲裁者吧,因为它非常强悍,从前它父亲还做过咱们的君王呢。切望安拉保佑,让它公公道道地替咱们办事吧。"

狐群商讨后,意见取得一致,便迎向豺狼,把它们的意见告诉了它,说道:"我们请你做我们的仲裁者,以便你每天把我们需要的肉食,每个分给一份充饥,免得我们中的强者欺凌弱者,造成互相残杀的局面。"

狼满口答应,承担了仲裁的任务。当天它把足够充饥的驼肉分给狐狸,每个一份。第二天,狼变了心肠,暗自说:"把这匹骆驼肉分给这群无能之辈,轮到我头上的充其量不过是它们所规定的一个份额;我要是独自儿享受它,它们也无可奈何我,何况它们是我和我家属的捕食物嘛。如此说来,谁能阻止我把这个攫为己有呢?也许这是安拉安排我不该为它们尽责吧。我撇开它们,独享食物,这是最好不过的办法。从现在起,我什么都不给它们了。"

次日清晨,狐狸约着来向豺狼领取食物,说道:"艾布·瑟尔哈啊!把今天的口粮分给我们吧。"

"我这儿剩下的不够分给你们了。"狼断然回绝了狐狸的要求。

狐群大失所望,敢怒而不敢言,垂头丧气地离开豺狼,背地里互相议论道:"同这个毫不畏惧安拉的奸诈家伙打交道,显然是安拉叫咱们跌在大难中了,没有力量和办法对付它了。"

"它是迫于饥饿才这样对待我们的。今日索性让它饱餐一顿,明天咱们再去向它领取好了。"

狐群忍饥挨饿了一天。次日清晨,大伙儿前去见豺狼,说道:"艾布·瑟尔哈啊!我们委托你代管我们的事,以便你发给每个一份口粮,在我们中起到抑强扶弱的作用。一俟吃完这匹骆驼,你再尽力协助我们去寻觅别的,让我们永久受到你的保护。现在我们饿得要命,已经两天没吃东西。请先把口粮分给我们,其余的,由你随便处置好了。"

狼对狐群的要求不但不做答复,而且露出凶恶面目。狐群见势头不对,赶紧离开它,对它不再抱什么幻想,背地里大伙儿商议报复的办法,说道:"在目前的情况下,别的办法没有,只有去见狮子的一条路可走了。咱们去投靠狮子,把骆驼献给它。如果它分给咱们一些驼肉,那是它的恩赐,即使不给我们,让它占有骆驼,也比这个恶毒家伙更应该的。"

狐群商议妥当,大伙儿约着去见狮子,把它们同狼打交道的遭遇告诉它,最后说:"我们是你的奴婢,前来向你呼吁求救。请救救我们的命,让我们侍候你吧。"

狮子听了狐群的申诉,激于义愤,决心伸张正义,同狐群一道去找豺狼问罪。狼见狮子,吓得拔脚奔逃。狮子从后面追赶,抓住它,把它撕成碎片,终于替狐群夺回它们的食物。

宰相闪摩肃讲了《狐狸和狼的故事》,接着谏道:"从这个故事里,我们知道,身为一国之王,他对臣民的事,就不该疏忽大意、漠不关心。切望陛下接受我的忠告,相信我所说的一切。陛下应当记得:

令尊逝世前,曾一再嘱咐你要听忠言。这是我同你最后的一次谈话。祝陛下万寿无疆!"

国王瓦尔德·汗听了宰相闪摩肃语重心长的一席话,有所悔悟,说道:"我听从你的意见。若是安拉愿意,明天我出去接见他们好了。"

宰相闪摩肃辞别国王,离开王宫,去见同僚们,告诉他们国王已经接受他的劝谏,答应明天出来接见他们。

宠妃阻止国王接见僚属

国王的宠妃知道国王接受宰相闪摩肃的劝谏,证实国王非出去接见臣民不可,便急急忙忙来到国王面前,进行阻挠,说道:"你这么依顺、服从你的奴婢们,令我感到十分惊奇。莫非你不知道宰相、大臣们都是你的奴婢吗?你干吗把他们抬举到这么崇高的地步,甚至于使他们认为你的江山和地位都是他们给你的了?其实他们连你的一根毫毛也损伤不了。照理说,你不该服从他们,而是他们应该服从你,应该执行你的命令。你为什么怕他们怕到这步田地呢?俗话说得好:'如非铁石心肠,就不够资格当国王。'你的臣仆们知道你能忍让,所以他们敢犯上,敢违拗你。作为臣仆来说,必须俯首帖耳、百依百顺才算尽到本分。你若轻易听他们的话,忽视他们的行为,随便满足他们最低的要求,他们就会贪得无厌,无止境地向你索取,从而就变成惯例了。如果你听我劝告,就别抬举他们中的任何人,别听任何人的话,别纵容他们的犯上行为。这样做下去,你就不会踏牧人的覆辙了。"

"牧人怎么着?这是怎么一回事?"国王急于要知道牧人的遭遇。

于是宠妃开始讲《牧人和恶棍的故事》。

牧人和恶棍的故事

相传从前有个牧人经常在郊外放羊,对羊群保护得非常周到。一天晚上,有个恶棍要偷牧人的羊,可是发觉牧人认真保护羊群,不仅白天不疏忽大意,而且夜里也不睡觉,所以恶棍虽然想方设法地待了一整夜,仍无机可乘,始终没把羊偷到手。当他感到筋疲力尽,偷窃计穷的时候,便上山打死一个狮子,剥下狮皮,拿茅草填在皮内,然后拿去摆在山上牧人可以看得见的地方,这才从容去见牧人,说道:"那个狮子吩咐我来向你索取它的晚餐。"

"狮子在哪儿?"牧人问。

"喏!它站在那儿呢,你抬头看吧。"

牧人抬头往山中一看,果然看见狮子的形影,认为果真是狮子,大吃一惊,吓得发抖,赶忙对恶棍说:"弟兄,把你需要的羊牵去吧,我不反抗。"

恶棍果然把他所需要的羊牵走。由于牧人过分恐惧,恶棍对他就贪得无厌,要求日益增加。刚过了几天,他又去找牧人,威胁他,说什么狮子向他要这要那,如此这般地胡说一通,然后为满足其欲望而牵走牧人的羊。后来,恶棍一直用这种方法欺骗牧人,致使他失掉大批的羊群。

宠妃讲了《牧人和恶棍的故事》,接着在国王面前谗害忠良,说道:"主上,我之所以告诉你这个故事,意思是不叫你的大臣利用你的耐心、和气,而对你贪得无厌、为所欲为罢了。在我看来,最正确的主意是:弄死他们,比让他们活着这样对付你好得多。"

国王瓦尔德·汗全盘接受宠妃的谗言,说道:"我采纳你的忠言,不听他们的指使,也不出去接见他们。"

国王同宠妃商量解围的办法

第二天清晨,宰相、大臣和绅士们成群结队地携带武器,浩浩荡荡前往王宫,进攻国王,决心杀死他,另立别人为王。他们到达王宫,管门的不开门,他们进不去,便差人去搬柴草来烧宫门。管门的把臣民的言行听在耳中,看在眼里,赶忙奔到后宫,报告王宫被围的噩耗,说道:"主上,他们叫我开门让他们进宫来,我拒不开门;现在他们派人去搬柴草,要烧宫门,以便冲进来弑君。这叫奴婢怎么办呢?"

国王瓦尔德·汗听了管门的报告,暗自叹道:"哟!我跌到大难中了。"于是即刻呼唤宠妃,对她说:"宰相闪摩肃对我所说的,全都是事实。眼下官吏和庶民一起前来围攻,要杀我和你们。管门的不开门,他们进不来,便派人去搬柴草,预备火烧王宫,要把我们活活烧死。事情紧急到这步田地,你说该怎么办呢?"

"不要紧,别怕他们;现在是糊涂、卑贱人逞凶的时候呢。"

"你说吧:我该怎么办?用什么方法应付局面呢?"

"我的办法是:你拿头帕包着头,显出疲弱不堪的病态,然后派人去请宰相闪摩肃;待他进来,看见你的这种情况时,你便对他说:'今天我本来打算出去接见臣民们,可是因病而爽约。现在劳你出去,把我的情况告诉臣民们,对他们说,我明天接见他们,满足他们的要求,酌情替他们处理各种事情。望他们安静下来,不要生我的气。'待明天早晨,你从令尊遗留下来的侍仆中,挑选十个最强悍、最听话、最遵命、最忠诚而能保密并为你所信任的人,让他们站在你身边,吩咐他们接见臣民时,只准一个一个地进来,然后按照你的指示行事,以便进来一个杀一个。这样安排妥帖之后,才在办公厅中摆下宝座,然后开门接见臣民们。他们看见宫门洞开,必然心满意足,会高兴愉快地进来求见。你允许他们一个一个地进来谒见,然后按计划行事。不过你得拿他们的头子闪摩肃开刀。他是宰相,官职最大,又是闹事的头头,所以先杀他,然后接着收拾其余的人,把他们一个个杀绝斩尽;凡是违拗过你的,凡是有势有权的,通通斩首,铲草除根,一个不留。你这样整他们一家伙,就不存在什么实力可威胁你了,你便一劳永逸地高枕无忧了。你要知道:这个计谋,对你来说,是最有利不过的,其他任何计谋都是望尘莫及的。"

"你的意见很正确,你的吩咐使我恍然大悟了,我非按你所说的去做不可。"国王瓦尔德·汗全盘接受宠妃安排的阴谋,即刻吩咐取来一块头帕,缠在头上,装出一副病弱模样,这才遣人召宰相闪摩肃进宫。待闪摩肃来到跟前,便对他说:"闪摩肃,你本来知道:我是很爱你的,你的意见我是采纳的。对我来说,你像是我的同胞手足,也像是我的生身之父,彼此像一个人一样。你也知道:你所吩咐的,我是全盘接受的。你曾命令我出去接见臣民们,好生替大家排难解纷。我深知你所说的,都是对我提出的忠言。我本来决心今天出去接见臣民们,不想突然患病不起,结果事与愿违。听说民众因此恼怒我,决心对我进行报复,这是因为他们不知道我生病的缘故。现在劳你把我因病不能出去的情况告诉他们,替我向大家道歉。他们所说的话,我是要听的;他们喜欢的事,我是要做的。请你替我向大家做出保证,从中鼎力维持,把这件事和解了吧。因为你经常劝诫我,也曾谏过先父,而在民众中,你一贯是善于排难解纷的。若是安拉愿意,明天我出去接见臣民们。也许凭我这点善良的念头和对大家的满腔诚意,我的病今晚可能会痊愈的。"

宰相闪摩肃听了国王之言,跪下去吻了地面,替国王祈祷一番,然后吻他的手,最后欣然告辞,走出王宫,把国王所说的话,转告同僚和民众,劝他们打消原意,并转达国王不能出来接见臣民所表示的歉意;还告诉他们国王答应明天出来接见他们,要替大家做众人乐意的事。臣民们听了宰相的传达,感到满意,才各自归去。

国王同卫兵商量屠杀朝臣的办法

国王瓦尔德·汗按照宠妃的指使,解除臣民的围攻后,随即派人从老王的卫兵中挑选了十个强悍、鲁莽的彪形大汉,公开坦白地对他们说:"先父在世时,诸位受他的爱护、抬举、优待,这是有目共睹的事,你们身受其惠,是有深刻体会的。先父对你们向来是非常慈祥、十分敬重的。我继先父之后,必须把你们抬举得更高才对。这当中的理由,往后我会告诉你们;在安拉的保佑下,你们在我跟前是绝对安全的。不过有一件秘密事,我要先问一问你们:假若我把这件秘密事告诉你们,你们肯照我的指示同我一起去做吗?能绝对保守秘密吗?我可以保证:在你们按我的吩咐行事之后,我会照你们的要求,加倍赏赐你们的。"

十个卫兵听了国王之言,异口同声地回道:"主上,你命令我们做的事,我们完全照办;凡是你所指示的,我们毫不遗漏地绝对做到,因为你是我们的保护人呀。"

"愿安拉赏赐你们!现在可以把我重视你们职权的原因告诉你们了。是这样的:当初,先父对属吏是非常尊敬的。他为我的事同属吏结过誓约。属吏们曾保证不破坏誓约,不违拗我的命令。这些事你们是清楚明白的。还有昨天发生的事件,他们聚众围困王宫,企图杀人放火这件事,你们也是亲眼看见的。从昨天的事件来看问题,我认为非严加惩处,不足以阻止同类的事件再次发生;因此,我不得不托付你们,把我指点出来的人暗杀掉,用消灭罪魁祸首的办法,来替社稷消灾除患。具体的做法是:明天,我坐在这幢宫殿的这个座位上,然后允许他们一个一个地进来朝拜。让他们由这道门进来,从那道门出去。到时候,你们十人排队站在我身边,仔细注意我的暗示。每进来一人,就逮捕起来,弄到隔壁屋中杀掉,再把尸首隐藏起来。"

"听明白了,遵命就是。"卫兵们承担了任务。

国王夸奖卫兵一番,把他们打发走了,才心安理得地回后宫去过夜。

国王命令卫兵屠杀属吏

第二天早晨,国王吩咐安置宝座,穿上锦袍,手持法典,让十个卫兵分立左右两旁,摆成威严的派头,传令的便喊道:"凡有爵位的官宦,请按官阶进宫朝拜。"随着传令者的呼唤,宰相、文武朝臣、大小官吏顺序排列成行,准备入朝谒见国王。接着传令者又传下命令,叫他们一个一个地分别上殿朝拜。大家遵命行事,首先是宰相闪摩肃按惯例,第一个进宫求见。他上殿趋前,刚到国王御前站定,不觉之间,便在十个卫兵的包围之中。他们把宰相逮起来,带进侧室,按计划杀了他。继而卫兵们走出侧室,迎向其他文武朝臣、学者、绅耆和大小官吏,如法炮制,把他们一个接一个地带入侧室屠杀之后,国王便吩咐刽子手对付那些被指为勇敢、健壮和有名望的人,通通问斩,一个也不放过,只是一般被视为卑贱无所作为的老百姓例外,幸免于死难,但是一个个被驱逐得抱头鼠窜,各自躲在家中,不敢出头露面。

经过这次大屠杀,国王瓦尔德·汗大为惬意,感到一身轻松愉快,从此无拘无束,毫无顾虑,终日寻欢作乐,放荡不羁,纵欲无度,过着花天酒地的荒淫生活,而且暴虐成性,无恶不作,残暴专横到极点。其暴虐程度跟历代罪大恶极的帝王比起来,真是有过之而无不及。

国王瓦尔德·汗受到邻国的威胁

国王瓦尔德·汗所统辖的这个国家的自然条件很好,物资丰富,有金矿、银矿、宝石等贵重资源。因此附近的邻国因羡生嫉，抱着幸灾乐祸的心情，指望它国内受到什么天灾人祸，以期从中渔利。所以当国王瓦尔德·汗屠杀僚属的消息传开后，邻国中的一个国王非常欢喜，认为有机可乘，便自言自语地说道："我要夺取这个国家的愿望，现在可望实现了。我要从那个无知小子手中，把他的江山夺过来，因为他的臣宰、将领、勇士和国内一班拥护他的人，都遭受他的杀害，兼之他本人年幼，没有主意，缺乏作战经验，指导他、支持他、援助他的人也没有了，这是夺取江山的最好机会。今日我用写信问罪的办法，给他打开灾难的门路。我在信中戏弄他一番，责斥他残害忠良的罪过，看他如何回答我。"他打定主意，随即写了内容如下的一封问罪书：

印地艾格萨国王凭慈祥的安拉之大名，致书印度国王瓦尔德·汗殿下：

得悉你暴虐成性，残害臣僚、学者、英勇之士，而作茧自缚，以致招灾引祸，祸国殃民，弄得人才空虚，无力抵抗问罪之师。因你作恶多端，罪不容诛，所以我蒙安拉之默助，一旦向你兴师问罪，必然旗开得胜，使你一败涂地。大势所趋，你须唯我之话是听，唯我之命是遵。今且命你替我去海中建筑一幢坚固之宫殿，以备不时之需。如不能完成此项任务，就该弃国出走，苟全性命。否则，我将从印地艾格萨派遣十二个骑兵营——每个营计一万二千名战士——向你兴师问罪，必得踏破你的河山，夺取你的财物，杀死你的男人，俘掳你的妇女而后已。我将任命宰相白迪尔为司令，率师讨伐，不获全胜，决不收兵。现先遣童仆为信使，向你下书。他在你处仅逗留三天。你若听从命令，即可免于灭亡。否则，我就按所言行事，即先礼而后兵也。

国王写毕，盖上印，把它交给信使，派他前去下书。信使带着信，登程出发,一直跋涉到国王瓦尔德·汗的京城,然后径往王宫,谒见国王瓦尔德·汗,并呈上书信。

国王瓦尔德·汗读了印地艾格萨国王的信,顿觉全身软弱无力,满腔愁闷,一时被这突兀事情弄得晕头转向,茫然不知所措,深信非败亡不可。眼看当此大难临头之际,却无人同他商讨对策,也找不到支持、援助的人。孤家寡人,颇有呼天不应入地无门之感。

国王瓦尔德·汗向宠妃求教

国王瓦尔德·汗心事重重,左右为难,走投无路,日子很不好过。他脸色苍白,垂头丧气地回到后宫。宠妃一眼看见他的狼狈相,问道:"主上,你怎么了?"

"从今天起,我不是国王,而是国王的奴婢了。"他说着拿出印地艾格萨国王的信,念给她听。

宠妃听罢,知道事情不妙,吓得一声恸哭起来,气急败坏地乱扯身上的衣服。国王问道:"对付这桩困难事情,你的意见如何? 有办法应付吗?"

"对于战争,妇女是毫无办法的,也没有什么力量可以应付的。这种事情,只是男人有办法,也只限于男人有力量可以应付得了。"

国王瓦尔德·汗听了宠妃的回答,大失所望。当此紧急关头,他痛定思痛,对屠杀臣僚、学者、绅耆们一手铸成的错误,感到万分懊悔、万分悲伤、万分苦恼。他恨不得早在听到这种骇人听闻的噩耗之前就死掉。他啼笑皆非,凄然对妃嫔们说道:"我从你们中所遭遇的,跟松鸡从乌龟中所遭遇的正是一样。"

"这是怎么一回事呢?"妃嫔们急于要知道个中的情形。

于是国王瓦尔德·汗开始讲《松鸡和乌龟的故事》。

松鸡和乌龟的故事

　　相传从前有一群乌龟住在一个小岛上。那个小岛中有树林、果实、河渠，环境非常幽美。有一天，一只松鸡飞到那个地界，因为气候炎热，感到疲倦，便落在岛中休息。它看见乌龟的住处，便挨到那儿歇息。乌龟们从四面八方觅食归来，看见松鸡的漂亮形貌，感到非常惊奇、羡慕，因而赞美安拉创造之妙，同时对松鸡表示一见倾心、无比爱慕之忱。当时有的乌龟说："毫无疑义，这是飞禽中最可爱的了。"于是大家对它既亲切，又殷勤。松鸡看乌龟们对它如此厚爱，也喜欢它们。从此松鸡随便飞到任何地方去游玩，晚上总要回到乌龟们的住处，和它们一块儿过夜，这样的出入往还，已经习以为常。松鸡早出晚归，过了一段时间之后，乌龟们觉得松鸡在时就感到高兴，不在时就感到寂寞，尽管它们热爱它的程度日益增加，可天一亮它就展翅飞去。在这种情况下，有的乌龟就开口说："我们钟爱这只松鸡，它已成为我们的亲属；对我们来说，离开它是不可能的事了，但是有什么办法叫它老跟我们待在一起呢？因为它一飞走，就整天离开我们；我们只能在晚上才见它的面呀。"

　　"放心吧，我的姊妹哟！"一个乌龟说，"我是有办法叫它一刻也不离开我们的。"

　　"如果你能做到这一步，我们都当你的丫头好了。"其余的乌龟齐声说。

　　当天晚上，松鸡觅食倦游归来，坐在群龟当中。那个自命有办法的乌龟，便挨到松鸡面前，先替它祈福，并祝它安泰，然后说道："我的主人啊！安拉教我们钟爱你，把我们的爱情寄托在你心上，因而在这荒野地带，咱们彼此相依为命，变成亲密无间的眷属了。对相互爱慕者来说，最美妙的时间是整天聚首，寸步不离；与此相反，分别、离散，就是大灾大难。这是因为你总是黎明就撇下我们，高飞远走，到日落才归来,使我们终日寂寞不堪,难过到极点。因此,我们对你一直是抱着莫大的渴念心情。"

"不错,我也是很爱你们的。"松鸡说,"我想念你们的程度,比你们的有过之而无不及。离开你们这件事,对我来说,也的确是不容易的,可是我没有办法呀;因为我是有翅膀的飞禽,不可能老跟你们待在一起不动。因为我不习惯于过老待在一个地方的生活。我作为飞禽,天生两只翅膀,就没有安定下来的时候,除非是夜里,那是为了睡觉。所以天一亮,我就得起飞,到处寻觅食物,爱上哪儿,就上哪儿去。"

"你说得固然不错;不过有翅膀者,经常是不得安宁的;它奔波所得的报酬,比起所花的劳力来,充其量不过四分之一而已。我们活在世间的最大的希望和目的,不外生活舒适,起居安宁。安拉既然在我们同你之间培植了爱情和友谊,所以我们一心关怀你,生怕你被敌人捕获,把你弄死,我们就没有同你见面的机会了。"

"你说得对。不过针对我的这种情况,你有什么办法呢?"

"我的办法是:你索性把翅膀上起飞行作用的羽毛拔掉,然后舒舒服服地坐在我们身边,在这树林茂密、果实丰富的岛上,和我们一起同吃同饮,大家同享这些丰富的产品。"

松鸡为乌龟的一席话所打动,为了贪图安逸,果然按乌龟的指使,把翅膀上的羽毛一根一根地拔掉,从此定居下来,跟乌龟们一块儿过生活,满足于些许的享受和转眼即逝的快乐。然而好景不长。正当松鸡和乌龟们共同过着美满舒适的生活,一个鼬鼠打那儿经过,一眼看见松鸡。它仔细打量一番,见松鸡秃着两只翅膀,势必飞腾不起来。它明白个中情形,不禁喜出望外,暗自说:"这只松鸡,羽毛不多,身体可肥胖得很。"它连说带蹦,挨到松鸡跟前去捕食它。松鸡吓得惊叫起来,向乌龟们呼吁求救。可是乌龟们眼看鼬鼠捕捉松鸡,不仅不去救护,反而离开它,大伙儿缩在一起,一动也不动。它们看着鼬鼠折磨松鸡的惨状,只知伤心流泪,哭得气阻喉塞。松鸡问道:

"你们除哭泣外,还有什么办法吗?"

"弟兄哟!对鼬鼠来说,我们是没有能力和办法对付它的。"

这当儿,松鸡忧愁、痛苦到极点,已经没有活命的希望了,最后凄然地对乌龟们说:"你们没罪,罪在我自身,因为我听你们的话,把我赖以飞翔的翅上的羽毛拔掉了。就因为我顺从你们,所以我该死。不过我一点儿也不埋怨你们。"

国王瓦尔德·汗讲了《松鸡和乌龟的故事》,接着对妃嫔说:"娘儿们,现在我并不埋怨你们;我只埋怨我自己,我只该教训我自己。因为我忘记你们是使老祖宗亚当出纰漏而被撵出乐园的原因了,也因为我忘记你们是万恶的根源,而仅凭我自己的无知和愚昧,凭我的错误意识,凭我的糊涂判断,才事事听从你们,结果把臣僚、官吏都杀害了。当初他们每事都向我进忠言;每遇困难、苦恼之事,他们总是忠心耿耿地竭力替我解决疑难。时至今日,我可找不到代替他们的人了,也看不见有谁能接替他们的职位了。假若安拉不差个见识正确的人来指引我、拯救我,那我就一败涂地了。"

国王瓦尔德·汗乔装出访

国王瓦尔德·汗痛定思痛,怀念僚属,忍不住痛哭流涕,叹道:"但愿我的那班狮子现在出现在我面前,即使待上一小时也好,以便我向他们认罪、道歉,跟他们见一面,把我目前的处境和所发生的事件,向他们诉说一番,那该有多好呀!"他叹息着站起来,无可奈何地回到卧室里,茶饭不思,终日苦恼,一直淹没在愁海中。

天黑了,国王瓦尔德·汗站起来,脱掉宫服,换上一套破旧衣裳,乔装打扮一番,然后溜出王宫,去城中走走,进行私访,期望能从老百姓的谈吐中,听到什么足以悦耳畅怀而有启发的言语。他经过大街小巷,发现两个孩子坐在一堵墙前聊天。两个孩子的年纪相仿佛,约莫十二岁。国王被好奇心驱使,悄然挨到可以听到他俩谈话的地方,侧耳倾听。他听见其中的一个说道:"弟兄,你听我说吧:昨天家父告诉我,他的庄稼因为久旱不雨,又因城中发生种种人祸,还不到成熟时节,就枯萎、干死了。"

"你知道城中发生祸患的原因吗?"另一个孩子问。

"我不知道。如果你知道,请告诉我吧。"

"不错,我知道一点,都告诉你吧。据我父亲的一个朋友说:我们的国王把他的宰相和文武朝臣杀害了,而他们并没犯什么死罪,却是因为国王本人好色,离不开妇女,宰相和大臣尽责劝谏他;可他不回头,反而听妃嫔的指使,残害忠良,把做过两朝宰相、替他出谋划策的闪摩肃和其他大臣通通杀害。由于他屠杀无辜,罪孽深重,所以很快就要受到安拉的惩罚;安拉会替死者报仇呢。"

"他们都死了,安拉将怎样对待国王呢?"

"告诉你吧:印地艾格萨国王非常蔑视我们国王,据说给他送来一封信,大骂一通,命令国王替他去海中建筑一幢宫殿;若不照办,就派宰相白迪尔率十二个骑兵营,向我国兴师问罪,夺取国王的江山,杀死我国的男人,把国王本人和我的妇女掳去作为战利品。印地艾格萨国的信使到达之后,限国王三天答复。告诉你吧,弟兄:那个印地艾格萨国王非常勇敢,威力很大,他国内人口众多。我们国王若不赶快设法阻止敌人,势必遭受败亡。国王一死,我们的粮食就被抢劫,我们的男人就遭屠杀,我们的妇孺就沦为俘虏了。"

国王瓦尔德·汗听了两个孩子的谈话,心情越发混乱,暗自说:"这个孩子一定是个预言者,因为我没有说过的事,他都知道。印地艾格萨送来的信,我收存着,是一件秘密事,除我之外,别人并不知道,而这个孩子是怎么知道的呢?我必须和他接触,跟他谈一谈,求安拉默助,让我从孩子那里得到解脱。"

国王瓦尔德·汗打定主意后,便从从容容、和颜悦色地挨到孩子面前,说道:"亲爱的小孩子,关于我们国王的事,刚才你所提到的,究竟是怎么一回事?他杀害自己的宰相、大臣,伤天害理,弄得满城风雨,人心惶惶,真是糟糕极了。其实国王弄出这样的事,不仅是糟蹋他自身,而且是祸国殃民。你所说的,是千真万确的。不过,我的孩子,你说印地艾格萨国王写信骂我们国王,还命令他做那么困难的事,这个信息,你是怎么知道的呢?"

"我是根据古圣贤的判断知道这个的;因为任何秘密都不可能瞒过安拉。而作为亚当后裔的人类,其中有人具备某种灵感,是能将一些隐蔽之事给人透露出来的。"

"你说得对,我的孩子。但是对我们国王来说,能有什么办法来保护他本人和国家,从而避免那种即将临头的亡国灭种的灾难呢?"

"不错,是有办法可以避免的。要是国王派人来找我,向我打听如何抵御和战胜敌人的方法,那么凭安拉的援助,我是可以把怎样解围的计谋告诉他的。"

"谁能告诉国王这种情形,好让他派人来邀请你呢?"

"听说他正在物色有经验阅历的人替他出谋划策呢。要是他派人来找我,我就应邀前去见他,把对他有益的、可以抵抗灾难的办法告诉他。不过要是他自己不顾目前的危难,仍然沉溺于酒色,继续过荒淫无度生活,那么即使我去见他,替他出谋划策,也是不中用的,甚至于会像他的僚属那样死在他手下。这样一来,我就成为头脑简单、不识时务的人了。结果不仅是自取灭亡,而且会贻笑后人呢。"

国王瓦尔德·汗听了孩子之言,证实他的贤明,明白他的特点,相信自己和社稷的危机,可以从他手中得到挽救,于是接着同孩子谈下去,问道:"你是从哪儿来的?你家在哪里?"

"这堵墙就是我家的屋壁。"孩子指着墙壁说。

国王瓦尔德·汗仔细打量一番,认识那个地方之后,便和孩子分手,欣然转回宫去。

国王瓦尔德·汗向闪摩肃的儿子求教

国王瓦尔德·汗回到宫中,脱掉破衣,换上宫服,吩咐端来饭菜,不理睬妃嫔们,独自大吃大喝一顿,然后感赞安拉,祈求安拉帮助他,解救他,饶恕他虐杀臣僚、学者的罪过,并虔诚地向安拉忏悔,许下勤礼拜、长斋戒的愿心。最后他把平时最贴心的一个仆人唤到跟前,告诉他那个小孩子的住处,吩咐他去寻找孩子,和和气气地把他带进宫来。

仆人遵循命令,按照国王的指示找到那个孩子,对他说:"国王出自对你的一片好心,请你去见他,跟你谈几句话,就让你平安回家。"

"国王找我有什么事?"

"我们主人请你去见他,是要问你几件事,求你回答他。"

"既然如此,对国王的命令,我等于听了一千次、遵循一千次了。"孩子回答着跟随国王的仆人去到宫中,直接谒见国王。

孩子来到国王御前,跪下去替国王祈祷一番,然后向他问好。国王回问一声,让他坐下,随即跟他交谈起来,问道:"你知道昨天晚上是谁同你谈话吗?

"知道。"孩子坦然回答。

"他在哪儿呢?"

"他就是现在跟我谈话的人呀。"

"亲爱的孩子,你说得不错。"国王感到高兴、满意,吩咐仆人在自己身旁摆一张椅子,让孩子坐下,并吩咐端来饮食,招待他吃喝,然后跟他亲密地谈了一会儿,这才提到正题,说道:"小宰相啊,昨晚你跟我谈话时,提到你有办法,可以保护我们,不让印地艾格萨国王的阴谋得逞。那到底是什么办法呀?该怎么办才能避免他的危害呢?

请你把这一切全都告诉我,以便我报酬你,让你成为朝臣中首先向我说话的人,并选你任宰相职位。往后,凡是你指引我的,我一概按你的意见去做,而且要加倍赏赐你。"

"主上,你的赏赐,请留着你自己用吧。对付印地艾格萨国王的办法,请找指使你杀害先父闪摩肃及其他官吏的那些妃嫔去商量好了。"

国王瓦尔德·汗听了孩子的回答,顿时感到惭愧,长叹不已,说道:"亲爱的孩子,如此说来,难道闪摩肃真是你的父亲吗?"

"不错,闪摩肃是我的生身之父,我的确是他亲生的儿子。"

国王听了孩子果断之言,一下子谦恭起来,眼泪汪汪地忏悔一番,然后说道:"孩子,我因自己的愚昧和妇女们的阴谋诡计,做了那种坏事,请原谅我。今后我要让你来担任令尊的职务,把你的品级升得比他更高一等。一俟这桩突然临头的灾难消除之后,我便赏你戴金项圈,骑高头大马,派人向民众宣布你任宰相职务,坐国王之下的第二把交椅。至于你所提到的那些妃嫔的事,我打算在适当的时候惩罚她们。现在请把对付印地艾格萨国王的办法告诉我,让我的心安定下来吧。"

"为了使我所顾虑的事有所保障,你必须先发誓,保证按我的意见行事。"

国王果然发誓:"在你和我之间,有安拉做证:我决不超乎你所说的范围之外行事。你是我的首席军师。你无论叫我做什么,我都照办。关于我所说的这些,安拉是你我之间的见证人。"

闪摩肃之子教国王怎样对付信使

闪摩肃的儿子听了国王的誓言,心胸豁然开朗,有说话的余地,便畅所欲言:"主上,关于对付印地艾格萨国王的办法,我认为首先是等回信的限期届满,信使前来索取回信时,要求他再延长限期。他当然不肯,会以其主子的命令为理由,不肯延期。你这就反驳他,务必求他延期,但不确定延到什么时候。他弄不到回信,必然心怀不满,会胡言乱语地发泄不满情绪。咱们仔细察言观色,拿他的言行做把柄,然后唤他来,当面教训他,斥责他。到那时,陛下就可理直气壮、和颜悦色地质问他干吗要在人前造谣生事?告诉他这样胡说八道,是应该马上受到惩罚的。不过根据'饶恕是仁慈的性格'这句格言,才不惩罚他,并趁机说明缓期回信的理由,并不是因为咱们无能为力,只是因为事情忙,没有闲工夫写信的缘故。继而陛下拿出他送来的那封信,当面重读一遍;读毕,哈哈大笑一通,然后问他还有别的信否? 若有,就拿出来,以便一并给他写回信。无妨再三追问他;肯定他是不会有其他信件的。这样一来,就可当面批评他的国王是没理智的家伙。因为他在信中提出那样的要求,只能激起我们的仇恨,会带兵马去惩罚他,踏破他的河山。不过此次暂不责怪他,因为他是见识浅薄、意志脆弱之辈;而从我们的威严、体面来说,认为先警告他,提醒他不要再发生类似的情况,才是恰当的做法。如果他硬要拿生命冒险,甘冒天下之大不韪,再犯同样的过失,那就该立刻受到挞伐。继而指出派他前来下书,向我们挑衅的他们的国王,显然是毫不考虑后果的无知愚顽之辈;显见得他朝中是没有一个足智多谋的宰相替他出谋划策的;否则,在他写这封如此奚落、挖苦我们的信前,必然会同宰相商讨一番的。不过他既然给我们下了战书,就该得到与其信同样性质的答复,而且我只命令一个小孩子给他写回信就行了。"闪摩肃之子替国王瓦尔德·汗出了这个点子,接着说道,"陛下当信使之面发了如上所说的议论之后,随即派人唤我进宫。待我来到御前时,陛下把印地艾格萨国王的信给我过目,并吩咐我给他写回信。"

国王瓦尔德·汗听了闪摩肃之子替他出的点子,感到欢喜,如释重负,非常欣赏他的见解和办法,赞不绝口,不但重加赏赐,而且任命他为宰相,接替他父亲闪摩肃的职位。

国王瓦尔德·汗给印地艾格萨国王回信

印地艾格萨国王的信使等了三天,然后进宫去取回信。国王瓦尔德·汗要求再延期几天。信使得不到回信,差事交代不了,心怀畏惧,口出怨言,闷闷不乐地退出王宫,明目张胆地同接触他的人发牢骚,胡乱说道:"我是堂堂印地艾格萨国王的差使。咱国王的威力很大。他的果断是能变铁为泥的。我奉命给你们国王前来下书,受到日期的限制;到期交不了差,我是要受处分的。喏!我把信送到宫中,国王读了信,要我宽限三天,然后给我写回信。我本着同情和关照他的心情,所以答应他的要求。可是三天的限期过了,我前去取回信,他又要求再延期,我无法容忍了。喏!我要回印地艾格萨去,向我们国王报告情况。诸位是我的见证人。对你们国王来说,他是无法卸责的。"

信使发泄不满情绪的消息传到国王瓦尔德·汗的耳里,他便派人召信使进宫,说道:"自寻死亡的差使哟!你不是替国王送信的信使吗?两国之间不是存在着秘密吗?你怎么在老百姓中胡言乱语,把两国间的秘密泄露了呢?你这种行为,早就应该受到处罚。不过我们权且忍耐,留你一条命,让你把我们的复信带给那个最愚蠢的国王去。而给那样的蠢人复信,只消让一个会书写的小孩子来写就够称职了。"国王说罢,当信使的面,差人去唤那个小孩子进宫。小孩奉命来到国王御前,跪下去替国王祈祷。国王把印地艾格萨国王的信扔给小孩,说道:"你读一读这封信,然后马上给我写一封回信。"

小孩把信捡起来,读了一遍,启齿微笑着问道:"陛下差人唤我到这儿来,是为给这封信做答复吗?"

"不错。你马上写吧。"

小孩连声应诺,掏出笔墨纸张,从容写道:

国王瓦尔德·汗凭大仁大慈的安拉之名,奉复印地艾格萨国王殿下:

奉告你这位号称大帝而名存实亡的人吧:收到你的来信,过目之后,只觉满纸胡说八道,呓语、奇谈连篇。这充分证明你的无知愚顽,充分暴露你的恶霸残暴行为。你把手伸向不可及的地方,这是枉费心机。如果不为怜悯苍生的身家性命,我们就不至于迟迟不向你兴师问罪了。而你的差使,居然到大庭广众中,任意泄露信中的秘密,本应受到严厉处分,但是出自我们对他的怜悯,暂时保全他的性命,俾与你同享原宥之恩。我们不惩罚他,是表示对你的尊重。至于信中提到我杀害宰相、学者、官僚的事件,确乎实有其事,但个中不无原因。我不斩杀学者则已,但杀一人,其不死者之数,却以千计,而他们比死者更渊博,更智慧。我不有孩子则已,但有一个,他便是饱学之士。每个被杀的人,我都有同类的抵偿者,数量之多,屈指难计。我的每个战士,足以抵敌你的一队骑兵。就财经来说,我有冶金铸银作坊。至于地下蕴藏之矿物,则到处都有,多如土石。谈到我的国民,其形貌之健壮、英俊,其生活之富裕舒适,这是人所共知的。你胆大包天,大言不惭,竟敢命我替你去海中建筑宫殿;这种奇谈怪论,显系来源于你的无知狂妄。因为你若是稍具常识的人,必然会意识到海洋中的暴风狂浪。现劳你先去筑墙垒坝,堵住风浪,我即可替你建筑宫殿。你断言能打败我——安拉保佑,不发生这样的事——那是安拉所不容许的。像你这样的人,怎能对我作威作福?怎能征服我的国土?反之,因你无故侵犯、压迫我们,安拉倒是给我战胜你的机会了。须知:来自安拉和我的惩罚,是你咎由自取的。不过从你和你的臣民的生命财产着想,我是畏惧安拉的,必须先礼后兵,所以才不急于兴师问罪。假若你对安拉还有所畏惧,就该将今年的赋税尽速派人解来上缴,否则,我就按计划行事,调一百零十万猛如狮子的战士,派宰相率领,向你进行讨伐,并针对你给信使规定以三天时间拿到复信的那个限期,将命令我的宰相,以三年的时间为围攻你国的限期。最后我把你取而代之,管辖你的国土。届时,除你本人之外,绝不斩杀任何苍生;除你的老婆之外,绝不俘掳任何妇女。何去何从? 由你好自择之。

宰相闪摩肃的儿子写毕复信,在信笺侧面画了他的肖像并在像边加上"这封回信是一个少年儿童代笔写的"等字祥,然后呈给国王瓦尔德·汗。国王过目后,盖上印,封起来,这才递给信使。

印地艾格萨国王收到复信

印地艾格萨国王的信使拿到复信,喜不自禁,吻了国王瓦尔德·汗的手,然后告辞。当时他对安拉的保佑和国王瓦尔德·汗对他的容忍,心照不宣,怀着感激涕零的心情,匆匆首途回国。他对亲眼看见那个儿童的聪明、英俊,印象极深,始终念念不忘,惊羡不已。他继续奔波、跋涉,待回到印地艾格萨之日,已经是超过限期的第三天了。他赶到国王御前交差。当时国王因信使逾期不归的缘故,正在召集群臣,商讨对策。信使跪着呈上复信。国王接过复信,问信使缓期的缘故和国王瓦尔德·汗的情况。信使把前后的经过及亲眼见闻的事,从头到尾,详细叙述一遍。国王听了,大为震惊,将信将疑,开口骂道:"该死的家伙哟! 你从那样的国家归来,所告诉我的到底是怎么一回事呀?"

"高贵强大的国王陛下,喏! 趁我健在御前,请当面拆信一读,事情的真伪便清楚了。"

国王果然拆开复信,过目一遍,眼看着代笔写复信那个儿童的画像,深信自己的江山难保,顿时张皇失措,茫然不知所为。继而他回头对宰相和僚属叙述个中情形,念复信给他们听。官僚们听了,惊恐万状,吓得目瞪口呆,面面相觑。在那种情况下,满堂文武感到左右为难,表面上虽然支吾着拿言语安定国王的恐怖心情,实则一个个心惊胆战,心脏蹦跳得快破碎了。

印地艾格萨国王商讨应付瓦尔德·汗的办法

印地艾格萨国王读了国王瓦尔德·汗的复信,心惊肉跳,茫然不知所措,只得同属吏商讨应付的办法。满朝文武,各抒己见,争相向国王献策。宰相白迪尔慷慨陈词,说道:"主上,我的同僚弟兄们所说的,不见得有利于实际。我的意见是:陛下再给那位国王写封信,先向他道歉,然后直截了当地告诉他陛下是爱戴他的,在他之前,同样是爱戴他父亲的。说明陛下之所以派差使送那封信给他,只不过是试验他的一种方法,目的是要看一看他的意志、勇气和他在理论、实践方面具备的特长,对隐晦事物的操纵技能,以及他的各种德行罢了。最后说明我们替他祈祷,求安拉赏赐他幸福,巩固他的地域,增加他的权力,使他顺利完成安邦建国的大业。陛下写了这样内容的信,然后派使臣送去就行了。"

国王听了宰相的建议,喟然叹道:"指伟大的安拉起誓,这件事情真够奇怪的了。瓦尔德·汗杀了宰相、学者和文臣武将,怎么还是个堂堂能战的大国王呢?他的国土怎么还那样繁荣昌盛呢?怎么还会出现那样的威力呢?这当中尤其令人惊奇不解的是,一个儿童居然替他的国王写这样的复信。而我自己仅凭贪婪的一念之差,引火烧身,也烧我的国家。我一手点着的火,只有按宰相的办法去做,才能扑灭它。"国王感慨一番,随即预备名贵的礼品和大批婢仆奉送国王瓦尔德·汗,并写了内容如下的一封信:

印地艾格萨国王,谨凭大仁大慈的安拉之名,致书国王瓦尔德·汗殿下:

愿安拉慈悯尊贵的赭理尔德大帝在天之灵,并赐殿下万寿无疆!

奉读你的回信,知悉一切。从回信中我们所看到的都是令人欣慰的事,那也正是我们替你向安拉祈求的最终目的。恳求安拉光大你的事业,巩固你的江山,默助你战胜入侵的敌人。

殿下须知:令尊在世时,他和我亲如兄弟手足。我们彼此联盟,互订协约。历来他从我们中所看到的全是友谊;同样地,我们从他那方面所目睹的,除友谊外,别无他物。不幸令尊中道弃世,殿下继承王位,我们眼见令先君的帝业,后继有人,不胜欣慰之至。继而风闻殿下的宰相、属吏死难的噩耗,我们惊叹之余,唯恐风声传到其他国王耳中,因而招致觊觎之虞。当时我们以为殿下忽视自身利益,不注意城郭防卫,不关心国家大事,故给殿下写那样一封书信,目的在于引起殿下的注意。拜读惠书,洞悉个中实况,我们心中的疑虑,才烟消云散,深感如释重负,从此心安理得矣。

愿殿下国泰民安,威望蒸蒸日上,并祝万寿无疆!

印地艾格萨国王写了信,派使臣带一百骑士护送礼物和婢仆,前去向国王瓦尔德·汗投书献礼。使臣遵循命令,率领人马,不辞跋涉,急急忙忙赶到国王瓦尔德·汗的京城,觐见国王,吻他的手,向他请罪,祝他长命百岁、荣华富贵,然后呈上书信和礼物。

国王瓦尔德·汗拆开印地艾格萨国王的信,过目之后,知道他的用意,深感快慰,欣然收下礼物,格外尊重使臣,招待他住在适合其身份的地方,并赏赐他和随从人员。

消息一下子传到民间,全城欢腾。国王瓦尔德·汗喜不自禁,随即请闪摩肃的儿子进宫,对他表示无比敬重,把印地艾格萨国王的信拿给他看,并吩咐他准备当使臣的面给印地艾格萨国王写回信,同时还赶着预备厚礼,让使臣带去回赠印地艾格萨国王,以示尊重和感谢。待一切准备齐全,国王瓦尔德·汗才召见使臣,把适合其身份的礼物分别赏给他本人及其随行人员,并当使臣之面,吩咐闪摩肃的儿子代笔给印地艾格萨国王写回信。孩子遵循命令,从容写了回信。在信中,他言简意赅地对睦邻、友善的意义阐述一番,顺便称赞使臣及其随从人员的礼貌。孩子写毕,把信呈给国王。国王说道:"亲爱的孩子,你念一遍吧,让我们听一听你写的什么。"

孩子果然当众人的面,把信念给他们听。念毕,国王和在座的人都感到惊服,对其措辞之恰当,结构之紧密,赞不绝口。国王盖上印,封起来,交给使臣,这才打发他们走,并派一支部队,一直把他们护送到印地艾格萨境内。

印地艾格萨国王的使臣亲眼看见儿童的聪明、能干,感到无比惊奇、羡慕;同时,对安拉默助他顺利解决两国纠纷,很快完成任务这件事也感到无限快慰和谢意。因此他率领队伍,兼程跋涉,满载而归。回到国内,他把国王瓦尔德·汗的书信和礼物,全都献上,并陈述所见所闻。

国王接到复信和礼物,听了使臣的报告,满心欢喜。于是衷心感谢安拉,重赏使臣,给他加官晋级,表示尊重感谢。到此,国王转危为安,变得既安全而又稳定,国内一片升平,外无后顾之忧,舒舒服服地过着心情舒畅的幸福生活。

国王瓦尔德·汗拜闪摩肃之子为相

国王瓦尔德·汗经历一场风险,如噩梦初醒,从中得到教训,决心痛改前非,做正人君子,走安拉指引的康庄正道。于是他以身作则,身体力行,对所犯的过失深恶痛疾,虔心虔意地向安拉忏悔,而且斩钉截铁地一下子把妇女全都抛掉,全神贯注于国家的利益,以畏惧安拉的心情,关怀臣民的疾苦,拜闪摩肃的儿子为相,继承他父亲的遗职,并兼任首席参议及文书职务。接着国王下令装饰城郭及全国各大城镇,以示庆祝,与民同乐。在那样盛况空前的情况下,黎民欢欣鼓舞,先前笼罩着他们的恐怖、忧愁、顾虑,一下子烟消云散。人们骤然得见天日,都以得享公道、正直待遇而欢呼,大家互相奔告,彼此庆幸,一个个满怀感谢心情,为国王瓦尔德·汗祈祷,也为替国家庶民消除灾难的宰相祈祷。一片祝福国王歌颂宰相的欢呼声,连绵不绝,直冲霄汉。

宰相规劝国王瓦尔德·汗

国王瓦尔德·汗痛定思痛,决心痛改前非,便向宰相求教,说道:"我要安邦建国,改善黎民生计,恢复先前宰相、臣僚齐聚一堂,全力以赴所形成的那种局面,你说该怎么办,才能达到这个目的呢?你有什么高见告诉我吗?"

"启奏伟大的吾王陛下,"宰相爽朗地开口说,"在臣看来,首先陛下要决心同涉及罪恶的事物断然决裂,再把往昔陛下习以为常的那种嬉戏、暴虐、好色行径统统抛掉,才谈得上建国救民这样的大事。因为陛下要是再回到罪恶的根源里,那么第二次的失误,会比第一次更厉害呢。"

"什么是我应该抛弃的罪恶根源呢?"

"大国王啊!"年纪幼小而理解力很强的宰相回道,"所谓罪恶的根源,即是满足妇女的欲望,一味偏向她们,听从她们的意见和指使。因为好色这种习染,会扰乱清醒的头脑,破坏纯善的性格。我说这话是有明显根据的。如果陛下深思熟虑,仔细观察研究,那一定会自我救拔,根本不用我饶舌了。今后陛下不该再想念妇女,必须把她们的形影从心坎里清除掉。因为远在圣摩西时代,安拉对接触女人,就严禁超过需要的限度。所以个别明智帝王临终时,总是谆谆嘱咐其子嗣,在继位掌权后,不可过多接触女人,免得身心遭受损害。总而言之,过多接触女人,必然导致对她们的癖爱,癖爱的结果,必然加速性情之恶化,人格之堕落。先圣贤大卫之子所罗门在这方面,便是前车之鉴。这位先圣贤得天独厚,安拉给他的知识、智慧和极大的权力,是他之前的帝王从来没得到过的,但他还是叫女人给坑害了。再说人类的始祖亚当,也是因女人而犯罪的。古往今来,类似这样的事例,不胜枚举。臣之所以举所罗门大帝为例,以便陛下知道:所罗门大帝的权力,是古往今来的帝王望尘莫及的,当时天下的帝王都向他称臣纳贡。陛下须知:好色是万恶之本,女人头脑简单,她们的欲望是永久不会满足的。因此,对男人来说,在接触女人方面,应该局限于满足需要的范围之内,不可倾全力以赴。否则就要出乱子,就是自取灭亡。陛下如能听信我的忠言,则国家的复兴,是可指日而成的。假若把我的劝谏当耳边风,弃置不顾,将来陛下是要后悔的;那时节,懊悔就不济事了。"

"现在我把过分偏爱女人的行为改正过来,不跟她们往来了。不过对她们的所作所为,我应该怎样惩罚她们呢?因为杀害令尊闪摩肃,原是出自她们的阴谋诡计,并不是我的本意。当时我不知道是怎么搞的,糊里糊涂就同意杀他了。"国王瓦尔德·汗谈到这里,忍不住悲哀哭泣,说道,"我失去宰相,失去他的正确见解,失去他的周密计划,失去他的同僚和他们那中肯、切实、理智的意见,这是多么可惜,多么痛心疾首的事啊!"

"陛下须知:罪过不是女人们单方面造成的;因为她们像市场中美观的货物,很能吸引人的视线。有的人过分欣赏它,便花钱买到手;有的人不要买,别人也不会强迫他去买。因此罪过应该归之于买主,尤其应该归之于明知该商品有缺点的人。今日臣提醒陛下,跟从前先父忠告陛下正是同样的道理,遗憾的是陛下不听先父的忠告罢了。"

"爱卿,如你所说,我是咎有应得的了。犯了这样的过失,除了命运的注定,我无词对答了。"

"陛下须知:伟大的安拉造化我们的肉体,并给我们创造了能力,还赋予我们以愿望、意志。于是我们按自己的愿望去做我们要做的事,或不做什么事。安拉没有命令我们去做坏事,免得我们犯罪而受罚。安拉命令我们在任何情况下,只能做好事;所以当我们做对了的时候,就该受到赏赐。安拉始终禁止我们去做坏事,但是我们凭自己的愿望做了我们所做的一切,当中有做对了的,也有做错了的。"

"你说得对。我的过失,是由我滥用色情而造成的。当初我曾几次警惕自己,令尊闪摩肃也曾多次告诫我,可是我的欲望终于超过我的理智。如今你有什么办法阻止我不再犯错误,而使我的理智胜过我的欲望呢?"

"办法是有的。在我看来,有几件事是可以阻止你重犯这种错误的。那便是要你脱掉愚昧的衣服,换穿公道的服装,并克服情欲,顺从主宰,恢复先王的道统,完成对主宰和黎民应尽的义务,保护宗教和礼制,重视黎民的利益,考虑事物的后果,消除暴虐、压迫、凶恶的苛政,实行具备公正、廉洁、谦虚等素质的德政,严格遵循安拉的命令和禁例,格外疼爱国内营营众生,从而博取他们的拥戴和祷祝。陛下如能做到这一步而经常保持这样的局面,那么你的日子就安定,安拉就宽恕你,在人前你就显得尊严可敬,你的敌人就望风而降,在安拉御前,你就是受嘉许的人,在官民面前,你就是尊严可敬的人。"

"凭你这一席甜蜜的谈话,你复活我的生命,照亮我的心脏,使我的眼睛复明了。求安拉默助,我决心把你所指点的全都付诸实现,把我所习染的专横、淫荡行为,全都改正;使我自身摆脱邪道,走向坦途,从而消除恐怖,趋向安宁。我这样做,你是会同意、赞成的。因为我已经成为你的一个年长的儿子,你已经成为我的一位年幼的慈父了。你所吩咐的一切,我应该努力去做。我竭诚感谢安拉的恩惠,衷心感谢你的恩德。因为是安拉借你的周全计划、正确引导、英明主意来帮助我消除忧愁和苦痛的。凭你的渊博学识和周密筹划，我的臣民从你手中获得解救。从现在起，你同我一起参议国家大事。你同我平起平坐，我是引以为荣的。凡是你要做的事，我都许可；你说的话，我都同意。因为你年纪虽小，但是你的智慧超群，学识出众。安拉为我开了方便之门，甚至于在我堕落到濒于绝境之时，让你来指引我走向康庄正道。这一切我实在是感激不尽的。"

"幸运的国王啊！我向陛下尽几句忠言，这是应尽的职责，谈不上什么恩德，何况我是在陛下的恩惠灌溉下生长出来的一株树苗；不仅我个人如此，在我之前，先父也是一直沐在陛下的恩惠里的，所以我们全都承认陛下的荣誉和恩德。我们怎么能不承认这个呢？因为陛下是我们的牧主，是我们的统辖者，是替我们打敌人的战士，是保卫我们的负责人，是守护我们的卫士。为我们的安全，陛下付出了很大的努力。因此，在遵命、听令方面，我们即使牺牲性命，也是不足以表达我们感恩戴德的心情的。我们只能向授权给陛下管理、仲裁我们的安拉哀求，求他赏陛下长命百岁，万事如意，永久平安、幸运、夙愿顺利实现，终身荣华富贵，并扩大陛下仗义疏财的美德，以便指挥每个学者，征服每个执拗之徒，从而使学者、勇士辈出，愚昧、胆怯的人无立足余地。对庶民来说，祈望安拉保佑，让他们摆脱灾难祸患，并在他们之间播下友爱的种子，从而凭其仁慈、慷慨和怜悯，而使他们享受今生的荣华和来世的幸福。愿安拉应答我的祈求，因为他是万能的，是不存在困难的，将来一切都要归宿到他御前的。"

国王瓦尔德·汗听了宰相的祈祷，满心欢喜，对他的信任和倾倒的心情，一下子增长到无以复加的程度，慨然说道："爱卿，你要知道：我是把你当弟兄父子看待的；除非死亡，我是不会和你分离的。我手中所有的一切，你可以和我共同享受。将来要是我没有子嗣，便选你做我的继承人。因为在全国老百姓和官员中，只有你最应当做王位的继承人。若是安拉愿意，到时候，我将当众人的面，宣布你为皇储，做我的继承人。"

国王瓦尔德·汗重建社稷

国王瓦尔德·汗接受宰相的劝谏,锐意安邦治国,于是吩咐文书发通知,召集文武朝臣、学者、哲人进宫,参与国事会议,同时吩咐备办丰富的饮食,举行空前的盛大宴会,大宴宾客。并着人到城中呼唤各级大小官员和庶民,邀请他们参加宴会。于是官民同聚一堂,欢欢喜喜地吃喝,整整热闹欢腾了一个月之后,国王又重赏侍从和黎民,才尽欢而散。继而国王选择一批和闪摩肃之子相识的学者、哲人,引他们同闪摩肃之子见面,教他从他们中挑选六人,以他为首,组成各部大臣,一概听他指挥。

闪摩肃之子遵循命令,以年纪最长、智慧最周全、学识最渊博、感觉最敏锐为准则,果然从哲人、学者中挑选出六人,然后把他们推荐给国王。国王便正式任命他们为大臣,赏穿大臣衣冠,嘱咐道:"现在你们是我的朝臣了,大家在闪摩肃之子的指挥下,从事朝政。我的这位宰相,是闪摩肃的后裔;他的年纪固然比你们小,可是他的才智却是你们中最出众的。今后凡是他对你们所说的话,或他吩咐你们所做的事,你们必须绝对听从,不得稍有违拗。"

国王嘱咐毕,便按规定和惯例,让朝臣们各就己位,坐在装饰着绣花铺垫的交椅上,并宣布他们应享受的俸禄等事项。继而国王命令朝臣们,从参加宴会的广大民众中,物色一批适于带兵的人才,委他们做各级部队中带几十人、几百人或几千人的首脑,并按惯例给他们安排级别,规定薪俸。

朝臣们遵循命令,迅速完成任务后,国王又吩咐朝臣们分别送给其他参加宴会者丰富的礼物,然后客客气气地打发他们回家。国王还一再嘱咐所有的官吏,要公公正正地对待百姓,不论贫富都平等看待,一视同仁,并根据实际需要开支国库,认真救济他们。

最后国王在朝臣祝福他万寿无疆的欢呼声中,下令装饰城郭,庆祝三天,对安拉的赏赐、默助,表示万分感谢。

国王同朝臣商讨惩罚妃嫔的办法

国王瓦尔德·汗借宴宾客的机会,从庶民中挑选一批有经验、阅历和有作为的人,担任文武官员的职务,重新组织机构,让他们走马上任,各去就职任事。继而他把惩罚宠妃嬖妾的问题,提到日程上来。因为她们诡计多端,阴谋欺骗成性,是朝臣们受害、国家解体的罪魁祸首。国王吩咐年纪小而见识老练的宰相小闪摩肃召集朝臣,单独同他们商量,说道:"爱卿们,告诉你们吧:当初我背离正道,沉浸在愚昧中,拒听忠言,不履行誓言,违背忠诚者的劝导,这一切的反常行为,都是受了这班女人的玩弄、欺骗,在她们的巧言令色迷惑下产生出来的。先前我把她们的甜言蜜语作为忠言看待,其实都是些杀人的毒药。现在我才恍然大悟,才证实她们历来包藏祸心,是存心坑害我的。因此种种罪行,为伸张正义,她们应该受到我的严厉惩罚,并把她们的结局留给后人,作为殷鉴,引以为戒。不过我得征求你们的正确意见,该怎样处决她们,才是恰如其分的办法呢?"

"启奏伟大的国王陛下,"宰相小闪摩肃首先进言,"当初臣下曾对主上说过,过失不是女人们单方面造成的,而是顺从妇女们的男人跟她们合伙弄出来的。不过从总的方面来说,妇女们是应该受到惩罚的,因为,第一,陛下是赫赫有名的大国王,必须执行你的命令。第二,妇女们胆敢冒犯、欺骗陛下,而且干预了不该过问的事,说了不该说的话,所以罪不容诛,是死有余辜的。不过近来她们的日子够难过的了。从现在起,降低其地位,把她们当丫头使唤吧。总而言之,无论用降级或其他的办法裁处她们,这该由陛下做最后决定。"

宰相小闪摩肃建议毕,有的大臣便指点国王,按宰相的建议行事;另一位大臣趋前,跪下去说道:"敬祝陛下万寿无疆! 关于惩罚妇女们这件事,如果非置她们于死地不可,那么恳求陛下按我的办法行事吧。"

"你有什么办法呢? 说吧。"

"我认为最恰当的办法是:命令一个宫女,把那些欺骗陛下的女人,统统带到杀害宰相、朝臣的那间屋子里,禁闭起来,只给够维持残生的饮食充饥,根本不许出来。谁死了,仍摆在屋中,直待她们一个个这样死去。如此对待她们,是最轻的处罚呢。因为她们不但是这次大难的起因,而且也是祸乱天下的根源。古人说得好:'设阱害人者,必自堕阱中。'这是对这班女人的绝妙写照呢。"

国王瓦尔德·汗接受大臣的建议,按他的办法行事,果然选择了四个强悍的宫女,把犯罪的妃嫔交给她们,带往那间杀人室中,禁闭起来,只给粗劣而有限的饮食度命。妃嫔们受到惩罚,万分忧愁、苦恼,回忆丧失了的宠幸生活,越想越懊悔,越想越悲伤。由于她们作恶多端,恶贯满盈,所以安拉让她们今世受尽耻辱,来世还要经历更严厉的惩罚。就这样,妃嫔们一直禁锢在那间黑暗、恶臭的屋子里,每天都有人丧命,到后来,一个个全死光了。她们的消息,随着时间的推移,传到城镇、乡村中,人们相互传布,无远弗届,拿她们的下场,作为后人的殷鉴,千秋万代,世世相传。

洗染匠和理发师的故事

艾比·凯尔和艾比·绥尔

相传古代亚历山大城中有两个手艺人,一个以洗染为职业,叫艾比·凯尔;另一个从事理发,叫艾比·绥尔。他们同住在一条街上,理发店和染坊彼此连在一起,因此两人是近邻,但两人的性格却大不相同。染匠艾比·凯尔是个无恶不作的大骗子,脸皮比顽石还厚,好像是拿以色列教堂的门限雕成的,在人群中经常做丢脸、出丑的事,却不知耻。比如有顾客送布帛去洗染,他往往借口要买颜料,先索取工资。工资拿到手,便大吃大喝,并偷偷地卖掉顾客的布帛,任意挥霍,非肉食不吃,非老酒不喝。等到顾客来取衣料,他便哄人家:"明天你早点来,保证你能取到染好的衣料。"他骗走顾客,自言自语地说:"日与日之间,相差何其近啊!"第二天顾客按时来取衣料,他又推故说:"请你明天来吧;昨日我家里有客,我忙着招待客人,没有工夫洗染。请明天一早来取染好的衣料好了。"顾客信以为真,第三天再去,他又推故说:"哦!对不起,昨天夜里老婆分娩,我整日忙忙碌碌,没有工夫动手洗染;无论如何,请明天来,包管你取到衣料。"但人家按时来取衣料时,他又推别的缘故,赌咒发誓地老是骗人。

"你说过多少次明日替我染好衣料了?"顾客生气,质问他,"还我衣料来,我不要洗染了。"

"指安拉起誓,老兄!我惭愧得很。现在我该对你说实话了;凡属损人利己的人,但愿安拉重重地惩罚他!"

"告诉我,出什么事了?"

"我花了不少工夫,把你的衣料染得无比美好,晾在绳上,不料被人偷了。到底被谁偷的,连我自己也不清楚。"

在那种情况下,顾客如果是忠厚老实的人,便自认晦气,不跟他理论;反之,要是碰上厉害的主顾,就非跟他辩论、争执不可;但即使告到衙门里,也是得不到什么抵偿的。

染匠艾比·凯尔一直干着招摇撞骗的勾当,恶名远扬。人们都互相告诫,随时提高警惕,不跟他往来,只有不了解情况的人才会受骗。即使在这种情况下,每天都有人跟他发生争吵,因此,他的生意越来越少,入不敷出,无法维持生活。他溜到隔壁艾比·绥尔的理发店中,呆呆地望着染坊大门。如遇生人带衣物来到染坊门前,他便匆匆走出理发店,给人家打招呼:

"喂!你这个人有什么事?"

"请替我染一染这件衣服吧。"

"你要染成什么颜色,必须请说清楚,否则操这种贱业的人往往会弄错颜色,不仅我自己吃亏、倒霉,而且还要惹人误会呢。你先付工资,明天来取衣服好了。"他收下衣服,添说一句。

顾客付了工资,转背一走,他便把人家的衣服带上市去卖掉,拿所得的工资和卖衣服的钱买肉食、蔬菜、烟草、水果和其他需要的食品,尽情吃喝、享受。

他经常坐在理发店中等生意,如果发现到染坊门前的顾客是来取衣物的,便不见面,总是躲躲闪闪,不接近人家。他利用这种办法经营撞骗,一直过了好几个年头。

有一回,染匠艾比·凯尔替一个蛮汉洗染,照例卖了人家的衣服。那蛮汉天天来取衣服,总不见他在铺中,因为他一见来取衣服的顾主,便从艾比·绥尔的理发店中溜之大吉,致使那个蛮汉不胜其烦,最后只好把染匠告到法庭,由法官派差役随蛮汉上染坊去检查。但只见染坊中空空洞洞,除了几个破烂的染缸,再没有什么可以补偿的东西,因此,差役会同街坊上一部分正直的穆斯林封闭了染坊,带走钥匙。临行对街坊邻居们说:"你们告诉他:叫他赔偿这位顾客的衣服,再到法庭来取钥匙好了。"

"这到底是怎么一回事?"艾比·凯尔的染坊被封后,理发师艾比·绥尔问他,"所有送衣料来洗染的人,你都使人家绝望。那个蛮汉的衣服,你究竟把它弄到哪儿去了?"

"我的好邻居,告诉你:他的衣服叫人给偷走了。"

"奇怪得很!任何人送来洗染的衣物都被偷走;难道所有的小偷都是你的仇人?我怀疑你在扯谎。你还是把实情告诉我吧。"

"老实说,我的好邻居,的确没有人偷过我的东西。"

"那么,你把人家的衣物弄到哪儿去了?"

"所有送来洗染的衣物都叫我给卖掉,钱花光了。"

"难道这是安拉许可你干的勾当吗?"

"我干这样的事,还不是因为穷嘛。一向以来,生意萧条,我自己本来就穷苦,没有什么可抵垫的。"他把话题扯到生意萧条、没有收入和生计困难的原因上。

"我的手艺并不错,可在这座城市里,我看是没有什么前途的了!"理发师艾比·绥尔也谈起他的窘况,"因为我穷苦,人们都不找我剃头了。弟兄,现在我讨厌干这门手艺了。"

"由于生意萧条,我也懒得干这种行业了,"艾比·凯尔说,"呃!老兄,到底是什么使我们留恋这座城市呢?要不要我和你约着离开这儿,旅行到别个地方去,另找出路。反正我们的手艺,出在自己手上,到什么地方都吃得开。我们一离开这儿,便可以呼吸新鲜空气,摆脱这种苦难日子。"

洗染匠艾比·凯尔一直津津有味地谈论旅行的好处,致使理发师艾比·绥尔悦然向往,对旅行感到乐趣,欣然吟道;

> 为追求人生最高的享受,
> 你离开家园,
> 到他乡去奋斗。
> 因为旅途中,
> 可以摆脱忧虑、随意经营,
> 且增广见识,学习礼仪,
> 还有机会跟德高望重的人交游。
> 如果有人说:
> "旅行使骨肉离散、失群,
> 并给人带来忧郁、困倦。"
> 你回道:
> "青年人即使流浪他乡,丧命异地,
> 也比在谗言中伤、嫉妒成性的人群中苟延性命更为高贵。"

艾比·凯尔和艾比·绥尔在旅途中

艾比·凯尔和艾比·绥尔决心离开亚历山大,往外地去经营的时候,艾比·凯尔对艾比·绥尔说:"老兄,现在我们已经成为弟兄手足了,你我之间没有什么要分彼此的了;我们应该一起朗诵《古兰经》开宗明义第一章,作为我们的誓词:决定今后我们中谁有事情做,必须努力经营,尽量帮助你我两人之中的失业者;在解决生活问题之后,如果还有剩余的钱,便积蓄起来,待将来回到亚历山大,再公平合理地分享盈利吧。"

"应该如此。"艾比·绥尔同意艾比·凯尔的提议。接着他们同声朗诵《古兰经》开宗明义第一章,决定今后有事做的人,尽力帮助失业的人,彼此同舟共济,努力谋求幸福。艾比·绥尔于是收拾行囊,关锁铺门,把钥匙交给房主,预备动身。至于艾比·凯尔呢,却无牵无挂,撇下那间被官家封闭了的染坊,随艾比·绥尔一同买舟泛洋。他们刚搭上船,便有生意可做,这也算是艾比·绥尔的好运气;因为船中除船长、水手不计,还有一百二十个旅客,可是他们中一个会剃头的人都没有。因此,当船张帆启碇之后,艾比·绥尔对艾比·凯尔说:"兄弟,在这段海程里,我们需要饮食吃喝,而我们自己携带的粮食有限。我打算出去活动一下,也许有旅客需要剃头,那我就以一个面饼或半块钱,甚至一杯淡水的代价替他们剃头,弄一点食物来添着度日。"

"那没有关系,你去吧!"艾比·凯尔说,说罢倒身睡他的大觉。

艾比·绥尔抖擞精神,带着剃头工具和碗,肩上搭块破布当手帕,一股劲打旅客丛中走过去。当时旅客中有人喊道:"喂! 理发师,劳驾给我剃一剃头吧。"他满足旅客的要求,勤脚快手地替旅客剃了头,旅客酬劳他半块钱。他对旅客说:"弟兄,我不大需要钱,要是你给我一个面饼在旅途上充饥,那对我的帮助可就大了。因为我还有一个伙伴,我们身边携带的粮食有限,不够两人吃喝。"

旅客果然给他一个面饼、一块乳酪、一碗淡水。他把饮食带到艾比·凯尔睡觉的地方,说道:"你起来吃这个面饼这块乳酪,喝这碗水吧。"艾比·凯尔一骨碌爬起来,一口气吃掉饼、酪,喝干了凉水。

艾比·绥尔待他吃饱喝足,这才带着刀、碗,搭上破布,去到舱中旅客丛中兜生意。他替甲旅客剃头,得两个面饼的报酬;替乙旅客剃头,得一块乳酪的报酬。继而旅客中请他剃头的人越来越多。从此每逢有人请他剃头,他便向人提出以两个面饼、半块钱作酬劳为条件。由于他是船中唯一的理发师,供不应求,所以生意兴隆。他从早剃到日落,手边便有三十个面饼、十五块银币的收入。旅客们争着找他,凡他需要的东西,他们都送给他,因此,他收集了许多干酪、菜油、鱼子和其他生活日用物品。

他替船长剃头，趁机向他诉苦，说粮食不够吃。船长同情、怜悯他，说道："欢迎你每天带你的伙伴来和我一块儿吃晚饭。跟我们同路，你就不必忧愁、顾虑了。"

他带着旅客给他的报酬，回到住处，唤醒艾比·凯尔。艾比·凯尔蒙眬醒来，睁眼见自己面前摆着许多面饼、乳酪、菜油和鱼子，惊讶地问道："你哪儿弄来的这许多食物？"

"这是安拉赏赐的衣食哪。"艾比·绥尔说。

艾比·凯尔迫不及待，预备动手吃喝；艾比·绥尔制止他，说道："弟兄，你暂时别吃；这些个留待以后慢慢享受。你要知道，我替船长剃头，告诉他粮食不够用，他说：'欢迎你每天带你的伙伴来和我一块儿吃晚饭。'所以今天头一顿晚饭我们就得上船长那儿去吃去。"

"我晕船，不能走动；让我在这儿随便吃一点，你一个人去陪船长吃吧。"

"那没有关系。"艾比·绥尔说。他刚坐下，便见艾比·凯尔吃喝起来。他像石匠打山中采石那样地把面饼一大块一大块撕下来，塞在嘴里，狼吞虎咽，仿佛几天没吃东西似的，第一口还没咽下，第二口便塞进嘴里，活像一个食人鬼，边嚼，边瞪着手中的食物，鼻孔里喘出粗气，跟饿牛吃草料时的呼喘毫无区别。这当儿，一个船员突然出现在他俩面前，说道："理发师，船长请你带你的伙伴上他那儿吃晚饭去。"

"你跟我们一起去吗？"艾比·绥尔征求艾比·凯尔的意见。

"我不能够走动呀。"艾比·凯尔断然拒绝。

艾比·绥尔一个人随船员赴约，见船长和同事坐在桌前，席中摆着二十多种菜肴。一见面，船长便问："你的伙伴呢？"

"他晕船，睡倒了。"

"那不要紧，慢慢他就会习惯的。你请来吃吧，我们等着你呢。"

船长留起一盘烤羊肉，并把其他的菜肴拨一部分在羊肉盘中，然后陪艾比·绥尔吃饱喝足之后,才把留下的那盘菜肴递给艾比·绥尔,说道:"把这盘菜带给你的伙伴去。"

艾比·绥尔收下菜肴,带到住处,见艾比·凯尔像骆驼一样,还在那里嚼着面饼,狼吞虎咽地只顾吃喝。

"我不曾嘱咐你暂时别吃这个吗?"他对艾比·凯尔说,"船长的好处多着呢!我告诉他你晕船,你看他给你送什么来了?"

"给我吧!"

艾比·绥尔把盘子递给他;他接过去,像饿狼扑到小兔,凶禽攫着鸽子,也像快饿死的人突然发现食物,贪婪地吃喝起来。艾比·绥尔让他吃喝,自己回到餐厅,陪船长喝咖啡。喝了咖啡,他回到自己住处,见饭菜已被艾比·凯尔吃得精光,一点也不剩。他只好忍气吞声地替他收拾,把盘子送还船长的听差,然后回到住处睡觉。

在 旅 店 中

第二天,艾比·绥尔照例替旅客剃头,所得的酬劳都交给艾比·凯尔。艾比·凯尔坐享其成,除了便溺,一直睡着不动。每天晚上,艾比·绥尔都从船长处端一盘丰富的饭菜供他吃喝。这样继续过了二十天,直至船到码头停泊,他俩才离舟登陆。

到了城市里,在旅店中租了一间房间,艾比·凯尔便倒在床上不动。艾比·绥尔忙着布置,买了生活日用品,煮熟饭菜,端到艾比·凯尔面前,唤醒他,一起吃喝。吃饱饭,艾比·凯尔说:"原谅我,我头晕。"说罢,倒身就睡。艾比·绥尔每天带着工具到市上去剃头,辛辛苦苦赚钱维持生活。艾比·凯尔每天尽量大吃大喝之后,倒身就睡。每当艾比·绥尔劝他:"起来,出去溜达溜达,看看城市风光;这城市美极了。"他却说:"原谅我,我头晕。"说罢,倒身就睡。艾比·绥尔不扰乱他,也不说话得罪他,任劳任怨地赚钱供养他,一直过了四十天。

到了第四十一那天，不幸艾比·绥尔患病，无力支持，便托门房代买食物。在四天内，艾比·凯尔仍然吃饱就睡觉。之后，艾比·绥尔的病势日益沉重，陷于昏迷状态，人事不知。艾比·凯尔没有吃的喝的，饿得要命，迫不得已，只好起床，看有什么可吃的。他搜检艾比·绥尔的衣服，发现袋中的钱包，便掏出来，偷着钱，悄然锁上房门，逃之大吉。

艾比·凯尔觐见国王

艾比·凯尔身穿一套华丽衣服，溜了出去，在城中溜达，见城市无比美丽，城中人都穿白色或蓝色衣服，没有别的颜色。他到一家洗染坊门前，见里面的衣服、布帛全是蓝色。他掏出手帕，递给老板，说道："请替我染一染这块手帕；该多少工钱，我付给你。"

"染这块手帕，你得花二十块钱。"

"在我们家乡，染这块手帕，花两块钱就行了。"

"那拿到你们家乡去染好了；我们这儿，非二十块钱不染，一个子儿不能少。".

"你能染什么颜色呢？"

"蓝色。"

"替我染成红色吧。"

"我不会染红色。"

"染绿色吧。"

"绿色我也不会染。"

"黄色呢？"

"也不会。"

艾比·凯尔接二连三，一口气数出各种颜色，染匠都不会染，说道："我们这儿，不多不少，共有四十个染匠。这四十人中谁死了，我们就教他的儿子洗染，让他继承他父亲的职业。没有子嗣的，我们宁缺毋滥，不要补足这个数字。如果死者有两个儿子，我们只教大儿子洗染，要等他死掉，我们才教他弟弟。我们做这种职业，向来很认真；我们只染蓝色，别的颜色我们都不会染。"

"你要知道，我也是一个染匠，我会染各式各样的颜色。现在我打算当你的一个雇工，教你染各种颜色，以便你拿它在全体同行面前去夸耀。"

"我们这行业里决不收容外路人。"

"你另开一间染坊，由我去经营如何？"

"那是绝对办不到的。"

艾比·凯尔离开染坊老板，奔到第二家染坊里去找出路；可是他得到的答复，跟第一个染匠说的完全一样。他不服气，鼓着勇气，继续把城中四十家染坊的老板都访问过了，但谁也不肯雇用他，也不聘他当师傅。最后他找到染匠头子，自我介绍。结果染匠头子对他说："我们这种行业，向来不收外路人。"

艾比·凯尔非常失望，感到无限的愤恨，气得死去活来。他不顾一切，直接跑到王宫里，求见国王，要向国王诉苦。国王接见他。他对国王说："启禀主上，我是个异乡人，向来从事洗染工作。我找过城中的染匠，打算跟他们合作，可是他们都拒绝我。我会染红色中的玫瑰色、紫色；绿色中的草叶色、阿月浑子色、菜油色、鹦鹉色；黑色中的炭色、眼药色；黄色中的香橙色、柠檬色。"他一口气数出各式各样的颜色，接着说道，"主上，这些颜色，城中的染匠谁都不会染，他们仅仅只会染蓝色，可是他们既不聘我做他们的师傅，也不肯雇我做他们的佣工。"

"你说得对；别靠他们，我替你建筑一所染坊，并供给你本钱；谁妨碍你，便把他吊死在他铺前。"国王说着，马上召集建筑师，吩咐道："你们跟这位大师傅去城中察看，凡是他看中的地方，无论是铺面所在地也好,旅店所在地也好,必须叫原主搬走,替他就地建筑一所染坊。他怎么吩咐你们,你们就怎么办,千万别违背他的命令。"

国王赏艾比·凯尔一套华丽宫服,并给他一千金币,说道:"你拿去使用,等染坊建成以后再说。"同时还赏他一匹鞍辔齐全的骏马和两个奴仆。艾比·凯尔穿上宫服,骑着骏马,身边有奴仆伺候,俨然成为一名官员。

国王替艾比·凯尔建筑染坊

国王优待艾比·凯尔,腾出一间宫室,布置起来,供他住宿。第二天,艾比·凯尔骑马随工程师一起去城中察看,物色建筑基地。他们仔细察看之后,看中一处适中地方,艾比·凯尔指着说:"这地区不错,我很满意。"

工程师把房主叫出来,带到宫中。国王超出房主的愿望,花了一笔大款,买下那块地基,然后大兴土木,鸠工建筑。工人按照艾比·凯尔的指示和愿望,终于建成一所规模无比壮丽的染坊。艾比·凯尔向国王报告染坊落成,只缺资本购备器材的消息。国王慨然解囊,说道:"给你四千金币,拿去做本钱吧。现在我等着看你经营的结果呢。"

艾比·凯尔带着本钱,去到市中,见蓝颜料很多,价钱非常便宜。他收集各种染料、器材,配备成各种颜料,首先替国王染了五百尺各种颜色的布帛,晾在染坊门前。那是本地人从来没见过的奇迹,惹得过路人都挤在染坊门前参观,问道:"大师傅,告诉我们吧,这都是些什么颜色呀?"

"这是红色,这是黄色,这是绿色……"艾比·凯尔向观众解释。

于是送布帛、衣服来洗染的人,络绎不绝,大家都指着自己心爱的颜色对他说:"替我们染成这种颜色吧,要多少工资,我们预备付给你。"

艾比·凯尔把染好的布帛送到宫中,国王看见各种鲜艳夺目的颜色,十分欢喜,加倍赏赐他。从此,所有的官宦人家都送衣服、布帛去洗染,嘱咐他:"照这种颜色给我们洗染吧。"

他根据各人爱好的颜色替他们洗染,博得大家的欢欣,都把金币、银圆扔给他。从此,他的名声一下子传开了,人们称他的染坊为"王家染坊"。于是他名利双收,一跃而成为名人,城中的染匠都没有资格同他交谈,大家卑躬屈膝、低声下气地巴结他,吻他的手,向他请罪,愿意听他使唤,异口同声地对他说:"收留我们做你的仆人吧!"他却不原谅他们,也不接受他们的请求,因为他赚了大钱,婢仆成群,已经成为大富翁了。

艾比·绥尔恢复健康

艾比·凯尔偷了艾比·绥尔的钱,锁上房门逃跑之后,艾比·绥尔被关在房中,昏迷不醒,整整躺了三天。门房打他房前经过,见房门锁着,到日落时候,还不见他们回来。他不了解个中情况,暗自说道:"也许他们不付店账就走了!或者死了!或者发生什么意外了!"他走到房门前,见门锁着,隐约听见房内理发师的呻吟声。他仔细察看,见钥匙挂在门闩上,便开门进去,见理发师卧病不起,觉得可怜,安慰道:"不要紧的,好生养病吧。你的伙伴呢?"

"指安拉起誓,我病倒了,直至今天才清醒过来;我一直叫喊,却没有人应声。弟兄,我向你起誓,我饿极了;请把我枕头下面的钱袋拿出来,取两块半钱,给我买点饮食吃吧。"

门房把手伸到枕头下面取出钱袋,一看,里面空空如也,什么都没有。他对艾比·绥尔说:"钱袋空着哪,一文钱也没有。"

艾比·绥尔知道钱被艾比·凯尔偷走,问道:"你见我的伙伴没有？"

"整整三天不见他了；当初我还以为你们一同走了。"

"我们没有走，不过那个家伙贪财，他趁我病倒，把我的钱给偷了。"艾比·绥尔说着，呜呜地伤心哭泣起来。

"不要紧；他的这种坏行为，让安拉去收拾他吧。"门房安慰他，赶忙煮一碗汤给他喝，并热情地服侍他，拿自己的钱买饮食供他吃喝。经过两个月的调养，他的健康才逐渐恢复过来。他能起床走动，满心欢喜，对门房说："等我有力量的时候，我要报答你的恩情呢；不过你的恩情太重，只有安拉才能报答你。"

"赞美安拉！你痊愈了；我服侍你，是看安拉的情面呢。"

艾比·绥尔去艾比·凯尔的染坊

理发师艾比·绥尔走出旅店，到大街上走走，无意间来到艾比·凯尔的染坊门前，抬头看见各种颜色的布帛，门前挤满了人群。他向一个本地人打听消息，问道："这是什么地方？人们挤在这儿干什么？"

"这叫王家染坊，是国王替一个叫艾比·凯尔的外路人建筑的。从开张以来，他每染出一种颜色，我们便来参观、欣赏。我们本地方的染匠都不会染这些颜色，因此，他的身价就比一般染匠高出十倍了……"那个本地人说着，还把艾比·凯尔同染匠们彼此之间的商讨，向国王诉苦，国王替他建筑染坊的经过，供给他本钱等等，从头到尾，详细叙述一遍。艾比·绥尔听了，满心欢喜，悄悄地暗自说："赞美安拉！是他替他开辟出路，使他成为大师傅呀。原谅他吧，也许他忙着洗染，才忘记你呢。他失业期间你帮助过他，并且非常尊敬他，因此，他什么时候碰见你，会感觉快乐，会尊敬你，报答你的恩情呢。"

他挤到染坊门前，见艾比·凯尔坐在高柜台面前，身穿考究的宫服，好像一个有权势的宰相，又像一个骄傲的国王，正在那里指手画脚地发号施令。他身边有四个奴仆和四个听差，诚惶诚恐地伺候他，听他使唤。里面还有十个学会洗染的奴仆，正在忙着洗染。

艾比·凯尔打骂、驱逐艾比·绥尔

艾比·绥尔怀着满腔热情、希望，走进染坊，来到艾比·凯尔面前，以为艾比·凯尔见他时，一定感觉快乐，会问候他，尊敬他，关怀他。可是事情恰恰相反，当他们的视线碰在一起的时候，艾比·凯尔板着面孔，骂道："你这个肮脏家伙！我不是多少次警告你别到我柜台前来吗？你这个强盗！难道你要当众揭我的底吗？你们给我把他抓起来吧！"他骂着一呼唤，奴仆们应声拥到艾比·绥尔面前，抓住他不放。艾比·凯尔这才慢吞吞地站了起来，拿着拐杖，吩咐道："把他摔倒！"

奴仆们遵从命令，摔倒艾比·绥尔。艾比·凯尔举起拐杖，在他背上一口气打了一百棍，然后吩咐奴仆，把他翻转过来，继续不停地在他肚子上打了一百棍，这才气势汹汹地骂道："你这个肮脏、奸昧的家伙！从今以后，你再到我染坊门前来，我立刻送你进宫，让国王命令省长杀死你。滚你的吧，安拉不会给你好道路走的。"

艾比·绥尔挨了辱骂、鞭挞，感到万分伤心、痛苦，怀着悲痛的心情走出染坊。当时在场的人觉得奇怪，都向艾比·凯尔打听情况，问道："这个人到底是做什么的？"

"他是盗窃布帛的一个小偷，很多次他偷了我染坊中的布帛；我心软，看他穷苦，不肯追究，宁可替他赔偿，并好言劝诫他，可是他老不觉悟。以后他再来，我就不客气，要把他送进宫去，让国王杀掉他，免得别人受他的害。"

人们听了艾比·凯尔的解释,都咒骂艾比·绥尔。

艾比·绥尔觐见国王,请求建筑澡堂

艾比·绥尔一步一哼,回到旅店,想着艾比·凯尔残酷无情地对待他,愤恨到极点。他躲在店中,直到伤痕养好,才走出店门,去到大街上,打算找澡堂洗澡。他向行人打听,问道:"弟兄,上澡堂洗澡打哪儿去?"

"什么叫澡堂呀?"行人不知澡堂,反而问他。

"那是为洗澡而设备的建筑,让人到里面去洗掉身上的污垢,是讲究清洁卫生最好不过的方法呢。"

"那你应当到海里去洗。"

"我打算上澡堂去洗。"

"我们不懂澡堂是什么;我们都是去海里洗澡的,甚至于国王要洗澡,他也得到海里去洗。"

艾比·绥尔知道城中没有澡堂,本地人都不知道澡堂是什么,有什么用途,于是他上王宫去,求见国王,跪在国王面前,吻了地面,祝福、赞颂一番,然后说:"我是做澡堂工作的一个异乡人;我进城来,打算去澡堂洗澡,可是城中一座澡堂都没有。像这样美丽可爱的城市,怎么没有澡堂设备呢?何况洗澡是人生最舒服不过的享受呢!"

"澡堂到底是什么?"国王问他。

他向国王解说一番,接着说道:"没有澡堂设备,这座城市是不可能称为尽善尽美的。"

"欢迎你!"国王表示欢喜,赏他一套无比美好的宫服,一匹骏马和两个奴仆供他使唤,并给他收拾一幢宫室,打发四个婢女、两个男仆伺候他,对他尊敬备至,比对艾比·凯尔有过之无不及。同时他还派建筑师随他去城中察看,吩咐他们:"他看中什么地区,就在那儿替他建筑澡堂好了。"

艾比·绥尔和建筑师去城中察看,物色基地。他在适中地区看上一块地方,经他一指示,建筑师便遵照他的意旨,大兴土木,鸠工建成一幢无比壮观的澡堂,并照他的指示油漆、彩画得金碧辉煌,光彩夺目。建筑落成后,他谒见国王,报告情况,最后说道:"万事俱备,只欠内部陈设了。"

国王给他一万金币,他拿去购置摆设,把澡堂布置得堂皇富丽,洁白的浴巾一排排挂在绳上,紧张地准备开张、营业。当时所有打澡堂门前经过的人,看见内部的陈设、彩画,都感觉惊奇,人人称羡,于是一传十,十传百,人们争先恐后,前来参观他们生平没有见过的新奇事物,挤得水泄不通,大家都指着问:"这是什么?"

"这是澡堂。"艾比·绥尔告诉他们,并把热水放到浴池里,越发吸引了观众。他还亲自动手替国王派给他的十个活泼、伶俐的年轻小伙子擦背、按摩,吩咐他们:"今后你们就这样替洗澡的人按摩吧。"

一切准备妥帖以后,艾比·绥尔烧了香炉,派人到城中去宣传,大声叫道:"王家澡堂开张了,恭请光临,都上那儿洗澡去吧!"

人们听了宣传,相率络绎不绝地上澡堂去洗澡。艾比·绥尔吩咐奴仆替他们擦背,让他们到热水浴池中去冲洗;洗毕,再替他们按摩。在开张的头三天内,免费招待客人洗澡,因而澡堂门庭若市,洗澡的人出出进进,车水马龙,空前热闹。

国王上澡堂洗澡,感到快乐兴奋

王家澡堂开张后的第四天,国王率领朝臣,骑马去澡堂洗澡。艾比·绥尔殷勤招待,亲手替国王擦背,把他身上的污秽线条般一道道搓下来拿给他看,彻底清除他身上的积秽,一下子把他洗得光泽洁白。国王伸手一摸肚皮，便发出咯吱咯吱的响声，心中感到无限的乐趣。

擦洗毕，艾比·绥尔洒玫瑰水在浴池中，让国王下去泡洗一番，然后请他坐在堂屋里，吩咐奴仆替他按摩。这当儿，香炉中焚着沉香，室内充满芬芳气味，国王顿觉精神焕发，一身轻松愉快，抑制不住快慰心情，欣然问道："大师傅，这就是澡堂吗？"

"不错，这就是澡堂。"艾比·绥尔毕恭毕敬地回答。

"指我的头颅起誓，我这座城市，从有这所澡堂之后，才算真正成为一座城市呢。我来问你：今天你打算从洗澡的人头上收多少费用？"

"主上命我收多少，我便收多少吧。"

"好，凡来洗澡的，每人收他一千金好了。"

"饶恕我吧，主上！人们有穷有富，情况不同。如果我向每个洗澡的人收一千金，那会叫澡堂关门的；因为穷人出不起一千金，他们就不来洗澡了。"

"那你打算怎么办呢？"

"我要根据人们不同的情况分别收费，一切从实际出发，能出多少的，我就收多少；这样，人们不分穷富，都有机会来洗澡，穷人少收，富人多收；这种办法，可以保证天天有人来洗澡，川流不息，澡堂事业可以蒸蒸日上。至于收一千金的办法，那是王公大臣们的施舍方法，不是每个普通人可以做得到的。"

国王和朝臣赏赐艾比·绥尔

艾比·绥尔关于收费的办法，博得朝臣们的赞同、拥护，大家异口同声地向国王说："主上，他的办法是正确可行的；莫非主上以为老百姓都像陛下这样豪富吗？"

"你们的话虽然不错,但这位异乡人的情况不好,我们应当尊敬他,因为他在我们城里创办了我们生平没见过的澡堂,给我们的城市带来光辉,这是一桩了不起的大事情,因此,我们用提高收费的办法来尊敬他,这不算过多嘛。"

"陛下要尊敬他,请拿自己的钱赏赐他吧。为了争取民众的拥护、爱戴,陛下救济穷人,向来不超过洗澡费嘛。至于一千金的收费规定,身为达官贵人的我们也不愿出,那般穷苦大众怎么能出呢?"

"朝臣们,这次你们每人给他一百金,并送他男女奴仆各一人好吗?"

"我们可以给他这个数目;不过今后我们再来洗澡,那就按各人的意愿随便给他吧。"

"那没有关系。"国王同意他们的建议。

于是朝臣们纷纷解囊,每人给艾比·绥尔一百金,并男女奴仆各一人。当日随国王去澡堂洗澡的文武官员共计四百人,因而他们共给他四万金,奴婢各四百人。此外,国王本人又给他一百金,奴婢各十人。艾比·绥尔受宠若惊,怀着感激心情,跪在国王面前,吻了地面,说道:"英明、幸运的国王啊! 我哪儿有这么宽的地方收容这许多奴婢呢?"

"我这样吩咐朝臣们,只希望凑笔大款给你。因为你是异乡人,也许你思想家乡,惦念眷属,要回家乡去,那时节,你从敝国带一笔巨款回去,就可以过一辈子享福生活了。"

"主上,愿安拉关照陛下! 这么多的奴婢,只有王公大臣才需要他们;如果陛下吩咐官员们赏我现款,那我得到的实惠,比给我这支部队就多得多了;因为他们需要穿、吃,我赚的钱是不够供养他们的。"

"指安拉起誓,你说得对。"国王笑了一笑说,"的确他们够组成一支庞大的队伍了,你养不活他们。你愿意把他们每人以一百金币的代价转卖给我吗?"

"以这个价钱，我愿意转卖他们。"

国王派人到国库中，取来金币，兑给艾比·绥尔，然后把奴婢归还他们的主子，对官员们说："这是我送给你们的礼物，凡认识自己奴婢的人，快来领取吧。"

文武官员遵命领回他们的奴婢，艾比·绥尔顿时觉得一身轻松，怀着十分感激的心情，说道："主上，像陛下把我打这些嗷嗷待哺的奴婢群中解救出来那样，愿安拉解救陛下。"

听了艾比·绥尔的感谢之言，国王大笑一阵，率领朝臣欣然归去。

王后、船长和普通人去澡堂中洗澡

艾比·绥尔数过国王和官员赏他的金币，小心收拾封锁起来，舒舒服服地过了一宿。第二天正式开张营业，派人到街上宣传，说道："凡到澡堂中洗澡的人，可以根据自己的经济能力，随意交费。"于是人们相率去澡堂中洗澡，络绎不绝，每人都按照自己的经济能力自愿交费。艾比·绥尔坐在柜台上收钱，生意很好，还不到天黑，钱柜就装满了。

王后要去澡堂中洗澡，艾比·绥尔诚惶诚恐地准备欢迎，因而把洗澡时间分为两段：从黎明到正午招待男人，从正午至日落招待妇女。他认真训练女仆，使她们成为熟练的女招待员。王后来时，她们殷勤伺候。王后很感兴趣，慨然付出一千金的洗澡费。洗毕，她觉得心旷神怡，非常高兴满意。从此，艾比·绥尔的声誉传遍全城。他本人和蔼可亲，去洗澡的人，无论贫富，备受尊敬，因而他不仅收入增加，而且交游日广，结识了很多官宦，彼此交情很好。每逢礼拜五，国王都上澡堂去洗澡，每去，便给他一千金，其余的日子，让官吏和老百姓去洗。艾比·绥尔极尽招待的能事，尽量使顾客满意、快乐。有一天,御船的船长上澡堂去洗澡,艾比·绥尔殷勤招待,亲自替他擦背,表示格外谦恭、友善,招待咖啡茶水,并拒收洗澡费。船长蒙他亲切优待,深受感动,非常感激,对他的为人,留下很好的印象。

艾比·凯尔上澡堂去洗澡及其阴谋

艾比·凯尔经常听到人们关于澡堂的谈论;朋友见面时,总要向对方说:"澡堂是人间最大的享受;若是安拉愿意,明天咱们弟兄约着上可贵的澡堂去洗澡去。"听了人们的谈论,艾比·凯尔对自己说:"我得像别人那样,非去看看那所迷人的澡堂不可。"于是他穿上最华丽的服装,衣冠楚楚地骑着骡子,由八个奴仆簇拥着,上澡堂去。刚到澡堂门前,就闻到沉香的芬芳馨味,看见人们出的出,进的进,澡堂中挤满了官宦和老百姓。他走进澡堂。艾比·绥尔一见他,便起身招呼,感觉愉快。

"难道你这是正人君子的本色吗?"他对艾比·绥尔说,"我开了一所染坊,我是城中闻名的大染师,我还结识了国王,自己管理洗染事业,唤奴使婢,丰衣足食,过享福生活,你却不来看我,不问一问我的信息,也没打听一下知心伙伴流落到什么地方。我去找你,可是找不到;我打发奴仆上旅店和别的地方去找你,可是他们不知道你在什么地方。你的消息,半点也打听不到。"

"我没有找过你吗? 你不是当着众人的面把我当贼打骂吗?"

"你这是什么话呢?"艾比·凯尔装出惊惶、忧愁的状态,"莫非被我打骂的那个人就是你吗?"

"一点儿也不错;挨你打骂的就是我本人。"

艾比·凯尔唉声叹气,赌咒发誓,推说是误会,当时没有把他认识清楚。他强调说:"有一个相貌像你的人,天天溜进我的染坊,偷窃人家送来洗染的布帛,因此我把你错看成小偷了。"他拍着手,表示十分悔恨,"全无办法,只盼伟大的安拉挽救了!我们亏枉你,但愿当时你告诉我你是某人,那该有多好啊!这桩事你应该负一部分责任,因为你没有把你自己对我说清楚,当时我忙得不可开交嘛。"

"弟兄,安拉宽恕你了。这是生前注定的。来呀!脱掉衣服,洗个澡,舒畅你的肌肉吧。"

"指安拉起誓,老兄!你饶恕我吗?"

"那是生前注定该我倒霉,因此安拉宽恕你,勾销你的责任了。"

"你是打哪儿弄成的这种事业呢?"

"也是给你开路的那个人替我开辟的路子呀。这是我求见国王,陈述建设澡堂的必要,他就替我建筑这座澡堂的哩。"

"像你认识国王那样,我也是结识他的另一个人呢。若是安拉愿意,我得请求国王看我的面子加倍爱护你、尊敬你,因为他还不知道你是我的伙伴呢。我要告诉他你是我的伙伴,还要把你托付给他呢。"

"用不着你托付了。我同国王之间,彼此感情很好,他和朝中的文武百官都关心我、照顾我,给过我许多赏赐。来吧!脱掉衣服,挂在柜台后面,进浴室洗澡去;我也陪你一块儿到里面替你擦背。"

艾比·凯尔脱了衣服,艾比·绥尔陪他进浴室去,殷勤伺候,热情地替他擦背、冲洗。洗毕,又招待茶水、饭菜。他对朋友无上的敬意,使得顾客感觉惊奇、诧异。临了,艾比·凯尔预备给他洗澡费,他发誓拒收,说道:"这点小事情,你也要认真,劝你害臊些吧!我们是朋友,彼此之间没有什么分别嘛。"

"老兄!指安拉起誓,这座澡堂伟大极了,可是其中还有美中不足的地方呢。"

"何以见得?"

"拿砒霜混石灰配制的药剂,是最好不过的拔毛药。你制成这种药剂,待国王来洗澡时,献给他,告诉他怎样拔毛,这会引起他对你的爱护,那更尊敬你了。"

"你说得对。若是安拉愿意,我照配就是。"

艾比·凯尔在国王面前谗害艾比·绥尔

艾比·凯尔出了澡堂,骑骡径往王宫,谒见国王,对国王说:"主上,奴婢进忠言来了。"

"你有什么忠言可进的?"国王问。

"据说陛下建了一所澡堂,这是真事吗?"

"不错;有个异乡人来见我,我像替你建筑染坊那样,为他建筑了一所澡堂。那澡堂规模不小,非常富丽堂皇,给我的城市带来不少光彩呢。"他说着津津有味地叙述澡堂的好处。

"陛下上澡堂去过没有?"

"去过。"

"赞美安拉!是他保佑陛下不受那个肮脏、叛教的澡堂主人的毒害啊。"

"他是干什么的?"

"你要知道,主上,今后要是你再上澡堂去,那就非受害不可了。"

"为什么?"

"因为那个澡堂主人是你的仇敌,他是一个叛教徒。他求你给他建筑那座澡堂,目的是要在里面毒害你。他配一种毒药,等你上澡堂洗澡时拿给你用。他将对你说:'把它涂在腋下,那是最容易拔毛不过的。'其实那不是什么拔毛药,而是一种致人死命的毒素。因为基督教国王曾经应许那个卑鄙家伙,待他毒死陛下,便释放他的妻室儿女。原因是他的妻室儿女落在基督教国王手中,成为他的俘虏。当初我也是被俘跟他们在一起的。后来我开了染坊,替那些异教徒洗染,他们可怜我,替我说情,请求赦免。那国王问我:'你希望什么?'我求他恢复我的自由,因而获得释放,才流浪到这儿来的。那天我在澡堂中看见他,问道:'你是怎么恢复自由的?你的妻室儿女呢?''我和我的老婆儿女依然故我,还做着俘虏哪!'他说,'有一天基督教国王开堂审判,我和犯人在一起受审,听官员们谈论这个国家的时候,国王喟然长叹,说道:"世界上我只受那个国王的威胁了。如果有人能用计谋,杀掉那个国王,那他要什么我就赏他什么。"我趁机走到国王面前,说道:"如果我用计谋替陛下杀掉那个国王,陛下能释放我和我的妻室儿女、恢复我们的自由吗?""对;我都释放你们,而且你要什么我都给你。"国王说。我于是同意替他行刺,他才派船送我到这儿来。我见过国王,他替我建筑这所澡堂。现在万事俱备,只需杀掉这个国王,赶去求国王践约,恢复妻室儿女的自由,此外还要领取奖赏呢。'我问他:'你预备用什么计策谋害国王呢?'他说:'计策是最简单不过的;因为国王还要上澡堂来洗澡,我已经为他配了一种毒药,待他来时,我献给他,并对他说:"请用这种拔毛药吧,它的功效显著极了。"待他一涂抹,毒素渗入体内,发生变化,包管一昼夜内,毒素便浸透他的心脏。他一倒头,万事就大吉了。'听了他的谈话,我十分替陛下担忧。陛下待我太好,为了报答王恩,我才前来告密的呢。"

听了艾比·凯尔的谗言,国王非常生气,吩咐道:"你认真保守秘密吧!"于是命令侍从,陪他上澡堂去洗澡,打算亲身去体验,以便证实其中的虚实。

国王命船长淹死艾比·绥尔,艾比·绥尔获救

国王上澡堂去洗澡,艾比·绥尔殷勤招待,赶忙脱掉衣服,卖力替国王擦背,辛勤地替他冲洗,然后对他说,"启禀主上,奴婢配了一

种拔毛药,专供陛下浴后消除腋毛之用。"

"好啊,给我拿来吧。"国王表示愿意试用。

艾比·绥尔诚诚恳恳地把拔毛药献给国王。国王一看,嗅了药中的气味,认为是毒药,因而大发雷霆,一声吼叫起来,吩咐侍从:"快把他逮捕起来!"

侍从遵命,当场逮捕了艾比·绥尔。国王怒气冲冲,走出浴室,匆匆穿衣整冠,马上召集侍卫,发号施令,命带上艾比·绥尔。当时谁也不知道国王为什么生气,由于他过于愤怒,人们面面相觑,谁都不敢过问。直到艾比·绥尔被绑到他面前,他才吩咐唤来御船船长,对他说:"给我把这个卑鄙、讨厌的家伙带去,拿个大麻袋,把他和二百磅石灰一齐装在袋中,扎起袋口,用小船运到宫殿下面,等候执行我的命令。你听到我的命令时,立刻把他抛到海里,活活地烧死他、淹死他。"

"听明白了,遵命就是,"船长应诺着带艾比·绥尔去到一个小岛上,对他说:"喂!你这个人呀!我上你的澡堂去洗过一次澡,蒙你看重,殷勤厚待,极尽东道之谊,并拒绝收费,使我感到无限的愉快。从那时起我心里一直留下很好的印象,非常钦佩你的为人。告诉我吧,你和国王之间究竟发生了什么纠葛?你什么地方得罪了他,致使他恼恨你,并命我这样处置你?"

"指安拉起誓,我什么也没有做,我也不知道我犯了什么罪过而应得这样的处分。"

"你在国王尊前有崇高的地位,这是前人从来没有过的。大凡属于恩赏的事,往往易遭他人的嫉妒;国王给你的这种恩遇,也许惹人眼红,对你怀恨、嫉妒,进而造谣生事,在国王面前进谗中伤,才惹国王这么痛恨你。不过这种事无关紧要,我欢迎你,像你不认识我而尊敬我那样,我要援救你,让你跟我一起住在这个岛上,等有船只开往你的家乡,我再送你走。"

艾比·绥尔打鱼,获得国王的宝石戒指

艾比·绥尔受到船长的庇护,亲切地吻他的手,表示对他衷心感谢。船长为了交代差事,积极准备石灰,装在大麻袋中,同时把一块跟人体一般大的石头放在里面,自言自语地说道:"我托庇安拉了!"他于是给艾比·绥尔一张网,吩咐道:"你拿去撒在海中,也许你能打到鱼儿呢。告诉你吧,我负着打鱼供国王食用的职务,但今天为你遭遇祸事,我没有工夫去打鱼,唯恐到时候厨师派人来取鱼而没有鱼交给他们,那就糟了。如果你能打到鱼拿来应付他们,我这就可以抽空去宫殿下面做作一下,表示把你抛在海中了。"

"那我来打鱼好了;你去吧,安拉会援助你的呢。"

船长把装着石灰和石头的麻袋搬到小船中,划到宫殿附近,见国王坐在临海的宫窗前面。他高声问道:"主上!我该抛他了吗?"

"对,你抛吧!"国王吩咐,举起戴着宝石戒指的右手一挥,便有一道闪光从他的手指划到海面,他一怔,立刻把头缩进,呆然一动也不动。原来他挥手发号施令时,那个他得到统率三军的权威的宝石戒指已经脱指落到海中。他不能够宣布失落戒指的消息,怕军队起来反叛他而遭杀身之祸,因而只好默不作声。

艾比·绥尔遵从船长的指示,把网撒在海中,一下子就打到满满的一网鱼儿。继而他再接再厉,一而再,再而三,继续不停地张网打鱼,终于打了一大堆鱼摆在岸上。他望着那么多鱼,暗自说:"指安拉起誓,好久我没尝到鱼味了。"于是他从鱼堆里挑了一尾又大又肥的,想道:"等船长回来,我叫他煎这尾鱼给我吃。"他思量着,抽刀插入鳃帮子,剖开鱼腹,发现鱼肚里有个宝石戒指,便取出来,戴在右手的小拇指上。这就是国王的宝石戒指。当他挥手发号施令时,脱指落到海中,被那尾大鱼吞到肚里,漫游到海岛附近,最后落在艾比·绥尔的网中被捕。艾比·绥尔却茫然不知个中情形。恰巧这时候,有两个奴仆奉御用厨师的命令前来取鱼,一直走到艾比·绥尔面前,问道:"喂!请问船长上哪儿去了?"

"我不知道。"艾比·绥尔回答,并举手示意。

他刚举手示意的一刹那,那两个奴仆的脑袋顿时就离开脖子,落到地上。他眼看那种情景,感到万分惊奇,喟然叹道:"哟!你瞧,是谁杀死他们呢?"他陷于迷惘、困惑中,沉思默想,一直在寻思其中的秘密。

船长对艾比·绥尔解说戒指的特性

船长应付着交代了国王给他的任务,急急忙忙回到岛上,一眼看见岸上摆着大堆鱼儿,看见被杀的两具尸体,也看见艾比·绥尔手上戴着的宝石戒指,不禁大吃一惊,赶忙大声嘱咐艾比·绥尔:"老兄!你指上戴着戒指的那只尊手,你千万别动它。因为你一动,我的生命就完结了。"他边嘱咐,边走到艾比·绥尔面前,问道:"是谁杀死这两个奴仆的?"

"指安拉起誓,弟兄,我一点儿也不知道。"

"你说得对;告诉我吧,你打哪儿弄来的这个宝石戒指?"

"打这尾大鱼肚中剖出来的。"

"你说得对;我曾见一件什么东西闪着亮光从王宫中一直落到海里,那是当我等待执行任务,国王在宫窗前命我:'抛下他吧。'并举手示意的时候,这戒指从他手上脱指落到海里,被这尾大鱼当食物吞掉,最后游到这儿落网,终于叫你把它打捞起来了。这是你的福分哪!可是你知道这个戒指的特性吗?"

"我不知道它有什么特性。"

"你要知道,我们国王能够统辖三军,军队之所以服从、效命于他，那全是慑于这个戒指的缘故。因为它受过魔法，能够大显神通。因此，当国王讨厌谁，存心要消灭他的时候，只需举手一指，被指者的脑袋马上就跟他的身体分家，因为戒指里闪出一股电光，光线射到被憎恨者的身上，对方立刻就被杀死。"

"那么请你带我进城去吧！"艾比·绥尔十分兴奋。

"好，我带你去，现在我没有什么可替你担心的了。因为你如果有意杀国王，只需举手一指，马上就可以消灭他。如果你存心杀死国王，消灭他的军队，你的愿望也可以马上实现，这是风雨无阻的。"

船长满足艾比·绥尔的要求，让他乘上小船，欣然划着送他进城。

艾比·绥尔带宝石戒指觐见国王

到了城中，艾比·绥尔进宫求见，见国王坐在宝座上，有朝臣伺候，保卫森严，只是国王本人因遗失宝石戒指，愁容满面，闷闷不乐，默然不语，不敢向任何人宣布遗失戒指的秘密。艾比·绥尔一直去到国王面前，国王抬头见他，大吃一惊，问道："你不是被我们抛在海里淹死了吗？你是怎么搞的？为什么又活回来了？"

"启禀主上，当陛下判我死刑的时候，船长带我去小岛上，向我打听陛下生气的原因，他说：'你什么地方得罪了他，致使他恼恨你，命我这样处置你？'我说：'指安拉起誓，我什么也没有做，我也不知道我犯了什么罪过而应得这样的处分。'他说：'你在国王面前有崇高的地位，也许有谁嫉妒你，在国王面前进谗中伤，这才惹国王这么痛恨你。我上你澡堂去洗过澡，备受你的尊敬；为了报答你的恩情，我要解救你，想办法送你回家。'于是他拿跟我一般大的一块石头，装在麻袋中，做了我的替身，当陛下的面，在宫窗下投到海里。可是当陛下举手下令的时候，这个宝石戒指从陛下的手上脱指落到海中，被一尾大鱼吞掉。之后，我在岛上打鱼，那尾大鱼落网，跟其他的鱼一起被我打了起来。我选择那尾大鱼，预备洗了拿去煎吃。当我剖开鱼肚，发现这个宝石戒指，便取出来，戴在自己的手指上。其后，御用厨师的两个差役前来取鱼，我不明白戒指的特性，向他们举手示意，想不到两个差役竟活生生地被杀死。往后，船长回到岛上，发现我手上戴着的宝石戒指，给我讲明底细。由于陛下优待我，是我生平所受的仅有的好际遇，因此我带戒指见你来了。喏，这是你的宝石戒指，请你收下吧。假若我有什么冒犯你的地方，罪不容诛，那么请陛下宣布我的罪状，然后执行王法，那是理所该当的，我自己毫无怨言。"

艾比·绥尔把宝石戒指从自己的手指上脱了下来，递给国王。国王眼看艾比·绥尔做的好事，收下戒指，戴在自己的手指上，霎时恢复了神气，顿时跳将起来，抱住艾比·绥尔不放，用感激涕零的口吻说："你真是一位正人君子，我冤枉你了，请你原谅我，饶恕我吧。老实说，这个戒指如果落在别人手里，它一定不会再回到我手里来的。"

艾比·绥尔揭穿艾比·凯尔的阴谋

"主上，"艾比·绥尔对国王说，"你如果要我谅解，那么请把我触怒你而该处死的罪状告诉我吧。"

"指安拉起誓！从你归还戒指这桩好事来看问题，我确信你是清白无罪的；可是事情弄得这么糟，那只为了洗染匠对我说……"于是他把艾比·凯尔的谗言和盘托出，全都告诉了艾比·绥尔。

"指安拉起誓！主上，我并不认识任何基督教国王；我生平没有到什么基督教国家去过；我压根儿没意识到要谋害陛下。可是那个洗染匠，他原是我的伙伴，在亚历山大城中我们彼此是邻居。只因那里生活萧条，没有生意，我们才约着一起离乡背井，出来谋生。当初我们一起朗诵《古兰经》开宗明义第一章，彼此约法三章，同意在旅行期间有事做的人，应照顾失业者的生活，彼此关怀，互助合作……"于是他不惜言辞，把他跟艾比·凯尔在一起的遭遇，钱被偷，被遗弃在旅店中，见艾比·凯尔在染坊中当老板，进染坊去问候艾比·凯尔，被他当小偷尽情打骂侮辱的经过等等，从头到尾，详细叙述一遍，最后说道："主上，原是艾比·凯尔他向我建议说：'你配上一剂拔毛药，供国王使用吧。因为你的澡堂设备得非常齐备，只缺少拔毛药了，这是美中不足的地方哪。'主上，你要知道，拔毛药并不会伤人，在我们地方，它是澡堂中必不可少的设备，当初只怪我忘了这桩事情。后来是那个洗染匠上澡堂来洗澡，我尊重他，抬举他，他才提醒我的呢。现在恳求主上派人把旅店的门房和染坊中的仆役都找来，向他们打听情况，就明白我的遭遇了。"

国王生艾比·凯尔的气

国王果然派人唤来旅店的门房和染坊的仆役，仔细盘问，了解情况。结果，门房和仆役都照实招供，支持艾比·绥尔，证明他的遭遇都是事实。国王派人前去捉拿艾比·凯尔，吩咐说："把他赤脚露头地绑来见我！"

当时，艾比·凯尔正以艾比·绥尔被害而高兴快乐、得意忘形的时候，国王的差役突然冲进屋去，出其不意地袭击他，打了他的脖子，再把他绑起来，枷锁银铛地解到王宫。他眼见艾比·绥尔坐在国王面前，旅店中的门房和他自己的仆役都站在他身旁，同时他听见门房指着艾比·绥尔问他："这位不是你的伙伴吗？你不是偷了他的钱，把他一个生病的人扔在店中让我伺候他的吗？"接着他自己的仆役问道："这不是你吩咐我们抓住他，把他打了一顿的那个人吗？"

听了门房和仆役们的质问，国王知道艾比·凯尔为人不正，品质太坏，应该受到严厉的处分，因而吩咐差役："带他去游街示众，再把他和石灰装在麻袋中，投到海里烧死淹死他吧。"

"恳求主上，看我的情面饶恕他吧！"艾比·绥尔向国王替艾比·凯尔说情，"他对不住我的地方，我都原谅他了。"

"你固然有权利原谅他对不住你的地方，我可不能饶恕他作奸犯科的罪行。"国王说着，大声喝道："快把他带走，照王法行事吧！"

差役遵从命令，把艾比·凯尔带到市中游街示众，然后把他和石灰一起装在大麻袋中，投在海里，活活地被石灰烧焦，被海水淹死。

事实证明艾比·绥尔是个好人，国王非常尊敬他，十分感激他，对他说："艾比·绥尔，你希望我赏你什么？说吧！我都给你。"

"主上，我不打算再在这儿待下去了，望陛下送我回家去吧。"

国王挽留他，请他担任宰相职位，共谋国家大事，他却不愿意。不得已，国王赏他更多的财物和婢仆，装满了一大船，送他回家。他向国王告辞，带着财物和仆从，开航起程，满载而归。

船在无边际的海中继续航行了几昼夜，最后安全到达亚历山大。仆从忙着卸下财物，无意间发现岸边的沙滩上横陈着一个大麻袋，赶忙报告艾比·绥尔："主人，海滨有个大麻袋，非常沉重，袋口被扎得紧紧的，里面装的什么东西，我们一点儿也不知道。"

艾比·绥尔随仆从来到麻袋所在地，打开麻袋一看，见里面装着艾比·凯尔的尸体，知道他被风吹浪打，最后漂流到故乡来了。艾比·绥尔不念旧恶，觉得可怜，发生恻隐之心，因而亲自替他料理善后，把他葬在附近，给他立了墓碑，建了祠堂，以供后人凭吊，还拨专款，作四时祭祀之用，并在祠堂门上刻了下面的诗句：

> 根据工作可以看出人的原形，
> 嘉言懿行同一个人的品质没有差别。
> 别胡言乱语，
> 自身可以免遭毁誉。

好说流言蜚语,

别人许会提出同样的语汇。

必须戒避奸淫,

纵然出自谈笑也绝口莫提猥亵。

家犬要保全驯良的品性,

才博得主人的爱护、养育。

狮子一旦被人用锁链拴起,

证明是它过于呆愚。

汪洋大海只让腐尸、碎片浮上水面,

珍珠却被埋在海底的泥沙里。

麻雀要跟鹰隼争胜、抗礼,

说明是它无知愚昧。

从善如流者最后的好结局,

本是天经地义的规定。

别想从黄连中提取甜味,

因为食物的味道总不离开它的本源。

艾比·绥尔回到家乡,在亚历山大城中欢度晚年,过舒适、愉快的幸福生活,直至白发千古。

渔夫和雄人鱼的故事

相传从前有个以打鱼为生的人，名叫阿卜杜拉，是个多子女的穷人；除老婆外，还有九个儿子，生活负担很重，穷得一无所有，仅靠一张渔网打鱼过活。他每天去海滨打鱼，勉强维持仅够糊口的生活；有时打得的鱼多，才间或吃顿较好的饭菜，给孩子们买些水果，改善一下生活。总的说来，他一向生计窘迫，家无隔夜之粮，一天打鱼一天吃，因而他慨叹说："明天的生活费用，明天去找。"正当这个艰苦的岁月，老婆又分娩了。从此他成为十个儿子的父亲，一身肩负十二口人的生活重担，压得他喘不过气来。尤其婴儿诞生之日，家中一点食物没有，老婆饿得难耐，对他说："当家的，你弄点吃的让我活命吧。"

"好的。"渔夫说，"趁今天孩子诞生的吉日，切望安拉恩赏。我这就上海滨去打鱼，看一看这个新生婴儿的运气如何。"

"去吧！你怀着托庇安拉的心情，快去打鱼吧。"

渔夫和卖面饼的阿卜杜拉

渔夫阿卜杜拉携带渔网去到海滨，怀着满腔替新生孩子卜试运气的激情撒下网，凝视着大海，喃喃地祈祷："主啊！求你给他易得而富裕的生活，别叫他过苦难、穷酸的日子吧。"他祈祷着耐心等了一会儿,然后取网,可是网中净是垃圾、泥土、沙石和海藻,却一个小鱼也没打到。他收拾渔网,第二次撒网,耐心等了一会儿取出来,仍然没打到鱼。继而他又打了第三网,还是没打到鱼。没奈何,他只得换个地方,然后撒网再打;可是情况与先前一样,老是打不到鱼。就这样,他换个地方再打,打了又换地方,直到傍晚,始终没打到鱼。他觉得奇怪,自言自语地说道:"莫非安拉造化这个孩子而不给他衣食吗? 不,这是绝对不可能的事,因为使新生者的牙床坚固起来的安拉,必然会保证它有食物可嚼的。安拉是仁慈的,是赏赐衣食的。"他嘀咕着捎起渔网回家,想着家中坐月子的老婆和嗷嗷待哺的婴儿,心烦意乱,心如刀割的苦痛,自言自语地说道:"这该怎么办呢? 今晚对孩子们说什么呢?"他沉思默想地走着,不觉来到卖面饼的阿卜杜拉炉前,只见那里挤满买面饼的人群,并闻到热气蒸腾的面饼的香味,一时馋涎欲滴,越发感到饥肠难耐。这正是粮食缺乏、涨价的时节,买面饼的人挤得水泄不通,一个个争先恐后地把钱递过去,希望很快买到面饼。由于买面饼的人太多,卖面饼的阿卜杜拉忙得顾此失彼,简直应付不暇。这时候,他抬头看见可怜的渔夫阿卜杜拉,便呼唤他,问道:"你要面饼吗?"他却默不作声。

"你说吧,别害羞,反正安拉是仁慈的。"卖面饼的阿卜杜拉进一步催促他,"如果你手边没钱,我可以赊给你,等你方便时再付款也行。"

"指安拉起誓,不瞒你这位大师傅说,现在我手边一文钱都没有,只好拿这张渔网做抵押,赊几个面饼,拿回去给家人糊口;待明天拿钱来赎好了。"

"可怜人呀! 渔网是你的铺子,是你谋生的门路;你拿它做了抵押,那么你用什么去打鱼呢? 告诉我吧,你需要多少面饼才够吃呀。"

"需要五块钱的。"

卖面饼的阿卜杜拉赊给渔夫五块钱的面饼,并借给他五块现钱,说道:"这五块钱拿去买菜和零花;你总共欠我十块钱,明天给我送些鱼来抵账好了;如果打不到鱼也不要紧,只管来拿面饼去吃;我可以赊给你,等你方便时再还,或者拿鱼来抵账也行。"

"谢谢你,愿安拉赏赐你的好心肠。"渔夫阿卜杜拉感谢一番,欣然拿着面饼和现钱,买了必需的东西,欢欢喜喜地回到家中,却见老婆坐在屋里,正在安慰饿得哭哭啼啼的孩子们,说道:"别哭,等一会儿爸爸就给你们买吃的来了。"他急急忙忙挨到妻子面前,拿赊来的面饼给他们充饥,并跟老婆叙述打鱼的经过和卖面饼的阿卜杜拉照顾自己的情况。老婆听了,说道:"安拉是仁慈的。"

次日,渔夫阿卜杜拉一早起床,带着渔网出去打鱼,匆匆来到海滨,把网撒在海中,祈祷道:"我主,让我打得很多的鱼,家人才能活下去呢,千万别叫我在卖面饼的阿卜杜拉面前丢脸。"他祈祷着等了一会儿,然后收网,却没打到鱼。他再张网,继续打鱼,不停地左一网,右一网,从早一直打到傍晚,可始终没打到鱼。因此大失所望,满腔忧愁苦闷。回家时,必须从卖面饼的阿卜杜拉炉前经过。他想道:"从哪儿回家呢?最好迈开脚步,赶快走过去,别叫卖面饼的阿卜杜拉看见我。"可是事与愿违;他刚走到烤炉前,卖面饼的阿卜杜拉一眼便看见他,大声喊道:"打鱼的阿卜杜拉,你来取面饼和零用钱吧;你把这件事给忘了。"

渔夫阿卜杜拉惭愧地挨到卖面饼的阿卜杜拉跟前,说道:"指安拉起誓,我可没忘记这件事;只因今天没打到鱼,所以不好意思来见你罢了。"

"你用不着害羞;我不是告诉你慢慢来,等你交运时再说吗?"卖面饼的阿卜杜拉说着赊给他面饼,并借给他五块零用钱。

渔夫阿卜杜拉当面感谢一番,带着面饼和钱回到家中,欣然对老婆叙述面饼和钱的来历。老婆听了,非常感谢卖面饼的阿卜杜拉的隆情厚意,说道:"安拉是仁慈的。若是安拉愿意,他会恩顾你呢;到那时,你再把欠阿卜杜拉的钱还清掉。"

渔夫抱着一线希望,勤勤恳恳,朝出暮归,每天去海滨打鱼;可是接连过了四十天,始终没打到鱼,每天都空着手回家,全靠赊面饼和借钱度日。在这段漫长的日子里,卖面饼的阿卜杜拉从来没问他要鱼,也没催他还债,总是心平气和地赊给他面饼,借给他零用钱。每当渔夫说:"老兄啊!请替我结算一下欠账吧。"他总是说:"去你的吧!这不到结账的时候呢,等你交运时再结账不迟。"结果渔夫只好当面感谢卖面饼的阿卜杜拉,并替他祈福求寿。

　　渔夫悲观失望到极点。第四十一那天,他愤愤不平地对老婆说:"我打算砍断渔网,不要再过打鱼生活了。"

　　"这是为什么呢?"老婆不明白他的意思。

　　"我的衣食似乎不能从海里谋取了;谁知这种晦气要延长到什么时候呢?指安拉起誓,在卖面饼的阿卜杜拉面前,我可是够惭愧的了。我去海滨打鱼,必得打他炉前经过,此外别无他路可走。我回家从他炉前经过时,他总是叫我过去,赊给我面饼,借给我五块零用钱。这要叫我向他赊借到什么时候呢?"

　　"赞美安拉!多亏他让卖面饼的阿卜杜拉怜悯你,从而使你得到饮食糊口。这你还有什么要埋怨的呢?"老婆不同意他的想法。

　　"可是我欠他的债日积月累,数目日益增加,难免他是要来讨债的。"

　　"莫不是他说话打扰你了?"

　　"不;其实是他自己不愿替我结账呀。他对我说,等你交运时再结账不迟。"

　　"情况既然如此,那就好了。如果他向你讨债,你就对他说:'等我们共同指望的时运好转时再赔你。'这不就行了吗?"老婆给他指出应付的方法。

　　"可是我们所指望的时运,什么时候才能好转呢?"

　　"放心吧,安拉是仁慈的。"老婆安慰他。

　　"不错,你说得对。"渔夫蓦然有了信心。

渔夫和雄人鱼

渔夫阿卜杜拉欣然带着鱼网来到海滨,边撒网,边喃喃地祈祷:"主啊!求你赏赐衣食,最低限度让我打到一尾鱼,送给卖面饼的阿卜杜拉吧。"他等了一会儿,然后取网,只觉得很沉重,简直拉不动。他不怕麻烦,费了九牛二虎之力,才把渔网拽了出来;一看,只见网中躺着一匹肿胀、发臭的死驴。他感到一阵恶心,大失所望,喟然叹道:"全无办法,只盼伟大的安拉拯救了。当初我告诉老婆,海中没有我谋生的余地,我不要打鱼为生了。可她劝我说,安拉是仁慈的,他会恩赐我的。难道这匹死驴便是她所说的恩赐吗?"他埋怨着扔掉死驴,把鱼网清洗一番,悲观失望地带着它,离开恶臭的死驴,远远地挪到另一个地方。他撒下网,等了一会儿,然后取网,觉得更沉重,轻易拉不动。他紧拉网绳,使劲挣扎,用尽各种办法,双手弄得皮破血流,才把渔网拽到岸上。他仔细一看,见网中打到的是个活人,认为他是被圣所罗门大帝禁闭在胆瓶中投到海里的一个魔鬼,因年深日久,胆瓶破了,他才溜出来而落到网中的。他意识到这方面,吓得要死,惊慌失措地边逃跑,边大声哀求:"所罗门时代的魔王哟!饶恕我吧,饶恕我吧。"

渔夫落荒而逃的时候,忽然听见网中的人喊道:"打鱼人哟!你别跑,我也是人类呀。你快来放掉我,让我报答你吧。"他听了喊声,这才安定下来。原来他所打到的不是魔鬼,而是一个雄人鱼。他战战兢兢地回到海滨,对雄人鱼说:"你不是魔鬼吗?"

"不,我不是魔鬼;我是信仰安拉和先知的人类。"

"那么是谁把你推到水中呢?"

"我原是生长在海里的;刚才我打这儿游过,一下子就落到你网中了。我们生活在海里,不但服从安拉的命令,而且对安拉创造的各种生物是非常同情、友爱的。我要是不怕犯罪，那么你的渔网早叫我撕破了。总之，我对安拉的安排是乐天安命的。现在如果你肯释放我，你便是我的主人，我甘心做你的俘虏。你肯看安拉的情面释放我吗？愿意跟我结为知心朋友，彼此每天到这儿来交换礼物吗？比如每天你给我送一筐葡萄、无花果、西瓜、桃子、石榴等陆地上的水果来，我便拿同样的一筐珊瑚、珍珠、橄榄石、翡翠、红宝石等海中的名贵宝物酬谢你。我的这个建议，不知你老兄是否同意？"

"好的，我同意你的建议。现在咱们朗诵《法谛海》①，把我们的结交固定下来吧。"渔夫同意跟雄人鱼交朋友，并提出结交的办法。

渔夫和雄人鱼彼此背诵了《法谛海》，结为知己朋友。接着渔夫把雄人鱼从网中释放出来，说道："请问贵姓大名？"

"我叫阿卜杜拉。你到这儿来找我的时候，一喊我的名字，我立刻便出现在你面前。你叫什么呢？"

"我也叫阿卜杜拉。"

"如此说来，你是陆上的阿卜杜拉，我是海里的阿卜杜拉，彼此成为同名的好朋友了。你在这儿等一会儿，我给你取礼物去。"

"听明白了，遵命就是。"渔夫感到无限快慰。

雄人鱼跃入海中，去得无影无踪。渔夫懊悔不该释放他，叹道："我从哪儿知道他还能来见我呢？显然他是金蝉脱壳，说好听话愚弄我呀。如果我不放走他，那倒可以把他拿到城中供人观赏，并带到大户人家去展览，借此捞几个钱花呢。"他越想越懊恼，责备自己说："我把打到手里的东西随便扔掉了。"正当他百般懊悔不该释放雄人鱼的时候，雄人鱼却突然出现在他面前，两只手握满了珍珠、珊瑚、翡翠、红宝石等名贵宝物，作为见面礼送给渔夫，说道："收下吧，老兄。请别见怪，因为我没有箩筐，否则，我会给你弄一箩筐呢。今后，每天黎明，你到这儿来和我见面好了。"他说罢，向渔夫告辞，跃入水中，

---

① 《法谛海》，《古兰经》第一章。

扬长而去。

渔夫带着雄人鱼送给他的珍贵礼物，欢欣鼓舞地满载而归，径直来到卖面饼的阿卜杜拉炉前，洋洋得意地对他说："老兄，我的时运好转了，请替我结账吧。"

"咱们不急于结账；如果你打到鱼，给我好了；要是没打到鱼，你可以拿面饼去吃，取零用钱去花，直待你交运时再说好了。"

"好朋友，蒙安拉恩赏，我已经交运了。我一直向你赊借，欠你一大笔借款；现在给你这个，你收下吧。"他说着递给卖面饼的阿卜杜拉一把珍珠、珊瑚、红宝石等名贵宝贝，慨然把手边的一部分珠宝送给他，作为对他的报酬。接着说道，"今天请再借给我几个零钱花，等我卖了珠宝，一并赔还你。"

卖面饼的阿卜杜拉把身边的钱全都给渔夫，说道："我是你的奴婢，愿意好生伺候你。"于是把现存的面饼收集起来，装在箩筐中，顶在头上，随渔夫送到他家里，然后跑到市中，买了肉、蔬菜和各种水果，带到渔夫家中，急急忙忙地烹调出来，供渔夫一家人享受，整天殷勤伺候他们。

"老兄，我可是太劳累你了。"渔夫不胜感激之至。

"我淹没在你的恩惠中，已经成为你的奴婢了；这是我应尽的义务呢。"

"你是我的救命恩人。在粮食涨价、生活困难的时候，多蒙你关心、照顾我。你的恩情，我这一辈子是忘不了的。"渔夫衷心感谢卖面饼的阿卜杜拉，和他一块儿吃喝，并留他过夜，跟他结为莫逆之交。

渔夫和老婆谈心，把打鱼打到雄人鱼，并和雄人鱼认识结交的经过，从头叙述一遍。老婆听了非常高兴，嘱咐道："你可是要好生保守秘密，别叫官家知道；要不然，他们会借故逮捕你呢。"

"即使我对任何人都保守秘密，但对卖面饼的阿卜杜拉，我却不能不说实话。"他向老婆表明态度。

渔夫和珠宝商的头目人

第二天黎明,渔夫带着昨夜预备妥帖的一筐水果,急急忙忙去到海滨,说道:"海里的阿卜杜拉,你在哪儿?"

"我来了。"雄人鱼应声出现在渔夫面前。

渔夫把水果递给雄人鱼。雄人鱼收下水果,跃入水中。过了一会儿,雄人鱼第二次出现在渔夫面前,给他带来一满筐珍珠、宝石。渔夫收下礼物,向雄人鱼告辞,把一筐珠宝顶在头上,欣然回家,顺路来到烤面饼的炉前。卖面饼的阿卜杜拉笑容可掬地对他说:"我的主人啊!奴婢我给你烤了四十个甜面包,已经送到府中去了。现在我正在为你做另一种更好吃的糕点呢;等烤熟了就给你送去,然后再替你买肉和蔬菜好了。"

渔夫感谢他的好意,从筐里抓了三把珍珠、宝石递给他,然后告辞回家。

渔夫回到家中,放下筐子,从里面的珠宝中,每类挑选出最名贵的一部分,带往珠宝市中去做买卖。他跟珠宝商的头目人打交道,对他说:"你收买珍珠宝石吗?"

"什么样的珠宝? 拿给我看一看吧。"

渔夫拿身边的珍珠宝石给头目人看,头目人看了之后,问道:"除此之外,你还有别的珍珠宝石吗?"

"有的是,我有一整筐呢。"

"你住在什么地方?"

渔夫老老实实地说明自己的住址。头目人拿着他的珠宝不放,并吩咐随从:"这是盗窃王后首饰的那个匪徒,把他逮起来吧。"接着他叫随从打渔夫一顿,再把他捆绑起来。继而头目人向珠宝商宣布:"咱们抓到一个窃贼了。"于是商人们议论纷纷,有的说:"张三的货物,是这个坏种盗走的。"有的说:"李四家里被偷得精光,原来是他干的。"他们捕风捉影,你一言,我一语,把历来的盗窃案,都归罪于他。他可是默然不言语,既不作答,也不辩护,任他们诬赖、侮辱。后来他们把他押进皇宫去治罪。珠宝商的头目向国王起诉,说道:"启禀主上:自王后的首饰被盗窃,我们奉到通知,协助缉捕窃贼以来,我比任何人都卖力,终于破了此案,替陛下捕获匪徒。喏!窃犯已经带到宫中,请陛下裁处,这是从他身上搜到的赃物。"他说罢,奉上渔夫的珍珠宝石。

国王收下珍珠宝石,看了一眼,随即递给太监,吩咐道:"拿往后宫去,让王后过目,看这些珠宝是不是她遗失了的那批簪环首饰上的?"

太监赶忙送珠宝往后宫,让王后识别。王后把珠宝拿在手里,仔细端详一番,顿时产生爱慕心情,便对太监说:"去吧,快去禀告主上:我的首饰从原地方找到了,这些珠宝不是我的;不过这些珠宝,比我簪环首饰上嵌镶的都好。求主上别冤枉、虐待这些珠宝的主人;如果他愿意出售,便请主上留下来,给莪姆·肃武德公主作镶配簪环首饰之用。"

太监听从王后的吩咐,赶忙来到国王御前,把王后的话重述一遍。国王听了,大发雷霆,把珠宝商的头目及其同行臭骂一顿,责怪他们不该冤枉好人。珠宝商挨了责骂,强辩说:"主上,我们知道他原来是打鱼为生的穷汉,一旦拥有这么多珍珠宝石,所以我们才怀疑他是偷来的。"

"你们这伙肮脏、势利的恶徒!难道你们认为穆民不配拥有财富吗?你们干吗不问一问他的珠宝是哪儿来的呢?这许是出乎意料,安拉赏赐他的恩惠吧;你们怎么明目张胆地说他是贼而随便当众侮辱他呢?你们这伙该受天谴的家伙,通通给我滚出去!"

珠宝商人一个个垂头丧气、惊慌失措地被撵出皇宫。

渔夫和国王

国王撵走珠宝商人,回头对渔夫阿卜杜拉说:"渔夫,你受到安拉的赏赐,我衷心祝福你,保护你的生命、财富不受损害。现在你老老实实地告诉我:你的这些珠宝是从哪儿弄来的?我虽然是国王,可是像这样名贵的珍珠宝石,我不但没有,而且连见都没见过。"

"主上,像这样的珍珠宝石,我家里摆着一满筐呢。这些珠宝呀……"渔夫把结识雄人鱼和用水果交换珠宝的经过,全都讲给国王听,最后说道:"雄人鱼已经同我约定,每天由我带一筐水果去海滨送给他,他便回赠我一筐珍珠宝石。"

"这是你的福分,不过财富需要名誉地位来保护它。目前我可以保护你的财富不受别人侵占,但是将来也许我被免职或者一旦身死,而别人来当国王的时候,他会因贪图人生享受而危害你呢。因此,我有意招你为驸马,委你任宰相职务,规定由你继承王位,以便我死后,你的生命、财富才有保障而不受他人暗算。"国王说罢,吩咐侍从:"你们赶快带他上澡堂去洗澡吧。"

侍从果然带渔夫上澡堂洗澡,替他擦洗身体,拿宫服给他穿戴,然后带他上朝,谒见国王。国王正式委他为宰相,并派卫兵带领朝臣和他们的太太去渔夫家中,并给他的老婆、儿子们华丽的衣服,让他老婆抱着婴儿坐在轿中,前呼后拥地把她和其余的儿子接进宫去。渔夫的九个儿子来到国王御前,国王便一个一个地搂抱他们,让他们坐在自己身边。由于国王膝下只有莪姆·肃武德公主,没有别的子嗣,所以对渔夫的几个儿子,格外表示亲切、厚爱。在后宫里,王后也热情接待渔夫的老婆,使她感到无比荣幸,彼此亲热得了不得。继而国王宣布招渔夫为驸马,命法官、证人替渔夫阿卜杜拉和莪姆·肃武德公主写婚书并证婚,以渔夫阿卜杜拉的全部珍珠宝石作为聘礼,同时卜令装饰城郭，庆祝婚礼。

国王替莪姆·肃武德公主招了驸马，找到女婿，感到欢喜、快慰。第二天黎明时，国王从梦中醒来，凭窗眺望，见渔夫阿卜杜拉头顶一筐水果，正要往外走，便赶忙挨到他面前，问道："贤婿，你头上顶的什么东西？你要上哪儿去？"

"我带水果去找海里的阿卜杜拉，预备跟他交换礼物。"

"贤婿，现在不是找朋友的时候。"

"我要是不履行诺言，只怕他说我不守信用，怀疑我是撒谎者，甚至于骂我喜新厌旧，为享乐而不念旧交哩。"渔夫阿卜杜拉说明必须去会雄人鱼的理由。

"你说得对，你还是去会朋友才好。愿安拉匡助你。"国王同意驸马去找他的朋友。

渔夫阿卜杜拉欣然离开王宫，前往海滨。一路上听见认识他的人们指着他说："这位是刚跟公主结婚的驸马，他拿水果换取珠宝去了。"不认识他的人却以为他是卖水果的，便呼唤他，说道："喂！水果多少钱一斤？拿来卖给我吧！"他不肯得罪人，只好随便应付，说道："你等一会儿，待我转来时再说吧。"于是他径直去到海滨，和雄人鱼见面，彼此交换礼物。

国王拜卖面饼的阿卜杜拉为相

渔夫阿卜杜拉虽然跟公主结婚，身任宰相职务，却依然履行约言，每天按时去海滨和雄人鱼会面，交换礼物。他每天来往路过卖面饼的阿卜杜拉的烤炉时，见铺门关锁着，接连十天都如此。他觉得奇怪，暗自嘀咕："他哪儿去了呢？"他向邻居打听卖面饼的阿卜杜拉的去向，说道："老兄，你这个卖面饼的邻居上哪儿去了？发生什么意外了吗？"

“他生病了，躺在家中呢。”邻居回答他。

“他家住在哪儿？”他打听了他的住址，然后根据邻居的指示，径直去到他的门前。

卖面饼的阿卜杜拉听见敲门声，开窗一看，见渔夫阿卜杜拉头顶箩筐，站在门前，便急急忙忙跑下楼来，把门打开，一下子扑在渔夫身上，紧紧地抱着他不放。

“你好吗？朋友。”渔夫和他寒暄，“我每天出入，打你烤炉门前经过，总是看见炉门关锁着。我向你的邻居打听你的消息，才知你害病。我问明你的住址，看你来了。”

“你的好意，愿安拉替我报答你。”卖面饼的阿卜杜拉表示感谢，“其实我没害病，只为听说有人造你的谣言，诬赖你偷窃，终于被国王逮捕起来，感到恐怖，只好关锁烤炉，躲在家中，不敢出去了。”

“你听到的都是事实……”渔夫把珠宝商的头目诬蔑他、侮辱他，以及被押到宫中，在国王面前判明是非曲直的经过，从头到尾，详细叙述一遍。最后说道：“国王已经招我为驸马，并委我任宰相职务。从今以后，你用不着害怕了。今天我带来的这筐珠宝，全都送给你，收起来吧。”他安慰卖面饼的阿卜杜拉一番，然后告辞，带着空筐回到宫中。

“贤婿，今天你好像没碰到你的朋友海里的阿卜杜拉吧。”国王见他空手回来，有所怀疑。

“我跟他碰头见面了；他给我的珠宝，叫我转送给一个卖面饼的朋友了；因为那个朋友曾经无微不至地关怀、照顾我呢。”

“那位卖面饼的朋友，他到底是谁？”

“他是个非常善良、厚道的好人。当初我的生活艰难困苦，吃早没晚，境遇非常悲惨，全靠向他赊借，维持生命。他向来好言宽慰我，从来没怠慢我。”

“他叫什么名字？”

“他的名字叫卖面饼的阿卜杜拉；我的名字叫陆地上的阿卜杜

拉;跟我交换礼物的那个朋友叫海里的阿卜杜拉。我们是同名的好朋友。"

"我的名字也叫阿卜杜拉①。"国王说,"如此说来,凡属安拉的仆人,大家都是弟兄手足了。现在你打发人去把卖面饼的阿卜杜拉请进宫来,让我委他任左丞相的职务吧。"

渔夫遵循国王的命令,果然着人邀请卖面饼的阿卜杜拉进宫,并陪他谒见国王。国王赏他一套宫服,委他任左丞相的职务,并宣布驸马为右丞相。

渔夫随雄人鱼去海中旅行

渔夫阿卜杜拉每天按时带一筐水果去海滨,向雄人鱼换回一筐珠宝,这样连续交换了一年整。在鲜果过时季节,便拿葡萄干、杏仁、榛子、胡桃、干无花果等干果去交换。他带去的无论是鲜果或干果,雄人鱼都欢迎、接受,并照例回赠他一满筐珠宝。恰好在交换礼物刚满一周年的那天,渔夫带着水果来到海滨,把水果交给雄人鱼,于是坐在岸上,同靠岸站在水中的雄人鱼聊起天来。他俩越谈越起劲,天上、人间、海中的事无所不谈,最后谈到生死问题,雄人鱼问道:"老兄,据说先知穆罕默德死后,埋在陆地上。你知道他的坟墓在什么地方吗?"

"我知道。"

"在什么地方呢?"

"在一座被称为麦地那的城市里。"

"陆地上的人上麦地那去参观先知的坟墓吗?"

"不错,经常有人去参观的。"

---

① 阿卜杜拉,安拉的仆人。

"拜访先知的人都能得到他的搭救；你们陆地上的人，能拜谒先知的坟墓，真够幸运的了。老兄，你谒过圣陵吗？"

"我没谒过圣陵，这是因为过去我很穷，没有盘费的缘故。直到认识你以后，蒙你恩赏、照顾，我才富裕起来。就我目前的情况看，首先去麦加朝觐，然后往麦地那谒陵，这对我来说，是当然的义务了，但我还没完成这桩应做的事，只为我太爱你而一天也离不开你的缘故。"

"莫非你把爱我看得比谒陵还重要吗？须知葬在麦地那的先知穆罕默德，将来总清算的日子，他会在安拉御前搭救你，替你说情，使你免下地狱而进天堂的。难道为了贪图尘世享受，你甘心抛弃谒陵这桩大事吗？"

"不，指安拉起誓，谒陵这件事，对我来说，是各种事务中必先完成的第一桩大事。恳求你同意我暂时离开你，俾我今年去朝觐、谒陵吧。"

"你要去朝觐、谒陵，我当然同意。你到麦地那谒陵时，请替我向先知的英灵致敬。我打算托你带点礼物，拿去摆在陵前，作为纪念。现在你随我下海来吧，我可以带你去我家里做客，顺便把礼物交给你带去摆在陵前，并请你对圣灵说：'穆圣，海里的阿卜杜拉向您致意，并送您这件礼物，恳求您将来在安拉御前说情、搭救他。'"

"老兄，你生在水里，长在水里，所以水不会伤害你。如果你离开水，一旦来到陆地上，你的身体不会受到损害吗？"

"是呀，我的身体一遇干燥，再经风吹，就非要我的命不可了。"

"我的情况和你的很相似；我生在陆地上，长在陆地上，所以不怕干燥。我若下海去，海水势必灌满我的肠胃，这就非活活地淹死不可。"

"这你不必害怕，我给你拿油来抹在身上，水就伤害不了你；这样一来，即使你在海中过后半生，到处周游、起坐、睡觉都不碍事。"

"既是这样，我就放心了。你给我拿油来，让我试试看吧。"

"好的，我给你去拿好了。"雄人鱼带着水果，潜入水中，扬长而去。

过了不多一会儿，雄人鱼再一次出现在渔夫面前，手里捧着味香色黄的一种脂肪，形状跟牛油相差不离。渔夫看见他手中的脂肪，问道："老兄，这是什么东西？"

"这是鱼肝油，从一种被称为'丹冬鱼'的身上弄来的。这种鱼在鱼类中，身体最庞大，比你们陆地上的任何野兽都大，可以吞食骆驼、大象一类的动物。这种鱼经常跟我们作对，是我们的死敌。"

"老兄，这种凶恶家伙，它们是吃什么过活的？"

"吃海里的各种生物过活。人们经常以'大鱼吃小鱼，小鱼吃虾米'这句话，作人世间强欺弱的比喻；这句以鱼鳖比拟人类的谚语，莫非你不曾听过吗？"

"你说得对；不过这种丹冬鱼，海里多不多？"

"多极了；它们的数目，只有安拉知道。"

"我随你下海去，就怕碰上丹冬鱼，被它们吃掉。"

"甭害怕，因为丹冬鱼一见你，便知你是人类，只会落荒逃走。海中的任何生物，对丹冬鱼来说，都不像人类那样可怕；这是因为丹冬鱼一吃人肉，便只有死亡的下场；因为人身上的脂肪，足以立刻致它们的死命。我们之所以能够收集这种鱼的脂肪，全是凭人类作媒介的。比如一个人偶然落水淹死，他的尸体变了模样或破碎之后，被丹冬鱼误认为是海中的生物而吞食了，即中毒身死。一个人到成百成千或更多的丹冬鱼群中吼叫一声，便可一下子吓死它们，一个也活不了。"

"我托庇安拉了。"渔夫欣然接受邀请，愿去海中参观、游览；于是脱下衣服，在岸上挖个洞，把衣服埋藏起来，然后用鱼肝油从头到脚地涂在身上，这才下海，潜入水中。他睁眼一看，却安然自如；不但不受水的浸渍，而且行动自由，无论向前或退后，左转或右拐，浮在水面或落下海底，无不随心所欲；四面八方都被水围绕着，好像住在帐篷中,丝毫没有不自在的感觉。

"老兄,你觉得怎么样?"雄人鱼非常关心渔夫的安全。

"一切都好,先前你对我说的话,一句也不假。"渔夫感到满意。

"那么随我来吧。"雄人鱼说着带渔夫一直向前走。

渔夫跟随雄人鱼,从一个地方走向另一个地方;一路上,他东张西望;所经之地,左右都有山岳,并到处是各种鱼鳖;有大的,有小的,而且形状不一,有的像水牛,有的像黄牛,有的像狗,有的像人。他俩所到之地,各种鱼鳖都没命地奔逃;渔夫觉得奇怪,便问雄人鱼:"老兄,我们所碰到的各种鱼鳖,怎么都纷纷逃避而不肯接近我们?"

"它们对你有所畏惧;因为安拉创造的各种生物,对人类总是见而生畏的。"

渔夫随雄人鱼漫游海中,继续游山玩水,欣赏海中的奇观异景,终于来到一架巍峨的山岳前面。正迈步走过去的时候,突然听见一阵咆哮声。他抬头一看,见一个比骆驼还大的黑影,吼叫着从山巅滚了下来。眼看那种情景,他大吃一惊,赶忙问雄人鱼:"老兄,这是什么东西?"

"这便是所谓的丹冬鱼;它向着我们奔下来,目的是要吃掉我。弟兄,你吼一声吧;趁它赶来吃我之前,你快呵斥它吧!"

渔夫放开嗓门大吼一声,那丹冬鱼果然被他的吼声吓死,没声没气地滚下海底。他眼看丹冬鱼的下场,不禁惊喜交加,喟然叹道:"赞美安拉!我没用刀剑去砍杀,怎么这个庞然大物竟经不起一声呼喊,便呜呼哀哉了呢?"

"老兄,你不必惊叹;指安拉起誓,这种家伙,纵虽集一二千之众,它们对人类的一声吼叫,同样是经受不住的。"雄人鱼说着带渔夫去到妇女城。

渔夫见城中的居民都是妇女,一个男子也不见,便问雄人鱼:"老兄,这是什么地方? 这些妇女是做什么的?"

"这是妇女城;因为城中的居民都是妇女,所以被称为妇女城。"

"她们有丈夫吗？"

"没有。"

"没有丈夫，她们怎么怀孕、生育呢？"

"她们是被国王放逐到这座城里来的。她们既不怀孕，也不生育。原因是海里的妇女们，凡触怒国王的，总是被送到这座城里禁闭起来，终身不许出去；谁偷偷溜出城去，就被碰见她的动物吃掉。除此城外，其他的城市里，都是男女同居的。"

"海里还有别的城市吗？"

"多着呢。"

"海中也有国王吗？"

"有。"

"老兄，海里的奇观异俗，我看见的可不少了。"

"你所看见的，比较起来，并不算多；所谓'海中的奇观比陆地上的更为丰富多彩'这句老话，难道你没听人说过？"

"你说得对。"渔夫回答着仔细观看城中的妇女，见她们一个个面如皎洁的明月，披着妇女特有的长发，所不同的是，她们的手足都长在肚子上，下身都拖着一条鱼尾巴。

渔夫随雄人鱼参观妇女城之后，又被带到另一座城市中；见城中到处都是人群，男女老幼都有，形貌跟妇女城中的女人大体相似，每人都有一条尾巴，一个个赤身裸体，不穿衣服，也不见做生意买卖的市场。他不理解此中的道理，便问雄人鱼："老兄，这里的人怎么都赤身露体？为什么都不穿衣服？"

"这是因为海中没有棉布，也不会缝衣服的缘故。"

"老兄，你们是怎样办理婚姻大事的？"

"很多人根本不兴娶嫁、结婚等事，而是男的看中谁，便跟她结合起来，满足自己的欲望完事。"

"这是不合法的。干吗他们不根据教法，先向女方求婚，送给她聘礼，然后举行婚礼，最后结成夫妻呢？"

"因为海里人信奉的不是一种宗教。这里有的人是信仰伊斯兰教的穆斯林,有的是信仰耶稣的基督教徒,有的是信仰摩西的犹太教徒,其他还有各式各样的拜物教。其中做兴婚配的,仅仅是穆斯林而已。"

"你们既不穿衣服,也不做生意买卖,娶亲时,你们是拿什么做聘礼的?用珍珠宝石吗?"

"珍珠宝石对我们来说,像石头一样,没有什么价值,不用来做聘礼。穆斯林中谁要娶亲,他得去打一批各式各样的鱼类,数目是一千或两千条,抑或比一二千多点少点都可以,确切数字,由他本人和岳丈协商规定。待鱼捕足,男女双方的家人和彼此的亲朋,便在一起宴会,庆祝婚礼,送新郎入洞房,新郎新娘便正式结为夫妻。结婚后,通常由丈夫捕鱼供养妻子,要是丈夫无能,便由妻子捕鱼供养丈夫。"

"假若男女之间发生奸通这类丑事,那是怎么处理的?"

"如果犯奸淫罪的主犯是女的,她就被送往妇女城禁闭起来;假若她是孕妇,便待分娩后才执行。要是生下来的是姑娘,就随娘一起进妇女城,被称为淫妇的私生女,让她老死在那里。如果生下来的是儿子,便送到王宫中,让国王杀死他。"

渔夫听了处罚淫妇的办法,觉得非常惊奇诧异。继而雄人鱼带他去别的城市,继续参观、游览。

渔夫去雄人鱼家中做客

渔夫随雄人鱼,从一个城市到另一个城市,继续不停地参观、游览,总共经历八十个大小城市,每个城市中的居民,他们的形貌和风俗习惯都不一样。他怀着惊奇的心情问雄人鱼:"老兄,海中还有其他的城市吗?"

"关于海中的城市和其中的奇观,你看见什么了呢？指仁德、慈良的先知起誓,假若我用一千年的时间,每天带你参观一千座城市,在每座城市里让你看到一千桩奇观,那你所看到的城市及其奇观的数量,比起它的总数来,还不到二十四分之一呢。我带你参观、游览过的城市,仅限于我的家乡地带而已。"

"老兄,情况既然如此,咱们的参观、游览就此告一段落吧,因为我到过的城市和见到的奇观,已经使我心满意足了；再就是生活方面,我跟你在一起,八十天以来,每天早晚所吃的,都是不烧不煮的生鱼,我可吃厌了。"

"你所谓的烧、煮,这到底是怎么一回事呀？"

"所谓烧、煮,是我们的烹调方法；比如同是一尾鱼,我们把它放在火上,用烧或煮的方法,能弄成多种多样而不同口味的食品呢。"

"我们生活在海中,哪儿去找火呢？我们也不知道烧、煮和其他的方法,所以吃的都是生鱼。"

"有时候,我们还用橄榄油或芝麻油煎鱼,吃起来,味道更好了。"

"我们这儿哪里去找橄榄油、芝麻油呢？我们生长在海中,孤陋寡闻,关于你所谈的,我们都不知道。"

"你说得对,不过你此次带我耍过不少城市,只是你居住的地方,还没带我去参观呢。"

"我们现在离我居住的城市有着很长的一段距离,它就在我带你下海的那个地方的附近。我之所以带你老远地到这些地方来,只为让你有机会多参观海中的城市罢了。"

"我参观了这么多城市,已经心满意足。现在一心只盼望去你居住的那座城市里看一看。"渔夫说出他的愿望。

"好的,我就带你去。"雄人鱼说着带渔夫往回走,继续不停地跋涉,终于来到一座城市前,便指着对渔夫说："喏！我就住在这座城市里。"

渔夫一看,见城市不大,比他参观过的城市都小。雄人鱼带他进城,来到一个洞前,指着说:"这是我的家。这座城市中的住宅,都是些大大小小的山洞;其他城市中的住宅,大体都是这种形式,相差不离。海中人要安家的,须先向国王请示,说明愿在什么地区定居,国王便派一队被称为'囊戈尔'的鱼类去他卜居的地方帮盖房屋,用它们那种又尖又硬的利喙,啄山为穴,辟成居室。它们不要报酬,只由主人捕一定数量的鱼供给口粮;待居室啄成之后,便相率归去,主人也便有了居室。海中人的居住、交往,一般说来,大体如此;彼此之间的馈赠、酬劳,总离不开鱼类。"雄人鱼解释一番,接着说:"请进我家去吧。"

渔夫随雄人鱼走进屋去,只听他喊道:"儿啊!"随着他的呼唤声,他的女儿便出现在他面前。渔夫仔细打量,见她有一张圆如明月的脸蛋,一双黑而大的眼睛,身段既苗条,臀部又肥大,披着长发,拖着鱼尾巴,全身一丝不挂。她一见渔夫,便问她父亲:"爸爸,跟你在一起的这个秃尾巴人,他是谁呀?"

"这是我结交的那位陆地上的朋友呀;我每天给你带来的水果,就是他送给我的。你来问候他吧。"

她果然挨到渔夫面前,亲切地向他请安、问好。

雄人鱼对女儿说:"贵客光临,给我们带来福气了;你快去预备饮食款待客人吧。"

她果然端出两尾羊羔一般大的大鱼,款待客人。雄人鱼对渔夫说:"你吃吧。"

渔夫虽然吃腻了鱼肉,可是饥肠辘辘,没有其他食物可吃,只得硬着头皮嚼鱼肉充饥。这时候,雄人鱼的老婆带着两个小儿子回家来。她的相貌雍容、妩媚,两个儿子每人手中握着一尾鱼娃,像陆地上的小孩啃胡瓜似的,正吃得香甜。她一见渔夫和她丈夫在一起,便脱口问道:"这个秃尾巴是什么东西呀?"于是她和两个儿子以及她的女儿,都用惊奇的眼光,注视渔夫的屁股,嘻嘻哈哈地嚷道:"哟!

指安拉起誓,他是一个秃尾巴呀!"他们说着哄堂大笑起来。

"老兄,你带我到你家来,存心让老婆儿女取笑我吗?"渔夫提出抗议。

"原谅吧! 老兄。这是因为没有尾巴的人,在我们这里是不存在的,所以每逢碰到秃尾巴人,总是被带进宫去,供国王开心、寻乐;不过我的儿女年幼无知,拙荆见短识浅,你别跟他们认真。"雄人鱼向渔夫解释、道歉一番,随即大声斥责家人:"你们跟我住嘴!"继而他一本正经地好言安慰渔夫,消除他心中的误解。

渔夫受到国王的优待

雄人鱼正在好言安慰渔夫,消除他的误解、愤怒心情的时候,突然有十个粗鲁、莽撞的彪形大汉闯进家来,冲着主人说道:"阿卜杜拉,国王得到报告,据说你家来了一个秃尾巴人,这是真的吗?"

"不错,喏! 就是这个男人。"雄人鱼毫不含糊地指着渔夫回答他们,"他是我的朋友,上我家来做客的。他待不久,临了我会送他回陆地去的。"

"不带走他,我们是交不了差的。如果你有话要说,请随我们一起进宫去,当着国王的面讲吧。"

"老兄,"雄人鱼回头对渔夫说,"我的辩解够清楚明白的了,我们是不能违拗国王的。走吧! 我陪你一起去见国王;若是安拉愿意,我将在国王御前替你说情、求饶。你别害怕,国王看见你,知道你是从陆地上来的,必然会尊敬你,会放你回陆地去的。"

"按照你的主张行事吧。"渔夫同意去见国王,"一切托庇安拉,我随你去好了。"

雄人鱼陪渔夫随大汉们去到王宫中。国王一见渔夫,大笑一阵,然后说道:"欢迎你,秃尾巴人。"国王左右的人也都哈哈大笑,嚷道:

"哟！指安拉起誓，他是一个秃尾巴人哪！"在一片取笑声中，雄人鱼从容走到国王御前，解释渔夫的情况，说道："这位是生长在陆地上的人，同我有很好的交情。他不习惯跟我们在一起生活，因为他只会吃烧烤或煮熟的鱼肉。恳求主上开恩，让我送他回陆地去吧。"

"情况既然如此，他既然不在海中久留，我就答应你的要求了。等我当客人款待他之后，你再送他回去吧。"国王慨然答应雄人鱼的要求，随即吩咐左右的人："你们快去拿饮食来招待客人吧。"

国王的侍从遵循命令，即时摆出各式各样的鱼肉，把渔夫当上宾招待。渔夫荣幸地做了国王的客人，饱餐了一顿。国王让他讨赏，说道："你希望我赏你什么呢？只管说吧。"

"恳求陛下赏赐一些珍珠宝石吧。"渔夫果然向国王讨赏。

"你们带他上珠宝库去，让他随便挑选吧。"国王慨然答应渔夫的要求，吩咐侍从带他上珠宝库去取。渔夫在雄人鱼的陪同下，随国王的侍从去到珠宝库中，挑选了许多名贵的珍珠宝石，带着满载而归。

雄人鱼同渔夫绝交

雄人鱼带渔夫离开京城，回到自己的家乡，预备送渔夫返回陆地。临别，他取出一个包裹，递给渔夫，说道："请收下这个包裹吧，这是我托你带往麦地那送给先知穆罕默德的一点薄礼，表示我对他的敬仰心情。"

渔夫接受雄人鱼的委托，收下他的寄存物，但不知里面包的什么东西。

雄人鱼送渔夫返回陆地的时候，在旅途中经过某地时，渔夫看见当地的人们欢呼、歌唱、大摆宴席，成群的男妇老幼，欣欣鼓舞地既吃喝又欢唱，俨然是办喜事的场合。他怀着好奇心情问雄人鱼："人们这么高兴,他们是娶亲办喜事吧?"

"他们不是娶亲办喜事,而是死了人在办丧事呢。"

"你们这儿死了人,还要聚众欢呼、歌唱、摆宴大吃大喝吗?"

"不错,我们这儿是这样的。可你们那儿怎么办呢?陆地上死了人,该是怎么来着?"雄人鱼顺便打听陆地上的情况。

"我们陆地上死了人,亲戚朋友都为死者悲哀、哭泣;尤其妇女们,总是批自己的脸颊,撕破身上的衣服,一个个哭得死去活来。"

"把我托付你的寄存物赔还我吧。"雄人鱼睁大眼睛瞪着渔夫说。

雄人鱼索回托渔夫带给先知的礼物,继续送他回到岸上,这才果断地对他说:"我决心跟你绝交了;从今天起,咱们别再见面、往来了。"

"你这是说的什么话呀?"渔夫感到莫名其妙。

"你们生长在陆地上的人类,不是安拉的寄存物吗?"

"不错,是安拉的寄存物呀。"

"可是安拉收回他的寄存物时,你们却不愿退还,甚至于为此而痛哭流涕。情况既然如此,我怎能把送先知的礼物托付你呢?反之,你们每逢生子,便欢天喜地,快乐得了不得;其实新生者的灵魂,原是安拉摆在其肉体中的寄存物,而安拉取回他的寄存物时,你们为什么视为坏事而忧愁、哭泣呢?如此说来,跟你们陆地上的人结交、友好,对我们来说,这是不必要的。"雄人鱼说罢,撇下渔夫,潜水扬长而去。

渔夫把埋藏着的衣服刨出来,穿戴起来,带着珍珠宝石,满载而归。他回到宫中,国王显出渴望、惦念的心情迎接他,感到无限快慰,亲切地问候他,说道:"贤婿,你好吗?你去了这么久才回来,这是为什么呢?"

渔夫把他跟随雄人鱼去海里参观、游览的经过,从头到尾,详细叙述一遍。国王听了海中的奇观异闻,感到惊奇、羡慕。最后渔夫把雄人鱼决心跟他绝交所谈的话,全都告诉国王。国王听了,埋怨他,说道:"你告诉他陆地上的情况,这是你的错误。"

渔夫阿卜杜拉念念不忘雄人鱼,不间断地每天往海滨去,大声呼唤他,希望跟他复交,同他交换礼物,但始终听不到他的回声,也看不见他本人。

渔夫阿卜杜拉不厌其烦地从宫里去到海滨,从海滨回到宫中,每天来回跑一趟。经过漫长的一段时间,显见得没有同雄人鱼复交的希望了,他才断了念头,安下心来,跟岳父母、妻室儿女在一起,过着极其舒适、快乐的幸福生活,直至白发千古。

哈里发何鲁纳·拉施德和
艾布·哈桑的故事

相传哈里发何鲁纳·拉施德执政期间,有一天夜里,他失眠,始终睡不着,因而惴惴不安,便唤马师伦到跟前,吩咐道:"赶快给我找张尔蕃来。"

马师伦遵循命令,即刻请宰相张尔蕃来到御前。哈里发说道:"张尔蕃,今晚我失眠,高低睡不着,不知怎么办才能恢复常态。"

"众穆民的领袖,对付失眠,先哲曾有教言,即照一照镜子,洗个澡,听听音乐,便可消除急躁、不安情绪。"

"这些办法我都试过,可是不管用。指我那廉洁的祖先起誓,假若你不想办法来消除我的急躁、不安情绪,我就砍掉你的脑袋。"

"众穆民的领袖啊!你肯按我的指点行事吗?"

"你指点我做什么呢?"

"恳求陛下带我们乘小艇,去底格里斯河泛舟,以便顺流而下,直往那个叫格尔尼·粟拉颓的地区去。也许在那儿我们会听到从来没听过的音乐,会看见从来没见过的事物呢。因为据说:凭三件事物的一件,是可以驱散忧愁、苦恼的。所谓的三件事,即看一看没见过的事物,听一听没听过的声音,上陌生地方去走走。众穆民的领袖啊!如果按这种说法去做,也许能消除你的急躁情绪呢。"

哈里发何鲁纳·拉施德接受宰相的建议,立刻站了起来,在张尔蕃、斐子鲁、艾布·伊斯哈格、艾布·诺瓦斯、艾布·戴勒福和刀手马师伦的陪同下,一起进入更衣室,大伙儿换穿商人服装,打扮成生意人模样,然后溜出王宫,去到底格里斯河边,乘一只彩船,顺流而下。他们刚到目的地格尔尼·粟拉颏,便听见一个少女的悠扬歌声,伴随着琵琶唱道:

> 酒肴已经预备齐全,
> 丛林中夜莺一声声长啼。
> 试问不耐烦消遣、娱乐的心情要拖延到什么时节?
> 醒来吧! 须知生命不过是暂时借用的东西。
> 请睁开惺忪、倦怠的眼睛,
> 从我这双亲密、友谊的手中畅饮一杯。
> 我在他腮颊上种下一株鲜嫩的玫瑰,
> 他鬓发中便长出石榴。
> 他容颜间残存的爪印,
> 你会说那是腮火燃烧出来的余烬。
> 责难者埋怨我不把他忘个干净,
> 可他是嘴皮上长毛之辈,叫我拿什么话去道歉?

哈里发听了歌唱,说道:“张尔蕃,这歌喉多美啊!”

“主上,这么清脆动听的歌声,我可是从来没听过。不过,主上,在墙外听唱,只算听到一半。要是能在帘外倾听,那该是怎样的感受呢?”

“张尔蕃,咱们进屋去,做他家的不速之客吧。也许咱们能亲眼看见歌唱者本人呢。”

“听明白了,遵命就是。”张尔蕃回答着,与大伙儿舍舟上岸,前去敲那家的大门。

随着敲门声,屋里出来一个形貌昳丽、言语甜蜜、口齿伶俐的年轻人,眉开眼笑地说道:“欢迎,欢迎,竭诚欢迎光临敝舍的诸位客人！恭请各位进来吧。"于是引客人进屋，去到一间方形大厅中。大厅的天花板是镏金的，墙壁粉刷成绀青色。前台上摆着精致的长椅，成百的月儿般的女郎坐在那里。主人出声一喊，她们便鱼贯退了下去。继而主人回头对张尔蕃说："贵客们，我不知道你们的名分、地位，现在凭安拉的大名开始排座次吧。你们中谁的地位最高，请他上座，然后望各位顺序就座好了。"

随着主人的指示，哈里发及其僚属果然依次坐了下来，只是马师伦例外，他一个人站在一旁伺候他们。

"贵客们，请允许我给各位备办些饮食吧。"主人征求他们的意见。

"好啊。"哈里发及僚属们都同意了。

主人一声令下，命仆人摆宴。于是四名缠腰带的女仆，一起端来一桌包罗山珍海味的极其丰盛的筵席。菜肴中有陆地上行走的走兽，空中飞翔的飞禽，海中游泳的鱼虾，诸如沙鸡、鹌鹑、雏鸡、鸽子等，一切应有尽有。餐桌的边缘上，雕刻着诗文；诗文所描绘的景象与当时环境的气氛异常吻合。哈里发及其僚属在主人的陪同下，开怀享受，尽量吃饱喝足，然后起身洗手。

"客人们，"主人说，"诸位若有所需，只管告诉我，让我荣幸地满足诸位的要求吧。"

"好的。"哈里发及僚属同声回答，"我们所以冒昧到府中来打扰你，只是因为在你屋外听了弹唱声，渴望再听一听，并看一看弹唱者的本来面目。若蒙你恩赐，使我们的夙愿得偿，那么你的品德便显得更高贵了。我们听罢弹唱，便向你告辞，各自归去，别的要求没有。"

"竭诚欢迎你们。"主人欣然回答着转向一个黑肤色女仆，说道："去请你的主人来吧。"

女仆去了一会儿，携来一张椅子，安置在台上，又匆匆去了一会儿，带来一个美丽女郎，像十四晚上的月儿那么可爱。那女郎从容坐在椅上，伸手接过女仆手中的缎袋，从里面取出一具镶珠宝玉石、配

备纯金弦马的琵琶,并开始调弦,准备正式弹唱。她的举止动作,恰像诗人的描绘:

> 琵琶在她怀抱里像慈母拥抱孩提,
> 她轻举玉指弹出铿锵旋律。
> 右手稍微弹走音律,
> 左手即刻替它纠偏。

女郎调过弦,便像母亲拥抱婴儿那样,亲切地把琵琶抱在怀里,然后一摸琴弦,便发出婴儿呼唤母亲那样的音调;于是她边弹边唱道:

> 我那得天赏识的、心头上的人儿哟!
> 你只管责备并随意自斟自饮。
> 凡喝融汇着心肝的醇酒,
> 必定能够怡然陶醉。
> 和风把它的重担装在杯中徐徐兴起,
> 你可曾看见圆月手中托着星辰?
> 多少夜晚我曾陪伴它的月儿谈天?
> 那月儿从底格里斯河上空射出灿烂光辉。
> 没落时月儿逐渐偏向西边,
> 它似乎将一柄金宝剑摆在水面。

女郎弹唱毕,痛哭流涕。由于她的弹唱太美妙,在座的人听了,感动得潸然泪下,哭得死去活来,一个个忘其所以,又撕衣服,又打面颊。哈里发拉施德眼看那种情景,心有所感,便对主人说:"这个女郎的弹唱,证明她是离别情人的失恋者。"

"她是丧失父母的一个孤女。"主人解释说。

"这不是为丧父丧母而哀泣,而是为失去爱人而悲伤。"

哈里发本人听了弹唱,感情奔放,回头对伊斯哈格说:"指安拉起誓,像她这样的人儿,我从来没见过呢。"

"主上,我对她钦佩到无以复加的地步;我被她的弹唱感动得不能抑制自己了。"

在那样的情况下,哈里发拉施德仔细打量主人,从他端正朴实的外表,发现他面容憔悴,色黄如蜡,便对他说:"青年人,你知道我们是什么人吗?"

"不知道。"

"你愿意我告诉你大家的姓名吗?"张尔蕃插话说。

"非常愿意。"

"这位是穆民的领袖何鲁纳·拉施德,也就是先知穆罕默德的叔父的后裔。"张尔蕃接着把其余之人的姓名都告诉主人。

经过张尔蕃的介绍,哈里发拉施德便对主人提出要求,说道:"你的脸色为什么这样黄?希望你把原因告诉我,它是先天带来的呢,还是后天出现的?"

"众穆民的领袖啊!我的境遇和经历非常离奇古怪;假若把它详细记载下来,这对后人一定会起鉴戒作用的。"

"告诉我个中的始末吧,也许我能替你治疗的。"

"众穆民的领袖啊!请听我说吧。"

"你快说,我急于要知道个中原因呢。"

于是青年主人开始讲述他的经历:

我原是做海上生意的一个商人,原籍安曼。先父当初也是经商的,资金很多。他拥有三十艘商船,每年的租金三万金。他为人善良,从小教我读书写字,学各种知识。他临终时,把我唤到床前,按传统习惯嘱咐一番,然后与世长辞。在经营生意方面,先父还有几个伙计,替他往海外去经营。

有一天,我同生意人在家里聊天,一个仆人进来,说:"启禀主人:门前有位客人,请求进来见你。"在我的允许下,来人走了进来,把他头上顶着的箩筐放下,并揭开箩盖。箩中装着过时的水果和稀罕的珍馐一类的礼物。那都是我们这里所没有的,因此我非常感谢他,赏他一百金。他谢谢我,告辞走了。

我把水果和其他的礼物分给在座的朋友,并问他们:"这是从哪儿来的?""是巴士拉出产的。"他们回答着便谈论起来,都称赞巴士拉是个好地方,并一致承认任何地方和任何民族都不能同巴格达和巴格达人媲美。他们对巴格达的气候、治安以及巴格达人的性格,尤其夸赞、羡慕不已。

我听了他们的谈论,一心向往,渴望亲身去看一看。于是我行动起来,开始变卖房屋田地和婢仆,并以十万金的代价出卖船只,总共聚积了百万金的现款,其他珠宝玉石除外。继而我租一艘大船,运载钱财什物,航行了几昼夜,直抵巴格达。在那里,我打听商人聚居的地方和最好的住宅区。有人告诉我:"库尔胡区最好。"我找到库尔胡区,从宰尔斐拉尼胡同里赁了一幢房屋,定居下来。

过了一些日子,我随身携带些金钱,出去游览。那天正是星期五聚礼日,我顺便去到一个叫曼稣尔的清真寺参加聚礼。做过礼拜,走出清真寺,跟人们一起去到一处叫格尔尼·粟拉颓的地区。那儿有一幢地基既高,建筑又讲究的建筑,露台俯视河岸,门窗雕刻得非常别致。我跟随人们过去看热闹,见一个衣冠楚楚、老态龙钟、须眉皆白的老头子坐在那儿。他身上散发出馨香气味,正在梳理他的胡须,分两行披在胸前,形如银丝;另有四个婢女和五个仆童在身旁小心翼翼地伺候他。我打听他的姓名和职业,有人告诉我:"他叫塔锡尔·本·尔辽五,是开窑子的。进他妓院的人,管吃管喝,还可观看、接触很多美人呢。"我说道:"指安拉起誓,这样的地方,我早就寻找它了。"我毫不犹豫,即刻走到老头面前,问候他,说道:"老人家,我有事要求你。"

"你需要什么呢?"老头子问我。

"今夜里,我希望做你的客人呢。"

"竭诚欢迎你,我的孩子,我这儿的丫头多着呢。有每夜身价规定为十金的,也有每夜身价更高的。你要哪一等?自己选择吧。"

"我要每夜身价十金的。"我说着称了三百金兑给老头了,作为一个月的宿院费。

老头子收了宿院费,把我交给一个仆童。那仆童带我去妓院的澡堂中沐浴,并殷勤招待我。洗过澡,仆童带我离开澡堂,去到一间小屋门前。他一敲门,房门开处出来一个女郎。仆童对她说:"接待你的客人吧。"那女郎笑容可掬地热情接待我,把我引进屋去,是一间刷金的玲珑卧室。我仔细端详,见女郎像满圆的月儿那样美丽。她的两个婢女,像两颗明星那样活泼可爱。女郎让我坐,同时她在我身边坐下,并向婢女示意。一会儿,两婢女端来饮食。菜肴中有各种肉食,如母鸡、鹌鹑、沙鸡、鸽子等,应有尽有。女郎陪我一起吃喝。菜肴丰富、精美,有的是我生平没吃过的。

我同女郎吃饱饭,婢女收拾碗盘,然后摆出酒肴、甜食、水果和鲜花,供我尽情享受。在那样的吃喝玩乐中,我同女郎欢度了一个月。一个月后,我去澡堂沐浴,接着去见妓院老板,说道:"老人家,现在我需要一个每夜身价二十金的女郎呢。"

"可以,你称金子给我好了。"老板慨然答应我的要求。

我匆匆回到家中,取些金币带在身边,然后转回妓院,称了六百金给妓院老板,作为一个月的宿院费。老板收了钱,唤仆童到跟前,吩咐道:"带客人去见你的主人吧。"

仆童带我上澡堂去,伺候我洗澡,然后引我去到一间宿舍门前。他一敲门,里面便应声出来一个女郎。仆童对她说:"接待你的客人吧。"他交代毕匆匆归去。

那女郎热情接待我,吩咐她的四个婢女端来丰盛的饭菜款待我。待我吃饱喝足,婢女收去碗盘,她才抱起琵琶,边弹边唱道:

> 随着和风从巴比利飘来的麝香馨气,
> 劳驾替我给爱人捎去渴慕的音信。
> 那里人杰地灵,爱人更高贵,
> 因此我许下去那儿安家、卜居的诺言。

她是当地谈情说爱者追求的鹄的，
但任何英豪的要求都遭到拒绝。

我在女郎屋里同她欢度了一个月，然后去见老板，说道："老人家，我要一个每夜身价四十金的女郎呢。"

"你称金子给我好了。"老板满口应诺。

我称了一千二百金给老板，作为一个月的宿院费，同另一个女郎度月如日地生活了一个月。眼看那么美妙的环境和优越的生活，我流连忘返，怀着难分难舍的惜别心情去见老板。那时已是天黑时候，忽然听见一片喧哗嘈杂声，便问他："这是怎么一回事？"

"今晚是我们这里格外热闹的一夜，大家欢聚一堂，借此机会互相观摩取乐。你愿意上屋顶去看一看吗？"

"是啊，我愿意去看一看。"我回答着走上屋顶去，举目一望，见那里挂着讲究的帷幕，幕后的宽阔空间里摆着长靠椅，椅上铺着华丽的绒毯。一个窈窕美丽、非常可爱的女郎坐在靠椅上，紧挨她身旁坐着一个小伙子，搂着她的脖子，彼此卿卿我我地谈情说爱，互相亲嘴。面对这种情景，我被她的姿色所吸引，不能控制自己，陷于恍惚迷离状态，茫然不知身在何处。我看了那种情景之后，仍回到我寄宿的那间寝室里，向同我一起生活的那个女郎打听消息，把楼上那个女郎的形貌告诉她。

"你问她有什么打算呢？"她觉得奇怪。

"指安拉发誓，我叫她给迷住啦。"

"艾布·哈桑啊！"她笑了一笑，"你对她有所企望吗？"

"不错。指安拉起誓，我的魂魄叫她勾去了。"

"她是我们老板塔锡尔·本·尔辽五的女儿，也是我们的小姐；我们都是她的丫头。艾布·哈桑呀！你知道她每夜的身价吗？"

"不知道。"

"五百金哪。这个数字，在一般帝王将相看来也不算小；让他们花这笔钱，也是极不愉快的。"

"指安拉起誓,为了那个女郎,我不惜挥霍全部财产。"当天晚上,我为那个女郎,整夜受折腾,通宵不能入睡。

次日清晨,我上澡堂去沐浴,然后整理衣冠,穿着最华丽的衣服,随即去见妓院老板,说道:"老人家,现在我要一个每夜身价五百金的女郎呢。"

"给我称金子好了。"

我称了一万五千金,作为一个月的宿院费交给老板。他收下钱,即时嘱咐一个仆童:"带他去见小姐吧。"于是仆童引我去到一幢无比富丽堂皇的屋子里。那么讲究的住室,是我生平没见过的。我一进屋去,便见那个女郎坐在屋里。她的窈窕美丽形貌,顿时使我堕入迷网。她像十四晚上的明月那样美丽、可爱,恰如诗人的描绘:

一

假若她向偶像的崇拜者抛头露面,
他们必然因她而抛弃神灵。
如果她向海洋吐出一口唾液,
咸水一定因它变得甘甜。
她若在东方的一个和尚面前出现,
他势必转身向西方前进。

二

我举目向她一瞥,
她那绝世的倩影使我心神迷离。
幻觉透露我钟情她的消息,
她腮上便留下幻觉的痕迹。

我问候她。她说道:"竭诚欢迎你。"她说着站起来,牵着我的手,让我在她身边坐下。因为我过分爱她,所以喜极而悲,忍不住热泪夺眶而出。当时我一心所顾虑的是离愁,怅然吟道:

> 我留恋欢度过的良夜却不为它而欢快，
> 因为时日会带来再碰头的机会。
> 我讨厌欢聚的时日，
> 因为凡事随之而来的不外乎消失。

她温存和蔼地同我交谈，使我感到无限慰藉，一下子淹没在爱情的汪洋里。由于我过分钟情她，爱恋她，便自然顾虑到一旦离散时必然要遭受的苦楚。于是，我想到别恨离愁，凄然吟道：

> 想到离开她怀抱时的孤独、寂寞情形，
> 眼泪像"奥歹木"①那样滚滚奔流。
> 我贴在她脖子上拭去泪水，
> 因为樟脑有止血的习性。

她吩咐婢女预备饮食招待我。于是四个发育正旺盛的婢女，便急急忙忙摆出一桌筵席。桌上摆满肉食、水果、甜品、酒肴、馨花。食物既丰盛，又可口，显然那是适合帝王享受的饮食。女郎陪我饱餐之后，随即在馨香萦绕的气氛中，斟酒开怀畅饮。当时那种豪华享乐派头，显然是皇宫中才具备的景象。继而有个婢女拿来一个绢袋。女郎接过去，从里面取出一具琵琶，抱在怀里，举指一弹，便发出铿锵的音调，像婴儿呼唤母亲的吼声，非常动听。接着她边弹边唱道：

> 只能从小羚羊手中干杯，
> 她可以陪你边饮边悄悄谈心。
> 除非斟酒者露出满面春风的笑颜，
> 干杯者不可能尽尝酒的甜蜜。

就在那样吃喝玩乐的情况下，我一直跟女郎在一起，直到我手中的钱财挥霍光了，这才意识到快要同女郎分手，因此在她面前，我忍

---

① 一种可作染料的植物。

不住伤心,眼泪像河水那样淌流,兼之神志恍惚、迷离,简直到了连昼夜都分辨不清的地步。

"你干吗哭泣?"女郎觉得奇怪。

"我的主人啊!"我回道,"从我上你这儿来的那天开始,一直延长到现在,令尊每夜收我五百金。现在我的钱财全部花光,一文钱也没剩了。诗人吟得好:

> 本地的穷人,
>
> 历来被视为异乡人。
>
> 他乡的富人,
>
> 向来被指为本地人。

这话说得好,是千真万确的。"

"你要知道,家父的习惯是:凡同他交往的生意人,如果一旦穷下来,便当客人免费招待三天,然后让他一去而不复返。不过我希望你严守秘密,别透露你的真情实况,由我来想办法,尽可能延长你和我同居的日期,这是因为我太爱你的缘故。你要知道:家父的全部钱财都在我的掌握中,连他自己也不知道确切的数目。今后,我每天给你一个钱袋,里面盛着五百金。你把它交给我父亲,告诉他说,往后只能按日付款了。你给他的钱,他会原样交给我的,同样我再转手把它交给你应用,如此循环持续下去,暂且这么过着,再看安拉如何安排好了。"

女郎关怀、照顾我,想办法拯救我,使我感激涕零。我亲切地吻她的手,感谢她。后来果然按她的办法行事,我继续跟她生活在一起,直过了一年整,不幸的事终于发生了。原因是这样的:有一天,女郎生气,痛打她的婢女。那婢女反抗她,愤然说道:"指安拉起誓,我要报复,要像你打我那样,也非叫你心痛一下不可。"于是她奔到老爷跟前去告密,把我同女郎之间的秘密,从头到尾叙述一遍。塔锡尔·本·尔辽五听了婢女的揭发,一下子蹦跳起来,即刻来找我。当时我正同他女儿谈心。

"艾布·哈桑。"老板大声唤我。

"哦！老爷有何吩咐？"我应声伺候他。

"按我们的习惯说，凡到这儿来串要的商人，在他一旦变穷的时候，我们便当客人免费招待他三天。你可是在我们这儿吃喝玩乐，为所欲为地待满一整年了。"他说着瞅仆从一眼，吩咐道："给我剥掉他的衣服吧。"

仆从们遵循主子的命令，果然动手脱下我的衣服，换给我一身只值五块钱的旧衣裳，另赏我十块钱。接着老头子对我说："去吧！我不打你，也不骂你。快去你的吧！你要再在此地待下去，生命就没保障了。"

我被迫离开那儿，茫然不知该向何处。当时人世间的忧愁、苦恼全都集中在我身上。我满腔郁结，暗自叹道："我以三十艘商船的售价，总计一百万金，从安曼带到这儿来，竟全数花在这个老龟公家中。到头来，我只剩下一副破碎的心肝、一具赤裸裸的躯壳而被撵了出来。全无办法，只盼伟大的安拉拯救了。"

我在巴格达逗留了三天，既没吃饭，也没喝水。第四天，我知道有船开往巴士拉，便向船主租个船位，这才离开巴格达。船航行到巴士拉，我进入市区，饥肠辘辘，正走投无路的时候，叫一个食品杂货商店的老板看见了。那商人挨到我跟前，拥抱我。原来他是先父的朋友，是世交，我也认识他。他问我的情况。我把自己的遭遇，从头到尾，详细叙述一遍。他听了说道："指安拉起誓，这不是智者所做的事。你既经这样的遭遇，今后打算怎么办呢？"

"我自己也不知道该怎么办才对。"

"你愿意跟我在一起，替我管理账目吗？除了管你吃喝外，每天你还有一块钱的收入呢。"

我答应替他管账，便跟他在一起，整整过了一个年头。后来我用积蓄的钱小本经营，做些买卖，直至手中的积蓄满一百金时，便在海滨附近租了一间小屋住下来,等海外船只运货物来时,收购一些,带往巴格达销售,赚些钱用。就在那样的情况下,有一天果然有艘商船到港停泊。一般生意人纷纷前去做买卖。我随他们一起去到码头,见两个商人离船登陆,摆两张椅子刚坐下来,生意人便拥过去跟他俩谈买卖。他俩吩咐仆人一番,接着仆人按指示行事,有的拿地毯铺在地上,有的携来背囊,放在商人面前。那商人从背囊中取出一个皮袋,解开袋口,然后提起皮袋往地毯上一倒,霎时间各种颜色的宝石、珍珠、珊瑚、玉石、玛瑙这一类的珍宝便堆积在地毯上,光彩夺目,商人们一个个望着直发愣。这时候坐在椅上的另一个商人,瞅着生意人们说道:"各位客商,今天我不太舒适,疲劳不堪,因此不打算做买卖了。"于是生意人们便向他的伙伴争相竞买。而那个珠宝商人,他原是认识我的,所以当竞买者把货价增到四百金时,他便开口问我:"你干吗不说话?为什么不像其他生意人那样增价竞买呢?"

"朋友,指安拉起誓!我的整个家当都完了,目前除身边仅存的一百金,其他一无所有。"我在他面前,感到无地自容,不禁凄然落泪。

那商人眼看我的窘态,顿生同情怜悯心肠。他沉思一会儿,随即对竞买的生意人说道:"现在我把这些珠宝玉石,以一百金的代价卖给此人了,请各位做见证人吧。我的这些货物,本来是值几千金的,如今当礼物送给他。"他说罢,把背囊、皮袋以及地毯上的珍宝,一股脑儿递给我。我万分感谢商人,而当时在场的生意人,也百般赞扬他的慷慨行为。

我携带那些珍宝,上珠宝市做起生意来,既买进,同时也卖出,一下子变成珠宝商人。那些珠宝中,有一颗扁圆形的宝石,原是学人制作出来当护符使用的,约半磅重,色红而透明,两面刻有几行蚂蚁足迹般的字体。当时我并不知道它的用途。

我继续做了一年的买卖,那颗扁圆形的宝石却碰不上顾主。我拿着宝石叹道:"经过这么长的时间,这颗宝石还卖不出去。我不知道你到底值多少钱,也不知道你管什么用。"于是把它交给掮客,托他代卖。

经纪人拿宝石去兜了一圈,仍拿回来对我说:"人家只肯出十块钱,你卖不卖?"我回道:"这个价钱不卖。"经纪人扔下宝石,扬长而去。

过了些日子,我再拿那宝石去兜售,顾客只肯出十五块钱收买。我生气,从经纪人手中收回宝石,从此摆下来不动它。我对这种滞销货,一见就生气,但事出意外。有一天,我坐在铺里做买卖的时候,一个外路顾客到我铺中,照例打招呼问候我,然后说道:"你允许我翻一翻你的存货吗?"

"可以的。"我答应他的要求。

那顾客果然把我的存货翻检一通,从中只挑出那颗刻有字迹的宝石。他一发现那颗宝石,便喜不自禁地边吻自己的手,边说道:"感谢安拉!"继而他问我:"老板,这颗宝石卖不卖?"

"卖。"我怒气冲冲地回答。

"要多少钱?"

"你出多少呢?"

"出二十金币好了。"

"去你的吧!"当时我总认为他是奚落我。

"五十金币吧。"

我一时拿不定主意,没作声。他便迫不及待地说:"一千金好了。"

尽管顾客出一千金的高价,我仍默不作声,不同他交谈。他却笑起来,问道:"你干吗不回答我?"

"去你的吧!"我几乎跟他吵起架来。

后来他从一千金开始,接着一千金、一千金地继续增价,我可是始终不回答,直至他说:"两万金卖不卖"时,我仍以为他是奚落我。这时候,围着我们看热闹的人群中有人开腔说:"卖给他吧。若是他不兑钱买下,咱们群起而攻之,把他驱逐出境。"

"你是来买东西呢,还是在和我开玩笑?"我问那顾客。

"你是卖东西呢,还是在奚落我?"顾客反问我。

"我是卖东西的。"

"那么我愿以三万金买它。你快做决定吧,我好给你兑款。"

"你我之间的这宗买卖,我请在场的人做见证人,并提出下面这个条件:你必须告诉我这宝石的价值和用途。"

"只要你决心卖它,我便告诉你它的用途和价值。"

"我决心卖给你了。"

"我们所交谈的,有安拉做见证。"顾客取出金币兑给我,这才收下宝石,把它装在衣袋里,然后从容问道:"这场买卖,是你自愿的吗?"

"不错。"我说,"是我自愿的。"

"我同掌柜之间做成这场交易,是他本人自做决定后,我们两相情愿的,而且他已收下三万金。这请在场的各位做见证人吧。"顾客对前来看热闹的观众说了这一通,接着回头对我说:"指安拉起誓!告诉你这个可怜人吧:假若你稍慢一步才决心出卖这颗宝石,那么我会把它的价钱增加到十万金,甚至于增到百万金呢。"

众穆民的领袖啊!我一听这话,猛受刺激;一气之下,脸色顿时改变,面黄如蜡。结果,从那时开始,直到现在,我的脸上便留下你所见的这种黄色痕迹,至今面容上的血色,始终未恢复。后来我忍气吞声地问那个顾客:"那是为什么呢?这颗宝石到底有什么用途呢?"

"告诉你吧:印度国王有个女儿,能同她媲美的女子,人世间是找不到的。可惜她患头痛症,因此国王召集一班文人、学士和卜卦者替公主治病,可是他们一个个束手无策,根治不了公主的疾病。当时我也是参与其事的人,所以自告奋勇,向国王建议,说道:'主上,我认识一位叫萨尔顿拉的巴比伦人。他对这类疾病的识见最广,经验阅历最丰富。如果陛下认为有必要求教于他,那就派我去吧。'国王

164

采纳我的建议,同意派我去;我便要求说:'给我一颗玛瑙吧。'国王果然满足我的要求,给了我一颗硕大的玛瑙,并为我预备了十万金和其他名贵礼品。于是我携带财物,动身旅行到巴比伦,找到萨尔顿拉长者,送他十万金和贵重礼品。他收下财物,随即请来一名雕刻匠人,把玛瑙交给他琢磨成护符。在匠人琢磨期间,萨尔顿拉长者花了七个月的工夫,从事观察星宿,最后才择定时间,动手在玛瑙上写了你所看见的这些符录,再经匠人雕刻,做成这个护符。之后,我带着护符赶回印度,呈献给国王。国王拿护符放在他女儿身上,公主的疾病便即刻痊愈。当初,公主是被四根铁链捆绑着的,每夜有一婢女陪她过夜,可是还不到天亮,那婢女便死在她手里。然而从这护符放在公主身上之时起,她便恢复健康,因此国王喜不自胜,既赏我衣服,又花很多钱财,广施博济。后来国王把护符系在公主的项链上,以便经常戴在脖上保佑她。有一天公主和婢女们乘船在海中泛舟寻乐。当时一个婢女伸手戏弄公主,不想竟把她的项链碰断,珠子和护符都沉入海底。打那时起,公主的痼疾复发,国王感到忧愁、苦恼,给我许多金钱,吩咐道:'去见那位长者,求他替公主另做一个护符,拿来补偿遗失的吧。'我奉命兼程赶到巴比伦,才知萨尔顿拉长者早已过世。我败兴而返,向国王报告旅行经过。国王派我和另外十人,分道奔赴各方,替公主寻找治病的药。在安拉的安排下,我自己终于在你这儿碰见这颗护符了。"

那顾客叙述个中情况之后,携带护符走了,而遗存在我腮上的这种黄颜色,便是这桩事情所造成的。后来我携带全部财物,再次去到巴格达,在原来居住的那幢屋子里住下。次日清晨,我穿戴齐全,径向塔锡尔·本·尔辽五家去走走,也许能看一看我心爱的人儿,因为我爱她的心肠仍丝毫不变的缘故。我到达塔锡尔门前时,见窗户已经倒塌了。我向一个青年打听消息,问道:"塔锡尔老人家的情况如何?"

"告诉老兄吧:有一年,一个叫艾布·哈桑的生意人,跟他的女儿同居过一些时候。后来那生意人的钱花光了,老头子就狠着心把他撵走。不过他女儿原是非常钟情于艾布·哈桑的,因离散而患重病,已濒于死亡的境地。他父亲知道个中的真情实况时,马上派人跟踪,到处寻找艾布·哈桑,并出重赏,愿给带艾布·哈桑回来的人十万金的赏钱。可是谁也没看见艾布·哈桑,一点儿踪影没有。如今他女儿病得快要咽气了。"

"她父亲的情况如何?"

"他受的灾难太大,一气之下,终于把手下那些娘儿全都卖了。"

"我可以把艾布·哈桑指给你看吗?"

"老兄,指安拉起誓,求你把他指给我看吧。"

"你快去见塔锡尔老头子,对他说:'艾布·哈桑站在你门前了,给我赏钱吧。'"

那个青年像磨坊中脱轭的骡子,一溜烟跑进屋去。一会儿那青年陪塔锡尔一起出来。老头子亲眼见我到他家来,便履行诺言,赏青年十万金。青年拿着赏钱祝福我一番,欣然归去,老头子这才迎向我,拥抱我,边哭泣,边说道:"我的孩子哟!这期间你躲到哪儿去了?你走后,小女想念你,差一点把命送了。"于是带我进他家去。到了屋里,他立刻跪下去,祷告起来,表示虔诚感谢,喃喃地说道:"万分感谢安拉,是他使我们重相会呀。"继而他进入女儿的卧室,对她说:"安拉恢复你的健康了。"

"除非同艾布·哈桑见面,我的病是不会痊愈的。"

"如果你吃些饮食,进澡堂洗个澡,我这就叫你同他见面了。"

"这话是真的吗?"

"指伟大的安拉起誓,我所说的,全是真的。"

"指安拉起誓,若能见他的面,我这就不需要吃喝了。"

塔锡尔老头听了女儿的话,便吩咐童仆:"去请你的主人来见小姐吧。"

我随童仆进入室内,挨到小姐床前。她一见我,由于兴奋过度,

一下子晕倒了。一会儿,她慢慢苏醒过来,欣然吟道:

> 一对生离死别的伴侣,
> 总以为从此绝无谋面的机缘。
> 安拉一旦让他俩重逢、聚首,
> 便不期而然地相遇。

她端端正正地坐起来,说道:"艾布·哈桑啊!指安拉起誓,当初我认为除非在梦中,我是不能同你见面的了。"于是她拥抱我,喜极而悲,说道:"艾布·哈桑啊!现在我要吃喝了。"

婢女们给她端来饮食,供她吃喝。从此我跟她生活在一起,相亲相爱地过愉快舒适生活。经过一番调养,她的健康逐渐恢复,容光焕发如初,比从前更美丽可爱。这时候,塔锡尔·本·尔辽五邀请法官和证人,前来替我和她办理结婚手续,写了婚书,备办丰富筵席,把女儿正式嫁给我。结婚后,我和她过着相亲相爱的夫妻生活,至今已生男育女,彼此间情投意合,恩爱如初。

年轻的主人谈了他自己的经历,随即起身退出客厅。一会儿,他带来一个标致漂亮的男孩,回到哈里发面前,吩咐道:"给众穆民的领袖行礼吧!"孩子即时跪下去吻地面。哈里发眼看那孩子的活泼优美姿态,不胜惊奇之至,对安拉创造的奥妙,一时赞不绝口。

哈里发何鲁纳·拉施德率领僚属,向艾布·哈桑告辞。在回宫途中,他对所遇见的这件事,仍念念不能忘怀,说道:"张尔蕃,这的确是一桩奇事,是我生平所见所闻中最稀奇古怪的事呢。"

哈里发回到宫中,刚坐下,便呼唤马师伦。马师伦闻声应道:"主上有何吩咐?臣听候着呢。"

"命令你把巴士拉、巴格达、呼罗珊这三个地方的税款,全都给我搬来,堆在这间大厅里。"

马师伦遵循命令,急急忙忙从事搬运,而税款数量之多,难以计算。搬运毕,哈里发才呼唤张尔蕃。张尔蕃应声道:"参见主上,臣听候着吩咐呢。"

"你去把艾布·哈桑带进宫来。"

"听明白了,遵命就是。"张尔蕃遵循命令,果然去到艾布·哈桑家中,把他请进宫去。

艾布·哈桑来到哈里发何鲁纳·拉施德面前,诚惶诚恐地跪下去吻地面,听候吩咐。当时他惶惑不安,认为是哈里发在他家中做客时,他犯了什么过失,才找他进宫来的。

"艾布·哈桑。"哈里发呼唤他。

"奴婢伺候着众穆民的领袖呢。愿安拉长期恩赐陛下。"

"你揭开门帘,朝里面看吧。"原来哈里发吩咐将三个地区的税款堆集在大厅中,并挂上门帘,把税款遮蔽起来,等待艾布·哈桑自己去发现。

艾布·哈桑遵循命令,揭起门帘一看,顿时被厅内的巨款吓了一跳,茫然不知所措。

"艾布·哈桑,是这笔钱的数量大呢？还是你从护符价格上所损失去那笔钱的数量大?"

"众穆民的领袖啊！这笔钱的数量,比那笔钱的数量大好多倍呢。"

"你们都来做见证人吧！"哈里发对在场的人说,"现在我把这笔钱赏给这个青年了。"

艾布·哈桑立刻跪下去吻地面,表示万分感激。当时他情绪激动,既感觉惭愧,又喜极而泣。他哭泣时,泪水流经腮颊,面孔上的血液便随之而恢复过来,于是乎他的面容顿时放出光泽,像十四晚上的月儿那样明亮。

哈里发眼看那种情景,欣然说道:"安拉是唯一的主宰。赞美使情况变化无穷的安拉。安拉是永存不变的。"于是吩咐取来一面镜子,给艾布·哈桑照一照自己。

艾布·哈桑一照镜子,见自己容光焕发,前后判若两人。他这一喜非同小可,马上跪下去祷告,叩拜安拉,表示衷心感谢。

哈里发吩咐把全部税款送往艾布·哈桑家中,并嘱咐艾布·哈桑经常到宫中来陪随他,做他的亲密随从朋友。

艾布·哈桑从此一跃而为哈里发何鲁纳·拉施德的亲信朋友,经常出入宫门,陪随哈里发吃喝玩乐,过着舒适的生活,直至白发千古。

伊补拉欣和赭米莱的故事

伊补拉欣悄然做巴格达之行

相传从前埃及的执政官海绥补有一个儿子,叫伊补拉欣,人生得非常俊秀,是当代首屈一指的美男子。海绥补爱子心切,为避免发生意外,加意保护他,除星期五去清真寺做聚礼外,平时不让他外出。

有一次,伊补拉欣上清真寺去参加礼拜,从一家书铺门前经过,见书籍特多,便下马走进书铺,跟老板坐在一起,随手拿起一本书,翻着仔细观看。无意间发现一张女人的画像,跟活人一模一样,栩栩如生,容貌之美,是人世间找不到的。伊补拉欣的心,一下子叫画中人吸引住了,百般惊羡,爱不释手。于是对老板说:"老人家,把这张画卖给我吧。"

老板听伊补拉欣要买书中的画像,大吃一惊,赶忙跪倒在他面前,边吻地面,边说道:"少爷,不要你的钱,你拿去好了。"

伊补拉欣慨然给老板一百金,买下那本有插图的书籍,从此爱不释手,随时翻阅,仔细欣赏,对画中人一见倾心,钟情得日夜伤心饮泣,甚至于到了废寝忘食的地步。后来他暗自说:"假若我去找书铺老板,向他打听这张画像的制作者,然后再找画家求教,也许他会告诉我画中人的实情呢。如果画家所画的实有其人,我便想法去向其家人求婚。假若画家画的纯属想象人物,我就该抛弃痴情,不再为虚幻之事而折磨自己了。"

伊补拉欣打定主意之后,就趁星期五上清真寺参加聚礼的机会,再一次进书铺去看老板,说道:"老伯,告诉我吧:这张画像到底是谁画的?"

"少爷,这张画是一个巴格达人画的。他叫艾布·高西睦·桑德辽涅。据说他住在一条叫克尔虎的胡同中。至于他所画的是谁,就不清楚了。"

伊补拉欣向老板告辞,默然离开书铺,小心翼翼地避免家族中任何人注意他的举止动静。他径往清真寺参加聚礼毕,随即匆匆转回府第,悄悄地预备一个行囊,装满金钱和价值三万金的珠宝,耐心等到天亮,才悄然离开府第,跟随一个商队出走。旅途中他碰见一个游牧人,便跟他交谈,说道:"老伯,从这儿上巴格达去,有多少路程?"

"打这儿上巴格达去,当中有两个月的行程呢。"

"老伯,你若把我一直带到巴格达,我除了酬劳你一百金,还要把我胯下这匹值千金的坐骑也送给你。"

"一言为定,我同意带你去,我们之间的交往,有安拉做证。不过今天晚上,你只能跟我在一起过夜。"

伊补拉欣答应游牧人的要求,当晚果然同他住在一起。次日清晨,游牧人带伊补拉欣抄小道赶路程,企图把他允许送他的那匹坐骑很快得到手。于是他俩不断地跋涉,终于到达巴格达城外。这时候,游牧人对伊补拉欣说道:"我的主人,这就是巴格达城。感谢安拉,咱们平安到达目的地了。"

伊补拉欣感到无限快慰,纵身跳下马来,欣然把坐骑和一百金作为报酬,送给游牧人,才彼此分手,各奔东西。

伊补拉欣寄宿在艾布·高西睦·桑德辽涅家中

伊补拉欣携带行囊进入巴格达城,沿街打听克尔虎胡同和市场的所在。他边行边打听,偶然来到一条小巷口,里面有十户人家;当中的房屋共分两排,屋门互相对立。靠巷口那户人家的两扇大门上装饰着银环,门前的两条石凳是云石砌的,铺着华丽的垫褥。凳上坐着一个男人。那人形貌端正,态度威严,衣冠考究,身边有五个仆童伺候。仆童们一个个生得眉清目秀,活泼伶俐可爱。面对那样的情景,伊补拉欣觉得情况跟书铺老板所叙谈的大体相似,因而内心有所会悟。于是他向那人打招呼、问好。那人回问一声,起身迎接伊补拉欣,让他坐下,并和他寒暄、交谈。伊补拉欣说道:"我是外路人,要找个地方住宿。求你行个好,替我在这条胡同中物色间房子,暂作寄宿之用。"

那人听了伊补拉欣的请求,高声喊道:"埃佐莱!"随着他的呼唤,屋里出来一个女仆,应声道:"来了,听候老爷吩咐呢。"

"你带几个仆人,去把那间屋子打扫、收拾出来,并将日常生活起居所需之物都准备齐全,让这位漂亮小伙子居住、使用吧。"

"听明白了,遵命就是。"女仆应诺着退了下去。

房主带伊补拉欣去看房子的时候,伊补拉欣问道:"请问房东:这屋子该付多少租金?"

"漂亮小伙子,无论你在这儿住多久,我都不收你的租钱。"

伊补拉欣非常感谢房东的好意。接着房东大声呼唤另一个女仆的名字,一个眉开眼笑的婢女便应声出来伺候他。房东吩咐道:"给我们拿棋来吧!"

女仆遵循命令,即刻拿来象棋,其余的仆人赶忙把棋盘摆起来,房东这才问伊补拉欣:"你愿意同我下棋吗?"

"非常愿意。"伊补拉欣回答房东。

于是房东同伊补拉欣对弈起来。他俩继续下了几盘,伊补拉欣都赢了。他的棋艺博得房东钦佩,恭维道:"你真是一位全才呢。指安拉起誓,在巴格达城中,谁都不是我的对手;这回我可是你手下的败将了。"

房东和伊补拉欣刚下完棋,女仆埃佐莱和其他仆人也完成任务,把客人的住房收拾、摆设妥帖,房东便将锁房门的钥匙交给伊补拉欣,说道:"小伙子,你不先上我家去吃一顿饭吗? 这是我们引以为荣的事呢。"

伊补拉欣接受邀请,随房东进入室内,只见满屋金碧辉煌,墙上挂着的图画和一切家具、摆设,数量既多而又名贵、华丽;那种阔气景象,实在不是语言可以形容的。房东热情接待伊补拉欣,吩咐仆人摆宴。仆人先抬来一张也门匠人制造的餐桌,然后端出各种菜肴,摆满一桌;这样丰富、可口的饮食,实在是不可多得的。伊补拉欣同东道主一起大嚼特嚼,饱餐一顿,然后起身洗手。继而他举目环顾室内的陈设,并顺便看一看他随身带来的那个行囊,但只见它已不翼而飞了。这一惊非同小可,他暗自说道:"全无办法,只盼崇高、伟大的安拉救援了。我吃这顿饭的代价太大了;一口饮食的价值,简直超过两块钱了;我那盛着三万金的行囊,显然丢失定了。现在除向安拉求援外,能有什么办法呢?"在那样情况下,他只得缄默不语,无法开口说话。

这时候,东道主已为伊补拉欣摆下棋盘,对他说:"你还愿意跟我下棋吗?"

"愿意。"伊补拉欣满口应诺,随即跟东道主对弈起来,结果输了,他称赞东道主说:"你下得好。"于是站了起来,决心不再下棋。

"小伙子,你怎么了?"东道主觉得奇怪。

"我要去找行囊呢。"

东道主起身进入房内,把行囊拿了出来,说道:"喏,我的孩子。

行囊在这儿。你还跟我继续下棋吗？"

"下的。"伊补拉欣欣然应诺，再一次同东道主对弈起来。

这次东道主输了，便对伊补拉欣说："当你想着行囊时，我就赢了。当我把行囊拿给你时，你便赢了。孩子，告诉我吧：你是从哪儿来的？"

"我是从埃及来的。"

"你上巴格达来做什么呢？"

伊补拉欣拿出画像给东道主看，说道："老伯，我父亲叫海绥补，是埃及的执政官。我在一个书商铺里发现这张画像，就被画中人给迷住。我打听这画的制作者，有人说这画是一位巴格达人画的，他住在克尔虎胡同中，名叫艾布·高西睦·桑德辽涅。听到这个消息，我携带盘缠，不辞跋涉，一个人悄悄地旅行到这儿来。现在恳求老伯索性行好行到底，告诉我艾布·高西睦的住址，以便我去找他，好问他为什么画这张像？画的又是谁人？待问明这件事，无论他要什么，我都愿意奉承他。"

"指安拉起誓，我的孩子，告诉你吧：我本人就是艾布·高西睦·桑德辽涅。命运把你驱使到我身边来了，这件事真奇怪。"

伊补拉欣听了艾布·高西睦之言，立刻趋前，热情地拥抱他，亲切地吻他的头和手，说道："请看安拉的情面，求你告诉我：画中人她是谁呀？"

"听明白了，遵命就是。"艾布·高西睦回答着站起来，打开书柜，取出几本书籍，其中都插有同样的画像。他边让伊补拉欣看书中的画像，边解释道："我的孩子，告诉你吧：这张像我原是画的我叔父的女儿，她叫赭米莱。她父亲是巴士拉的执政官，名叫艾布·勒伊斯。赭米莱生得如花似玉，人世间的妇女没有谁能和她媲美。然而美中不足，她生性乖张，向来讨厌男子，在她面前简直不能提男人的事情。我曾征求叔父的意见，恳求把赭米莱嫁给我，我不惜多花聘金娶她，然而没得到叔父的同意。后来赭米莱知道此事，大发雷霆，使人过话给我，最后警告说：'如果你还有点理智，就别再在此地待下去，否则你非丧命不可，因为你犯的是割头之罪。'她的性格粗鲁、暴躁得很。我慑于她的权势，不得不忍痛离开巴士拉，个中的遗恨是无穷的。我作此画，插在书籍中，俾它流传各地，或许它会落在像你这样俊秀、多情的年轻人手中，以便他想办法娶她为妻。我自己么，只希望有机会同她的丈夫结交、认识，以便看她一眼，即使站在老远地方看一眼也行。能这样，就满足我生平的愿望啦。"

伊补拉欣旅行到巴士拉

伊补拉欣听了艾布·高西睦的一席话，低头默然不语，顿时沉浸在思考中。

"我的孩子，"艾布·高西睦接着说，"在巴格达城中，像你这样漂亮的青年，我还没见过呢。要是赭米莱碰见你，我相信她准会钟情你的。在你同她聚首之日，你能让我看她一眼吗？哪怕站在很远的地方看她一眼也行。"

"可以的。"伊补拉欣慨然答应他的要求。

"既然可以，你就暂且在我这儿住下，直至你动身前往巴士拉之日为止。"

"爱慕赭米莱的烈火，在我心头越烧越旺，我可不能待下来了。"

"你稍微忍耐一些时候，以便我替你预备船只，三天后让你乘船做巴士拉之行好了。"

伊补拉欣果然耐下心来，等待艾布·高西睦替他准备船只。艾布·高西睦积极准备一切，凡旅途中所需要的饮食和各种应用之物都装在船里。三天后，一切备办齐全，这才对伊补拉欣说："我已经替你准备了船只，旅途上所需要的什物都装在船中。船是我自己的，船员们也都是我的仆从，船中的食物和用品，足够你往返之用。我已经嘱咐船员们好生伺候你上巴士拉去,并伺候你平安归来。现在你该动身起程了。"

伊补拉欣辞别艾布·高西睦,乘船动身起程,在船员们的护送下,一直航行到巴士拉。他拿出一百金给船员们,可是他们不肯收受,说道:"我们东家给我们工资了。"

"收下吧,这是作为赏钱给你们的;我不会让你们东家知道这件事情的。"

船员们收下赏钱,同声祝福他,表示衷心感谢。

伊补拉欣舍舟登陆,进入巴士拉城,向行人打听商人住宿的地方。有人告诉他哈姆丹旅舍的住址,他便一直向前,在哈姆丹旅舍所在那条街上寻找住处的时候,行人被伊补拉欣的俊秀形貌所吸引,一个个目不转睛地盯着看他。最后去到哈姆丹旅舍门前,同陪他的一个船员走进旅舍,找到年迈、庄重的老门房。他跟老门房打招呼、问好,说道:"老伯,这儿有别致些的空房吗?"

"有的是。"门房回答着给伊补拉欣和船员开了一间粉刷、装潢得很别致的房间,说道:"小伙子,这房间倒也适合你居住。"

伊补拉欣掏出两枚金币,递给门房,说道:"收下这两枚开门的赏钱吧。"

门房得了赏钱,欣然祝福伊补拉欣,表示十分感谢。

伊补拉欣和旅舍中的老门房

伊补拉欣在哈姆丹旅舍中住下来,随即打发陪他进城的那个船员回船中去等候他。接着门房前来照拂,说道:"贵客光临敝舍,我们不胜荣幸、快乐之至。"

伊补拉欣掏出一个金币递给门房,吩咐道:"拿去买些面饼、肉食、甜品和酒肴来享受吧。"

门房果然拿钱去到市场，按伊补拉欣的吩咐，只花了一块钱，便买到所需要的食物，带回旅舍，供伊补拉欣吃喝。伊补拉欣把剩余的钱赏给门房，说道："你拿去用吧。"门房得到赏钱，格外高兴。

伊补拉欣随便吃喝一点，把剩下的食物全都送给门房，说道："带回去给你家里的人吃吧。"

门房把食物带到家中，跟妻室儿女一块儿吃喝、闲谈，说道："今天有个青年住到我们旅舍来，我不认为世间还有比他更慷慨、更活泼可爱的人了。假若他长期住下去，那会使我们致富的。"

旅舍的老门房照例进伊补拉欣的房间去伺候他，见他悲哀、饮泣，觉得奇怪，便坐下来，边按摩他的双脚，边说道："我的主人啊！你干吗伤心、哭泣呢？像你这样的人，安拉不会亏待你的。"

"老伯，我苦闷，要喝酒；今晚你来和我对饮，咱们痛痛快快地干几杯吧。"

"听明白了，遵命就是。"门房欣然同意伊补拉欣的建议。

于是伊补拉欣掏出五个金币，递给门房，吩咐道："拿去买水果和酒肴吧。"同时又给他五个金币，说道："这是托你替我买干果、鲜花和五只肥鸡的钱。此外请点点沉香带回来用。"

门房急急忙忙去到市场，按伊补拉欣的吩咐买了所需之物，拿到自己家中，交给老婆，说道："用这些蔬菜、肉食替我们烹调、搭配成佳肴吧。你要尽力做到好处，才对得起那位青年人，因为他给我们的恩赏太多了。"

门房的老婆果然按丈夫的指示，格外卖力地把他带回来的菜、肉烹调出来，门房这才携带可口的佳肴，回到旅舍，陪伊补拉欣共同享受，大吃大喝，彼此陶醉在欢乐的气氛中。伊补拉欣同门房开怀对饮，直喝到有几分醉意时，才凄然吟道：

> 若能和她接近，
> 我肯献出财产、生命和今生的一切福利。
> 我甚至于甘心放弃来世天堂中永恒的享受，

换取同她作一点钟的会面。

伊补拉欣吟罢,抽抽噎噎地伤心哭泣,终于因伤感过度而昏倒,人事不知,门房面对那种情景,长叹不已,直至伊补拉欣苏醒过来,才说道:"我的主人,你为什么哭泣? 你诗中所指的到底是谁? 充其量她不过是你脚下的尘埃罢了。"

伊补拉欣站起来,取出一包极其华丽的女衣,递给门房,说道:"送给你,拿去给你的老伴穿吧。"

门房收下衣服,带到家中,交给老婆。后来门房夫妇怀着感激心情,双双约着去旅舍中看望伊补拉欣。一进房门,便见伊补拉欣伤心流泪。老婆子心直口快,大吃一惊,说道:"孩子,你这样凄凄惨惨地悲哀、哭泣,把我们的肝胆都弄碎了。告诉我们吧:你所要的究竟是什么样的美女? 那对你说来,不过是些丫头、使女罢了。"

"老伯,我是埃及执政官海绥补的儿子,因为钟情于艾布·勒伊斯的女儿赭米莱,我是来向她求婚的。"

"安拉! 安拉!"门房的老婆不自主地惊叹起来,"老兄,快住口,千万别说这样的话,免得叫人听见,我们就完蛋了。你要知道,赭米莱是世间最残酷、薄情的人。因为她历来讨厌、仇视男人,所以谁都不敢在她面前提说男人。情况如此,你还是丢掉她,另找对象吧。"

伊补拉欣听了老婆子之言,痛哭流涕。门房眼看伊补拉欣的可怜模样,激于义愤,慨然说道:"老夫我只有一条性命,但因你爱赭米莱的缘故,我甘冒生命的危险,替你想个办法,以便你的夙愿得偿。"他说罢,向伊补拉欣告辞,然后偕老伴双双归去。

伊补拉欣和裁缝

清晨,伊补拉欣上澡堂洗澡归来,换一套华丽衣服,衣冠楚楚地穿戴齐全。这时候,恰好门房夫妇前来看他,说道:"我的主人,告诉

178

你吧:这儿有个驼背裁缝,经常替赭米莱小姐缝衣服。你去见他一面,同他谈谈你的情况,也许他替你出个点子,会使你达到目的的。"

伊补拉欣按照门房夫妇的指点,立刻站起来,前往裁缝铺去找所谓的驼背裁缝。他走进裁缝铺,见裁缝跟前有十个徒工,一个个生得眉清目秀,活泼伶俐。他上前问候,受到他们热情接待,让他坐下,大伙儿被他的漂亮形貌所吸引,都望着他发愣;驼背裁缝也不例外,眼看他的装束、面貌,感到十分惊奇。这时候伊补拉欣说道:"我的衣袋弄破了,前来麻烦你,替我缝补缝补吧。"

裁缝用一根丝线,把伊补拉欣的衣袋,即刻缝补起来,满足了他的要求。其实那衣袋是伊补拉欣故意扯破的。经裁缝缝补后,他慨然掏出五个金币,作为缝补的手工钱,递给裁缝,然后从容告辞归去。

裁缝碰到这样的事情,莫名其妙,觉得奇怪,暗自嘀咕:"我究竟替这个小伙子做了什么好事情,致使他慨然给我五个金币的报酬呀?"当天夜里,他始终念念不忘伊补拉欣的漂亮面貌和慷慨行为。

次日清晨,伊补拉欣再一次去裁缝铺,跟裁缝打招呼、问好。裁缝回问一声,忙起身迎接,让他坐下。伊补拉欣坐定之后,对裁缝说:"叔叔,我的衣袋又扯破了,劳驾再替我缝补缝补吧。"

"我的孩子,完全听从你的意见。"裁缝应诺着,即刻动手缝补衣袋,并得到十个金币的报酬。他拿着钱,对伊补拉欣的俊秀面貌和慷慨行为越发感到诧异,终于抑制不住激情,剀切说道:"孩子,指安拉起誓,你的这种做法,其中必有缘故,显然这不单纯是补衣袋的小事情,因此希望你把个中的实情告诉我,假若你需要这群孩子中的谁伺候你,指安拉起誓,他们中谁都不如你,都是你脚下的尘埃。喏!他们都是你身边的仆童呢。假若不是为的这个,那就该把实情告诉我。"

"叔叔,我的经历和遭遇奇怪得很,说来话长,可是这里不是说话的地方。"

"既然如此,来吧!咱们上僻静些的地方去。"裁缝边说边站起来，随即牵着伊补拉欣的手，带他进入铺后的一间内室里，说道："孩子，告诉我个中的实情吧。"

伊补拉欣果然把他自身的事，从头到尾，详细叙述一遍。裁缝听了，大吃一惊，说道："孩子，为了顾全性命，你必须敬畏安拉。因为刚才你提说的那个人儿，她的性情暴躁，向来讨厌男子，因此你必须保持缄默，不可随便说话，否则，会遭杀身之祸呢。"

伊补拉欣听了裁缝的忠告，痛哭流涕，拽着裁缝的衣服下摆，苦苦哀求道："叔叔，求你帮助我，若不然，我就完蛋了。因为我把祖宗世袭下来的爵位、权力，全都抛在脑后，一个人孤单单地跑出来，成为无家可归的异乡人，为追求赫米莱，我已经到了无法忍耐的地步了。"

裁缝眼看伊补拉欣的际遇，顿生同情、怜悯心肠，说道："我的孩子，我只有一条生命，可是为促成你的爱情，我不惜冒生命的危险来帮助你，因为你的痴情太感动我，我内心里刻下深刻的印象。待明天，我给你出个主意，也许会使你心满意足的。"

伊补拉欣听了裁缝的诺言，满心欢喜，衷心感谢一番，然后起身告辞，回到旅舍，把裁缝所说的话，全都告诉门房。门房听了，非常高兴，说道："他为你做好事了。"

次日清晨，伊补拉欣穿一套最华丽的衣服，携带一袋金币，赶到裁缝铺，先向裁缝请安、问好，然后坐下，从容说道："叔叔，请你履行诺言，快替我想办法吧。"

"现在你赶快回去预备食物：弄三只肥鸡，三磅蔗糖，两小罐饮料和一个杯子，并把食用之物装在一个袋中，待明天晨祷后，随身带往河滨去乘渡船，叫船夫把你送往巴士拉下域去。如果他说不能超过三哩以外，你就同意按他的意思行事。在过渡期间，你拿钱鼓励他，让他把船一直划向巴士拉下域。到那儿，你首先看见一座花园，那就是赫米莱小姐的。花园门前有两级高台阶，铺着缎子垫褥，有一位跟我模样相同的驼背坐在那里。你过去向他诉苦，陈述你的境遇，恳求他帮助你。也许他同情你,使你见到赫米莱,即使在远距离外看她一眼也好。要是得不到他的同情,那么你和我都要遭殃,会同归于尽的。这便是我能替你想出的唯一办法。一切托靠安拉吧。"

"但愿安拉默助我们。凡是安拉所规定的事,到时候总是会实现的。毫无办法,毫无力量,只盼伟大的安拉拯救了。"伊补拉欣感叹着站起来,告别裁缝,匆匆回到旅舍,然后按裁缝的指示,把所需要的食物备办齐全,捆绑在一起,装在袋中。待次日黎明,他才携带食物,去到底格里斯河畔,见一个船夫躺在一只小船中。他唤醒船夫,给他十个金币,说道:"把我渡往巴士拉下域去吧。"

"我的主人啊!渡是可以渡的,但有一个条件:即不超过三哩之外。因为在此限度内,只要超越咫尺,我和你的生命就完结了。"

"照你的意见行事好了。"伊补拉欣接受船夫提出的条件。

于是船夫让伊补拉欣上船,并渡他顺流而下,直至接近花园地带,才开口说:"我的孩子,到此为止,我可不能再往前划了。因为稍微越过这个限度,我和你就没有生存的余地了。"

伊补拉欣掏出十个金币,递给船夫,说道:"收下这几个钱,拿去添补着过活吧。"

船夫不好意思拒绝,说道:"我把一切事物全托靠伟大的安拉了。"

伊补拉欣和花园管理人

船夫得到伊补拉欣的赏钱,便不顾一切地把船划到花园所在地。伊补拉欣喜不自禁,像离弦之箭,纵身跳到岸上。接着船夫立刻掉转船头,迅速划着小船逃跑。伊补拉欣挨近花园,抬头一看,先前驼背裁缝所告诉他的那幅园景便呈现在眼帘。当时园门洞开,门廊中摆着一张象牙床,床上坐着一个容貌妩媚的驼背,身穿锦衣,手执镀金的银短棒。伊补拉欣知道他是花园管理人，便赶忙趋前，俯伏在他身上，不停地吻他的手。

驼背一见伊补拉欣，就被他的标致、漂亮形貌所吸引，顿时感到眼花缭乱，愕然问道："你是谁？你从哪儿来？是谁带你到这儿来的？我的孩子，从实告诉我吧。"

"老伯，我是个无知的异乡孩子。"伊补拉欣刚开口便忍不住伤心哭泣。

驼背眼看他的情形，觉得可怜，忙扶他坐在床上，替他拭泪，安慰他说："不要紧的，我的孩子，假若你是个欠债人，安拉会替你裁处债务的。如果你对什么事物有所顾虑，安拉会平息你的畏惧情绪的。"

"老伯，我既不欠人债，也没什么可顾虑的。感谢安拉，承蒙他的恩赏，钱财我有的是，而且数量很多。"

"我的孩子，既然如此，那么你甘冒风险，来到这个要命的地方，到底是企图什么呢？"

伊补拉欣趁机把他自己的事情，从头到尾，详细叙述、解释一番。花园管理人听了，低头沉思一会儿，说道："指使你上这儿来找我的人，他是一个驼背裁缝吗？"

"不错，正是他。"

"此人是我的同胞手足，他算是个幸福、吉利的人。我的孩子，幸亏我一见你便产生爱慕、怜悯心情，否则，我的兄弟和你以及旅舍的门房夫妇都非遭殃不可。你要知道：这座花园被称为珍珠园，在人世间是罕有的，是国王和园主人赫米莱小姐游憩的地方。我奉命在此看管花园，已经二十年，从来没见有外人到过此地。赫米莱小姐每隔四十天乘船来园中游憩一次。她一上岸，总是由十个婢女用金帐钩撑着天盖形的绸篷帐，簇拥着她进入花园。她躲在篷帐里，所以我从来没见过她的真面目。我本来只有一条生命，但为促使你的愿望实现，我是甘冒生命危险的。"

伊补拉欣听了花园管理人的一席话，不胜感激涕零，赶忙吻他的手。

"你就在我这儿住下来吧，我替你想办法好了。"花园管理人牵着伊补拉欣的手，带他一起进入花园。

伊补拉欣来到园中，举目一望，以为是置身于天堂之中，只见树木错综、茂密，椰枣高耸入云；地面上清泉潺潺泄流；树丛中禽鸟飞翔、歌唱，鸣声悦耳、动听，真是人间仙境。

花园管理人带伊补拉欣继续游览，最后来到一幢圆顶亭榭前，指着说道："这是赫米莱小姐休息、娱乐的地方。"伊补拉欣抬头一看，果然是稀奇、美妙的消遣处所，里面挂满鎏金的天蓝图画。亭榭的四面各有门户，每道门前各有五级台阶；亭榭中央有池塘，池塘的台阶是用镶宝石的金砖砌成的；池中有喷泉，从各式各样大大小小的禽兽嘴中喷射出来；泉水喷射时，禽兽嘴中发出各种音调，使闻者觉得置身于乐园之中。亭榭的四周，围绕着沟渠，沟渠的戽斗是用白银制成的，上面覆盖着锦缎华盖。沟渠的左右各有银质窗户；左面的窗外是绿茵茵的兽苑，饲养着羚羊、兔子等动物；右面的窗外是饲养飞禽的场所，各种飞禽啁啾的鸣声，格外悦耳动听。伊补拉欣眼看那种情景，触景生情，一时兴奋得不能抑制自己。继而花园管理人带伊补拉欣回到门廊中，让他坐下，和他促膝谈心，说道："我看管的这座花园，你看后觉得怎么样！"

"这是一座人间天堂呢。"

花园管理人听了伊补拉欣的回答，得意地笑笑，随即起身，离开门廊。他去了一会儿转来时，手中捧着一个托盘，盘中盛着母鸡、鹌鹑和其他可口的食物，当中还有甜食。他把托盘摆在伊补拉欣面前，说道："吃吧，别客气，直至吃饱为止。"

伊补拉欣果然无拘无束地大吃大喝，饱餐了一顿。花园管理人员看他胃口好，吃得香甜，大为欢喜，说道："这是王孙、公子的派头呢。"继而他指着伊补拉欣身边的那个袋子说道："伊补拉欣，你随身带来这个袋中，到底装的什么东西？"

伊补拉欣当面解开袋子,让他看里面的食物。花园管理人看了食物,嘱咐道:"你随身携带着它吧,待赭米莱小姐游园时,这对你是有用处的。因为她在园中游憩期间,我就不可能给你弄饮食了。"

花园管理人嘱咐一番,然后开始替伊补拉欣安排,带他去到那幢圆顶亭榭的对面,在树丛中替他弄了一个天篷式的藏身处所,吩咐道:"你可爬上树去,躲在里面,待赭米莱小姐来时,你从那儿可以看见她,她却看不见你。这是在最大限度内,我能替你想出来的唯一办法了;因为这样一来,当她歌唱的时候,你便可以尽情地倾耳静听;当她兴尽而返时,你也可以满载归去。总之一切听安拉的安排吧。若是安拉愿意,这会安然无事的。"

伊补拉欣十分感谢花园管理人,赶忙去吻他的手。可是花园管理人断然拒绝,表示不敢当的意思。

伊补拉欣按花园管理人的指示,果然把食物袋拿去摆在花园管理人替他所安排的那个藏身的地方,一切预备妥帖之后,花园管理人便对他说:"伊补拉欣,现在你自己去参观、游览吧;爱吃什么果子,可以自己去摘;趁此机会,痛痛快快地游玩吧,因为明天是你意中人来游园的期限呢。"

伊补拉欣听从花园管理人的指示,果然在花园中,自由自在地漫步参观、游览,随便摘果子吃,直到天黑,才同花园管理人在一起过夜。

次日黎明,伊补拉欣从梦中醒来,刚做过晨祷,便见花园管理人慌慌张张、苍白着脸奔到他面前,说道:"我的孩子,赶快上你藏身的那个地方躲起来吧,因为赭米莱小姐的丫头已经前来收拾、布置亭榭了,继她们之后,赭米莱小姐很快就会光临的。你要注意:在赭米莱小姐游憩期间,你千万别吐唾沫,别擤鼻涕,别打喷嚏。若不然,你和我都要遭殃,生命就难保了。"

伊补拉欣即刻站起来,匆匆走向藏身的地方去躲避。这时花园管理人才如释重负,松了一口气,暗自说道:"我的孩子啊!愿安拉保佑你。"于是若无其事地匆匆回到门廊里,一本正经地坐在象牙床上。

伊补拉欣看见赭米莱

　　伊补拉欣刚在藏身的地方坐定,就有五个婢女姗姗而来,她们的窈窕、美丽形貌是他从来没见过的。她们一起进入亭内,脱掉上衣,动手收拾、打扫起来,喷洒玫瑰香水,点燃沉香、龙涎香,最后铺摆丝绸细软的铺垫,把室内点缀得香烟缭绕,焕然一新。这时候,接踵而来的是五十个婢女。她们携带乐器并使用金杖抬着红缎子篷帐,簇拥着赭米莱小姐来到园中,直接进入亭内。伊补拉欣虽然认真、仔细地注视着,可是从始至终,一直没见赭米莱小姐的踪影,因此大失所望,暗自叹道:"指安拉起誓! 完了,我等于白辛苦、劳瘁一场,结果却什么都没捞到。但是我必须坚持、忍耐下去,等着看这件事到底会出现什么样的结局。"

　　婢女们急急忙忙摆出饭菜,大伙围着吃喝。她们吃饱喝足,洗过手,然后给赭米莱小姐端来一张椅子,让她坐下,才弹的弹,唱的唱,一齐翩翩起舞。她们唱得那么美妙、动听,远非一般歌女可以望尘。这时一个老保姆突然走了出来,边拍掌,边舞蹈,她的举止惹得其他的婢女们也拉拉扯扯地陪随她狂舞起来。正当她们跳得起劲的时候,随着帘幕的骤然卷起,赭米莱小姐笑容可掬地出现在她们面前。伊补拉欣定睛一看,见她打扮得花枝招展,俨如人间仙女。她头戴嵌珠宝、玉石的王冠,胸前垂着珍珠项链,腰间束着一条嵌珍珠、宝石的黄玉笋腰带。当赭米莱小姐眉开眼笑一出现的时候,婢女们一个个肃然起敬,跪倒在她面前。

　　伊补拉欣一见赭米莱,就被她那绝无仅有的姿色所吸引,弄得神魂颠倒,无从抑制激情,顿时晕厥,不省人事。过了一会儿,才泪眼蒙

眬地苏醒过来,吟道:

> 我一见你就不敢眨眼,
> 唯恐眼皮阻碍我的视线。
> 我即使尽量睁大眼睛,
> 也看不清你那美妙的整体。

继而那个老保姆一本正经地吩咐婢女们:"你们每十人分为一队,起来唱歌跳舞吧。"婢女们听从老保姆的吩咐,果然分队翩翩起舞、弹唱。伊补拉欣聚精会神地看婢女们跳舞,听她们弹唱,心中暗自嘀咕:"但愿赫米莱小姐也起来跳一个吧。"

婢女们分队跳舞后,一哄把赫米莱小姐围绕起来,亲切地说道:"今天是最愉快最美好的日子呢。在这样的场合,恳求小姐跳一个舞,使我们更加快乐吧。"婢女们一起跪下去吻赫米莱小姐的脚,说道:"指安拉起誓! 今天你的心情这么舒畅、愉快,这是我们从来没见过的。"

伊补拉欣听婢女们请求赫米莱小姐跳舞,喜不自禁,暗自说道:"毫无疑问,显然天门已经打开了,安拉已经答应我的要求了。"

经过婢女们一再恳求,赫米莱小姐不好意思拒绝,便站起来,脱掉上衣,只穿一件镶珠玉的绣花织锦衬衫,露着两个石榴般的乳峰,随即翩翩跳起舞来。她满面春风,面容像十四晚上的满月,闪烁着灿烂光泽。她那美妙的步伐和独特的动作,是伊补拉欣生平没见过的。她的形影,恰如诗人的描绘:

一

> 造物主精心从标准模子中把她铸出,
> 从而出挑成不高不矮的苗条人物。
> 珍珠液似乎是创造她的精血,
> 每一肢体具备着堪与月亮媲美的因素。

舞蹈者的身段俨然是柳树枝的模样，
其动向差一点使我魂飞魄散。
似乎不是在两条腿上旋转，
却是我心头的火焰在他足下放光。

赭米莱同伊补拉欣见面

赭米莱小姐正兴致勃勃地载歌载舞的时候，骤然抬头，看见藏在树林中的伊补拉欣，霎时脸色改变，随即吩咐婢女们："你们继续歌舞吧，我去一会儿便来。"于是手持五寸长的一把短剑，匆匆走向伊补拉欣藏身的地方，喃喃地说道："既无能力，又没办法，只盼崇高、伟大的安拉援助了。"

伊补拉欣眼看赭米莱来势汹汹，顿时吓得魂不附体，认为必然会死在她手下。但事实出乎意料。当赭米莱挨近他，彼此面对面、二人的视线碰在一起的时候，她手中的匕首便掉到地上。她自言自语地说道："赞美安拉！是他使人心突然变换的呀。"接着她好言安慰伊补拉欣，说道："青年人，你安心自如吧，不必害怕，你是有保障的。"

伊补拉欣听了赭米莱的安慰，不禁感激涕零。赭米莱温存地替他拭泪，说道："青年人，告诉我吧：你是谁？干吗到这儿来？"

伊补拉欣赶忙跪下去，紧紧地拽着赭米莱的衣缘不放，茫然不知所措。

"不要紧的，我不责怪你。"赭米莱继续安慰伊补拉欣，"指安拉起誓！除你之外，别的男人我是从来看不起的。告诉我吧：你是谁？"

伊补拉欣听了赭米莱由衷之言，颇为感动，便大胆地把他自己的事，从头到尾，详细叙述一遍。赭米莱听了，感到惊异，说道："我的主人,请看安拉的情面,告诉我吧:你是海绥补的儿子伊补拉欣吗?"

"不错,我正是海绥补的儿子伊补拉欣。"

赫米莱听了伊补拉欣的回答,一下子俯伏在他身上,说道:"我的主人,你原是使我讨厌男子的那个人儿呀。因为当初听说在埃及有个叫伊补拉欣·本·海绥补的少年人,他是世间绝无仅有的美男子。因此,我一听倾心,从那时起就恋念着你。我根据传闻而产生爱慕你的心肠,这跟诗人的吟诵是一样的:

> 关于钟情他这件事情,
> 我的耳朵赶在眼睛之前。
> 凡属恋爱范围内的事情,
> 耳朵总是抢在眼睛之前。

感谢安拉,是他使我和你见面的。指安拉起誓!假若今天我碰到的不是你而是别人,那么,我是非把花园管理人、旅舍的门房和裁缝以及跟他们有交往的人,一个个都吊死不可的。"继而她向伊补拉欣讨主意,说道:"现在该怎么办,我才能在不让婢女们知悉的情况下,给你弄点食物来充饥?"

"吃的喝的,我都有了。"伊补拉欣解开袋子,拿食物给她看。

赫米莱拿起鸡肉,边咬着吃,边往伊补拉欣嘴里放,彼此无拘无束地大嚼特嚼,吃得很香甜。伊补拉欣眼看赫米莱待他的随和性情,满以为是在梦中。继而他取出袋中的酒,斟在杯中,彼此交换着喝。他俩一起吃喝、谈心的时候,婢女们在亭榭中继续唱歌、跳舞。他俩从早晨待到正午,赫米莱才站起来,说道:"去吧,伊补拉欣!你快去预备船只,划到僻静地方藏起来,我一会儿就赶去找你。老实说,现在我不可能再离开你了。"

"船早已准备妥帖,是我自己的,船员是临时雇用的;他们正等着我呢。"

"这就很好。"赫米莱和伊补拉欣分手,匆匆返回亭榭,随即吩咐婢女们:"你们赶快收拾吧,咱们马上就回宫去。"

"干吗现在就回宫呢? 按习惯咱们得在这儿住上三天呢。"婢女们提出疑问。

"我心绪不宁,好像害病了。再不回宫去,怕病情恶化就难医治了。"

"听明白了,遵命就是。"婢女们遵循命令,即刻整理衣冠,然后簇拥着赭米莱离开花园,去到岸边,随即乘船归去。

花园管理人眼看赭米莱小姐和婢女们离开花园,乘船回去,才急急忙忙奔到伊补拉欣藏身的地方了解情况。当时伊补拉欣跟赭米莱见面、幽会的经过,他一无所知,故一见面便说:"伊补拉欣,你到底没有欣赏赭米莱的福分呀,因为按习惯说,她本来应该在这儿逗留三天的。当初我怕你一旦被她发觉,那就糟了。"

"她没发觉我,而我也不曾看见她,因为她始终不曾离开亭榭的缘故。"

"你说得对,我的孩子。假若她发觉你,我们就没活路了。不过你仍待在我这儿吧,等下周她来游园时,你再欣赏她,多饱眼福好了。"

"我的主人啊! 我的财物不在身边,这使我担忧得很。因为那儿还有几个同伴,唯恐他们不见我回去,便见财起意,会从中变心、作祟呢。"

"我的孩子,同你分手,对我来说,这是一件困难事呢。"花园管理人以惜别的心情拥抱伊补拉欣,然后送他归去。

伊补拉欣和赭米莱同船去巴格达

伊补拉欣急急忙忙回到旅舍,同门房见面,向他索取寄存的财物。门房一见伊补拉欣,大为欢喜,欣然说道:"我的孩子,若是安拉愿意,此行你带来的消息一定是挺好的啰。"

"我没找到满足愿望的道路,现在该回家乡去了。"

门房为了惜别,不禁潸然泪下,没奈何,只好替伊补拉欣携带行囊,一直送他到船上,彼此才依依不舍地分手。

伊补拉欣吩咐船员把船划到赭米莱指点的地带停下。当天夜里,赭米莱打扮成一个壮士,满脸络腮胡,束着腰带,一手持弓箭,一手握宝剑,来到船中,找到伊补拉欣,问道:"你是伊补拉欣·本·海绥补吗?"

"不错,我就是。"

"你胆大包天,竟敢前来调戏王侯的女儿,败坏她们的名节,罪该万死。现在你跟我走,上王府同王侯理论去。"

伊补拉欣大吃一惊,吓得几乎晕倒,船员们也惊慌失措,一个个目瞪口呆,茫然不知所措。赭米莱眼看那种情景,心有所感,立刻扯下腮帮子上的络腮胡,扔掉手中的弓、剑,解下腰带,脱掉外衣,露出她的本来面目。这时候,伊补拉欣恍然大悟,才知道所谓的壮士,原来是赭米莱小姐伪装成的,便心有余悸地说道:"指安拉起誓!你来这一手,把我的心肝都吓碎了。"接着他回头吩咐船员们:"赶快开船吧。"

船员们遵循命令,立刻张帆、启行,尽量加快进程,因此在不多的几天内,便一帆风顺地安全到达巴格达。当时停泊在对岸的一只船中的船员,一见伊补拉欣船中的船员,便喊名道姓地呼唤起来,为他们平安归来而表示欢庆,并把船撑过来靠拢他们。这时候,他们仔细打量,见艾布·高西睦·桑德辽涅也在那只船中,只听他说道:"在这儿同你们碰头、见面,这是我早就期待着的。在安拉的保佑下,你们继续航行吧。我自己因事也要做一次旅行呢。"继而他对伊补拉欣说道:"感谢安拉!你可是平安归来了。这次你不辞劳瘁,奔波跋涉一场,目的达到了吗?"

"达到了。"伊补拉欣坦率地回答一句。

艾布·高西睦举起手中的蜡烛,慢步挨近伊补拉欣。当时赭米莱一见他,便局促不安,脸色霎时变苍白了。高西睦却望着赭米莱说道:"在安拉的保佑下,你们去吧。我自己因公上巴士拉去一趟。这儿我给你们预备了一点薄礼。"他说着把一盒带迷药的糖果,扔到伊补拉欣船中,随即告辞,各奔东西。

在归途中,伊补拉欣和赭米莱谈心,说道:"我的眼珠啊!你来吃糖果吧。"

赭米莱忍不住暗自伤心、哭泣,说道:"伊补拉欣,你认识这个人吗?"

"认识的;他是艾布·高西睦·桑德辽涅。"

"他是我叔父的儿子,先前曾通过我父亲向我求婚,我不情愿,断然拒绝了。如今他去巴士拉,也许他会向我父亲透露我俩的秘密呢。"

"小姐,你不必为此担心。因为在他到达巴士拉之前,我们就能回到埃及了。"

伊补拉欣罹难

伊补拉欣和赭米莱双双约着高飞远走,却不知前途仍然坎坷不平,还须经历种种艰难、险阻历程。原来艾布·高西睦送给他俩的那盒糖果中,曾把迷药放在里面,所以伊补拉欣吃了中毒,被麻醉得栽倒在地,昏然不省人事。他的昏迷状态直延长到黎明,他打了个喷嚏,迷药从鼻孔中喷出,才苏醒过来。他睁眼一看,见自己赤身裸体地躺在废墟中。他这一急非同小可,只会打自己的耳光,茫然不知该怎么办,唉声叹气地怨道:"这是桑德辽涅搞阴谋诡计危害我呀!"他被剥得精光,只穿着一条汗裤,走投无路,不知该上哪儿去。他挣扎着站起来,刚走了几步,就碰上一伙带刀、剑、榔头的人群向他走来。他感到恐怖,慌忙中看见一间倒塌的废澡堂,便奔进去躲避,却被什么绊倒,跌在血泊中,沾了一手的鲜血,却不知道沾在手上的是血,便用汗裤擦掉血液,再伸手去试探时,却捧起了一个人头。原来绊倒他的是一具身首异处的尸体,而他所看见的人群,却是省长带领前来追捕杀人犯的人马。他赶忙扔下血淋淋的人头,惊恐万状地叹道:"既无能力,又没办法,只盼崇高、伟大的安拉拯救了。"他叹息着挪到一个角落里躲避起来。

当时省长已出现在澡堂门前,正在发号施令,指挥手下的人,说道:"你们冲进去,到处搜查一遍。"省长的命令一下,便有十名手持火把的人涌进澡堂,执行搜查任务。伊补拉欣怕得要命,悄然挪到一堵断墙后面隐蔽,就着火光注视那具尸体。原来被杀害的是个月儿般的女郎,衣着非常考究,其身首已异地而处了。面对那种景象,他心惊胆战,感到不寒而栗。

最后省长亲自进入澡堂,督促手下的人仔细搜索。他们逐渐搜索到伊补拉欣藏身的地方。其中有人发现他,便挨到他身旁。那人手中捏着五寸长的匕首,一见他便失声嚷道:"赞美安拉!是他创造这张漂亮的面孔呀。"接着他问伊补拉欣:"小伙子,你是从哪儿来的?你干吗杀害这个女人呢?"

"指安拉起誓!我没杀害她,我也不知道是谁杀害了她。我是因为害怕你们才到这儿来躲避的。"他辩解一番,随即把他自己的际遇,从头到尾,毫不隐讳地详细叙述一遍,最后哀求道:"指安拉起誓!你们别冤枉我,我为自身的遭遇就够忧愁、苦恼的了。"

伊补拉欣终于被带到省长跟前去受裁处。省长一见他手上斑斑的血迹,断然说道:"这不需要证据了,把他带下去砍头吧。"

伊补拉欣脱险

伊补拉欣听了省长判他死刑的判决,挥泪痛哭流涕,凄然吟道:

　　我们按规定的路线迈步向前,

凡是命运所规定的必须实现。

被规定在此地丧生的人,

他不会往别地去葬身。

伊补拉欣吟罢,呜咽着晕倒了。刽子手眼看那种情景,觉得可怜,产生慈悲心情,说道:"指安拉起誓! 这张面孔,不像是杀人犯。"

"执行命令,砍他的头吧。"省长正式下执刑令。

刽子手让伊补拉欣坐在接血用的皮垫子上,用布条束住他的眼睛,然后拿起宝剑,向省长请示,等他一示意,就行刑砍他的头。在这千钧一发,危在旦夕的时候,伊补拉欣绝望地喊道:"冤哉枉也!"

说来事属巧遇。当时,正好有一支马队打刑场前经过,其中便有人喊道:"刀下留情,求刀手暂缓行刑吧。"

这也可以说是一桩稀奇、古怪的偶然发生的事件。原因是埃及的执政官伊本·海绥补因为儿子伊补拉欣失踪,听说他流落到巴格达的消息,便差遣侍从官前往巴格达觐见哈里发何鲁纳·拉施德,贡献珍贵礼物,上书陈述儿子失踪及传闻的经过,恳求哈里发施恩,代为查寻。哈里发关心此事,命省长进行调查、研究,负责办理此案。省长遵命察访、探听之后,获得伊补拉欣在巴士拉的消息,便据实呈报哈里发。哈里发写信给巴士拉的执政官,交伊本·海绥补的侍从官捎去,并打发侍从官做巴士拉之行,且派人协助完成任务。而伊本·海绥补的侍从官急于要找到伊补拉欣,以便赶快返回埃及去交差,所以即刻动身,兼程赶到巴士拉。恰巧在侍从官途经省长逮捕杀人犯的地方,碰上一个年轻人坐在皮垫子上受刑的场面,因而他一面呼吁,求刀手暂缓行刑,一面赶到省长跟前了解情况,问道:"这个孩子怎么了? 他犯的什么死罪?"

省长把逮捕杀人犯的经过扼要叙述一番。侍从官听了,却不知所谓的杀人犯就是他所寻找的伊补拉欣,说道:"这个孩子,看他的模样,不像是杀人的凶手。"于是吩咐道:"解掉他眼上的带子,带他到我跟前来吧。"

伊补拉欣被带到侍从官跟前。当时他因过度恐怖,被折磨得改模换样,前后判若两人,容貌今非昔比,妖媚之色已消逝无遗,只听侍从官说道:"孩子,把你做案的经过告诉我吧,你同这桩人命案到底是什么关系?"

伊补拉欣抬头一看,便认识侍从官,说道:"该死的侍从官哟!难道你不认识我吗?莫非我不是伊补拉欣·本·海绥补吗?也许你是来找我的吧。"

侍从官定睛仔细打量一番,才把伊补拉欣认识清楚,随即倒身跪了下去,俯伏在他脚下,表示认罪。省长眼看侍从官的举动,大为惊恐,脸色突然变得煞白。这时候,侍从官把责任往省长身上推,破口骂道:"你这个该死的暴虐家伙!你存心杀害埃及执政官伊本·海绥补的儿子吗?"

省长受到责难,赶忙吻侍从官的衣缘,辩解道:"我的主人啊!我怎么会知道他是埃及执政官的公子呢?当初我们只看到他的这个模样,同时又发现被杀的女尸横陈在他面前,所以才逮他来抵命的。"

"你这个该死的家伙!实在不配当省长。这个孩子,年方十五岁,连麻雀都不曾弄死过一个,他怎么能行凶、杀人呢?你处理这个案件,干吗不慢做决定,先把情况审问清楚呢?"侍从官责问一番,随即跟省长一起吩咐随从人员:"你们继续搜捕凶手吧。"随从人员遵行命令,再一次进入澡堂,每个角落都搜遍了,结果终于找到潜伏着的杀人犯。由于此案涉及的范围广,省长不得不把犯人解往京城,直接向哈里发据实呈报案件的全部经过。

哈里发何鲁纳·拉施德当机立断,下令把杀人犯斩首示众,并吩咐带海绥补之子伊补拉欣进宫。伊补拉欣被带进宫时,哈里发满面春风地接见他,亲切地说道:"把你的情况和遭遇告诉我吧。"

伊补拉欣果然把他的际遇,从头到尾,详细叙述一遍。哈里发听了,认为事不寻常,感到痛心,即时唤马师伦到跟前,吩咐道:"你马上动身,前往艾布·高西睦·桑德辽涅家中,把他本人和他身边那个女郎,给我一起带进宫来。"

马师伦遵循命令,果然立刻行动起来,给艾布·高西睦一个突然袭击,单刀直入,冲到他家中,发现赭米莱被她自己的头发捆绑着,状至凄惨,濒于死亡境地。马师伦赶快替她松绑,并带她和艾布·高西睦进宫去交差。

哈里发看见赭米莱,感到无比惊异。他瞪桑德辽涅一眼,便吩咐当差的:"带这个家伙下去,把他打这个姑娘的那双手砍掉,再吊死他,并没收他的财产,全部归伊补拉欣受用。"

正当当差的遵循命令,按哈里发的判决执法之际,巴士拉的执政官艾布·勒伊斯突然奔进皇宫,前去申冤,告发埃及执政官的儿子伊补拉欣抢夺他女儿赭米莱的罪行,向哈里发呼吁、求救,恳请主持公道,替他做主。

哈里发接见艾布·勒伊斯,说道:"伊补拉欣原是使令爱免受灾难、杀害的原因呢。"于是吩咐带伊补拉欣上殿。

伊补拉欣奉命来到哈里发御前时,哈里发便指着他对艾布·勒伊斯说:"喏!这是埃及执政官伊本·海绥补的儿子,名叫伊补拉欣。你不愿意他做你的女婿吗?"

"众穆民的领袖啊!听明白了,遵命就是。"艾布·勒伊斯满口应诺。

哈里发何鲁纳·拉施德即刻召集法官和证人,前来办理缔婚手续,替伊补拉欣和赭米莱写了婚书,并做证婚人,主持着把赭米莱嫁给伊补拉欣为妻,把桑德辽涅的财产判归他享受,并替他预备一切,然后送他回埃及。

伊补拉欣携带娇妻赭米莱和财物,满载而归。从此一对恩爱如意夫妻,过着极其快乐、舒适的美满生活,直至白发千古。

艾布·哈桑·阿里和
佘赭勒图·顿鲁的故事

相传哈里发穆尔台基督·彼拉执政时期,向以意志坚定、气量豪爽著称。当时他在巴格达城中的僚属计六百之多。民间的大小事物,了若指掌,什么都瞒不过他。

有一天穆尔台基督·彼拉偕亲信伊本·哈睦东微服到民间去察访,打听民间流传的新奇消息。时当正午,气候炎热,路经一条整洁的胡同时,眼见胡同口的一幢房屋,结构精致,建筑巍峨,那种气派,充分说明房主人并不是寻常人家。于是他俩便在门前坐下休息、乘凉。一会儿,从屋里出来两个年轻仆人,面如十四晚上的满月,眉开眼笑地谈笑着。其中的一人说道:"咱们主人不同两位客人在一起是不用餐的,但愿今天有客人前来求见;可是咱俩等到这个时候,还没什么动静。"

哈里发穆尔台基督·彼拉听了仆人的谈话,觉得奇怪,说道:"这说明房主人是慈善、慷慨的人,咱们非进屋去看看他的为人不可,也许这是我们同他结识的原因呢。"于是他跟仆人交谈起来,说道:"请向贵主人请示一下吧,说有外路人前来求见他。"原来哈里发每次出访,总是乔装成商人模样的。

仆人依从哈里发的请求,果然进屋去向主人报告、请示。主人欣然允许,立刻站起来,亲自到门外接见客人。哈里发见他是形貌昳丽、体态标致的一表人物,身穿尼萨埠尔出产的衬衫,披着熏得香气扑鼻的织金斗篷,手指上戴着宝石戒指,穿戴、打扮都非常考究。他一见两个客人,便笑脸相迎,说道:"欢迎,欢迎,竭诚欢迎给寒舍带来无上恩惠的贵宾。"于是候客人进屋去。

哈里发穆尔台基督·彼拉和哈睦东来到屋中,眼看那么堂皇富丽的装饰、陈设,好像置身于乐园中,一下子把家人、乡里都忘怀了。屋里的花园中,生长着各种花卉、树木,叫人看着感到眼花缭乱;而室内的陈设也净是顶名贵的丝绸细软。哈里发穆尔台基督·彼拉坐在屋里,却不停地转眼仔细观察屋宇的每一部位和当中的种种陈设,举止近于失常的状态。这时候,哈睦东暗自说道:"我无意间发觉哈里发的脸色突然有了变化,而我原是习惯于观其脸色就可辨别其喜怒哀乐情绪的。因此,面对他的这种反常情形,不禁心怀疑惧,不知他为什么生气?"

正当哈里发穆尔台基督·彼拉和哈睦东君臣心事重重,各自想入非非的时候,仆人端来一个黄金脸盆,让客人洗手,接着摆出一桌筵席招待客人。餐桌是藤篾的,铺着丝桌布;桌上面的菜肴五花八门,像春天怒放的鲜花,应有尽有。于是东道主说道:"客人们,凭安拉的大名,咱们开始吃喝吧。指安拉起誓!我的肚子快饿坏了。请二位多赏脸,不用客气,痛痛快快地吃喝吧。"他说着拿起鸡肉一块一块地撕给客人,并陪客人边吃喝,边高谈阔论地时而哈哈大笑,时而吟诗作对,时而叙谈各种见闻、传说。他的爽朗性格和谈笑风生的举止,跟殷勤欢宴宾客的气氛浑然融成一片,分外增添乐趣。

宾主吃饱喝足,东道主才带客人挪到另一间客室。那里馨香四溢,景象尤其别致,使人格外感到悦目畅怀。继而仆人端来新鲜的水果和甜蜜的糕点款待客人,让客人享受着,以致乐而忘忧。情况虽然如此,可是在哈睦东看来:哈里发穆尔台基督·彼拉仍然愁眉不展,并不因那种优美的、悦目畅怀的环境而稍露笑容,却跟他自己向来酷好嬉戏、娱乐的秉性大相径庭。显然这不是因羡而生嫉,更谈不上恼羞成怒。那么,这到底是为什么呢?哈睦东莫名其妙,因而暗自嘀咕:"他干吗老是愁眉苦脸而不肯稍露笑容呢?"

正当哈睦东百思不解之际,仆人用托盘端来醇酒和各种酒杯;当中有纯金的,有水晶的,有白银的,以便客人各投其所好地开怀畅饮。这当儿,东道主持藤杖向一道小门一敲,房门便豁然洞开,从里面出来三个月儿般窈窕美丽的女郎。她们中的一人是弹琵琶的,一人是打铙钹的,另一人是跳舞的。婢仆们边给客人传递干果、水果,边在客人和三个女郎之间挂起一个有金环、丝穗的缎子帐幕,以便弹唱、歌舞,供客人尽情欣赏。东道主苦心孤诣、无微不至地款待客人,却不认识所招待的究竟是谁;而哈里发穆尔台基督·彼拉对主人的隆情盛意,却视若无睹,抱不屑一顾的态度,故形成格格不入的场面。

"你是贵族世家吧?"哈里发终于开口打听东道主的虚实了。

"不,我的主人啊! 我不过是生意人家的子嗣罢了。人们都知道我叫艾布·哈桑·阿里。先父名伊本·艾哈麦德,原籍是呼罗珊。"

"你认识我吗?"哈里发追问一句。

"指安拉起誓,我的主人啊! 对二位贵宾,我可是谁都不认识呀。"

"这位是众穆民的领袖穆尔台基督·彼拉;先帝穆台旺克鲁·阿隆拉是他的祖父。"哈睦东指着哈里发向东道主做了介绍。

艾布·哈桑·阿里听了哈睦东的介绍,不禁吓得发抖,赶忙跪倒在哈里发脚下,说道:"众穆民的领袖啊! 指陛下的纯洁祖先起誓,如果我对陛下有失检或不礼貌的地方,千万求主上饶恕我。"

"你尊敬我们的程度,已经达到无以复加的境地了,可是我对你却有怀疑的地方。如果你老老实实地把个中真情实况告诉我,而能使我相信得下,那你就平安无事;假若你不肯对我说实话,我便给你举出确凿证据来,那你就要受最严厉的、为我从来不曾施用的刑法呢。"

"愿安拉保佑我不撒谎。众穆民的领袖啊！请问陛下有什么怀疑的地方呢？"

"我从一进你家里来,眼看这屋宇之巍峨及其中所有的家具、摆设、用具之考究,甚至于连你穿戴的衣冠等,一切的一切,无不载有先祖父穆台旺克鲁·阿隆拉的徽号。这到底是什么缘故呢？"

"众穆民的领袖啊！愿安拉匡助陛下。诚然,陛下的头发是真理的标志,陛下的衣服是诚实的象征。在尊严的御前,是没人敢说瞎话的。"

哈里发眼看艾布·哈桑·阿里的惶恐状态,心有所感,便吩咐他坐下来谈。

艾布·哈桑·阿里遵循命令,果然坐在御前,说道:"众穆民的领袖啊！首先求安拉保佑陛下。我的情况是这样的:当初在巴格达城中,没有谁比先父和我更优越、富厚的了。此中情况,说来话长。现在恳求陛下平心静气地仔细听我道来,以便把陛下怀疑我的地方讲清楚。"

"你从头慢慢讲吧。"哈里发同意艾布·哈桑·阿里的要求。

于是艾布·哈桑·阿里开始讲述他的经历:

启禀众穆民的领袖:我父亲原是做生意买卖的一个商人。他所经营的是兑换银钱、买卖香料和布帛等行业。在每一行业市中,他都设有铺面、委托人和各色货物。在金银市中的银铺后面有间内室,专供他休息之用。他的生意非常兴隆,利润日益增加,到后来,他的钱财多到无法计算的程度。家父只有我一个儿子,所以格外疼爱我,无微不至地关心我,直至他临终之时,还念念不忘地教导我,嘱咐我好生侍奉母亲,认真敬畏安拉。

家父弃世后,我沉溺于享乐生活中,讲究吃喝、玩耍,广交朋友,大肆挥霍,过着无拘无束的浪荡生活。家母一再规劝我,埋怨我;我可是从来不听她的忠告。结果,把钱财都花光了,就变卖产业,最后只剩自己居住的一幢房屋,那是一幢无比精致的居室。因为没有钱花,不得不打变卖居室的主意,所以我对母亲说:"娘,我要变卖这幢房屋了。"

"儿啊!你若变卖居室,这就丢脸、出丑,你没有栖身的地方了。"

"这幢房屋值五千金币呢。我卖掉它,拿一千金买一幢房屋居住,其余的钱拿去做本钱经营生意。"

"你愿意以这个价钱把房屋卖给我吗?"

"当然愿意的了。"

经过一番交谈,家母打开柜子,取出一个陶器,里面盛着五千金币。我眼看那种情景,一心以为这幢房屋中,到处都是金子。当时家母对我说:"儿啊!你别以为这笔钱是你父亲的。指安拉起誓,我的孩子,这笔钱原是你外祖父给我的。我把它保存起来,以备不时之需。因为跟你父亲相处的时代,我的生活很富裕,没有使用这笔钱的必要,才一直保存到现在呢。"

我从家母手中拿到五千金币,却不听她的教导、劝告,随即又回到过去那种吃喝、玩耍、广交酒肉朋友的浪荡、享乐的生活中,挥霍无度,很快就把钱花光了。没办法,只得对母亲说:"我还是要变卖房屋呢。"

"儿啊!我曾禁止你出卖房屋,因为我知道你需要它栖身嘛。干吗你又要出卖它呢?"

"你别啰唆。我非卖它不可。"

"以一万五千金的代价把房屋卖给我吧;但是要附加一个条件:即由我自己来替你管理这笔钱。"

我同意母亲提出的条件,果然以那个数字的代价把房屋卖给她。于是家母找来先父的代办人,给每人一千金币,委托他们继续经营,剩余的一部分钱,由她自己掌握着开支,同时也给我一部分做本钱,让我从事买卖。她嘱咐我:"去你父亲铺中,好生经营吧。"

我按照母亲的指示,去到钱市中的铺子里,跟商人们结交、往来,买的买,卖的卖,从此生意逐步兴隆,赢利日益增加。家母见我的情况好转,感到快慰,把她珍藏着的珠宝、玉石和金子一股脑儿拿给我看。

我继续经营,生意越来越兴旺,赢利越来越增加;过去被我挥霍、浪费掉的那些钱财,也逐渐赚回来了;而我掌握的财富,已恢复到先父在世时的那种状况。往昔同先父来往的代办人依然和我交往,所以我把货物批发给他们拿去经营,而且还扩充铺面。

有一天,我像平时一样,照例坐在铺中经营生意,忽见一个女郎走进我铺里。她的体态、姿色那么苗条、美丽,是我从来没见过的。一见面她便冲着我问道:"这是艾布·哈桑·阿里的铺子吗?"

"是的。"我简单地回答一句。

"他在哪儿呢?"

"我就是。"我回答着被她那绝无仅有的姿色给惊呆了。

女郎从容坐下,大大方方地跟我交谈,说道:"让你的仆童给我称三百金吧。"

我吩咐仆童按她说的数字去称金子。仆童果然称了三百金,女郎便带着金子扬长而去。当时我迷迷糊糊,处于发呆状态,只听仆童问我:"你认识她吗?"

"不,指安拉起誓! 我并不认识她。"

"那么你干吗教我给她称金子呢?"

"指安拉起誓! 由于她的姿色使我眼花缭乱,所以我所说的什么话,连我自己也不清楚了。"

仆童不让我知道他的意图,拔脚跑去跟踪那个女郎。过了一会儿,仆童哭哭啼啼地回到铺中,脸上带着伤痕。我感到奇怪,问道:"你怎么了?"

"我跟在那个娘们的后面,要看一看她的行踪。她发觉我跟踪她,便转过身来,狠狠地打了我几巴掌,差一点儿把我的眼睛给打瞎了。"

我对那个女郎一见钟情，爱她爱得神魂颠倒。可是从第一次打交道之后，快一个月的工夫，她不曾到我铺中来。直到月末，那女郎才突然姗姗而来。一见面她便向我打招呼、问好，说道："那天我走后，也许你曾对你自己说：'这是什么奸计呀？她怎么拿着我的钱就走了呢？'是吗？"

"指安拉起誓！我的小姐，我的钱财和生命都是听你使唤的。"当时我乐得几乎飞腾起来。

女郎揭下面纱，坐下来休息。这时候，她佩戴的首饰、项链等装饰品，便在她面颊、胸前光耀夺目地显露出来，把她衬托得像人间仙女，更加美丽、可爱。继而女郎对我说："给我称三百金吧。"

"听明白了，遵命就是。"我应声即时给她称了金子。

女郎携带金子走了，我便吩咐仆童："你跟随着去看一看她的去向吧。"

仆童按我的指示跟在女郎后面，去窥探她的去向。可是他回来时，却愕然哑口无言。

后来又过了一段时期，那女郎又突然来到我铺中，跟我寒暄一会儿，然后说道："我需要钱用，给我称五百金吧。"

我本来要问她："我凭什么要给你钱呢？"可是因为太爱她的缘故，所以话说不出口来。那期间，我每次和她见面，全身的肌肉都紧张、战栗不止，脸色变得苍白，该说的话都忘得一干二净。当时我的情况，恰像诗人的描绘：

> 每逢突然见她之面，
> 我都愕然无言相对。

我给女郎称了五百金，让她带走。然后我才亲自出马，跟在她后面，看她的去向。直到珠宝市中，只见女郎向珠宝商人购买项链。当时她无意间回头看见我，便对我说："替我付五百金吧。"

珠宝商一见我便起身打招呼，表示敬意。我对他说："项链给她拿去,钱记在我账上好了。"

"听明白了,遵命就是。"珠宝商应声把项链交给女郎。

女郎携带项链,匆匆离开珠宝商店。我继续跟随她,一直去到底格里斯河畔,见她走进停在岸边的一只小艇中。当时我向她做出一个跪在她脚下吻地面的姿势。她启齿嫣然一笑,随即乘船飘然而去。我站在岸边,仔细观看,见小艇划到对岸停下,女郎便上岸走进一幢宫殿里。我仔细打量一番,知道那幢宫殿原来是哈里发穆台旺克鲁·阿隆拉的行宫。

我败兴而返,觉得世间所有的苦恼都集中在我身上了。那女郎拿走我的三千金,我想着懊丧不已,暗自说:"她拿走了我的金钱,又毁坏了我的理智,说不定下一步她就凭爱情而要我的命呢。"

我回到家中,把这件事的经过全都讲给我母亲听。她听了,嘱咐我:"儿啊!往后你别轻易见她的面,就不至于遭杀身之祸了。"

我照常去铺中经营生意的时候,一天我在香料行业中的经理人来看我。他原是个上年纪的老头子,一见面便说:"我的小主人啊!怎么你的神情变得大不相同了呢!你露出一副垂头丧气、愁眉苦脸的模样,这是为什么呢?告诉我个中的情况吧。"

我把同女郎交往的经过,从头详细叙述一遍。他听了说道:"孩子,那个女郎原是皇宫中的宫娥彩女,如今提升为哈里发的宠姬了。你把用在她头上的那笔钱,当作是为安拉而开支的费用吧;从此你不必再为她而伤脑筋了。要是她再来,你就拒绝接见她,并把情况告诉我,以便我替你出个主意,免得受她的害。"

老头子语重心长地劝告我一番,然后告辞归去,可是我心中仍然冒着炽烈的火焰。而在当月末,那女郎又不期而然地来到我铺中,使我感到十分欢喜。一见面她便问我:"那天是什么促使你跟着我走呀?"

"是衷心热爱你的感情促使我这样做的。"我回答着不自主地悲哀哭泣起来。

女郎可怜我的痴情,不禁洒下同情之泪,说道:"指安拉起誓!如果说你心中存在着爱情,那么我心中的爱情,却比你心中的有过之无不及。但是我怎么办呢?指安拉起誓!除了每月同你见一次面,别的办法我是想不出来的。"她说罢,递给我一张字条,说道:"这字条上提到的人,他是我的委托者。你凭这张字据去向他取款好了。"

"我可不需要钱;而我的钱和命都是你的替身呢。"

"我将要为你安排一个可以接近我的办法,虽然这样做对我来说是挺困难的。"她许下诺言,然后告辞归去。

女郎走后,我便上香料市去,找到我的代办人,告诉他女郎前来和我见面、交谈的经过。老人家关心此事,陪我去底格里斯河畔走了一趟,把女郎出入的那幢穆台旺克鲁·阿隆拉的行宫观察一番,打算据此替我寻找出路。当初他感到困惑,不知如何行事才好。继而他发现附近有一间裁缝铺,铺子的窗户正对着河岸,裁缝和学徒们正在铺中缝纫。于是他指着裁缝铺说:"凭这个你的目的是可以达到的。你故意扯破衣袋,然后去找裁缝替你修补;修补之后,给他十个金币,或者请他做衣服,然后多给他报酬也行。"

"听明白了,遵命就是;我一定照你的指示去做。"我应诺着同老头分手,随即回到家中,取出两匹罗马锦缎,带到裁缝铺中,对裁缝说:"劳驾用这两匹材料,替我做四件衣服,其中两件对襟的、两件套头的。"

裁缝果然按我的要求替我裁剪、缝纫,而我给他的报酬却比一般的工资多好几倍。最后裁缝交衣服给我的时候,我拒绝接收,说道:"这几件衣服留给你和你的伙计们穿吧。"从此我认识裁缝,在他铺中跟他一聊就是几个钟头,并经常和他往来,请他代做别的衣服,还建议说:"你把替我缝的衣服挂在铺外,让过路人参观、购买。"他果然照我的建议把衣服挂在铺外。这样一来,从行宫中出来的人,凡看见衣服而认为新奇、可爱的,便送给他一件,甚至于连门房都不例外。我这样做下去,却使裁缝感到惊奇、诧异。有一天他对我说:"我的孩子,告诉我你的实情吧,因为你在我这儿做了上百件细软衣服,每一件衣服的成本是很高的,可是极大多数都送给别人了。这样的事,是一般商人所不为的,因为商人们所计较的是金钱呀。你这样慷慨施舍,你的本钱到底有多少呢?你每年能赚多少钱呢?请把实际情况告诉我吧,以便我助你一臂之力,促使你的希望实现。请看安拉的情面,告诉我吧:莫非你是在谈恋爱吗?"

"不错,你猜对了。"我剀切地回答他。

"那么你追求谁呢?"

"哈里发行宫中的一个丫头。"

"好多人叫这些丫头给勾引坏了,愿安拉罚她们丑态百出!"裁缝慨叹几句,接着问道:"她叫什么名字?"

"我不知道。"

"你说一说她的模样吧。"

我果然把女郎的模样、装束、打扮对裁缝叙述一番。他听了叹道:"这个该死的家伙! 她是哈里发穆台旺克鲁·阿隆拉最宠幸的歌姬,也是行宫中弹琵琶的能手。你要高攀她,这可不容易。不过她有个仆人,我可以介绍你同他结识,并在他的帮助下,你就有机会接近她了。"

说来事属巧遇。那天裁缝同我谈论这个问题的时候,适逢那女郎的仆人从宫中出来,人生得标致、漂亮、面如满月。他从成衣店门前经过,看见裁缝刚替我做成的各色绸缎衣服,便走到我跟前仔细欣赏。我站起来招呼、问候他,对他表示敬意。他问我:"你是谁?"

"我是做买卖的生意人。"

"这些衣服卖不卖?"

"卖。"

他选择了五件衣服,然后问道:"这五件要多少钱?"

"这几件衣服送把你,作为咱们认识结交的见面礼吧。"

他收下衣服,感到满意。我趁机赶回家去,为他取来一袭绣花、镶珠玉、价值三千金的名贵衣服。他欣然收下,并带我进宫,到他的寝室里。他问我:"你是商界中的谁呀?"

"我不过是商界中一个平常的生意人罢了。"

"你的举止、行动使我感到怀疑而不可理解。"

"为什么呢?"

"因为你送我许多礼物,这把我的心给抓住了。按我的看法,你一定是艾布·哈桑·阿里吧。"

听他提我的姓名,我无言对答,不禁悲从中来,终于流下感伤的眼泪。他说道:"你干吗哭泣?指安拉起誓!你为她而哭泣的那个人儿,她恋念你的心情,比你恋念她的心情,是有过之而无不及的。她钟情你的消息,在宫娥彩女队中早传开了。"接着他问我:"现在你要做什么呢?"

"我要你帮助我,使我免受灾难。"

他慨然答应我的要求,约定来日见面,我才告辞回家。

次日清晨,我如约去到那个仆人的寝室里,看他怎样帮助我。他对我说:"昨天晚上,她伺候哈里发之后,我上她屋里去,把你的情况全都告诉她。她决心要同你见面。今大你就待在我屋里,等待天黑吧。"

我耐心等待,好不容易才等到日落。这时,仆人拿来一件绣金衬衫和一袭哈里发的御用宫服,给我穿戴起来,并替我熏香一番,于是我一下子就变得跟哈里发一模一样。继而他带我去到一处走廊前面,指着两排门户相对的房舍说:"这是受宠的妃嫔们的居室。你打这儿一直走过去,每经过一道房门,便在门前放下一粒蚕豆。因为哈里发每天晚上是习惯于这样做的。你走到右手边的第二道走廊时,便看见一间以云石为门限的房间,那就是你的主人的卧室,你只管推门进去就成了。至于往后如何带你出去这件事,你放心吧,安拉会使我轻易办到的,把你装在箱柜中运出去也行。"

仆人指点一番,转身走了。我按他的指示,数着房门向前走,并在每道门前放下一粒蚕豆。我走了一会儿,刚到那些宿舍之间,忽然听见一片喧哗声,接着便看见烛光。那烛光直向我这方面移动,越来越近。我定睛一看,却原来是哈里发本人,被手持蜡烛的宫娥彩女们簇拥着姗姗而来。同时我还听见两个女人的谈话声;其中的一个说:"我的姊妹哟! 难道我们有两位哈里发吗? 刚才哈里发打我房前过去了,我还闻见馨香气味呢,他也按习惯把蚕豆放在我门前了,可是现在我又看见哈里发的烛光。喏! 他过来了。"接着另一个应声说:"这可是一桩奇事呢,因为穿御衣伪装哈里发这类事,是没人敢做的呀。"

烛光继续移动,快到我跟前了。我心惊胆战,吓得全身发抖。幸亏有人呼唤宫娥彩女们说:"在这儿呢!"于是她们随着呼唤声,一齐涌进一间寝室里。过了一会儿,宫娥彩女们才簇拥着哈里发从那间寝室里出来,继续向前,直走到我所追求的那个女郎的房前,哈里发问道:"这是谁的居室呀?"

"是佘赭勒图·顿鲁的闺房呢。"宫娥彩女们齐声回答。

"叫她出来吧。"

宫娥彩女们遵命出声一呼唤,佘赭勒图·顿鲁便应声开门出来,立刻跪下去吻哈里发的脚。哈里发问道:"今夜晚,你愿意陪我喝几杯吗?"

"如果不为玉驾降临,如果不为我得睹龙颜,我就不要喝了。因为今夜里,我一直没有喝酒的兴趣。"

哈里发听了佘赭勒图·顿鲁的回答,吩咐侍从:"告诉管库的赏她一串名贵的项链吧。"于是哈里发在烛光下,随佘赭勒图·顿鲁进她的寝室去了。这时候,宫娥队中走在前面的一个宫女已经挨到我跟前。她的面容比她手中的烛光还明亮。她一见我便惊叫道:"这是谁呀?"她边说边抓住我不放,随即把我拉到左近的一间房内,问道:"你是谁? 是干什么的?"

我赶忙跪下去吻地面,说道:"我的小姐哟! 请看安拉的情面,可怜可怜我,饶我一条命吧。恳求你以救命之恩,去换取安拉的赏赐吧。"当时生命危在旦夕,我吓得痛哭流涕。

"毫无疑问,你一定是个窃贼。"

"不;指安拉起誓! 我不是贼。你看,我有偷盗的形迹吗?"

"你要老老实实地把实际情况告诉我,我才能保护你。"

"我是一个无知的痴情者。我被痴情和愚蠢捉弄到你所看见的这个样子,致使我陷入困境中了。"

"你暂且待在这儿,我去一会儿就来。"她吩咐着走了出去。

过了一会儿,那宫女果然回到房内,随身带来一套女人衣服,让我躲在屋角里,替我穿戴起来,然后吩咐道:"跟我来吧。"我听从她的指使,跟在她后面,离开那间寝室,一直被带往她自己的卧室中,让我坐在一张铺着考究被褥的床上,说道:"不要紧的,你安心坐着吧。你不是艾布·哈桑·阿里吗?"

"不错,我就是艾布·哈桑。"

"只要你不是贼,说的又是实话,那么安拉会饶恕你的。如若不然,那你就非死不可了;因为你冒充哈里发,穿他的宫服,并盗用他的香料。如果你真是艾布·哈桑,这就安全了,就用不着害怕了。因为你是佘赭勒图·顿鲁的朋友呀。她是我的姊妹,经常提你的姓名呢。她告诉我们:她如何拿你的钱,你却没有悔恨之意。还告诉我们:你如何跟随她到河边,并跪下去吻地面表示尊敬她的动作等。总之,她心中为爱你而燃烧着的火焰,比你心中为爱她而燃烧着的火焰更炽烈呢。不过你是怎样到这儿来的? 是她叫你这样做吗? 或者是别人让你这样做的? 其实,你这是拿生命冒险呀。而你来同她会面有什么意图呢?"

"我的小姐啊! 指安拉发誓,谁都没叫我这样做,是我自己甘冒生命危险而这样做的。我来同她会面的目的,只不过是看一看她,听一听她谈话罢了。"

"你说得多好听呀!"

"小姐，我所说的是实话，这有安拉做见证，对她来说，我心里从来没起过为非作恶的念头。"

"凭你这副心肠，安拉挽救你了，我对你也产生怜悯心情了。"继而她回头吩咐她的丫头："喂！你上佘赭勒图·顿鲁房里去，说我问候她，祝福她；告诉她我心绪不宁，今晚请她照例到我这儿来玩。"

丫头去了一会儿，随即转回来，说道："佘赭勒图·顿鲁祝福小姐。说安拉会以你的长寿使她幸福，会使她做你的替身。她指安拉发誓说，如果小姐在另一个时间唤她，她是不会耽搁的。但这次哈里发患头痛，她抽不出身来看小姐。还说她在哈里发御前的地位，你是知道的。"

"你再去一趟，告诉她：为我和她之间的秘密事情，她非到我这儿来一趟不可。"

丫头遵循命令，再一次去请佘赭勒图·顿鲁。过了一会儿，佘赭勒图·顿鲁果然随丫头姗姗而来。她眉开眼笑，面如初升的满月。宫女起身迎接，姊妹互相拥抱。接着宫女说道："艾布·哈桑，你出来见她，吻她的手吧。"

当时我躲在室内的套间里，随即应声而出。佘赭勒图·顿鲁一见我就扑过来，把我搂在她的怀里，说道："你是怎么穿哈里发的宫服的？怎么使用他的装饰和香料？告诉我个中的情况吧。"

我果然把个中经历和所遇到的恐怖情况，从头到尾，详细叙述一遍。她听了说道："你为我而吃苦头，这使我难过极了。赞美安拉！是他使你转危为安的。现在你进入我姊妹和我的屋子里，这就更安全了。"

佘赭勒图·顿鲁悄悄地带我上她自己的寝室去，并继续跟她的姊妹谈话，说道："我曾经发过誓言，在和他见面时，决不做违法的苟合之事。但是，正像他冒生命的危险而经受这种恐怖那样，我可是存心做他脚踩的地面、鞋下的泥土呢。"

"凭你这点意念，他会获得安拉的拯救的。"

"我所要做的这件事，从开始直至同他结合时为止，你是可以看得见的。在策划方面，我非格外努力奔走不可。"

正当佘赭勒图·顿鲁向她的姊妹和我谈论这件事的时候，忽然听见喧阗声越来越近。我们仔细一看，原来是哈里发因过分偏爱佘赭勒图·顿鲁而再一次光临她了。在这样的情况下，她即刻把我藏在地道下面，盖上地板门，才出房迎接哈里发，迎他进屋坐下，自己站在一旁侍候，并吩咐丫头拿酒来，亲手斟给他喝。

当初哈里发格外宠爱一个叫邦赭图的妃子，是王子穆尔堂祖·彼拉的生身之母。后来哈里发和邦妃之间，彼此发生龃龉，感情破裂。邦妃却恃其无与伦比的姿色，不肯低头，以求与哈里发和好如初；而哈里发穆台旺克鲁则碍于君权、帝位之尊严，不肯示弱以求与邦妃言归于好。在那样的僵局之下，哈里发心中虽然同样燃烧着怀念邦妃的烈火，可是为保全帝位的尊严，只好到宫娥中找与邦妃类似的人消遣，到她们房中取乐。当时哈里发尤其喜欢听佘赭勒图·顿鲁歌唱，所以逢场作戏，让她弹唱几曲助乐。佘赭勒图·顿鲁欣然应诺，拖起琵琶，调一调弦，然后边弹边唱道：

> 命运在我和他之间的作怪使我感到惊奇，
> 随着我们交情的破裂命运便销声匿迹。
> 我回避你时人们说我不懂爱情，
> 我追求你时人们说我缺乏耐性。
> 爱她使我每夜里增加感伤念头，
> 消遣、娱乐的日期直推迟到世界末日。
> 她的皮肤软如丝绸，
> 柔美、悦耳的辞令不蔓不枝。
> 一双眼睛为安拉一手所造成，
> 像醇酒起作用那样它俩为理智而号啼。

哈里发听了弹唱，感到无比兴奋。我躲在地道里，也非常感动。

假若不是安拉恩顾,我会快乐得狂叫起来,那就要丢脸、失体面了。
后来佘赭勒图·顿鲁接着弹唱道:

> 长期恋念之余我把他拥抱在怀里,
> 莫非拥抱之后彼此便朝暮相依?
> 为消除心中燃烧着的火焰我痛吻他的嘴唇,
> 但是我碰到的却是更加炽烈的痴情。
> 我胸中的怨尤似乎永久不可熄灭,
> 除非是两个灵魂浑然化合为一。

哈里发听了佘赭勒图·顿鲁弹唱,越发兴奋,快乐得忘乎所以,欣然说道:"佘赭勒图·顿鲁,你指望我给你什么呢? 你说吧。"

"众穆民的领袖,我指望陛下解放我,给我自由。因为陛下这样做的结果,是会获得安拉的赏赐呢。"

"看安拉的情面,从此你是自由民了。"哈里发毅然解放了她。

佘赭勒图·顿鲁一听哈里发释放她,恢复她的自由,立刻倒身跪下去吻地面,表示感谢皇恩。哈里发吩咐道:"你抱起琵琶,再弹唱一曲,把我所迷恋而向她求欢那个娘们的情景描绘一番吧。"

佘赭勒图·顿鲁听从吩咐,果然抱起琵琶,边弹边唱道:

> 消除我节欲念头的美人儿哟!
> 在任何情况下你离不开我的主权范围。
> 如果我对你卑躬屈节,
> 这最适合爱情的要求;
> 或者表示庄重、尊严,
> 那也是王权所必需。

哈里发听了弹唱,不胜其兴奋,说道:"抱起琵琶,再弹唱一曲,分析一下我自己以及摆布我,而使我失眠的那三个娘们的情景吧。我所指的三个娘们,其中有你和跟我翻脸的那个丫头。至于另外的一个呢,我暂不提她的姓名,因为和她类似的人是找不到的。"

佘赭勒图·顿鲁听了哈里发的吩咐,毅然抱起琵琶,边弹边抑扬顿挫地唱道:

> 三个歌姬牵着我的马缰前进,
> 在我心目中奠下崇高地位。
> 我从来不服从宇宙间任何英雄豪杰,
> 依顺她们却换来反抗的报酬。
> 那是爱的威力所造成的结局,
> 她们凭它摧毁我至高无上的王权。

哈里发听了弹唱,认为诗意跟他的境遇吻合,感到无比惊奇、诧异,一时情动于衷,心回意转,存心同那个傲慢、迷人的邦姬和解,恢复旧情。于是他毅然决然离开佘赭勒图·顿鲁的闺房,前去寻找邦姬。一个丫头赶忙奔到邦姬房中去报喜,透露哈里发前来看她的消息。邦姬随即出房门迎接哈里发,跪下去吻了地面,然后吻他的脚。从此哈里发和邦姬互相谅解,彼此和好如初。

哈里发刚离开佘赭勒图·顿鲁的寝室,她便怀着喜悦心情揭开地板门,让我走出地道,说道:"由于你的光临,我被解放出来了。也许在安拉的援助下,我所谋划的事一旦成功,咱们就合法地聚首了。"

"赞美安拉!"我感到无限快慰。

佘赭勒图·顿鲁跟我正谈论这件事情的时候,她的仆人突然进入室内。我们把前后的经过,从头叙述一遍。他听了说道:"感谢安拉! 是他使这件事有好结果呢。祈望安拉保佑你平安出去,并使这件事达到善始善终的美满目的。"

这时,佘赭勒图·顿鲁的姊妹为关心此事,也来到她房中。一见面,佘赭勒图·顿鲁便说:"法蒂尔我的姊妹,快来出主意吧! 我们怎么办才能平平安安地把他送出宫去呢? 蒙安拉恩赏,我自身可是得到解放了。因他的光临,我一变而为自由民了。"

"关于送他出宫这件事,我没有别的主意,只好拿女人衣服给他穿起来,用男扮女装的办法吧。"她说着果然拿来一套女衣,给我穿起来,把我打扮成女人模样,然后打发我混出宫去。

我按照她们的安排、指使,离开佘赭勒图·顿鲁的寝室,一直走向皇宫大门。可是想不到中途碰见哈里发坐在成群的婢仆丛中。他定睛看我一眼,便断然表示怀疑,即刻吩咐侍从:"你们快去把那个丫头给我带过来。"

侍从们把我带到哈里发御前,揭开我的面纱。哈里发一眼看穿我的本来面目,便追问个中实情。我毫不隐瞒,把自己的所作所为,全都坦白出来。哈里发听了我的叙述,沉思默想一会儿,随即起身,径往佘赭勒图·顿鲁房中,质问道:"你干吗舍我而挑选一个商人之子呢?"

佘赭勒图·顿鲁跪倒在哈里发脚下,吻了地面,然后把她自己的事,从头到尾,老老实实地详细叙述一遍。哈里发听了个中情节,油然产生同情怜悯心肠,对她和我之间的爱情和处境,表示有所体谅而予以宽恕,随即从容归去。

佘赭勒图·顿鲁的仆人匆匆来到她房中安慰她,说道:"你安心自如吧。你的朋友在哈里发御前所招供的,同你对哈里发所谈的全都一样,当中没有一字一句之差。"

哈里发听了佘赭勒图·顿鲁的口供,随即回到原来休息的地方,又把我唤到御前,问道:"是什么促使你胆敢闯进皇宫来?"

"众穆民的领袖啊!这是我的无知、痴情和对陛下的宽恕、仁慈所具备的信心而使我这样做的。"我回答着痛哭流涕,一直跪在他脚下吻地面。

"我饶恕你二人了。"哈里发说着吩咐我坐下,并即刻召法官艾哈麦德·艾比·达伍德进宫,办理订婚手续,让我和佘赭勒图·顿鲁结为夫妻,把她身边的一切摆设和家具什物,作为妆奁陪嫁,并在她寝室里举行结婚仪式。

我同佘赭勒图·顿鲁结婚后,在皇宫中住了三天,这才把她的嫁妆全都搬到我自己家中来。陛下所看见的、从而引起陛下怀疑不解的这些家具、摆设,全是哈里发穆台旺克鲁·阿隆拉陪嫁佘赭勒图·顿鲁的妆奁。

　　从此,我同佘赭勒图·顿鲁过着相敬如宾、举案齐眉的如意生活。有一天,佘赭勒图·顿鲁对我说:"你要知道:哈里发穆台旺克鲁·阿隆拉是个仁慈、厚道的人,但唯恐有朝一日他会想到我们,或者嫉妒者会在他面前谈论我们,因此我打算做一件事,可以防患于未然。"

　　"你打算做什么呢?"

　　"我打算请求哈里发允许我去麦加朝觐,借此机会忏悔一番,从而结束弹唱生涯。"

　　"你这样去暗示他,这倒是个好办法。"我同意佘赭勒图·顿鲁的想法。

　　那天佘赭勒图·顿鲁同我正在讨论这件事情的时候,哈里发的钦差大臣突然到我家来,请佘赭勒图·顿鲁进宫去给哈里发弹唱,因为哈里发最爱听佘赭勒图·顿鲁弹唱的缘故。佘赭勒图·顿鲁奉命进宫去侍候哈里发。哈里发当面嘱咐她:"往后你必须经常到宫中来,不要和我们断绝往来。"

　　"听明白了,遵命就是。"佘赭勒图·顿鲁满口应诺。

　　从那天以后,佘赭勒图·顿鲁经常应邀进宫去弹唱,为哈里发表演,已习以为常。有一天,她照例应邀进宫去了;可是刚去了不多一会儿,便哭哭啼啼地撕破衣服奔回家来。眼看那种情景,我大吃一惊,暗自叹道:"我们是属于安拉的,我们都要归宿到安拉御前去。"当时我以为是哈里发下令逮捕我们来了,赶忙问道:"是穆台旺克鲁·阿隆拉生我们的气吗?"

　　"哪儿还有穆台旺克鲁呀? 穆台旺克鲁的江山崩溃了,他的形象被磨灭了。"

"到底是怎么一回事？把真实情况都告诉我吧。"我急于要知道个中底细。

"穆台旺克鲁原是坐在帷幕后面喝酒的,陪他吃喝的有艾勒法台哈·本·哈高和萨德格图·本·萨德格图;可是他突然受到王子闷台隋鲁和一群土耳其人的袭击,当场把他给杀害了。于是宫中原来一片欢喜、快乐的气氛,霎时变成凶险、恐怖的景象;先前眉开眼笑的人们,一下子号啕、感伤起来。在那样混乱、恐怖境况中,幸亏安拉保佑,我才同丫头们逃脱性命呢。"

我听了这个晴天霹雳,立刻落荒逃命,乘船顺流而下,逃往巴士拉避难。继而消息传来,在京城中,闷台隋鲁和穆斯台尔努两个王子之间,为争夺帝位而大功干戈,天下大乱,老百姓不能安居乐业。我自己忧心忡忡,怕得要死,只好把妻室、财物迁往巴士拉,作为暂时栖身、保命之地。

艾布·哈桑·阿里在哈里发穆尔台基督·彼拉御前,小心翼翼、不胜其详地讲完他的经历,接着说道:"众穆民的领袖啊!上面所述就是我前半生的经历。我所谈的全是事实,当中没有丝毫增减。陛下在我家里所见的家具、摆设什物之所以有先帝穆台旺克鲁的徽号,那是他赏赐我们的珍贵礼物。而我们的幸福原是从你们那高贵的根源中分支出来的。因为你们不但为人宽厚,而且是一切恩惠的源泉呢。"

哈里发穆尔台基督·彼拉听了艾布·哈桑·阿里的叙述,一方面感到无比欢喜,同时又觉得他的经历离奇古怪。继而艾布·哈桑·阿里带他的妻室子女出来谒见哈里发,让她们跪在哈里发脚下,祝福他万寿无疆。

哈里发眼看佘赭勒图·顿鲁那窈窕、美丽的形态,感到惊奇、羡慕。他一时高兴,慨然索取笔墨,挥笔给艾布·哈桑·阿里写了一张免税执照,免收二十年的房地产税,并待他为知心朋友。从此艾布·哈桑·阿里博得哈里发赏识、信任,经常出入宫廷中,陪随哈里发吃喝、消遣,直至白发千古。

陔麦伦·宰曼的故事

陔麦伦·宰曼和卡凯本·萨巴哈

古时候埃及有个生意人,名叫尔补顿·拉候曼。他膝下只有一男一女,兄妹两人都生得标致漂亮,如花似玉,因此商人给儿子取名陔麦伦·宰曼,女儿取名卡凯本·萨巴哈。

尔补顿·拉候曼鉴于自己的子女生得太美丽可爱,认为必须认真保育他们,为了避免外人敌视和流言中伤,以及免遭坏人的阴谋诡计,他便苦心孤诣地把子女关在家中教养,除了父母和仆役外,整整十四年的工夫一直不让他兄妹跟外人接触。在那漫长的日子里,商人夫妇分别教子女读书、写字、背诵《古兰经》,并灌输文学艺术知识;直至儿子长大成年,商人的老婆才对丈夫说:

“你打算把儿子关到什么时候才让他跟外人接触呢?他到底是男孩子还是女孩子?”

“他自然是男孩子啰。”

“他既然是男孩子,为什么你不带他到生意场中陪你坐在铺里教他生意买卖的本领,让他结识来往的商人,以便人们都知道他是你的儿子呢?你这样做,将来你百年归真的时候,众人都知道陔麦伦·

宰曼是你的儿子,他才能够继承你的遗产。要不然,你这么无声无息地一倒头,陜麦伦·宰曼凭空对人说:'我是尔补顿·拉候曼的儿子。'人家是不会相信的;人家会说:'我们没见过你,我们不知道他有什么子嗣。'那时候,官家来没收你的财产,你的儿子就丧失继承权了。同样,我们的女儿卡凯本·萨巴哈,我主张她也在人前出现,叫人们对她有个明确的认识,可能有情况跟她仿佛的人会来求婚,我们才可以替她完成婚姻大事呢。"

"为了保护他兄妹两人不遭意外,我才这样做的。因为他兄妹生得太可爱;可爱的人容易惹人嫉妒、敌视嘛。"

"托靠主!在安拉的保护下,那是万无一失的。今天你第一次带他到铺里去看看市面吧。"

于是她给儿子收拾打扮一番,拿最华丽的衣冠给他穿戴,把他打扮成十分惹人注目、非常吸引人心的特殊人物,让他父亲带他出去。在往市场的途中,看见他的人,都怀着惊奇羡慕的心情,全都被他的美貌所吸引,一个个走到他面前,吻他的手,问候他,围着他看热闹。有人说:"太阳从尔补顿·拉候曼家中升起来,照亮街市了!"有人说:"月亮从尔补顿·拉候曼家里升起来了!"有人说:"节日的新月①从尔补顿·拉候曼家中初露头角了!"大家指手画脚地夸赞他,祝福他。

尔补顿·拉候曼非常讨厌那些追随的人群,听了他们的赞叹,觉得十分惭愧。他不能制止他们,只埋怨自己的老婆,暗地里咒骂她,因为是她叫带儿子出门才惹出事来的。他回头一看,见跟着看热闹的人越来越多,前后左右都是人群。经过大街,来到铺子门前,他开了铺门,坐在铺中,让儿子坐在身旁,抬头一看,见人们挤得水泄不通,过路的人,都要站在铺前看他的儿子,谁也不肯看了就走,于是男

---

① 阿拉伯人使用阴历,他们的某些节日如斋戒节等是以见新月出现而开始的,因此称新月为节日的新月。

男女女,排队围绕着他。商人眼看人们成群结队地呆看他的儿子,感到无地自容,一时困惑、迷惘起来,不知怎样应付才好。

陔麦伦·宰曼和苦行者

正当尔补顿·拉候曼感到彷徨、左右为难的时候,突然有个道貌岸然的苦行者挤出人群,来到陔麦伦·宰曼附近,望着他标致漂亮的容貌,吟诗赞颂,感动得痛哭流涕。继而他用右手摸着白发,慢步走到陔麦伦·宰曼面前;人们都因他的威严而感觉惊奇。他望着陔麦伦·宰曼,显出迷魂失魄的心情,愕然献给他一束鲜花。商人忙掏出几个银币,递给他,说道:"修行的,这是给你的报酬;拿着,快走开吧!"

苦行者收了钱,一屁股坐在铺前的长凳上,望着陔麦伦·宰曼,流下泉水般的眼泪,继续悲哀哭泣。人们把视线都转移在他身上,议论纷纷地猜疑他。有人说:"修行的都是坏家伙。"有人说:"这个修行的爱上那个青年了。"

商人眼看那种情景,一骨碌爬了起来,说道:"儿啊! 走,我们关锁铺门回家去吧,今天我不要做买卖了。你母亲干了好事,愿安拉惩罚她,这些事是她惹出来的。"

"喂! 修行的! 起来吧,我要关门了。"商人喊着吩咐苦行者,随即关锁铺门,带着儿子回家。可是看热闹的人群和那个苦行者,老是跟着他父子,一直去到他家门前。陔麦伦·宰曼进屋去了,商人才回头对苦行者说:"修行的,你怎么了? 你哭什么呢?"

"我的主人,今晚我要做你的客人呵。你接待我,那就等于接待安拉的客人了。"

"我竭诚欢迎安拉的客人;修行的,请进来吧。"

"这个苦行者要是爱上我的儿子,他但有一点猥亵行为,今晚我非要他的命不可。假若他是正人君子,那么招待客人吃喝,这是我应尽的义务。"商人这么想着,请苦行者进家去,让他在客室里坐下,随即暗中对陔麦伦·宰曼说:"儿啊,我走后,你陪苦行者坐在一起,我打窗户里窥探他;他但有一点邪僻行为,我马上来杀死他。"

陔麦伦·宰曼听从父亲指使,一个人在客室里陪客,坐在苦行者身边。那个苦行者呆呆地望着他,老是悲哀、哭泣。陔麦伦·宰曼跟他谈话,他总是颤巍巍地十分温存地回答,而且不停地唉声叹气,好像有什么心事。晚饭时,他仍然边吃边哭泣,视线总是集中在陔麦伦·宰曼身上。二更时候,谈话告一段落,是睡觉的时候了,商人吩咐陔麦伦·宰曼:"儿啊,你好生伺候这位修行的伯伯,不可疏忽大意。"

"不,我的主人,你带走孩子好了,或者你跟我们在一起睡觉吧。"苦行者见商人要走便出声说。

"不必;喏,这是我的儿子,他跟你睡在一起,也许夜里你需要什么,他会伺候你呢。"

商人说罢,走出客室,悄然藏在间壁的屋子里,打窗户里窥探苦行者的行为。

陔麦伦·宰曼走近苦行者,嬉皮笑脸地跟他说邪僻话。苦行者发脾气,厉言正色地对他说:"孩子,你这是什么话呀?求主保佑,这是安拉绝对禁忌的。我的孩子,你快给我站远些。"于是他一骨碌爬了起来,远远地回避他。陔麦伦·宰曼却追了过去,说道:"修行的,我打心坎上喜欢你,你怎么自暴自弃呢?"

"你再不正经些!"苦行者越发生气,"我叫你父亲来,把你的行为全都告诉他。"

"家父知道我的行为如此,他不禁止我的。"

"指安拉起誓,我是不做这种坏事的;杀我,我也不干。"他不顾陔麦伦·宰曼的纠缠、骚扰,断然起身,面对麦加的方向,礼了两拜。刚礼完,陔麦伦·宰曼便趁机问候他,要纠缠、打扰他。他只好又做礼拜,礼了两拜,又礼两拜,继续不停地礼了五次。陔麦伦·宰曼问道：“你礼的这是什么拜呀？摆着好事不干，却整夜站在礼拜坛上，难道你要驾云飞上天去吗？”

“孩子，你离开魔鬼，回头是岸，快虔心诚意地皈依安拉吧。”

商人在间壁屋里，亲眼看了当时的情景，听了他们的谈话，恍然大悟，证实苦行者是个好人，并未包藏祸心，暗自说道：“要是这苦行者是个坏人，那他用不着苦心孤诣费这么大力气回避了。”

苦行者为避免邪僻而继续做礼拜的时候，陕麦伦·宰曼却总设法打扰他，致使他忍无可忍，大发雷霆，粗鲁地对付他，不顾一切地动手打他，把他给打哭了。商人听了孩子哭泣，走进客室，替他擦干眼泪，好生安慰一番，然后对苦行者说：“老兄，你既然这么正经，可你看见我儿子的时候，为什么那样悲哀哭泣？这当中难道有什么缘故吗？”

“有的。”

“你见他而悲哀哭泣的时候，我当你不是好人，因此我才教孩子那样做作，借此试验你的操行。我早已存心，如果发现你有什么猥亵言行，我非杀你不可。后来我眼看你的正当行为，才明白你是个非常廉洁守本的人。指安拉起誓，把你哭泣的原因告诉我吧。”

“唉！我的主人啊！你别碰我的伤疤了吧。”

“不，你非告诉我不可。”

陕麦伦·宰曼听苦行者谈巴士拉女郎的故事

“你要知道：我是个流浪的苦行者，一向云游列国各地，借以观察宇宙的奥秘。事属巧遇，有一天适逢礼拜五巳牌时候，我溜达到巴士拉城中，见大街上家家户户铺门都敞开着，包括卖各种货物的商店和饮食店，可是所有的店中都没有人，男妇老幼全都不见，街巷中也没有猫狗，整个城市寂然没有一点声响，既不见一个人影，也没有什

么神迹。眼看那种情景，我十分惊奇，自言自语地说：'瞧！城中人带着猫狗上哪儿去了？安拉是怎样对待他们的？'

"当时我饿得要命，饥不择食，便从面包店的炉中取出热饼，再到油脂店中，拿饼蘸奶油和蜂蜜吃，继而上茶馆去随便喝茶，接着又上咖啡店去，见壶中煮沸了的咖啡，便饱喝一会儿，才自言自语地叹道：'这实在奇怪极了！好像死亡突然降临，城中的居民都死绝了。或者他们怕什么灾祸临头，因而来不及关锁铺门，就赶快逃难去了吧！'

"正当我感叹、思索的时候，忽然传来嘈杂的鼓声。我感到恐怖，赶忙躲藏起来，悄悄地从洞隙中向外偷看。只见一群姑娘，长得月儿般美丽可爱；她们抛头露面，一对一对地走了过来。我一数，她们总共八十人，分为四十对。其中有个顶年轻的小娘子，骑着一匹饰以镶珠宝的金鞍银辔的骏马。那个小娘子脸上毫无遮掩，用最名贵的首饰、衣服打扮得花枝招展，有倾城倾国之色。她脖上戴着宝石项链，胸前挂着金质颈饰，手上戴着星球般灿烂闪光的手镯，脚上系着镶珠宝玉石的脚镯。其余的姑娘前呼后拥地环绕着她。她身边还有一个女保镖，佩着一把翡翠柄并带金镶宝石剑鞘的长剑。

"那个美丽的小娘子来到咖啡店附近，勒住马缰，吩咐道：'姑娘们，我发觉这间铺子里有人的喘息之声，你们快进去检查，别让一个人躲在里面偷看我们；我们都没戴面纱嘛。'姑娘们奉命，一哄涌进铺去搜索。当时我躲在对面的咖啡店中，吓得魂不附体。一会儿，见她们打铺中带出一个男人，来到那个小娘子面前，说道：'太太，我们打铺中找到一个男人；喏，他被带到你面前来了。''杀死他吧！'她吩咐保镖的。保镖的向前，抽出宝剑，一剑结果了那个男人的性命。于是她们撇下那具尸体，扬长而去。

"我眼看那种情景，几乎吓死。往后，不多一会儿，市中陆续出现人群，各人回到自己铺中，接着人们越来越多，大家都围拢来看那个被杀的人。我趁人声嘈杂、人群拥挤的时候，从咖啡店里钻了出来,虽然不曾被人发觉,可是我的心却被那个小娘子带走了。我一心恋念着她,暗中探访,但没有人告诉我她的消息。我忧心忡忡地惦念着她,终于离开巴士拉,流浪到这儿来,无意间看见令郎,觉得他的相貌跟那个小娘子完全一模一样,丝毫分别没有。我因令郎而想起那个小娘子,触景伤情,忍不住伤心流泪,这就是我悲哀哭泣的原因。"苦行者谈了他的经历,号啕痛哭一场,对商人说:"我的主人!指安拉起誓,求你行行好,开门让我走吧。"

商人同情、怜悯他,毕恭毕敬地开门送走了他。

陕麦伦·宰曼去巴士拉旅行

听了苦行者的谈话,陕麦伦·宰曼受到深刻影响,一心一意想着巴士拉城中那个美丽可爱的女郎发愣。第二天清晨,他对他父亲说:"一般生意人家的子弟都习惯出去经营赚钱,做父亲的,都给儿子预备货物,让儿子带到别的城市经营赚钱。父亲,你老人家怎么不给我预备货物,让我出去经营一番,试一试我的运气呢?"

"儿啊!那般生意人都是些穷汉,本钱不多,他们让儿子出去经营,为的是赚钱谋衣食。我自己有的是金钱财物,取之不尽,用之不竭,我没有其他企图,怎好让你出去吃苦受累?就咱们父子的感情来说,我是一刻也离不开你的。何况你生得这样标致漂亮,向来娇生惯养,叫你一个人出去经营,这我更放心不下了。"

"父亲,你老人家必须给我预备货物,让我出去经营,要不然,即使没有本钱、货物,我也会背地里逃走呢。如果你老人家要使我心悦诚服,就请给我预备货物,让我出去经营一趟,借此参观各地的风土人情吧。"

商人见儿子决心要出外经营,便把情况告诉老婆,说道:"你的儿子要我给他预备货物,让他出去做买卖赚钱。我看,离乡背井,这不是好事情。"

"他出去经营,对你有什么不好的?这原是生意人家的风俗习惯嘛;商人的子弟,都以出去做买卖赚钱而向人夸耀自豪呢。"

"许多生意人都是穷汉,他们想赚大钱,不得已才忍苦耐劳,出去奔波跋涉的。至于我自己的钱财,已经够多的了。"

"再增加一些财富,这是不会有害处的。如果你不答应他的要求,我拿自己的私房给他预备货物好了。"

"他年纪轻轻的就出远门,我怕这会造成悲惨、可怕的结局呢。"

"为求财而出去经营,这是正大光明的事,我们不该阻拦儿子,要不然,他背地里悄悄出走,我们找不到他,那在人面前才是奇耻大辱呢。"

商人觉得老婆的话有道理,同意她的说法,毅然拿出七万金给儿子预备货物,同时他母亲也给他一个钱袋,里面盛着四十颗顶名贵的宝石,每颗宝石的价格,最贱的也值五百金。她嘱咐儿子:"儿啊,你带上这袋宝石去吧,必要时它会给你带来好处呢。"

陔麦伦·宰曼把宝石袋挂在腰里,携带货物,辞别父母,向巴士拉出发。他继续不停地跋涉,到了距巴士拉只剩一天路程的地方,不幸中途遇匪,他的衣服被剥,随从被杀,他自己倒在死人堆中,染了一身的血迹。强盗以为他死了,抢着货物,一哄而散。强盗走后,陔麦伦·宰曼从死人堆中爬起来,被抢得精光,真是人财两空,仅剩腰间挂着的那袋宝石。他坚持向前迈进,一直去到巴士拉城中。事属巧遇,他到巴士拉的时候,恰是礼拜五,整个城市寂然不见一个人影,情况跟那个苦行者传说的全都相同。街上没有行人,商店里摆满了各式各样货物,门窗全都敞开。他走进一家饮食店,饱餐了一顿,然后漫步参观游览。这时候,忽然传来嘈杂的人声。他立刻藏在一家铺里,趁那些姑娘们打铺前经过时,亲眼看到了她们的行列。

姑娘们去了之后,接着市中渐渐出现人影,继而人们越来越多,拥挤不堪,整个城市都活跃起来,非常热闹。陔麦伦·宰曼找到一个宝石商人,以一千金的价钱卖了一颗宝石,作为生活费用,在城中过了一夜。

陕麦伦·宰曼结识理发匠,并向他打听女郎的消息

第二天,陕麦伦·宰曼换了衣服,上澡堂洗过澡,打扮得漂漂亮亮的,好像一轮灿烂的明月。随后他以四千金的价钱卖了四颗宝石,制备几套华丽服装,整整齐齐地穿戴起来,衣冠楚楚地去到街上溜达,参观市容。他打一家理发铺门前经过,顺便进去理发,跟理发匠打交道,对他说:"老伯,我是异乡人,昨天我进城来,见城中空空洞洞,一个人也没有。随后我看见一群姑娘,她们中有个顶美丽的女郎,骑着骏马,被其余的姑娘簇拥着,姗姗地由大街上经过。"

"孩子,这个消息你跟别人谈过没有?"理发匠问。

"没有。"

"孩子,你当心些,在别人面前,千万别提这桩事情。因为人们好传播,听了什么就传开了,谁也不能保守秘密。你年纪轻,我担心你的话被人传到当事人耳中,他们会来谋害你呢。你要知道,孩子:你看见的那种情景,从来没人见过,别个地方的人是不了解这种情况的。至于巴士拉城中的居民,快叫这种灾难折磨死了。因为每逢礼拜五,人们一清早就得把猫狗拴禁起来,不让它们跑到大街小巷中去;所有的居民,都得把房屋的门窗关锁起来,全都上清真寺去躲避,任何人都不许在街上行走,更不能从窗户里窥探。这种灾难的原因到底是为什么,谁都不知道。不过,孩子! 今晚我向老婆打听其中的原因吧,因为她是个产婆,经常给官宦人家接生,随便出入达官贵人的府第,因此她的耳目宽,熟悉城中的各种情况。若是安拉愿意,明天你再来,我把老婆透露出来的事都讲给你听。"

听了理发匠的一席话,陕麦伦·宰曼非常喜欢,掏出一把金币,

递给他,说道:"老伯,这些金币你拿去给伯母用吧,她等于是我的生身之母了。"接着他又掏出一把,递给理发匠,说道:"这是给你老人家的。"

"孩子,你坐下来等一等,我马上去找我老婆打听一番,再来告诉你实在的情况吧。"

理发匠让陔麦伦·宰曼待在铺中,匆匆回家去,对老婆谈了结识陔麦伦·宰曼的经过,说道:"希望你把城中的真实情况告诉我,以便我转告那个富商的儿子,他急于要知道礼拜五午前禁止居民和家畜出入的真实原因。他仗义疏财,为人非常慷慨。如果我们把真实情况都告诉他,他会给我们带来更多的好处呢。"

"你去带他到这儿来吧。你对他说我问他好,叫他到我们家里来听我讲好了,我会满足他的要求的。"

陔麦伦·宰曼去理发匠家中听产婆讲女郎的故事

理发匠听从老婆吩咐,诚惶诚恐,一股劲跑到铺中,见陔麦伦·宰曼还坐在那里等他。他跟他谈了几句,说道:"孩子,来吧!我带你去见我的老婆,她能满足你的要求呢。"于是他带陔麦伦·宰曼回家去,跟老婆见了面。产婆殷勤接待陔麦伦·宰曼,请他坐下。他掏出一百金币,送给她,说道:"伯母!请你告诉我,那个女郎她是谁?"

"孩子,你要知道,从前印度国王送给巴士拉国王一颗宝石,国王要在宝石上钻孔,因而把许多宝石商人召进宫去,对他们说:'我要你们替我给这颗宝石钻个小孔;谁完成这个任务,我重重地赏赐他;无论他希望什么,我都满足他的愿望。但谁要是弄破了这颗宝石,那我非处他死刑不可。'

"宝石商人面面相觑,人人自危,说道:'主上,宝石的性质一般是脆弱的,容易破裂,因此给宝石钻孔,谁都不敢保证,大多数难免是要破裂的,恳求陛下别叫我们做我们能力范围以外的事吧。给这颗宝石钻孔,我们不能胜任,倒是我们的领袖,他是我们中技艺最高明不过的。'

"'谁是你们的领袖呢?'国王问。

"他叫尔彼督,是精通这种行业的一位巨匠,学识渊博,家业富厚。请陛下召见他,当面把钻孔的任务交给他吧。'

"国王果然召见尔彼督,提出同样的条件,叫尔彼督替他钻孔。尔彼督按照国王的意图给宝石钻了小孔。国王十分满意,说道:'大师傅,你希望我赏你什么,自管说吧。'

"'恳求陛下推迟赏期,让我明天来求赏吧。'

"尔彼督不肯立刻求赏,恳求推迟赏期,那是因为他要向老婆请示、商量的缘故。他老婆原来就是你所见被姑娘们簇拥着过街的那个小娘子。他爱她爱到极顶,由于过分地宠爱她,他不做事则已,但做,必先向老婆请示、商量。因此,他恳求国王推迟赏期,其目的不过是要跟老婆商量罢了。后来他回到家中,对老婆说:'我给国王心爱的一颗宝石钻了小孔,他答应赏赐我。我恳求推迟赏期,以便向你商量、请示。你需要什么,告诉我吧,让我请求国王赏赐好了。'

"'我们家里有的是钱财,我们这一辈子也用不完、使不尽。你要是真心爱我,那你去请求国王为我颁布一条禁令:叫城中的居民每逢礼拜五聚礼前两小时都上清真寺去,或者躲在自己家里,关起门窗,老的少的都不许留在城中,市里的商店不许关门,让我带婢女们骑马去市中游览,不许任何人从门窗里偷看我;凡是被我发现的人,我有权杀死他。'

"尔彼督遵照老婆的指示向国王求赏,国王答应满足他的要求,果然派人向城中的居民宣布禁令。一般商人听了禁令,忧心忡忡,怨道:'我们开着铺门走掉,猫狗钻进铺里那怎么办呢?'

"为了保证生意人的货物食品不受损失,国王便增加必须把猫狗也拴禁起来的禁令,要聚礼完毕才解放它们。从此之后,尔彼督的老婆那个小娘子得到特权,每逢礼拜五总在聚礼前两小时骑马带姑娘们出来闹排场,无法无天,逍遥自在地在大街上参观、游览,不许一个人留在市中,也不许人从窗户里窥探。这样一来,便造成城中没有人影的原因了。"

产婆教陔麦伦·宰曼怎样追求女郎

理发匠的老婆把礼拜五巴士拉城中没有人影的前因后果告诉陔麦伦·宰曼以后,接着问道:"孩子,你仅仅是打听那个小娘子的消息呢?还是有意要跟她见面言欢?"

"伯母,我是存心跟她见面言欢的。"

"好;把你带来的雄厚资本告诉我吧。"

"我随身带来四种名贵宝石,第一种每颗值五百金,第二种每颗值七百金,第三种每颗值八百金,第四种每颗值一千金。"

"你愿意拿四颗宝石出来开销吗?"

"全部拿出来开销我都心甘情愿。"

"好,你先拿出一颗价值五百金的宝石,到市中去,找那个叫尔彼督的宝石商人。他经常坐在铺中,衣冠非常考究,手下摆着镶配工具。你问候他,跟他坐在一起谈心,把宝石递给他,请他替你镶个宝石金戒指,要他做认真些,不可过大,也别太小。你先给他二十个金币的工钱,并赏其余的工匠每人一个金币。你跟他多谈一会儿,等乞丐来乞讨时,你赏他一个金币,故意在宝石商人面前表示你为人仗义疏财,让他对你发生羡慕心情,产生亲切情谊。这样做了,你便告辞回去。到明天,你随身带一百金币来接济你伯父;他太穷,生活过不下去了。"

"好,就这么办吧。"陔麦伦·宰曼同意产婆的策划。他匆匆回到旅店,取了一颗价值五百金的宝石,一口气奔到珠宝市中,在人们的指示下，找到宝石商人尔彼督的铺子。他见尔彼督衣冠楚楚，仪表庄重严肃，手下还有四个工匠。他过去问候他们，被接待在铺中坐下。他掏出宝石，递给尔彼督，说道："大师傅，劳驾拿这颗宝石替我镶一个金戒指，请酌量做相称些，不要过大，不要过小，手工要十分精致。"继而他掏出二十枚金币，说道："请收下这份雕刻费吧，剩余的工钱下次兑给你。"接着他掏出四个金币，赏给其余四个工匠，博得他们对他的爱戴、欢迎；尔彼督对他尤其表示谦恭、好感，陪他谈心。当时，凡是向他乞讨的乞丐，他慨然每人赏给一个金币，显示他的慷慨，致使匠人们对他的仗义疏财感到十分钦佩。

镶配宝石戒指的尔彼督，为人非常保守、吝啬，他在家中同样准备一套工具，每做一种精致的活计，总是一个人悄悄地躲在自己家里工作，免得工匠们学会他的技巧。他老婆那个小娘子经常陪伴他。每当老婆坐在他面前，他就工作得更起劲，做出来的工艺品也格外精巧、别致，件件都像御用宝物。那天他在家中替陕麦伦·宰曼镶配金质宝石戒指，他老婆见了，问道："你拿这颗宝石做什么用？"

"准备镶一个金质宝石戒指；这颗宝石值五百金币呢。"

"替谁镶的？"

"替一个富商之子镶的；那个小伙子生得标致漂亮，他的嘴像传说中圣苏莱曼的印章那样美丽可爱，此外他还有牡丹似的腮，珊瑚般的唇，羚羊颈似的脖子，满面春风，白中套红，明眸皓齿，真算得是人间仙子；兼之他为人活泼伶俐，仗义疏财……"他一会儿夸赞他标致漂亮，一会儿夸耀他慷慨善良，说得天花乱坠，致使老婆产生爱慕心情，问道："他的容貌跟我有相似的地方吗？"

"你的姿色他全都具备，他的形貌跟你相仿佛，年龄和你也差不多。如果不怕你多心，我会说他比你美一千倍呢。"

娘子听了丈夫的夸赞，哑然缄口不言，可是她心中早已燃起爱慕的火焰。尔彼督一面工作，一面在老婆面前赞不绝口地夸奖陕麦伦·宰曼，直至宝石戒指镶好了，这才递给她看。她接过去，戴在自己的纤指上试一试,不大不小,恰恰合适,因而她很感兴趣,说道:"当家的,我太欢喜这个戒指了,我希望它成为我自己的东西;我不打算脱下来了。"

"你暂且忍耐一下吧;它的主人非常慷慨,让我跟他商量,叫他把戒指让给我。如果他肯卖,我就买来送你。要是他还有其他的宝石,那我买一颗来,同样替你镶一个好了。"

陔麦伦·宰曼跟尔彼督接头以后,回旅店去,过了一宿。第二天他带一百金币上产婆家去,对她说:"收下这一百金币吧。"

"送给你伯伯好了。"产婆吩咐他。继而问道:"昨天你照我的计划做了没有?"

"做过了。"

"那你现在快去找尔彼督。他给你戒指的时候,你拿它套在指尖上,随即取了下来,对他说:'大师傅,你弄错了,戒指镶小了!'如果他要毁掉替你另镶,你别同意,对他说:'我不要毁掉另镶,这戒指你拿去给你的奴仆好了。'然后你掏出一颗价值七百金币的宝石,对他说:'你拿这颗宝石替我另镶一个吧,这颗比那颗值钱呢。'同时你给他三十个金币,告诉他:'这是雕刻费,请你收下,其余的工钱,下次兑给你。'你可别忘了赏其余的工匠每人两个金币。这样做了以后,你回旅店去过夜。明天随身给我们带二百金币来;下一步该怎么办,等着我教你吧。"

陔麦伦·宰曼听从产婆指使,去到尔彼督铺中,被邀坐下,问道:"戒指镶好了吧?"

"不错,镶好了。"尔彼督取出戒指。陔麦伦·宰曼接过去,往指尖上一套,随即取了下来,扔在宝石商人面前,说道:"大师傅!戒指太小了,跟我的手指一点也不相称。"

"让我替你放宽些吧?"

"不;送给你,给你的奴仆戴去。这颗宝石只值五百金,贱得很,不值得另镶。"他说着掏出·颗价值七百金的宝石,递给宝石商人,说道:"拿这颗替我镶吧!"随即给他三十枚金币,同时赏工匠每人两个金币。尔彼督向他提议:"等戒指镶好了,你再付工钱不迟。"

"不,这是给你的雕刻费,其余的工钱,以后另付给你。"

陔麦伦·宰曼说罢,匆匆告辞归去。尔彼督十分钦佩他的慷慨、豪爽,其余的工匠也有同感。

尔彼督喜不自禁,怀着金质宝石戒指,回到家中,对老婆说:"娘子,那个青年小伙子做人真好,我生平没见过比他更慷慨、豪爽的了。你也真算是走运,因为他把金质宝石戒指慨然送给我了。当时他嘱咐说:'给你的奴仆去戴。'"他把经过的情况详细叙述一遍,接着说道:"我想那个小伙子不会是生意人家的子弟,他俨然是个王孙公子哩!"他越夸赞陔麦伦·宰曼一次,无形中给老婆增加对那个陌生小伙子的爱慕、恋念心情。临了她把金质宝石戒指戴在手指上,他自己却聚精会神地埋头替陔麦伦·宰曼镶配第二个宝石戒指,镶得比第一个稍大一些。

戒指镶好以后,老婆接过去,套在纤指上,跟第一个戒指排在一起,怡然自得,说道:"当家的,你瞧:两个戒指戴在我手指上多漂亮啊! 我希望这两个戒指都成为我自己的东西,那该有多好啊!"

"你耐心等一等吧,或许我会把这第二个戒指买给你呢。"

第二天,陔麦伦·宰曼上产婆家去,给她两百金币。老婆子对他说:"你快去找尔彼督! 他给你戒指的时候,你把它戴在手指上,然后赶快脱下来,对他说:'又出毛病了,大师傅! 戒指镶大了。像我这样的人找到你这位赫赫有名的宝石巨匠,你就该量过我的手指再镶,就不会出差错了。'接着你掏出一颗价值一千金的宝石,对他说:'拿这颗宝石替我另镶一个吧;这个戒指拿给你的奴仆去戴好了。'同时你给他四十个金币,也给每个工匠三个金币,对他说:'这是雕刻费,其余的工钱,以后兑给你。'然后你听他怎么说。你伯伯很穷,过不下去了,明天你带三百金币来接济他吧。"

"听明白了,遵命就是。"陕麦伦·宰曼满口应诺,匆匆赶到珠宝市。

尔彼督眉开眼笑、热情地接待他,请他坐,拿镶好的戒指给他看。他接过来,戴在手指上,随即脱下来,说道:"像我这样的人来照顾你这位赫赫有名的宝石巨匠,你就该斟酌量一量手指再动工。要是你量过我的手指,那就不会出差错了。这个戒指送你拿给奴仆去戴好了。"接着他掏出一颗价值一千金的宝石,说道:"拿这颗宝石按我手指的大小替我另镶一个吧。"

"你说得对,还是你有理。"尔彼督毕恭毕敬地说,并替他量了手指。他掏出四十个金币,递给尔彼督,说道:"拿去,这是雕刻费,剩余的工钱,往后兑给你。"

"哟!先生啊,多少次我们收过你给的工钱了?你给我们的好处真够多的了。"

"好说;这算不了什么,提不上口。"

陕麦伦·宰曼扬扬得意,坐着跟他们谈心。当时,每见乞丐从他面前经过,便慨然解囊,赏给一个金币,表示自己为人豪爽、大方。

尔彼督喜气洋洋,带宝石戒指回家去,对老婆说:"娘子,那个青年小伙子是个最慷慨、最漂亮、最会说话的人呢,像他那样高尚、豪爽的人我生平还没见过呢。"他在老婆面前,把陕麦伦·宰曼的善良、爽直的美德,言过其实地夸奖一番。老婆听了很感兴趣,说道:"你这个不识好歹的家伙!你既然知道他是那么出色的人物,还送过你两个很值钱的名贵宝石戒指,你就该加倍奉承他,办桌酒席宴请他,博取他的欢喜,加强你和他之间的友谊才对。因为他见你向他表示亲切、热情,他就会常到我们家来,那时候你得到的好处可就多了。假如你不请他吃饭,那么当仁不让,我要做东道,我自己办酒席,请他来做我的客人好了。"

"你认为我是小气、吝啬鬼,才说这样的话打趣我吗?"

"你不吝啬、小气,不过你不识好歹罢了。好了,明晚你请他到我们家来吃饭,不必请人陪他。他若拒绝你,你用休妻的口语发誓逼他好了。"

"全都听你安排吧。"尔彼督同意老婆的提议,随即聚精会神地埋头从事镶配工作。

第三天,陔麦伦·宰曼带三百金去见产婆,送给理发匠。产婆收了钱,对他说:"今天也许他会请你客。假如他真请你吃饭,你在他家里过夜后,情况如何,你明天来告诉我,顺便带四百金币来接济你伯伯吧。"

"听明白了,遵命就是。"陔麦伦·宰曼满口应诺。他有的是宝石,手中的钱花光了,便卖宝石开支。他听从产婆的指使,匆匆赶到宝石铺中。尔彼督毕恭毕敬地起身迎接,问候他,拥抱他,请他坐,拿镶好的戒指给他看。他接过去戴在指上试了一试,不大不小,非常合适,因而说道:"大师傅,愿安拉赏你吉利,戒指镶得很合适。不过我不大满意这颗宝石,我还有更好的;这个戒指送你拿给你的奴仆去戴吧。"他说着掏出一百金币,递给尔彼督,说道:"收下你的工钱吧;太麻烦你了,你别见怪。"

"老主顾,即使有点麻烦,你给过我们很多的报酬,这在我心中种下深厚的友谊,致使我对你难分难舍。指安拉起誓,今晚请你上我家去吃便饭,给我一些慰藉吧。"

"可以;不过我需要回旅店去打个招呼,免得仆从老等我呢。"

"你住在哪家旅店?"

"住在××旅店里。"陔麦伦·宰曼说了旅店的名称。

"到时候我上旅店去欢迎你好了。"

"可以。"陔麦伦·宰曼回答着告辞归去。

尔彼督怕一个人回家去会惹老婆生气,所以等日偏时去旅店中邀请陔麦伦·宰曼,陪他去到自己家中,让进富丽堂皇的客室,陪他一起谈天。他老婆一见倾心,羡慕陔麦伦·宰曼的标致漂亮,心中顿时燃起了爱情的烈火。

尔彼督陪陔麦伦·宰曼谈天,宾主一起吃过晚饭,然后饮酒寻乐,接着又喝咖啡,不觉已是宵祷时候,便一起做礼拜,然后喝了女仆送来的两杯果子露,宾主便迷迷糊糊地倒身酣睡不醒。黎明时,女主人打发女仆拿一种鼻烟似的东西给他俩闻一闻,他俩打了几个喷嚏,就蒙眬醒来。女仆说:"老爷,是晨祷时候了,请起来做礼拜吧。"随即拿来面盆和铜壶,供他们盥洗。

"大师傅!早就该起床,我们睡过时了。"陔麦伦·宰曼说。

"朋友,在这间客室里睡觉,总是一睡就不会醒;我每次在这里睡觉都有同样的经验哩。"

"你说得对。"陔麦伦·宰曼也有同感。

尔彼督的老婆教陔麦伦·宰曼怎样愚弄她丈夫

奴仆端来饭菜,宾主一起吃过早饭,尔彼督起身出去便溺,他老婆趁机闯进客室,毫不掩饰地对陔麦伦·宰曼说:"你在这儿住上一天固然不能满足我的愿望,即使住上一月、一年也不够满足我的愿望,而我是希望和你白头偕老的。不过事情不简单,你暂且忍耐吧,待我想出一个人不知鬼不晓的方法,愚弄我丈夫一番,惹起他的疑虑。他要是生气休掉我,那时候我和你便结为恩爱夫妻,就可以双双地高飞远走了。此外,我还要把他的金钱、财物都偷给你,管叫他落得一个人财两空的下场。你可是要顺从我、听我的指使才行呢。"

"听明白了,遵命就是。"陔麦伦·宰曼同意她的阴谋。

"那么你回去吧。假使我丈夫上旅店去请你,你对他说:'人是喜新厌旧的,来往的次数过多,慷慨的人和悭吝的人都一样会生厌的。这叫我怎好上你家去,让你每天陪我在客室里睡觉呢? 即使你不觉得怎么,你的妻子可是会生气的。要是你真愿意跟我结交往来,那么请你替我在你家隔壁租一所房子,让我们彼此成为邻居,那时候你可以到我家谈到睡觉时候才回去,我有时也可以上你家去畅谈,到睡时回家也就方便了。'这是最好的打算,只要你这样提议,他总得找我商量,我会教他辞退邻居,因为那所房子是我们出租的。几时你搬到隔壁来,我们的事就好办了。去吧! 照我的指示去进行好了。"

"听明白了,遵命就是。"陔麦伦·宰曼满口允诺。

尔彼督出恭回来,陔麦伦·宰曼向他告辞,一直奔到产婆家中,把经过的情况以及小娘子的指示详细叙述一遍,最后问道:"你可有比这个更妙的办法,让我彰明较著地接近她吗?"

"孩子,到此为止,我算是计穷了。"

陔麦伦·宰曼和产婆分手,回旅店过夜。第二天傍晚,尔彼督上旅店去请他吃饭。他断然拒绝,说道:"对不起,我不能上你家去了。"

"这是为什么呢? 我非常喜欢你,我不能离开你。指安拉起誓,你还是随我去吧。"

"如果你要跟我经常往来,永久保持亲密的友谊,那请你在你家隔壁替我租所房子,让我搬到那里去住。往后你要谈天,可以上我家来,我奉陪你。有时我上你家去跟你谈到睡觉时候,然后各自回家安歇就方便了。"

"我家隔壁有所房子,是我的产业;今晚你随我去过一宿,明天我腾出那所房子,让你搬去居住好了。"他说着带陔麦伦·宰曼回家去,一起吃晚饭,一起做礼拜。他老婆使女仆送上两杯酒;他喝了掺过药剂的那杯,一下子就睡熟,陔麦伦·宰曼喝的却是一杯淡酒,没有被催眠,因此娘子趁丈夫酣睡之时,姗姗出现在他面前,陪他谈情说爱,卿卿我我地一直欢乐到天明。

第二天清晨,尔彼督从梦中醒来,派人唤来租户,托言自己需要房屋,辞退原来的租户,腾出房屋,让陔麦伦·宰曼搬进去居住。当天夜里,他陪陔麦伦·宰曼热情地谈到深夜才回去睡觉。

陔麦伦·宰曼迁居后,女房东找来一个精明的建筑匠人,给他许多金钱,吩咐匠人替她挖一条隧道,从她家里直通陔麦伦·宰曼屋中,还铺上地板,往返非常方便,因此,在不知不觉中,她突然出现在陔麦伦·宰曼面前,手中拿着两袋金钱。

"你从哪儿来的?"陔麦伦·宰曼表示惊奇。

她指着隧道给陔麦伦·宰曼瞧,说道:"你收下他的这两袋金钱吧。"于是她坐下嬉皮笑脸地跟他谈笑取乐,直至天明,才起身,说道:"你等一等,我回去唤醒他,催他走了,我再来陪你。"

娘子回到自己家里,唤醒丈夫,伺候他盥洗,待他做了礼拜,打发他走了之后,才带上四袋金钱,从隧道径往陔麦伦·宰曼屋中,把钱交给他收藏起来,然后两人坐着谈笑欢乐够了,才暂时各自分手。

傍晚陔麦伦·宰曼从市中归来,见屋里摆着十袋金银珠宝和其他的财物。他刚收拾起来,接着尔彼督突然赶到,约他去自己家里,坐在客室中谈天。女仆照例送上酒肴,老爷喝了酒,一下子就睡熟,陔麦伦·宰曼却若无其事,清醒如常,因为他喝的是清酒,没有掺过迷药。这时候娘子欣然出现,边陪他谈心,边吩咐女仆把银钱什物打隧道运往陔麦伦·宰曼屋中。她继续陪陔麦伦·宰曼说说笑笑,女仆不断地搬运财物,整夜忙碌。快天亮了,她才叫女仆唤醒老爷,让宾主喝了咖啡,然后各自分手。

第三天,娘子取出她丈夫花五百金币亲手镶配、工艺无比精致、许多人争相购买、他不肯出卖而珍藏在匣子里的一柄短剑,送给陔麦伦·宰曼,对他说:"收下这柄短剑,把它挂在腰间,然后去见我丈夫吧。你在他面前拔出来,拿给他看,告诉他是你今天买的,问他值不值钱。他能认清楚它,可是他不好意思说是他自己的东西。假使他问你花多少钱,在什么地方买的。你告诉他:'我碰上两个斗剑的人,其中的一个对他的伙伴说:"我应约去会我的情妇,每次见面,她照例要给我一个银币,今天她说手中不方便,索性把她丈夫的短剑送给我了,我打算卖掉它。”我很喜欢那柄短剑,听了他的谈话,便问他:“卖给我成吗?”他说:“成。”于是我花三百金币买了回来。你看一看,到底贵不贵?'你等着听他怎么回答。往后你跟他再谈一会儿,然后快来见我,我在隧道门口等你。”

“听明白了,遵命就是。”陔麦伦·宰曼满口应诺,把短剑挂在腰间,匆匆赶到尔彼督铺中,问候他。尔彼督热情地欢迎他,请他坐下,随即一眼瞧见他腰间挂着的短剑,非常惊奇,想道:“这是我的短剑,怎么落到这个商人手里了?”他沉思默想一阵,暗自问道:“瞧吧,这到底是我的短剑呢? 还是跟我的短剑类似的另一柄短剑?”

这时候,陔麦伦·宰曼从容取下短剑,递给尔彼督,说道:“大师傅,你看一看这柄短剑吧。”

尔彼督接过去一看,一眼看得清清楚楚、明明白白,可是不好意思说:“这是我的短剑。”他踌躇一会儿,问道:“你这是打哪儿买来的?”

陔麦伦·宰曼照娘子的嘱咐说了一通。尔彼督听了,说道:“用这个价钱买到这柄短剑,便宜极了;严格说,它值五百金币呢。”烈火在他胸中燃烧起来,烧得他的一双手无法工作,终于沉沦在思索的海洋中了。当时陔麦伦·宰曼跟他谈上五十句话,他只顾得支吾一两句,他的心受着苦刑,身体打着哆嗦,扑朔迷离,茫然不知所措。

陔麦伦·宰曼眼看他的窘况,说道:“你许是很忙,我不打扰你了。”随即告辞,急急忙忙回到家中,见娘子早已等在隧道门前,一见便问:“你照我的吩咐做了没有?”

“做过了。”

“他跟你说什么呢?”

“他说这个价钱便宜极了,它值五百金币呢。当时他的情况很窘,因此我就告辞回来;以后他怎么样,这我就不知道了。”

“把短剑给我;他不会怪你的。”

她收下短剑，匆匆回到自己家中，把短剑原样放在匣里，然后大大方方、正正经经地坐着不动。

尔彼督越想越怀疑，暗自说道："我非回家去检查一番不可，否则不足以消除心中的疑虑。"于是他一骨碌站了起来，蹒跚奔到家中，蟒蛇般气喘吁吁地走到老婆面前。

"当家的，你怎么了？"老婆若无其事地问。

"我的短剑呢？"

"在匣子里。"她回答着举起拳头不住地捶胸，"我的妈哟！你也许是跟人吵架，才回来找短剑，要拿去杀人吗！"

"给我拿短剑来，让我看一看。"

"你起誓不拿它去杀人，我才肯拿给你呢。"

他发过誓，娘子便践约打开匣子，取出短剑。他接过来翻弄着仔细端详，叹道："这奇怪极了！"接着他对老婆说："拿去吧，把它原样收藏起来好了！"

"告诉我，这是怎么一回事？"老婆反问一句。

"我看见我们的那位商人好朋友腰里挂着一柄短剑，跟我们这柄丝毫没有区别。"于是他把陔麦伦·宰曼的谈话全都告诉了她，最后说："我见短剑摆在匣里，心中的疑虑都烟消云散了。"

"那么你看我是坏人了！以为我是那个斗剑人的情妇了！是我把短剑送给他了！"

"不错，当初我是这样猜疑的，可是见了短剑，我的疑虑就消逝了。"

"当家的，你这个人真没有良心啊！"

听了老婆的怨言，尔彼督觉得惭愧，低声下气地向她赔罪、求饶，待她气平了，才回铺中去工作。

第二天，娘子把她丈夫自己加工装潢镶配得无比美好的一个银表拿给陔麦伦·宰曼，对他说："你去尔彼督铺里，跟他坐在一起，告诉他你又碰上那个斗剑的,手中拿着银表叫卖,声称是情妇送给他的,你花五十八个金币买下了。你拿给他看,问他贵不贵。你注意听他说些什么,然后快来见我。"

陔麦伦·宰曼听从娘子,果然去到尔彼督铺中表演。尔彼督看了银表,评定说:"这值七百金币呢。"

陔麦伦·宰曼把疑虑播在尔彼督心中,完成任务,然后告辞,匆匆回家去,把表还给娘子。他两人刚分手,尔彼督也就奔到家中,跑得差一点喘不过气来。

"我的表呢?"他问老婆。

"在箱里。"老婆若无其事地回答。

"拿给我!"

老婆把表取来,递给他。他接在手里,喟然叹道:"全无办法,只望伟大的安拉拯救了!"

"当家的,你怎么不说理由? 到底是怎么回事? 告诉我吧!"

"我说什么呢? 叫这种情景把我给弄迷糊了。娘子! 第一次我看见那个商人朋友腰中挂着一柄短剑,过目之后,我马上识别清楚,因为那种镶法是我独创出来的,是独一无二的。我听他说短剑的来历,感觉十分心痛,往后回到家中,看见自己的短剑,这才安下心来。第二次我看见他拿着银表,那个银表的装潢、镶配的手法,也是我自出心裁创造出来的,整个巴士拉城中没有能和它媲美的。我听他叙述表的来历,同样感觉心痛。现在我迷糊了,我不知将会发生什么灾难呀!"

"照你说,我是那个商人的情妇、姘头了! 我把你的利益送给他了,你否定我的贞操前来质问我了! 万一找不到银表和短剑,你非确定我的奸昧不可了! 当家的,你既然这样怀疑我,从此我不跟你一块儿吃喝了。告诉你:我讨厌你讨厌到极顶了。"

尔彼督十分懊悔,不该对老婆直言,只得低声下气地向她赔罪,耐心地安慰、奉承她,直到她心平气和了,才回到铺中,可是他一直忧心忡忡,疑虑有增无减,老在真真假假之间兜圈子,反复考虑不测的事变怎么会突然发生在自己头上,因此始终安静不下来,如坐针毡地待在铺中,到傍晚才无精打采地一个人回家去。

"那个商人哪儿去了?"老婆问他。

"在他自己家里。"

"难道你们两人之间的交情冷淡下来了吗?"

"指安拉起誓,从发生那样事件之后,我讨厌他了。"

"去吧!看我的情面,去请他来陪你座谈吧。"

他听从老婆吩咐,上陔麦伦·宰曼家去,郁郁不乐,若有所失。陔麦伦·宰曼问道:"你怎么不吭气?你在想什么呢?"

"我觉得疲倦,心绪不宁。走吧!上我家谈天去。"

"算了吧,我不要去了。"陔麦伦·宰曼拒绝他。

他发了誓,终于把陔麦伦·宰曼带到家中,一块儿吃晚饭,坐在一起谈天。他一直沉在思虑的海洋里,陔麦伦·宰曼跟他谈上百多句话,他只支吾一两句。女仆照例送上酒肴,宾主喝了之后,主人马上就睡熟,只是陔麦伦·宰曼例外,因为他喝的酒不曾掺过迷药。这时候娘子姗姗出现在陔麦伦·宰曼面前,说道:"你对这个醉得人事不知的两角兽做何看法?他根本不懂得女人的阴谋诡计;我非继续欺骗他不可,直至他跟我离婚为止。明天我打扮成一个使女,跟你上他铺里去。你告诉他是你上亚叟勒正叶旅店去,碰上这个使女,花了一千金币买下来的,请他看一看,贵不贵。那时候,我揭开面纱,让他看一眼,你再带我回来,我立刻从隧道回家去;之后你等着看后果吧。"她吩咐毕,两人卿卿我我,甜言蜜语,轻松愉快地谈情说爱,直到黎明,她才回闺房去,打发女仆到客室里,唤醒老爷。于是宾主一起做晨礼,同吃早餐,并喝咖啡,然后分手。

陔麦伦·宰曼刚到家不久,娘子便收拾打扮得齐齐整整,打隧道去到他家里,随即按照既定计划跟在他后面,一直去到尔彼督铺中,问候他，一块儿坐下，说道："大师傅，今天我上亚叟勒正叶旅店去了一趟，在那儿的经纪人手中碰到这个女奴，我看上她，花了一千金币买下来了。劳烦你替我看一看，这个价钱到底贵是不贵？"他说着揭开她的面纱给他看。

尔彼督举目一看，看出她是自己的老婆，满身细软，擦脂抹粉，跟在家中她在他面前的装束、打扮完全一模一样。他从她的面容、服装、首饰清楚明白地认识她是自己的妻子，因为她的首饰是他一手镶制的。他还看见她手上戴着他新近替陔麦伦·宰曼镶配的那三个宝石戒指。总之，从任何方面看，他都能正确地认识她是自己的妻子。

"你叫什么名字？"他问使女。

"哈丽梅。"

他老婆的名字叫哈丽梅，她也说她叫哈丽梅，这就使他越发奇怪了。他转问陔麦伦·宰曼："花多少钱买的？"

"一千金币。"

"你等于白得她了。一千金币比起她的戒指、衣服、首饰的价钱来，那就差得多了。"

"你能看上眼，我这就放心了。现在我要带她回家去了。"

"你随便吧。"

陔麦伦·宰曼带娘子回到家中，她立刻从隧道溜回自己家里，若无其事地正经坐着不动。

烈火在尔彼督心中燃烧起来，他对自己说："我得回家看老婆去；如果她待在家里，那么这个使女不过是像她罢了。假使她不在家中，那无疑了，一定是她。"于是他跳了起来，一口气奔到家中，见老婆穿戴着刚才在铺中所穿戴的那套衣服首饰，安然坐在家中。他拍拍手掌，喟然叹道："全无办法，只望伟大的安拉拯救了！"

"当家的，"娘子表示惊奇，"你疯了？什么事呀？过去你不是这样的；这一定是发生事情了！"

"你如果要我告诉你,你可不能生气。"

"你只管说好了。"

"我们那位商人朋友买了一个使女,她的个子、身段跟你一样,姓名、衣服跟你的完全相同,模样和你处处相似,她的首饰、戒指也跟你没有区别。他叫我欣赏她的时候,我当她是你,这把我给弄糊涂了。但愿我们没有看见那个商人,他不到巴士拉来,我们根本不认识他,那该有多好啊! 是他扰乱我的平静生活呀,是他叫我先甜后苦呀,是他种疑虑在我心田里呀。"

"你仔细看一看:也许我是那个商人的情妇吧,是我亲身陪他去看你的吧,也许是我打扮成使女模样,同意跟他上你铺里去愚弄你的吧!"

"你这是什么话呀? 我不以为你会做这种事情的。"

"哦! 那么现在我待在家里,你马上去敲他的大门,灵机应变地闯了进去。你要是看见那个使女跟他在一起,那她就是和我的模样相似了。如果使女不在他面前,那我就是跟他在一起的那个使女,同样证明你对我的猜疑是事实了。"

"你说得对。"他同意老婆的建议,立刻跑出大门。当时,娘子也急急忙忙从隧道一溜烟窜到陔麦伦·宰曼家中,陪他坐着,讲明情况,并吩咐他:"快开门去,让他来看我吧!"她刚吩咐毕,便传来急促的敲门声。

"谁敲门呀?"陔麦伦·宰曼问。

"你的朋友我呀。你在市中叫我看过的那个使女,我替你欢喜极了;可是我还没有把她看得够清楚明白,你开门,让我再看她一眼吧。"

"那不碍事。"

陔麦伦·宰曼开了门,尔彼督猛然闯了进去,见他老婆坐在屋里。她见他进去,立刻起身迎接,吻他的手,同样也吻陔麦伦·宰曼的手。他仔细打量,觉得她跟他的妻子完全一个模样,毫无区别。他跟陜麦伦·宰曼谈了几句,喟然叹道:"安拉创造他要创造的一切嘛。"继而他满腔郁结,垂头丧气地告辞回到自己家中,见老婆依然坐在屋里。这是她趁他告辞出门时,马上从隧道溜回去的;只因他昏庸愚昧,不能察觉娘子的阴谋诡计罢了。

"你看见什么了?"老婆问他。

"看见使女跟她的主子在一起。她像你像极了。"

"哦!这该回到铺里安心工作去了吧。从此别胡思乱想,也别再怀疑我了。"

"就这么着。原谅我!你别把这些事放在心上吧。"

"愿安拉饶恕你。"

他怡然把老婆搂在怀里,吻了她的左颊又吻右颊,随即回铺里工作去了。可是他刚走,娘子便带上四个麻袋,从隧道溜到陜麦伦·宰曼家中,对他说:"快预备起程吧,注意别忘了带上财物,我会尽力帮助你的。"

陜麦伦·宰曼积极准备,买了骡马、驼轿、奴仆,绑好驮子,顺利地运到城外,然后去见娘子,说道:"一切都准备妥当了。"

"我自己把他所有的金钱、财物都搬给你了,什么都没给他留下,我亲爱的心肝啊,这全都是为了爱你的缘故,为了你,我不惜一千次向我丈夫替你赎身了。不过你得去向他辞行,告诉他三日后你要动身回家,叫他算一算你欠他的房钱。听他怎样对你说,你再来告诉我。我想尽各种计策欺骗他,惹他生气,目的只是要跟他离婚,可是他一直不放我。没有别的办法,我们只好走,高飞远走,逃向你的家乡去。"

"也算有了今日,我们的梦想成为事实了。"

陜麦伦·宰曼满心欢喜快乐,眉开眼笑地跑到尔彼督的铺中,跟他坐在一起,说道:"大师傅,三日后我就动身回家了。现在我到你这儿来,一则给你辞行,二则请你算一算我欠你的房钱,让我付给你,了清债务的手续吧。"

"你这是什么话呀？你照顾过我，指安拉起誓，房钱我分文不收。你住过我的房子，会给我们带来吉利的。不过你一走，就叫我孤单寂寞了。要是不违背天理人情，那我是要阻拦你的，我会不让你去和亲戚骨肉见面的。"他说罢，两人依依不舍，相对泣不成声。临了他关锁铺门，想道："我应当送一送这位好朋友。"于是他热情地协助陔麦伦·宰曼料理各种事务。最后他去陔麦伦·宰曼家中，见娘子坐在屋里，并到他两人面前来，殷勤伺候他们。临了，他回到自己家中，也见娘子镇静地坐在屋里。在陔麦伦·宰曼动身前的三天内，他每次回家，总见她待在屋里，每次上朋友家去，也见她在朋友家里，这种情景继续不断地在他眼前出现，没有其他的变化，因而他的观感视听全模糊了。

有一天，娘子趁她丈夫不在陔麦伦·宰曼面前，悄悄地对他说："他的财物积蓄全叫我搬给你了，现在他家里只剩给你们端酒送饭的那个女仆。我可是不能没有她，她是我的亲戚，最会替我掩饰，我向来重视她的为人。我打算打她一顿，惹她生气，等我丈夫回来，我向他表示讨厌她，不要再留用她，叫他带走她，卖掉她。待他出卖她时，你去把她买回来，好让我们一块带走她。"

"可以的，那不碍事。"陔麦伦·宰曼满口应诺。

娘子按照既定计划，打了女仆一顿。尔彼督回家时，见女仆伤心哭泣，问她为什么哭泣，知道太太打她，因而去见老婆，问道："这个该死的女仆做了什么事情，致使你动手打她？"

"当家的，告诉你吧：我不愿再见这个女仆了，你给我带走她，卖掉她吧；否则，你把我给休掉好了。"

"我卖她，我什么事都依从你。"

尔彼督带女仆去卖，顺便上陔麦伦·宰曼家去看一看。当时他老婆趁他带走女仆，便像离弦之箭，立刻从隧道溜到陔麦伦·宰曼家里，躲进驼轿。一会儿尔彼督带女仆进去；陔麦伦·宰曼见了，问道："这是谁？"

"是伺候我们茶水的那个女仆,她不听命令,太太生气,不要她了,叫我卖掉她。"

"她既然惹太太生气,不能和太太相处,那我留下她,让她伺候我的使女哈丽梅好了,并且让我从她身上嗅到你的一点气味吧。"

"不碍事,你带走她吧。"尔彼督同意了。

"该给你多少钱呢?"

"你照顾过我们,分文不要你的。"

陔麦伦·宰曼收下女仆,吩咐娘子:"感谢你的主人,出来吻他的手吧!"

尔彼督的老婆闻声走出驼轿,吻了她丈夫的手,然后姗姗钻进驼轿。尔彼督哑口无言,呆望着她。陔麦伦·宰曼说道:"大师傅,我把你托庇给安拉了。若有不是之处,你原谅吧。"

"愿安拉原宥你,他会保佑你一路平安的。"

尔彼督送走陔麦伦·宰曼,若有所失,寂然回到铺中,忍不住流下惜别的眼泪。当时他怀着既悲伤又快慰的两重心情:第一,因为陔麦伦·宰曼是个好朋友,彼此有交情,一旦离别,因此他为惜别而伤心流泪。第二,因为他一走,他夫妻间因他而产生的那种猜忌可以一笔勾销,证明他对妻子的嫌疑是捕风捉影,不是事实,因此他怡然自得,感到轻松愉快。

陔麦伦·宰曼带尔彼督的老婆逃往埃及

陔麦伦·宰曼和尔彼督的老婆情投意合,约着逃走。出了巴士拉城,来到郊外,小娘子便对他说:"如果你要平安无事,避免发生意外,那请你撇开阳关大道,带我们抄小路走吧。"

"听明白了,遵命就是。"陔麦伦·宰曼同意小娘子的建议,果然带她们离开大路,绕小道而行,双飞双宿,继续不断地从一个城市到另一个城市,最后一路平安地进入埃及边界,这才写了一封家信,派人星夜送回家去。

富商尔补顿·拉候曼经常跟同行的生意人在一起做买卖,可是他在他们中间总是貌合神离,心里一直燃烧着惦念的火焰,因为自从他的独生子陔麦伦·宰曼出门后,音信杳无,不知去向。那天他照例跟生意人们坐在一起的时候,突然来了一个送信的人,打听他的消息,问道:"老爷们,你们哪位是富商尔补顿·拉候曼?"

"你找他有什么事?"商人们问。

"我替他儿子陔麦伦·宰曼送信来了。我是从尔里史跟他分手的。"

尔补顿·拉候曼十分喜欢,商人们也替他高兴,欣然向他道喜。他收了信,打开读道:

> 父亲大人尊前:儿在外,蒙安拉护佑,身体健康,诸事如意,生意买卖颇有进展,盈余亦殊可观。今已首途归来,不日即可平安抵家,与大人共叙天伦之乐。知关锦注,特先奉闻。诸亲友前致意。

读了陔麦伦·宰曼的信,尔补顿·拉候曼明白儿子的下落,知道他在归途中,欢喜若狂,因而大设筵席,广宴宾客,并邀请歌舞艺人,弹唱歌舞,借以欢庆,热闹空前。继而他出郭到萨里哈叶迎接陔麦伦·宰曼,把儿子紧紧地搂在怀里,流着欢喜的眼泪,一下子晕倒。过了一会儿他慢慢苏醒过来,跟商人们一起,围着陔麦伦·宰曼,问候他,祝福他,大家团团地围绕着他,看他带来的奴仆、货驮、驼轿,无限地钦佩、羡慕他,热情地送他回家。

到了家中,小娘子下驼轿来。尔补顿·拉候曼见她生得如花似玉,有倾城倾国之色,非常尊敬、爱护她,让她住在楼房里。他母亲也被她的姿色所吸引,认为她是一个王后,沾沾自喜,问她是谁。她回道:"我是你的儿媳妇呀。"

"你既然跟我的儿子配为夫妻,我们应该备办筵席,宴请宾客,热热闹闹地庆贺一番,让亲戚朋友和我们都欢喜快乐。"

陔麦伦·宰曼谈小娘子的来历

尔补顿·拉候曼待前来欢迎陔麦伦·宰曼的亲戚朋友都走了,才有工夫坐下来跟儿子谈心,问道:"儿啊,你带来的那个使女是怎么回事? 你花多少钱买她的?"

"父亲,她不是使女;老实说,我原是为寻找她才出去旅行的呢。"

"这是怎么一回事呀?"

"她就是那个苦行者在我们家过夜时所谈的那个女郎呀。从那时起我一直忘不了她,老是希望和她见一面。当时我一再恳求你老人家准我出远门,那也是为了追求她的缘故。我为她不辞千里跋涉,甚至于中途遇匪,财货被劫,随从被杀,最后只剩我一个人孤单寂寞地流浪到巴士拉……"他把前后的经历详细叙述一遍。

"儿啊! 经过那许多折磨之后,你跟她结过婚了?"

"不,还没有结婚;不过我是答应要娶她为妻的。"

"你真打算娶她吗?"

"假使你老人家同意,我就娶她;否则,我就不了。"

"你要是真的娶她,那我今生来世都跟你断绝关系,这一辈子我都怨恨你。那个女人对自己的丈夫干过那样不要脸的勾当,你怎么好娶她做妻子呢? 告诉你:她会使用勾引你整她丈夫的那种手腕,勾引别人来整你呢。她是一个奸昧家伙,奸昧的人是靠不住的。你要是不听我的话,我就恼你。你若听从我,我替你物色一个聪明、廉洁、美丽的良家千金小姐,不惜花掉全部财产,热热闹闹地给你办喜事,我会因你的美满婚姻而夸耀、自豪呢。我们宁肯让人说：某人娶了某家的千金小姐，总比他们说：某人娶一个来路不明的黄毛丫头光彩嘛。"老头喋喋不休地举出诗书、谚语、笑话中的嘉言懿行来规劝儿子，教他放弃原来的念头。

"父亲，事情既然如此，我不娶她也就是了。"

"你真是我的好儿子！"老头痛吻陔麦伦·宰曼的前额，"儿啊，指你的生命起誓，我非给你娶个无比美丽的妻子不可。"

尔补顿·拉候曼把尔彼督的老婆和女仆一起关在楼房里，剀切地对她说："现在我把你和你的女仆关在这里，等有主顾，我好出卖你们；假使你不服从命令，我就宰掉你，因为你跟你的女仆是狼狈为奸的，都不是好东西。"于是他指派一个黑女仆照管她们，送茶饭给她们吃喝，并嘱咐夫人："你给我好生监视她们，除女仆送茶饭给她们吃喝外，谁也不许上楼。"

从此尔彼督的老婆和她的女仆被禁闭在楼房里，与世隔绝，终日伤心哭泣，十分懊悔当初不该愚弄丈夫。

尔补顿·拉候曼替儿子求婚

尔补顿·拉候曼托媒人替儿子物色一个门第高尚、姿色美丽的姑娘做他的妻子。媒婆们诚惶诚恐，到处打听，继续不停地寻找，凡是有好女子的人家都去过。最后她们去教长家中，看见他的千金小姐生得窈窕美丽，才貌双全，是埃及妇女中的佼佼者，她的姿色比尔彼督的老婆有过之无不及。于是她们把物色的结果告诉尔补顿·拉候曼。

尔补顿·拉候曼邀城中的绅士陪他去教长家替儿子求婚。由于彼此门当户对，所以有求必应，教长慨然允许，彼此很快就结为眷属，写下婚书，隆重举行订婚仪式。继而选择吉日，举行婚礼，张灯结彩，装饰屋宇、巷道,备办丰富筵席,分别宴请各界人士:第一天宴请法学界,热烈庆祝圣诞,第二天欢宴全体商界,第三天宴请官吏,第四天宴请学者,继续不停,整整欢宴了四十天,夜里还邀请各种歌舞艺人,弹唱歌舞,锣鼓喧天,热闹空前。那个期间尔补顿·拉候曼任劳任怨,带着陜麦伦·宰曼热情接待宾客,陪他们尽情吃喝享受,每天都到更残夜静,才尽欢而散。

尔彼督跟踪追到埃及

陜麦伦·宰曼结婚欢宴宾客的最后那天,专门招待远近各地孤苦无告的一般穷人,因此大批大批的可怜穷人闻风相约而至。陜麦伦·宰曼父子坐在一起接待他们,请他们吃喝。那时候,宝石巨匠尔彼督也混在一批穷人中前来赴宴。他衣衫褴褛,风尘仆仆,显出疲劳不堪的形影。陜麦伦·宰曼一见便认识他,对他父亲说:"父亲,你瞧刚进门的那个穷人吧!"

商人举目一看,见他穿得破破烂烂,身上只有一件值两块钱的长袍,颜色憔悴,满头满脸的灰尘,病人般呻吟着,走起路来慢吞吞左右摇摆不定,恰像长途跋涉中离群迷途的一个朝觐者。

"他是谁?"尔补顿·拉候曼问陜麦伦·宰曼。

"他叫尔彼督;关在我们楼房里那个小娘子就是他的妻子。"

"哦!就是你跟我谈过的那个宝石巨匠吗?"

"是的;我全认清楚了。"

尔彼督来埃及的原因

尔彼督来埃及的原因是这样的:那天他送走陜麦伦·宰曼,回到铺中,接到一件精细的活计,便埋头安心工作,苦干了一天。傍晚,他关锁铺门,回到家中,不见妻子,也不见女仆,屋中还没点灯火,显得一片寂寞、阴暗。他抬着头东张张西望望,疯人般走过来转过去,一直找不到一个人影。他打开库藏察看,发现历年积蓄的金钱、财物已不翼而飞。这时候他如醉初醒,恍然大悟,知道是老婆勾结陜麦伦·宰曼欺骗他,于是痛定思痛,忍不住为自己的遭遇而伤心、流泪。从此他暗中悲泣,恼恨在心,毅然决然把事件掩蔽起来,不让仇人有幸灾乐祸的机会,也避免亲朋因他的不幸而感觉难过。他认为泄露秘密,只会给自己带来耻辱和嘲弄,因此决心把一切灾害、磨难都埋在心里。

第二天,他关锁屋门,去到铺中,对其中的一个匠人说:"我那位商人朋友恳恳切切地邀我陪他上埃及去一趟;他发誓要我携带家眷随他一块儿去,否则他就不肯回去。我的孩子,现在我把铺里的事托付你。如果国王问我,你们就说我带家眷朝觐去了。"

他交代、布置一番,卖掉一些贵重物件,买了骡马、骆驼、男仆和一个女仆,并给她预备驼轿,然后辞别亲朋,十天后动身起程,离开巴士拉。当时人们都当他带老婆上麦加去朝觐,人人欢喜,个个快乐,认为这是安拉解救他们,每逢礼拜五就不用再被禁闭在清真寺和家里了。这是因为那种禁令给巴士拉人带来了不可弥补的麻烦,所以有人说:"由于巴士拉人恨他、咒骂他,他此去是回不了家了!"有人说:"即使他能回家来,也非改变作风不可了!"巴士拉人长期受压迫,吃了极大苦头之后,一旦听他走了,心中的喜悦是无法形容的;他们快乐得立刻解掉猫狗的束缚。

时间过得很快,尔彼督走后,转瞬就是礼拜五,城中人又听到差役的叫唤、催促,叫他们在聚礼前两小时都到清真寺中去聚集,或紧闭门窗躲在家里,同样猫狗也必须一律拴禁起来。人们感到忧愁苦恼,大家集合起来,约定去到王宫,求见国王,对他说:"主上,宝石匠尔彼督携带老婆上麦加朝觐去了,为他而禁闭我们的理由已经消除,现在凭什么还要禁闭我们?"

"噢!那个奸昧家伙怎么不让我知道就走了?"国王心里不高兴,"好!等他回来,我这里有好事等着他呢。你们去吧,回到铺中做你们的买卖去;从今天起,我宣布解禁了。"

尔彼督的财物被劫

尔彼督在往埃及的途中跋涉了十天,还没到达埃及边界,就遭了过去陔麦伦·宰曼未到巴士拉前所遭逢的那种情况,巴格达的一伙强盗拦路抢劫,剥光他的衣服,抢掉他的财物,杀死他的仆从。强盗走后,他慢慢苏醒过来,什么都完了,赤裸裸地仅留得一条生命。他继续向前,去到有人烟的地方。人们可怜他,给他一件破衣服遮盖身体。从此他继续跋涉,靠乞讨度日,从一个地方到另一个地方,经过许多乡镇,最后来到埃及。他肚里饿得发烧,沿街乞讨。当时有个好心肠的本地人对他说:"可怜人!城中有一家富人办喜事,你可以去吃喝;因为他家今天办筵席招待穷苦人呢。"

"我不知从哪儿去呀。"

"随我来,我带你去。"

那个本地人带他去到商人尔补顿·拉候曼的门前,说道:"这便是办喜事的人家;进去吧,不必害怕,没人阻拦你。"

尔彼督在陔麦伦·宰曼家中

尔彼督带着一副狼狈潦倒的模样刚跨进大门,陔麦伦·宰曼一眼就看清楚,据实禀告父亲。他父亲说:"儿啊!现在你别管他,他也许是饿了。让他吃饱、喝足、安定下来吧,那时候我们再去和他谈话还不迟。"于是父子两人耐心等待，直至他吃饱，洗过手，喝了咖啡，最后吃过混麝香、龙涎香制的甜食以后，刚起身要走，主人才打发仆人去请他，对他说："客人，请转来！尔补顿·拉候曼老爷有话对你说。"

"这位老爷他是谁呀？"尔彼督问。

"就是办喜事的主人家嘛。"

他转进去，以为老爷要给他什么好处。到了老爷面前，一眼看见他的朋友陕麦伦·宰曼，羞得几乎晕倒。陕麦伦·宰曼立刻站起来，拥抱他，请他坐下，两人相对泣不成声。

"你这个不识好歹、不辨香臭的呆子！"尔补顿·拉候曼怒形于色地斥责陕麦伦·宰曼，"萍水相逢、跟老朋友碰头见面，你这是什么一种态度呢？首先你应该送他上澡堂去洗澡，给他预备跟他身份相称的衣冠穿戴，然后殷勤招待，热情地陪他谈一谈才像话嘛。"

听了父亲的责备、指示，陕麦伦·宰曼打发几个仆人送他去澡堂洗澡，并预备价值千金的华丽衣冠给他穿戴。当时参加宴会的人向陕麦伦·宰曼打听尔彼督的情况，问道："那位客人是谁？你从哪儿认识他的？"

"他是我的好朋友，曾留我在他家食宿，非常尊敬我，给我的好处是一言难尽的。他是富豪人家的享福人，从事珠宝镶配工作，技艺之高明，一般手艺人都瞠乎其后，望尘莫及。巴士拉国王格外器重、信任他，因此他的地位非常崇高。"他把他们之间的交往叙述一遍，言过其实地夸赞一通，接着说道："比起他来，我觉得非常惭愧，因为我不知该怎样报答他的恩情才对。"

他继续夸赞他，给人们留下深刻的印象，因此大家认为他是了不起的人物，说道："为你的情面，我们愿尽应有的职责，都尊敬、爱戴他；不过我们希望知道他为什么到埃及来？他为什么离开自己的家乡？什么事使他变得这么狼狈不堪？"

"你们不必大惊小怪！人类是受命运束缚着的，在世间人总是要受灾害、磨难的。你们要知道：我到巴士拉时，情况比他还凄惨呢。因为他到这儿来，总算还有一件破衣裳遮住身体，而我到他们家乡时，却赤裸裸地一丝不挂，那时候只有安拉和他保佑、接济我。这当中的原因是：强盗拦路抢杀，剥光我的衣服，抢掉我的骆驼、财货，杀死我的仆从，当时我倒在死人丛中，混过他们的眼目，等他们走了，我才爬起来，光着身子去到巴士拉城中，幸而碰到这位好人，他给我衣服穿，招待我在他家食宿，拿金钱接济我。后来我能满载而归，跟安拉的照顾和这位朋友的帮助是分不开的。我动身回家时，他送我许多礼物，光了我的行色，使我感到无限的快慰。当时他还很富豪，过着舒适、享乐的幸福生活。可是他一旦变得这样凄凉，许是突然遭了什么天灾人祸，逼得他不得不离乡背井，可能途中又像我一样被强盗洗劫，这一切都是不足为奇的。现在我应该慷慨无私地援助他，对他报以最大限度的谢意，才是做人的道理呢。"

陕麦伦·宰曼父子安慰尔彼督

陕麦伦·宰曼家的仆人奉命带尔彼督去澡堂洗澡，大家动手替他擦背，洗掉满身的积垢，然后拿值千金的衣冠给他穿戴，把他打扮得整整齐齐，同富商巨贾一个模样，才前呼后拥地伺候他回家。人们见他回来，都站起来，问候他，请他坐在首席。陕麦伦·宰曼表示尊敬他，说道："朋友！首先我祝福你，愿你安康、幸运。关于你的遭遇，我是过来人，你不必提了。如果你途中遇匪，衣服被剥光，财物被劫尽，那你幸而还留得一条生命，这就不必忧愁顾虑了。因为从前我赤身裸体地流落到你的家乡，蒙你供我吃喝，百般尊敬我，给我许多照顾，现在我要报答你，要像你优待我那样加倍地奉承你；你安心、快乐吧。"

他说好说歹，一直在安慰他，规劝他，不让他有说话的余地，免得他提起老婆的行为,揭穿个中秘密。因此他喋喋不休,历举诗书中的范例和谚语中的嘉言懿行劝慰他,说服他。尔彼督对他的暗示有所体会,从他举出的范例中得到慰藉,因而把满腹牢骚无可奈何地暂且隐忍下来,一字不提。

尔补顿·拉候曼父子把尔彼督当上宾招待,最后请他进内室去,避开人群,跟他谈真心话,说道:"在大庭广众中,当宾客的面,我们不让你开口说话,那是一来怕揭穿你的面子,二来也怕揭穿我们的面子,这会惹人耻笑,那就不好了。现在你和我们父子在一起,没有外人,你可以随便谈。你说吧!把你们夫妻之间的纠葛以及跟我儿子的关系全都告诉我吧。"

尔彼督果然把事件的经过,从头到尾,毫不掩饰,详细叙述一遍。商人听了,明白个中情形,问道:"依你说,这桩事件的发生,到底谁是祸首?是你老婆呢,还是我儿子?"

"指安拉起誓,令郎无罪;我自己的老婆——那个奸昧的、任意糟蹋我的泼妇,才是祸首呢。"

尔补顿·拉候曼试验尔彼督

尔补顿·拉候曼把儿子拉到僻静地方,悄悄地对他说:"儿啊,经过这番考验,我们明白他老婆是个奸昧家伙。现在我要试验他本人,看他是不是一个有骨气的正人君子。"

"这是什么意思呢?"

"我要从中斡旋,让他们夫妻和好。如果他愿意和好,轻而易举地宽容她,那我得拿宝剑砍死他,然后再杀他的坏老婆和那个黄毛丫头。因为这种软脚蟹不是好东西,他活着对人类社会没有好处。要是他断然拒绝,不肯宽容她,那我才看得起这种人,我要把你妹妹卡凯本·萨巴哈给他为妻,还要给他一份比你从他财物中带来那个数量更多的财富呢。"

老头对陔麦伦·宰曼表达了自己的态度和决心后,匆匆回到内室,对尔彼督说:"大师傅,跟娘们相处,需要付出最大限度的忍耐心。爱她们的人,必须放宽胸怀,因为她们惯于戏弄男人,凭着她们的姿色、容貌,总是娇滴滴地高傲自矜、看不起男人。尤其是她们的丈夫向她们表示热爱的时候,她们总是拿傲慢、撒娇、泼辣的态度来回报男人。做男人的如果每见妻子一丁点瑕疵,都斤斤计较而生气,那么夫妻间的感情必然要破裂,生活一定过不好。只有胸怀广阔,能忍耐吃苦的男人最能迎合她们的心理,博得她们的欢迎。做丈夫的对自己的妻子如果不担待些,容忍些,那么家庭生活是会失败、倒霉的。古人夸耀妇女的权利说:'如果她们生在天上,男人一定要翘首仰望她们。'话又说回来,有力量而能容人的人,他的功德是无量的。住在我们楼上的那个小娘子,她是你的妻子,是你的伴侣,跟你相处过漫长的岁月,你应该担待她、宽容她,这是过好夫妻生活的条件呢。娘们的头脑简单,宗教知识有限,做错了事她会忏悔的。若是安拉愿意,会保佑她不至于再蹈覆辙呢。因此我不揣冒昧,前来充当和事佬,希望你们破镜重圆,夫妻和好如初。我这里准备把你的财物全都赔还你。如果你愿意在此居住,我竭诚欢迎你们,保证事事满足你们的愿望。如果你思乡心切,必须回家,那我保证满足你的愿望,你需要什么我都替你准备。喏!那里摆着现成的驼轿,可以利用它载你的妻子和奴仆回去。夫妻要白头偕老,在漫长的生活过程中,彼此间的纠葛、龃龉是频繁、复杂的,你高抬手,宽容她,别一味固执着为难她吧。"

"我的先生哟!拙荆她在哪儿呀?"

"她就住在我家楼上;你上楼看她去,听我的话跟她和好,别吓唬、迷惑她。因为我儿带她回家以后,要跟她结婚,我竭力反对、禁止,让她住在楼上,把楼门关锁起来。当时我想:'她丈夫也许会来找她,我要把她交给他带走。因为她生得特别标致漂亮,这样美丽可爱的小娘子,她丈夫一定不肯抛弃她的。'怎么不是!我预料的事情果然实现了;赞美安拉,是他叫你们夫妻重新相会的。至于我儿子,我已经给他找到对象,正在举行婚礼,那些筵席是为婚礼而备办的,那些客人是来参加婚礼的;今晚是他洞房花烛的佳期哩。喏!这是楼门的钥匙,你拿去打开楼门,跟你的妻子和女仆见一见面,我打发人送饮食给你们,让你们痛痛快快地吃喝好了。"

"谢谢主人,愿安拉加倍赏赐你。"尔彼督接过钥匙,欢欣鼓舞地跑上楼去。

尔补顿·拉候曼察言观色,觉得他的劝说已经打动了尔彼督,他愿意跟老婆和好,于是抽出明晃晃的宝剑,悄悄地随在后面,跟踪追上楼去,暗中窥探他夫妇间的动静。

尔彼督杀死妻子和女仆

尔彼督胸有成竹,欣然去到楼房里,见他老婆因陔麦伦·宰曼另娶新妇而正在号啕痛哭,同时听见女仆对她发出怨言:"太太,我告诉过你多少次,那小子对你不怀好意,别跟他再混下去,你可是不听我的,反而把老爷的财物全偷给他,不守你做太太的本分,死心蹋地地蜜恋着他,冒险跟他一起来到异乡,临了,他把你扔掉,把你禁闭起来,另娶别人为妻。"

"住口,你这个该死的家伙!他另娶就让他另娶吧,总有那么一天我要叫他想起我,要叫他回心转意的;他跟我说的甜言蜜语,我死也忘不了;我不能不爱他,即使为他被关死我也甘心。他非回想起跟我蜜恋的那些日子不可;他是我心爱的人儿,是我的医生;我的希望都寄托在他身上。他会回到我身边的,会给我带来愉快的,会满足我的欲望的。"

尔彼督耐心听她倾诉毕,才冲到她面前,骂道:"奸昧的坏家伙!

你的希望寄托在他身上,跟魔鬼的希望寄托在天堂里正是一样。你原来是个十恶不赦的坏种,我却茫然不知;先前我若看出你的一种罪恶,我是决不会让你活下去的。你既是个十恶不赦的坏种,我就有权杀死你;即使为你这个奸昧家伙处我死刑,我也不在乎了。"他说罢,伸出双手,狠狠地掐住她,使劲扭断她的喉管,结果了她的性命。女仆眼看那种情景,放声大哭:"我可怜的太太哟!"

"你这个不要脸的小娼妇! 事情全是你弄出来的;你知道她有这种习性,却不告诉我。"于是他一把抓住女仆,同样把她掐死。

这桩杀人事件发生的时候,尔补顿·拉候曼手握宝剑,悄悄地隐在门后,亲眼看着,亲耳听着。尔彼督在商人屋中掐死人,犯了大罪,一时百感交集,想到事情不好收场,惊慌失措,自言自语地说:"万一主人知道我在他家里杀死了她们,他非杀我不可。祈望安拉保全我的信仰,让我死在伊斯兰正道上吧。"他一时陷入惶惑、迷惘状态,茫然不知该怎么办。

尔补顿·拉候曼选尔彼督为女婿

正当尔彼督徘徊歧途,一筹莫展的时候,尔补顿·拉候曼突然出现在他面前,对他说:"这不碍事,你应该受我保护的。你瞧我手中这柄宝剑吧! 我先前原是存心等你跟她和好,愿意收容她时,拿它杀死你,同样也要杀死这个泼妇的。现在你既然做了这样的事情,我始终欢迎你,非把我的女儿——陔麦伦·宰曼的妹妹,给你为妻,不足以奖励你。"于是他带尔彼督下楼,吩咐请来装殓殡葬之人,洗过死者的尸体,然后装殓埋葬,同时对外宣称陔麦伦·宰曼由巴士拉买回来的两个使女,害病死了。噩耗传出去,亲戚朋友都向他道恼,谁都不明白事件的真相。

继而尔补顿·拉候曼邀请教长和学者,对他们说:"教长阁下,小女卡凯本·萨巴哈跟宝石商人尔彼督订婚,结秦晋之好,聘礼已全部交到我手里,现在恭请阁下证婚,劳驾替他们写下婚书吧。"

教长应邀做了证婚人,替商人的女儿和女婿写了婚书;接着主人宣布举行结婚典礼,教长和宾客一起举杯祝贺商人双喜临门之喜。尔补顿·拉候曼的儿子陔麦伦·宰曼和女儿卡凯本·萨巴哈兄妹两人同日举行婚礼,两对新婚夫妇,如花似玉,家庭中喜气洋洋,热闹空前,宾主直欢饮到深夜,最后分别把陔麦伦·宰曼送进教长女儿的洞房,把尔彼督送进卡凯本·萨巴哈的洞房之后,才尽欢而散。

尔彼督进入洞房,在灿烂的烛光下,见新娘卡凯本·萨巴哈标致漂亮,比他的前妻更美丽可爱。

尔彼督回巴士拉

新婚之后,尔彼督和娇妻住在岳丈家,快乐如意地过了一些日子。后来他思乡心切,对岳丈说:"女婿久客在外,日久思乡心切,兼之我家里还有产业,铺里的事是托人代管,因此我打算回去一趟,卖掉产业,再来伺候大人。我的这种见地,不知大人是否同意?"

"儿啊,我同意极了,我一点也不反对你的意思。思乡是信仰的一部分嘛。对家乡没有好感的人,在异地也未必安心。不过你要是不带妻子同行,到了家乡,你会因留恋家园而犹豫、彷徨,一方面想回埃及来,另一方面却想久住家里。因此你最好带着你的妻子同去;往后,你若愿意回来,便带她一同来,你们同样是受欢迎的。告诉你:我们这儿是不作兴休妻的,我们的妇女也是烈女不事二夫的。总之,我们对不是忘恩负义的人,并不采取拒人于千里之外的手段的。"

"岳丈,我可是担心令爱不愿跟我同去。"

"儿啊!我们的妇女丝毫不会违背丈夫的;妻子跟丈夫意见不合的事,我们这儿从来没发生过。"

"愿安拉赏你福利,也赏你们的妇女福利,"他喜不自禁,立刻去见妻子,说道:"我想要回家乡去,你怎么说呢?"

"我在家做姑娘的时候,通常是从父命的。结婚以后,我的终身都依从丈夫,我是不违背夫命的。"

"愿安拉赏赐你,也赏赐令尊,并慈悯你的父母。"

尔彼督息交绝游,积极准备行李,然后辞别岳父母和亲戚朋友,动身起程,携带妻子和岳父给的许多财物,满载而归。一路继续跋涉,回到巴士拉。亲戚朋友认为他朝觐归来,都出来欢迎他。城中居民听他回家的消息,有的欢喜、快乐,但很多人都感到忧愁、苦恼,议论纷纷,交头接耳地说:"这回每逢聚礼日他又要照例炮制我们,把我们禁闭在清真寺或家里了,连我们的猫狗都不得宁息了。"

卡凯本·萨巴哈回娘家去

巴士拉国王听了尔彼督归来的消息,十分生气,召他进宫去,大骂一顿,问道:"你要出门,怎么不请示报告一声就走了? 你去朝觐难道不需要我给你些钱带往圣地做慈善事吗?"

"主上请饶恕我。指安拉起誓,我并没有去朝觐,但我……"他把妻子愚弄他的经过、在商人尔补顿·拉候曼家中发生的事件、娶商人的女儿为妻的经过,从头叙述一遍。最后说:"我已经把她带回巴士拉来了。"

"指安拉起誓,"国王听了卡凯本·萨巴哈的美名,不禁馋涎欲滴,慨然发出誓语,"如果不怕安拉惩罚,我非杀掉你,把那个白璧无瑕的女郎攫为己有不可,为她即使消耗整个国库我也是在所不惜的,因为像她那样的美女是最适于做王妃不过的了。可你捷足先登,她成为你的俘虏了。安拉赏你福分,你应该好生待她才对。"

国王说罢,重重地赏赐尔彼督。他带着国王的赏赐回到家中,跟娇妻过快乐的幸福生活。然而好景不长,才过了五年的工夫,他便溘然逝世。国王趁隙向卡凯本·萨巴哈求婚,她断然拒绝,说道:"主上,同辈的妇女中,谁死了男人又改嫁,这是我没有见过的。我丈夫死了,我决心不再嫁人。你杀死我,我也是不改嫁的。"

"那么你要回娘家去吗?"国王问她。

"主上如果愿做好事,肯协助我,安拉会照样报酬你的。"

国王慨然替她计算、收集尔彼督的财物,并替她预备行李,还派一个非常忠实、善良的大臣,率五百骑兵,沿途护送,安全地把她送到埃及。从此,卡凯本·萨巴哈回到娘家,抱定烈女不事二夫的志向,终身服侍父母,过安静、舒适的生活,直至白发千古。

阿卜杜拉·法狄勒
和两个哥哥的故事

　　相传哈里发何鲁纳·拉施德执政期间,有一天,他亲自检查当年各地方缴纳赋税的情况,见各地区的赋税已全数上缴,存入国库,只是巴士拉的还没解到,因此他召集大臣,开会讨论。在会议上,他首先对宰相张尔蕃说:"各地区的赋税都已上缴入库,只是巴士拉这个地区的,至今还没解到。这是什么缘故呢?"

　　"众穆民的领袖啊! 也许是巴士拉地区发生什么意外,致使执政官把上缴赋税这件事忘记了。"

　　"上缴赋税的期限规定为二十天。在这期间,巴士拉的官吏既不缴纳赋税,也不上报延期理由,这成什么体统呢?"

　　"众穆民的领袖啊! 如果陛下允许,臣派个使臣上巴士拉去催一催。"

　　"这么说,你派艾布·伊斯哈格·穆隋理·纳迪姆去办这件事吧。"

　　"听明白了,遵命就是。"

　　宰相张尔蕃领旨,退朝回到相府,即时给巴士拉省长写了手谕,随即召见艾布·伊斯哈格·穆隋理·纳迪姆,交给他手谕,吩咐道:"我奉旨派你上巴士拉去见省长阿卜杜拉·本·法狄勒,问他为什么忘了上缴今年的地方赋税? 并由你负责验收当地应纳的赋税,从速解京入库,不得有误。因为哈里发曾经检查各地缴纳赋税的情况,发现各地应缴的赋税已如数上缴,只是巴士拉地区的还没到。你上那儿去看,如果赋税还未准备齐全,其中必有缘故,他总会把理由告诉你的;你就把个中缘故带回来,以便如实向哈里发呈报可也。"

"听明白了,遵命就是。"艾布·伊斯哈格接受了任务。

艾布·伊斯哈格发现阿卜杜拉的秘密

艾布·伊斯哈格·纳迪姆带领宰相派给他的五千人马,前往巴士拉执行催收赋税的使命。当他到达巴士拉时,巴士拉省长阿卜杜拉·本·法狄勒赶忙率领人马,出城迎接,彼此见面言欢。于是阿卜杜拉陪艾布·伊斯哈格进入省府,并吩咐僚属好生招待驻在城外帐篷中的人马,供给粮秣和各种食用物品。

艾布·伊斯哈格来到省府,进入省长办公厅内,坐在首席的交椅上,阿卜杜拉靠他身边坐在一旁,其余僚属按等级的高低顺序坐在周围。宾主互相问候、寒暄之后,阿卜杜拉说道:"阁下光临敝邑,必然是负有使命的吧?"

"不错,我是奉命来催收赋税的,因为哈里发曾经询问此事,而规定上缴赋税的时间已经逾期了。"

"但愿阁下不经这番跋涉、劳累,那就再好不过了。因为应缴的赋税,我已如数准备妥帖,原是决定明日起解上缴的。不过阁下既然莅临,在你三天的做客期后,我将全部赋税奉交给你。就是说,到第四天,保证把应缴的赋税全部集中在你面前,不致有误。皇上和阁下对我们关怀、恩顾备至,我们应当奉献一点礼物,以示感戴之忱。"

"这是不碍事的。"

阿卜杜拉尽东道主的义务,把艾布·伊斯哈格及其亲信随从迎到官邸,在极其考究的客厅里,大摆筵席,热情招待他们。于是大家无拘无束地随便吃喝,尽情享受,宾主流露出异常快乐的情绪。待大家吃饱、喝足,撤去狼藉的杯盘,他们才起身洗手,然后坐下来,边喝咖啡、果汁,边促膝谈心,说古道今,直热闹到三更时分,才尽欢而散。

阿卜杜拉吩咐侍从,把一张嵌黄金的灿烂夺目的象牙床铺设起来,供艾布·伊斯哈格作安歇之用,他自己却在侧面的另一张床上睡觉。

熄灯后,哈里发的钦差大臣艾布·伊斯哈格失眠,翻来覆去,始终睡不熟。不得已,只好在诗的韵律方面,深入思考、琢磨。因为他是哈里发御前最得宠而专陪哈里发吃喝、寻乐的亲信朋友,能说会道,能诗能文,善于编写滑稽、有趣故事,是供给哈里发笑料的权威。所以一有空,他便在诗韵方面下功夫,精益求精。

正当他埋头思索之际,忽然发觉阿卜杜拉从床上爬起来,束紧腰带,打开衣柜,由里面取出一根皮鞭,然后举着明亮的蜡烛,蹑手蹑脚地走出寝室。当时他满以为艾布·伊斯哈格在睡梦中,不会知道他的行动的。

艾布·伊斯哈格见阿卜杜拉深夜离开寝室,觉得奇怪,暗自说道:"阿卜杜拉带着皮鞭上哪儿去呢?也许他要惩罚谁吧。我得跟踪出去,看一看他今晚要做什么事情。"

艾布·伊斯哈格被好奇心驱使,果然起床走出寝室,在不让阿卜杜拉发觉他的情况下,悄然轻脚慢步地跟随在后面。首先他见阿卜杜拉打开一间贮藏室,从室里抬出一托盘饮食,当中有四盘饭菜和一罐水。他带着食物向前走,一直走进一间大厅里。艾布·伊斯哈格仍悄悄跟随;到大厅门前,从门缝向里一望,原来是一间宽敞的大厅,厅内的陈设非常富丽堂皇。正中央摆着一张镀金象牙床,光辉灿烂。床上有两条狗被金链子拴锁着。阿卜杜拉放下食物,卷起手袖,伸手解开第一条狗脖子上的链子,随即扭着狗脖子,把它的头按在地板上,弄得它像跪在他自己面前叩头、求饶似的。这时那条狗被折腾得叫出微弱的轻吠声。接着阿卜杜拉把狗捆绑起来,摔在地上,抽出皮鞭,然后狠心地、不停地、一鞭接一鞭地打在狗身上,把狗打得痛不可支,一直挣扎、蜷曲着经受没完没了的折腾。阿卜杜拉继续鞭挞,直至狗的哼声停止而丧失知觉,这才把它重拴在原来的地方。继而他转向第二条狗,像对待第一条狗那样地鞭挞它,把它折腾得死去活来。最后他掏出手帕,替两条狗拭泪,并安慰道:"原谅我吧。指安拉起誓,这可不是我自愿的,我的处境很困难。也许安拉会替你俩从这困境中开辟一条出路呢。"说毕,他替两条狗祈祷一番,然后把托盘端到狗面前,拿食物给狗吃,亲手喂它俩,直至喂饱,并替两条狗拭过嘴唇,这才拿水罐中的水给狗喝。待两条狗吃饱喝足,他才收拾碗盘,携带水罐,持烛准备离开大厅。

艾布·伊斯哈格站在大厅门外,从门缝里向内窥探,亲眼看见阿卜杜拉的举动,亲耳听见他的言语,内心感到无限惊奇、诧异。他把那样的怪事,从头到尾看在眼里,直至阿卜杜拉要退出大厅时,他才抢先一步,赶忙转身,奔回寝室,睡在床上,致使阿卜杜拉没看见他,所以不知道跟踪他、窥探他的秘密这件事情。接着阿卜杜拉也回到寝室里。他先打开衣柜,把皮鞭原样放在柜中,收藏起来,然后解衣就寝。

艾布·伊斯哈格躺在床上,想着这件事情,越想觉得越奇怪而不可思议。因为事情太离奇,所以他毫无睡意,整个下半夜都醒着。他暗自说道:"奇怪!这到底是件什么样的案子呢?"他始终觉得诧异,直到天亮才起床,同阿卜杜拉一起做晨祷,接着进早餐,喝咖啡,然后一起上省府去办公。

当天,艾布·伊斯哈格整日在思考这桩不可思议的事情,可是只把它隐藏在心里,并不向阿卜杜拉打听个中的真情实况。

这天夜里,阿卜杜拉像昨夜那样折腾那两条狗,鞭挞之后,又好言安慰,并给饮食吃喝。当夜,艾布·伊斯哈格仍然跟踪他,见他所做所说的,跟昨夜的言行全都一个样,而且第三天夜里也都如此。这一切全都叫艾布·伊斯哈格看在眼里,记在心中。

阿卜杜拉奉召进京

哈里发的钦差大臣艾布·伊斯哈格·纳迪姆在巴士拉为客三天期满,第四天阿卜杜拉·法狄勒如约将全部赋税交给他。于是他不动声色地携带赋税动身起程,继续跋涉,直赶回巴格达交差。哈里发询问延期解缴赋税的原因。艾布·伊斯哈格答道:"启禀众穆民的领袖:据我所见,当地的官吏已经收齐赋税,准备起解上缴。假若我迟去一天,那会在途中碰到的。不过臣此行,在阿卜杜拉·法狄勒本人方面,看见一种奇怪行为,这是我生平没见过的。"

"那是什么行为呢?"

艾布·伊斯哈格把阿卜杜拉·法狄勒折腾两条狗的情况,在哈里发御前全盘托出,最后解释道:"他的这种行为,我是接连三夜里亲眼看见的。他鞭挞了两条狗,又表示和解,出言安慰,并供给饮食吃喝。这一切,我是背着他暗地里亲眼看见的。"

"这是什么原因? 你问他没有?"

"不。众穆民的领袖啊! 指陛下的生命起誓,我可没问他。"

"艾布·伊斯哈格,你再上巴士拉去一趟,把阿卜杜拉和两条狗给我带来。"

"众穆民的领袖啊! 别让我去做这件事吧。因为阿卜杜拉待我以上宾之礼,敬重有加,我是无意间偶然看见他的那种情况而把它向陛下透露出来的。在这样的情况下,我怎么好意思再去见他而把他给带来呢? 我若再上巴士拉去,我内心的确有愧,实在没有脸面去见他。因此恳求陛下写个手谕,派别人去带他和两条狗进京,这样做才恰当呢。"

"我若派别人去,他可能矢口否认此事,会说他没有狗。而你去么,可以说是你亲眼看见的,他就无法否认了。因此,必须派你去把他和狗一起给我带来。你若违命,我非处你死刑不可。"

"听明白了,遵命就是。安拉会默助我们,他是最好的信赖者。所谓'祸从口出'这句话,的确是金石良言。而我向陛下泄露秘密,这是我自作孽呀。但求陛下写给一个手谕,俾我带着前往巴士拉,去带阿卜杜拉来见陛下。"

哈里发果然写了派艾布·伊斯哈格前往巴士拉带阿卜杜拉·法狄勒进京的手谕。艾布·伊斯哈格捧着圣旨,诚惶诚恐地再次旅行到巴士拉。巴士拉省长阿卜杜拉一见艾布·伊斯哈格之面,感到奇怪,说道:"恳求安拉保护我们,避免发生意外事件。艾布·伊斯哈格,你才归去不久,怎么很快就返回来呢?莫不是赋税的数量不足,哈里发才拒绝验收吧?"

"阁下,我此次重访贵邑,并非赋税短缺;其实赋税的数量是足够的,哈里发已验收了。不过有一件事,希望你原谅我,因为对你来说,我做了一件错事。这是前生注定了的,可不是我存心这样做呀。"

"艾布·伊斯哈格,发生什么事了?告诉我吧。你是我的好朋友,我不会责怪你的。"

"你晓得:我在你家做客期间,每天晚上半夜时候,你都起床,出去把狗折磨一通,再回寝室就寝。接连三夜里我跟随在你后面,暗中窥探这件秘密。我为此事感到惊奇,可是不好意思向你打听个中缘故。后来我回到巴格达,在偶然的情况下,无意间把你的秘密向哈里发透露出来了,所以他责令我赶快回到你这儿来。这是他的手谕。假若我知道事情会演变到这步田地,那我是不会对他谈这件事的。但是命运注定,懊悔也不管用。"他一再向阿卜杜拉托词、道歉。

"你既然把事件告诉了哈里发,我就该在他面前替你做证,免得他怀疑你在撒谎,因为你是我的好朋友嘛。假若是别人透露此中秘密,我必然要否认,说他是造谣。如今我准备带着两条狗随你去见哈里发。虽然此去凶多吉少,但是即使送了这条老命,也是事在必行的。"

"像你在哈里发御前顾全我的面子那样,安拉会顾全你的面子呢。"艾布·伊斯哈格替阿卜杜拉祈祷,表示感谢。

哈里发查问两条狗的来历

巴士拉省长阿卜杜拉·法狄勒决心应召进京,于是即时准备了适于哈里发享受的名贵礼物,同时准备了两条金锁链,把狗拴锁起来,每条狗用一匹骆驼驮着,然后动身起程,不辞劳瘁,继续跋涉到巴格达,随即进宫谒见哈里发。

阿卜杜拉跪在哈里发御前,吻了地面,然后按哈里发的吩咐坐下,并把两条狗牵到哈里发御前。哈里发见了问道:"阿卜杜拉,这两条狗是做什么用的?"

哈里发刚追问狗的来历时,两条狗便扑下去吻地面,并摇尾巴、流眼泪,好像向哈里发诉苦、申冤似的。哈里发看着狗的举动,感到惊奇,回头对阿卜杜拉说:"告诉我这两条狗的来历吧。你干吗打狗?为什么打了之后又向狗表示敬重、怜爱心情?"

"众穆民的领袖啊!这两条狗其实并不是狗,而是面貌清秀、体态标致的两个年轻人,原是我的同胞兄弟,是先父先母遗下的两个子嗣呢。"

"他俩既然属于人类,现在怎么变成狗了呢?"

"众穆民的领袖啊!如果陛下容许,我是能讲明事情的真相的。"

"告诉我个中的真相吧。你可别撒谎,因为伪君子才撒谎呢。你应该说实话,因为诚实是得救者的渡船,也是公正者的性格呢。"

"启禀众穆民的领袖:我向陛下陈述两条狗的真实情况时,这两条狗便是我的见证人。我若说谎,有它俩证明我的虚伪。如果我说的是老实话,它俩会证明我的诚实的。"

"这两条狗是畜生,既不会说话,问它俩什么也不会回答,这怎能证明你的诚实或虚伪呢?"

阿卜杜拉听了哈里发的疑问,回头对两条狗说道:"哥哥啊!如果我的陈述与事实不符,你俩抬起头来,睁大眼睛,瞪着我,以此揭露我的虚伪。如果我说的是老实话,你俩就低下头,闭上眼,以此证明我的诚实吧。"他嘱咐毕,便在哈里发御前,开始叙述两条狗的来历。

阿卜杜拉叙述两条狗的来历

启禀众穆民的领袖:我和我的两个哥哥,原是一父一母所生的同胞兄弟。先父名叫法狄勒①。我祖父之所以给我父亲取这个名字,原因是我祖母生我父亲时,原来生的是一对双生子;可是刚生下来,我父亲的双生兄弟便死了,只是我父亲活着,所以我祖父才给他取这个名字。也是因为这个缘故,我祖父很爱我父亲,认真抚养、教育,直至长大成人,替他娶了亲才逝世。

我母亲总共生了三个儿子。大儿子叫曼稣尔,二儿子叫纳绥尔。我是老三,叫阿卜杜拉。我们弟兄三人在父母的教养下长大成人,我父亲才逝世。他给我们留下的财产,有一所房屋,一爿铺子;铺中的货物,全是印度、罗马、呼罗珊等地出产的各种彩色匹头。此外还遗下六千金的现款。

我父亲死后,我们洗涤、装殓其尸体,举行隆重葬礼,并在四十日内,为他诵经追悼,且施财替他在天之灵祈求超脱,以尽人子之道。待服丧期满,我设盛大筵席,款待商界中的同行和一班知名人士。等大家吃过饭,我才对他们说:"贵客们,今生是暂时的,是要毁灭的,

---

① 法狄勒,意为剩余的,或余存的。

只有来世才是永久、长存的。赞美安拉！请问各位:在今天这个吉日里,你们知道我为什么邀请大家来赴宴吗?"

"赞美安拉! 只有他能知未见的事。"

"我父亲逝世了,他曾遗下一笔财产。在借贷、抵押或其他方面,我怕他对别人还有未了的手续,所以我打算替他补办债务手续。如果他欠你们钱,请讲明个中情节,由我替他赔偿,以尽我为子的职责。"

"今生的德行,对来世说是必需的,而我们都不是坏人。好与坏、合理与非法,这一切我们是能分辨的,我们都是畏惧安拉的。对于孤儿的财物,我们是避免染指的。愿安拉慈怜令尊在天之灵! 据我们所知,令尊在世时,经常有人向他借钱,他自己却不欠债。他经常说:'对别人的财帛我是有顾惧的。'他时常祈祷说:'主啊! 我的信赖和希望全都寄托在你身上,求你别叫我在欠债期间死亡吧。'他待人宽,责己严。他欠债时,不须债主催促,总是尽快赔还。别人向他借贷时,他不但不催促,而且还对借贷人说:'慢慢赔还,不用着急。'如果欠债的是穷苦人,他总是斟酌情况行事,该宽容的便宽容,该豁免的便豁免。假若欠债的不是穷人而一旦死了,他总是说:'他欠我的债,愿安拉宽容他。'现在我们在座的全体出面做证:令尊并不欠别人债务。"

"愿安拉祝福各位!"我替客人们祈祷,表示感谢他们。继而我回头对我的这两位哥哥说:"哥哥啊! 父亲生前并没向人借贷,他死后却给我们遗留下现款、布帛、房屋和铺子。咱们是三弟兄,每人应继承遗产的三分之一。现在咱们是否暂不分家,让财物依然合在一起,共同经营、使用,彼此同食同住,生活在一起呢? 或者咱们把布帛、现款分为三份,每人各取其份额呢?"

我提出的两种意见,只是后者被采纳。两个哥哥都主张分家,不肯合作。

——阿卜杜拉谈到这里,回头对两条狗问道:"哥哥啊!事情是这样进行的吧?"两条狗听了,即刻低头,闭眼,好像回答说"是的"。

两个哥哥既然一致主张分家,所以我邀请几位法官来主持分家的事。他们把房屋、铺子分给我,并由现款、布帛中我应得的份额抽出一部分,搭配给两位哥哥,作为房屋、铺子的补偿,而两位哥哥则多分金钱和布帛。这种办法,当时咱们三弟兄是一致同意而心满意足的。

分家后,我照常开铺子经营生意,把分得的布帛摆在铺中,并用分得的现款购买匹头,铺中摆满了货物。从此我坐在铺中,经营生意。我的两个哥哥则用分得的钱买了大批布帛,然后搭船载运着往海外经营去了。当时我说:"愿安拉默助他俩。我自己只会就地谋生、糊口,而贪图安闲是无代价的。"于是我在铺中,继续经营了一个年头。承蒙安拉开解,我的生意兴隆,盈利很多,情况日益好转,竟然变得跟先父在世时的情况一模一样。

有一天,我照常在铺中经营生意,当时正是隆冬时节,天气严寒。我穿着两件皮衣御寒,一件是黑貂皮的,另一件是兔皮的。就在那个时候,我的两个哥哥突然出现在我眼前。他俩身上只穿着一件破衬衫,冻得嘴唇发白,身体直打哆嗦。

眼看两个哥哥那副寒酸、狼狈相,我难过极了,不自主地为他俩而忧愁、苦恼,理智从我脑海里消逝了。我站起来迎接、拥抱他俩,为他俩的窘境伤心流泪,把两件皮衣脱下来,分给每人一件,并带他俩进澡堂沐浴,给每人预备一套富商常穿的昂贵衣服。待他俩沐浴、穿戴齐全,我才带他俩回家。当时我见他俩饿得要死,便赶忙端出饭菜,陪他俩吃喝,亲切接待他俩,不惮其烦地安慰他俩。

——阿卜杜拉谈到这里,回头对两条狗说:"哥哥啊!事实是这样的吧?"两条狗听了,即刻低头、闭眼,似乎回答说"是这样的"。

我热情接待两个哥哥,让他俩吃饱肚子,穿得暖和和的,这才开始促膝谈心。我问道:"你俩遇到什么灾难了? 你俩的钱财、货物哪儿去了?"

"当初我们在海上航行,首先去到一座叫库法的城市里。在那儿,我们把带去的布帛,以一本二十利的价钱卖掉,赚了很多的钱。后来我们收购一批价廉物美的波斯绸缎,估计每十金币的货物,运到巴士拉,可卖四十金。后来我们去到另一座叫克尔哈的城市里,在那儿做了一场买卖,发了大财,手中的钱越来越多。"

他俩滔滔不息地叙述经过的城市和做买卖赚钱的盛况,谈得津津有味。我听了觉得奇怪而不太理解,便插嘴问道:"你俩既然有那么好的运气,曾经历、参观了偌大市场,做了偌大生意买卖,可是怎么你两人却空着两手、赤身裸体地回来了呢?"

他俩长叹不已,说道:"老弟,我俩的遭遇,实为嫉妒者所欣幸,而长途旅行也是不太安全的。此次出去经营之后,我们把本钱和赚得的赢益以及收买的货物,全都收拾装在船中,然后启程,向巴士拉航行。在归途中,我们一帆风顺地航行了三天;到第四天,气候变了,飓风突起,波涛汹涌澎湃,海水时而高升,时而低落;船随着海水忽起忽落,叫波浪打得东飘西荡;波涛碰撞出来的浪花,像炽烈的火焰。在飓风的围攻下,船终于被推到礁石上撞碎,船中人和钱财货物,全都沉在海里。我们跟海水搏斗,挣扎了一昼夜。幸亏在安拉的差遣下,另一只船打那儿经过,才把我们打捞起来。从此我们跟随别人继续旅行,从一个地方流到另一个地方,靠乞讨活命,吃尽苦头。为了维持生命,最后把身边的东西连衣服也脱下来卖光了。一路上,我们吃尽千辛万苦,才回到巴士拉。假若我们不遭灾难而能携带原有的钱财、货物平安归来,那么我们的富裕就跟王公们一样了。但是命运注定如此,这有什么办法呢?"

"两位兄长不必为此忧愁苦闷,因为你俩牺牲了财物,却留得性命,那财物就等于赎身的银子。你俩能安全脱险,就等于获得了战利品。安拉既然保佑你俩脱离危险,这就是最终的期望。贫与富,充其量不过是梦寐中的幻影幻象罢了。诗人吟得好:

> 当头目人从危殆中保全性命,
> 他会视金钱如剪下的爪片。

我们假定说父亲是今天才逝世的,而我手边所有的钱财都是他留下的遗产,那么我是心甘情愿地把它在咱弟兄手足间平均分享的。"我说罢,随即邀请一位法官,把全部现款拿出来,由他主持着分为三份,我们每人各取其中的一份。

我把钱分给两个哥哥,并嘱咐道:"哥哥啊!人在本地方勤劳谋生,安拉会祝福他而给以出路的。现在你俩应该各开一个铺子,坐在铺中经营生意。因为凡是命运注定该有的东西,到时候必然会出现的。"

我为他俩奔走,弄了两间铺子,摆满了货物。待一切布置妥当之后,才吩咐他俩:"你俩待在铺中,从事买卖吧。往后赚得的盈余都积蓄起来,积攒做本钱。凡吃喝及其他生活必需的费用,通通由我替你俩负担,我全都承揽下来。"从此我一直尊敬他俩,无微不至地照顾他俩。他俩白天在铺中做买卖,晚上在我家过夜。我从来不让他俩花赚得的钱,一心只望他俩多积蓄些本钱,好把生意做大些。每当我们坐在一起聊天的时候,他俩总是夸奖外乡,重提它的可取之处,不停地叙述他俩在外地经营、致富的情况,从而竭力怂恿、鼓励我同他俩一起去外地经营生意。

——阿卜杜拉谈到这里,回头对两条狗说:"哥哥啊!事情的经过是这样的吧?"两条狗听了,即刻低头、闭眼,以此证明他说的是事实。

后来，两个哥哥继续鼓励、怂恿我，不停地在我面前提说往外乡做买卖赚钱多、容易致富的种种好处，进而缠绵着要我跟他俩同往外地经营、求财。最后我答应他俩的要求，说道："为了满足你俩的愿望，我非同你俩一块儿出去经营不可。"于是我和两个哥哥合起伙来，预备了大批各式各样名贵匹头以及旅途中所需要的物品，租只船载运着，从巴士拉出发，在波涛汹涌、入死出生的海洋中继续航行了几昼夜，去到一座城市，在那里进行交易。我们销售带去的匹头，并收购当地的特产，一下子赚了很多钱。继而我们离开那座城市，往别的地方去经营。就这样我们继续航行，从一个地方到另一个地方，从一座城市到另一座城市。凡所经过的地方，我们都进行交易，所获利润非常可观。我们继续经营，盈余日益增加，手边的钱越积越多。后来我们打一座山前经过，船长下令抛锚、停泊，对我们说："乘客们，我们都上岸去，回避一下今天可能发生的意外吧。希望大家分头去寻水，也许咱们能找到水解渴呢。"

乘客响应船长的号召，都舍舟登陆。我自己也跟随大伙一起上岸，分道扬镳，前往各处寻水。我沿山路慢慢向前走，快到山顶时，忽然看见一条白蛇没命地朝前奔逃，后面紧跟着一条形状丑恶、体积粗巨的黑蛇在追逐它。一会儿黑蛇赶上白蛇，咬着它的头，用尾巴缠着它，粗暴地压迫、虐待它，把它折磨得叫喊起来。我眼看那种情景，知道白蛇受欺凌、袭击，觉得可怜，便拾起一块约莫五斤重的花岗石，向黑蛇砸过去，碰巧砸中头颅，一下子把它砸碎了。这当儿，在我不知不觉间，那条白蛇摇身一变，就在我面前出现一个月儿般窈窕美丽的妙龄女郎。她眉开眼笑地迎向我，吻我的手，欣然说道："愿安拉保佑你，用双重帷幕掩蔽你；其中的一重是今生掩蔽你免遭耻辱，另一重是来世总清算之日，掩蔽你免受火刑。因为在那个日子里，除虔心信仰安拉者外，其他金钱、子女都是不管用的。"女郎替我祈祷、解释一番，接着说道："人呀！你保护了我的体面、荣誉，我蒙受了你的恩惠，应该报答你呢。"她说罢，伸手一指地面，地面便随之而裂开。接着她跳入地内,那裂开的地面便随之而合拢,恢复了原状。我眼看那种情景,知道她是神类。继而我回头见那条黑蛇身上冒出火焰,终于被烧成一堆灰烬。我怀着惊奇心情回到同伴中,告诉他们所见的一切。当天晚上,我们便在山麓过夜。

次日清晨,船长分派船员们起锚的起锚,张帆的张帆,解缆的解缆,待一切准备妥帖,然后开船,继续航行。我们在海洋中整漂流了二十天,一直没碰到一块陆地,没看见一只雀鸟,喝的水用完了。船长对大家说:"乘客们,我们喝的淡水用完了,这该怎么办呢?"

"让咱们拢岸登陆吧,也许咱们能找到水喝呢。"

"指安拉起誓,我可迷失方向了。该向哪个方向去着陆呢?我自己识别不清了。"

连船长都无把握,我们大失所望,忧愁苦恼到极点。大家边哭泣边祈祷,恳求安拉开解,指引出路。当天夜里,我们的处境坏到无以复加的地步。诗人吟得好:

> 多少凄凉、失眠的夜晚我辗转熬煎!
> 其苦楚差一点叫吃奶娃娃变成皓首白须。
> 可是一旦天亮日出,
> 接踵降临的却是来自安拉的援助。

好不容易度过漫长、愁惨的一夜之后,到次日清晨,太阳刚从东方升起,一座高山便映入我们的眼帘。一见那架山岳,我们喜不自胜,互相奔告、报喜。接着船便靠近山麓停泊。船长说道:"乘客们,大家上岸,分头去找水吧。"

我们约着舍舟登陆,分道寻找水源,却没达到目的。由于缺水,我们越发感受困难了。我一直朝前走,直去到山顶。我抬头观望,见山后面出现一片广阔的圆形地带,其直径约有一小时或更多的行程。我喜出望外,大声呼唤同伴们。他们闻声赶到我面前。我说道:"看山后面这块圆形地带吧!我仿佛看见远方有一座大城市,城中有巍峨的宫殿、堡垒,有高楼大厦,城外还有广阔的丘陵、牧场。毫无疑义,那儿是不会缺水的,是有可取之物的。走吧,咱们上城中取水去,顺便买些粮食、肉类和水果等生活必需的食物,带到船中,以便沿途食用。"

"我们怕城中的人是跟我们作对的邪教徒,会把我们当俘虏逮捕起来,甚至会下毒手杀害我们。这样一来,咱们就等于自投罗网、自寻死亡了。傲慢、自负的人是值不得赞扬的,因为他是拿生命冒险呀。诗人吟得好:

> 大凡天还是天地还是地的时候,
> 冒险者即使摆脱危险也不该受人称羡。

因此种种,我们可不愿拿生命去冒险。"

"同伴们,我无权强迫你们,但我可以带两个哥哥和我一起上那座城市去。"

"我俩也害怕这类的事情,所以不愿跟你一块儿去。"我的两个哥哥当面提出反对意见。

"你俩不去也罢,我可是决心要往城里去。我托靠安拉了;安拉给我所规定的一切,我都甘心接受。你俩等着吧,我去一趟就回来。"

我撇下两个哥哥,迈步朝前走,直去到城门下。我抬头一看,见城墙很高,建筑物的设计、结构显得异常灵巧、稀奇;城堡、楼阁非常坚固、巍峨;城门是用中国铁铸成的,装饰、彩画得使目击者感到吃惊的地步。我迈步走进城门,见一个人坐在一条石凳上。那人手臂上挂着一根黄铜链子;链子系着十四把钥匙。由此我知道他是看守城门的,全城共有十四道城门。我挨到那人身边,说道:"你好!"他却不回答我。我第二次、第三次问候他,他仍然不回答。我把手放在他肩膀上,说道:"你这位人呀!干吗不回答我的问候呢?莫非你睡觉了吗?是聋子吗?或者你不是穆民,所以拒绝回答我的问候吗?"他还是不回答我,而且一动也不动。我仔细打量一番,才恍然大悟,原来他是个石头人。我不禁叹道:"这是一件稀奇事情!用石头雕凿成人,除了不会说话之外,其他各方面都是惟妙惟肖的呀。"

我撇下看门的石头人,进入城中,见一个人站在路中。我挨过去仔细端详,才知他也是石头人。继而我在各条街上溜达,每见一人总要挨过去仔细看一看,但所见都是石头人。我还碰见一个老妇人,头顶一捆衣服,显然是带去浆洗的。我挨近她,仔细打量,见她也是石头人,她头上的衣服也都是石头的。

我去到食品市场中,见卖油商人站在秤旁,前面摆着乳饼等各种食物,可全都是石头的。市中还有零售商贩,他们都待在铺中,有的坐着,有的站着;前来买食物的,有男人,有妇女,还有小孩子,但他们全都是石头人。后来我去到布帛市场中,见商人都坐在自己铺里,铺中摆满了各种货物,却都是石头的,只是布帛像蛛网一样。我仔细观看,然后伸手去摸,可是手刚接触,就碎如尘埃。铺中摆着钱柜,我打开其中的一个,见金钱盛在布袋里。我伸手去拿,布袋立刻变为粉末,只是金银却原样不变。于是我收集了尽我力量能携带的许多金钱。当时我暗自说:"假若两个哥哥跟我一起到这儿来,他俩一定要尽量收集这些金子的,一定要尽情享受这个没有主人的宝藏的。"

后来我在别的铺子里,发现更多的金银,可是限于力量,我不能再拿别的了。继而我离开那个市场,再往其他市场中去,继续参观、浏览,碰见各式各样不同相貌的人群,但他们都是石头的,甚至于连猫狗等畜生也都是石头的。

继而我去到金银首饰市场中,见商人们坐在铺子里,各种金银首饰摆在筐笼中,有的拿在商人手里。一见那么多的名贵首饰,我把身边的金银扔掉,另从首饰中随意剔选我能携带的一大批,带着离开那儿。接着我去到珠宝市中,见珠宝商人坐在铺里,每个商人面前摆着一个篾笼,笼中装满珍珠、宝石,各种彩色宝石、钻石、绿宝石、红刚玉等名贵珠宝应有尽有。而那些宝石商却都是些石头人。我扔掉身边的金银首饰，从名贵的珠宝、玉石中，尽量剔选力所能携带的一部分。这时，想到两个哥哥不随我而来，随意取舍这些取之不尽的珠宝，我内心深感遗憾。

我离开珠宝市向前走，从一道装饰、彩画得无比精致、美观的大门前经过，见门堂里摆着一条长凳，凳上坐着仆人、士兵、文武官吏等模样的人物，虽然衣冠楚楚，可都是些石头人。我伸手摸其中的一人，他的衣服便蛛网似的从身上散落下来。穿过门堂，里面是一幢建筑、结构无比富丽堂皇的宫殿。当中的一间大厅里，坐着将相、高官、大吏等模样的人物；他们正襟坐在椅上，却都是些石头人。当中有一张嵌珠宝的红金宝座；坐在宝座上的人，衣着格外华丽，头戴嵌珍宝的波斯型王冠，冠上的珍珠、宝石闪出太阳似的光辉。我挨过去仔细观看，见他也是一个石头人。

我离开大厅，进入后宫。后宫中也有一间大客厅，里面摆着一张嵌珠宝的红金交椅；皇后坐在椅上，头戴嵌满名贵珠宝的凤冠。她周围坐着一群月儿般美丽的妇女，穿着色彩鲜艳的、非常豪华的衣裙；太监们把手抄在胸前，站在一旁小心伺候她们。那间客室被装饰、彩画得无比美观、别致；里面的陈设异常富丽堂皇，还挂着透明的、光辉灿烂的水晶球；每个水晶球饰以独珠子，是价值连城的无价之宝；整个客厅的气派、景象，使人看了感到惊奇而赞不绝口。我把所收集在身边的珠宝玉石扔掉，然后从客厅里的名贵宝物中，剔选尽我力量能带走的一部分。当时我不知该取什么或该舍什么，因为在我看来，那个地方俨然是都市中的一个宝藏。

后来我看见洞开着的一道房门，门内有阶梯。我跨进小门，沿梯级往上走，计登了四十级阶梯，去到楼上，忽然听见朗诵《古兰经》的悦耳声。我朝声音的出处去到一间房门前，见门上挂着配备金带、饰以珍珠宝石的丝绸门帘，闪射出星辰般灿烂的光泽，而朗诵声是透过门帘传来的。我掀起门帘，一道装饰得使人见了觉得惶惑的房门便映在眼帘。我跨进房门，便像置身于摆在地面上的一个宝藏里。

房中坐着一个女郎,像晴空中的太阳那样美丽可爱。那女郎本来就生得窈窕、美丽、纯善,再加上她那无比华丽的衣裙和最名贵的首饰,所以显得像人间仙女,跟诗人所吟诵的正是一样:

> 向衣冠楚楚的人儿请安,
> 向露出玫瑰腮颊的人儿致敬。
> 北斗星似乎挂在她的额头,
> 其他众星像项链戴在她的胸前。
> 如果她只穿一套蔷薇叶编织的衣裙,
> 那叶儿必定从她肢体上吸取鲜血。
> 假若她向海洋吐出唾液,
> 海水必然变得比蜂蜜还甜。
> 如果她与拄杖的白头老翁交结,
> 他会一旦变成力搏猛狮的壮年。

我一见那个女郎,便钟情于她,情不自禁地挨近她,只见她坐在一张高凳上,正在从容、愉快地背诵《古兰经》。她的声音像银铃,口中吐出来的词句,像一颗颗散落的珍珠;她美丽的容颜间闪烁着辉煌、灿烂的光泽。其情景与诗人的吟诵正是一样:

> 你这位善辞令以美貌闻名而惹人喜欢的女郎,
> 我爱慕、眷念你的心情日益增强。
> 你一身兼备大卫的歌喉、约瑟夫的容颜,
> 这两者是使追求者溶解的渊源。

我边听女郎朗诵《古兰经》的抑扬顿挫之声,边暗中打算向她问安、致敬;可是经她致命的一瞥,我就口吃、结巴起来,没能很好地问候她。当时我的理智和视觉一下子混淆不清,陷入糊涂状态,情况与诗人吟诵的正是一样:

> 刚受爱情冲击,

我便口吃、难言。

我既进入热病流行区域，

目的在于放血。

我倾听申斥者絮絮叨叨的烦言，

只为证明谈情说爱的是谁。

我镇静着按下因爱情引起的激情，坦然对女郎说："尊贵的、珠宝般的小姐啊！我给你请安、问候。愿安拉赏赐你终生光荣、幸运。"

"法狄勒的儿子阿卜杜拉啊！我回问你、祝福你。亲爱的、眼珠般的人儿呀！我竭诚欢迎你。"

"小姐，你怎么知道我的姓名？你是谁？这座城中的人怎么样了？他们为什么都变成石头了呢？请告诉我这里面的真实情况吧。因为全城的苍生都化石了，只剩你一个人还活着，这使我奇怪极了。指安拉起誓！恳求你把个中真实情况详详细细地告诉我吧。"

"阿卜杜拉，你请坐。若是安拉愿意，我会告诉你的。关于我的情况和这座城市及其居民的遭遇，我将详详细细地说给你听。全无办法，只盼伟大的安拉拯救了。"

我听从女郎吩咐，果然在她身边坐下。于是她开始为我讲述该城市的遭遇和变迁。

城市的遭遇和变迁

我出生在帝王之家，是国王的女儿。我父亲原是这座城市的统治者。在大厅中你所看见坐在金宝座上的那个就是我的生身之父。而在他周围的那些人，原是他朝中的文臣武将。我父亲当初是顶权威顶勇敢的，统率着一百一十二万之众的一支军队。他有僚属二万四千名，都是高官显贵之辈。他所统治的地区，除县城、村镇、城堡、要塞之外，仅大城市就有一千之多。他手下有一千名武将，每个将领统率着二万骑兵。至于他的金钱、财宝、珠玉、贵重资财等,则应有尽有,数量之多,是眼所未见,耳所未闻的。

许多国王在我父亲的征服下,都向他称臣纳贡。在战斗中,他消灭了无数英雄豪杰。他威名远播遐迩,致使那帮专横、暴戾之辈无不为之胆寒;就是赫赫不可一世的波斯国王也不得不甘拜下风,对他表示谦恭、屈从。而在那样的情况下,他却是个邪教徒,一心膜拜偶像,不信仰全能的安拉。他的臣民、部队也全都是异教徒,不信仰全知的安拉,而专心叩拜佛像。

有一天,我父亲坐在宝座上,群臣正在朝拜他的时候,骤然有个陌生人来到他面前。那人脸上的光辉照亮了整个朝廷。我父亲定睛一看:只见那人身穿绿袍,身材魁梧,两手垂至膝盖,形貌庄重、严肃,容光焕发。他直言不讳地对我父亲说:"你这个暴虐成性、惯于诽谤、中伤的人哟!我来问你:你以拜佛而骄傲、自满,这种情况,究竟要延长到什么时候才停止呢?你说'我证明安拉是唯一的主宰,穆罕默德是他的使徒'吧,你和你的臣民都抛弃佛像而皈依伊斯兰教吧。因为膜拜偶像是毫不济事的,应该崇拜的只有安拉。他创造天,不用支柱;他铺平地,为的是恩赐奴婢。"

"胆敢亵渎神像的家伙哟!你是谁?"我父亲问陌生人,"你居然如此胡言乱语,难道你不怕神像恼怒你吗?"

"偶像是泥塑石雕的,它的恼怒既不损伤我,它的喜爱对我也毫无裨益。现在去把你所膜拜的偶像拿到我跟前来,并教你的臣民也把他们所崇拜的偶像都拿到这儿来。待偶像全都搬来时,你们向偶像祈祷,求它们恼怒我,而我也向我的主宰祈祷,求他恼怒你们。这样一来,好让你们看一看造物主的恼怒和被造者的恼怒,其中到底有着什么样的区别。因为偶像是你们一手雕塑出来,使它变为魔鬼的化身,让魔鬼有机可乘,附在偶像身上,躲在偶像腹中跟你们交谈、作怪。这说明你们所膜拜的偶像是人工制造的成品,而我信仰的主宰却是创造者,是万能的。因此之故,当真理显露在你们眼前时,你们应该追随它;在虚伪败露时,你们就抛弃它吧。"

"你所谓的主宰,他的证据是什么呢?拿给我们看看吧。"

"还是先让你们把你们那些偶像的证据抬出来给我看一眼再说吧。"

我父亲接受陌生人的要求,随即吩咐膜拜偶像的每一个人,去把他的偶像带进宫来。于是僚属们遵循命令,纷纷回家去,把自己膜拜的偶像带到宫中,摆在国王面前。

那时候,我在屋里的帘后,正面对着我父亲的殿堂,一切情景都看得清楚明白。当时我所膜拜的偶像是绿玉石雕成的,个子跟人类的体格一般大小。我照父亲的指示,把它送往殿堂里,被安置在我父亲的偶像旁边。我父亲所膜拜的偶像是宝石的,宰相膜拜的偶像是金刚石的,其他文臣武将所膜拜的偶像,则为红刚玉、玛瑙、珊瑚、沉香、乌木、金和银等材料所雕成。总之每个官吏所膜拜的偶像都是量力而自由选择的。至于一般士兵、庶民所膜拜的偶像,则大多是木雕、陶制和泥塑的。偶像的颜色各不相同,黄、红、绿、黑、白都有。后来陌生人对我父亲说:"祈求你的这些偶像,教它们恼怒我吧。"

当时所有的偶像排列成行。我父亲的偶像摆在金交椅上,我自己的排头靠近我父亲的,其余的则按照膜拜者官爵、地位之大小、高低顺序排列。待排列、布置妥帖后,我父亲才站起来,边叩拜他的偶像,边喃喃地求道:"神像啊! 你是慈悲的主宰,神像中谁都不比你更尊大。此人前来侮辱我们,不仅中伤、诽谤我们的膜拜,而且还极端地蔑视你。这些事你是知道的。据他说,他的主宰比你更强大。他教我们抛弃你而去膜拜他的主宰。现在恳求你恼怒他吧。"

我父亲一股劲地祈求,偶像却不回答,也不跟他交谈。他接着说道:"我的主宰啊! 这不是你的习惯呀,因为过去我跟你谈话时,你是同我交谈的。现在你怎么默然不言语呢? 莫非你疏忽大意了吗? 或者你睡觉了? 求你醒过来援助我,同我交谈吧。"他边祈求边伸手摇晃偶像,可是偶像仍然不言语,一动也不动。

"你的偶像怎么不言语呢?"陌生人问我父亲。

"我想他是疏忽大意了,或者他睡觉了。"

"你这个与安拉为对的家伙!你干吗膜拜不会说话、无所作为的偶像呢?你干吗不信仰近在身边、应答祈求的安拉呢?安拉是不疏忽大意的,是不睡觉的,是万无一失的,是洞见一切的,是全知全能的。而你所膜拜的偶像么,它是无所作为的,连它自身的损伤都不能防御。当初是该死的魔鬼附在它身上迷惑你,欺骗你,引你误入歧途。现在魔鬼离开了偶像,所以它不说话了。你悔悟过来,信仰安拉吧。你应该说:'我证明安拉是唯一的主宰,除他之外,谁都不该受人膜拜,世间的福利都是安拉赏赐的。'而你的这个偶像么,连它自身遇到的损害都不能防御,它怎能保佑你呢?现在你亲眼看一看它的低能吧。"他说罢,举起手来,一巴掌打中偶像的脖子,它就应声倒了下去。

我父亲大发雷霆,吩咐在场的人:"这个家伙是个邪教徒。他敢打我的主宰,你们杀死他吧。"

我父亲的僚属要站起来打陌生人,可是力不从心,一个个都站不起来。陌生人便趁机劝他们皈依正道,改奉伊斯兰教。僚属们拒不接受忠告。陌生人说道:"现在让你们看一看我的主宰的惩罚吧。"他说着举起手,向前伸平,祈祷道:"安拉我的主宰啊!我的信赖和希望都是寄托在你身上的,求你应答我的要求,对这伙荒淫无度的、享受你的衣禄而不信仰你的人群,给予他们应得的惩罚吧。正确的、权威的、创造昼夜的安拉啊!求你惩罚这群败类,把他们变成石头吧。这对你来说是轻而易举的,谁都不能阻止你,因为你是万能的。"

安拉应答陌生人的祈祷,城中人果然变成了石头。当时我亲眼看见陌生人的证据,便心服口服地信仰安拉,毅然改奉伊斯兰教,所以幸免于难。后来那位陌生人挨到我面前,说道:"幸福从安拉御前来到你身边了,这是安拉所安排的。"于是他开诚布公地教导我。我心悦诚服地顺从他,甘心接受他的指教。那时候我才七岁,至今我已年满三十。后来我对他说:"老人家我的主人啊!凭你的正义祈求,这座城中的一切事物和所有的苍生全都变成石头了。我自己因皈依伊斯兰教而幸免于难,实在感激不尽。如今你是我的导师我的主人了。请告诉我你的姓名,并继续帮助我,替我安排一下今后生存必需的食物吧。"

"我叫艾布·阿拔斯·海德尔。"他告诉我姓名后,随即亲手为我栽了一棵石榴树。那棵石榴树即时就成长起来,接着便开花,结果。于是他指着果实说道:"你吃安拉给你的食物充饥,并虔心虔意地信仰、礼拜他吧。"

海德尔老人家还告诉我伊斯兰教的教律、礼拜的条件和方式方法,并教我读《古兰经》。从那时起直到今天,已经二十三年了。这期间,我一直待在这里礼拜安拉,每天靠石榴树上结的一个果实充饥,直活到现在。每逢礼拜五聚礼日,海德尔老人家都来看我。你的姓名也是他告诉我的。他还把你要到这儿来的消息当喜信告诉我,并嘱咐道:"他到这儿来的时候,你要尊敬他,顺从他,不可违拗他,以便你同他结成眷属,匹配为夫妻,然后跟他生活在一起,他上哪儿去,你就跟随他吧。"因此之故,所以一见面,我便认识你了。

上面我所叙述的,便是这座城市和城中人的遭遇和变迁。

女郎叙述城中人化石的经过和她本人的情况后,便带我去看她多年赖以生活的那棵石榴树。她从树上摘下石榴,一掰为二,给我一半,她自己吃一半。我一吃,觉得非常甜蜜。像那样可口的石榴,我是生平第一次尝到的。继而我和她交谈,说道:"你的导师海德尔老人家嘱咐你同我匹配为夫妻,随我上我的家乡巴士拉去过活这件事,你愿意吗?"

"我非常愿意。"她坦率地回答我,"若是安拉愿意,你的话我是要听的,你的命令我是要遵循的,我决不违拗你。"

于是我和她之间,彼此订下婚约,自愿结为夫妻。继而她带我去她父亲的库藏中,剔选我们可以带走的财物,然后离开那座石头城,沿着来时经过的路途,直回到海滨。那时我的两个哥哥正在找我,一见面便埋怨我:"你上哪儿去了?你迟迟不归,让我们老等,我们一心惦念着你呢。"当时船长也埋怨我:"富商阿卜杜拉啊!气候很好,早就适于解缆开船,可是都叫你给耽误了。"

"这没有多大损害。我迟到一会儿,也许是有好处的。因为我去这一趟,显然是有益无害的,我已达到旅行的目的了。诗人吟得好:

> 我上一个地方去谋利,
> 但不知什么同我更接近。
> 是我所希冀的财帛呢?
> 或者是那等候着我的厄运?"

继而我对同伴们说:"你们来看一看我此行的收获吧。"我把带回的财宝拿给他们看,并把在石头城中的见闻告诉他们,最后说道:"假若当初你们依从我,跟我一块儿去,那么你们的收获会比这个更多呢。"

"即便我们跟你一块儿去,我们也是不敢进入那个王国的。"

"对你俩来说,这是不打紧的。"我安慰两个哥哥,"反正我所获得的这些财物,都是我们的,足够咱们享受了。"于是我把全部财物,平均分为四份;其中留一份自用,给两个哥哥和船长各一份,剩余的一份分给船中的仆役和船员们。他们皆大欢喜,都替我祈祷,感到非常满意,只是两个哥哥例外,霎时间脸色变了,不停地眨巴着眼睛。我一看便知是贪婪在作祟,只得耐心安慰他俩,说道:"哥哥啊!看来你俩是不太满意我分给你俩的财物的。不过我是你俩的弟弟,你俩是我的哥哥,我和你俩之间是没有差别的,我的钱财和你俩的钱财都是一样的。我一死,只有你俩继承我的财产嘛。"

我一方面安慰两个哥哥,一方面照顾女郎,带她上船,进入舱中,送食物给她充饥,把她安置妥当之后,才有工夫坐下来同两个哥哥谈心。他们问我:"弟弟,你打算把你带来的那个美丽女人怎么办呢?"

"我要娶她为妻。待回到巴士拉时,办理订婚手续,举行盛大宴会,和她正式结婚。"

"弟弟,"一个哥哥说,"你要知道:那个窈窕美丽的小娘子,我一见倾心,爱上她了。把她给我,让我同她结婚吧。"

"弟弟!"另一个哥哥说,"我也钟情于她了;把她给我,让我娶她为妻吧。"

"告诉两位兄长:她已经跟我订下婚约,决定同我匹配成夫妻。如果我把她给你俩中的一人,就等于破坏婚约,这就伤她的心了。因为她之所以随我而来,是以同我匹配成夫妻为条件的。在这样的情况下,我怎么能让她同别人结婚呢?至于谈到对她的爱慕心情,我比你俩更强烈呢,何况她是我所发现的埋藏物,要我把她让给你俩中的一人,这件事是绝对办不到的。倒是我们平安回到巴士拉时,我为你俩物色两个本地的好姑娘,替你俩去提亲,拿我的钱过彩礼,并由我备办筵席,咱三弟兄同日举行婚礼,热热闹闹地欢宴宾客。至于跟我一起来的这个女人,属于我的福分,你俩丢掉要她的念头吧。"

经我一番解释,两个哥哥不吭气了。我满以为他俩对我的解说感到满意了。于是我们动身起程,向返回巴士拉的旅途航行。在旅途中,我每天给住在舱中的女郎抬汤送饭,供给她饮食。她始终躲着,没出舱门一步。我自己同两个哥哥一起,睡在舱外。

船继续航行了四十天,直至巴士拉城显现之时,我们知道能够平安返回家乡,所以皆大欢喜。我自己向来信赖两个哥哥,随时都感到安心自如。可是事实出乎我的意料。当天夜里,正当我熟睡之际,不知不觉间,我已被两个哥哥抬了起来。他俩的一个抱着我的两脚,另一个握我的两手,为夺取那个女郎,他俩决定把我扔到海中淹死。当我发觉自己的生命掌握在他俩手中之时,便对他俩说:"两位兄长,你俩为什么这样对待我呢?"

"你这个没礼貌的家伙！你干吗凭一个女人就不顾咱们之间的感情呢？为了这个，我们要把你抛到海里才解恨呢。"他俩说着果然把我抛到海里。

——阿卜杜拉谈到这里，回头问两条狗："哥哥啊！我所说的这些事，是真实呢？或者不真实？"两条狗听了，低头，闭眼，以此证明他的叙述是真实的。哈里发眼看那种情形，感到惊奇。

我被两个哥哥抛入海中，一下子就沉到海底。继而被洋流冲击，慢慢漂起来，浮出水面。不觉之间，一只人一般大的飞禽，俯冲下来，攫着我飞腾起来，直冲霄汉。一会儿，我睁眼一看，见自己置身于一幢巍峨的、雕梁画栋的、饰以各种珍宝的宫殿里。当中有一群姑娘，一个个把手抱在胸前，直挺挺地排队站着，另有一个妇人，坐在一张红金镶珠宝的宝座上。她身穿一袭金缕衣，衣上的珠宝、玉石射出强烈的光泽，使得面对她的人们无法睁眼。她腰中束着的珠宝腰带，非常别致，显然是宇宙间罕有的无价之宝。她头上戴着的凤冠是用珍珠宝石嵌成三层的，光耀夺目，使人看着眼花缭乱、彷徨迷离。

这时候，那只带我飞到宫中来的大鸟，突然摇身变成一个月儿般的女郎。我定眼仔细一看，这才知道：原来她是那次我在山中所碰见的、被黑蛇追逐欺凌的那条白蛇。当时她差一点被黑蛇杀害，幸亏黑蛇被我拿石头砸死了。这时候，那个坐在宝座上的妇人对女郎说："你为什么把此人带到这儿来？"

"娘，这就是使我在神女们面前保全名节的那个人呀。"接着她问我："你认识我吗？"

"不认识。"我回答。

"我曾在荒山中碰到你。当时一条黑蛇同我战斗；它存心杀害我，要破坏我的名节，幸亏你把它打死了。"

"那次同黑蛇在一起的，我只看见一条白蛇罢了。"

"我原来就是那条白蛇。不过我是神类中红王的女儿，名叫萨伊黛。坐在宝座上的这位是我的母亲，名叫穆巴拉克图，是红王的后妃。同我战斗的那条黑蛇，原是黑王的宰相，名叫德尔菲勒。性格丑恶到极点。有一次他见我一面就爱上我，便来向我父亲提亲。我父亲断然拒绝，派人回答说：'这个宰相中的渣滓，算什么东西，妄想娶帝王的女儿为妻？'为此他恼羞成怒，发誓一定要把我谋杀掉才甘心。从此他注视我的行踪，我上哪儿，他跟踪到哪儿，一心一意要杀害我。他同我父亲之间曾发生激烈战斗，可是他狡诈成性，力量也大，所以没能制服他。每当我父亲占优势，胜利在望之时，他总是逃之夭夭，所以无从根绝后患。我自己为安全计，每天变一个形式，变一种颜色，但是每逢我变形时，他也变为一种对抗形象；每逢我跑到一个地方去躲避，他总是闻着我的气味，跟踪追到那个地区，致使我受到很大的威胁和困难。那次我变成白蛇，逃往山中，他便随之变为黑蛇，跟踪追到山里。我挣扎着和他拼命，感到精疲力竭，快要被他杀害时，幸蒙你赶到，拿石头一砸，把他打死了。我即时变为一个姑娘，让你看一看我的本来面目。当时我曾对你说：'你向我施恩，我应该报答你，只有私生子才不报恩呢。'此次我见你的两个哥哥谋害你，把你扔到海中，我便奔到你面前，挽救你的性命。你的恩情很大，应当受到我父亲母亲的敬重呢。"接着她对后妃说："娘，从我得保全名节这方面看，请你尊敬他吧。"

"竭诚欢迎你这位贵客！因为你对我们做了好事，应该受到我们敬重哩。"后妃说罢，赏我一袭非常值钱的名贵衣服和一些金银、珠宝，最后吩咐道："你们带他去见国王吧。"

后来我被他们带到一间殿堂中，见国王坐在宝座上。他身边的侍卫体格高大，戒备森严。他的衣冠嵌满珠宝、金玉，闪烁着灿烂的光辉。我一见他便感到眼花缭乱，不敢正视。国王一见我便起身迎接，他的侍卫也全都站了起来。国王欢迎我，祝福我，对我尊敬到无以复加的地步，并赏赐我最珍贵的礼物。后来国王吩咐侍卫："你们带他去见萨伊黛公主,让她送他回原来的地方去。"

红王的侍卫果然带我去见萨伊黛公主。于是公主背着我并带着国王赏我的礼物,一起飞腾起来。

上面所叙述的是我和神王的女儿萨伊黛不期而遇和认识、往来的经过。至于出事后,两个哥哥和船长的情况则是这样的:当两个哥哥把我抛下海时,船长听见响动声,从梦中惊醒,问道:"什么东西落到海中了?"我的两个哥哥却捶着胸膛哭哭啼啼地嚷道:"我们的兄弟丧命了,他便溺时落到海中淹死了。"接着他俩动手抢夺我的财物,对女郎各持己见,争论不休,彼此都说:"只该我享受,谁都不得染指。"他俩继续争吵,把我这个弟弟忘得一干二净,对我的死亡毫不在意;他俩的假慈悲,昙花一现,一下子消逝无遗了。

就在我的两个哥哥得意忘形的时候,萨伊黛带我突然落到船中。两个哥哥一见我,便来拥抱我,显得格外欢喜,唠唠叨叨地说道:"弟弟啊!出事后你的情况怎么样?我们为你焦心极了。"

"假若你俩真的关心他,或者真的喜欢他,那就不该趁他睡觉之时而把他抛在海中了。"萨伊黛替我回答两个哥哥,"你俩合该死罪,现在我要你俩的命。你俩希望如何死法?自己选择好了。"她说罢,抓着我的两个哥哥,要处他俩死刑。

"弟弟啊!用你的情面替我们求饶吧。"两个哥哥大声呼唤起来。

在那样的情况下,我不得不出面调停,对萨伊黛说道:"恳求你凭道义而饶恕我的两个哥哥,免其一死吧。"

"不行,非处他俩死刑不可,因为他俩是奸诈家伙哪。"

萨伊黛决心处决我的两个哥哥,我可是始终苦苦哀求,再三再四求她怜恤、饶命。最后她回心转意,慨然说道:"看你的情面,我且饶他俩的命,可是必须在他俩身上施与法术,以示惩戒。"她说着拿出一个杯子,装满海水,喃喃地念了咒语,随即边把杯中的水洒在两个哥哥身上,边说道:"脱离人的形象,变成两条狗吧。"随着她的现身说法,两个哥哥果然一旦变成了两条狗。他俩也便是主上亲眼所看见的这两条狗呀。

——阿卜杜拉谈到这里,回头对两条狗说:"哥哥啊! 我所谈的是真情实况吧?"两条狗听了,即刻低下头,似乎回答说:"你说的是事实。"

萨伊黛在我的两个哥哥身上施了法术,然后对船中人说:"你们要知道:这个叫阿卜杜拉·法狄勒的如今是我的兄弟了,我每天来看他一次。你们中谁要是反对他,违拗他或打骂他,我就要像对付这两个奸诈家伙那样对付他,把他变为狗类,一辈子做畜生,永世不得翻身。"

"主人啊!"船中人听了萨伊黛的嘱咐齐声说,"我们都是他的奴婢,我们是不会违拗他的,请放心吧。"

"待你回到巴士拉,"萨伊黛嘱咐我,"仔细检点你的财物,如果发现短缺,只管告诉我,我会替你追究;不论藏在什么地方,任何人偷窃,都能找寻到;对偷窃犯必须施与法术,变他为狗类。你回到家中,先收藏好财物,再给这两个奸诈家伙脖上各戴一具枷锁,拴在床脚上,单独拘禁起来。往后,每天半夜里,你须起床去鞭挞他俩,直打到昏死为止。如果一天夜里不惩罚他俩,那么我便去先打你,然后再打他俩。"

"听明白了,遵命就是。"

"到巴士拉时,用绳子拴着他俩进城吧。"她嘱咐着在两条狗的脖子上各套了一根绳子,并把他俩拴在桅杆上,这才从容归去。

次日到达巴士拉。商人们来看我,问候我,谁也不打听两个哥哥的消息,大家只顾得望着两条狗发愣。有人问道:"喂! 你打算把随身带来的这两条狗派什么用呢?"

"此次旅行,我收养了这两条狗,所以顺便把它俩带了回来。"我的回答使得他们哄堂大笑,可是谁都不知道两条狗原来是我的哥哥。

那天晚上,我把两条狗关在贮藏室里,一方面因来访的客人多,忙于招待他们,另一方面忙着收捡布帛和财物,分类收藏起来,因此疏忽大意,竟然忘了拿链子拴狗,也没鞭挞它俩,便匆匆睡觉。可是半夜时分当我从梦中惊醒,只见红王的女儿萨伊黛出现在我面前。她责问我:"我不曾吩咐你拿链子拴起两条狗并痛打它俩吗?"她说着一把抓住我,抽出一条鞭子,狠狠地鞭挞我,直打得我昏迷不省人事。

萨伊黛处罚我后,即刻去到两个哥哥所在的贮藏室中,拿鞭子把他俩各打一顿,打得死去活来,这才对我说:"从今后,每天夜里必须这样痛打他俩一顿。如果过了一夜未打,我便来打你。"

"我的主人啊!明天我拿链子去拴他俩,夜里我就按你的指示去打;往后每夜都打,一夜也不间断。"我向她表示决心,她把惩罚两个哥哥的事再嘱咐一番,然后悄然归去。

关于拴禁两个哥哥这件事,对我来说是不容再因循了。第二天,我毅然决然去找银匠,让他替我打了两盘金枷,拿来架在两个哥哥脖子上,按照萨伊黛的吩咐,把他俩拴禁起来,而且从当天夜里开始,勉为其难地执行鞭挞任务,至今一直不曾间断。

这件事发生在阿拔斯王朝第五①任哈里发麦赫迪执政时代。当时我同哈里发麦赫迪结交,以贡献礼物的方式和他联系,所以蒙他授与爵位,委派我为巴士拉省长。在我掌权期间,始终执行鞭挞任务,情况一直没变。后来由于时间拖得太久,我满以为时过境迁,所以暗自忖度:"也许萨伊黛的怒气消失了吧!"于是乎在当天夜里,我就不去打两个哥哥。没想到萨伊黛却突然出现在我面前,狠狠地打我一顿。她的激昂情绪深印在我心上,使我终身难忘。因此从那时起,我

---

① 按史实,麦赫迪是第三任哈里发,哈迪是第四任,何鲁纳·拉施德是第五任。(原注)

不间断地鞭挞两个哥哥，直至哈里发麦赫迪逝世，陛下继任哈里发，仍委我继任巴士拉省长，至今已十二年了。在这漫长的日子里，我每天夜间，被迫鞭挞禁闭着的两个哥哥；打毕，然后安慰他俩，向他俩道歉，并给他俩饮食吃喝。

这桩绝密事件，秘而不宣，任何人都不知其底细，直至艾布·伊斯哈格·纳迪姆奉命前往巴士拉，向我催缴赋税，才发现个中秘密，并据实报告陛下。陛下第二次派他往巴士拉，传我带两个哥哥进京。我响应号召，遵命携带他俩前来谒见陛下。陛下既然追问个中实情，所以我才据实陈述下情。上面所谈，全是我自己亲身经历的史实，千真万确；既不隐瞒，也非虚构。

哈里发伸出援救之手

哈里发何鲁纳·拉施德听了阿卜杜拉·法狄勒的叙述，对两条狗的遭遇感到惊奇，不禁产生怜悯心肠，存心伸出援救之手，以期两条狗能够恢复本来面目。于是他对阿卜杜拉说："你的处境既然如此尴尬、难处，那么对两个哥哥为侵犯你的权利、危害你的生命所造成的罪责，你能原谅他俩，从而宽容他俩的过失吗？"

"主上，愿安拉宽容他俩，并在今生和来世都豁免他俩的罪责。至于从我这方面说，那是需要他俩原谅我的。因为我每天夜里鞭挞他俩，从未间断，已经过了十二年了。"

"阿卜杜拉，若是安拉愿意，我要从中尽力斡旋，以期首先恢复他俩的本来面目，然后进而在你和他俩之间进行调解，俾他俩像你宽容他俩那样地宽容你，让你们弟兄手足，亲亲热热地欢度剩余的岁月。现在权且带他俩回去，今夜里可别再打他俩。到明天，一切都会令人满意的。"

"主上，指陛下的生命起誓，我要是一天夜里不打他俩，萨伊黛就会来打我，我的身体经不起打呀。"

"你别怕。我给你写张字条，等萨伊黛来时，把字条拿给她看。她读了字条，若能宽恕你，那就恩德无量了。假若不依从我的指示，你就托靠安拉，让她打你吧，就当是你忘了鞭挞他俩，所以她因此而打你。万一事情果真发展到这步田地，而她硬要同我作对，那么我作为穆民的领袖，职责所在，必须和她周旋，是能同她抗衡的。"哈里发如此嘱咐一番，随即亲手写了一张字条，盖上图章，递给阿卜杜拉，吩咐道："阿卜杜拉，待萨伊黛来时，把字条递给她看，不用害怕。你告诉她：'是哈里发、人类的国王命令我不要再打他俩，而且为我给你写了这个手谕，并嘱我代向你致意'。"

阿卜杜拉遵循哈里发的命令，当面答应不打两个哥哥，并带他俩回寓所，暗自嘀咕："今夜里如果神王之女违拗哈里发的指示而来打我，那么他究竟怎样对付她呢？我自己即使挨打，只能忍受着了。让两个哥哥今晚安歇一宿，我虽然为他俩承担苦刑，也是值得的。"他边嘀咕，边沉思默想。这时候，理智似乎对他说："假若哈里发不有牢固的靠山可依赖，他是不会教你放下鞭子的。"他这样思考着回到寓所，即时取下两个哥哥脖子上的枷锁，说道："我托靠安拉了。"于是他安慰两个哥哥："现在不要紧了，阿拔斯王朝的第五任哈里发出面解救你俩，我自己也宽容你俩。若是安拉愿意，你俩脱难的时机已经降临，在吉利的今天晚上，你俩就得救了。凭这样的喜报，你俩欢喜吧。"

两条狗听了阿卜杜拉的谈话，汪汪地吠着用腮帮子去擦阿卜杜拉的两脚，好像是祝愿他，表现出谦恭、驯顺的模样。

阿卜杜拉和狗同食同寝

阿卜杜拉眼看两条狗的表情，觉得可怜，不禁产生恻隐、怜悯心情，因而伸手抚摩着两条狗的脊背，恋恋不舍地和两条狗在一起，直到吃晚饭时候。侍从端来菜饭,阿卜杜拉便对两条狗说:"你俩坐下来和我一块儿吃喝吧。"

两条狗果然坐了下来,跟阿卜杜拉同席吃喝。侍从们眼看阿卜杜拉陪狗吃喝,一个个吓得目瞪口呆,大家感到惊奇,暗中议论纷纷,七嘴八舌地说道:"莫非他疯了?神经失常了?若不然,堂堂巴士拉省长、首屈一指的公侯,怎么和狗同席吃喝呢?难道他不晓得狗是肮脏的动物吗?"他们仔细观察,见两条狗腼腼腆腆、规规矩矩地陪阿卜杜拉吃喝,不知那两条狗原来是他的哥哥。

侍从和跟班始终注视着阿卜杜拉和两条狗的举止行动,直至吃喝毕,阿卜杜拉起身去洗手时,两条狗也同样伸出爪子去洗,这使他们觉得更奇怪了,一个个忍不住抿着嘴笑,彼此交头接耳地议论道:"狗坐在席间吃喝,吃过饭又洗手,这是我们生平没见过的。"

饭后,两条狗彬彬有礼地在阿卜杜拉身边坐下,好像等待什么似的,谁也不敢打听个中真情实况。侍从和跟班默不作声,直挨到半夜,大家才预备收拾、睡觉。这时候,阿卜杜拉和两条狗也入室就寝。侍从和跟班眼看那种情形,又互相议论开了。有的说:"两条狗和他同床睡觉呢。"有的说:"他既然能和狗同席吃喝,那么和狗同床共寝,这就不碍事了。但这些行为不外乎是疯子的举动呀。"

阿卜杜拉的侍从和跟班不知道他和两条狗的关系和底细,看不惯他和两条狗之间的亲切的情操和举动,所以对他投以怀疑、惊奇眼光,不愿享受他吃剩的饭菜,把收拾下去的饭菜全都扔掉,愤然说道:"狗吃剩的残汤剩饭,污秽、龌龊得很,我们怎么能吃这些脏东西呢!"

阿卜杜拉和萨伊黛再次见面

阿卜杜拉就寝之后,不觉间突然惊醒。他刚睁眼就见地面已经裂开,神王的女儿萨伊黛随即出现在他面前,说道:"阿卜杜拉,我来问你:今天夜里,你干吗不打他俩?为什么摘掉他俩脖上的枷锁?你这样做是存心反抗我呢?或者是轻视我的告诫?现在我不但要打你,而且要像惩罚他俩那样,也在你身上施与法术,把你变为狗类。"

"我的主人啊!指大卫大帝之子圣所罗门戒指上的刻文向你起誓,求你权且宽容我,待我讲清个中理由,然后你认为该怎么办,就按你的意见办吧。"

"好的,你讲吧。"萨伊黛答应阿卜杜拉的请求。

"我不打他俩,这是因为奉了人类的国王、穆民的领袖哈里发何鲁纳·拉施德的命令,吩咐我今夜不要再打他俩。为了此事,他还当面许下诺言,教我代他向你致意,并亲手写下手谕,由我转交给你。所以我遵循命令,按他的指示办事。因为遵循穆民领袖的命令是应当的,必需的。喏!这是他的手谕,请你收下;待过目后,你认为该怎么办,就按你的意愿行事吧。"

"行,给我手谕吧。"萨伊黛说着接过手谕,见上面写道:

凭大慈大悲的安拉之大名,人类的君王何鲁纳·拉施德致书红王之女萨伊黛公主帘下。今者,阿卜杜拉已宽恕他的同胞弟兄,慨然放弃追究其罪责的权利。在我的斡旋、调解下,他们之间,彼此谅解、和好如初。而和解既已实现,则惩罚行为必然随之而废除。如果我的裁处受到你的反对,则你们的裁处,对我们来说,是会受到同样看待的。我们的风俗、教化如蒙你们尊重、支持,则你们的习惯、法令,同样会受到我们的重视和支持。鉴于上述关系,我责成你放弃对阿卜杜拉弟兄之间的干预行为。假若你是信仰安拉的虔诚信徒,那么对我这个替圣行道之人也是应该顺从的。如果你慨然宽恕他俩,则凭安拉给予的权力,我是会酬谢你的。而消除两人身上的法术,恢复其本来面目,让他俩明日自由自在地前来见我,这便是服从我的具体表现。如果你不肯解救他俩,则我凭安拉的援助,非强制你解救他俩不可。届时,勿谓言之不先也。

萨伊黛读了哈里发的手谕,说道:"阿卜杜拉,我不能自作主张,须先回去见过父王,把人类君主的手谕带给他看,征求他的意见,然后迅速转来给你回话。"她说着伸手一指,地面豁然裂开,她纵身跃入地内,匆匆归去。

阿卜杜拉眼看萨伊黛的举止、言谈,觉得情况有好转迹象,因而喜不自胜,乐得差一点飞腾起来,欣然说道:"安拉眷顾穆民的领袖,提高他的威望了。"

萨伊黛聆听红王的教导

萨伊黛匆匆回到她父亲红王跟前,讲明情况,把哈里发何鲁纳·拉施德的手谕拿给他看。红王接过手谕,先吻一吻,再放在脑袋上顶了一会儿,然后过目。待明白手谕的内容之后,才剀切地说道:"儿啊! 人类的君王,他的命令我们是要遵循的,他的裁夺我们是要执行的,我们不可能违拗他。你赶快去到那两个男人跟前,即时给予拯救,恢复其本来面目,然后对他俩说,是人类的君王解救了他俩。须知,我们千万不可得罪人类的君王,因为他一生气,咱们全都会死在他手下的。所以凡是咱们担当不起的事,你千万别去招惹。"

"父王,人类的君王生气时,他能把我怎么样呢?"

"他的权力实在伟大,的确不是我们可以望其项背的,其中有几种原因。第一,他属于人类,是经安拉挑选过的。第二,他是安拉的代理人。第三,他奉行晨祷,坚定不渝。倘若把宇宙间的神类都招集来反对他、围攻他也不济事,对他毫无损害,我们是没奈何他的。因为他要是恼恨我们,只消在晨祷后,向我们大喝一声,我们就得服服帖帖地聚集在他面前,像羊群在屠户跟前那样,只能任人宰割。他可以随便处置我们,比如叫我们离乡背井,把我们赶到荒凉、寂寞、无法居住的地方等。如果他要我们死亡,便让我们互相残杀,自取灭亡。在这样的情况下,我们根本不能违拗他的命令。要是违拗他的命令,他能把我们全都烧死。在他面前,我们简直没有逃命的余地。这种无上的权力,在每个坚持晨祷的虔诚信徒身上都存在着,他的裁夺都能约束我们。因此,你千万不要因为两个男人而给我们自己招致杀身之祸。你应该趁哈里发还没生气,赶快去解救那两个男人,恢复他俩的本来面目。"

萨伊黛告诫阿卜杜拉并解救他的两个哥哥

萨伊黛听了父王的教导,遵循他的命令,即刻赶到阿卜杜拉跟前,把他父亲所说的话告诉他,然后说道:"请你替我们吻哈里发的尊手,并请求他指教我们。"于是掏出一个碗,盛满水,对着它喃喃地念了咒语,然后把水洒在狗身上。她边洒水,边说道:"摆脱狗状,恢复人形吧。"随着她的现身说法,两条狗便摇身变为人类,恢复了本来面目,开口说道:"我们证实安拉是唯一的主宰,穆罕默德是他的使徒。"于是两人一齐跪在阿卜杜拉面前,亲切地吻他的手和脚,求他饶恕。阿卜杜拉说道:"希望你俩多多原谅我。"

阿卜杜拉的两个哥哥诚诚恳恳地忏悔一番,然后说道:"我们一方面受了该诅咒的魔鬼的欺骗,一方面受了自身的贪婪的诱惑,致使我们造罪、作孽,所以受到安拉惩罚,这是咎由自取,罪有应得的。而你不究既往,慨然饶恕我们,这是出自你的高贵品德。"他俩说罢,唉声叹气,哭哭啼啼地向阿卜杜拉讨好、乞怜,对他俩的罪行,表现出悔恨、沉痛心情。

"我从石头城中带出来预备娶她为妻的那个女郎,你俩是怎样对待她的?"阿卜杜拉追问一句。

"在魔鬼的教唆下,我俩把你抛在海中,接着彼此间就争执起来,都说:'我要娶她为妻'那女郎听了我们争吵,知道你被我们抛在海里,便走出舱来,说道:'你俩不必为我而争吵,我是不属于你俩中的任何人的。我的未婚夫既然往海中去了,我就跟他走吧。'她说着纵身跳到海中,淹死了。"

"这么说,她牺牲了。毫无办法,只盼伟大的安拉拯救了。"阿卜杜拉忍不住痛哭流涕,"你俩的这种行为是大错特错的,破坏我的婚姻,实在是不应该的。"

"我们犯罪、作孽,所以安拉给我们应得的惩罚。这一切都是生前注定了的。你宽恕我们吧。"

阿卜杜拉无可奈何,只得忍气吞声,默无怨言,以示宽大。萨伊黛眼看那种情形,愤愤不平地说道:"阿卜杜拉,他俩如此狠毒,你竟饶恕他俩吗?"

"姐妹哟! 有报复能力而肯饶人者,他会获得安拉的报酬的。"

"你可是要小心提防他俩,因为他俩是奸诈成性之徒。"萨伊黛告诫阿卜杜拉两句,然后告辞,悄然归去。

阿卜杜拉带两个哥哥谒见哈里发

阿卜杜拉和两个哥哥欢聚一堂,又吃又喝,彼此情投意合,欢欢乐乐地直过到天亮,才带他俩去澡堂沐浴,给每人一套最值钱的衣服穿起来,然后吩咐摆出饭菜,陪他俩一起吃喝。跟班和仆人一见,知道他俩是主人的哥哥,因而问候他俩,七嘴八舌地祝愿省长阿卜杜拉,说道:"我们的主人啊! 安拉让你同两位亲爱的哥哥见面而祝贺你了。这么长时期,他俩上什么地方去了呢?"

"他俩就是你们看见的那两条狗呀。赞美安拉,是他把他俩从禁锢和苦难中拯救出来的。"阿卜杜拉回答跟班和仆人,然后携带两个哥哥上皇宫去。

阿卜杜拉和两个哥哥来到哈里发何鲁纳·拉施德御前,跪下去吻了地面,然后祝他荣华富贵、万寿无疆、吉祥如意、诸事亨通。

"欢迎你,阿卜杜拉。你的事进行得怎么样了?把情况告诉我吧。"

"众穆民的领袖啊!愿安拉增强你的权力。昨天我带两个哥哥去寓所时,意识到陛下决心解救他俩,所以我安心、快乐,暗自说道:'凡君王尽力而为之事,没有不成功的。因为冥冥中安拉关怀、照顾着他们呢。'基于这样的心情,我托庇安拉,毅然取下两个哥哥脖上的枷锁,并和他俩同席吃喝。跟班和仆人们见我和狗同桌进餐,无不露出藐视的眼光,相互间窃窃私语。有的说:'也许他疯了。若不然,一个堂堂的巴士拉省长,怎么会同狗一块吃喝呢?'结果他们把剩余的饭菜全给倒了,说道:'狗吃过的残羹冷炙,我们可不吃它。'他们对我的举止,表示厌恶,横加指责。我可是显出听而不闻、视若无睹的态度。因为他们不知道两条狗原是我的同胞手足的缘故,所以我不理会他们,也不作答辩。到睡觉时,我打发他们去安歇,我自己也就寝。可是蒙眬中,我刚惊醒,便见地面裂开,红王的女儿萨伊黛随之出现在我面前。她的眼睛仿佛冒着火星,露出非常生气的神情。"

阿卜杜拉把他和萨伊黛之间的交谈、萨伊黛和她父亲红王交谈的结果以及她怎样解救两条狗、使其恢复原状的经过,从头到尾,详细叙述一遍。最后他指着两个哥哥说:"众穆民的领袖啊!喏,我把他俩带到御前来了。"

哈里发何鲁纳·拉施德回头见阿卜杜拉的两个哥哥,原来是两个容貌端正的年轻人,说道:"阿卜杜拉,愿安拉替我报酬你,因为你告诉我一桩有利的事情了。这样的事,过去我是根本不知道的。若是安拉愿意,今后在我活着的一天,我是要坚持做晨祷的。"

接着他申斥阿卜杜拉的两个哥哥的犯罪行为,责骂他俩不该危害阿卜杜拉。

阿卜杜拉的两个哥哥当哈里发的面认错、悔过。哈里发说道:"以往的过失,愿安拉饶恕你俩。现在你们弟兄之间,互相道歉,彼此宽容吧。"继而他吩咐阿卜杜拉:"阿卜杜拉,让你的两个哥哥做你的助手,好生保护他俩吧。"同时他还嘱咐阿卜杜拉的两个哥哥好生服从阿卜杜拉,然后重赏他们,并打发他们一起返回巴士拉。

阿卜杜拉辞别哈里发,带着两个哥哥,欢天喜地地满载而归。同样的,哈里发何鲁纳·拉施德由于知道晨祷的作用而喜不自禁,欣然说道:"所谓'这个民族的灾星,会给那个民族招致幸运',良哉斯言!"

阿卜杜拉优待两个哥哥

阿卜杜拉带着两个哥哥离开巴格达,浩浩荡荡地返回巴士拉,一路之上,显得异常尊严、体面。巴士拉人听到他归来的消息,赶忙装饰城郭,热烈欢迎;官吏、绅耆相率出城迎接,摆出空前隆重的仪式迎接他。人们高声欢呼、祝愿,都替他祈福、求寿。阿卜杜拉把金币银币撒给人群,表示感谢。人们欢呼、祝福之声越发响亮,热烈气氛盛极一时。人们的爱戴情绪和视线全都集中在阿卜杜拉一人身上,对他的两个哥哥却不屑一顾,致使他俩因羡生嫉,产生怀恨心情。阿卜杜拉察觉个中隐情,为防患于未然,不得不竭力讨好、迁就他俩,而他的讨好、迁就,反而增加他俩的憎恨、嫉妒。当时的情况跟诗人吟诵的正是一样:

> 我向每个人迁就、奉承,
> 但对嫉妒者却难于达到迁就目的。
> 嫉妒者怀着幸灾乐祸心情,

怎能向他迁就、奉承?

阿卜杜拉百般关心、照顾两个哥哥,给每人物色一个大家闺秀为妻,并配给婢仆,其中黑白俱全,每类计四十人之多。还给每人配备一支以五十骑兵组成的卫队,致使他俩过着入则婢仆成群、出则戒备森严的官宦生活。此外还给他俩指定管辖地区,规定了俸禄,任命为亲信的僚属。

阿卜杜拉遵循哈里发的命令,百般优待两个哥哥,剀切地对他俩说:"两位兄长,我和二位是一样的,彼此之间毫无差别。对巴士拉这个地方的政权,除安拉和哈里发之外,通统归我和你俩所掌握。不管我在场或不到场,凡是你俩判断、决定的事,都得贯彻、执行。不过必须注意的是:在行使职权时,一定要胸怀畏惧安拉的心情,千万不可偏私而亏枉庶民。因为偏私只能造成破坏、失败的局面。你俩对人对事要大公无私,主张公道。因为坚持正义,是成功的捷径。你俩不可亏枉、虐待庶民,免得惹人咒骂,免得怨言传到哈里发耳中,致使我们丢脸、出丑而受责备。再就是做人要公私分明,不可侵犯他人利益。非分之财,分文不取。如果你俩因见他人财帛而萌贪婪念头,则尽可多拿我自己的财物去满足欲望,切不可见利忘义,损人利己。至于《古兰经》所载关于禁止暴虐、压迫的章节,那是你俩所深知的。诗人吟得好:

> 损人利己的念头躲在心坎里,
> 但是它不能无限期地潜伏下去。
> 聪明人不为身外之物终日忙碌,
> 必须看准时机才施展其计谋。
> 智者的舌头摆在胸内,
> 傻瓜的心脏挂在嘴边。
> 不竭其智力谨言慎行,
> 会因一旦失言而招杀身之祸。

人的身家、底细常被严加隐匿，
但个中实情必为其言行揭露无遗。
根底不正、来路不明之徒，
他的谈吐全是一派胡说。
托付蠢人代替自己做事情，
其愚昧与糊涂虫毫无区别。
在人前乱谈自身的秘密，
是给敌人以袭击的机缘。
本分人只顾得做自己分内的事情，
不屑闻问与自身无关的一切。

阿卜杜拉苦口婆心、谆谆规劝两个哥哥，嘱咐他俩要主持公道，禁止他俩为非作歹。由于他在忠告方面尽全力而为，以为这样便可博得他俩对他的拥护、爱戴，所以格外信任他俩，内心感到无限的快慰。

纳绥尔和曼稣尔的阴谋诡计

阿卜杜拉竭力规劝、忠告他的两个哥哥，认为这样便可获得他俩的拥护、爱戴，所以格外信任、尊敬他俩。然而事与愿违。他越是尊重他俩，他俩嫉妒他、恼恨他的情绪越发增加，终于发展到图财害命的地步。先是纳绥尔暗地里以挑拨的口吻对曼稣尔说："阿卜杜拉掌握大权，发号施令，让咱俩在他手下，遵令听命，这种情况要延长到什么时候呢？当初他是做生意买卖的，可是步步高升，由商人变为官吏，从而由小到大，终于当上大官僚。而咱俩呢，将来既无发展前途，现在又无名誉、地位。喏！他在奚落、愚弄咱俩，让咱俩做他的助手。这是什么意思呢？不是存心让咱俩一辈子服侍他，听从他吗？不是让他永久高高在上，阻断咱俩的出路，不给咱俩有晋升的余地吗？如此说来,只能杀掉他,把他的钱财夺到手,咱俩的目的才可以实现。他不死,钱财是拿不到手的。咱俩杀掉他,夺得政权,再把他库中的金银、珠宝、玉器搬出来,归咱俩分享。继而,咱俩给哈里发备办一份厚礼,求他把库法省长的职位赏赐咱俩;然后由你来做巴士拉省长,我去库法执政;或者你去做库法省长,我留在巴士拉掌权。这样一来,咱俩就各有正式的名分、地位。不过咱俩的计划,必须杀掉阿卜杜拉,才能实现的。"

"你所说的是老实话。"曼稣尔说,"但是咱俩该怎么办才能杀掉他?"

"在咱俩任何一人家中办一桌席,请阿卜杜拉来做客,非常周到地侍奉他,亲切地同他交谈,讲各种故事和笑话给他听,直使他陶醉在夜谈的气氛中,然后铺床,让他安歇。待他睡熟,咱俩才骑在他身上,活活地掐死他,再把尸首扔到河中。到第二天清晨,咱俩就对人说,夜里他同我们坐在一起夜谈时,他认识的那个女神突然出现在他面前,说道:'你这个人类中的窃贼,到底有多大本领,胆敢在哈里发面前控诉我?以为我们怕他吗?他是君王,我们也是君王嘛。如果他对我们不保持友好态度,就得下毒手狠狠地杀死他。现在我要先杀你,看哈里发能做出什么名堂来。'她说罢抓着阿卜杜拉,从裂开的地下走了。当时我们眼看那种情景,一时吓昏了,人事不知。待我们苏醒时,他的遭遇如何,我们就不得而知。咱俩如此扬言之后,再差人去见哈里发,向他报告事件经过。哈里发听了,会委咱俩执掌政权的。接着咱俩给哈里发贡献礼物,求他派咱俩做库法省长。从此咱俩就可一人住在巴士拉,一人住在库法城。这两个地方对咱们来说都是挺好的,非常便于统辖、制服奴隶们。这样一来,咱俩就算达到目的了。"

"弟兄啊!你提出的这一招是再好不过的了。"曼稣尔同意纳绥尔的阴谋诡计。

就这样,纳绥尔和曼稣尔共同决定谋杀他俩的弟弟阿卜杜拉。

阿卜杜拉惨遭谋杀

阿卜杜拉的两个哥哥既然决心杀害阿卜杜拉,便按照他俩的阴谋诡计行事。先是纳绥尔备办了饭菜,请阿卜杜拉来做客,说道:"弟弟,我是你的同胞手足,所以要请你和曼稣尔给我些慰藉,动驾上我家里做客,吃我的一顿饭,让我引此为荣。因为人们会说:'省长阿卜杜拉还去他哥哥纳绥尔家里做客呢。'这便给我无限快慰了。"

"行。我应邀赴宴好了。反正你我之间是没有什么区别的,你的家也就是我的家。你既决心请我为客,我若拒绝,便是不受抬举了。"阿卜杜拉说罢,回头望着曼稣尔,问道:"你愿意跟我一块儿上纳绥尔家做客,让他高兴吗?"

"弟弟,指你的头颅起誓,除非你在纳绥尔家做客之后,接着便上我家做我的客人,我才跟你一起去纳绥尔家呢。难道纳绥尔是你的弟兄,而我不是你的手足吗?你应该像安慰纳绥尔那样,也给我些慰藉嘛。"

"可以的,这不碍事,我非常愿意这样做。我一出纳绥尔的家门,即刻便上你家去好了。正如他是我的手足那样,你也是我的弟兄嘛。"

纳绥尔吻过弟弟阿卜杜拉的手,然后告辞,回到家中,备办招待客人必需的饭菜。

第二天,阿卜杜拉骑马,携带卫队和他哥哥曼稣尔一起,前往纳绥尔家赴宴。他们到达主人家中,大家坐下。主人纳绥尔忙着招待客人,摆出饭菜,殷勤款待,供大家享受。大家尽情吃饱喝足,才撤去杯盘碗盏,然后起身洗手。继而摆上酒肴,大家围着边吃喝、边谈天、玩耍,沉浸在欢乐气氛中,直到天黑才吃晚饭,并做昏祷、宵祷,然后坐下来饮酒、谈天。这时候，曼稣尔和纳绥尔轮流着津津有味地讲故事、说笑话，阿卜杜拉则全神贯注地洗耳静听，身心都融汇在快乐、舒畅的气氛中。当时，阿卜杜拉和他的两个同胞手足共聚一堂，促膝谈心，他的跟班，则聚首在另一室中，彼此各自寻乐，边饮酒助兴，边讲故事、说笑话、叙传闻求乐，彼此欢喜快乐地一直夜谈下去。

　　夜谈持续下去，已是更残夜深时候，阿卜杜拉有睡意，纳绥尔和曼稣尔赶忙给他铺床，让他睡觉。阿卜杜拉解衣就寝，纳绥尔和曼稣尔也在他身旁的另一张床上睡觉。他俩耐心等待阿卜杜拉入梦，直至他已睡熟，才悄然起床，一起蹦到阿卜杜拉床上，双双骑在他身上。阿卜杜拉从梦中惊醒，见两个哥哥骑在自己身上，怪而问道："哥哥啊！你们这是干什么呀？"

　　"你这个不识礼的家伙！我们不是你的哥哥，我们并不认识你。对你来说，死掉比活着更好呢。"他俩边骂边伸手捏着他的脖子使劲掐着不放，直至阿卜杜拉失去知觉，一动也不动时，便以为他已气绝身死，才把他丢到屋外，抛在河里。

阿卜杜拉同他的未婚妻不期而遇

　　阿卜杜拉刚落到河中，就碰到一头海豚，因而得救。原因是纳绥尔的住宅靠近河岸，厨房的窗户正对着河渠。每当宰牲，厨师经常把畜生身上割下来的废物，从窗户扔到河里，所以那头海豚常到厨房窗下觅食。那天为了请客，宰牲办席，扔的废料不少，海豚吃得比平时多，力气也就更大了。当天夜里，阿卜杜拉被抛到河中，海豚闻声赶来觅食，见落水的是人，从而受到安拉的启示，便用脊背托着阿卜杜拉，一直游到对岸，然后把他摆在岸边。那地方是来往行人必经之地。次日，恰巧一队客商从那儿路过，见阿卜杜拉躺在河滩上，有人见了说道："这个淹死的人，叫水冲上岸来了。"其中好奇的便挨过去观看。商队的头目，为人善良，经验阅历丰富，医药、相术也有研究。他见人们拥在一起，怪而问道："喂！出什么事了？"人们回道："这儿淹死一个人呢。"

商队的头目挨到阿卜杜拉面前，仔细观察一番，说道："告诉你们吧，这个年轻人还没断气呢。他不是坏人，而是有教养的大家子。若是安拉愿意，他是有希望恢复生命的。"

商队的头目顿生恻隐之心，决心带阿卜杜拉同行，因而给他衣服穿，生火给他取暖，并进行抢救。经过三天的医治、护理，阿卜杜拉苏醒过来了。但是由于震惊过度，所以疲惫、羸弱不堪，显得气息奄奄，有气无力。商队的头目总是凭其医药常识，沿途采草药替他治疗。就这样，阿卜杜拉随商队旅行，日复一日，离巴士拉的距离日益增加。经过三十天的跋涉，最后到达波斯境内，进入窝支城，住在一家旅店中。

当天夜里，阿卜杜拉辗转不能成寐，整夜呻吟不止，人们被他的哼声吵得睡不好觉。次日清晨，门房来见商队的头目，问道："你带来的病人怎样了？他整夜呻吟，吵得人们都睡不着觉呢。"

"这个人是我在旅途上碰见的，当时他躺在河边。他原是淹在水里的，差一点把命送了。我挽救他，替他治疗，但效果有限，他的病一直没有起色。"

"带他去看谢赫图·拉吉哈吧。"

"谢赫图·拉吉哈是做什么的？"

"我们这儿有位年轻貌美的女流，人们称她为谢赫图·拉吉哈。她的脉理很好。害病的人去请她医治，在她那儿过一夜，次日便痊愈得像不曾患病似的。"

"你带我们去看她吧。"

"可以的。你带着病人跟我一起去好了。"

商队的头目果然带着阿卜杜拉，跟随门房去到一处僻静的所在。只见人们有的怀着祈祷、许愿心情进屋去求医，有的眉开眼笑地从屋中走了出来。门房一直走进屋去，挨到帘前，高声说道："谢赫图·拉吉哈，求你替这个病人治一治病吧。"

"让病人进来好了。"

门房得到谢赫图·拉吉哈的允许，回头对头目人说："让他进去吧。"

阿卜杜拉掀起门帘，进入室内，抬头一看，见所谓的谢赫图·拉吉哈，原来是他从石头城中带出来的那个他的未婚妻，所以一见面便认识清楚。同时，谢赫图·拉吉哈也一眼看出阿卜杜拉，并问候他。阿卜杜拉也问候谢赫图·拉吉哈，说道："是谁带你到这儿来的？"

"那天我见你被两个哥哥抛在海中，接着他俩为争夺我吵闹不休。我没办法，便跳到海里。幸亏艾布·阿拔斯·海德尔长者救了我的命，把我送到此地，并给我替人治病的任务。他对城中人说：'害病的人，去请谢赫图·拉吉哈医治吧。'他还嘱咐我：'你在这儿定居下来吧，待时机成熟，你的未婚夫会到这个僻静地方来找你呢。'从那时起，每逢病人前来求医，经我一按摩，病就痊愈。因此人们都提念我，尊敬我，替我祈福求寿，而且还馈赠我，因此，我的生活是舒适、富裕的。"谢赫图·拉吉哈说罢，随即替阿卜杜拉治疗。经她按摩之后，阿卜杜拉的疾病，随着安拉的开解便痊愈了。

纳绥尔和曼稣尔身受绞刑

艾布·阿拔斯·海德尔长者照例于礼拜五聚礼日夜间来看谢赫图·拉吉哈。而阿卜杜拉同他的未婚妻邂逅那天，恰巧是礼拜五聚礼日。谢赫图·拉吉哈殷勤招待阿卜杜拉，二人吃过丰盛、可口的饭菜，彼此坐着谈心，等待海德尔长者到来。

当天夜里，海德尔长者果然按时到来，同阿卜杜拉和谢赫图·拉吉哈见面言欢，并带他俩离开那个僻静地方，一直把二人送到巴士拉省府中，这才告辞归去。

次日清晨，阿卜杜拉仔细打量，见自身居住在自己的官邸中，一切事物依然如故，只是听见屋外一片喧哗声。他临窗俯视，一眼看见他的两个哥哥已经受到极刑，每人吊在一个绞架上。这是因为他俩把阿卜杜拉抛到河中，便号啕痛哭，嚷道："我们的弟弟叫一个女神给抓走了！"继而按其阴谋行事，备办了一份礼物，送去献给哈里发，且上报不幸的事件，还妄求巴士拉省长的职位。

　　哈里发派人赶往巴士拉，召纳绥尔和曼稣尔进京，亲自询问事变的经过。纳绥尔和曼稣尔在哈里发面前，按既定的阴谋诡计回答问题。哈里发为这件事大发雷霆，可他耐心等待，好不容易挨到天黑，再熬到黎明时，这才照例进行晨祷，然后呼唤鬼神。各方鬼神闻声赶来听令。哈里发向他们打听阿卜杜拉的下落。鬼神们向哈里发赌咒发誓，说他们不曾触犯阿卜杜拉，谁也不知道他的去向。最后红王的女儿萨伊黛赶到，才把阿卜杜拉的遭遇据实透露出来。

　　哈里发知道个中真实情况，便打发鬼神们各自归去。这时候天已大亮，哈里发便亲自审讯这桩案件。他一拷打纳绥尔和曼稣尔，二人便痛不可支，不得不据实招供、认罪。哈里发面对罪犯，感到深恶痛绝，毅然吩咐听差，说道："把两名罪犯解往巴士拉处决，在省政府门前行刑示众。"这便是纳绥尔、曼稣尔双双被绞死的原因和经过。

　　阿卜杜拉屡经患难，虎口余生，深感人世沧桑，变幻无穷。他本着忍辱负重的心肠，埋葬了两个哥哥的尸首，然后骑马起程，径往巴格达谒见哈里发，把自身的遭遇和两个哥哥谋害他的经过，从头到尾，详细叙述一遍。

　　哈里发何鲁纳·拉施德听了阿卜杜拉的叙述，感到无比惊诧。继而他召法官和证人进宫，替阿卜杜拉办理订婚手续，把阿卜杜拉从石头城中带来的那个女郎匹配给他为妻。

　　从此阿卜杜拉和娇妻在一起，继续执掌巴士拉政权，过着美满生活，直至白发千古。

补鞋匠马尔鲁夫的故事

马尔鲁夫和妻子的生活

古时候,埃及开罗城中住着一个补鞋匠,名叫马尔鲁夫。他老婆叫发颓麦,绰号"恶癞"。人们这样称呼她,是因为她为人泼辣、阴险,寡廉鲜耻,奸懒恶毒,一向骑在丈夫头上,不拿他当人看待,唠唠叨叨,每天要咒他一千次。她丈夫马尔鲁夫是个守本分的、循规蹈矩的老实人;可是他爱面子,家丑不愿外扬,因而随时忍气吞声,怕老婆怕到极点;兼之情况窘迫,全靠辛勤劳动过日子,一天赚了一天吃。在那样情况下,他赚的钱多,便都花在老婆头上,收入少的时候,老婆就不考虑他的健康,总叫他空肚子挨饿。有一次,他老婆对他说:"马尔鲁夫,今晚你给我买些铿纳凡①来享受吧;要蜜制的。"

"但愿安拉默助,让我顺利地给你买回蜜制的铿纳凡来。指安拉起誓,现在我手中一文钱没有,但这没关系,安拉会默助我完成任务的。"

"安拉默助你或者不默助你,那我不管,但你必须给我买蜜制的

———————————
① 一种用葱管面或细面条精制的糕点。

铿纳凡来。要是你不买来,那你等着看吧,今晚我非照结婚之夜那样炮制你不可。"

"安拉是仁慈的。"马尔鲁夫回答着,满腔郁结,走出大门,去清真寺里做了晨礼,然后喃喃地祈祷:"主啊!求你赏我买到铿纳凡,今晚别让我再受泼妇的气了吧。"

那天马尔鲁夫坐在铺中,等着替人修补破鞋,直等了大半天,始终没有人送破鞋来修补。他越想越觉得老婆可怕,为铿纳凡的事,感到彷徨、迷离。当时他连买面饼充饥的钱也没有,要想获得铿纳凡,那等于缘木求鱼了。因此他惶恐不安,没有心绪再待下去,便关锁铺门,走投无路地沿街走着。无意间他从糕点店前经过,不知不觉地呆立在那儿,望着铿纳凡不言不语,眼眶里噙着泪水。老板看见他的犹豫神情,问道:"马尔鲁夫,你干吗哭泣?你怎么了?告诉我吧!"

"老婆厉害得很,逼我买铿纳凡给她吃。可是今天我在铺中等了大半天,一件活计也没有接到,连买面饼充饥的钱都不曾赚得一文,不能满足老婆的欲望,因此我怕她呀。"

老板听了马尔鲁夫的苦衷,笑了一笑,说道:"这没有关系;你打算要买几斤?"

"五斤就够了。"

老板给他称了五斤铿纳凡,说道:"奶油我这里有的是,但没有蜂蜜。我这儿只有蔗糖,可比蜂蜜强啊。让她混糖吃,这有什么不好的?"

"好,你给拿蔗糖的吧。"向人家赊购,他不好意思过于苛求。

老板用奶油煎了铿纳凡,再浇上蔗糖,立即制成香气扑鼻的御用食品,接着问道:"还需要面饼和乳酪吗?"

"需要的。"

老板取了两块钱的面饼、五角钱的乳酪,连同五块钱的铿纳凡,一起递给他,说道:"你要知道,马尔鲁夫:你共欠我七块半钱。拿去,好好奉承你老婆吧!这儿还有半块钱,你拿去洗个澡。等一天或两三天后,你有活计做,赚了钱,生活宽裕时再还我,别叫你老婆受苦。"

他谢谢老板,带着铿纳凡、面饼、乳酪,勇气十足地边走边说道:"赞美你,我主!你多么仁慈啊!"不觉之间,已回到家中。老婆见他回来,问道:"给我买铿纳凡来了没有?"

"买来了。"他回答着把食物一股脑儿放在她面前。

她瞥了一眼,见是糖制的,便生气说:"我不曾嘱咐你给我买蜜制的吗?你不听我的话,却给我买糖的来了!"

"我不是买的,是向人家赊来的。"他向老婆诉苦。

"废话!非蜜制的铿纳凡,我向来是不吃的。"她大发雷霆,掴了丈夫一个耳光,"快去,你这个坏种!非要你给我另买一份蜜制的不可。"她连说带打,拳头雨点般落在他的腮帮上,终于打落他的一个牙齿,鲜血一直淌到胸膛上。

由于过分恼恨,马尔鲁夫不痛不痒地碰了他老婆的头一下,她便撒泼、耍无赖,一把揪住丈夫的胡须不放,哭哭啼啼地大声呼喊、吵闹。街坊邻舍闻声跑到她家里,劝她放手,解了马尔鲁夫的围,并一致指责她,埋怨她,说道:"过去我们都是吃糖做的铿纳凡的嘛!你对可怜的马尔鲁夫怎么能这样粗暴、莽撞呢?这是你的过失,你的耻辱呀。"邻居们苦口婆心,不怕麻烦,好生规劝她,安慰她,替她夫妇解决了纠纷。可是邻居们刚告辞归去,她便故态复发,装腔作势,赌咒发誓地不肯吃铿纳凡。当时,马尔鲁夫饥肠辘辘,饿得肚里发烧。

"她起誓不吃,那我来吃吧。"他想。于是他不客气,满口大嚼特嚼,香甜地吃了起来。老婆望着他吃,感到痛恨,恶毒地骂道:"你吃吧!若是安拉愿意,这等于吞下毒药,毁掉你的肠胃,我就称心了。"

"你胡说些什么?"他边吃边笑着说,"你发誓不吃这个,就该让我吃嘛。安拉是仁慈的;若是安拉愿意,明晚我给你买蜜制的铿纳凡,让你一个人享受好了。"

马尔鲁夫始终好言安慰老婆,表示屈服;她却以怨报德,唠唠叨叨,通宵达旦,喋喋不休地毒言咒骂。第二天清晨,她精神抖擞,卷起衣袖,动手要打他。马尔鲁夫畏怯怯地好言劝阻,说道:"你别打,容我给你另买一份蜜制的好了。"他边说,边逃避,走出大门,奔到清真寺中,做了晨祷,然后去铺里工作。他刚坐下,法官的两个差役也就光临,说道:"起来! 随我们去见法官去,你老婆控告你了。"

差役如此这般地把他老婆的生相、模样叙述一通;他听了,心中明白,无可奈何地骂道:"愿安拉恼恨她!"没奈何,只好起身,随差役去到法院,见他老婆包着手肘,面幕上染着斑斑的血迹,哭哭啼啼地站在法官面前。

"你这个做男人的,难道你不害怕安拉吗?"法官一见马尔鲁夫,便带着生气的口吻问他,"你随便欺负妻子,打伤她的手肘,打落她的一个牙齿,你这么对待她,那是为什么呢?"

"我要是真的欺负她,或打落她的牙齿,那请老爷随便给我判刑好了。事情是这样的……"他把发生纠葛的原因和经过,从头到尾,详细叙述一遍,"幸亏是街坊邻居来替我们夫妻和解了的。"最后他添说一句。

那个法官总算还是个好人,有正义感。为了息事宁人,他慨然解囊,掏出四分之一的一枚金币,赏给马尔鲁夫,嘱咐道:"给你,拿去买些蜜制的铿纳凡给她吃;愿你们夫妻和好如初,彼此笑开了吧。"

"老爷赏她自己去买好了。"马尔鲁夫拒收赏钱。

法官把钱递给发颖麦,当面替他们夫妻和解,嘱咐道:"喂! 你这个做妻子的,今后好生顺从丈夫,听他的话。喂! 你做丈夫的,以后对妻子应该和气些,亲热些。"

马尔鲁夫夫妻接受法官的调解,表示和好,双双走出法院,然后分手,女的朝一方走,男的走另一条路,回到铺里工作。可是他刚坐下,差役们就拥进他的铺里,嚷道:"请给我们小费吧。"

"法官老爷没有问我要钱,他还给我四分之一的一枚金币呢。"

马尔鲁夫断然拒绝他们。

"法官给你钱也好,问你要钱也好,那跟我们无关,我们管不着。你如果不给我们差脚银子,那我们非强索不可了。"他们连说带推,把马尔鲁夫拽到铺外。马尔鲁夫被迫卖掉补鞋工具,付了四分之一的一枚金币,把他们打发走了,然后坐下来,拿手托着腮,想到没有工具无法工作,正忧愁苦恼的时候,有两个形貌丑陋不堪入目的大汉突然出现在他面前,说道:"走吧!随我们去见法官去;你老婆告你了。"

"他已经替我们调解过了。"马尔鲁夫向差人解释。

"我们是奉另一位法官的命令来传你的,因为你老婆把你给告到我们法官那儿去了。"

他咒骂泼妇几句,随差役去到法官面前,对老婆说:"我们不是刚和解过吗?你怎么又来告我?"

"你我之间的纠纷还存在着;我们并没有和解。"老婆断然回答他。

乌尔鲁夫慷慨激昂,在法官面前,把他和老婆之间的纠葛从头到尾,详细叙述一遍,最后说道:"另一位法官老爷刚才替我们调解过,我们和好如初了。"

"你这个娼妇!"法官听了马尔鲁夫的叙述,激于义愤,大发脾气,"既然调解过,你们已经和好了,为什么又到我这儿来告他呢?"

"事后他又打我了。"她在法官面前污蔑她丈夫。

法官耐心地规劝他们,替他们调解,嘱咐道:"你们和好吧;今后你做丈夫的不许再打她;她做妻子的也该检点些,不可再违拗你。"

听了法官的劝告,他们果然和好了。这时候,法官吩咐马尔鲁夫:"赏差役一些小费吧。"

马尔鲁夫给了差役四分之一的一枚金币,然后垂头丧气地回到铺中;当时他被那种突如其来的灾难折磨得痴呆、迷离,如同醉汉一般。

马尔鲁夫被巨神带往山中并流浪到异乡

马尔鲁夫被老婆折磨得神魂颠倒,孤苦寂寞地待在铺里,正是山穷水尽、一筹莫展的时候,忽然有人跑到铺中,对他说:"马尔鲁夫!你老婆把你告到高级法庭,艾比·塔伯格逮你来了,你快躲起来吧。"

他听了消息,立刻关锁铺门,逃出胜利门,用出卖工具仅剩的两块半钱,买了两块钱的面饼、五角钱的乳酪,没命地逃难。当时正是隆冬的午后,天气非常寒冷,他冒着严寒,跑到郊外,走进一个山谷,突然大雨倾盆而下,他全身淋湿,像个落汤鸡。他冒雨前进,好不容易去到尔底里地方,在一个荒凉之处,找到一间无人居住的破房子,便钻进去避雨。他想着自己的遭遇伤心哭泣,唉声叹气地说道:"哟!我该到什么地方去逃避这个娼妇呢?主呀!求你派人把我远远地带往她找不到我的地方去吧。"

他祈祷毕,墙壁突然裂开,出现一个高大的形貌非常奇怪可怕的巨人,对他说:"你这个人呀!为什么到这儿来扰乱我?吵得我无法安歇?我在这儿两百年了,从来没人像你这样扰乱过我。你要做什么?告诉我,我可以帮助你,使你达到目的,因为我同情你,怜悯你哪。"

"你是谁?你是做什么的?"马尔鲁夫问。

"我生存在这儿,这就是我栖息的地方。"

马尔鲁夫把他跟老婆之间的纠纷和吵闹的经过,从头详细叙述一遍。巨人听了,问道:"让我把你送往你老婆找不到你的地方去吧,你愿意吗?"

"愿意极了。"

"那你跨到我背上来吧。"

马尔鲁夫听从巨人吩咐,果然跨上去,骑在他背上。巨人背着他,腾空飞起来,继续不停地在空中飞行,从晚饭时候起,直飞到次日黎明,才落到一座高山上,把他放下来,吩咐道:"你下山去,便看见城门;你放心进城去过活吧,这一辈子你老婆是找不到这儿来的。"他吩咐毕,撇下马尔鲁夫,扬长而去。

马尔鲁夫和同乡邂逅

马尔鲁夫彷徨、迷离地待在山顶上,直至太阳升起,照亮了山岗,整个宇宙都光明起来,他才如梦初醒,自言自语地说道:"我老待在山中,这不是办法,让我下山,到城里去找出路吧。"

他打定主意,毅然决然地行动起来,下山去到山麓,眼前便出现一座城墙高耸的大城市,城中宫殿巍峨,房屋矗立,俨然是人间乐园。他进城去,看见城中的繁荣气象,顿觉心旷神怡。他穿着埃及装束,行在街中,非常惹人注目,行人都围拢来看他的奇装异服。其中有人问他:"喂!你是异乡人吗?"

"不错,我是刚到这儿来的。"马尔鲁夫回答。

"你是哪里人?"

"是埃及人。"

"你离家很久了吧?"

"我是昨天下午离家的。"

跟马尔鲁夫谈话的人哈哈笑了一阵,对左右的人说:"喂!你们来听这个人胡扯些什么!"

"他说什么呢?"人们问。

"他说他从埃及来,是昨天下午离家的。"

人们都取笑马尔鲁夫,大家围着他说:"你恐怕是疯子,才说出这样的话来吧!不然,怎么说你昨天下午离开埃及,今天早晨便到这儿来的呢？其实埃及跟我们这地方之间相距一年的路程呢。”

“你们才是疯子呢！”马尔鲁夫反驳他们，"我自己是老实人，有什么事，说什么话。这是我打埃及带来的面饼，还新鲜可吃呢。”他把身边的面饼拿给他们看。

人们围拢来观看，都觉得惊奇、古怪，因为那种面饼跟他们的全不相同。人们越集越多，互相奔告：“那里有埃及面饼，你们快去看去！”于是他的名声一下子传开了，人们有的相信他，有的说他撒谎，并奚落他。正在闹得不可开交的时候，忽然有个富商骑着骡子，带领仆从打那里经过，驱散人群，说道：“你们围着一个异乡人，欺负人家，随便奚落取笑人家，你们不害臊吗？他跟你们究竟有什么关系呢！”他一直责备他们，撵他们走，他们却不敢回嘴。临了他对马尔鲁夫说：“随我来吧，老兄！那些无耻下流人，他们不害臊，别怕他们。”于是带他去到一幢富丽堂皇的大屋子里，请他坐在宝座似的交椅上，命仆人打开衣箱，取出一套价值千金的衣服给他穿。

马尔鲁夫的相貌本来不凡，再穿上一套华丽的衣服，显得越发大方、正派，俨然成为商场中的领袖人物了。

马尔鲁夫解释离乡背井的原因

那个富商把马尔鲁夫当上宾招待，摆出丰富可口的饭菜殷勤招待，陪他一起吃饱喝足，然后坐在一起闲谈，问道：“老兄，你叫什么名字？是做什么的？”

“我叫马尔鲁夫，是补鞋谋生的。”

“是哪里人呢？”

“埃及人。”

“住在什么街巷？”

“你去过埃及吗？”

"我本来就是埃及人嘛。"

"我在埃及是住在红巷里的。"

"红巷中的居民你认识谁?"

"我认识的人可多了,譬如……"他一口气数出许多人名。

"你认识艾哈麦德·尔塔鲁老人家吗?"

"他是我的近邻;我家和他家之间只隔着一堵墙壁。"

"他还好吧?"

"不错,他很健康。"

"他有几个子嗣?"

"三个;大儿子叫穆斯塔发,老二叫沐哈默德,老三叫阿里。"

"他们都做什么呢?"

"穆斯塔发很好,当教师了;沐哈默德结婚后,在他父亲铺子隔壁开香料铺谋生,已经生了一个儿子,取名哈桑。至于阿里,童年时候他跟我很要好,我和他天天在一起游玩。那时我们经常扮成基督教徒的子女,混进教堂,偷里面的书籍,拿出来卖了买零食吃。有一次被人家发觉,告诉家长,叫严格管教我们,不许再偷窃,否则要向国王起诉。他父亲为了讨好他们,把阿里打骂了一顿。之后阿里生气,离家逃跑,至今二十年了,音信杳无,谁也不知他的去向。"

"我就是艾哈麦德·尔塔鲁的儿子阿里;你是我小时候的好朋友哪,马尔鲁夫!"

阿里和马尔鲁夫久别重逢,他乡遇故知,欢喜若狂,两人互相问候,亲热得了不得。阿里说:"马尔鲁夫,告诉我吧,你离开埃及到这儿来做什么?"

马尔鲁夫把他老婆发颓麦虐待他的情形叙述一遍,最后说:"我受不了她的虐待,不得不逃避她。我逃出胜利门,奔到尔底里,中途遇大雨,钻进一间无人居住的破屋中躲雨,想着自己的身世伤心哭泣。想不到住在那里的一个巨神出来问我为什么哭泣。我对他讲了自己的遭遇;他可怜我,同情我,让我骑在他背上,带我飞腾起来,在空中飞了一整夜，最后落到一座山上，教我下山进城来找出路。我下山，进城来，被人们围着盘问。我告诉他们昨天我离开埃及，今天到这儿来的经过；可是他们不相信，幸亏你打那儿经过，撵走他们，把我救到你家里来。这是我离开埃及的原因和经过。你呢？"他添问一句，"你怎么到这儿来的？"

"我没有机会读书，七岁时开始过流浪生活。我从一个地方流浪到另一个地方，从一个城市跑到另一个城市，最后终于来到这个被人称为'无诈城'的城市里，见城中的人还敦厚、诚实，富于同情心，善于关心、资助穷苦无告的人，尤其他们对人轻信不疑。因此，我对他们说：'我是生意人，我先赶到这儿来，预备找房子堆货。'我的话博得他们信任，他们果然给我腾出一所房子。我对他们说：'目前我需钱使用，你们谁肯借给我一千金币？等我的货物运到，我会拿货款还他的。'他们果然贷款给我，满足我的要求。我拿一千金选购货物，第二天再推销出去，赚了五十金，继而我边买货物，边卖出去，继续经营，并经常和人联系，敬重他们，赢得他们另眼看待，彼此的交情很好。我这样继续经营买卖，终于赚了大钱。"

阿里教马尔鲁夫怎样骗人

阿里谈了自己的经历和生财致富的方法，并教马尔鲁夫走他的路，说道："老兄，你要知道，俗话说得好：'人间处处是欺骗，人不为己，天诛地灭。'有了这种处世的道理，你到没有熟人的地方来，便可以为所欲为了。你要是对人说：我是补鞋匠，很穷，因怕老婆才从埃及逃到这儿来的。这样的话，人家不会相信你，反而会成为人们奚落、笑骂的把柄。假若你说是巨神送你到这儿来的，那人家听了会讨厌你，谁也不愿接近你；他们会说：这人被魔鬼纠缠过，谁跟他往来，自身会招致灾祸的。这样一来，丑名传播出去，不但害了你，同时也会影响我自己,因为他们知道我是埃及人嘛。"

"那该怎么办呢?"马尔鲁夫问阿里。

"我教你怎样做吧。若是安拉愿意,明天我借你一千金、一匹骡子,并派仆从伺候你,让你骑骡去市中跟那些有面子的商人碰头见面。我自己预先去陪他们坐在一起,待你到时,我起身迎接你,问候你,吻你的手,尽量尊敬你。我向你打听匹头的情况说:'你运来某种匹头没有?'你回答说:'多得很。'等他们向我打听你的情况时,我便趁机会大肆吹捧,说你是百万富翁,为人仗义疏财,非常慷慨;我还要嘱咐他们替你物色一所房屋、一间铺子。如果有乞丐来讨钱,你可以随便施济,让他们相信我没说假话,拿事实证明你的富有和豪爽,让他们对你发生爱慕心情。往后我设席替你洗尘,请商界全体人士作陪,好让你跟他们有碰头见面的机会,以便他们都认识你,你也结识他们,替你开辟市场,给你铺平经营买卖的道路;这样一来,我保证不消过多久,你就掌握取舍的命脉,一跃而为富翁了。"

第二天,阿里果然给马尔鲁夫一千金币,并拿一套华丽的衣服给他穿,让他骑着骡子,还派仆人侍候他,领他到生意场中去活动。临行,阿里嘱咐道:"愿安拉替你排除各种障碍。因为你是我的朋友,我应该尊敬你,帮助你。你别害怕,关于你老婆的行为,你忘掉它,千万别再提她了。"

"愿安拉回赐你。"马尔鲁夫谢谢他的好心肠,然后由仆人带他上市场去。当时一般生意人都聚会在那儿,阿里也跟他们坐在一起。他一见马尔鲁夫,便起身迎接,飞一般地奔向他,说道:"你好,大商家马尔鲁夫!欢迎你,非常欢迎你这位出名的慈善家。"他说罢,当着商人们的面,亲切地吻马尔鲁夫的手,说道:"各位同行的朋友们,富商马尔鲁夫受到你们给予的慰藉了,各位请招呼他吧!"他要他们对马尔鲁夫表示敬意。这么一来,马尔鲁夫在他们心目中果然留下了很深的印象。继而他下马来,商人们都问候他。这时候,阿里忙引马尔鲁夫到商人们面前,一个一个地分别介绍,让他回问他们好,然后大家坐下谈心。商人们问阿里："这位客人，他是做买卖的吗？"

"不错；他向来经营生意，是顶富厚的大商家呢。他的资本非常雄厚，商界中谁也不够资格跟他匹敌，因为他继承了祖父、父亲两代人的遗产，而他的祖先在埃及商界中是赫赫有名的。在印度、赛乃德、也门等地方他都设有商号。他的慷慨、仁慈也是够人钦佩的。各位请慢慢了解他的本领，尊重他的地位吧！此外，还希望各位大力帮助他。你们要知道：他到这个城市来，不是为了经营生意，其意图只不过是游山玩水，随便走走罢了。因为他的财富多到火烧不尽的地步，所以他自然不会为赚钱而出来奔波的了。告诉各位：我自己原是他手下的一个仆人哩。"

阿里继续不停地替他宣传、吹嘘，并表示对他感激涕零，因此商人们对他印象很好，都敬仰爱戴他，称颂他，热情地围拢来奉承他，有的敬他糕点，有的斟酒给他喝，甚至于商界的领袖也亲近他，问候他。正当热热闹闹，商人们对他表示竭诚欢迎、敬仰的时候，阿里趁机对马尔鲁夫说："主人家，这次你运来某种匹头没有？"

"多着哪。"马尔鲁夫回答。

当天阿里介绍马尔鲁夫参观许多名贵的绸缎布帛，告诉他各种绸缎布帛的名称。当时有商人问他："先生这次可曾运来黄色的哆罗呢？"

"有的是，而且很多。"

"羚羊血色的哆罗呢也有吧？"

"多着哪。"

当时每逢商人问他某种货物，他都回答说"多着哪"。继而他对阿里说："假若同行中有人要办一千驮名贵匹头，我可以马上满足他的愿望，而且只消从一个货仓里提取，不必开动别的货仓。"

后来他跟商人们坐在一起谈心，发现有乞丐前来乞讨，在场的生意人，有的给半块钱，有的稍微多给几文，但绝大多数的人却一毛不拔。当乞丐走到马尔鲁夫面前时，他却慷慨地掏出一把金币赏给乞丐。乞丐百般感激,诚恳地替他祈福。商人们眼看他的豪爽气概,非常惊奇、钦佩,赞道:"他拿不计其数的金币给乞丐,这是帝王式的赏法呀!如果他不拥有万贯家财,不是顶富豪的大人物,他不会把成把的金币赏给乞丐的。"

歇了一会儿,有个女乞丐前来乞讨,马尔鲁夫仍然掏一把金币给她。女乞丐感谢他,替他祈福,并把消息告诉那班穷苦无告的可怜人。于是许多穷苦人一个个都来乞讨。马尔鲁夫一视同仁,有求必应,按顺序给每人掏出一把金币,终于把一千金币都花光了。临了,他拍拍手掌,说道:"安拉会满足我们的,他是最可靠的委托人哪。"

商人们向国王控告马尔鲁夫

商人们的领袖眼看马尔鲁夫拍掌叹气,觉得奇怪,问道:"阁下怎么了?"

"唉!这座城市里绝大多数的居民好像都是穷苦、可怜的人呀。"马尔鲁夫谈了自己的观感,"要是早知他们的情况如此,我就该把钱都放在鞍袋中随身带来,那现在便可以取来救济他们了。我怕我的货驮离此还远,那就糟了。我自己向来不肯拒绝乞讨的人,无论多与少,总得给他们一点。可是我手中的钱花光了,如果穷人再来乞讨,这叫我怎么应付呢?"

"你就对他说:'让安拉赏赐你吧。'"商人的领袖教他应付的方法。

"这样的话我是说不出口的,因此我正为这桩事而苦恼呢。现在我只希望手边还有一千金币,拿它暂时救济穷人,只消等我的货驮运到,那就有办法了。"

"这没有关系。"商界的领袖体会他的苦衷,马上打发仆从取来一千金币,借给他做临时的救济费。于是他拿钱继续赏给到他面前来乞讨的人,直至午祷时候,听了唤礼声,才随商人们进清真寺做礼拜,并把剩余的金币分别摆在礼拜者的面前,散给他们。从此人们都认识他,都替他祈福,商人们同样敬佩他的慷慨、豪爽派头。

做了午祷,回到市场,马尔鲁夫洋洋得意、兴致勃勃地向别个富商又借了一千金币,继续施舍,从事救济穷苦大众。当时阿里在一旁瞪着眼瞧他干好事,只得急在心里,没法干预他,直至晡祷时候,听了唤礼声,大家才约着上清真寺去做礼拜,马尔鲁夫同样把剩余的钱分给参加做礼拜的穷人们。

晡祷后,回到市场,马尔鲁夫继续借钱,从事施舍、救济,还未到闭市,他先后就花掉五千金币。他每向富商借贷,总是对人家说:"等我的货驮运到,你要钱,我还给你钱;你要布帛,就取布帛作价好了。总而言之,我的财货多着哪。"

当天晚上,阿里设宴替马尔鲁夫洗尘,请商界全体人士陪客,让他坐在首席。在宴会席上,他的话题一直不离绸缎、布帛、珍珠、宝石。每逢有人提起某种货色,他便抢着说:"那种货物么,我运来得可多了。"

第二天,马尔鲁夫到市场中,跟商人们结交,借钱,拿去救济穷人。他继续不停地左手借进来,右手施舍出去,天天如此,在二十天内,总共借了六万金币的巨额,而他所吹嘘的大批财物货驮,却音信杳然,一针一线都不见到来,致使借款给他的商人们忧心如焚,惶惑不安,大家议论纷纷。有的说:"那位生意人老向我们贷款,拿去赏给穷人,他的货驮却不见运到;究竟要什么时候才见他运货物来呢?"另一个说:"我们跟他的同乡阿里交涉去吧。"

商人们果然约着一同拥到阿里家中,说道:"阿里,商人马尔鲁夫的货驮还没有运来吗?"

"你们忍耐些,不必着急! 货驮最近会运到的。"阿里安慰商人们,并送走他们,然后跟马尔鲁夫个别谈话,问道:"马尔鲁夫,你这是干的什么好事呀？是我要你去烤面包呢，还是我叫你索性把它给烧焦掉？那班生意人为他们的贷款惶惶然坐卧不安，据说你向他们借了六万金币，如数赏给穷苦人。你既不做买卖，这笔巨额贷款，你打算怎么赔还呢？"

"发生什么事了？六万金币算得了一回什么事？"马尔鲁夫愤然反问一句，"等货驮运到，我会赔还他们的。那时候，要匹头，给他们匹头；要金银，给他们金银好了。"

"我的主呀！你果真有货物吗？"

"多得很。"马尔鲁夫大言不惭地回答。

"你这个下流无耻的家伙！我教你对人讲的话，你却原封不动地搬来对我讲吗？好，让我把你的实情对人讲一讲吧。"

"你别啰唆，滚你的吧！难道我是穷光蛋不成？告诉你：我的货驮中，样样俱全，应有尽有。那班商人市侩，我不仰仗他们，等货驮运到，我多多余余地加倍赔还他们好了。"

"你这个不要脸的家伙！"阿里火了，"你欺骗我，你不害臊吗？"

"你要怎么办，随便你吧。至于那些商人，叫他们忍耐一时，等我的货驮运到，加倍赔还好了。"他说罢，拔脚就走。

阿里一个人呆坐着，一筹莫展，自言自语地叹道："当初我赞扬他，现在我若咒骂他，那我就不失为说谎的人了。俗话说得好：'既褒之，又贬之，此双重之妄诞也。'现在我对他但有一句怨言，不就蹈此覆辙了吗？不是出尔反尔，打自己的嘴巴吗？"想到这里，他彷徨、犹疑，正在感觉进退维谷的时候，商人们又找到他了。他们对他说："阿里，你替我们问过他没有？"

"各位商家，我为他惭愧极了。他欠我一千金币，我也拿他没有办法。你们借钱给他的时候，没有跟我商量，因此我没有责任替你们讨债。你们自己问他要去，要是他不还，你们向国王控告他，说他招摇撞骗，借钱不还。这样一来，国王会替你们想办法的呢。"

商人们听从阿里的指使，果然去王宫告状，哭哭啼啼地诉苦，求国王替他们做主，说道："主上，这个沽名钓誉的生意人，我们无法对付他。他大言不惭地吹嘘，说他有许多货驮即将运到，借此他向我们贷款。所借到手的钱，却毫不节制，居然一把一把地掏给穷人，全数施舍出去。如果他是个穷汉，那他一定舍不得挥金如土，把金币不计其数地赏给穷人了。他要真是一位富翁，那必须等他的货驮运到，才能证明。他口口声声吹牛，说他有多少多少货驮即将运到，他自己是预先赶来做准备工作的，可是我们却什么也没瞧见。每当我们谈论某种匹头，他总是向我们夸口说：'这种货色，我货驮中运来得可多了。'直到现在，过了这么长的一段时间，关于他的货驮，却半点消息也没有。他向我们借贷的现款，已经达到六万金币。这个巨额的贷款，全被他施舍给穷人了。"

商人们在国王面前诉苦，控告马尔鲁夫，并夸赞他仁慈、慷慨，他们却不知道国王是个爱钱如命，比老百姓更贪婪的守财奴。他听了商人们夸赞、钦佩马尔鲁夫仗义疏财的豪爽气派，便存了私心，利欲满胸，无形中把他当为贪求攫取的好对象，欣然对宰相说："那个生意人要是不拥有雄厚的资财，他绝不会这样仗义疏财的。他的货驮一定会运到，那时候商人们去包围他，他的钱财会大批地落到他们手里。其实，我比他们更应该享受他的财富，因此我打算结识他，和他打交道，以便他的货驮运到时，好把商人们可以拿到手的那笔巨款弄到我自己手里来，好把它归并在我的财富里。"

"我不以为他是好人，我总觉得他是一个骗子。这种招摇撞骗的人，他会捣毁贪婪者的屋宇呢。"宰相表明他对马尔鲁夫的看法。

"我要试验他，看他到底是骗子还是正人君子。"

"主上打算怎么试法？"

"我要召他进宫来，表示尊敬他，拿我的那颗名贵宝石给他看。他要是识宝，知道宝石的价钱，这便证实他不失为行家，是有钱的享福人，假若他不识宝，不知行情，那证明他是骗子，我要狠狠地杀死他。"

国王召见马尔鲁夫

国王召见马尔鲁夫。他到宫中,毕恭毕敬,小心翼翼地问候国王。国王谦恭地回问他,让他坐在自己面前,说道:"你就是那位富商马尔鲁夫吗?"

"是,奴婢就是马尔鲁夫。"

"据说你欠商人们六万金币,这是事实吗?"

"是,这都是事实。"

"你为什么不清还债务呢?"

"这需要他们忍耐一些时候,等我的货驮运到,我会加倍赔还他们的。那时候,他们要金币,我给他们金币;他们要银币,我给他们银币;他们要货物,我给他们货物。反正我的钱财货物很多,要什么有什么。由于他们的贷款给了我很大的方便,当时在那班穷人面前顾全了我的面子,我感激不尽,为报答他们的情谊,我准备多多地偿还贷款,欠一千金币的,我还两千金币好了。"

听了马尔鲁夫的回答,国王觉得没有可疑的地方,于是把那颗非常心爱的、榛子般大、价值千金的、独一无二的珍贵宝石递给他,说道:"贵商,你看这是什么东西? 值多少钱?"马尔鲁夫接着宝石,捏在大拇指和无名指之间仔细端详,暗中使劲一捏,一下子把那颗脆薄的名贵宝石弄破了。国王大为吃惊,质问道:"你为什么弄坏我的珍贵宝石?"

马尔鲁夫冷笑几声,漠然回道:"主上,这不是珍贵宝石,而是一块矿石,陛下凭什么说它是珍贵宝石呢? 如果真是珍贵宝石,那至少值七万金币了。再说,跟榛子一般大的宝石根本是不存在的。这东西不值钱,连我都看不上眼,陛下贵为天子,怎么把一块矿石指为价值千金的宝石呢? 不过这是情有可原的,因为你们还不算十分富厚,你们库中还没有收藏最名贵的宝物。"

"贵商,你运来宝石没有?"国王问。

"多得很。"

"你能送些给我吗?"国王被贪婪迷住心窍。

"等货驮运到,我献许多给陛下好了。反正我运来大批宝石,陛下既然需要,我立刻献出来好了。"

国王喜不自禁,回头对马尔鲁夫的债主们说:"回去吧!安心做你们的买卖去,大家耐心等一等,待他的货驮运到,你们来向我取钱好了。"

国王派宰相当说客选马尔鲁夫为驸马

国王使走了商人们,接着跟宰相商谈选马尔鲁夫为东床的问题,说道:"爱卿,希望你好生接待那位富商马尔鲁夫,多多阿谀、奉承他,不妨和他谈谈公主的姿色、才德,诱他前来求亲,娶公主为妻;这样一来,我们就可以享受他的财富了。"

"主上,我对这号人的言行不太感兴趣,我看他是个善于吹嘘的大骗子,希望陛下别提这个吧,免得毫无代价地葬送了公主。"

宰相原是个野心家,曾经竭力奔走活动,企图娶公主为妻,却因公主拒绝而告失败,因此国王看透他的用心,勃然大怒,骂道:"你这个恶毒家伙!你对我心怀恶意,不希望我好,只图看我的下场,这是因为以前你向公主求婚,遭到拒绝,所以现在你怀着报复心情,胆敢出来破坏她的婚姻,这样你好趁机东山再起,娶我的女儿,达到你的如意算盘。告诉你:你不配出此流言蜚语骂他。他知道那颗宝石的价钱,显然是个行家;他弄破宝石,那是因为他贱视它的缘故,你根据什么说他是骗子呢?他有许多珍贵宝石;几时他跟公主结婚,见了她的姿色,必然会狂爱她、迷恋她,会把所有的财宝都送给她的。你的心术不正,存心破坏我女儿的美满姻缘,也就是不乐意我享受他那份宝贵的财富罢了。"

宰相被国王骂得哑口无言,唯恐国王恼恨他,想道:"你嗾使狗去咬黄牛吧!"于是他百依百顺,听从国王指示,热情地亲近马尔鲁夫,跟他谈心,说道,"国王非常敬爱你,他的女儿生得十分美丽可爱,德才兼备,故有意选你为东床。你怎么说呢?"

"好的;不过请他老人家耐心等一等,待我的货驮到时才可以举行婚礼。因为跟帝王结亲,费用很大,公主的地位高,必须付出很可观的一笔聘礼,才能和她的身份相称。现在我手边没有钱,须等我的货驮运到,我就可以放手做好事了。那时候,我一定拿五千袋金币做聘礼;结婚之日,我拿一千袋金币赏穷苦的可怜人,一千袋金币送给参加婚礼的人,一千袋金币设席招待宾客和士兵。结婚的次日,我拿一百颗珍贵宝石送给新娘,一百颗赏给宫娥彩女,每人一颗,表示对新娘的崇高敬意。此外我还需要送一千套衣服给穷苦无告的可怜人,此外还必须继续广施博济。要想实现这些理想,非等我的货驮运到不可,因为我有的是钱财,花这笔钱我是满不在乎的。"

国王把女儿嫁给马尔鲁夫

宰相把马尔鲁夫对于结婚的主张和希望转告国王。国王听了,说道:"他的计划既然如此具体,你怎么说他是善于吹嘘的大骗子呢?"

"我的看法始终是不变的。"宰相剀切地回答。

国王非常惊诧,破口大骂一通,最后说:"指我的头颅起誓,你再固执,我非杀你不可。现在我命你快去请他来,我需要很快跟他结为眷属呢。"

宰相唯命是从,马上去见马尔鲁夫,说道:"随我来吧! 国王有话对你说。"

"听明白了，遵命就是。"马尔鲁夫满口应诺，立刻进宫谒见国王。

"你不必这样推辞。"国王对马尔鲁夫说，"我的国库装得满满的，什么都有；你把钥匙拿去，里面的财物由你随便分配：赏钱也好，施衣也好，你想做什么就做什么吧。对公主和宫娥彩女们，你高兴赏她们什么，就赏什么吧。等你的货驮运到时，为尊重你的妻子，你打算怎么办，再办不迟。我们看她的情面，耐心等待你的货驮好了。总之，你我之间没有什么要分彼此的。"

之后，国王请教长替公主和马尔鲁夫证婚，写下婚书，随即开始筹备婚典，下令装饰城郭，备办丰富筵席，并敲锣打鼓，宣布结婚仪式开始。马尔鲁夫衣冠楚楚地坐在交椅上迎接宾客，官绅庶民前来祝贺的络绎不绝，民间各种艺人也应邀参与盛会，弹唱歌舞，热闹空前。

马尔鲁夫吩咐管库的取来金币银币，一把一把地拿给看热闹的群众，满足了穷人的愿望，并给一班赤身裸体的人们衣服穿。所谓人逢喜事精神爽。当时他喜气洋洋，快活得了不得。

管库的应接不暇，继续不停地从国库中取财物供马尔鲁夫随便施舍，任意挥霍。宰相望着那种情景干着急，差一点不气炸了心肝，但他不敢吭气。商人阿里眼看马尔鲁夫那种挥金如土的施舍办法，吓得惊慌失措，悄悄地找机会对他说："你这个人神共弃、非捆你耳光不可的家伙！你消耗了商人们的钱财还不够，还要浪费国王的库存吗？"

"你管不着；等我的货驮运到，我会加倍偿还的。"马尔鲁夫傲然回答阿里，不听劝阻，继续施舍，慷国王之慨，暗自说道："让我高枕无忧地睡大觉吧。该发生的事件，到时候必须要发生，命运是无法逃避的。"

他抱着今朝有酒今朝醉的想法，欢欢喜喜快快乐乐地备办喜事，继续不停地宴客、歌舞、施济，一直热闹了四十天。到了第四十一天，正式隆重举行婚典,全体朝臣和文武官员都列队参加仪式。他们把打扮得花枝招展的新娘引进礼堂,马尔鲁夫便得意忘形地拿金币当喜钱,撒在人们头上;为尊重新娘,又施了为数非常可观的一笔巨款。

盛况空前的婚典仪式举行完毕,宾客送马尔鲁夫进入洞房,然后尽欢而散。马尔鲁夫坐在高脚椅上,神气十足,右手捏起拳头,重重地一拳打在左手掌中,随即装模作样,摆出很受委屈的苦恼面孔,沉默了好一阵,然后拍拍手掌,唉声叹气地说道:"全无办法,只望伟大的安拉拯救了!"

"夫君,我祝福你了!你为什么忧愁苦闷呢?"公主开始跟他谈话。

"我怎能不忧愁苦闷呢?令尊把我的计划给打乱了。他替我这样的安排,跟放火烧掉青苗正是一样嘛。"

"他怎样替你安排的?告诉我吧。"

"他不等我的货驮运到,便叫我跟你结婚。先前我打算至少拿出一百颗宝石,送给你的奴仆们做纪念,每人给一颗,让她们欢喜快乐地说:'这是我们小姐洞房花烛之夜,驸马爷赏给我们的。'这种赠送纪念品的习惯,其目的不外乎是尊重你的地位,炫耀你的优秀品质罢了。对于分送大批宝石,我是毫不吝惜的,因为宝石这种玩意儿我有的是。"

"别为这桩事忧愁苦闷吧。我本人是不会多心的,因为我可以等你的货驮运到再说。至于奴仆么,她们更不在乎啰。几时你的货驮运到,我们就来索取宝石和其他贵重物品吧。"

宰相教国王和公主怎样识别马尔鲁夫的底细

新婚的第二天,马尔鲁夫进澡堂洗过澡,穿上宫服,衣冠楚楚地进宫谒见国王。朝臣和文武官员为尊敬爱戴他,都站起来,毕恭毕敬地问候他，祝福他。他坐在国王面前，问道："管库的在哪儿？"

"喏！他到尊前来了，等待阁下的吩咐呢。"官员们齐声回答。

"快给我取衣服来！"他吩咐管库的，"全体朝臣和文武官员，每人送给一套。"

管库的遵循命令，诚惶诚恐地从国库中取来大批衣服。于是马尔鲁夫开始给赏，把衣服送给朝臣和官员们每人一套，并按照他们的官阶分别赏赐金银，继续挥霍，慷国王之慨，整整经过二十天，他自己的货驮仍不见运到，甚至音信杳无。这时候管库的无法应付，非常忧愁、顾虑，趁马尔鲁夫不在的时候，偷偷地求见国王，跪下去吻了地面，然后奏道："主上，国库中的财物所剩无几，再过十天，全部财物快要用完了。这种情况，奴婢不能不先行奉告陛下，否则，将来陛下会埋怨我的。"

当时只有宰相在国王面前。国王听了报告，回头对宰相说："爱卿，驸马的货驮过期不到，而且消息杳无，这是什么缘故呀？"

"主上，愿安拉关照陛下！"宰相冷笑了一声说，"陛下不了解那个骗子的情况，这真够昏庸、愚昧的了。我指陛下的头颅起誓，他根本没有什么货驮，连布条也没有一块可以安慰我们。他不过花言巧语地欺骗陛下，想荡尽陛下的财产，免费娶公主为妻罢了。陛下要昏庸、愚昧到什么时候才觉悟呀？"

"爱卿，现在该怎么办我们才能了解他的真实情况呢？"

"主上，只有妻子才能探听丈夫的秘密。陛下去找公主来，叫她躲在帘后跟我谈一谈，让我向她打听驸马的情况吧。只要她肯谈，我们就能明白他的底细了。"

"这不碍事，指我的头颅起誓，如果事实证明他真是个骗子，那我非用最残酷的刑法处他死刑不可。"

国王带宰相去到后宫，让他坐在休息室里，趁马尔鲁夫不在时，派人请出公主，叫她隐在帘后，对她说："儿啊！宰相有话对你说。"

"相爷，你有话对我讲吗？"公主问。

"小姐,你要知道,你丈夫把令尊的财物都花光了。他没有掏一文钱做聘礼就娶你为妻,却经常大言不惭地每次给我们许下诺言,但都不兑现,他的货驮始终不曾运来,而且半点消息也没有。总而言之,事到如今,只好请你把他的实况告诉我们,我们才好想法对付他呢。"

"他说的话可多了。他每次和我见面,都许愿说要给我宝石,给我绸缎,给我金银财帛,但事实证明他是空口说白话,我却一直不见他拿出什么来。"

"小姐,今晚你能开诚布公地跟他谈一谈吗?你这样对他说:'把实情告诉我吧!你只管放心,什么都不必顾虑;你既是我的丈夫,无论如何我不会抛弃你。你把事情的真相告诉我,我会想办法挽救你呢。'你跟他谈话时,必须好生掌握分寸,态度灵活些,有时表示疏淡,有时却要格外亲密,充分流露出热爱他的心情,一往情深地稳住他。这样用过一番功夫,探到实情以后,你再来告诉我们好了。"

"父王,现在女儿知道怎样去打听情况了。"公主同意宰相的指使,向国王提出诺言,然后姗姗归去。

当天晚上,马尔鲁夫照例按时回到寝室,公主便根据宰相的指示,向她丈夫献殷勤,甜言蜜语地阿谀他,谄媚他,极尽其诱惑的能事,终于把他迷住了。这时候,她眼看马尔鲁夫全身心都拜倒在她石榴裙下,有了一定的把握,她才开口说:"我亲爱的!你是我的眼珠,是我的心肝,我祈望安拉保佑,让我们夫妻白头偕老,永不分离,因为爱情把我的心占据了,爱的火焰把我的肝烧毁了,海枯石烂,我这一辈子也不愿离开你。现在求你把真相全都告诉我吧!伪装是不中用的,不可能永久保持常态而不被揭露的。你招摇撞骗,欺世盗名,骗取父王的财物,你打算什么时候才终止这种骗局呢?如果我不赶快想办法挽救你,只怕父王一旦识破你的诈骗行为,你就死无葬身之地了。把真情告诉我吧!这对你是有益无害的。你几时对我暴露真情实况,我保证你的安全,你尽管放心,不必顾虑。多少次你曾吹嘘说你是商人,是富翁,有货驮,长久以来你口口声声说'我的货驮!我的货驮!'叫喊声没有停止过,可是事实怎么样?货驮的消息半点也没有。你眉目间表现出来的是忧愁苦闷,只因你口是心非,说的全是假话。还是把真情告诉我的好,若是安拉愿意,我会设法解救你呢。"

"夫人,实情么,我可以告诉你,往后你要怎么办,就怎么办吧。"

"说吧,尽量说实话吧!诚实是成功的慈航哩。你可是不要撒谎,否则它会给你带来耻辱呢!"

马尔鲁夫向妻子吐露真情

马尔鲁夫听了公主甜言蜜语的一番启发,满心信任她,说道:"夫人,你要知道,我并不是生意人,我不但没有货驮,就连布帛我也没有一块。在家乡我原是个补鞋匠,靠替人修补破鞋糊口。我老婆发颏麦,人管她叫恶癞,是个尖酸刻薄、好吃懒做的泼妇……"他把老婆的泼辣性格和他不堪她虐待的情况以及逃跑出来的经历、行骗行为,从头到尾,详细叙述一遍。公主听了,捧腹大笑。

"你撒谎、撞骗的手法高明极了!"公主说。

"夫人,你能隐恶扬善、救困扶危,天长地久,愿安拉保佑你长命百岁。"

"你招摇撞骗,尽说谎话欺骗父王,致使父王为贪财而把我匹配给你为妻,结果你把他的财物都花光了。宰相看清此中破绽,不相信你是商人,多少次他告诉父王,说你是善于撒谎的大骗子。父王却不相信,认为他是报复、破坏。原因是他曾向我求婚,而我不愿做他的妻子,不愿有他那样的丈夫而断然拒绝他,致使他怀恨在心。我们结婚后,已经过了好些日子,父王一向忧心忡忡,不了解你的为人,嘱我探听你的底细。如今我打听出来了,盖子被揭开了,真相大白了,父王存心借此危害你了。不过你到底是我的丈夫,我不愿夫妻中途离散。如果我直言相告,向父王告密,提供你招摇撞骗的确凿罪证,他知道你是大骗子,诈娶帝王的千金小姐,无度地挥霍他的财物,那你罪孽深重,毫无疑问,他一定不会饶恕你,非杀你不可。那时候,消息传出去,人们都知道我丈夫是个撒谎的大骗子,我的耻辱也就洗不清了。父王杀了你,也许他需要把我另配别人,这种事,我死也不愿意。"

公主教马尔鲁夫怎样逃避罪责

公主知道马尔鲁夫的底细,不惮其烦地把利害关系详细分析一番,然后教他逃避的方法,嘱咐道:"你去穿一套宫服,身边带上我的私房五万金币,骑匹快马,一股劲逃往父王管辖不到的地方去,从事生意买卖。你到什么地方住定,赶快写封信,使人悄悄地送来给我,让我知道你在什么地方,等我手中宽裕时,好拿钱接济你,让你多积些本钱。要是父王一旦逝世,我给你透露消息,那时候你回来就会受人尊敬、抬举。万一不幸,你先我而亡,或我先你去世,那只好等来世再见面了。我觉得这样应付是对的。分别之后,只要你我安然活在世间,我可以不断地寄信、捎钱给你。现在你快去预备,星夜逃走,别待天明落到他们网中,那时懊丧就不济事了。"

"夫人,你救了我了。"马尔鲁夫非常感激公主,立刻起身,边换衣服,边命马夫配备骏马,急急忙忙告别公主,连夜出走。旅途中碰到他的人,以为他是公侯将相,是因公出巡的。

第二天清晨,宰相陪国王到休息室,然后派人去请公主。公主奉命来到帘后,国王问道:"儿啊!我命你探听的事情如何?你怎么回复我们呢?"

"我的回复是:愿安拉黑化宰相的嘴脸,因为他存心抹黑我和我丈夫的面孔哪。"

"你这是怎么了？"

"昨晚我丈夫回到房里，我还来不及跟他交谈，太监腓勒祝持信赶到我面前，对我说：'有十个奴仆站在宫门外，递这封信给我，对我说：劳你代我们吻我们主人马尔鲁夫的手，并劳驾把这封信交给他。我们是他的仆人，给他运货驮来了。据说他跟公主结婚，因此我们赶到这儿来报告途中的遭遇。'我接过信来，拆开，见是五百仆从联名写给他的。信里说：

> 奴婢等顿首再拜，谨上书马尔鲁夫大人阁下：
>
> 我辈与大人分别后，不幸中途遭股匪拦路劫杀。当时匪徒人多势众，以逸待劳，凶焰咄咄逼人。仓促之间，我辈进退维谷，虽处于劣势，仍人人奋勇，个个当先，群策群力，以五百人之众，敌一千之强徒，竭力抵抗，苦战三十日。结果我辈牺牲五十人，损失匹头二百驮。此为我辈迟迟不能按期到达目的地之主要原因也。知关锦注，特此先行奉闻。

我丈夫听了消息，喟然叹道：'唉！他们失算了！何必因为二百驮匹头去跟匪徒拼呢？区区二百驮匹头算得了什么呢？他们不应该因这丁点小事而延期才对。二百驮匹头充其量不过值七千金币，何必因小失大呢？事到如今，我非亲身出马去催促他们不可了。匪徒抢劫的那个数字，对整批货驮来说，并不算大损失，作为我给他们的施济吧，对我自己是不会发生什么影响的。'于是他眉开眼笑地离开我，对损失的匹头和牺牲的仆从满不在乎。当时我从窗户俯视，见给他送信的那十个仆从，生得眉清目秀，活泼伶俐，满身细软，衣冠非常考究，打扮得十分漂亮，看来父王侍卫们的穿戴是远不如他们的。后来他跟送信的仆从们一起去接货驮去了。赞美安拉，幸亏我没有把父王嘱咐我的话对他讲，要不然，轻则他会轻视我们，重则他会歧视我、恼恨我呢。总而言之，事情糟就糟在宰相身上，是他信口雌黄，拿流言诽谤我丈夫呀。"

"儿啊！你丈夫的钱财很多，因此他才不考虑那些损失。他从到我们这儿那天起，便仗义疏财，慷慨解囊，救济孤苦无告的可怜人。若是安拉愿意，最近他的货驮运到，我们的收获可就不小。"国王精神抖擞地安慰公主，同时板起面孔，毫不留情地把宰相臭骂一顿。

马尔鲁夫出走

马尔鲁夫听从公主布置，骑马星夜逃走，在荒原漠野中跋涉，满腔郁结，前途茫茫，不知该向什么地方去找归宿。尤其为了惜别，抑制不住奔腾澎湃的激情，先是唉声叹气，继而号啕痛哭，好像没有生存的余地，眼前只是死路一条，因此悲观厌世，不想偷生苟活。在那种彷徨、迷离的情况下，如梦如醉地跋涉着，正午时候，到达一个小村庄附近，见一个农夫驾着两头水牛在田里耕作。他饥肠辘辘，不得不走近农夫，乞食充饥。他向农夫打招呼，问候他。农夫丢下农活，回问一声，说道："欢迎你，我的老爷呀！莫非你是达官贵人吗？"

"不错。"马尔鲁夫回答。

"请下马来，我当客人招待你吧！"农夫觉得他是一位慈良的旅客。

"老兄，我看你什么饮食没有，你怎么招待我呢？"

"老爷，我有的是；喏！这儿离村庄不远；请下马吧，我会进村去给你预备午餐，同样我会给你的牲口带来草料呢。"

"离村庄既然不远，这就不必麻烦你，我自己去买吃的好了。"

"老爷，村庄小得很，人家不多，里面没有市场，也没有做买卖的。指安拉起誓，还是请你下马，给我一些慰藉吧，我会很快给你预备饮食呢。"

马尔鲁夫获得宝藏和戒指

马尔鲁夫接受农夫的热情邀请,果然下马,待在田边。农夫一溜烟回村庄取饮食去了。马尔鲁夫坐在田边,等了一会儿,自言自语地说:"这个可怜的农夫,他的耕作时间叫我给耽误了,我应当代他耕作一番,弥补他往返期间所受到的损失才对。"于是他拿起犁柄,催牛代耕。可是刚犁了一会儿,犁头被什么东西钩住,老牛拖它不动,索性站住了,再鞭挞也不走一步。他放下犁柄,仔细打量,见犁头牢固地插在一个金环内。他刨开土检查,见那金环系在一块磨盘石般大的云石上。他怀着好奇心,费了九牛二虎之力才掀起那块云石,发现石下有阶梯通往地里。他沿阶梯走了下去,到达一幢宽敞的地下室中。他仔细察看,见里面有四间房屋,建筑式样跟澡堂差不多。第一间房屋里堆满了黄金,第二间堆满了翡翠、珍珠、珊瑚,第三间堆满了蓝宝石、风信子石、土耳其玉,第四间堆满了钻石和其他名贵宝贝。在那幢建筑的正中央摆着一个透明的水晶匣,匣中盛着稀有的珍贵的宝石,每颗宝石跟椰子一般大。在水晶匣上,陈设着一个小巧玲珑、柠檬大的金盒子。他看见那个金盒,十分惊诧,喜得几乎发狂,说道:"你瞧!那盒中到底装的什么东西呀?"

他走过去,拿起金盒,打开一看,原来里面盛着一个金戒指,上面刻着符咒,纹路恰像蚂蚁的脚迹。

马尔鲁夫碰到神王

他取出戒指,爱如珍宝,手指无意间碰了戒指一下,接着便有声音对他说:"我的主人,我应命来了,我应命来了。你需要什么?说吧！我拿给你。你要建设一个地方吗？要捣毁一座城市吗？要消灭一个国王吗？要挖一条河渠吗？或者需要别的事物吗？你说吧！无论你要什么，凭着创造昼夜的安拉的允许，我能及时满足你的要求呢。”

“你这位被主宰创造出来的生灵,请告诉我:你是谁？你是做什么的?”马尔鲁夫问。

“我是保护你手中这个戒指的神王,专门负责侍候戒指的主人。无论它的主人需要什么,我必须满足他的要求。他的命令我必须遵循。我统辖着七十二个种族,每个种族有七万二千个成员,每个种族的成员统辖着一千巨人,每个巨人统辖着一千奴仆,每个奴仆统辖着一千精灵,每个精灵统辖着一千土地神。他们全都听我指挥,谁也不敢违拗我的命令。我是奉命守护这个戒指的,凡拥有这个戒指的人,我必须服从他的命令,赴汤蹈火,在所不辞。喏！你现在拥有戒指,从此我成为你的仆人了。有什么事,你只管吩咐。你说的话,我一定听从;你的命令,我一定遵循。你什么时候需要我,无论在海里或陆上,只消摩擦戒指,我就立刻应声出现在你面前。但你千万不可以接连摩擦两次,这样我会被天火烧毁的。假若我被烧毁,那时候你懊悔就来不及了。这是我的情况,我全都告诉你了,祝你平安无恙。”

“你叫什么名字?”马尔鲁夫问。

“我叫艾比·塞尔多图。”

“艾比·塞尔多图,这是什么地方？是谁叫你守护这个戒指的?”

“我的主人啊！这是一个地下宝库,叫尚多德·本·翁顿的宝藏。它的主人尚多德·本·翁顿曾在荒无人烟的漠野建筑了举世罕有的、多柱子的石头大厦。他在世时,我是他的仆人。这个戒指是他遗留下来的,一直保存在宝库中。如今它的主权属于你了。”

“你能把宝藏中的宝物给我搬出去吗？”

“我能,这个任务是再轻易不过的了。”

"那么，你把所有的宝物都搬出去吧，什么都别留下。"

艾比·塞尔多图伸手一指，地面突然裂开；他钻进去，隐了一会儿，接着便出来无数伶俐、活泼、可爱的小孩子，手持金箩、银筐，继续搬运宝藏中的金银、珠宝。一会儿，全都搬光了，艾比·塞尔多图才现身出来，对马尔鲁夫说："报告主人：宝库中的宝物全都搬出来了。"

"这些漂亮的孩子，他们是谁？"马尔鲁夫问。

"他们是我的子嗣；因为这是一桩小任务，他们能够胜任，所以我叫他们来服侍你，完成这个光荣任务，就不用召唤其他的仆从了。此外还需要什么呢？你吩咐吧。"

"你能不能给我弄些骡马和箱笼，把宝物装在箱笼中运走？"

"这是一件最简单的任务呢！"艾比·塞尔多图应诺着大声一喊，他的八百子嗣闻声出现在他面前，听候命令。他吩咐他们："我要你们中的大多数变成骡马，其余的一部分变成非常漂亮标致的、王宫中所找不到的奴隶，一部分变成马夫，一部分变成仆役，然后前来接受任务。"

他们遵从命令，一霎时，果然都变了形象；其中的七百变成骡马，剩余的分别变成奴隶、马夫和仆役。之后，艾比·塞尔多图大声呼唤他的仆从。他们闻声出现在他面前。他便吩咐他们中的一部分变成骏马，配备着镶珠宝的金鞍银辔。马尔鲁夫眼看那种情景，问道："箱笼呢？"

艾比·塞尔多图的仆从立刻给他拿来了箱笼，他便吩咐他们："把金银、珠宝分类装在箱笼里！"

仆从们遵循命令，果然把财宝分类装入箱笼，配搭成三百驮，预备驮走。

马尔鲁夫觉得还需要匹头，便对艾比·塞尔多图说："艾比·塞尔多图，你能给我预备几驮名贵的匹头吗？"

"你需要什么地方的匹头呢？埃及的？叙利亚的？波斯的？印

度的？或者需要罗马的?"

"每个地方的匹头都弄一百驮吧。"

"我的主人,请你宽限一个时期,让我打发仆从,分头去各地收集布帛,并叫他们变成骡马,驮来满足你的愿望吧。"

"你要多久的限期呢?"马尔鲁夫问。

"一夜就行了。明天天亮时,你需要的匹头就可以运到。"

"好吧,限你一夜的期限好了。"

艾比·塞尔多图吩咐仆从张起一个帐篷,摆出筵席,让马尔鲁夫坐在里面休息、吃喝,嘱咐道:"我的主人,请坐在帐篷里,让我的子嗣侍候你、保护你,你不用害怕。现在我召集仆从,派他们上各地为你收集布帛去了。"

马尔鲁夫优待农夫

马尔鲁夫坐在帐篷中,面前摆着丰富的筵席,艾比·塞尔多图的子嗣像奴隶、仆从一样围绕着伺候他。这时候,那个回村庄预备饮食的农夫已经赶到,随身带来一大钵扁豆和满盛草料的一个马鼻袋,预备奉承马尔鲁夫,并喂他的牲口。到了田边,他举目一看,见张起了帐篷,许多仆从把手抱在胸前毕恭毕敬地站在篷里。他认为是帝王打那儿经过,暂驻下来打尖、休息的,因而顿时吓得目瞪口呆,暗自叹道:"早知如此,我杀两只母鸡,用黄牛油红烧出来,奉承国王,那该有多好啊!"于是他转身要回家去杀鸡,预备款待国王。

马尔鲁夫看见农夫的举止,高声唤他,并吩咐仆从们:"去请他进帐来吧!"

仆从们遵循命令,拥到帐外,把农夫本人和他身边的大钵、马鼻袋统统带进帐篷,把扁豆、草料摆在马尔鲁夫面前。马尔鲁夫指着问道:"这是什么?"

"这钵扁豆是给你预备的午餐,这袋里的草料是给你喂牲口的。请原谅吧!先前我并不知道主上御驾光临,否则,我非杀两只母鸡好好招待陛下不可。"

"国王并未到此,我不过是国王的姻亲罢了。只因我经受不起委屈,才愤然出走。现在国王派他的仆从前来接我,他和我之间彼此话明气散,和好如初,因此我不再在外面流浪,打算回朝去了。你我萍水相逢,素昧生平,你却预备饮食招待我,这是难能可贵的。你的饮食纵然只是一钵扁豆,但热情可嘉,我是没齿难忘的,我非吃它不可。"于是吩咐农夫把扁豆摆在席间,边吃扁豆,边请农夫享受席中的山珍海味,直至宾主都吃饱喝足,才退席洗手,并吩咐仆从们去吃剩余的饭菜。等扁豆吃光了,马尔鲁夫才吩咐仆从盛一钵金子,送给农夫,说道:"带回去吧!往后你上京城去,那时我该好生奉敬你。"

农夫带了满满的一钵金子,赶着耕牛回庄去了。当天马尔鲁夫在帐篷中舒适、愉快地过夜。仆从们怕他寂寞,因而预备一批窈窕美丽的女郎,唱歌给他听,跳舞给他看。锣鼓喧天,通宵达旦,他一直陶醉在歌舞声色之中,感到生平不曾梦想过的欢欣和快慰。

神王送信向国王报告消息

第二天,马尔鲁夫见远方腾起灰尘,弥漫在空中。过了一会儿,灰尘下面出现一个马帮,驮着驮子向他走来。他仔细打量,见是艾比·塞尔多图运匹头来,总计七百驮,除驮匹头的骡马外,还有许多奴仆护送。艾比·塞尔多图俨然是个大老板,骑着骡子,在马帮前开道引路。他还带来一顶镶珠宝玉石的金质驼轿,预备给马尔鲁夫乘坐。艾比·塞尔多图到帐篷前下马,跪在马尔鲁夫面前,吻了地面,说道:"报告主人:匹头运来了。这顶金质驼轿里有一套从宝藏中取来的袍子,非常名贵,是帝王宫中所没有的。现在请主人穿起袍子,坐上驼轿,然后吩咐起程,打驾回朝吧。"

"艾比·塞尔多图,我打算写封信,派你送到无诈城,交给国王,报告消息。你必须扮成温顺的差役,和气些,不可鲁莽从事。"

"听明白了,遵命就是。"艾比·塞尔多图同意马尔鲁夫的意见。

马尔鲁夫写了信,封好,递给艾比·塞尔多图,送交国王,报告消息。艾比·塞尔多图奉命赶到城中,进入王宫,见国王和宰相坐在一起谈话,国王说:"爱卿,我替驸马担心着哪,恐怕强盗拦路劫杀他。但愿我知道他的去向,那就可以派兵马援助他。如果他走前告诉我,那该有多好啊!""主上,"宰相说,"愿安拉补救陛下的愚妄。指陛下的头颅起誓,那个家伙知道我们注视他的行动,他怕丢人,才逃跑的。显然他是一个骗子呀。"

听了国王和宰相关于马尔鲁夫的谈话,艾比·塞尔多图突然出现在国王面前,跪下去,吻了地面,然后祝福他,呼他万岁。

"你是谁?你要做什么?"国王问艾比·塞尔多图。

"我是送信的差人。驸马爷派我给陛下送信来了。信在这儿。驸马爷带着他的货驮缓一步就回来了。"

国王读信,知道马尔鲁夫携带货驮在归途中,需要派人去接他的消息,顿时感到欢喜快乐,回头对宰相说:"愿安拉黑化你这个坏家伙的面孔!你咒骂驸马爷不止一次了,你总是把他当骗子看。现在他的货驮就快运到,事实证明你是个奸昧的小人。"

"主上,"宰相非常惭愧,低着头说,"由于他的货驮长期不到,我怕他白花陛下的财物,无法赔偿,不得已我才怀疑他呢。"

"你这个奸昧的家伙!我们那点财物算得了什么?他的货驮既然运到,他会加倍赔还我们呢。"

国王感到高兴快乐,立刻下令装饰城郭,准备热烈欢迎驸马,同时他蹒跚奔到公主房中,说道:"儿啊,我给你报喜讯来了,你丈夫携带货驮就快回来了。这消息是他写信告诉我的,我马上就出去迎接他。"

公主对于情况的变化感到非常惊奇,暗自说:"这件事真奇怪。莫非他有意奚落、取笑我?他告诉我他是穷人,难道他拿这句话来试验我吗?赞美安拉,我总没有对不起他的地方吧。"

马尔鲁夫同国王和阿里见面

埃及商人阿里见人们热火朝天地忙着装饰城郭,觉得奇怪,向人打听其中的缘故,知道马尔鲁夫的货驮即将运到的消息,便喟然叹道:"我的主啊!这是什么把戏呀?他是一个穷鬼,是怕老婆才逃出来的,是哪儿来的货驮呢?这也许是公主怕他的秘密被揭穿,会出丑丢人,才设法解救他,顾全他的面子吧。总之,帝王宫中,什么事都做得出来的。这样也好,愿安拉保佑,别叫他当面出丑。如果他能偿清债款,那就落得个皆大欢喜了。"

艾比·塞尔多图把信送到国王手里,随即赶回去见马尔鲁夫,报告情况。马尔鲁夫身穿袍子,坐在金碧辉煌的驼轿里,仪表、派头大过帝王一千倍,带着成群结队的马帮,驭着货驮,浩浩荡荡地动身赶回无诈城。当时国王率领人马出去迎接,见他身穿袍子,坐在富丽堂皇的驼轿里,便亲身策马趋前问候他,祝贺他,朝臣和文武官员也都向他致敬。在事实面前,他们亲眼见马尔鲁夫的货驮,证明他诚实无欺,没有撒谎骗人。于是他们前呼后拥地接他进城,仪式非常庄严、隆重,盛况空前,威风足以吓破狮胆。商人们也出来迎接他,都拜倒在他的轿下。最后阿里也和他见面,拿开玩笑的口吻对他说:"你干了大事情!你这个骗子头,一帆风顺地成功了,算是得天独厚了!"

马尔鲁夫听了阿里的恭维话,抿着嘴笑个不止。

马尔鲁夫赏匹头、珠宝给士兵和婢仆

回到宫里，马尔鲁夫坐在交椅上，开始发号施令，吩咐仆从把黄金货驮都献给国王，搬到国库里，其他珠宝匹头都搬到他面前打开。仆从遵命，一驮一驮当面打开，一口气开了七百驮匹头，摆出来等候处理。于是他大刀阔斧地分配它们：先剔出最名贵的搬进内宫，送给公主，叫她赏给宫娥彩女们；继而清还贷款，根据欠商人们的数额加倍赔还，欠一千金的，拿值二千金或值二千金以上的匹头抵偿；接着他拿绸缎布帛赏给穷苦无告的可怜人。国王眼看他慷慨施舍，却无法制止他。

马尔鲁夫施完了匹头，便拿珍珠、宝石等名贵的宝物赏给士兵，每人满满地抓上一把。国王眼看他的豪爽、慷慨派头，吓得目瞪口呆，说道："儿啊！可以了，不必再给了，货驮所剩无几了。"

"你别管！财物我有的是，还多着哪。"他不听国王劝阻。当时他的威信一下子传开了，谁都相信他忠实可靠，不可否认他的为人，因而他满不在乎地继续施舍。因为花完了那些财物，他需要什么，戒指之神会供应他。这时候，管库的人惊慌失措地奔到国王面前，说道："主上，财库装满了，还剩许多金银财宝容纳不下，因此我来请示，应该把剩余的财宝摆在什么地方才对？"

国王喜不自胜，吩咐管库的人把装剩的金银财宝另辟仓库，妥善储藏。

公主看到那种情景，非常喜欢，同时也感到无限惊诧，她自言自语地问："瞧啊！这许多财宝，到底他是打哪儿弄来的？"

商人们收到赔款，人人欢喜，个个快乐，都替马尔鲁夫祷告、祈福。

马尔鲁夫的同乡阿里，是最了解他不过的，因而觉得格外惊奇、诧异。他想不通,喟然叹道:"你瞧! 他一贯招摇撞骗,怎么又弄到这么一批货驮呢? 如果说那是公主的财物,那么他不可能把它赏给穷人吧! 一句话,他是得天独厚了。安拉要赏赐谁,便赏赐谁,至于为什么要赏赐,他是不过问的。"

马尔鲁夫送衣服首饰给公主和宫女

马尔鲁夫广施博济,送完货驮,然后去见公主。公主眉开眼笑、高兴快乐地迎接他,吻他的手,说道:"先前你对我说你是穷人,是怕老婆才逃出来的,你说这话的意思是奚落我呢,还是试验我? 赞美安拉,总算我没有得罪你,没有对不起你的地方。你是我心爱的人儿,不管贫穷也好,富贵也好,无论如何你是我心目中最可敬爱的人儿呢。现在请告诉我,当时你对我说谎话,到底是什么意思?"

"我打算考验你,以便知道你的爱情是纯洁的呢,还是为了贪财爱利。现在事实证明,你的爱情是纯洁的。你既然如此忠贞、纯良,这就值得我敬爱你,仰慕你;我也真正了解你的价值了。"

马尔鲁夫花言巧语地回复了公主,随即起身,退到间壁房里,擦了一下戒指,艾比·塞尔多图便出现在他面前,说道:"我应命来了,你需要什么? 只管吩咐吧。"

"我要你给我老婆预备一套凤冠霞帔,一套簪环首饰,并带上一串由四十颗名贵宝石制成的项链。"

"听明白了,遵命就是。"

艾比·塞尔多图遵循命令,一霎时按照主人的要求,拿来了凤冠霞帔和全副首饰。马尔鲁夫亲手把衣服、首饰带到寝室里,放在公主面前,说道:"亲爱的,我衷心敬爱你;这套衣服、首饰送给你,拿去穿戴起来吧。"

公主见了衣服首饰,喜得几乎发狂。她仔细端详,见那副精巧别致的首饰中,有镶珠宝玉石的金踝环、手镯、项圈和腰带,光辉夺目,镶法似乎出自魔术家之手,全是无价之宝。她欢欣鼓舞地穿戴起来,不长不短,恰恰合身。她十分珍惜衣服、首饰,说道:"我打算把这套衣服、首饰收藏起来,等过年过节时当盛装穿戴。"

"你经常穿戴着好了,像这样的衣服、首饰我还有很多的,只怕你穿不完。"

公主穿戴着珍贵的新装,宫娥彩女们见了,非常快活,羡慕的心情表现在颜色之间,大家争着吻马尔鲁夫的手。马尔鲁夫高兴快乐,退入侧室,一擦戒指,艾比·塞尔多图立刻出现在他面前。他吩咐道:"再给我预备一百套衣服、首饰吧。"

"听明白了,遵命就是。"艾比·塞尔多图回答着,立刻拿来一百套衣服、首饰,满足主人的要求。

马尔鲁夫大声一喊,宫娥彩女们应声来到他面前。他把衣服、首饰每人赏给一套。她们欢欢喜喜地穿戴起来,一下子,一个个都变得仙女般美丽可爱。公主在她们当中尤其显得窈窕美丽,像繁星中的月亮一样灿烂可爱。

国王同宰相商讨怎样认识马尔鲁夫的底细

公主穿戴凤冠霞帔的消息传到国王耳里,他关心、疼爱女儿,所以亲身去她房中观看,见公主和宫女们都打扮得花枝招展,一个个赛过仙女,她们的衣服、首饰金碧辉煌,都是人间找不到的,非常惹人注目。眼看那种情景,国王十分惊奇、诧异,很难相信自己的眼睛,因而他召宰相进宫,跟他谈了自己的见闻,然后征求他的意见。

"主上,这种情况向来是不会发生在商人身上的。"宰相发表他自己的意见,"照理说,生意人是唯利是图的,是以赚钱为目的的。一块麻布到他们手里,如果不赚钱,那么他们宁可摆它几年,断然不肯廉价出售的。像他这样慷慨,这样把金钱珠宝如土一般挥霍的商人,世间哪里去找?何况他的那种名贵珍宝是一般帝王所没有的。再说,拥有这么多货驮的生意人,世间又哪里找得出来呢?如此说来,我觉得此中难免没有原因。要是陛下依从我,我是能把事情的真相弄清楚的。"

"好的,我依从你。"国王接受宰相的意见。

"那么此后陛下需要多接近他,亲切地和他交谈,说悦耳的话奉承他,并找机会约他上御花园去散步。到花园里,我代劳摆下酒席,陪他吃喝。我殷勤敬酒,把他灌醉,然后向他自己打听真实情况。他喝醉酒,神志不清,那时候还怕他不吐真言吗?待他吐露真言,我们了解他的情况以后,该怎样对付他,那就容易了。老实说,他的那种疯狂行为,其后果是令人担忧的。也许他贪而无餍,存心窥窃神器,那他会不惜金钱,利用他仗义疏财的豪爽惯技收买士兵,把陛下的江山夺走,那时候大事就不好收拾了。"

"你说得对。"国王同意宰相的说法,决定明天照他的计策行事。

国王和宰相陪马尔鲁夫游园

当天晚上,国王夜长梦杂地过了一宿。第二天,他刚从梦中醒来,听见嘈杂之声,便出来观看,见是仆人和马夫们惊慌失措地嚷成一团糟。他问道:"你们这是怎么了?"

"启禀主上,昨天运货物来的那些骡马,原是关在厩里的,今早我们去照料,却都不翼而飞了;赶马的那些奴仆,也一个个都不见了。他们为什么逃走,我们不清楚了。"

国王听了突兀的消息,感到惊奇;原来他不知道那些奴仆和骡马全是鬼神变的,因而他大发雷霆,骂道:"你们这些该死的家伙!一千匹骡马和五百多奴仆一夜间都不见了,你们怎么会不知道呢?你们都出去,等驸马醒来,再把消息告诉他吧。"

仆人们听从命令,退了出去,惶恐不安地坐着等候报告消息,以便推卸责任。正当他们感觉坐立不安的时候,马尔鲁夫从容走了出来,见他们愁眉苦脸地等在那里,便问他们:"发生什么事了?"

仆人向他报告骡马失踪的消息。他听了,漠然说道:"骡马丢了算得了什么?这也值得大惊小怪吗?去你们的吧!"

遗失了大批牲口,马尔鲁夫却一笑置之,毫无惋惜情绪。国王眼看那种情景,把嘴巴凑到宰相耳边,悄悄地说:"他把钱财不当数,这到底是怎么一回事呀?此中一定有原因呢。"

国王和宰相陪马尔鲁夫谈了一会儿,随即转向正题,说道:"贤婿,我打算约宰相陪你去花园里走走,你高兴去吗?"

"可以,这不碍事。"马尔鲁夫接受国王的邀请。

国王、宰相和马尔鲁夫三人并肩漫步走进御花园,站在结实累累的果树下,眼看淙淙的清流,耳听清脆的鸟语,顿觉心旷神怡,陶醉在大自然的怀抱里。他们欣赏了美景,欢度了良辰,然后在万花丛中的凉亭里坐下,促膝谈心,听宰相讲动听的故事和笑话,并在一起吃午饭。

宰相殷勤劝酒

午饭后,洗过手,接着摆出酒肴,宰相自告奋勇,起身敬酒,斟了一杯,请国王喝了,接着斟第二杯,谈笑风生地递给马尔鲁夫,说道:"我敬你这杯酒,它的威严向为显贵所称羡、点头的呢。"

"这是什么酒?"马尔鲁夫问。

"是处女酒,是陈酒,它会把快乐送到你的心坎里。"宰相眉开眼笑地说着,一再向他劝酒,滔滔不绝地宣扬酒的好处,列举诗中的赞词为证。马尔鲁夫听了,心悦诚服,兴高采烈地开怀畅饮,越喝越起劲。宰相一杯接一杯地斟给他,终于把他灌醉了。

马尔鲁夫喝得酩酊大醉,人事不知,宰相才大胆对他说:"富商马尔鲁夫!指安拉起誓,你的事奇怪极了!你那些珠宝是波斯国王所没有的,你到底是打哪儿弄来的?我们这一辈子没有见过生意人中有谁像你这样有钱的,也没有谁像你这样慷慨、豪爽的。这显然不是商人的作风,而是帝王的派头呢。指安拉起誓,你快把实情告诉我,让我明白你的根底和地位吧。"

马尔鲁夫被抛到荒无人烟的偏僻地方

马尔鲁夫经受不起宰相的诱惑、欺哄,果然酒醉吐真言,说道:"我并不是商人,也不是富翁……"他把自己的真实情况,从头到尾,详细说了一遍。

"我们的主人马尔鲁夫,指安拉起誓,把戒指给我们看一看,让我们明白它的作用吧。"

他醉眼蒙眬,脱下戒指,递给宰相,说道:"接着,拿去看吧!"

宰相接了戒指,翻弄着看了一会儿,问道:"我摩擦它,那个神王会出现吗?"

"不错,你一擦,他就出现了。"

宰相果然一擦戒指,便有人对他说:"主人,我应命来了。你要什么?我拿给你。要捣毁城市吗?要另建城市吗?要消灭国王吗?无论你要什么,我都遵命拿给你。"

宰相伸手指着马尔鲁夫吩咐道:"把这个讨厌、倒霉的家伙送到最荒凉的偏僻地方,让他无声无臭地饿死在那里吧。"

戒指之神遵从命令,抓住马尔鲁夫,飞向空中。马尔鲁夫眼看那种情景,相信非死不可,哭哭啼啼地问道:"艾比·塞尔多图,你打算把我带到什么地方去?"

"我要把你抛到荒无人烟的偏僻地带,你这个无礼胡闹的笨家伙!我来问你:拥有这个宝贝的人,他可以随便把它给人看吗?要是不怕安拉惩罚,我一定把你从六千尺以上的高空摔下去,叫你还未着陆就被大风吹碎不可。"

马尔鲁夫挨了一顿臭骂,惭愧得无地自容,不敢吭气。不觉之间,已被带到一处荒无人烟的偏僻地方。艾比·塞尔多图把他扔在那里,然后从容归去。

国王也被抛到荒无人烟的地方

宰相夺了马尔鲁夫的戒指,洋洋自得,傲然对国王说:"怎么样?我不曾告诉你他是大骗子吗?你可是不相信我呀。"

"你有理,爱卿!愿安拉保佑你;现在把戒指给我看一看吧。"

宰相怒目瞪着国王,向他脸上唾了一口,骂道:"你这个头脑简单的家伙!我怎么能把它给你呢?现在我是主人翁了,你还想要我伺候你吗?老实说,我不让你再生存下去了。"他骂着,擦了一下戒指,唤来戒指之神,吩咐道:"把这个不成体统的坏家伙带走,把他抛到他的骗子女婿被抛的荒凉地方去吧。"

戒指之神遵从命令,带国王飞到空中,预备把他抛到偏僻地方。

"你这位主宰创造的生灵!请你告诉我,我犯了什么罪过呀?"国王问戒指之神。

"你犯什么罪过,我可不知道。不过这是我的主人命令我的,我得遵循他的命令;因为拥有那个戒指的人,我是不敢违拗他的命令的。"戒指之神边飞边回答,直飞到荒无人烟的偏僻地方,把他抛在马尔鲁夫被抛的地方,然后从容归去。

国王被抛弃在荒无人烟的偏僻地带,听见马尔鲁夫凄惨的泣哭声,便走到他面前,把自己的遭遇、下场叙述一遍;从此翁婿两人同病相怜,在饥饿线上等待死亡,相对泣不成声。

宰相战胜了马尔鲁夫和国王,送走他俩,就迈步离开御花园,奔到宫中,马上召集朝臣、文武百官,告诉他们马尔鲁夫和国王的下场和戒指的作用。最后他野心勃勃地对他们说:"假若你们不选我当国王,我就命令戒指之神,把你们全都抛到荒无人烟的偏僻地方,让你们一个个饿死在那里。"

"我们愿意选你当国王,我们再也不违拗你的命令,别处罚我们吧。"朝臣和文武百官苦苦哀求,在威逼的形势下,勉强承认他做国王。

宰相强娶公主为妻

宰相篡夺了王位,称孤道寡,坐在宝座上,赏赐文武百官,并派人通知公主,说他爱她,当天夜里要跟她结婚,叫她预先准备。公主听了噩耗,伤心哭泣,埋怨马尔鲁夫和国王给她带来麻烦,不得已,只好回复宰相,求他宽限一个时期,待她守满限期,再写婚书,正式结婚。宰相不同意她的建议,派人对她说,他不懂什么守限期不守限期,他不需要写婚书,也不懂什么叫合法不合法,当天晚上非成亲不可。迫不得已,公主只好佯为同意,回复说:他既然急于要成亲,那不碍事,请他来吧,她非常欢迎他。

公主既已同意,宰相一时心花怒放,十分欢喜,因为他早就爱她,追求她,直到今天才算大功告成。于是下令备办筵席,大宴宾客,在大庭广众中宣布:"大家痛痛快快地尽情吃喝吧! 这是喜酒哪,今晚我要跟公主结婚了。"

"目前你跟她结婚是违反教法的,必须等她守满限期,然后正式订婚,再成亲不迟。"教长严肃地向他提出建议。

"我不懂什么限期不限期,你少跟我废话。"

教长怕惹出祸事,默然不敢坚持意见,只好悄悄地对身边的官员说:"他是个邪教徒,他没有正当的宗教信仰。"

当天晚上,宰相自命为新郎,大摇大摆地跨进洞房,见公主穿戴着最华丽的衣服、首饰,打扮得花枝招展,仙女般美丽可爱,眉开眼笑地迎接他,对他说:"今夜吉利极了。要是你索性杀死国王和马尔鲁夫,那对我来说真是再好没有的了。"

"我一定要杀死他们。"宰相信心十足地回答公主。

公主让宰相坐下,亲切、热情地跟他谈话,说一说,笑两笑,眉目语言间流露出深情厚谊。宰相获得公主垂青,溺于女色,乐不可支,抿着嘴狞笑。这时候,公主一声哭喊起来,怨道:"哟!我的老爷啊!你不见有生男人在窥探我们吗?指安拉起誓,你快遮住我吧!你为什么让生人来看我呀?"

"生人在哪里?"宰相火了。

"喏!在这个戒指里;他伸出头来,呆呆地瞪着我呢。"

宰相认为是戒指之神在看他们,笑了一笑,说:"你别怕!这是戒指之神,他是听我指挥的。"

"这些神怪事情,可怕极了。你脱下戒指,把它摆远些吧。"

宰相果然脱下戒指,塞在枕头下面。

公主解救国王和马尔鲁夫

宰相认为公主真心爱他,嬉皮笑脸,猥猥亵亵地开始戏弄她。可是公主早有准备,趁他不提防的时候,猛然踢他胸膛一脚,登时把他踢倒,昏晕过去;接着她大声呼喊,四十个婢仆闻声赶到,把宰相逮捕起来。公主急急忙忙取出枕下的戒指,擦了一下,戒指之神立刻出现在她面前,说道:"我应命来了,我的主人!你有什么吩咐?"

"把这个邪教徒镣铐、拘禁起来,然后快来听我的吩咐。"

戒指之神遵循命令,果然把宰相镣铐、拘禁起来,然后回到公主面前,说道:"犯人被我镣铐、拘禁起来了。"

"你把国王和驸马送到什么地方去了?"

"他们被我抛到荒无人烟的偏僻地方去了。"

"我命你把他们立刻找回来。"

"听明白了,遵命就是。"他应诺着飞腾起来,继续不停地一直飞到荒无人烟的偏僻地方,见国王和马尔鲁夫正在那里伤心哭泣,彼此埋怨对方。他向他们报喜讯,说道:"你们不要忧愁,你们的救星到了。"于是他叙述宰相的罪行,最后说,"我奉公主的命令,亲手把他镣铐、拘禁起来。现在我又奉公主之命,前来迎接你们。"

国王和马尔鲁夫听了喜讯,欢喜若狂。继而戒指之神带着他们飞到宫中。公主起身迎接,问候他们,让他们坐下,给他们饮食吃喝,然后各自安歇。

第二天,公主拿顶华丽的衣冠给国王和马尔鲁夫穿戴起来,然后对国王说:"父王,请你老人家复职,继续执掌国家大事,选驸马为宰相,并对文武百官宣布事变始末,然后提审宰相,处他死刑,并烧毁他的尸体。因为他是邪教徒,没有正当的宗教信仰;他作奸犯科、无恶不作。至于驸马,他新任宰相职务,希望你老人家另眼看待,多多关照他。"

"听明白了,照你的建议行事好了。儿啊!现在你把戒指给我,或者还给你丈夫吧。"

"这个戒指,你老人家和驸马都不宜使用它,暂且由我收存吧,也许我能比你们保管得更好。几时你们需要什么东西,尽管告诉我,由我直接向戒指之神要给你们。我活着的这个期间,你们只管放心,不必顾虑。到我死时,戒指会交还你们,那时候你们自行处理好了。"

"儿啊!你的见解非常正确。"国王同意公主的办法。

之后,国王带驸马入朝视政,重理国事。

马尔鲁夫继承王位

宰相强娶公主的消息传出后,朝中文武百官非常愤慨,忧心如焚;他们尤其痛恨他篡夺王位和对付马尔鲁夫的残暴行为,大家忧心忡忡,如坐针毡,因为他们发觉他是个邪教徒,怕伊斯兰的道统被他一手毁掉。第二天,他们聚会在宫中商讨挽救办法,都咒骂教长,埋怨他不制止宰相强娶公主、破坏教法的罪恶行径。当时教长老成持重地规劝他们,说道:"他是个邪教徒,他靠那个戒指窃夺王位,无法无天,无恶不作,在这种情况下,我和你们一样,谁都没有办法制止他。大家还是忍耐的好,谨慎些,不要乱说话,免遭杀身之祸。他的不法行为,安拉会惩罚他呢。"

当教长劝导文武百官小心做人的时候,国王和马尔鲁夫突然来到宫中,文武百官见了,欢喜若狂,大家起身迎接,跪下去吻地面,心中的忧愁苦闷顿时烟消云散。国王从容登殿,坐在宝座上,先把脱险的情况告诉文武百官,然后下令装饰城郭,表示庆祝,同时提宰相出来审讯。文武百官眼看宰相的尴尬、狼狈形象,都指着骂他大逆不道,是乱臣贼子。国王审问宰相的罪行,判处死刑,并焚毁其尸体。执法后,文武百官都额手称庆。

平乱后,国王重理国事,执掌大权,并宣布委马尔鲁夫为宰相。从此翁婿合作,相得益彰,与民同乐,一直过着太平盛世生活。但好景不长,似水的流年不知不觉也就过了五个年头;第六年刚开始,不幸国王卧病不起,与世长辞。宰相马尔鲁夫继承王位,同时公主妊娠期满,生下一个异常聪明、活泼的男孩。国王马尔鲁夫爱如掌上明珠,且喜后继有人,因而不惜以全副精力抚养教育,希望他长大成人,继承王位。但美中不足,太子年方五岁,王后生病,卧床不起,对马尔鲁夫说:"我恐怕没有痊愈的希望了。"

"亲爱的,你的病会有起色的。"马尔鲁夫安慰她。

"万一我死了,关于这个孩子我用不着嘱咐你,但为你和孩子的将来,我要嘱咐你,希望你好生保全这个戒指吧。"

"你放心,安拉保佑着的人是不会出差错的。"

王后把手上的戒指脱下来,递给马尔鲁夫,交代清楚,第二天便瞑目长逝。马尔鲁夫含哀坚持处理国事。有一天他抑不住悲伤情绪,中途拿起手巾一摇,朝臣们遵命提前下班,各自归去。他自己回到后宫,一个人孤单寂寞地待到天黑,他的亲密随臣才照例来陪他谈心,一块儿吃喝消遣,热热闹闹地直玩到更残夜静,待他们告辞走了,他便回寝室安歇。宫女替他换睡衣,让他躺下,替他捏腿,等他睡熟,才蹑手蹑脚地归去。

发颓麦找到马尔鲁夫

马尔鲁夫在睡梦中被响动声惊醒,睁眼见身旁站着一个丑恶可怕的女人。

"你是谁?"他问。

"你别害怕,我是你的老婆发颓麦。"

他仔细打量一番,从她的丑恶面目和突出的牙齿知道她果然是他的元配夫人发颓麦,问道:"你怎么窜进宫来? 是谁带你到这个地方来的?"

"如今你究竟住在什么地方呀?"

"我住在无诈城里。你是什么时候离开埃及的?"

"我刚离开埃及不久。"

"这是怎么一回事呢?"

"你要知道,我跟你吵架,是受魔鬼的怂恿才去告你的,可是差役和法官都找不到你。过了两天,我懊悔不该跟你吵闹,认识到自己的错误,但懊悔也是枉然。我坐着哭了几昼夜,手里没有钱买吃的,为要活下去,我只有乞讨的一条路。从那时起,我开始过卑微、下贱的乞讨生活。我低声下气地看人家的嘴脸,吃残汤剩饭,卑贱、下流到极点。为了离开你以及遭逢那样惨痛的境遇,我回忆着整夜伤心哭泣……”她详细叙述她的遭遇。马尔鲁夫听了,吓得目瞪口呆。最后她说:“昨天我奔波一整天,什么也没有讨到手;我每次伸手向人乞讨,总是挨人咒骂,谁也不肯施济我。夜里没有吃的,饿得五脏都燃烧起来,我忍受不住,坐着哭泣。不知不觉之间,眼前出现一个巨人,问道:‘你这个女人!为什么在此哭泣?’我说:‘我原来有个丈夫,靠他供养我,可是他失踪了,我不知道他的去向。现在没有吃喝的,受不了冻饿的摧残,不得已我才悲哀哭泣呢。’‘你丈夫他叫什么名字?’‘叫马尔鲁夫。’‘我知道他。’他说,‘告诉你吧,你丈夫在一个城市中做国王了;要是你愿意,我送你去吧。’我说:‘如果你能送我去,那你算是救了我了。’于是他带我飞腾起来,最后落到这幢宫殿里。他吩咐我:‘进房去就见你丈夫睡在床上了。’我进得房来,果然见你这个豪富样子。我们是结发夫妻,压根儿我没想到你会遗弃我。赞美安拉,如今他让我们夫妻重相会了。”

马尔鲁夫优待发颓麦

听了发颓麦的诉苦,马尔鲁夫顿时想起从前的苦难日子,抑制不住心头的怒火,埋怨道:“到底是我遗弃你,还是你左告我一次,右告我一次,最后告到高级法庭,叫艾比·塔伯格前来逮我,才逼走我呢?”他举出事实质问老婆一通,然后心平气和地对她谈心,把他出走后的遭遇、经历,以及和公主结婚,做国王,王后去世,遗下五岁的太子等经过详细叙述一遍。他老婆听了,十分感动,向他表示悔悟,说道:“以前种种是生前注定了的,总算一去不复返了。现在我诚心忏悔，前来投奔你，求你庇护我，当救济穷人一样收留我，给我穿吃，让我活下去吧。"

她的诉苦、哀求，打动马尔鲁夫的慈悲心肠，使他顿时忘了从前她给他造成的种种磨难、苦楚，欣然说道："你彻底忏悔，洗心做人吧！从此你住下来，我会优待你呢。假若你不改邪归正，再要为非作歹，那不客气，我就非杀你不可。告诉你，我不怕谁了，你别想再上高级法庭告我，让艾比·塔伯格来逮我。你要知道，我身为国王，生杀予夺的大权都在我手里，人人都怕我，除了安拉外，我是谁也不怕的，因为我有一个万能的戒指，只要我擦它一下，戒指之神便出现在我面前，我但凡有什么要求，他都能满足我的愿望。你如果愿意回家去，我把够你一辈子穿吃不完的衣食费用拿给你，叫他立刻送你回埃及去。你要是愿意跟我在一起生活，我便腾出一幢宫殿，拿细软陈设起来供你居住，并派二十个婢仆侍候你，让你吃山珍海味，穿绫罗绸缎，把你当王后看待，一辈子享福享到老死。这样好不好？任你选择吧。"

"我愿意跟你一起生活下去。"她说，并吻他的手，表示诚心悔过。

马尔鲁夫实践诺言，果然腾出一幢宫殿供她居住，并派婢女和太监伺候她。从此她一步登天，变为王后。

发颓麦偷窃戒指

太子逐渐长大，知书识礼，经常来往于国王与王后之间，成为马尔鲁夫与发颓麦双方感情的联系者；但发颓麦因为太子不是她本人生的，所以不喜欢他。太子聪明、伶俐，发现王后对他不怀好感，也看不惯她的嘴脸，便鄙弃她，不再亲近她。马尔鲁夫呢，看见发颓麦已经变成老太婆，形貌越发丑陋不堪，比毒蛇还可怕，尤其她邪气太深，对丈夫还是恶毒成性,因而无形中也跟她疏远起来,不理睬她,只用慈善观点看待她,供养她。

发颜麦眼看马尔鲁夫不理睬自己,却终日醉心于宫中漂亮的妃子,因而吃起醋来,恨透了他。她心一横,觉得非报复不可,于是决心去偷戒指,预备杀死他,然后自称女王。

她打定主意,偷偷摸摸离开自己的宫殿,趁黑夜里溜到她丈夫马尔鲁夫睡觉的行宫里,预备偷窃戒指,图谋不轨。那是因为她知道马尔鲁夫为人正直,一向珍视那个戒指,尤其尊重刻在戒指上的符咒,所以每次睡觉,必先脱下戒指,摆在枕头下面,醒来时,必先沐浴熏香之后,才肯戴它。为保全戒指不发生意外,他睡觉时,不许婢仆在他寝室中逗留。沐浴时必亲手关锁寝室,一向戒备谨严。发颜麦了解那种情况,因此她等到深夜,趁马尔鲁夫睡梦沉沉的时候,好顺利偷窃戒指,图谋不轨。

发颜麦被太子杀死

当天夜里,太子还未睡觉,无意中发觉王后没有在自己宫中安歇,却鬼鬼祟祟跑进行宫来,觉得奇怪,暗自说道:"更深夜静,这个妖精离开她自己的宫殿跑到父王行宫里来干什么呢?哼!我看这里面一定有缘故。"于是他暗中跟踪窥探。

太子原有一柄镶宝石的短剑,是他最心爱不过的,每天都佩在腰里去见国王。国王见他佩着短剑,经常取笑他说:"啊哟哟,我的儿啊!你这柄短剑真够好哇,但你总不能带它上战场去杀死一个敌人呀。"

"不,父王!我非拿它砍掉犯死罪者的脑袋不可。"太子爽然回答国王,当时他的豪语博得国王的称赞。

那天夜里,太子跟踪王后,拔出短剑,直追到国王寝室门前,仔细窥探她的行径。见她鬼头鬼脑地一边寻找什么，一边低声说："他把戒指放在哪儿呢？"

这时候太子知道她是找戒指来的，于是抑制着奔腾的激怒，冷静地等待着；只见她找到戒指，低声说："喏！它在这儿呢。"接着她把戒指弄到手，拔脚就走。太子隐在门后，待她跨出门限，将擦戒指唤神的一刹那，举起握剑的手，对准她的脖子刺了一剑。泼妇尖叫一声，倒了下去，死在血泊里。

马尔鲁夫娶农夫之女为妻

马尔鲁夫被尖叫声惊醒，一骨碌爬起来，见王后倒在门前，死在血泊里，同时见太子手中握着血淋淋的短剑，凛然站在尸体旁边；他这一惊，非同小可，问道："儿啊！这是怎么一回事呀？"

"父王，多少次你对我说：'你这柄短剑真够好，但你总不能带它上战场去杀死一个敌人。'我在父王面前曾夸口说：'我非拿它砍掉犯死罪者的脑袋不可。'喏！现在果然拿它替你刺死这个犯割头之罪的坏人了。"于是他把事件的始末详细叙述一遍。

马尔鲁夫听了叙述，惊喜交集，立刻掀起枕头寻找，却不见戒指的踪影；接着他检查老婆的尸体，发现戒指还紧紧地捏在她手里。他从她手里取回戒指，眉开眼笑地说："儿啊！你真是我的好儿子。毫无疑问，像你维护我的安全这样，安拉会维护你今生和来世的安全的。这个肮脏家伙，是她自取灭亡呀。"

马尔鲁夫痛定思痛，愤然高声呼唤，仆从闻声赶来听令。他把王后图谋不轨的阴谋当众宣布，吩咐暂且抬走尸体，预备明天装殓埋葬。最后他说："她不惜千里奔波，从埃及跋涉到这儿来，只是为了寻找葬身之地。诗人说得好：

　　根据命运的规定，

我们迈步前进。
凡是命运规定了的，
必须按步遵循。
被规定埋在家乡的人，
他不会到异地去葬身。"

经过屡次风波之后，马尔鲁夫的经验阅历越来越丰富，他一心热衷于安静生活，希望平平静静地安度晚年，兼之他饮水思源，渴念故人心切，因而派人把逃难期间在田里款待他的那个农夫接到宫中，委他为宰相，共谋国家大事，并视为最知心的密友，当上宾招待，在一起生活，同享荣华富贵。后来他知道农夫有个非常美丽、贤淑的女儿，便向她求婚，娶为王后。从此他同农夫之间，在君臣的关系上，又增加了一重眷属的关系。

日子过得很快，似水流年，不知不觉也就过了几个年头。这时候太子逐渐长大成人，马尔鲁夫抱孙心切，便给他物色对象，替他建立美满家庭，于是他们父子、夫妇们在一起过舒适、愉快的幸福生活，直至白发千古。

阿里巴巴和四十大盗的故事

高西睦和阿里巴巴

相传古代波斯国的某城市里住着两兄弟。哥哥叫高西睦，弟弟叫阿里巴巴。他俩在父亲死后便分家，各自分居，各谋生活，但是他俩所继承的遗产很有限，分家后不久，钱财便花光了，生计日益困难。为了解决起码的穿衣吃饭问题，两弟兄不得不忍苦耐劳，为自己的前程奔波。

后来高西睦跟一个富商的女儿结婚，得到岳父的垂青，接受一部分产业，便走上做生意的道路，开铺子经营买卖，生意兴隆，发展很快，不但铺中货物充裕，而且仓库里堆满贵重物资，还把积蓄的金银埋藏起来，过着舒适、享福生活，名声很大，成为全城知名的富商、巨贾。

阿里巴巴的老婆是穷苦人家的女儿，夫妻过着贫苦生活，全部家当除一间破屋外，还有三匹毛驴。阿里巴巴靠卖柴火为生。每天赶着三匹毛驴去丛林中砍柴，驮到集市出卖，以此维持生活。

在森林中

　　有一天，阿里巴巴照例赶着三匹毛驴上山砍柴。他砍了枯树枝和干木柴，收集起来，捆绑成驮子，让毛驴驮着，正准备下山的时候，突然发现一股烟尘，从右边直向上空飞扬，迅速地朝他所在地移动着，而且越来越近。他仔细观察，才知道原来是一支马队，向这方向冲来。眼看这样的情景，他猛吃一惊，恐怕碰到一伙歹徒，会被他们杀死，毛驴也会被抢走，因此非常恐怖，拔脚逃跑。但是由于那帮人马越来越近，他感到已来不及逃出森林，只得把驮着柴火的毛驴赶到丛林的小道里，自己爬到一棵大树上躲避。那棵大树生长在一个非常高大的石头旁边。他藏在枝叶茂密的树干上，可以看清楚下面的一切，而下面的人却看不见他。这时候，那帮人马已经跑到那棵树旁，在大石头前面一齐下马。看样子他们一个个年轻、勇敢、活泼、伶俐。阿里巴巴仔细打量，从他们的举止、模样认为他们是一伙拦路强盗，显然是刚刚抢劫了结队成行的商旅，把钱财、物资带到这儿分赃，或者准备妥善收藏起来。阿里巴巴心里这样想着，看清楚他们总共是四十人。

　　他们在树下拴好马，取下沉甸甸的鞍袋，显然里面是装着金子银子。其中有个头目模样的人，也背着沉重的鞍袋，从丛林中一直来到那个大石头跟前，便喃喃地说道："开门吧，芝麻芝麻！"随着那个头目的喊声，大石头面前立刻展现出宽阔的门路。强盗们鱼贯而入，头目走在最后。他刚进入洞内，大门便自动关闭起来。

　　强盗在洞中，阿里巴巴始终躲在树上暗中窥探，不敢下树，唯恐他们突然从洞中出来，会落到他们手中，遭到杀害。最后，他决心偷一匹马骑着，赶着自己的毛驴溜回城去。可是他刚要下树的时候，山洞的门突然开了，强盗的头目首先走出洞来，站在门前，望着喽啰们，清点人数,然后念咒语,说道:"关门吧,芝麻芝麻!"随着他的喊声,洞门果然自动关起来了。

开门吧,芝麻芝麻!

经过头目清点、检查一番,喽啰们便去到各自的马前,把鞍袋往马鞍上一放,接着一个个纵身上马,跟随头目,一哄扬长归去。阿里巴巴仍然待在树上,观察他们的行动,一直等他们去得无影无踪之后,过了好一阵,才敢下树。当初他所以踟蹰不前,是顾虑到他们中或许会有人因事骤然回来而被发现。接着他暗自说:"我要试验一下这句魔语的作用。在我的吩咐下,看这个洞门能否开关。"于是他大声喊道:"开门吧,芝麻芝麻!"他的喊声刚落,洞门立刻开了。他走了进去,举目一看,那是一个有穹顶的大山洞,洞顶很高,从洞顶上的通气孔透进光线,有如点灯照明一样。当初,他以为一个强盗的巢穴,除了一片阴暗,不会有其他的东西。可是事实出乎意料。他对洞中堆满的财物,看得目瞪口呆。其中有一堆堆齐顶的丝绸、锦缎和绣花衣服,一堆堆彩色毡毯,还有多得无法计数的金币银币,有的散堆在地上,有的盛在皮袋中。面对这么丰富的金钱、货物,阿里巴巴深信这不是几年的积蓄,肯定是强盗们代代经营、掠夺所积起来的东西。

阿里巴巴进入山洞,洞门便自动关闭起来,但他无所顾虑,满不在乎,因为他能记忆那句开门的魔术暗语,所以不怕出不了洞。同时,他对洞里的那些东西并不感兴趣,他觉得迫切需要的是金钱。因此,他根据毛驴的运载能力,打算弄他几袋金币,捆在柴火里面,由驴子运走。以为这样,人们就看不见钱袋,他仍然是打柴火过日子的樵夫。

阿里巴巴按计划都弄妥当,然后说:"关门吧,芝麻芝麻!"随着他的喊声,洞门就关闭起来。因为这句魔术暗语,起着不同的作用。例如每次有人进入洞内,洞门便自动关闭。反之,每逢有人走出洞外,就必须说:"关门吧,芝麻芝麻!"洞门才应声关闭。

泄 露 秘 密

阿里巴巴驮着金钱,赶着毛驴尽快返回城中,回到自己家里,赶忙关起门来,卸下驮子,解开柴火,把一袋金币搬进房内,摆在老婆面前。她一看,见袋中装满金币,怀疑阿里巴巴抢人,做了坏事,所以开口骂他,责备他不该见利忘义,不该随便去做坏事。

"我可不是强盗。我向来只做你乐意的、对我们生活有利的事情。"阿里巴巴声辩几句,然后把在山中的见闻和他的所作所为,告诉老婆,并把金币从皮袋中倒了出来,摆在她面前。

阿里巴巴的老婆听了,大为欢喜,她的视线被灿烂的金币刺得眼花缭乱。这时候,她一屁股坐下来,只顾数那些金币。阿里巴巴说:"哟!傻家伙呀!你这么数下去,什么时候才数得完呢?还不如让我挖个地洞,把这些金币埋藏起来,别叫人知道其中的秘密吧。"

"你的想法很对头,就这样去做吧。我可是要量一量这些金币,到底有多少钱,心中才有个数。"

"你为这件事高兴是应该的,但是要注意,千万不能对人说呀。"

阿里巴巴的老婆急急忙忙跑到高西睦家中借量器,碰巧高西睦不在家,便对他老婆说:"嫂子,请把你家的量器借我用一下吧。"

"你需要大斗呢,还是需要小升?"

"不要大斗,借给我小升好了。"

"等一下,我给你去拿吧。"高西睦的老婆答应了,她却暗中在升内的底部,贴上一点蜜蜡,以便借此了解阿里巴巴的老婆借升去量什么东西,因此她相信无论她量什么,总会粘一点在蜜蜡上。高西睦的老婆想利用这样的机会来满足她的好奇心。

阿里巴巴的老婆却不知她的诡计,拿着升子回到家中,开始用升子量金币,阿里巴巴仍不停地挖洞。待她的金币量毕,阿里巴巴的地洞也挖好了,于是夫妻两人一齐动手,把金币搬进地洞,然后小心翼翼地盖上土,埋藏起来,再把地面弄平。

阿里巴巴的老婆量过金币,升底的蜜蜡上粘着一枚金币,她却没有察觉。于是这个好心肠的女人把升子送还她嫂子去。高西睦的老婆一见升内蜜蜡上的金币,顿时产生羡慕和嫉妒的心情,终于自言自语地说:"啊呀!他们借我的升去量金币呢。"她想,像阿里巴巴这样一个穷光蛋,怎么用升斗去量金币,因此非常惊奇。

高西睦威逼阿里巴巴

高西睦的老婆为这件事经过长时间的猜测、思考,总是念念不能忘怀。直到日暮,高西睦倦游归来,她就迫不及待地对他说:"你这个人呀!向来以为你自己是富商巨贾,是最有钱财的人了。可你睁眼看一看吧,你兄弟阿里巴巴跟你比起来,他像王公一样富足呢。他的财物比你多得多,他堆积的金币多到需要斗量的程度。你自己所有的金币只要数一数就知数目了。"

"你是从哪儿知道这个的?"高西睦将信将疑地反问一句。

高西睦的老婆把阿里巴巴的老婆前来借升还升的经过,以及自己发现粘在升内的一枚金币等有关的事情,一五一十说了一遍,然后把那枚铸有古帝王姓名、年号等标记的金币拿给他看。

高西睦知道这件事的始末,也产生了羡慕、猜疑的心情,从而产生贪婪、妄想的念头,因此整夜辗转不能入梦。次日天刚亮他就起床,出去找阿里巴巴,说道:"兄弟啊!你表面装得很穷,很可怜,其实你是埋头财主呢。你积蓄了无数的金钱,数目之多,已经达到非斗量不可了。"

"你这是说的什么话呀？我一点也不明白。你要把话说清楚些。"

"我所说的,你很清楚。你用不着装出一副傻相来欺骗我。"高西睦怒气冲冲地把那枚金币拿给他看,"像这样的金币,你有成千上万,这不过是粘在升底里被我老婆看见的一枚罢了。"

阿里巴巴恍然大悟,原来他收藏金币这件事,被高西睦和他老婆知道了,暗想:"对这件事再保守秘密是不可能了,索性说穿它,这会招致不幸和灾难的。"处在这样的情况下,他感到左右为难。没奈何,最后,他终于被迫把强盗们和山洞中的财宝等事,毫无保留地讲给他哥哥听。

高西睦听了,声色俱厉地说:"你必须把你看见储存金币那个山洞的所在,确切地告诉我,同样要把开、关洞门那两句魔术暗语对我讲清楚。现在我先警告你:如果你不肯老老实实地把全部事实告诉我,我就上县衙门去告发你,让县官没收你的金钱,并把你抓去坐牢,结果你会落得人财两空的。"

阿里巴巴果然把山洞的所在地和开、关门的暗语,一点不漏地讲了一遍。高西睦聚精会神地听着,把一切细节都牢记心头。

高西睦在山洞中

第二天天刚亮,高西睦赶着雇来的十匹骡子,去到山中,按照阿里巴巴的叙述,去到阿里巴巴藏身的那棵大树底下,找到了匪窟,眼看那情景和阿里巴巴所说的差不多,相信自己已经到达目的地,于是高声喊道:"开门吧,芝麻芝麻!"

随着高西睦的喊声,洞门豁然开启,眼前出现一道宽阔的门路。高西睦走进山洞,见里面堆积着金银财宝和各种珍贵财物。他进洞刚站定,洞门便自动关起来。他仔细欣赏财物。面对这么多的金银财宝,他赞不绝口,感到眼花缭乱,心神迷离。他抖擞精神,收集了够十匹骡子驮运的金币,装在袋中,一袋袋挪到门前,预备搬出洞外,给十匹骡子驮回家去。但是出乎意料,事与愿违。当时他竟忘记了那句开门暗语,却大喊:"开门吧,大麦大麦!"洞门依然紧闭。这一来,他慌了。他想着一口气喊出属于豆麦谷物之类的各种名称,只是"芝麻"这个名称,怎么样也想不起来了。他感到苦恼,而且恐怖,只是不停地在洞中打转,对摆在门后预备带走的金币也不感兴趣了。他困在洞中,坐立不安,慌张窘迫到极点。刚才使他心花怒放,无比欢欣的那些财宝,现在成为招致祸患、苦恼的根源了。

高 西 睦 之 死

由于高西睦过度的贪婪和嫉妒招致了严重的灾难,不仅葬送了一切希望,而且连生命也难保。他困在山洞已经到了上天无路、入地无门的绝境了。

那天半夜,强盗们抢劫归来,老远便看见成群的牲口在宝库附近,由于不知道这些牲口驮什么到这里,觉得奇怪。这只为高西睦用绳子拴住骡子脚,致使它们散不开,便一起进入丛林去找嫩草吃。强盗们以为这是一群走失的骡子,所以不太注意,也没有什么不放心的地方,但觉得奇怪的是,这些骡子走失得离城镇太远了。

强盗的头目带着喽啰来到山洞前,大家下马,说了那句暗语,洞门便应声而开。高西睦在洞中早已听到马蹄的嘚嘚声,从远到近,知道强盗们回来了。他感到生命难保,一下子吓瘫了。他抱着一线侥幸的心情,鼓足勇气,趁洞门开启的时候,猛冲出来,期望死里逃生。可是他的脱逃却被枪剑挡住,首先碰到的是强盗头子。他一枪把高西睦刺倒,他身边的一个喽啰立刻抽出宝剑,把高西睦拦腰一剑砍为两截,结果了他的性命。

强盗们冲入山洞,进行检查,把高西睦装在袋中,堆在门内预备带走的一袋袋金币搬回老地方,按原样储存起来。发生这事件之后,强盗们对于被阿里巴巴搬走的金钱,并不认为什么了不起。可是他们感到惊奇的迷惑不解的,却是发现外人闯进来这件事。因为这是个天险的地方,山高路远,地势峻峭,很难越过重重险阻而攀缘到这里,尤其是不知道开关洞门那句暗语,谁都休想闯进洞来。考虑到这些问题,他们把怒气都出在高西睦身上,大家七手八脚地肢解他的尸体,砍成四块,分别挂在门内,左右两侧各挂两块,以此作为警告,让敢于来到这里的人,明白这样的下场。他们做完惩罚手续,走出洞外,把洞门关闭妥当,然后跨马扬长而去。

高西睦的尸首

当天深夜,高西睦还没回家,他老婆惴惴不安,急躁、忧虑的心情与时俱增。她跑到阿里巴巴家里去诉苦,说道:"兄弟,高西睦从早出去,到现在还没回来。他的行踪你是明白的,因此我很担心,就怕发生什么不测的事,那就糟了。"

阿里巴巴也预料到会发生什么不幸的事,高西睦才不能按时回家。他内心虽然也不安,但仍然用好言安慰高西睦的老婆:"嫂嫂,或许高西睦为了小心谨慎,避免外人知道他的行踪,可能绕道回城,这便是他耽搁的原因。我想过些时候,他会回来的。"

高西睦的老婆听了略有慰藉,抱着一线希望回到家中,耐心地等待丈夫。但是已是半夜三更,仍不见人。她神魂不定,紧张、恐怖到极点,终于忍不住放声痛哭。但是为了怕邻居知道其中秘密,只得压低嗓音,暗自悲泣,并责怪自己,悔恨着说:"干吗我硬把阿里巴巴的秘密泄露给他,引起他的羡慕和嫉妒?显然这是招灾引祸的根源,是自找罪受呀。"

高西睦的老婆心情烦躁,如坐针毡,好不容易才熬到天亮,又急急忙忙跑到阿里巴巴家中,恳求他务必出去寻找他哥哥。

　　阿里巴巴安慰嫂嫂一番,然后赶着三匹毛驴,前往山中。到那个大石头附近,一眼看到洒在地上的斑斑鲜血,却不见他哥哥和十匹骡子的踪影。看这种凶兆,显然凶多吉少,感到不寒而栗。他挨到石前,说道:"开门吧,芝麻芝麻!"洞门便应声而开。他跨进山洞,看见高西睦的尸首,两块挂在右侧,两块挂在左侧。阿里巴巴惊恐万状,但是不得不硬着头皮收拾哥哥的尸首,把它卷为两捆,拿柴棒包在外面,再绑成一个驮子,预备用一匹毛驴驮运。同时他还装了几袋金币,像绑尸体那样,小心用柴棒掩盖起来,绑成两个驮子,预备用另两匹毛驴驮运。他把这一切搞妥当了,才用暗语把洞门关上,然后小心谨慎地赶毛驴下山。他集中精神和注意,把尸首和金币运到家中。

　　阿里巴巴把驮金币的两匹毛驴牵到自己家里,交给老婆,吩咐她把金币埋起来,关于高西睦的情形,却只字不提。接着他把运载尸首的那匹毛驴牵往高西睦的住宅。高西睦的使女马尔基娜闻声前来开门,让阿里巴巴和毛驴进入庭院。

　　阿里巴巴把高西睦的尸首从驴背上卸了下来,然后对使女说:"马尔基娜,你赶快给老爷准备善后,埋葬他的尸首吧。现在我先去给嫂子报告噩耗,然后就来帮你的忙。"这时,高西睦的老婆从窗户里看见阿里巴巴,说道:"阿里巴巴,关于我丈夫的情况怎么样?看你愁眉苦脸的样子,就知事情不妙。快说吧,到底发生什么事了?"

　　阿里巴巴把高西睦的遭遇和怎样把他的尸首偷运回来的经过,从头到尾对嫂子说了一遍。

埋 葬 高 西 睦

　　阿里巴巴详细叙述事件的始末之后,接着说道:"嫂子,该发生的事已经出现了。这事件固然惨痛,但是我们应该严格保守秘密,我们的生命财产才有保障呢。"

高西睦的老婆知道丈夫惨遭杀害,哭哭啼啼地对阿里巴巴说:"我丈夫的命运活该如此,既是前生注定,就没有什么可埋怨的了。现在为了你的安全,对这件事,我答应严格保守秘密好了。"

"安拉所判决的事,是无可挽回的,应该逆来顺受,现在你耐心休息吧。待守孀期限届满,我便娶你为妾,你会生活得愉快幸福的。内人为人善良,心地慈善,你不必顾虑,她不会嫉妒你,也不会惹你生气的。"

"只要你感到高兴愉快,就这么办吧。"她说着忍不住又号啕痛哭起来。

阿里巴巴因为哥哥的死也伤心流泪。他离开嫂嫂,回到女仆马尔基娜身边,跟她商量埋葬哥哥的事。经过讨论,谈了具体办法,才牵着毛驴回家。

阿里巴巴一走,马尔基娜立刻到一家药铺里,装出若无其事的样子,跟老板交谈,打听给垂危的病人吃什么药有效。

"谁卧病不起要服这种药呢?"老板向马尔基娜反问一句。

"我家老爷高西睦害病,差一点死了。几天来,他既不能说话,也不吃饮食,所以我们对他的生命几乎失望了。"她回答着把药买回家去。

第二天,马尔基娜再上药铺去,买了一剂效用很强的草药。她装出忧愁苦闷的神情,唉声叹气地说:"我担心他连吃药的力气都没有了,恐怕我回不到家,他就咽气了。"

在马尔基娜奔走的同时,阿里巴巴也做好一切准备。他待在家中,等待高西睦家里发出悲哀、哭泣的信号时,便以忧愁苦痛的面貌前去帮忙治丧。

第三天一清早,马尔基娜戴上面纱,到裁缝铺去找高明的老裁缝巴巴·穆斯塔发。她给他一枚金币,说道:"用一块布蒙住你的眼睛,然后跟我上我家去一趟吧。"

巴巴·穆斯塔发不肯这样做。马尔基娜又拿一枚金币塞在他的手里,并再恳求他去一趟。

巴巴·穆斯塔发贪图小恩小惠,终于答应这个要求,拿手巾蒙住自己的眼睛,让马尔基娜牵着他的手,进入高西睡停尸的黑房里。这时马尔基娜才解掉蒙眼的手巾,吩咐他把高西睡的尸首按原样拼在一起,缝合起来,并扔一匹布在尸体上,说道:"你先把尸首赶快缝合起来,然后比着死人身材的长短,给他缝一套寿衣。待你做完这些事,我还要给你一份工钱呢。"

巴巴·穆斯塔发按照马尔基娜的吩咐,果然把尸首缝合起来,寿衣也做了。马尔基娜感到满意,又给巴巴·穆斯塔发一枚金币,再一次蒙住他的眼睛,然后牵着他,把他送回裁缝铺。

马尔基娜急急忙忙回到家中,在阿里巴巴的协助下,用热水洗涤高西睡的尸体,并拿寿衣装殓起来,摆在干净的地方,把埋葬前应做的事都准备妥当,然后去到清真寺中,向教长报丧,说丧主等候他前去送葬,请他给死者祷告。

教长应邀随马尔基娜去到丧主家中,替死者祷告,举行仪式,然后由四人抬着尸匣离家,送往祖茔埋葬。一般亲戚邻居也按习惯前来参加送葬。马尔基娜在送葬行列的前面。她披头散发,捶着胸膛,号啕痛哭。阿里巴巴和其他亲友跟在后面,一个个露出悲哀伤心的神情,直送到墓地,埋葬完毕,才各自归去。

高西睡的老婆待在家中,悲哀哭泣。城中的妇女到她家里去吊问,大家同情她,安慰她,劝她不要太悲哀。

阿里巴巴为哥哥的死,躲在家里,居丧守制,表示哀悼。

由于马尔基娜和阿里巴巴善于应付,计划得当,所以高西睡死亡的真相,除他二人和高西睡的老婆之外,城中其他的人,谁都不知其中底细。

四十天的孝期过了,阿里巴巴拿他的财产的四分之一做聘礼,公开娶他的嫂嫂为妾,并指使高西睦的大儿子继承他父亲的遗产,把关闭的铺子重开起来,继续买卖。因为这个侄子长期跟一个富商经营生意,耳濡目染,学到一些本领,在生意场中很有建树。

巴巴·穆斯塔发和强盗

有一天,强盗们照例返回山中,进入巢穴,发现高西睦的尸首不见了。经过仔细查看,还发现许多金币也没有了,大家对发生这样的事件,感到非常诧异,不知所措。匪首说:"现在咱们应该认真追查这件事情,否则,历年所积蓄的这些财物,将会一点一点被偷完的。"

匪徒们一致同意匪首的看法和说法,谁都认为被他们砍死的人是懂得开关洞门的暗语的。那个搬走尸首并盗窃许多金币的人,也是懂得这句暗语的,所以他们必须千方百计追究这件事情,一定要把那人查出来,才能杜绝后患。他们经过多方商量,决定派一个机警的人,伪装成外地商人,到城中大街小巷去活动,目的在于探听城中最近谁家死了人,居住在什么地方。做到这一步,就是找到了线索,就能找到他们所要捉拿的人。

"让我进城去探听消息吧。"一个匪徒自告奋勇地说,"我会很快把情况打听清楚的,如果完不成任务,就治我死罪好了。"

匪首同意这个匪徒的要求。他经过化装,当天夜里溜到城中,潜伏起来。第二天清晨就开始活动,见街上的铺子还关闭着,只是裁缝巴巴·穆斯塔发的铺子例外,他正在做针线活。匪徒怀着好奇的心情向他问好,并说:"天才蒙蒙亮,你怎么就做针线活呀?"

"我看你是外路人吧。别看我这把年纪,我的眼力好得很。昨天,我坐在一间黑房里,把一具尸首给缝合起来了。"

匪徒听了谈话,想道:"通过这一鳞半爪,我可以达到目的了。"

他接着对裁缝说："我想你是同我开玩笑吧。你的意思是说你给一个死人缝了寿衣吧,也就是说缝寿衣是你的专业吧。"

"这件事跟你没有多大关系,你不必多问我。"

这时候,匪徒把一枚金币塞在裁缝手中,说道："我并不想发现什么秘密。我也是一个忠厚的人,是会保守秘密的。而我所要知道的是,昨天你替谁家做零活?你能把那个地方告诉我,或者带我上那儿去一趟吗?"

裁缝手里拿着金币,不便拒绝,照实说道："上那家人家里去的道路,我没亲眼看见,而是一个女仆带我去到一处我不太清楚的地方,然后拿手帕蒙住我的眼睛,再牵我去到一所住宅中,进入一间黑房里,才解掉我眼上的手帕,然后吩咐我先把一具被砍成几块的尸首缝合起来,并替它做了一套寿衣。我缝完后,那女仆又拿手帕蒙住我的眼睛,再牵我出来,把我送到先前蒙我眼睛的那个地方。因为这样,你所要知道的那所住宅,我是无法告诉你的。"

"虽然你不知道那所住宅坐落在什么地方,但是你能带我上女仆蒙你眼睛那个地方去。到了那里,我便像女仆那样用手帕蒙住你的眼睛,然后牵着你朝前走,这就可能碰巧走到那所住宅的门前。只要你帮忙做这件好事,这儿还有一枚金币,是给你的报酬。"匪徒又拿一枚金币给裁缝。

巴巴·穆斯塔发把两枚金币装在衣袋里,随即离开铺子,带匪徒去到马尔基娜蒙他眼睛那个地方,让匪徒拿手帕蒙住他的眼睛牵着他走。巴巴·穆斯塔发原是头脑清楚、感觉灵敏的人,在匪徒牵引下,一会儿便进入马尔基娜带他经过的那条胡同里。他边走边揣测,并计算着一步一步向前移动。他走着走着,突然停下脚步,说道："前次我跟那个女仆就是到此为止的。"

这时候,巴巴·穆斯塔发和匪徒已经站在高西睦的住宅门前,如今是他弟弟阿里巴巴住在里面了。

马尔基娜的智慧

　　匪徒找到高西睦的住宅,便用白粉笔在大门上画了一个记号,免得下次来报复时找错门路。他满心欢喜,即刻解掉巴巴·穆斯塔发眼上的手帕,说道:"巴巴·穆斯塔发,你帮了我大忙,很感激,愿伟大的安拉恩赏你的好意。现在请你告诉我,是谁住在这所屋子里?"

　　"说实在的,我一点也不知道。这里的情况我不熟悉。"

　　匪徒知道无法再从裁缝口中打听到更多的消息,于是再三感谢裁缝,打发他回去。他自己也急急忙忙赶回山洞,报告消息。

　　裁缝和匪徒走了不多一会儿,马尔基娜因事外出,刚跨出大门,无意间看见门上那个白色记号,不禁大吃一惊。她沉思一会儿,料到是敌人作为识别的标记,意在谋害主人。于是她也用粉笔在所有邻居的大门上画了同样的记号。她严守秘密,连男主人、女主人都不让知道这件事。

　　匪徒回到山中,向匪首和伙伴们报告寻找线索的经过。于是匪首和其他匪徒,一个个溜到城中,要对盗窃财物的人进行报复。那个在阿里巴巴的大门上做过记号的匪徒,一直在匪首身边,作为向导,直接带他来到阿里巴巴的住宅门前,指着大门说:"呶!我们所寻找的人,就住在这所屋子里。"

　　匪首看了那里的左右房子,每家的大门上,都画着同样的一个记号,觉得奇怪,说道:"这里的房屋,每家的大门上都有记号,而你所说的到底是哪家呀?"

　　带路的匪徒顿时糊涂起来,不知所答。他发誓说:"的确我是在一所屋子的大门上做过记号的,但我不知这些门上的记号是从哪儿来的,同样我也不能肯定哪个记号是我所画的。"

　　匪首回到市中,对匪徒们说:"我们算是白辛苦一场,我们所要寻找的那所房屋没找到,现在咱们暂且回山,往后再来吧。"

匪徒们陆续返回山洞,匪首便开始审判那个被指为虚报情况的匪徒,当众把他拘禁起来,并说:"你们中谁再到城中去探消息?如能把盗窃财物的人抓到手,我就加倍赏赐他。"

在匪首的号召下,当时有个匪徒说:"我准备前去探听,我相信我能满足你的愿望。"

匪首同意派他去完成使命。在命运的指引下,这个匪徒首先去裁缝铺里见到巴巴·穆斯塔发,按照前一个的做法赠送金币,买通裁缝,利用他引导到阿里巴巴的住宅门前,在阿里巴巴屋子的门柱上,用红粉笔画了一个记号,和现存的白色记号有所区别,这才赶忙返回山洞,向匪首报告。他得意、自负地说道:"报告主人,我已经找到那所房屋,并在门柱上打了记号。凭记号它同邻近的住宅就有明显的区别,我一眼就可分辨清楚。"

马尔基娜出入时,又发现门柱上有个红色记号。经过她深思熟虑,为防患于未然,便即刻在邻近人家的门柱上也画了同样的记号来混淆视听。她做了这件事,仍然严守秘密。

马尔基娜和强盗们

匪首派进城中的第二个差役很快找到阿里巴巴的住宅,完成任务。可是事出意外,情况和第一次差不多。当匪徒们进城去报复的时候,发现每家住宅的门柱上都有一个红色记号,这样又把他们弄糊涂了。他们一个个垂头丧气,返回山洞,匪首怒不可遏,大发雷霆,把第二个差役又拘禁起来。他自言自语说:"两个差役都失败了,惩罚成为他俩奔走所应得的报酬。我看我的部下,不会有人再去探听这件事的底细了。现在我必须亲自出马,去寻找那个坏蛋的住处。"

匪首打定主意,单枪匹马到了城中,照例走裁缝巴巴·穆斯塔发的门路。为这件事,匪徒们曾在他身上花了不少金币。匪首在巴巴·穆斯塔发的帮助下,顺利地来到阿里巴巴的住宅前。他吸取前两次的教训,不做表面的记号,只是把那住宅的坐落和四周的景象记在心里。他马上赶回山洞,对匪徒们说:"那个地点我全都认清,已描画在我心里,下次去找就不困难了。现在你们给我买十九匹骡子和一大皮袋菜油,以及形状、体积一致的瓦瓮三十八个,我有用处。这些东西备齐之后,我便武装你们,让你们每人都潜伏在一个瓮中。除我和两名拘押人员,你们总共是三十七人,另外的一个瓮用来装油,再把这些瓮绑成驮子,用十九匹骡子驮着,每骡驮两瓮,我自己扮成卖油商人,赶牲口运油进城,趁天黑时去到那个坏蛋的住宅门前,求他容我在他家暂住一宿。待我住定之后,再找机会指使你们出来,趁黑夜里一起动手,活活地杀死他。先结果他的性命,然后进行搜查,夺回被盗窃的财物,用骡子驮回来。这样咱们的目的就实现了。"

匪首的计划,博得匪徒们的拥护,一个个怀着喜悦的心情,按命令行事,分头前去购买骡子、皮囊、瓦瓮等物。经过三天的奔波,把所需要的东西备齐了,并在瓦瓮的外表涂上一些油腻。他们在匪首的指挥下,拿菜油灌满一个大瓮,其余的三十七个,由全副武装的匪徒分别潜伏在其中,绑成十九个驮子,用十九匹骡子驮运。匪首本人穿着商人的服装,伪装为卖油商,赶着骡子,大模大样地运油进城,天黑时赶到阿里巴巴的住宅门外。

当时屋主阿里巴巴刚吃过晚饭,正在屋前散步,来回走动着。匪首趁机走近他,向他请安问好,说道:"我是从外地贩油进城来做买卖的,好多次到这儿来经营过。可是这回到晚了,一时找不到适当的住处,不知怎么办,恳求你大发慈悲,让我在你院落中暂住一夜,好把货物卸下来,减轻牲口的负担,并给它们些饲料充饥吧。"

阿里巴巴那次躲在大树上,曾听匪首说过话,并且看到他进山洞,现在却因他的伪装,就分辨不出来了,所以答应他的要求,慨然同意他在自己屋里过夜。他指定一间空闲的堆房,作堆货物及关牲口之用,并吩咐一个仆人预备饲料和水,还吩咐女仆马尔基娜:"我家来了一位客人,今晚在此过夜。你得忙一阵子,赶快给他预备晚饭,并给他铺好床。"

匪首忙卸下驮子,搬到堆房中,顺序摆起来,把骡子也牵进去,给牲口提水拿饲料。他本人受到主人的殷勤招待。阿里巴巴唤女仆马尔基娜到客人面前吩咐道:"你要好生招待客人,不要大意。客人需要的东西,都要供应,明天一早我上澡堂沐浴,你预备一套干净的白衣服,让当差的阿卜杜拉送给我,以便沐后穿用。此外,你要熬锅肉汤,等我回来喝。"

"听明白了,一定按老爷说的去做。"

阿里巴巴说了之后进寝室休息去了。匪首吃过晚饭,随即上堆房照料牲口。他趁夜阑人静、阿里巴巴全家安息的机会,压低嗓音,告诉躲在瓮中的匪徒们:"今晚半夜,你们听到我的喊声,就迅速钻出来。"匪首交代之后,走出堆房,在马尔基娜的指引下,穿过厨房,去到为他准备的寝室里。马尔基娜放下手中的油灯说:"还需要什么吗? 你只管吩咐,让我去办好了。"

"不需要什么了。"匪首说着待马尔基娜走了,才灭灯上床。

马尔基娜根据主人的命令,取出一套干净的白衣服,交给当差的阿卜杜拉,以便拿给主人沐后穿用。继而她给主人烧肉汤,拿瓦罐摆在炉上,把炉火吹得旺旺的。过了一会儿,她需要看一看罐里的油汤,但油尽灯灭,一时没油可添用,正感到左右为难。当差的阿卜杜拉眼看马尔基娜急躁为难的神情,便前来解围,说道:"你何必着慌,那边堆房中一瓮瓮的菜油多的是,还愁你没有用的? 你要多少可以随便去取。"当时当差的阿卜杜拉待在堂屋里休息,没有去睡觉,为要伺候主人去澡堂沐浴。

马尔基娜怀着感激阿卜杜拉的心情,拿着油壶去堆房中,见摆着成排的油瓮。她刚去到排头的那个瓮前,藏在瓮中的匪徒听见脚步声,认为是匪首来唤他们,便轻声问道:"现在该是我们出去报复的时候了吗?"

马尔基娜突然听见这说话的声音,吓得倒退一步,但由于她智慧、勇敢、敢做敢为、临机应变,便回答道:"还不到时候呢。"她暗自说:"原来这些瓮中装的不是菜油,看来里面的东西是很神秘的。这个贩油商人存心不良,也许对主人打什么坏主意,要施展什么阴谋诡计。慈悲的安拉啊!求你保佑,别让咱们上他的圈套吧。"当她挨到第二个瓮前,仍然压低嗓音,把"现在还不到时候呢"这句话重说一遍。就这样一个挨一个地顺序从头说到尾。她暗自说:"赞美安拉!咱主人相信这个家伙是卖油商,可是显然他是个匪首,只等他一发号施令,匪徒们便跳出来抢劫、杀人。"当她挨到最末那个瓮前,发现里面装的却是菜油,便灌了一壶,拿到厨房,给灯添上油,然后再回到堆房中,从那个瓮中弄来了一大锅油,架起柴火,直把油烧开了,这才拿到堆房中,顺序给每个瓮里浇进一瓢沸油,使藏在瓮中的匪徒不但逃走不了,而且一个个被烫死,使每个瓮中只剩下一具死尸。

马尔基娜凭她那过人的智慧和巧妙的办法,悄悄地做完这桩惊天动地的事,屋里的人却没有一个知道。她自己高兴地回到厨房,关起门继续给阿里巴巴烧肉汤。

马尔基娜待在厨房中还不到一小时,匪首从梦中醒来,打开窗户,见室外一片黑暗,寂静无声,便拍手发出暗号,叫匪徒们出来行动。但是没有回声,毫无动静。息了一会儿,他再拍手,并出声呼唤,仍无反应。经过第三次拍手,呼唤,还是得不到回答。他慌了,赶忙走出卧室,奔到堆房中,心想:"或许他们都睡熟了,但此刻正是行动的时候,我必须赶快唤醒他们。"他走到最近的那个油瓮前,立刻嗅到一股熏鼻的热油气味,感到非常震惊,伸手一摸,觉得烫手。他一个个摸了过去,发现全部油瓮的情况都是一样。这时候,他明白死亡落到他的一伙人的头上了,同时对他自身的安全也感到恐怖。他只得逾墙跳到后花园,怀着满腔愤怒和绝望的心情,逃之夭夭。

马尔基娜待在厨房里,窥探匪首的动静,但不见他从堆房中出来,想是逾墙逃跑了,因为大门是上双锁锁着的。不过想到其余的匪徒,还一个个静静地躺在瓮中,聪明智慧的马尔基娜,便安心去睡觉了。

离天亮还有两小时的时候,阿里巴巴起床前往澡堂沐浴。他对当夜家中发生的极为危险的事情却一无所知,因为机智的马尔基娜没有去惊动他,也没料到事情如此容易应付。原来她认为如果先向主人报告她的计划然后动手,就可能失去先下手为强的机会,势必要吃强盗的亏。

阿里巴巴从澡堂归来已是日上三竿的时候,他见油瓮还原封不动地摆在堆房中,感到惊奇,嘀咕道:"这位卖油的客人是怎么搞的!这个时候还不把油驮到市上去销售?"

马尔基娜向阿里巴巴报告事件的经过

阿里巴巴因不见油商赶早去做买卖,便向马尔基娜打听,马尔基娜说:"全能的安拉增加老爷的福寿,要让老爷活一百三十岁呢!至于那个商人的罪恶行为,待一会儿我讲给你听。"她引阿里巴巴走进堆房,关了房门,然后指着一个油瓮说:"请老爷看吧,到底里面装的是油呢,还是别的东西?"

阿里巴巴仔细一看,里面躺着一个男人,一下子吓得大叫,回头就跑。马尔基娜即刻安慰他:"别害怕!这人没有能力危害你,他已经死了。"阿里巴巴听了才安静下来,说道:"马尔基娜,咱们遭了大祸刚安定下来,怎么这个卑鄙家伙也来找咱们的麻烦呢?"

"感谢伟大的安拉!这当中的情节,我会详细报告老爷的。可是说话要小声,免得被邻居知道,会给咱们带来麻烦呢。现在请老爷查看这些瓮里装的什么东西,从头到尾,每一个都看一看吧。"

阿里巴巴果然顺序看了一遍,发现每个瓮中躺着一个武装齐备的男人,幸亏都被沸油烫死了。这一惊把他吓得哑巴似的说不出话来。过了一会儿,他逐渐恢复常态,才问道:"那个贩油商人哪儿去了?"

　　"关于他的情况,我也要详细说一说。那个家伙并不是生意人,而是个为非作歹的刺客。他满口甜言蜜语,骨子里却要你的命。他过去的所作所为和这回所发生的事,我必须详细汇报。不过现在老爷才从澡堂归来,为了维持健康,先喝些肉汤再说吧。"她伺候阿里巴巴回到屋里,立刻送上饮食。

　　阿里巴巴吃喝毕,对马尔基娜说:"我急于要知道这桩奇案的始末,你说吧,好让我这颗心安定下来。"

　　"老爷,昨晚你吩咐我烧肉汤之后,就进卧室安歇去了。我遵命先取出一套干净的白衣服,交给跟班的阿卜杜拉,然后进厨房生火,把锅摆在炉上煮着肉汤。过了一会儿,待汤煮开,我要点灯,以便照着去撇渣。可是家里的油用完了,我把要油点灯的事告诉阿卜杜拉。他给我出个点子,教我上堆房中的油瓮里弄些来用。我刚走近第一个油瓮时,便突然听到瓮中小声说话的声音:'是我们出来行动的时候了吗?'我大吃一惊,断定这是贩油商搞的什么阴谋,他让人躲藏在瓮中要危害老爷。于是我便回答说:'还不到时候呢。'等我走到第二个瓮前,又听见同样的问话声,我便做了同样的回答,对所有瓮中的人都照样应付了。到这时我才明白,原来他们专心等待匪首发出暗号,就出来行凶。而他们的总头目便是被老爷当客人招待在自己家里的那个所谓的贩油商。只为取得你对他的信任,才能叫他的人来杀害你,抢劫你的财物。但是我不给他机会,他的目的才没有实现。这是因为我发现最后那个瓮中装的果真是菜油,我便灌了一壶,拿到厨房点着灯,然后到堆房弄来一大锅油,架起柴火,把油烧开,顺序在每个瓮中灌进一些沸油,把躲藏着的匪徒,一个个都烫死,我才回厨房,灭掉灯,站在窗前,瞧着将发生的事变,看看那个假扮商人的举动。不多一会儿，匪首来了，接连几次发出暗号，却没得到回答。他离开卧室，上堆房去查看，见匪徒们都完蛋了，便趁黑夜潜逃。但他是从哪儿逃跑的，我可不清楚。我想显然他是逾墙跳到后花园出去的，因为大门是两把锁锁着的，逃不出去。这样我才放心去睡觉哩。"

"刚才我报告的是昨晚发生之事的全部经过。"马尔基娜接着说，"此外在几天前，我对这件事就略微感觉到了。我抑制着自己，不敢报告老爷，怕万一事情传开，叫邻居知道呢，现在不得不让老爷知道了。情况是这样：有一天我回家时，见咱家大门上有个白粉笔画的记号。当时我虽然不知道是谁画的，有什么用处，但是我意识到那是仇人搞的，存心危害老爷，所以我在邻居的每家大门上，都画上一模一样的记号，使坏人不容易分辨出来。现在看来，画的记号和昨夜的事情，肯定是以此作为报复的标记，避免走错门路。按四十个强盗的数目计算，其中两个人下落不明，这当中的实际情况，我还不知道，因此不得不提防他们。而剩余的三个匪徒中，主要的是他们的头子逃跑了，人还活着。老爷必须格外注意，加倍提防，否则会遭他们的毒手，他不会轻易放过的。为此，我当全力保护老爷的生命财产不受损害，所有的奴婢们都是勤勤恳恳为老爷效劳的。"

阿里巴巴听了非常快慰，说道："你的这个建议，我很满意，你的勇敢果断行为，我这一辈子也忘不了。告诉我吧：我该怎样赏赐你。"

"这是我应该尽的义务。我看目前最重要的事情是，赶快把那些死人埋了，不要让秘密泄露出去。"

阿里巴巴按马尔基娜的指点，亲自带仆人阿卜杜拉去到后花园，在一棵树侧，挖了一个大坑，卸下尸体上的武器，再把三十七具尸首掩埋起来，把地面弄平，显得跟先前一模一样，同时还把油瓮和其他什物全都收藏起来。接着阿里巴巴打发阿卜杜拉每次牵一两匹骡子往集市分批卖掉。这件大事算是暗中处理了。不过阿里巴巴并未因此安心,因为他考虑到匪首和两个匪徒还活着,一定会再来报仇,所以他小心谨慎地保护自身。对消灭匪徒的经过和从山洞中获得财物的情况,一向守口如瓶,从来不透露一句。

匪首之死

匪首留得一条性命,悄然逃回山洞。他满腔愤怒,无限苦恼,弄得精神失常,像疯子一样。他想着损失了的财物和人马,决心要报复,一定要杀掉阿里巴巴才解恨。否则,山洞中的财物,会被他全部盗走,因为他是懂得开洞门的暗语的人。为此他决心一人进城去经营生意,作为复仇的手段,以便收拾阿里巴巴之后,再另起炉灶,重新组织人马,继续过劫掠生活,好把前辈传下来的杀人越货的事业一代代相传下去。

匪首打定主意,倒身睡觉。次日,天刚亮他便起床,像前次那样,把自己乔装打扮一番,然后进城在一家客栈住下。他暗自嘀咕:“毫无疑问,一下子杀害这么多人命的案件,县官定要过问,阿里巴巴一定是被捕受审的,他的住处一定被毁了,他的财产一定被查抄了,城里人对这样惊天动地的事,一定是人人都知道的。”于是他向客栈的门房打听消息:“最近城中发生什么奇怪的事情吗?”

门房把所见所闻的事,全都告诉匪首。他听了既奇怪又失望,因为门房所谈的消息,没有一件是跟他有关系的,这才使他明白阿里巴巴是个机警的聪明人。他不但拿走山洞中的一批钱财,而且还害了这么多人命,他自身却安然无恙。由此匪首联想到自身的安危问题,认为必须充分运用自己的智慧,提高警惕,才不至于落在敌人手中遭到毁灭。因此他在市中租了一间铺子,从山洞中搬来一些上好货物,摆设起来,从此待在铺子里,改名为盖哈瓦吉·哈桑,然后装模作样做起生意来。

说来凑巧。匪首盖哈瓦吉·哈桑的铺子对面,正是已故高西睦的铺子所在地,现在由他的儿子,也就是阿里巴巴的侄子在继续经营。匪首以盖哈瓦吉·哈桑的名字开始出面活动,很快就跟附近各商号的老板认识,结下交情。他待人接物既大方又谦恭,尤其对高西睦的儿子格外亲近、诚恳,和这个漂亮、衣着整齐的小伙子来往密切,经常一起聊天,一谈便是几小时。

　　过了几天,阿里巴巴到铺子里去看侄子。他是照例每隔几天就去看他一次的。这事叫匪首知道了。匪首一见阿里巴巴便认识他。有一天早晨,匪首向小伙子打听阿里巴巴的情况:“告诉我吧,不久前到你铺子中来的那位客人,他是谁呀?”

　　“他是我的叔父,是我父亲的同胞兄弟。”

　　这之后,匪首对阿里巴巴的侄子表示格外热情,给他许多好处,作为掩蔽他的阴谋诡计的手段。有时还请他做客,招待他吃喝。

　　过了一些日子,阿里巴巴的侄子考虑到应酬问题,应当邀请盖哈瓦吉·哈桑吃顿饭才好,才符合礼尚往来的道理。但感到自己的住处狭小,接待客人不太方便,跟盖哈瓦吉·哈桑那样考究的排场比起来,未免显得寒酸。于是他去请教他的叔父阿里巴巴。

　　阿里巴巴对侄子说:“你的想法倒也对头,应该请那位朋友来做客,像他邀请你招待你那样。明天是礼拜五休息日,像其他生意人那样停止营业,去约盖哈瓦吉·哈桑上公园里去走走,呼吸些新鲜空气。等你们倦游回家时,不让盖哈瓦吉·哈桑知道,顺便带他到我这儿来。这里我会吩咐马尔基娜预备一桌丰盛的筵席款待他,你就不用操心,一切由我办理好了。”

　　第二天,阿里巴巴的侄子按叔父的指示,果然邀约盖哈瓦吉·哈桑一起上公园去玩,回家时,就顺便引盖哈瓦吉·哈桑走进他叔父住宅所在那条胡同里,一直来到门前。他一边敲门,一边对盖哈瓦吉·哈桑说:“我的朋友!告诉你吧:这是我家的第二所住宅。你的为人和你优待我的情况,我叔父都听说了,所以他非常乐意见你一面。因此你跟我一块儿进屋里去,看一看他,这将使我更高兴,更感激哩。"

盖哈瓦吉·哈桑听了感到欢喜,因为这样他就可以进入仇人的屋子和接近房主人,报仇的愿望能够很快实现。但是他表面却佯为踌躇的样子,一再表示推辞。这时候,屋内的仆人已经把大门打开。阿里巴巴的侄子拉着勉强被说服的朋友之手,一起走进屋去。房主阿里巴巴谦恭而礼貌地迎接并问候盖哈瓦吉·哈桑:"我的客人啊!蒙你优待我的侄子,我感激不尽。我知道你关心他、爱护他的程度,简直超过了我本人。"

"你的侄子为人不错,我跟他一接触,他的举止言谈留给我深刻的印象,我很喜欢他。他年纪虽小,可是禀赋很高,聪明过人,前途是无限量的。"盖哈瓦吉·哈桑说了这么一些恭维和应酬的话。

这样,他们宾主就一问一答地攀谈起来,显得既客气又亲切,谈得很投机。过了一会儿,盖哈瓦吉·哈桑说:"主人啊!现在向你告辞,我该回家了。若是安拉愿意,过些时候,再来拜望你。"

阿里巴巴不让他走:"我的朋友,你上哪儿去?我存心招待你,留你吃饭呢。吃过饭再回去吧。我们的饭菜即使不像你家里吃的那样可口,也得求你接受我的请求,大家借此热闹热闹吧。"

"主人啊!承你厚待,实在感激不尽。不过有个特殊原因,不得不求你原谅,还是让我走吧。"

"客人啊!请你告诉我,你好像心事重重,感到烦躁,这到底是为什么呢?"

"是这样,近来我吃药治病,为了根治,大夫嘱咐我,凡是带盐的菜肴都不能吃。"

"如果是这个缘故,那不碍事,我的邀请会蒙你赏脸的。现在厨娘正预备烹调,我吩咐她做无盐的菜肴招待你好了,请你等一等,一会儿就来。"阿里巴巴说着去到厨房,吩咐马尔基娜,做菜不要放盐。

马尔基娜正在预备饭菜,突然听到这个吩咐,非常惊奇,问道:"这位要吃无盐菜肴的人是谁?"

"你问他干吗？只管照我的话去做就是了。"

"好的，一切照你的意思去办。"但马尔基娜对提出这个要求的人，始终抱着好奇的心情，很想看他一眼。

马尔基娜把菜肴都办齐了，才协助仆童阿卜杜拉去摆桌椅，以便端出饭菜招待客人，因此有机会看到客人。当她一眼看到盖哈瓦吉·哈桑时，便立刻看出他的本来面目，虽然他的衣着已装扮成外地商人模样。当马尔基娜仔细打量时，发觉他的罩袍下面藏着一把短剑。"原来如此啊!"她忍不住暗自嘀咕，"这个恶棍之所以要吃无盐的菜肴，道理就在这里，目的在于找机会谋害我的主人，因为主人是他的死敌呗。这里我得先发制人，必须在他得机会逞凶之前就除掉他。"

马尔基娜拿一张白桌布铺在桌上，端上饭菜，趁主人陪客人吃喝之际，从容回到厨房，仔细考虑对付匪首的办法。

阿里巴巴和盖哈瓦吉·哈桑尽情享受，细嚼慢咽地吃喝毕，马尔基娜和阿卜杜拉便忙着收拾杯盘碗盏，并端出糕点待客。马尔基娜还把鲜果、干果盛在盘中，让阿卜杜拉用托盘端到堂上，她自己拿了一个小三脚茶几放在主人和客人身旁，并把三个酒杯和一瓶醇酒摆在茶几上，供主人和客人自斟自饮。一切布置妥当，马尔基娜和阿卜杜拉才退下，好像吃饭去了。

这时候，匪首盖哈瓦吉·哈桑觉得这是理想时刻，顿时高兴起来，暗自说："这是报仇雪恨的好机会，我只要拿这短剑狠狠地一刀戳进去，就可以结果这个家伙的性命，然后从后花园溜走。他侄子是不敢阻止的，即使他有勇气同我对抗，我只动一个手指或一个脚趾，就足以致他死命。不过还要稍等一下，待那两个婢仆吃完饭回到厨房休息时，再动手也不迟。"

马尔基娜沉住气，暗中监视着匪首的举止，边猜想他的心意，边想道："对这个恶棍来说，决不让他有逞凶的机会。我不仅要他的阴谋诡计落空，而且还要结果他的性命。"这个忠实可靠的马尔基娜赶快脱掉衣服，换上一身舞衣似的服装，头上缠一块鲜艳的头巾，脸上罩一方昂贵的面纱,腰上束一块织锦围腰,围腰下面挂着一把柄上镶嵌金银宝石的匕首。她这样打扮之后,吩咐阿卜杜拉:"带上手鼓,咱俩一块上客厅去,为尊敬老爷的客人去表演吧。"

阿卜杜拉听从马尔基娜的指使,果然带上手鼓,跟她来到客厅。阿卜杜拉把手鼓一敲,马尔基娜便翩翩起舞。两个婢仆表演了一会儿,便停下休息,准备集中精神,继续表演。阿里巴巴很感兴趣,任他俩随意表演,并吩咐道:"现在你们歌舞起来,演一些更精彩的节目,供客人欣赏,让他高兴愉快吧。"

"我的东道主啊!蒙你如此盛情款待,我感到愉快极了。"盖哈瓦吉·哈桑表示衷心感谢。

在主人的鼓励和客人的赞赏下,一对婢仆兴致勃勃,劲头越来越大。阿卜杜拉把手鼓一敲,马尔基娜大显身手,她那轻盈步子和袅娜舞姿,给主人和客人以极欢乐的感受。正当他们看得出神的时候,马尔基娜突然抽出匕首,捏在左手里,从这边旋转到另一边,做出优美的姿势。这时候,她把锐利的匕首紧贴在胸前,霎时停顿下去,右手把阿卜杜拉的手鼓拿过来,继续旋转着,按喜庆场合的惯例,向在座的人乞讨赏钱。她首先停在主人阿里巴巴面前,主人便扔了一枚金币在手鼓中,他的侄子也同样扔进一枚金币。盖哈瓦吉·哈桑眼看马尔基娜舞近他时,便掏出钱包,预备给赏钱。这时马尔基娜鼓足勇气,刹那间,把匕首对准盖哈瓦吉·哈桑的心窝,猛刺进去,立刻结果了他的性命。

阿里巴巴大吃一惊,怒吼道:"你这是干什么呀?我这一生可叫你毁掉了!"

"不对,"马尔基娜理直气壮地说,"我的主人啊!我刺死这个家伙,是救你的命呢。如果你不相信,请解开他的外衣,便可发现他包藏的祸心了。"

阿里巴巴一搜索,发现他贴身佩着的短剑,一时吓得目瞪口呆,哑口无言。

"这个卑鄙的家伙是你的死敌。"马尔基娜说,"请你回忆一下,他正是那个所谓的贩油商人,也就是那伙强盗的头子。他说不吃盐,这说明他贼心不死,是存心谋害你的。开头你说他不吃有盐的菜肴时,就引起我的怀疑。当我第一眼看到他时,便知道他不怀好意,是存心要害你的。赞美伟大的安拉!我所猜想、顾虑的跟事实是相符合的。"

阿里巴巴感谢马尔基娜,重重地赏赐她,说道:"瞧吧!你先后两次从匪头手中救了我的命,我应该报答你救命之恩。"于是他伸手指着马尔基娜的脖子说:"现在我释放你,恢复你的自由,你成为自由民了。为了报酬你的忠诚老实,我为你主持婚事,把你配给我的侄子,使你们成为恩爱夫妻。"

阿里巴巴向马尔基娜表白心愿之后,回头吩咐侄子:"你照我的话去做,必然会兴旺发达起来的。马尔基娜是一个本领高强、性格忠实、可靠的女人。如今你看一看躺在地上这个所谓的盖哈瓦吉·哈桑吧,他跟你结交往来,其目的不过是借此寻找机会谋害我。而马尔基娜这个姑娘呀,凭她的智慧机灵,替我们除了一害,使我们转危为安了。"

阿里巴巴高兴地看到侄子接受他的建议,愿与马尔基娜结为夫妻,于是阿里巴巴带侄子、马尔基娜和阿卜杜拉,大家同心协力,忙于应付这桩祸事。他们彻夜不眠,小心谨慎地暗中秘密行动,把匪首的尸体挪到后花园,挖个地洞,埋在地下,这件事才算告一段落。从此,他们一个个守口如瓶,始终没让外人知道这件事情的真实情况。

故 事 的 结 束

阿里巴巴既然建议自己的侄子同马尔基娜结婚,为了表示对他俩的关怀,他亲自主持其事。经过准备就绪之后,便择吉日举行隆重的结婚典礼,大设筵席,盛宴宾客,并按当时的豪华排场,跳各式各样的舞蹈,奏各种时兴、流行的乐曲。亲戚、朋友、邻居参加宴会的很踊跃,热烈前来庆祝,一片欢乐景象,热闹空前。

阿里巴巴的隐患一旦根除,从此安心经营生意,过安居乐业生活,时运越转越好,前景无限光明、灿烂,眼前展现出广阔天地。

为谨慎起见,并对匪徒有所顾虑,阿里巴巴自从把他哥哥高西睦的尸首偷运回来之后,就息了念头,再也不上山洞去。直到消灭匪徒和匪首之后,又经过一段时间,他才在一天早晨,骑马进山。他小心观察周围,没有发现人迹,他心中有了把握,才鼓足勇气,走近山洞,下了马,把马拴在树旁,挨至洞前,说了暗语:"开门吧,芝麻芝麻!"情况跟过去完全一样,洞门果然应声而开。阿里巴巴进入山洞里,看到所有的金银、财物依然存在,原封不动地堆积在里面。眼看这种情况,他深信所有的强盗都完蛋了。同时,他认为除自己外,没有一个人知道个中的秘密。于是他根据马所能运载的力量,装了一鞍袋金币,运往家中。

后来,阿里巴巴把山中宝库的秘密告诉了他的儿子和孙子们,并教他们开、关和进出山洞的方式方法,让他们代代相承,继续享受宝库中的财富。就这样,阿里巴巴及其子孙后代,一直过着极其富裕的生活,成为这座城市中最富豪的人家。

当初,阿里巴巴原是穷得无立锥之地,靠砍柴为生的一个穷汉。幸亏发现山中的宝藏,便一步登天,财富、名誉、地位一直上升到至高无上的地步。

阿拉丁和神灯的故事

淘气的阿拉丁

相传古时候,在中国的都城中,有一个以缝纫为职业的手艺人,名叫穆斯塔发。他处境不好,是个穷人,膝下只有一个独生子,名叫阿拉丁。

阿拉丁生性乖张,从小不爱学好,是个小淘气鬼。

阿拉丁年满十岁时,他父亲一心一意要教他学缝纫,以便将来继承他的工作,以此谋生度日。这是因为穆斯塔发向来生计窘迫,没有多余的钱供儿子上学读书,也不可能让他去做生意,或者去当徒工,学一身本领。归根结底,他只能把儿子留在铺中,由自己教他缝纫。

但是阿拉丁贪玩成性,总是跑出去找本地区那些贫穷、调皮孩子游玩鬼混,没有一天安心待在铺中。他随时等机会,只要他父亲一离开铺子,例如因应付债主等事出去时,他就立刻跑去找调皮、捣蛋的那些小伙伴,一起去逛公园,玩游戏。这种情况,对阿拉丁来说,已是家常便饭,习以为常,劝导鞭打都不管用。因为他既不听父母的话,甘愿继承父亲的职业,也不肯学经营买卖的本领,所以他的前途实在不堪设想。

裁缝穆斯塔发眼看儿子这种不成材的行为,大失所望,悲愤交集,终于忧郁成疾,不久便一命呜呼。阿拉丁不但不因父亲之死改变他那懒惰邪癖的性格,而且依然如故,继续过浪荡生活。他母亲看到自己的老伴已死,儿子又不成器,深感前途茫茫,半点希望也没有,所以迫不得已,索性把裁缝铺和里面的什物,全都卖掉,然后以纺线为业,借此谋生糊口,并养活不务正业的淘气儿子。这时候,阿拉丁觉得父亲死了,自己不再受到严格的约束和管教,所以就更加放荡不羁,越发懒散堕落,除了吃饭时候,总是不在家里。而他那可怜不幸的母亲,仅靠一双手从事纺线,还得养活儿子,一直到他年满十五岁。

非洲的魔法师

　　阿拉丁十五岁那年,恰巧发生了这样一桩事情:有一天,正当阿拉丁照常跟本地区那些调皮懒惰的朋友在一起玩耍的时候,被一个外地的修道士看中了。那个所谓的修道士是从非洲远道而来的,是摩洛哥的摩尔族人。此人专搞魔法,精通此术,并且长于占星学。对于这类邪门歪道,他孜孜不倦地钻研,精益求精,终于成为一个名副其实的魔法师。当时他站在一边,若有所思地打量这群孩子,接着注视阿拉丁,仔细盯着他,细心观察、研究他的相貌和其他孩子的情况。经过一番观察、思考之后,魔法师暗自说道:"真的,这就是我所需要的那个孩子,为了寻找他,我不惜离乡背井才老远地旅行到这儿来的。"于是他拉其中的一个孩子到一旁,向他打听阿拉丁,问道:"他是谁的儿子?"

　　魔法师从那个孩子口中知道阿拉丁的情况,并想法接近他。魔法师走到阿拉丁身边,把他拉到一旁,说道:"我的孩子,也许你是裁缝穆斯塔发的儿子吧?"

　　"不错,老爷。不过我父亲早就死了。"

魔法师听了这个消息,一下子扑向阿拉丁,搂着他的脖子,边吻他,边挥泪。

阿拉丁眼看这个外地人的举动,感到十分诧异,问道:"老爷,你哭什么呢? 你从哪儿知道我的父亲呀?"

"我的孩子,"魔法师用颤抖的音调说,"你既然告诉我你父亲逝世的消息,怎么还这样来问我呢? 因为你父亲是我的异父兄弟啊。我在外长期流浪,如今从老远的外地归来,带着喜悦心情,怀着满腔期望,想和他聚首见面,好借此消除多年以来郁结在心中的忧愁。可是事与愿违,到头来,听了你说他逝世的噩耗。不过人的血统关系是磨灭不了的,比如你在这群儿童中,我一眼就看出你是我的侄子了。因为你具备着你父亲的血缘关系,尽管我跟你父亲分别时,他还没有结婚。"

魔法师借着提到往事的机会,装出一往情深的、无限悲哀的神情,继续说道:"我亲爱的侄子阿拉丁啊! 你父亲之死,使我大失所望,我所期待同兄弟见面言欢的那种喜悦,现在已烟消云散了。尤其是在我长期流浪他乡,弟兄手足多年不见面的情况下,我一心一念盼望在我去世之前,能见他一面,可是路途遥远,难偿我的夙愿。生离死别给我带来痛苦,这是人生无法避免的事,因为生死有定,一切都是老天爷所注定的。"他说着再一次把阿拉丁紧紧地搂在怀里,表示亲热,并大声说道:"亲爱的侄子啊! 从今以后,我只能从你身上得到安慰了,你父亲在我心目中的地位,由你取代了,因为你是他的子嗣,是他的后代嘛。所谓'留下子嗣的人,虽死犹生',就是这个意思。"

魔法师这样说着,伸手掏出钱袋,拿十枚金币递给阿拉丁,问道:"亲爱的侄子,你和你母亲住在什么地方?"

阿拉丁马上带魔法师回家,并把他家的住处指给他看。魔法师一面走一面嘱咐说:"亲爱的侄子,你把这些钱交给你母亲,并替我向她问好,让她知道你的伯父已经从外乡回来了。待明天早晨,我上你家去拜望她,问候她,并借机会看一看我弟弟生前的住处和他死后葬身的地方。"

阿拉丁吻了魔法师的手背,然后分手。他怀着满腔愉快心情,终于打破他那非吃饭时不归家的习惯,一口气跑到家中,找到母亲,欢天喜地地大声说:"娘,我给你报喜讯来了,我那个多年流浪在外地的伯父回来了,刚才他嘱咐我问候你呢。"

"儿啊!我想你是在嘲弄我吧。你所说的这个伯父,他是谁?你这一辈子哪儿来一个伯父呢?"

"娘,这是怎么说的!如果说我没有伯父,也没有别的亲戚,那么我父亲的这个哥哥,他是哪儿来的呢?真的,他不仅拥抱我,吻我,而且还流着眼泪打发我来问候你呢。"

"儿啊!据我所知,你原是有一个伯父的,但他早已去世了,打那以后,我就不知你还有别的伯父了。"

阿拉丁听了母亲的话,将信将疑,茫然不知所以。

魔法师看中阿拉丁,跟他接触后分手,好不容易过了一夜。次日清早,他急急忙忙出去寻找阿拉丁,因为不见这个孩子的面,他惝惘不安,心绪不宁。他东张西望不停地朝前走,一直来到阿拉丁游玩的地方,见他正同那些淘气的孩子在一起,便赶快挨过去,把他拉在身边,热情地拥抱他,亲切地吻他,然后递给他两枚金币,说道:"你快回家去告诉你母亲,说我要去你家吃晚饭,把两枚金币交给她,让她预备饭菜吧。不过在这之前,你要带我再去看一看上你家去的那条路线。"

"听明白了,照办就是。"阿拉丁欣然应诺,随即带魔法师朝回家的路上走,边走边指给他看,直到了家门前,二人才分手。

阿拉丁一口气跑到家中,把两枚金币递给母亲,说道:"娘,今天伯父要上我家来吃晚饭,这是他给你做饭菜的钱。"

阿拉丁的母亲很高兴,到市上买了烹调需要的各种食物,并向邻居借来杯盘碗盏,然后精心地开始烹调工作。待饭菜预备妥当,是吃饭的时候了,她才对阿拉丁说:"儿啊!饭菜都做好了,就怕你伯父不知道咱家的住处,所以你须出去和他碰头见面才好。"

"听明白了,照办就是。"阿拉丁听从母亲的指使,正要出去接客的时候,突然听见敲门声。他赶忙出去,开门一看,见魔法师和另一个携带酒和糕点水果的仆人站在门口,阿拉丁喜形于色地迎接了他们。

魔法师带着仆人进到屋里,让仆人放下礼物,把他打发走了,才向阿拉丁的母亲哭哭啼啼地寒暄一番,然后问道:"我兄弟生前,他经常在哪儿起坐?"

阿拉丁的母亲把摆着一条长椅子的地方一指,魔法师便挨过去,伏在地上,边吻地板边喃喃地祈祷,接着痛哭流涕地诉说:"我的兄弟,我的眼珠哟!和你生离死别,连最后见一面的愿望都不能实现,这是我的命运太坏的缘故呀!"他埋怨着抽噎着哭个不止,伤感得差一点昏晕过去。

阿拉丁的母亲眼看这种情景,被他所表现的那种有声有色的情感所迷惑,确信他真是阿拉丁的伯父,由于感动,不由自主地挨了过去,把他从地板上扶了起来,说道:"你即使哭断了气,实际上也没有什么好处。"她用好言安慰他,请他坐下,并殷勤招待他。

魔法师坐在席前,受到宾客的款待,身心感到舒适、自在,便同阿拉丁的母亲攀谈起来,说道:"弟媳啊!你从来没有见过我,在我兄弟生前,关于我的情况你一点也不知道,这是不足为奇的。其中的原因是:四十年前我离开这座城市,开始过流浪生活。我经过印度、信德,进入埃及境内,在壮丽宏伟的城市中,停留过长时间,那是被称为世间奇观之一的一个好地方。最后我旅行到遥远的非洲西部,在摩洛哥境内定居下来,一住就是三十年。

"有一天,我一个人孤单单地坐在家里,突然心血来潮,一时间想起家乡祖国,想起我的骨肉兄弟,随着这些联想,我向往家乡,渴慕骨肉团聚的思潮突然高涨起来,简直到了无可抑制的境地。我顾影自怜,想到我这个远离家乡祖国的人,情不自禁地哭了。后来,经过一番琢磨,我的渴望终于促使我决心回老家去一趟。我以为回到家乡,便可以同我兄弟重新见面。于是我对自己说:'你这个人呀!你离乡背井,像游牧的阿拉伯人一样所过的流浪生活,到底要延长多久呢?而你只有一个骨肉兄弟,应该立刻起程回老家去,在你去世之前,跟兄弟再见一面。因为世态变动无常,它给人带来的苦难,谁能料想得到呢?现在不早作归计,将来势必身死异地,那时候懊悔就来不及了,就遗恨无穷了。兼之你算是得天独厚,现在手边还算富裕,就该想到兄弟的窘迫情况,多帮助、接济他才对。'我想到这里,一骨碌爬起来,积极准备行装。那天恰巧是礼拜五休息日,我就动身。旅途上经历千辛万苦,吃尽各种苦头,全靠老天爷保佑,总算回到家乡来了。昨天我在街上溜达,无意间碰见侄子阿拉丁跟一些孩子在一起游玩。由于天然的血缘关系,一见他,我的心就不自主地倾向于他,我直感到他是我唯一的亲侄子,因此在同他见面的一刹那,我身上的疲劳和内心的苦恼,顿时忘却干净,差一点喜欢得飞跃起来。但是当他提到我的兄弟已经逝世的噩耗时,我悲哀、痛苦,忍不住流泪痛哭。当时我那种极端悲痛的情景,也许阿拉丁对你讲过了。

“在深重痛苦之中,我唯一可以得到慰藉的,只有阿拉丁的形貌了,因为他是我兄弟遗留下来的后代啊。对我兄弟来说,他既留下这个子嗣,那就虽死犹生了。”

魔法师强调了这几句话,随即把视线转移到阿拉丁身上。这是因为他眼看自己的谈话,打动了阿拉丁的母亲,她伤心流泪了。魔法师给她这些慰藉,旨在借此阻止她再提她丈夫生前的事情,以便顺利地实现他的欺骗计划。于是他问阿拉丁:“我的孩子,你是做哪种行业的?在谋生方面,学到什么本领?告诉我吧,你学会一种手艺解决你母子二人的衣食问题了吗?”

阿拉丁无言可答,一时羞得低下了头。这时候,他母亲迫不及待地说道:“事实可不是你想象的这样。指天发誓,他呀,是个不懂事的孩子。像他这样粗野的孩子,我可是从来没见过。他整天游手好闲,消磨时间,跟那些顽皮无赖的孩子混在一起,使他父亲悲愤成疾,忧郁死去。现在我自己的境遇也非常悲惨,终日劳苦,从事纺线,一双手白天黑夜不离纺纱杆,靠这每天赚几个面饼,母子二人得以糊口。阿拉丁每天除吃饭时间,他从来不归家见我的面。说真的,我正打算把门锁起来,不让他进家,由他自己去找生活出路,养活他自己。因为我是个老婆子,精力衰退,劳动越来越困难了,要维持过去的局面也不容易了。"

魔法师听了阿拉丁母亲出自内心的话,装出一副同情的样子,对阿拉丁说:"我的孩子,你向来行为不端,放荡不羁,这到底是什么缘故呢? 这种行为,对你来说,实在是丢脸的事。我的孩子,你是个年轻人,出身于诚实正直的人家,却让你母亲这样年老体衰的人辛勤劳动养活你,你说,这不是一件很可耻的事吗? 现在你已渐渐长大,对自己的生活应该有个打算,应该循规蹈矩、按部就班地去经营才对。我的孩子,你睁眼看看周围的一切吧。在咱们这座城市里,各式各样手艺的师傅都有,而且人数很多。你可以从各种行业中,随便挑选一种你喜欢的去学,我愿意大力支持你。等你出师时,我的孩子,你便可自立谋生了。原来你父亲的缝纫手艺,如果你不太喜欢,就可以选择你认为理想的手艺去学,你看怎么样? 我的孩子,告诉我吧,我做伯父的当全力帮助你。"

魔法师花了心思讲了一通之后,见阿拉丁还是无动于衷,默不作声,觉得这个孩子生性懒惰,只想过浪荡生活,于是又对他说:"我的孩子,我所说的这些话,你懂得而能接受吗? 如果你不喜欢学手艺,那么我可以替你开个铺子,准备各种昂贵、豪华的货物,让你去经营生意,在名商大贾中出人头地,掌握交易场中贱买贵卖的赚钱本领,慢慢你就闻名于全城了。"

这时阿拉丁听了伯父的谈话很高兴,对于可以成为名商巨贾,他很乐意,简直喜出望外,因为他知道名商巨贾所穿的是丝罗绸缎,既漂亮,又华丽。他抬头望着魔法师抿着嘴笑一笑,然后低着头表现出满意的神情。

　　魔法师冷静观察一会儿,见阿拉丁露出的笑容,便知他乐意搞生意,所以趁势引诱他说:"我的孩子,你既然愿意做生意,这证明你是有志做一些大事的,我就替你开设一个铺子,让你成为商界中有名誉有地位的人物吧。明天,我带你上市场,先给你买一套合身的专门为富商巨贾所制备的衣服,然后再为你进行开设铺子的事,以此实现我的诺言。"

　　当初,阿拉丁的母亲对这个自称为丈夫的哥哥的摩洛哥人,抱怀疑态度。自从听了他答应为自己的儿子出本钱办货物,开铺子,心中的疑虑便消失了。她产生了另一种信念,认为他确是自己丈夫的亲哥哥,否则,一个外地人是绝不会为自己的儿子做这种好事的。于是她指引儿子回头来走正路,抛弃私心杂念,立志做规规矩矩的人,尤其要以能干的伯父为榜样,把他当父亲来看待,好好听他的话,并教导他要把以往跟那些游手好闲的顽皮孩子在一起所消磨掉的时光弥补过来。

　　阿拉丁的母亲这样教训了儿子,然后起身摆餐桌,端出饭菜,请魔法师坐首席,母子二人陪他一起吃晚饭。魔法师边吃喝,边跟阿拉丁谈关于做生意的事。他的谈话使阿拉丁听得出神,弄得他通宵不想睡觉。

　　魔法师津津有味地大嚼起来,开怀畅饮,喝得醉眼蒙眬,天快黑了,才起身告辞。临行,他再一次嘱咐说,明天早晨来带阿拉丁去买商人们穿用的衣服,按计划行事。

　　次日清晨,阿拉丁的母亲听到急促的敲门声,一开门就见魔法师站在门前。他不肯进屋,只说要带阿拉丁上市场去买东西。阿拉丁欣然来到伯父面前,问候他,吻他的手背。魔法师牵着阿拉丁一块儿去到市场,进入一家服装商店,说要买套华丽的衣服。老板拿出各式各样的上等服装供他选择。他指着那些衣服对阿拉丁说:"我的孩子,你喜欢什么式样的,自己挑选吧。"

阿拉丁听了伯父的话，十分欢喜，于是挑了一套最心爱的衣服。魔法师掏钱付了衣款，然后带阿拉丁上澡堂去洗澡。阿拉丁穿上新衣服，欢欢喜喜地吻伯父的手背，表示十分感谢他。于是伯侄两人坐下，一块儿喝果子汁。

离开澡堂，魔法师不辞劳累，又带阿拉丁去逛集市，指交易场中形形色色的情景给他看，对他说："我的孩子，你要准备跟这些人结识往来，多熟悉他们，尤其要多接触一般的生意人，向他们学习买卖的本领，从而丰富交易的经验。要看到目前他们所进行的这种行业，将来便是你自己的职业。"

逛过集市，魔法师带阿拉丁去逛城中的名胜古迹，参观大寺院中的幽雅别致的景象。带他去上馆子，吃银盘盛着的可口菜肴，两人大吃大喝了一顿。

吃过午饭，魔法师带阿拉丁去娱乐场所中寻乐，并游览古帝王的宫殿和富丽堂皇的大建筑物以及屋中丰富多彩的陈设，借此打开他的眼界，使他感到格外欢喜快乐。

最后，魔法师带阿拉丁到他住宿的专为外地商人开设的那家大旅馆，邀约各行各业的生意人和他见面，大伙在一起吃晚饭，当众宣称阿拉丁是他的侄子。

客商们吃饱喝足，尽欢而散已是天黑时候，魔法师才送阿拉丁回家。

阿拉丁的母亲见儿子身穿漂亮服装，俨然是商人的模样，不禁喜出望外，乐得热泪盈眶。由于虚伪的乱攀亲戚关系的魔法师对阿拉丁无微不至的关怀，并给以施舍，致使她感激万分，激动地致谢说："好兄长，你对这个孩子如此关怀，做这么多好事，我的感激心情是千言万语说不完的，你的恩情我是终生难忘的。"

"弟媳啊！这不过是我的一点心意罢了，值不得一提，因为这个孩子等于我的亲生儿子。替兄弟抚养、教育他的子嗣，对我来说，是责无旁贷、义不容辞的。弟媳不必为此过意不去。"

"求上天保佑,赏哥哥长命百岁!今后,阿拉丁这个孩子,在你的庇护下,就有希望过好日子了。往后他会听你的话,按你的指示行事的。"

"弟媳啊!阿拉丁出身于善良家庭,快要长大成人了。求上天保佑!但愿他能步他父亲的后尘,立志规规矩矩地做人,以慰他父亲在天之灵,从而弟媳盼子成龙的心也就有了寄托。明天恰巧是礼拜五休息日,商界停业,不能去进行开设铺子的事,实在抱歉得很。必须过了休息日,各行各业才开市照常营业。因此,我打算明天一早就到这儿来,带阿拉丁去城外逛公园、名胜,那是他至今还没去过的地方。在那里,他可以同那些去游玩的富商名流见面,互相交谈结识,这对他来说是有好处的。"魔法师嘱咐毕,告辞回旅馆安歇去了。

阿拉丁在一天之内穿上了新衣服,又进澡堂,吃馆子,游集市、名胜,并跟许多商人见面,他的高兴、快乐情形是难以形容的。想到明天一早他的伯父就来带他出城去游玩,更是兴奋,整夜睁着眼睛,等待天亮。

第二天清晨,魔法师果然按时到阿拉丁的家门前。阿拉丁一听敲门声,一骨碌从床上爬起来,开门迎接伯父。魔法师一见阿拉丁,便紧紧地拥抱他,亲切地吻他,握着他的手说道:"侄子啊!今天我要带你去的地方,那儿的景致很优美,是你生平没见过的。"他说些逗趣的话,激发他的愉快兴奋情绪。就这样两人说说笑笑离家走出城门,进入公园消遣寻乐。魔法师为使阿拉丁格外喜欢快乐,带着他漫步参观游览,喋喋不休地说这里景致优美,那里楼台、亭榭巍峨。每逢走到一个亭榭或一座高楼、一幢宫殿前,他俩总要仔细欣赏一番,魔法师总是不止一次对阿拉丁说:"侄子,你对这个感兴趣吗?觉得快乐吗?"

阿拉丁面对那些生平没见过的奇迹般的景色和宏伟的建筑,快活得眉飞色舞。他俩不停地慢步走着,在大自然中寻乐,直跋涉得有些疲劳,最后进入一座美丽的花园。那里空气新鲜,景色秀丽,使人感到心旷神怡。里面有清澈的溪流,围绕着万紫千红的花丛,弯弯曲曲地湍流;还有以金子般的黄铜铸成的狮子,口中喷出清泉,令人看得神往。他俩愉快地面对池塘坐下来休息,有说有笑,如同亲密的父子。魔法师解下腰带,打开盛食物干果的袋子,对阿拉丁说:"我的侄子,也许你饿了,快来吃点饮食吧。你爱吃什么就吃什么好了。"

那时阿拉丁的确很饿,便狼吞虎咽地吃起来,魔法师也陪着吃。他俩一面吃一面休息,感到十分舒适,满心欢乐。

魔法师看阿拉丁吃喝、休息得差不多,便开口说:"侄子,你歇息得好吧,现在咱们该起身了,继续向前再走一程,一直到达这次旅行的最终目的地吧。"

阿拉丁听了伯父之言,站了起来,随魔法师慢步向前,从一座花园走到另一座花园,继续不停地走着,越走越远,把所有的园林一概甩在背后,最后来到一座巍峨的童山脚下。

阿拉丁这个孩子,年纪不算太小,却从来没离开过城郭,到目前为止,也从来没像今天这样走这么多的路,因此他有些难色,向魔法师诉苦:"伯父,咱们要上哪儿去呢?咱们老远地离开那些庭园,一直来到这个荒芜寂寞的地方。如果要走的路程还远,我可是太疲劳走不动了,我支持不住快要倒下去了。前面没有其他花园可以游览,倒不如趁早离开这里,快转回家去吧。"

"不,我的孩子,咱们还不能回去,咱们并没走错路,逛花园并不是最终的目的。因为咱们前去谋求的事,绝非一般帝王的事业可以同它相提并论的,拿你所见所闻的事跟它比较起来,那是微不足道的。所以你得鼓起勇气,勇往直前地走下去。感谢老天爷!因为你已经长大了。"魔法师讲了这个道理,接着又说了些温存的话安慰阿拉丁,并讲一些奇怪的故事给他听,借此消除他因走路而感受的疲劳。魔法师利用这种骗术,带着阿拉丁一直往前走到他的目的地。这便是这个西非魔法师不辞远道跋涉,而从日落处的西方,奔到日出处的中国的最终目的。

神　灯

　　魔法师非常高兴,带着阿拉丁来到目的地,对他说:"侄子,这就是咱们所追求的目的地。现在你暂且坐下休息吧。待一会儿,我将指最奇妙的事物给你看。这样的事物人世间是没有谁见过的。你将欣赏的这种奇妙景象,前人是想象不到的,谁也没享受过。不过休息后,要给我捡些碎木片、干树枝放在一起,让我点火燃烧,再告诉你其中的各种迹象。这样一来,咱们的目的就达到了。"

　　阿拉丁听了魔法师的吩咐,渴望看到伯父所要做的事情,把疲劳忘得干干净净。阿拉丁休息了一会儿,然后站起来,按魔法师的吩咐,开始捡碎木片和干树枝,直到听见伯父呼唤他时,才带着木片、干树枝到魔法师面前。

　　魔法师把木片、干树枝点燃起来,并从胸前的衣袋中掏出一个别致的小匣子,顺手打开,从里面取出些乳香,撒在火焰中,对着冒出来的青烟低声念起咒语来。他念些什么,阿拉丁一句也听不懂。但在浓烟的笼罩下,大地突然震动起来,地面在霹雳巨响中一下子裂开了。

　　阿拉丁眼看这种恐怖景象,大吃一惊,只想拔脚逃避灾难。魔法师看出他的举止行动,怒不可遏,愤恨到极点。因为没有这个孩子在场,他的全盘计划势必失败,他一心所要盗窃的地下秘密宝藏,除了阿拉丁,别人是不能开启的。所以他一发觉阿拉丁要逃跑,便举起手来,狠狠地一巴掌打在他的头上,打得他晕头转向,痛得昏倒在地。

　　当阿拉丁慢慢苏醒过来,蒙眬见魔法师站在他身边,忍不住伤心哭泣,说道:"伯父,我到底犯了什么过失,才受到这样的处罚呀?"

　　"我的孩子,我是一心一意要培植你成人的,你怎么可以反抗我呢!"魔法师装出一副慈祥怜爱的样子,安慰阿拉丁,"我既是你的伯父，就等于是你的生身父亲，因此，凡是我吩咐你的事，你必须照办。如今我忙着要让你看一件奇妙的事物，当你看到的时候，会很快忘掉你的疲劳的。"

这时候，那裂开的地方逐渐显露出一块长方形的云石，当中系着一个铜环。魔法师面对云石，马上取泥沙占卜一番，然后转向阿拉丁，说道："我的孩子，我要吩咐你的事，如果你全做到，那么，你肯定会一下子变成比一般帝王还富厚的人物呢，就是因为这个缘故，我才动手打你呀。因为在这个地方的地底下，埋藏着一个宝库，里面的宝物是用你的名义贮存起来的，要不要开启它，这是事先有规定的，必须由你来决定。刚才我为开启宝库，已经祈祷过了。我的孩子，现在你要好生注意，听我告诉你，那块石板下面就是宝藏的所在。你过来，握着石板当中的那个铜环，把石板揭起来，因为除你之外，世间的任何人都弄不动它。你揭开石板，就得走进去，因为这个特殊、奇异的宝藏，原是为你而保存下来的。不过里面的情形，你必须听我解释，照我所说的去做，切不可疏忽大意。这一切，我的孩子，都是为你自身的利益和幸福着想的。宝藏中的宝物很多，质量很好，帝王们所聚敛的财富都比不上。再就是你还要记住：这个宝藏既是你的，同样也是我的。"

阿拉丁听了魔法师的这番话，顿时把他感到的疲劳、挨打的疼痛和伤心流泪这类倒霉的遭遇都忘了。他哑口无言，头昏眼花，呆呆地望着魔法师。同时，一想到命运将使他成为富人，便感到非常高兴。于是真诚地对魔法师说："伯父，你觉得该怎么办好，就吩咐吧，我会按照你的话去做的。"

"侄子，你在我的心中，比我亲生的儿子还亲呢。因为你是我兄弟的儿子，除你之外，我没有其他的亲人了。说实在的，我的孩子，你也是我的继承人哪。"他这样说着，痛吻阿拉丁一回，接着说道，"我这么劳累奔波，到底为谁？老实说，我的孩子，我做这一切完全是为你呀。到头来，我会把你抚育成一个最富豪、最伟大的人物的。至于我吩咐你的,你必须全部照办,不可违拗我的命令。现在你快过来,按我说的办法,握着铜环,把石板揭起来吧。"

"伯父,那石板实在太重,我毕竟年纪小,一个人弄不动,你得给我添把力,咱俩一起动手揭吧。"

"我的侄子,如果我动手帮助你,就糟糕了,事情就失败了。我刚才告诉你,这个宝藏除你之外,别人是不能去碰它的,你只要握着铜环一揭,石板就会被你揭开的。不过当你揭的时候,要不停地叫你自己的姓名,同时也要叫你父母的姓名,这样石板就容易揭开,你不会感觉沉重、吃力的。"

阿拉丁按照伯父的指使,毅然鼓起勇气,紧一紧腰带,走到石板面前,伸手握着铜环,然后边喊他自己和父母的名字,边揭石板。出乎意料,竟毫不费劲地一下子就揭开了。他一看,原来石板所盖的是一个地道口,有十二级台阶通向地下。

这时候,魔法师赶忙指挥阿拉丁,说道:"阿拉丁,集中注意力,按照我的吩咐去做。现在你跨进洞口,小心谨慎地沿台阶走下去。到了底层,那里有四间房子,每间房中摆着四个黄金或白银坛子,坛中装的全是无价珠宝。你要当心,千万不可动它,也别让自己的衣边擦着坛子和墙壁。你只管继续向前走,一会儿也别停留,否则你难免要遭殃,会变成一个黑石头。你一直走进第四间房子时,会发现屋中另一道关着的房门。你要像揭石板时那样,喊着你自己和你父母的名字去开它,这样便可进入一座花园。园中的果树结满金碧辉煌的各种果实。你沿当中的通道向前走去,大约五十步远的地方,有一间富丽堂皇的大厅。大厅的天花板上挂着一盏油灯,厅中还有一架计三十级台阶的梯子。你沿梯子上去,取下油灯,倒掉灯中的油,然后把它装在胸前的衣袋里带回来。那盏油灯不会伤人,你不用害怕。你出来时,花园中树上的果实,你喜欢什么样的,可以随便摘一些带回来。这是因为那盏灯一旦掌握在你手中,整个宝藏中的宝物便全归你所有了。"魔法师嘱咐毕,从手上脱下一个戒指,替阿拉丁戴在食指上，接着说道："我的孩子，告诉你吧，这个戒指将保护你不受任何危害和恐怖的威胁，所以你不用顾虑，但是你要牢牢记住我所嘱咐你的一切。为实现开启宝藏的目的，你勒紧腰带，鼓足勇气，快下去吧。不用害怕，如今你已长大成人，不再是小孩子了。过一会儿，我的孩子，你将赢得巨大的财富，一跃成为世界上最富豪的人物呢。"

阿拉丁遵循魔法师的命令，进入地洞，按照他的指示走下台阶，进入地道，小心谨慎地通过摆着金银坛子的那四间房子，来到花园，然后沿着通道向前，一直进入那间富丽堂皇的大厅，爬上梯子，取下吊在天花板上的那盏油灯，吹灭它，倒掉灯中的油，把它装进胸前的衣袋里，然后走下梯子，退出大厅，回到花园中。

现在，阿拉丁不像进来时那样紧张胆寒了，而是从容不迫地漫步园中，欣赏园里的美妙景物。他听见雀鸟婉转清脆的鸣声，看到树枝上结满灿烂的宝石果子，红黄绿白各色都有。每棵树木长得各有特点，结出的果实，也各不相同。那果实发出灿烂耀眼的光芒。那光芒能使午前的太阳变得暗淡失色。尤其特别的，每颗宝石果子的体积之大，不是帝王们拥有的宝石所能比拟的，因为他们的最大宝石，最多只有这里的一半大。

阿拉丁在园中尽情欣赏那些使人感到惊奇迷惑的奇树异景，并仔细观察、思索，眼看这里的树木所结的硕大名贵的珠宝玉石果子，比如绿刚玉、红宝石、尖晶石、翡翠、珍珠等，应有尽有。面对这种瑰丽景色，真令人眼花缭乱，惊叹不止。阿拉丁毕竟还是个孩子，没见过世面，不懂事，缺乏经验阅历，对这样珍贵的珠宝玉石没有识别能力，也不知道其价值。在他看来，这里面的珠宝玉石，不过是玻璃一类的料品罢了。但他理解到这不是一般的水果，为不能像葡萄、无花果和其他水果那样可吃而感到遗憾，因此他把这些东西当玻璃制品来收集，各种果实都摘一些，装在衣袋里，暗自说："我要摘些玻璃果实，带回家去玩。"他摘了不少，除装满每个衣袋外，还解下围巾来包，然后缠在腰间，准备带回家去做装饰品用。他只把这些东西作料器看待,根本没有别的打算。

由于阿拉丁对他那魔法师的伯父已怀有畏惧的心情,便匆匆离开花园,赶快走出迷人的宝藏。他循着进来时的路线,一口气跑到地道口。他经过那四间房子时,本来可以收集金银坛中的一部分宝物,但是他连看都没看一眼。而当他走上台阶,到达最上一级时,觉得这一级比其余的都高,不容易跨上去。因为他孤零零一个人,身上带的珠宝果实太多,又是往上爬,所以他要求魔法师帮助他:"伯父,伸出手来,把我拉出去吧。"

"我的孩子,快把油灯递给我,减轻你的负担,它似乎要把你给压倒了。"

"不,伯父啊!这盏灯并不重,它压不倒我。你伸出手来,帮我一下,把我拉出去,我再把油灯从衣袋里掏给你好了。"

这个非洲魔法师,不辞远道奔波跋涉,从老远的摩洛哥来到中国,他唯一的希望就是要盗窃神灯,所以坚持要阿拉丁立刻把神灯递给他。由于阿拉丁先把灯装在胸前的衣袋里,后来又装进不少珠宝果实,把衣袋装得胀鼓鼓的,已经插不进手指去掏灯。其实阿拉丁是纯良的,没有什么坏念头,一心只想走出地道口,就把神灯交给他伯父。可是魔法师不了解这个意思,而是固执地非把神灯弄到手不可。当他再三向阿拉丁索取而无结果时,便怒不可遏地咒骂吵嚷起来。魔法师眼看自己的希望和目的不能实现时,他心一横,索性念起咒语,把乳香往火中一撒,恶狠狠地施出报复的绝招。由于咒语的魔力,他身边的那块石板就动荡起来,慢慢滑到地道口上,恢复了原来的模样,成为地道口的盖子,阿拉丁就这样被埋在宝藏的地道中。

我们所称谓的这个魔法师,原是个外邦人,根本不是阿拉丁的伯父。可是他既善于自我吹嘘,炫耀自己,更会弄虚作假,招摇撞骗,一心想利用阿拉丁这个孩子,弄到神灯,就可以发财致富。最后这个该死的家伙,施出毒辣手段,把阿拉丁埋在地道中,并用沙土将石板掩盖起来,存心把他活活地饿死。

原来这个魔法师是非洲西部地区土生土长的摩尔人，从小就醉心于巫术。他埋头钻研，对每种玄虚道学，都认真进行实验。随着这种邪门歪道的传播，非洲西部的某些城镇居民受到影响，经常发生混乱现象。而这个魔法师继续攻读古籍，吸收各种流派的口授心传，因此他在这方面的阅历日益丰富，终于成为巫术界的能手。他经过四十年的钻研，对咒文的识别和拼写造诣很深，简直到了顶峰。

　　有一天，魔法师凭魔力的激励，从魔籍中知道中国有一座叫卡拉斯城的郊区某山脚下有一个巨大的宝藏，财富异常丰富，绝非帝王们所聚敛的财宝可以比拟，而宝物中最奇妙的是一盏神灯。谁拥有那盏神灯，便成为不可战胜的万能者，无论地位、财富、权力各方面谁也不能同他比高低、争长短；人世间最权威最强大的帝王，其威力跟神灯的魔力比较，不过沧海一粟。

　　魔法师根据他的巫术知识，深知那个宝藏，只能在出生于当地某贫民家、名叫阿拉丁的一个孩子到场，才能开启。于是他仔细研究开启宝藏的步骤，希望顺利进行，避免困难。最后他收拾行装，动身做中国之行，在连续跋涉的漫长旅途中，他不停留，不耽搁，终于来到中国，找到阿拉丁，对他施行欺骗手法。魔法师按照计划做了一切，以为能够获得神灯，成为神灯的主人。可是事实出乎意料，他的企图、尝试、希望和目的终于受到挫折；他的奔走、跋涉等于浪费精力和时间，一切成为徒劳。因此，他绝望、生气，决心置阿拉丁于死地。于是他施展魔法，把阿拉丁埋在地道里，让他慢慢死去。他认为采取这个措施，阿拉丁就出不了地道，神灯也就不可能被带出地洞。由于希望一旦破灭，他痛苦、懊丧到极点。他像做了一个梦，垂头丧气地离开中国，返回非洲老家去了。

　　阿拉丁被埋在地道中，大声呼唤魔法师，求他伸手拉他一把，让他离开地道，回到地面上。但是不管怎么呼喊、哀求，却始终得不到回答。这时候，阿拉丁逐渐醒悟了，慢慢领悟到魔法师对他施行的奸计，断定他并不是自己的伯父，而是一个惯于撒谎骗人的妖道。他感到没有摆脱危害的办法,没有活命的希望了。他苦恼极了,忍不住伤心哭泣起来,没奈何,只得沿台阶走了下去,指望老天爷给他一条出路,减轻自己的痛苦。到了底层,他转动身子,一会儿向右,一会儿向左,但除了一片黑暗,其他什么都看不见。这是因为魔法师用魔法将宝藏中的各道门路全都关起来了,阿拉丁所走过的通道全堵死了,甚至花园门也不例外。阿拉丁打算去花园里走走,寻找一些慰藉,但是通往花园的门路也被堵塞,生路已经断绝。他抑制不住悲哀情绪,哭得声嘶力竭。后来,他无可奈何地转身回到地道的台阶上,绝望地坐下来等死。

　　幸亏天无绝人之路。原来在阿拉丁还未遇险被困的时候,老天爷已给他安排好一条转危为安的出路。这是当非洲魔法师吩咐阿拉丁进宝藏的地道口时,曾把一个戒指当礼物送给他戴在食指上,作为护身符,还对他说:"你进去不论遇到什么艰难险阻,这个戒指能使你避免一切祸害,同时还能增加你的胆量和勇气。这样,你就会变危险为平安了。"这一切原是老天爷在冥冥中借魔法师的手和嘴来保护阿拉丁的生命,从而使他摆脱危害的巧妙安排。

　　当阿拉丁困在地道里,处于绝境,生命危在旦夕的时候,他想着自己的悲惨境遇,呼天抢地也不管用,因此气得不自主地搓手,内心的悲哀、痛苦显露在举动之间,却没想到,他搓手时,无意间擦着食指上的戒指,便有一个直挺挺的巨神出现在他跟前,发出洪亮的声音说道:"禀告主人:奴婢奉命赶到你跟前来了,有什么事要做,只管吩咐,因为我是这个戒指的仆人,谁拥有这个戒指,我便听谁使唤。"

　　阿拉丁听到说话声,眼看他面前站着一个魁梧的巨神,形貌跟传说中所罗门大帝时代的妖魔一模一样。面对这么可怕的形象,他吓得浑身发抖。幸而巨神又对他说:"你需要什么?只管告诉我。说实在的,我是你的仆人了。因为戴在你手指上的这个戒指,它原是我的主人。现在你既然拥有它,我就该听从你的命令。"

　　阿拉丁再一次听了巨神的解释,神色才逐渐恢复,心情也慢慢平静下来,同时想起魔法师给他戴戒指时嘱咐的话,便心中有数,马上勇气十足,高兴地说:"戒指的仆人啊!我要你把我带到地面上去。"

阿拉丁刚说完这句话,大地突然裂开,他本人一下子便出现在地面上,站在宝藏的入口处。由于他待在黑暗的地道中已整整三天,一下子不适应白昼的阳光,不能睁眼看东西,只好试着把眼皮慢慢微睁微闭,直到眼球对光线的适应能力恢复过来,才睁眼观看周围的各种事物。他感到心情舒畅,同时又觉得惊奇诧异,因为他仔细踏看那个地方的时候,当初魔法师所开启的地下宝藏的门道已经无影无踪,而且周围的地面平坦、光滑如初,什么痕迹都不存在,这种情景,使他茫然不知身在什么地方。后来经过一番思索、观察,他终于明白:原来此地就是当初魔法师焚香、念咒语的那个地方,于是恍然大悟,确信自己还没离开原来的老地方。他转着身子张望一阵,发现较远的地方,便是他逛过的公园和建筑物,并能隐约辨认出那些景象和所走过的道路。他九死一生,摆脱死亡,重新回到大地上,对老天爷给予的恩遇感激不尽。他眼前出现了光明的前途,便满心欢喜地离开那里,一个人在回城的途中跋涉。沿途的情景,依然跟来时一样,并不陌生。他一口气回到城中,穿过大街小巷,一直回到家中,来到母亲跟前。由于死里得生欢喜过度,也由于受到的恐怖、苦痛太多和饥渴的时间太长,他终于支持不住,昏倒在地,不知人事。

阿拉丁的母亲,从儿子离家的那天起,便惴惴不安,终日长吁短叹,悲哀哭泣,过着以泪洗面的苦难日子。当看见阿拉丁归来时,她喜出望外,乐不可支,却想不到儿子突然昏倒。她感到惊慌、恐怖,赶忙起身急救,拿水洒在他脸上,向邻居找香料熏他,这才把他救活。

阿拉丁慢慢苏醒过来,有气无力地向他母亲要吃的:"娘,我整整三天没吃喝了。"

他母亲赶忙把食物摆在儿子面前,说道:"儿啊!你坐起来,吃些东西,慢慢恢复精神。待你吃饱,休息一会儿,然后把你的情况和遭遇讲给我听。现在我不让你说话,因为你太疲倦了。"

阿拉丁听母亲的话，坐起来吃喝，心情逐渐开朗起来。他躺下静静休息了一会儿，精神慢慢恢复过来，便对母亲说："娘，我有满腹痛苦、冤屈要向你诉说。那个该死的讨厌家伙，他存心置我于死地。他的种种阴谋诡计，原是事先安排好的。那个曾口口声声说他是我的伯父的坏蛋，我亲眼看见他的凶恶面目，亲身尝到他的毒辣手段，差一点死在他手里。如果不是老天爷保佑，咱母子都要上当。当初他露出的那副慈祥怜爱的面孔和口口声声要替我谋幸福的花言巧语，全是骗人的。其实，他是个恶毒的、弄虚作假、靠妖法招摇撞骗的伪君子。我看他比世界上的任何妖魔鬼怪都该死。娘，这个坏家伙的一切罪恶，我要详细讲给你听，让你看一看这个恶棍如何用他自己的手戳穿他许下为我谋幸福的诺言，看一看他折磨我的凶残行为，然后让你仔细想一想：他表面上露出对我慈祥怜爱的面孔，骨子里却狠毒得要我的命。他这一套是什么意思呢？其实他口是心非，阴一套，阳一套，无非是要牺牲我的性命，而让他的阴谋得逞，以便达到发财致富的目的。"于是阿拉丁把他的遭遇：如何随魔法师逛名胜古迹，如何被带往宝藏所在地的童山脚下，魔法师怎样点火焚香，如何祈祷、念咒语等开启宝藏的经过，从头到尾，边哭边谈，最后说道："随着魔法师喃喃的咒语声和香烟的飘腾，突然一声霹雳，山崩地裂，顿时黑暗笼罩大地，隆隆的雷鸣声滚动不止。我心中充满恐怖，吓得发抖。眼看那种危险景象，打算赶快逃离那个地方。可是魔法师看透我的心情，便破口骂我，一巴掌把我打得昏死过去，不准我逃跑，因为那个地下宝藏，必须由我到场才能开启，而且只有我能够进去，魔法师本人是进不去的。所以他骂我打我之后，又转过脸来说好话安慰我，说什么他能指引我进入那个人们醉心的宝藏中去取宝。首先，他从自己手指上脱下一个戒指，戴在我的食指上，作为保护我的护身符，然后指使我跨进地道口，沿台阶走下去，直到底层，再穿过四间房子，房子里装满金银财宝，多得无法估计。该死的魔法师一再嘱咐不许动那些财宝。后来我去到一座美丽可爱的果园中，里面长着高大的果树,树枝上结满五光十色的玻璃般的果实,放出灿烂的色彩,看去使人眼花缭乱。最后我去到挂着一盏油灯的大厅中,按照魔法师的指使,把那盏灯取了下来,吹灭它,倒掉灯中的油。"阿拉丁说到这里,随即从胸前的衣袋中,掏出神灯,并把他从果园中收集的几袋珠宝玉石,拿给他母亲看。那些东西虽然无比名贵,是一般帝王所没有的,但是阿拉丁却不知其底细,满以为不过是玻璃这一类的玩意儿。

"娘,"阿拉丁继续叙述下去,"我带着灯和收集的东西,转身退出,回到地道口时,由于携带的东西过重,压得我不能抬腿跨上最高那级台阶,所以我就喊那个该死的伯父,求他拉我一把。可是那个万恶的家伙不肯帮助我,只对我说:'先把灯递给我吧。'因为灯装在衣袋里,上面填满了玻璃果实,伸不进手去掏灯,我只好对他说:'伯父,现在掏灯不方便,待我去到外面,再拿灯给你。'而他唯一所需要的是这盏灯,他原是想从我手中把灯夺过去,然后下毒手杀害我,把我埋在地道里。我所说的这一切,便是我的遭遇和经过。"阿拉丁追述时不忘魔法师的阴险毒辣行径,忍不住怒火中烧,说道:"我所依靠的这个所谓的伯父,原是笑里藏刀,十恶不赦的大魔法师!"

阿拉丁的母亲听了儿子的叙述,知道魔法师危害他的始末,气愤地说道:"不错,我的孩子,他的确是专搞异端邪说,利用法术来害人的恶魔。幸亏老天爷保佑,你才没被他害死。这个坏蛋,当初我真把他当作你的伯父了。"

由于阿拉丁在地道中整整三天三夜没睡觉,他困倦得直打盹,急需休息。母亲理解儿子的心情,便让他去睡觉。

阿拉丁疲劳过度,睡得很香甜,一觉睡到第二天中午才醒过来。他一睁眼便向他母亲要东西吃。他母亲说:"儿啊! 我没有什么可供你吃的了,因为家里的食物,昨天叫你吃光了。你暂且耐心等一会儿,待我把纺好的一点棉纱拿到市上去卖,再给你买吃的。"

"娘,你纺的纱还是留下来,暂时别卖它。倒不如把我带回的那盏灯拿给我,以便我拿去卖掉,用卖灯的钱买吃的。我相信油灯总比纱值钱些。"

阿拉丁的母亲同意儿子的意见,把灯拿在手里,觉得灯脏,便对阿拉丁说:"儿啊!灯拿来了,可是很脏,如果洗擦一下,弄干净些,就会多卖几个钱。"于是她抓了一把沙土,刚擦了一下,一个巨神便出现在她面前。那巨神的形貌非常可怕,又高又大,简直是个凶神恶煞。他粗声粗气地对阿拉丁的母亲说:"我应声来了,你要我做什么?只管说吧。我是你的仆人,也是这盏灯主的仆人,是按照你的命令行事的。而且不单是我自己如此,甚至于这神灯的其他的奴婢,也都是一律遵循你的吩咐的。"

阿拉丁的母亲一见这个可怕的形象,吓得发抖,一句话也说不出口,昏迷不省人事。阿拉丁一见他母亲这种情形,赶忙跑过来,把灯拿在自己手里,从容地和灯神交谈起来。因为他经历过类似的情况,当他困在地道中急得搓手时,突然碰到手指上的戒指,戒指之神便出现在他面前。当时的情形就是这样的。由于有了这个经验,所以他并不畏惧,对眼前的巨神说:"灯神啊!我饿了,你弄些可口的食物给我充饥吧。"

灯神听了阿拉丁的吩咐,转眼就不见了。一会儿灯神便端来一席丰盛的饭菜,摆在一个精致名贵的银托盘中,总共十二种美味可口的菜肴,盛在金碟里。其他还有雪白的面饼和透明的醇酒,装在金杯和革制的酒瓶中。灯神摆好饭菜就匆匆隐去。

阿拉丁急忙抢救母亲,拿水洒在她脸上,用香熏她的鼻子,待她慢慢苏醒过来,说道:"娘,起来吃点东西吧,老天爷可怜咱们了。"

阿拉丁的母亲看到那么讲究的银托盘、金杯碟和热气腾腾的丰富菜肴,十分惊奇、诧异,问道:"儿啊!是谁如此宽宏大量、慈悲为怀地关照我们,给我们食物,减轻我们的痛苦?对这种好心人,我们应竭诚感谢他。我看,恐怕是皇帝听说我们太穷,生活太苦,所以产生慈悲心肠,才送这桌筵席来赏赐我们的吧。"

"娘,现在别谈这些,咱母子都快饿死了,快来一块儿吃吧。"他把母亲扶到席前,陪她一起吃喝。由于长期挨饿,如今得到这样的好饭菜,母子便吃起来,食欲格外旺盛,饭量也比平时增加。这一方面是饥饿过度的缘故,另一方面是这样的珍馐美味,显然来自帝王富贵人家,是他母子生平没见过、没吃过的。尤其对那讲究的食具,更不知来自何处,价值多少。

阿拉丁母子吃饱喝足,还剩下一些饭菜,除留作晚饭外,还够第二天食用。母子两人洗过手,然后坐下来谈心。母亲看儿子一眼,说道:"儿啊! 告诉我吧:那个自称仆人的巨神,他是怎么对待你的?感谢老天爷! 他可怜咱们,恩赏咱们美好充足的饮食,往后不会再饿肚子了,你不用在我面前再叫苦了。"

阿拉丁回答母亲的问话,把她见灯神惊恐过度而昏倒时,他跟灯神打交道的经过,从头到尾叙述一遍。她听了,感到十分诧异,说道:"那是千真万确的,因为鬼神出现在人类面前是常有的事,不过我自己生平没碰到过。儿啊! 我看这个巨神便是把你从地下宝藏中救出来的那个吧?"

"娘,可不是这个。在你面前出现的巨神,他是神灯的仆从。"

"儿啊! 你是凭什么这样肯定的?"

"因为这个巨神的形貌跟那个不一样。那个是戒指的仆从。而你所看到的这个,是你拿在手中那盏神灯的仆从。"

"对,对,那个在我眼前一现身就不见了,差一点吓死我。该诅咒的家伙,他和这盏灯是连在一起的。"

"不错,他是属于神灯的。"阿拉丁同意他母亲的看法。

"儿啊! 凭我养育你的恩情,我求你把这盏灯和这个戒指扔掉吧。因为把灯和戒指留在身边,这会给咱们招引灾祸,我不愿看到类似的事情再发生。况且跟妖魔鬼怪交往,是犯禁行为。先贤圣人所告诫我们的,是要小心谨慎,免得发生不测的祸事。"

"娘,你所说的,照理我应当完全同意。不过从实际有利方面着想,我是不肯舍弃神灯和戒指的。理由是:当咱们饿肚子的时候,仆从为咱们所做的好事,你老人家是亲眼看到的。再说那个魔法师,他派我进宝藏去,并不为了获得黄金白银。那四间地下室,全都堆满了金银,他却不要,而他一再嘱咐我的,只是把神灯取给他,其他魔法师都不要。这是他深思熟虑、仔细研究过的,他深知这盏灯的价值,只不过还未证实它的作用罢了。他忍受种种艰难困苦,不辞辛苦跋涉,离开家乡,老远地旅行到咱们这儿来,所追求的就是这盏神灯。因此,当他没有从我手中捞到而绝望时,就索性把我给埋在地道中。这说明,这盏灯是得之不易的,咱们必须留下它,并且好生保护它,丝毫不能泄露它的秘密。今后咱们是要靠它过生活的,它会使咱们富裕起来的。至于说到这个戒指,咱们也必须重视它,保全它,我要随时戴在手指上。要是没有这个戒指,我不会活着回到你身边,一定死在地下宝藏的地道中了。正因为这样,我怎么可以把这个戒指脱下来呢?万一时运不好,突然发生什么意外,或者一旦灾难临头,如果戒指不在身边,它就不能解救我,不过考虑到你的想法和顾虑,我只好把灯收藏起来。从今以后,不让类似的事情再在你眼前发生,免得你受惊。这就可以两全其美了。”

阿拉丁的母亲听了儿子的解释,明白其中的真实情形,非常高兴,心悦诚服地说:“儿啊!你觉得怎么好就怎么做吧,娘不阻挡你。我只希望不再看见仆从的形貌和那恐怖的情景就行了。”

阿拉丁母子的生活初步安定下来,靠灯神拿来的饮食过日子,一桌筵席,两人享受了两天才吃完。第三天没有食物了,阿拉丁拿一个盘子往集市变卖,却不知盘子是纯金的。

阿拉丁在集市里,碰到一个卑鄙、讨厌的犹太人,鬼头鬼脑地纠缠着要买那个盘子。他把阿拉丁带到僻静的地方,仔细一再估量,最后确信盘子是纯金的名贵物品,所以决心收买。但是他不知道阿拉丁对盘子的看法,认为他是一个毛孩子,根本不懂得这些。于是直截了当地对阿拉丁说:“我的小主人,这个盘子你打算卖多少钱?”

“值多少钱,你自然是知道的。”阿拉丁简单地回答犹太人。

阿拉丁的回答，似乎是行家的口吻，犹太人便在还价方面暗中盘算，只打算花几个小钱买盘子，他怕阿拉丁真懂盘子的价值，势必要讨大价，便犹豫不定地说："这孩子对生意买卖可能是外行，不一定知道盘子的价值。"他思索着从衣袋里掏出一枚金币。阿拉丁看到他手中的金币，感到满意，立即把金币拿到手，然后转身匆匆走了。犹太人一眼看穿阿拉丁的无知和幼稚，相信只要几角或一块钱便可买到盘子。

　　阿拉丁卖了盘子，毫不耽搁地去到面包店，买了面饼，急忙回到家中，把面饼和剩余的钱交给母亲。"娘，还需要什么？你自己去买吧。"

　　阿拉丁的母亲果然去到集市，买来日常必需的食物，同儿子一块过生活，日子就这么一天一天好过起来。几天后，卖盘子的钱花光了，阿拉丁又拿一个卖给那个该诅咒的犹太人。每个金盘一枚金币，这该是便宜的了，可是犹太人仍不满意，还想从中打折扣。不过第一次的价钱既然是一枚金币，现在不给这个数目，唯恐这个孩子另找主顾，那就失去这种便宜生意，所以仍然照付一枚金币的代价。

　　阿拉丁靠卖盘子过生活，日复一日，月复一月，终于把十二个金盘卖光，只剩那个银托盘还摆在家中。因为那个银托盘又大又重，不便带往集市，所以索性带犹太商人到家中来看货，以十二枚金币的价钱卖掉它。

　　阿拉丁母子过着丰衣足食的生活，需要什么就买什么，直到手中的钱花光了，阿拉丁才把神灯拿出来，擦了一下，灯神便像先前那样出现在他面前。"说吧，我的主人！你要我做什么呢？"

　　"我饿了。你像前次那样送一桌饭菜来给我吃吧。"

　　灯神应声隐去。转瞬间，果然像前次那样满足他的愿望，即刻端来一个大托盘，盘中摆着十二个更精致的盘子，盘里盛满各式各样的菜肴，另外还有面饼和几瓶醇酒。

　　阿拉丁擦灯索取食物，是趁他母亲外出的时候，免得她看见灯神受惊。过了一会儿，他母亲回到家中，看见大托盘中摆着的各种好菜，嗅到香味，心里感到喜欢，同时又觉得害怕。阿拉丁察觉到这种情景，说道："娘，你来看一看这盏灯的好处吧。当初你责怪我，教我扔掉它。现在你明白它的可贵的地方了吧。"

"儿啊！但愿老天爷多多赐福灯神，但是我本人却不愿见他出现在我面前。"

阿拉丁和母亲坐在托盘面前，尽量吃饱喝足，然后把剩余的饮食收存起来，留待明天食用。

阿拉丁母子过着舒适的生活，直到把灯神送来的饮食吃完之后，他才拿一个盘子塞在衣服下面，溜出去找那个犹太人，要把盘子卖给他。可是说来巧遇。他打一家古老的珠宝店门前经过时，被一个正直的珠宝商看见，便对他说："我的孩子，你是做什么的？我屡次见你从这儿经过，总是和一个犹太人打交道，跟他做买卖，彼此成了老主顾。我想你现在又去找那个犹太人吧，有什么东西要卖给他似的。告诉你吧，我的孩子，那个犹太人原是个该诅咒的坏家伙，经常弄虚作假，贱买贵卖，从中渔利，使很多好人吃亏上当。你多次和他打交道，显然已经上他的当了。我的孩子，如果你有什么东西要卖，不妨拿给我看看。你别害怕，值多少钱，我会按公道价钱购买，不至于叫你吃亏。"

阿拉丁听了珠宝商的谈话，果然把盘子掏出来。商人接过去仔细打量，并在秤上称过重量，这才问道："这个盘子跟你卖给犹太人的那些是一套吗？"

"不错，都是同一类的。"

"他给你多少钱呢？"

"一枚金币。"

珠宝店的老板听了回答，大吃一惊，骂道："这个该死的犹太人，用一枚金币的代价收买一个金盘，这样欺骗孩童，真不怕天打雷霹！"接着他对阿拉丁说："我的孩子，那个诡计多端无恶不作的犹太人,他欺负你了。这种盘子是纯金的,我称过重量,估计它的价值最少该卖七十金币。如果你愿意,就以这个价格卖给我吧。"他说罢,数了七十枚金币兑给阿拉丁。

阿拉丁靠听了珠宝店老板的揭发,才知那个犹太歹徒的恶毒,明白自己上了当,非常懊丧。同时,他对珠宝店老板的公道和正直,出自衷心的感激,高兴地收下老板付给的金币,告辞归去。

阿拉丁靠卖金盘所得的钱过日子,卖一个金盘所得的钱花完了,又卖一个。他有的是盘子,所以继续不断地拿去卖给珠宝店,所有的钱除生活开支外,还有剩余,所以金钱越积越多,情况和境遇日益好转,可是他母子都不随便挥霍浪费,仍然过节俭的生活,保持中等阶级的生活水平,钱该花不该花都有分寸。现在阿拉丁像个成年人,少年时代那种调皮捣蛋的作风已大大改变,不再同那些不三不四、游手好闲的坏人交往。他开始选择正直诚实的人做朋友,经常同生意场中的大小商人接触,往来频繁,向他们打听经营的诀窍,并学习投资求利的本领。他还经常接近珠宝商和做金银首饰的生意人,观看他们铺中的名贵珠宝玉石,留心他们经营生意的方式方法。他把一切记在心里。他通过社交,经验和阅历逐步增长了,终于弄清楚他从花园中摘来的那几袋果实,并不是玻璃或料器的东西,而是名贵稀罕的珠宝。同时,他感到自己是比帝王还富厚的有钱人了。他暗自估量,认为他自己现有的珠宝,跟珠宝店中的比起来,数量虽然只有四分之一,但是质量却好得多。因为珠宝店中体积最大的珠宝,只比得上自己的最小的。

白狄伦·布杜鲁公主

阿拉丁利用每天去市场中,跟生意人打交道、讲交情的办法,获得他们的好感,因而熟悉行情,能识别商品的好坏贵贱,学习买卖的基本知识,一心一意想在生意场中出人头地。

有一天,阿拉丁衣服穿得整整齐齐,照常去市场活动,正走在大街上,听到一个当差的大声对老百姓说:"奉尊严伟大的皇上之命,晓谕绅商庶民:今日因白狄伦·布杜鲁公主前往澡堂沐浴熏香,命令城中商贾停业、居民闭户一天。这期间禁止居民外出,违者死罪。"阿拉丁听了皇宫传出的禁令,不禁引起他的极大兴趣,一心要看皇帝的女儿白狄伦·布杜鲁一眼。他暗自想道:"朝中大小官员都赞赏公主美丽可爱,这使我太想看到她了。"

阿拉丁为了想看白狄伦·布杜鲁公主一眼,决定也上澡堂去,躲在穿堂后面,以便在白狄伦·布杜鲁公主一进澡堂大门,就能看见她。他打定主意,毅然赶到澡堂,躲在穿堂后面,耐心等候白狄伦·布杜鲁公主的到来。

白狄伦·布杜鲁公主通过主要街道,兜了一个圈子,借参观游览,寻求欢乐,最后在奴婢的簇拥下,姗姗来到澡堂。她一进大门,便取下面纱,迈着轻盈的步子,一直向前。这时候,在阿拉丁眼中便出现了一个窈窕活泼的美女。她的面孔像灿烂的珍珠,眼睛像明亮的太阳,配着两道弯弯的眉毛和一口洁白牙齿。她的美丽可爱,简直像仙女下凡。阿拉丁暗自称赞:"都说公主美丽,确实名不虚传。"

阿拉丁对白狄伦·布杜鲁公主一见钟情。他的心弦受到撞击,从此公主的形影总是萦绕在他的脑子里,弄得他到了神魂颠倒的地步。他回到家中,变成一个呆头呆脑的痴人。他母亲跟他说话,他不回答,她所说的总是没有反应。

次日清晨,母亲陪他一起吃早饭,照常跟他交谈,说道:"儿啊!你碰到了什么事?告诉我,你干吗苦恼?让我知道你受了什么刺激才突然变成这个样子。"

过去阿拉丁总认为天下的妇女都像他母亲那样平凡,没有什么可称道的地方。虽然他经常听别人说,皇帝的女儿白狄伦·布杜鲁公主是个绝世美人,具有迷人的魅力,但是他并不真正懂得所谓"美丽""爱情"是什么。从那天他亲眼看到公主的真面目,便一头栽到爱情里,弄得精神恍惚,不思茶饭,一下子变得前后判若两人。因此,当他母亲一再问他苦恼的原因时,他不耐烦地摇摇头说:"你别管我!"

做母亲的总是爱子心切,安慰他,心疼他,要他挨近自己一块儿吃饭。阿拉丁勉强听从母亲的意思,但对饭菜没有兴趣,难得下咽。后来,他索性躺在床上,夜里经常通宵失眠。这种反常现象,一直延续下去。他母亲感到困惑,弄得毫无办法,不知到底发生了什么事故。她认为儿子害病,便挨近他,说道:"儿啊!要是你身上哪里疼痛,或感觉什么地方不舒服,只管对我说,我去请大夫给你治疗。现在有个阿拉伯大夫到咱们城中来行医,皇上曾召他进宫去治病,外面都传说他对脉理很有研究。如果你真是害病,那么让我去请他来瞧瞧吧。"

阿拉丁一听要去请医生来替他治病,便一本正经地说道:"娘,我很健康,一点毛病也没有。因为从前我认为天下的妇女都像你这样,是一个模样的,没有多少区别。我的这种看法,直到最近才突然改变。这是因为皇帝的女儿白狄伦·布杜鲁公主上澡堂去沐浴熏香,我有机会见她一眼的缘故。"于是他把那天碰到的事,从头到尾细说一遍,最后他说:"那个差官宣布禁令时说,'今天白狄伦·布杜鲁公主去澡堂沐浴熏香,故禁令商店开门营业,也不准各色人等出门看热闹。'这个禁令想必你也听到了。尽管宣布了禁令,我可是有幸,趁公主一进澡堂大门卸下面纱的时候就见了她一眼。公主的美丽可爱是绝无仅有的。我一见就情不自禁地钟情于她。我的仰慕恋念是难以形容的,所以苦恼、不安也就随之而来。我决心追求她,想尽办法把她娶到手,否则我是安定不下来的。因为这个缘故,我打算请求皇帝把白狄伦·布杜鲁公主嫁给我。"

阿拉丁的母亲不赞成儿子的这种念头,觉得他的想法太天真、太幼稚,说道:"儿啊!指天发誓,在我看来,你已经失掉理智了,应该赶快恢复常态才对。你不要像着魔那样狂妄吧。"

"不,我的老母亲!我并没丧失理智,更不是狂人。你刚才说的,丝毫不能改变我的想法和打算。因为必须把我心爱的美丽的白狄伦·布杜鲁公主娶到手,我才能安静下来的。现在我正打算向公主的父亲大皇帝去求亲呢。"

"儿啊!指我的生命起誓,你别这样说吧,免得招人笑话,别人会说你疯了。你千万别再谈这种无聊的话。试问,像这样的事,有谁进行过?让谁去见皇帝?真的,我不能理解。假使你行得通的话,那么,对威严的大皇帝至少也得安排媒人去谒见他,经由媒人代为提出请求,说亲的愿望才可能实现。"

"娘,有了你,我还需要去求谁替我提亲呢?对我来说,还有谁比你更亲密、更可靠的呢?我的婚事,由你替我去说就行了。"

"儿啊!你说什么呀?莫非我像你一样也失掉理智了吗?你快放弃这个念头吧,今后再不要把这种事搁在心上了。我的孩子,不要忘记你是裁缝的儿子。你父亲是这座城中裁缝行里最穷苦的人,我当然也是缺吃少穿的孤苦贫民。咱们一家人这么穷苦,怎么敢娶皇帝的女儿做儿媳妇呢?皇帝当然只愿同帝王将相们结亲,即使去求亲的是官宦人家,如果品级和地位太悬殊,皇帝也不会把公主嫁给那班少爷公子。总要勉强配得上,皇帝才不至于反对的。"

阿拉丁耐心听母亲说完,便说:"娘,你说的这些道理,我都明白。我是穷苦人家的孩子,这我清楚,但是你所说的可不能改变我的主意。我既是你的儿子,而你又真心实意地爱护我,所以我才把希望寄托在你身上,求你同意我的意见,并促成我的愿望。如果你不肯这样做,我就等于毁灭在你手中了。如果我不能同心爱的人结婚,那只有死路一条了。娘,无论怎么说,我总是你的儿子呀。"

阿拉丁的母亲听了儿子发自内心的话,产生了同情怜悯心情,忍不住伤心哭泣,说道:"儿啊!你说得对,我是你的母亲,除了你,我没有别的骨肉。我愿意替你说一门亲事,使你感到满意。不过我所顾虑的是：如果我向跟咱们景况相似的人家提亲，人家首先要问你有多少财产，靠经商或是做手艺来养家糊口等问题，这叫我怎样回答呢？我的孩子，对普通人家所提的问题，我都穷于应付，叫我有什么勇气向大皇帝去求亲呢？他为人十分高傲，对左右的人，都是看不上眼的，这种情况你应该心中有数。再说，哪个女子甘心嫁给裁缝的儿子做老婆呢？何况我明明知道去向皇帝求亲，不但自讨没趣，而且会惹怒皇帝，会招致杀身之祸呢。儿啊，这事既然与我的性命有关，我怎么能去冒生命的危险呢？我有什么办法向公主求婚同皇帝接近呢？就算我能进入皇宫，去到皇帝面前，我怎么开口呢？可能皇帝会把我当作狂妇逮捕起来呢。就算皇帝赏脸接见我，我能给威风凛凛的皇帝奉献什么礼物呢？我的孩子，皇帝即使为人宽大温和，对一般有正当理由去仰仗他，求他怜悯、护佑的人，也许不随便拒绝，会慷慨允诺。不过，他的恩惠和赏赐，终归只会落到应该享受者的头上，比如在战场上为他勇敢作战的人，或者老百姓中对国家有贡献的人。可是你呢？我的孩子，你在皇帝面前，在万民眼中，你到底立了什么功劳而能博得他的赏赐呢？再说，你所追求的恩惠，对咱们这种身份地位的人来说，是巴望不到的，皇帝是不会让你的希望实现的。因为凡是攀缘皇帝，仰他恩赏的人，必须带着帝王喜爱的礼物去见他，才能实现愿望。因此，我早就向你提出告诫。你既然拿不出适合皇帝享受的贡礼，又何必冒风险去向公主求婚呢？"

"娘，你谈的道理和提醒我的，全是正确的，值得我深思熟虑，牢记在心里。但是，我的娘哟！我钟情于白狄伦·布杜鲁公主，整个心房被爱情占据了，因此，必须把她娶到手，才能安下心来。至于提到礼物这件事，却鼓励我向皇帝求亲的勇气了。尽管你说没有可献奉的礼物，其实不是这样的，我不但有礼物，而且有最适合做贡礼的礼品呢。这种礼物是帝王所没有的，也是宫中的珍宝所不能媲美的。娘，告诉你吧：当初我从地下宝藏中带回来的、曾被我当作料货的那些东西，都是无价之宝。即使最小的一颗宝石，也是皇帝所有的珠宝不能比拟的。近来我经常同珠宝商往来,学到一些知识,知道我装在袋中的那些宝石,全是顶名贵的。这足以宽慰你,你尽管放心好了。记得我家有个钵盂,请母亲找出来,我把宝石装在里面,让你拿去当礼物献给皇帝,这样,你就可以替我在皇帝面前求亲了。我相信凭这样的珍贵礼物,母亲就好办了。如果你不愿为我娶白狄伦·布杜鲁公主奔走,那叫我怎么活下去呢!别以为这些昂贵的宝石算不了什么。你要相信我,这是经过多次同珠宝商来往,我逐渐熟悉市上的行情和价格才认识到的。据行家的鉴定和估计,目前市中的珠宝,最好的拿来跟我的比较,其价格只及得我的四分之一。所以我敢说,咱们的宝石是再值钱不过的了。娘,求你按我的要求,快去把钵盂给我拿来,让我装些宝石在里面,以便咱母子仔细欣赏宝石的灿烂光芒,并想妥善的办法处置它吧。"

阿拉丁的母亲去取钵盂,心想:"儿子的话我不太相信,待我找出钵盂来,就可以证实了。"她嘀咕着把钵盂搁在阿拉丁面前。

阿拉丁挑各式各样的宝石摆在钵盂里,经过安排整理,直至装满。母亲站在旁边耐心观看,被钵盂中反射出来的珠光宝色刺得不住地眨眼,强烈的光芒闪电般闪烁着,把她的心神弄糊涂了。她仍怀疑是不是无价之宝,不过她想儿子所说一般帝王也没有类似这种珍宝也许是事实。

"娘,盛在钵中的礼物是最名贵的,它将使你受到皇帝的尊敬,受到热忱的接待。现在请你不要再推卸,振奋起来,抬着这钵宝石,快往皇宫去吧。"

"儿啊!真的,这礼物确是非常值钱的,是宝中之宝。按你的说法是绝无仅有的,无法媲美的。但是谁敢去见皇帝替你向他的女儿白狄伦·布杜鲁公主求婚呢?如果皇帝问我:'你是来做什么的?'我可不敢说:'我要你的女儿做儿媳妇。'因为在皇帝面前,我的舌头像被绳子捆绑着,不听我使唤的。就算老天爷帮助,我即使鼓足勇气,大胆地对他说:'我希望通过我的儿子阿拉丁娶你的女儿白狄

伦·布杜鲁为妻,而同你结下姻亲的关系。'毫无疑问,宫中的人肯
定会说我是疯人,一定会鄙视我,杀害我,所以我不能去冒生命的危
险。因为这不仅给我个人带来悲惨的遭遇,而且会使你受苦受难的。
儿啊!为了关心你,促使你的理想实现,不管结果如何,我必须鼓足
勇气,赶往皇宫。假使皇帝能接见我,问到这些礼物的价值以及献礼
的目的,说明你要娶公主为妻的愿望时,按一般的习惯他要打听你的
职业、地位、收入和品质,对这些问题,我该怎么回答呢?"

"娘,皇帝的注意力会被光芒夺目的宝物吸引住,他欣赏宝物都
来不及,不会有工夫去想别的事情,因而你的顾虑是多余的。现在你
只管把珍贵的礼物送到皇帝面前,然后替我向他的女儿白狄伦·布
杜鲁公主求婚,别把事情想象得太困难。你早就知道,我的这盏神
灯,它会供给咱们生活需要的各种东西。无论我需要多少,只消一开
口,它会如数供应的。现在我所考虑的问题是:必须研究一下,万一
皇帝果然按你的想象打听我的情况时,应该怎样回答他才好。"

当天夜里,阿拉丁母子通宵达旦,共同商量、研究怎样办好这桩
事情,直到次日清晨。母亲精神很好,显得容光焕发,因为她知道神
灯的许多好处。她感到格外高兴的是,神灯是有求必应的,能供给她
家所需要的一切。

阿拉丁向他母亲讲了神灯的作用之后,眼看她兴奋、愉快的样
子,生怕她同外人聊天时会泄露秘密,故嘱咐她:"娘,神灯是咱家最
珍贵最重要的宝贝,你要注意,千万不可让外人知道它的价值和用
途。在人前千万不可涉及神灯的秘密,否则神灯会被人偷窃或抢夺
的。如果真是这样,咱们所享受的这种幸福生活就没有了,我所期待
的希望、理想也必然付诸东流。因为咱们的希望和幸福,全是靠这盏
神灯供给的。"

"儿啊,这个我知道,你不必顾虑。"她说着用一块最好的帕子,
把盛宝石的钵盂包起来,带着上皇宫去了。

她匆匆来到皇宫门前,看见早朝的将相、官吏们络绎不绝。宰

相、大臣、官吏、显贵们,一个挨一个地进去,聚集在朝廷上,由宰相率领,向宝座上的皇帝朝拜,行鞠躬礼,然后一个个交叉手臂,贴在胸前,垂头听命,待皇帝示意,他们才各按等级就座。接着便有朝臣上奏,其余的陪皇帝侧耳细听。早朝毕,皇帝进入后宫,其他臣僚才顺序各自退下。

阿拉丁的母亲清早离家,一口气跑到皇宫,却没人理睬她,只好一动不动地站在一旁,观望等待。早朝完毕,官吏们离廷办公去了,她才闷闷不乐、无精打采地转回家去。

阿拉丁见母亲提着礼物归来,料到她碰到麻烦,但是并不追问缘故。她把礼物放下,把经过叙述一番,然后说道:"儿啊!今天我原是勇气十足,坦然地站在一旁,等待谒见皇帝,向他求亲,也想到过跟皇帝说话时,肯定会神情紧张。不过今天求见的人很多,他们像我一样,都没得机会跟皇帝见面、交谈。儿啊!你应该高兴,不必难过。明天我再上皇宫求见皇帝,替你求亲好了。今天的情况,想必明天不会再发生吧。"

阿拉丁听母亲这么说,感到快慰。固然他很爱白狄伦·布杜鲁公主,希望同她很快结婚。可是事情这样不顺利,他不得不抑制感情,耐心等待。

次日清晨,阿拉丁的母亲又赶到皇宫,见接待厅的门窗关闭着。她向旁人打听,知道皇帝不是每天都接见老百姓,每周只接见三次。这种情况使她失望得很,只得闷闷不乐地转回家,等接待日再去求见。

阿拉丁的母亲果然按照皇帝规定接见老百姓的日期前往皇宫,按习惯站在接待厅门外,等待进谒时,只见求见的人很多,总是厅门一开,就进去一人,厅门随即闭上,等那人出来,然后再进去一人。由于时间的限制,尽管阿拉丁的母亲每逢接待日都去等候求见,但总是轮不到她就告结束。这样的情况持续了将近一个月。后来在月底的某日,轮到阿拉丁的母亲谒见皇帝了,那已是当天接见的最后时刻。

可是由于她胆怯犹豫,怕在皇帝面前说不出话,就在这时,厅门关上,宣告接见结束。

皇帝由宰相陪同,离开接待厅,前往后宫。他发觉阿拉丁的母亲每逢接待日都到场,照例站在接待厅门外,因此,他回头对宰相说:"爱卿,近来这六七次接待日,我见那个老太婆都来求见,老是站在一旁,一动不动,手里提着一包东西,你知道她的情况吗?她有什么意图呢?"

"主上,一般说来,妇女们的头脑不太健全。那个老太婆想必受丈夫的虐待,或许是生家人的气,所以才上这儿来向陛下诉苦叫屈吧。"

宰相的回答显然不能使人满意。皇帝说:"看光景,她会再来求见的。到那时,你直接带她来见我吧。"

"听明白了,遵命就是。"宰相回答。

阿拉丁的母亲,每次接待日都到场,在厅门前等候。为了替儿子求亲,尽管吃苦头,但她始终抑制着苦恼、厌倦的情绪,为了让儿子的愿望得以实现,她任劳任怨地克服种种困难。这天,她照例等候谒见,皇帝抬头一眼看见她,便对宰相说:"这就是那天我对你提过的老太婆。你把她带来,了解一下她的需求,满足她的愿望吧。"

宰相遵命,立刻把阿拉丁的母亲引到皇帝面前。她向皇帝致敬,吻他的指尖,并拿他的指尖摸自己的眉毛,表示无上敬意。接着她祝皇帝万寿无疆,世代荣华富贵,最后拜倒在皇帝脚下,跪着聆听皇帝的吩咐。

"老人家,"皇帝开始跟她说话,"很多的日子里,我见你都上接待厅来,显然你是有话要说的。你需要什么,告诉我吧,我可以满足你的要求。"

"是的,对于皇上的恩赏,我是一直盼望着的。今天,我向陛下陈述情况之前,首先恳求陛下对我的安全给予保障,并允许我一个人独自在御前讲明我的希望和目的。"

皇帝急于要知道她的要求,立刻做出一副温和仁慈的样子,答应她的请求,叫左右的侍从离开,只留宰相一人在旁,才回头说:"现在把你的要求告诉我吧。"

"如果我说错了话,恳求陛下饶恕。"

"有什么话,你只管说。老天爷会饶恕你的。"

"主上,我有个儿子,名叫阿拉丁。有一天他在街上,听见宫中的差官传达圣旨说,皇帝的女儿白狄伦·布杜鲁公主前往澡堂沐浴,命令商人停业一天,并禁止市民自由出入家门。我儿子听了这个消息,抑制不住感情,一心盼望看公主一眼,便设法溜进澡堂,躲在大门后面窥探她。因此,当公主一进澡堂,他便看见她。他满心欢喜,感到无上荣幸。但是,他从见公主那天起,直到现在,生活失常,终日闷闷不乐,日子很不好过。因为他倾心公主,硬要我前来向陛下求亲,希望结为夫妻。由于他过分钟情于公主,我简直没法打消他的幻想。爱情牢固地控制着他的生命,已经到了活不下去的地步。他曾对我说:'娘,你要知道,假使达不到同公主结婚的目的,我就活不下去了。'所以我才冒昧前来求见,恳求宽大仁慈的皇上,体谅我母子的苦衷,饶恕我们犯的罪过吧。"

皇帝听了阿拉丁的母亲的叙述,显出慈祥的面孔,仔细望着她,同时哈哈地笑出声来,接着问道:"你手里拿着什么? 那块帕子中包着什么东西?"

阿拉丁的母亲看到皇帝的慈颜和笑脸,认为他显然是以笑脸代替怒目,最后难免要怒气冲冲、大发雷霆的。她听了皇帝的询问,只好打开帕子,把一个装宝石的钵盂献上。这时候,整个接待厅一下子闪烁着珠光宝色。皇帝眼看这些稀罕、名贵、体积特大的宝石,感到十分惊诧,情不自禁地大声说:"我有生以来,第一次看见这样的宝石。在我的库藏中,找不出一颗能与这些珠宝相比的。"继而他对宰相说:"爱卿,你的观感如何? 如此稀奇瑰丽的珠宝,你生平见过没有?"

"主上，像这样名贵的珠宝，我的确没见过。我想陛下库藏中的珠宝，能与这钵盂里最小的宝石媲美的，恐怕也是找不到的。"

"这么说，对于贡献这些珠宝的人，应选他做白狄伦·布杜鲁公主的丈夫了，他娶公主为妻是最适合的人了。"

宰相听了皇帝的话，一时张口结舌，答不上来，内心感到痛苦，因为皇帝曾答应将公主嫁给他的儿子做妻子。宰相愣了一回，说道："主上，当初承蒙陛下答应将白狄伦·布杜鲁公主嫁给我的儿子，臣不胜光荣，非常感激。臣以为陛下既然有言在先，那么我就冒昧进一言，切望陛下看臣的面，给我儿以三个月的期限，以便我儿筹措一份最名贵的礼物献给陛下，作为娶公主的聘礼。"

皇帝明知这是不可能的事，无论宰相或其他公侯显贵都是绝对办不到的。但出于宽大、仁慈，便接受了宰相的要求，给予三个月的限期。同时，他对阿拉丁的母亲说："回去告诉你的儿子吧，我发誓愿将公主嫁给他；不过现在必须替她预备一份妆奁，以便婚后使用。叫你的儿子要耐心等三个月后，才能举行婚礼。"

阿拉丁的母亲得到皇帝的恳切答复，万分感激，赶忙赞颂皇帝，然后告辞回家。

阿拉丁见母亲眉开眼笑地回来，这显然是吉祥可喜的兆头。他高兴地看到母亲今天没有耽搁就回家来，跟往常迟迟不归的情况大不相同，同时也没有把那包宝石带回来。他问母亲："娘，多谢老天爷，也许你给我带来好消息了，说不定那些珍贵的宝石起了作用，你受到皇帝的亲切接待了？他是不是向你表示谦恭的态度？是否仔细倾听你的陈述？"

阿拉丁的母亲把她进宫的经过：皇帝如何叫宰相引见她，他对那稀罕、珍贵、硕大、灿烂的宝石所表现出来的惊奇羡慕的神态，以及宰相的观感等，从头到尾，详细叙述一遍，然后说道："皇帝对我许下诺言，愿将公主嫁给你。不过，我的孩子，当时宰相提醒皇帝，把过去皇帝同他私下商议的一件秘密透露出来，并恳求皇帝履行诺言。之后，皇帝对我许下三月后,替你和公主成亲,这才打发我回家。因此,我担心宰相会从中捣鬼,对这桩婚事进行破坏,从而使皇帝改变主意,那就糟糕了。"

阿拉丁听了母亲的叙述,得知皇帝允许将公主嫁给他,规定三个月后成亲。他听了这个好消息,尽管要等三个月,心里依然充满喜悦,快乐得无法形容,欣然说道:"皇帝既然允许我和公主成亲,三个月的限期固然耐人等待,但是,我心中的快乐仍然是无穷的。"他非常感谢母亲,为他奔波操劳,结果收获很大。接着他对母亲说:"娘,指天发誓,今天以前,我简直是躺在坟中,幸亏你把我救出来,让我起死回生。感谢上天!我现在醒悟了,我肯定人世间没有比我更幸福的人了。"于是他耐心等待,等限期满的一天,好同白狄伦·布杜鲁公主结婚,成为恩爱夫妻。

公 主 结 婚

阿拉丁遵照皇帝的旨意,好不容易才等满了两个月的限期,想不到中途情况发生变化。因为有一天日落时,他母亲上市场去买油,看见铺店都关了门,家家户户张灯结彩,整个城市装饰得焕然一新,官吏骑着高头大马,指挥部队站岗、巡逻,烛光和火炬交相辉映,热闹异常。眼看那种反常的景象她非常惊奇,急忙走进一家油店边买油边向油商打听消息:"大叔,指你的生命起誓,请告诉我:今天人们装饰门面,大街小巷张灯结彩,还有官吏巡逻,士兵站岗,这到底是怎么一回事?"

"老大娘,恐怕你不是本城居民,而是外乡人吧?"

"不对,我是本城的居民。"

"既然如此,怎么连这样一桩大事也不知道呢?告诉你吧:今天晚上是皇帝的女儿白狄伦·布杜鲁公主同宰相的儿子结婚的吉日。

现在宰相的儿子正在澡堂沐浴熏香,那些官吏和士兵奉命为他站岗、巡逻,等他沐浴完毕,护送他进宫去同公主见面,举行隆重的婚礼。"

阿拉丁的母亲听了油商的话,犹如晴天霹雳,弄得六神无主。她首先想到的是自己的儿子阿拉丁。她深知这个可怜的孩子,从得到皇帝的诺言后,便耐心地、一点钟一点钟地煎熬着,等满三个月期满结婚。现在她茫茫然不知该怎样把这个坏消息告诉儿子。她惊慌失措地回到家里,对阿拉丁说:"儿啊!我要告诉你一个确切的消息,这会给你带来无限的悲哀和痛苦。这对我也是很痛苦的。"

"你听到什么了?快说吧。"

"真的,皇帝的诺言全然无用,他把白狄伦·布杜鲁公主许配给宰相的儿子,并且决定今晚在皇宫举行结婚典礼呢。"

"你怎么知道这个消息的?"

阿拉丁的母亲这才把她上街看见的和听到的从头到尾说了一遍。

阿拉丁不禁怒火中烧,苦恼到极点,怎么也想不通,但又不甘心。他镇定下来,终于想到神灯,精神便振奋起来,说道:"娘,指你的生命起誓,别以为宰相的儿子会如愿以偿地把公主娶到手。咱们暂不谈这件事。现在你快去做饭,待吃过饭,我将在寝室里休息一会儿。你放心好了,这件事会有美满的结果的。"

阿拉丁按计划行事,把寝室门关起来,然后取出神灯,用手一擦,灯神便出现在他面前,应声说:"你需要什么,只管吩咐。"

"听我说吧:我曾经向皇帝求亲,要娶他的女儿白狄伦·布杜鲁公主为妻。承蒙皇帝允许,答应三个月后举行婚礼,但是皇帝不守信用,中途变卦,竟把公主嫁给宰相的儿子,今晚在宫中举行婚礼,让新娘新郎初次见面,结成正式夫妻。因此,我吩咐你这位可靠得力的灯神,前往宫中进行监视。待新娘新郎进入洞房上床就寝的时候,你即刻把他俩连床带人一并给我弄到这儿来。这便是我需要你做的一件重要的事情。"

"听明白了,遵命就是。除此之外,如果还有其他的事要做,只管吩咐好了。"

"除了上面所托这件事情之外,目前没有别的事了。"阿拉丁快慰地说。

灯神随着阿拉丁的话音悄然隐退后,阿拉丁才把神灯收藏起来,走出寝室,照常跟他母亲聊天。过了一阵,估计灯神该回来了,便起身进入房内。一会儿,灯神便出现在他面前,并将一对新婚夫妇连同他俩的新床一起搬到他家中来。阿拉丁眼看那情景,喜出望外,踌躇满志地吩咐灯神:"把那个该受绞刑的家伙,给我从这儿弄出去,暂且关在厕所内过夜好了。"

灯神马上把那个新郎弄到厕所里,并向他喷出一股寒气,让他哆嗦着狼狈不堪地待在那里,然后回到阿拉丁面前,说道:"还有别的事要做吗?告诉我吧。"

"明天早晨你上这儿来,把他俩原样带回宫去。"

"听明白了,遵命就是。"灯神应诺着悄然隐退。

阿拉丁站了起来,几乎不相信这件事会有这样圆满的结果。但是当他见白狄伦·布杜鲁公主躺在他家里,尽管自己为爱她而吃了不少苦头,可是敬重她的心情,依然没有丝毫改变。他说道:"美丽的公主啊!别以为我把你弄到这儿来是存心毁坏你的名节吧,绝对不是这样,这是老天爷不允许的。我这样做是为了保护你,防止坏人玩弄你。另一方面,是因为令尊曾许下诺言,愿把你嫁给我的缘故。现在你只管放心,安安静静地休息吧。"

白狄伦·布杜鲁公主眼看自己置身于鄙陋不堪、阴晦暗淡的处所,并听了阿拉丁的谈话,感到惶恐不安,战栗不已,心神陷于恍惚迷离状态,弄得一句话也说不出来。

阿拉丁从容脱掉外衣,扔在床上,随即倒在公主身旁睡觉。他很规矩,既没有亵渎的心思,也没有放荡的行为,这是因为他对公主同宰相的儿子结婚这件事没有什么可怕的。再说,这样的处境,对白狄伦·布杜鲁公主的确太恶劣了,那是她生平仅见的一夜,也是最难度过的一夜。与此同时,对置身于厕所的宰相的儿子来说,其遭遇更糟,他慑于灯神的压力,整夜受惊挨冻,怕得要死。

第二天黎明,灯神遵循主子的指示,不用擦灯召唤,便按时来到阿拉丁面前请示:"我的主人,你有什么事要做,我可以完全办到。"

"去把那个所谓的新郎带到这儿来,然后连同这个所谓的新娘一并送回去吧。"

灯神遵循阿拉丁的命令,转瞬就把这对新婚夫妇送到宫中,放在他俩的洞房里,旁人谁也不知此中底细。但是公主和宰相的儿子察觉自己突然又被送回宫中,彼此面面相觑。由于惊喜过度,双双晕倒,不省人事。

灯神把公主和宰相的儿子安置妥当,悄然归去之后,接着皇帝来看望公主,祝愿女儿新婚之喜。这时,宰相的儿子听见开门声,明知皇帝来到洞房,想下床穿衣服,好迎接岳丈。可是由于昨夜待在厕所中冻得太厉害,必须捂在被窝里暖和暖和,因而他力不从心,躺在床上,动弹不得。

皇帝挨到白狄伦·布杜鲁公主面前,亲切地吻她的额头,向她问好,并询问她对婚事满意不满意。结果,只见女儿用愤怒的眼光瞪着他,默不作答。皇帝一再重复问话,而公主始终保持沉默,不肯透露昨夜的内情。迫不得已,皇帝只得离开女儿,匆匆返回寝室,把他和公主之间发生的不愉快情景,告诉了皇后。

皇后怕皇帝生公主的气,从中解释说:"主上,关于公主的这种情形,对一般刚结婚的妇女来说,是没有什么可奇怪的,显然是害羞的缘故,主上应多多原谅她。过几天她恢复常态,就谈笑自若了,现在让她保持沉默吧。不过我惦念着她,必须亲自去看一看。"于是她整理一下衣冠,匆匆来到公主的洞房,问她好,吻她的额头。公主无动于衷,默不吭气。因此她暗自说:"毫无疑问,显然是发生意外事件,她才变成这个样子的。"于是她问道:"儿啊!你怎么了?我来看望你,祝愿你,你却不理睬,这到底是怎么一回事呢?让我知道其中的实情吧。"

"娘,原谅我吧。"白狄伦·布杜鲁公主抬头望着皇后,"你来看我,给我无上的敬意,我应该恭恭敬敬地迎接你,才算尽到做女儿的本分。现在请听我说一说我的境遇以及昨夜度过的苦难日子吧。这并不是我说谎。娘,先是有个来路不明的、我从来不认识的家伙,把我们连床带人一起举了起来,一下子转移到一处阴森、暗淡的所在。"接着公主把昨夜的遭遇:她丈夫如何被带走,只留她一个人孤单寂寞地躺在床上,随后怎样出现另一个青年来代替她丈夫,将衣服摆在她和他之间,然后躺在一旁过夜等等,从头到尾叙述一遍。最后说:"直到今天早晨,那个家伙才把我们连床带人一起搬运回来,摆在洞房中,接着父王便驾临。当时由于我恐惧过度,神魂不定,心绪不宁,有话说不出口,所以没同父王谈话。这是我失礼的地方,惹父王生气。娘,希望你把我的境遇转告父王,求他原谅、饶恕,并体谅我的混乱心情吧。"

皇后听了白狄伦·布杜鲁公主的叙述,说道:"儿啊!你好生镇静下来。关于发生在你身上的这桩意外的事件,如果泄露出去,会惹人议论的,人们会说'皇帝的女儿丧失理智了'。而你不让父王知道这件事的来龙去脉,这做得对。现在你要小心谨慎,我再嘱咐一遍:你要小心谨慎,别让父王知道这桩事的始末。"

"娘,我跟你讲这件事的经过,身体非常健康,神志也很清醒。我不是发疯,所遭遇的全是事实。你若不信,可以问我丈夫。"

"儿啊!你快起来,抛弃心中的种种疑虑、幻象,换上新装,然后前去参加热闹的婚宴。在宴会中你可听美妙的弹唱音乐,可欣赏歌女、艺人的歌舞。儿啊!人们彩饰城郭,备办丰盛筵席,以热烈庆祝婚礼的方式来尊敬你呢。"

皇后吩咐毕,即刻召唤宫中最老练的侍女,替公主梳妆打扮,准备去参加婚宴;然后她赶忙回到皇帝面前,安慰他,说明公主在新婚之夜，因受到梦魇的折磨，身体不大舒适，最后说："她失敬的地方，你原谅她，别过于严肃认真。"

后来皇后背地里召见宰相的儿子，私下向他打听："告诉我吧，白狄伦·布杜鲁公主所说的这件事，是真实的吗？"

宰相的儿子怕说出实情，会拆散他和公主的婚姻，因而胡扯道："回禀母后：关于这样的事情，我可是一点也不知道。"

皇后听了宰相之子的回答，便认为公主做了一个噩梦，昨夜发生的事，是梦中所见的幻境。于是她放下心，高兴地陪公主出席婚宴。庆祝宴会整整热闹了一天。宴会场中，宾客满座，歌女翩翩起舞，艺人抑扬顿挫地引吭高歌，乐师敲击和吹奏各种乐器，发出铿锵悦耳的声音；这一切交织成一片喜气洋洋的景象，到处充满着快乐的气氛。皇后和宰相父子格外关心公主，一个个自告奋勇，尽情渲染宴会的乐趣，想这样来感染公主，使她触景生情，转忧为喜。为要达到这个目的，他们不辞辛苦，不嫌麻烦，想尽各种办法，凡是公主感兴趣的事物，全都显露在她眼前。认为这样便可消除公主的烦恼，从而产生愉快情绪。然而他们的努力却未收到预期的效果。当时白狄伦·布杜鲁公主老是愁眉不展，一动也不动地默然坐着，始终被昨夜发生的事情所困惑。

至于宰相之子所遭受的苦痛，整夜被关在厕所里受冻所吃的苦头也是一言难尽的。而他弄虚作假，对昨夜的事情装作满不在乎，好像忘得一干二净，这是有原因的。第一，他怕公开了昨夜的情节，会影响他的婚姻大事，怕崇高的荣誉和人所称羡的身份、地位会受到损害。第二，怕失去为他所钟情的美丽的白狄伦·布杜鲁公主。

当天阿拉丁也出去看热闹，只见那种做作出来的欢乐，从皇宫一直伸展到城里的每个角落，他只是暗暗发笑。尤其当听见人们对宰相之子发出的赞语、祝愿，他却嗤之以鼻，暗自说："你们这些可怜虫，根本不知道昨夜他的遭遇，所以才这么称赞、羡慕他呢。"

阿拉丁回到家中，若无其事地等待着，直到天黑，是睡觉的时候了,才走进寝室,把神灯拿出来,用手指一擦,灯神便出现在他的面前。于是他吩咐灯神,教他像昨天那样,趁宰相的儿子同公主欢聚之前,就把他俩连床带人一起弄到他家里来。

灯神随即隐退。一会儿他把宰相的儿子和白狄伦·布杜鲁公主夫妇带到阿拉丁家中,并像昨晚那样,把所谓的新郎带到厕所中拘禁起来,让他受苦。

阿拉丁眼看灯神完成任务,这才脱下外衣,摆在床铺当中,作为他和公主之间的界线,然后倒在她身旁睡觉。

次日清晨,灯神照例来到阿拉丁面前,按阿拉丁的指示,把宰相的儿子和白狄伦·布杜鲁公主一起送到宫中,照原样摆在他俩的洞房里。

皇帝从梦中醒来,一睁眼就想到他的女儿白狄伦·布杜鲁公主,决心去看她,看她是否恢复常态。于是他驱散睡意,马上下床,整理一下衣冠,匆匆来到公主的洞房门前,呼唤她。

宰相的儿子吃了一夜苦头,冻得要命。他刚被送到新房中,便听见呼唤声,只得挣扎着下床,趁皇帝进入新房之前,随仆人回相府去了。

皇帝掀起新房的挂毯,挨到床前,向躺着的女儿问好,亲切地吻她的额角,询问她的情况。结果却见她愁眉苦脸,一声不吭地怒目瞪着他,露出可怜而又可怕的神情。

皇帝眼看那种情景,抑制不住心中的怒火,疑心是发生什么祸事了,终于气急败坏地抽出腰刀,厉声说道:"到底发生什么事了?你再不告诉我,我就宰掉你。我好心好意地跟你说话,你却不理睬,这种行为,难道是尊敬我的表示吗?是我所期待的回敬吗?"

白狄伦·布杜鲁公主眼看皇帝手中明晃晃的腰刀和他非常生气的神情,毅然排除胆怯、畏惧心情,一下子全盘托出,说道:"尊敬的父王,请别生我的气,也不必动感情,关于我的事情,父王是会知道的,会让我有辩解余地并受到原谅的。现在请听我叙述吧。我相信只要讲明过去这两夜里我所受的折磨，你会原谅我的，你的慈祥心情会可怜我的。我作为你的女儿，是应该受到这种恩顾的。"于是公主把两个夜晚所碰到的一切，从头细说一遍，最后说道："父王，如果你不相信我所说的，那么请去问我丈夫好了，他会把一切情况都告诉你的。至于他本人被带往什么地方，受到什么待遇，这一切，我一点也不知道。"

皇帝听了公主之言，既忧愁，又苦恼，气得直掉眼泪，只得把腰刀插入鞘内，边吻公主，边说道："儿啊！你干吗不把头天夜里发生的事告诉我呢？如果你早说，我可以保护你，免得第二次又受惊恐和虐待。不过今后不会发生意外事了。现在你起来，抛弃杂念，别再为这件事发愁了。今夜，我派人守夜保护你，不让灾祸再来折磨你。"

皇帝吩咐毕，离开公主的洞房，匆匆回到寝室，马上召宰相进宫，迫不及待地问道："爱卿，也许令郎告诉你他和公主所碰到的意外事件了吧！你对这件事是怎么看的？"

"主上，臣下从昨天起还没见到儿子的面呢。"

皇帝只得把公主所遭受的意外折磨，从头叙述一遍，然后说道："你马上去了解一下令郎在这件事中的实际情况吧，也许公主的恐怖心情，跟她所受的磨难不一定是一回事。但是，我相信公主所说的，是确有其事的。"

宰相立即告辞，急忙回到相府，马上派人唤儿子到跟前，把皇帝所谈的情况说了一遍，然后追问究竟，到底是真是假。

在宰相的追问下，他的儿子不敢再弄虚作假，只得老老实实地说："爹，老天爷不许白狄伦·布杜鲁公主说谎，她说的全都是事实。过去的两夜里，我们应该享受的新婚之夜的快乐，叫那意外的灾难破坏了。我自己的遭遇尤其惨痛，不但不能和新娘同床，而且被禁闭在黑暗可怕发臭的地方，整夜担惊受怕，冻得要死，差一点送了性命。"最后他说："敬爱的爹爹，恳求你去见皇帝，求他还我自由，解除我和公主的婚约吧。本来么，能娶皇帝的女儿为妻，作为驸马，这的确是再光荣不过的事,尤其我爱公主的程度,已经达到不惜为她牺牲生命的地步。但是现在我已精疲力竭,像前天和昨天晚上那种苦难日子,我再也受不了了。"

宰相听了儿子的叙述,大失所望,忧愁苦恼到极点。他所以同皇帝联姻,目的在于使儿子成为驸马,使他平步青云,乘龙上天。现在宰相听了儿子的遭遇,深感困惑,不知怎么办好。对他来说,婚约无效,的确是一件痛心的事。因为儿子结婚,刚享受至高无上的荣誉、前所未有的快慰,所以对儿子说:"儿啊!你暂且忍耐一时,待我们看一看今晚会发生什么再说吧,我们会派守夜人保护你的。要知道你是唯一获得这种高贵品级和地位的人,别人是巴望不得的,你别轻易抛弃它。"宰相嘱咐一番,随即匆匆前往皇宫,据实向皇帝报告,说明白狄伦·布杜鲁公主所说的,都是事实。

"事情既然如此,就不该再拖延下去了。"皇帝斩钉截铁地对宰相说,并马上宣布解除婚约,下令停止庆祝婚典的一切活动。

事情来得这样突然,人们都莫名其妙,尤其对宰相父子那种狼狈可怜相,更感到惊奇。弄得人们纷纷议论,有的说:"突然宣布公主的婚姻无效,这到底是什么缘故呢?"这当中的真实情况,除了追求白狄伦·布杜鲁公主的阿拉丁外,的确谁也不知道,也只有阿拉丁一个人在暗中发笑。

皇帝一手解除了公主和宰相之子的婚约,但他没有想起他给阿拉丁之母许下的诺言,甚至连细微的迹象都不记得了。阿拉丁只有耐心地等待皇帝给他所规定的期限届满,才能正式同白狄伦·布杜鲁公主结婚。

阿拉丁等到满期的那一天,便让他母亲去见皇帝,恳求履行诺言。他母亲果然按计划行事,光明磊落地前往皇宫,等待谒见皇帝。皇帝驾临接待厅,一见阿拉丁之母站在厅外,便想起给她许过的诺言,随即回顾身边的宰相,说道:"爱卿,这是曾经给我贡献珍宝的那个老妇人,我们曾对她许下诺言:待三个月的限期到时,便请她进宫来,共同安排公主同她儿子的婚事。现在限期已满,你认为该怎么办呢?"

宰相听了皇帝之言,随即带阿拉丁之母进接待厅,谒见皇帝。

阿拉丁之母跪下向皇帝请安问好,并祝福他荣华富贵,万寿无疆。

皇帝一时高兴,问她前来要求什么。

阿拉丁之母趁机说道:"禀告皇上:你规定的三个月,已经满期,现在是让我儿阿拉丁同白狄伦·布杜鲁公主结婚的时候了。"

皇帝听了阿拉丁之母的要求,感到震惊、为难,一时陷入迷惘状态,对阿拉丁之母的穷酸、卑微的样子,实在看不顺眼,然而前次她带来的那份礼物,却是非常名贵的,其价值之高,远非他的能力可以酬答。于是他向宰相讨主意:"你有什么办法应付这个局面呢?我的确有言在先,答应让她的儿子同公主结婚,因此她的要求是有根据的,不过,他们是穷苦贫贱的人,不是殷实富贵人家。"

宰相本来就嫉妒阿拉丁,恨他恨得要死,又因儿子的婚姻受挫折而忧愁苦恼,所以暗自说:"我的儿子丧失了驸马的地位,像这样的一个家伙,怎能让他娶皇帝的女儿做妻子呢?"于是心怀恶意,悄悄地向皇帝耳语:"主上,您要摆脱这个坏人并不困难。像他这样没有一技之长默默无闻的人,陛下本来就不该把高贵的公主许配给他。"

"有什么办法呢?"皇帝不明白宰相的意思,"当初我对老太婆许下诺言,而我对子民所说的话,等于彼此间订下的契约,怎能否认诺言而拒绝这门亲事呢?"

"主上,我的建议是:无妨在索取聘礼方面提高条件,首先要他用四十个金沙制成的大盘,盛满像前次献给陛下的那一类名贵宝石,再由四十名白肤色婢女端着,在四十名黑肤色太监护送下,送进宫来,作为娶公主的聘礼;这样他就无法应付,我们也在不违背诺言的情况下拒绝了他。"

皇帝听了宰相出的点子,非常高兴,说道:"爱卿,指天起誓,你的建议很管用,能解决问题。我们的要求看来他是做不到的,而且用这个办法,我们便取得主动了。"

皇帝和宰相密商妥当,才对阿拉丁的母亲说:"你去告诉你的儿子吧,我对人说话是算数的,有保证的,不过要附加一个条件,就是送的聘礼,要拿四十个纯金盘子,装满四十盘像前次献给我的那种珍贵宝石,由四十名白肤色的婢女捧着,并派四十名黑肤色的太监护卫,一起送进宫来,作为娶公主的礼物。如果你的儿子能做到这一点,我就把女儿嫁给他做妻子。"

皇帝的要求使阿拉丁之母大失所望,在回家途中不停地摇头叹气,暗自说:"我可怜的孩子到哪儿去弄这样的盘子和宝石呢?让他再上那个魔窟似的地下宝藏去取吧,这无论如何是不可能的事。要是把他带回来的那些宝石拿去充数,可是他又从哪儿去找白使女和黑太监呢?"到了家中,她见阿拉丁正等待着,便说:"儿啊!你的能力根本达不到娶白狄伦·布杜鲁公主,难道你还不该下决心抛弃你的幻想吗?因为皇帝提出来的那种条件,咱们这样的人家是一辈子也办不到的。"

"你快说一说新的情况吧。"阿拉丁催促他母亲。

"儿啊!皇帝这次接见我,依然表现出尊敬的神情,看来他对咱们是抱慈善态度的,只是那个讨厌的宰相,显然是你的冤家对头。因为当我按照你的意图对皇帝提出要求说:'陛下所规定的限期已满,恳求实践诺言,让白狄伦·布杜鲁公主同我的儿子阿拉丁结婚吧。'皇帝当面征求宰相的意见,他便悄悄地向皇帝耳语。他们嘀咕一阵之后,皇帝才答复我。"于是她把皇帝提出来的条件,重述一遍,然后说,"儿啊!皇帝等待你赶快回答他,可是在我看来,咱们没有办法回答他呀。"

阿拉丁听了忍不住大笑,说道:"娘,你认为这件事太难,断定咱们没有办法回答皇帝;其实不然,母亲只管放心,不必焦虑,我自有办法应付。现在请你先弄点饭吃,再看我回答他吧,包管你满意。当然啰,皇帝的想法跟你的看法是一样的;他所以提出如此苛刻条件,索取聘礼,目的在于拒绝我同他的女儿结婚。我看这份聘礼数量不算大,比我所设想的少得多。总之,你不必忧愁,待我周密计划一番,好让你上皇宫去回话。"

阿拉丁趁母亲上街买东西的时候,赶忙回到寝室,取出神灯一擦,灯神便出现在他的面前,说道:"请吩咐吧,我的主人!你要我做什么?"

"我向皇帝求亲,要娶他的女儿白狄伦·布杜鲁公主为妻。他要我用四十个纯金盘子,每个盘子重十磅,盘中要装满珍贵宝石,并指定要咱们从地下宝藏中所获得的那种类型的,由四十名白肤色的女仆端着,在四十名黑肤色的太监护卫下,一起送进宫去,作为娶公主的聘礼。因此,望你把我所需要的这一切赶快备置齐全吧。"

"听明白了,遵命就是。我的主人,你只管放心,一切照办不误。"灯神答应着悄然隐退。

约莫一小时后,灯神再次出现时,带来了阿拉丁所需要的一切,什么都不短少。他把人和物全部呈献在阿拉丁面前,说道:"这一切全是遵命照办的,还需要什么,再吩咐好了。"

阿拉丁看了非常高兴,说道:"目前不需要什么了,往后要做什么事,我会告诉你呢。"

一会儿,阿拉丁的母亲从菜市归来,一进门就看见黑人和姑娘们,不禁惊喜交集,大声嚷道:"承蒙老天爷恩赐我儿,这一切全是神灯的功劳哪。"

阿拉丁趁他母亲还没脱披巾便说:"娘,现在正是一个好机会,趁皇帝退朝回后宫之前,赶快把他所要求的这一切,由你亲身带领婢仆送进宫去,亲手奉献给皇帝本人;这样一来,他就知道,凡是他所要求的,我全办到了,即使要得再多些也行;同时他会明白自己被宰相作弄、欺骗了;再就是让皇帝和宰相都明白,他们君臣两人要为难我,阻挠我,都是徒劳的。"

阿拉丁打开大门，让他母亲带领婢仆们送聘礼进宫。

阿拉丁的母亲走在前面，婢女们顶着金盘，一个个跟在后头，每个婢女身旁伴随着一名太监，大伙慢慢地走向皇宫。经过闹市时，行人都停步，观看那种惊人的、奇迹般的场面，欣赏美丽的婢女们。她们穿戴的那种镶金嵌玉的、价值千金的锦缎衣裙，尤其惹人注目。人们也看到了盛在金盘中的珍贵宝石，虽然有精致的绣花帕子覆盖着，却同样放射出比太阳光还强烈的光芒。

阿拉丁之母率领婢仆，以整齐的队形和步伐迈步向前，一路上，吸引着众多的看热闹的人，人们同声称赞婢女们的美丽可爱。

阿拉丁之母带领婢仆进入宫内，宫中的护卫和内侍们，一见那种情景，都感到惊奇，婢女们的姿色尤其吸引人，简直像下凡的仙女，即使隐士、教徒见了，也会羡慕惊叹不已，就是王公、贵胄、富豪以及他们的子女见了，其感受也不例外。婢女们的华丽服饰和她们顶在头上那金盘中辉煌、灿烂的宝石放射出来的光芒十分强烈，刺得他们无法睁眼细看。

护卫官赶忙向皇帝报告送礼队的情景。皇帝听了大为欢喜，吩咐即刻引客入见。阿拉丁之母率领婢仆们，随护卫官到接待厅，在皇帝面前一起跪下，同声祝福他世代荣华，万寿无疆。婢女们把顶在头上盛满宝石的金盘拿下来，顺序摆在皇帝脚下，并揭开覆在盘上的丝帕，然后将两手交叉在胸前，默然退到一旁，规规矩矩地站着听候吩咐。

皇帝眼看婢女们苗条的身段和美丽的容貌，激动得几乎发狂。他打量着金盘中满盈的宝石，五光十色，灿烂炫目，一时被弄得心神恍惚，呆若木鸡。

皇帝碰到这样意外的事，不知怎样应付，一句话也说不出口。他意识到在这么短暂的时间内，求婚者居然能够收集这样多的宝物，实在有本领。这使他万分惊奇。

皇帝在惊喜交集的心情支配下，欣然接受了聘礼，吩咐婢女将礼品送进后宫,献给白狄伦·布杜鲁公主。阿拉丁之母乘机毕恭毕敬地对皇帝说:"启禀主上:我儿阿拉丁呈献的这份薄礼,跟白狄伦·布杜鲁公主那高贵、体面的身份比起来,未免太不相称了。论公主的身价,应该接受比这个多几倍的彩礼呢。"

皇帝听了老太婆的一番谦虚话,回头望宰相一眼,问道:"爱卿,你怎么说呢? 在几点钟时间内筹措这样一笔财富的人,难道不该被选为驸马吗?"

宰相对这份彩礼比皇帝还要惊奇、羡慕,但是他要陷害阿拉丁的嫉妒心也迅速膨胀起来。因此,当他看到皇帝满足于彩礼,婚姻已成定局时,他不好正面反对,只得含糊其词地说:"这是不太合宜的。"他以极卑鄙的手段,破坏阿拉丁和白狄伦·布杜鲁公主的婚姻,大言不惭地说:"主上,宇宙间的珍宝,全都收集起来,也不能买公主的一片指甲。可是主上重视聘礼的程度,比起公主本身来,实在相差太远了。"

皇帝听了心里明白宰相唱出这种高调,显然是出于过分的嫉妒,所以不屑理睬,便对阿拉丁之母说:"老人家,你回去告诉令郎吧:我收下聘礼,同意让公主做他的妻子,决心选他为驸马,告诉他马上进宫来吧,他已经是我的眷属了。今后我会尽量尊重他,照顾他,而且决定今晚替他和公主举行结婚仪式。你要照我的吩咐办,教他赶快进宫来,千万别耽搁。"

阿拉丁之母非常快乐,欣然告辞出来,在回家的路上,迈步似箭,一心要痛痛快快地祝贺儿子一番。她想到儿子就要同公主结婚,成为驸马,心里快乐得难以形容。

皇帝把阿拉丁之母打发走了,在侍从的护卫下,转回后宫,一直去到白狄伦·布杜鲁公主的闺房中,吩咐婢女们将聘礼拿给公主过目。

白狄伦·布杜鲁公主看了聘礼,感到震惊,高声说:"在我看来,人世间的珍宝,没有一颗能同这些宝石媲美的。"她环顾婢女们,对她们苗条美丽的形貌和伶俐活泼的举止,感到高兴。她知道婢女们和一盘盘的珍宝,都是她的新丈夫送来的聘礼,顿时感到心旷神怡,虽然她曾一度为其前夫宰相的儿子受了挫折而悲伤、苦恼过。婢女们讨人喜欢的容貌和举止,为她增添了乐趣和慰藉。她眉开眼笑,精神焕发,前后判若两人。

皇帝看到公主的忧郁苦恼情绪已烟消云散,因而感到快慰,心中的顾虑也消逝了,于是兴高采烈地对公主说:"儿啊! 这些聘礼,你感兴趣吗? 博得你的欢心吗? 老实说,我认为今日向你求婚的这个人,他比宰相的儿子更适于做你的丈夫。你这头婚事是美满的,你和丈夫的夫妻生活肯定是幸福的。"

阿拉丁之母心满意足,急忙奔回家中。阿拉丁一见母亲眉开眼笑,满面春风,意识到这是个好兆头,便不由自主地大声说:"谢天谢地! 但愿娘带来的全都符合我的期望。"

"儿啊! 高兴吧,我给你带来好消息了,你的希望即将实现,你尽情快乐吧。告诉你,你让我送去的聘礼,皇帝赏脸收下了。现在公主已正式成为你的未婚妻,今晚就要举行婚礼,让你同她初次见面。皇帝亲口对我说,他选你做驸马这件事,即将正式公布。皇帝还嘱咐我:'叫你儿子赶快进宫来,让我当眷属看待他,往后我会格外关心他,照顾他的。'儿啊! 迄今我对你的婚事尽了最大努力,今后如果再有什么事情,责任在你肩上,你自己担当吧。"

阿拉丁高兴得跳起来,亲切地吻他母亲的手背,说了很多感谢的话,然后走进密室,取出神灯一擦,灯神便出现在他面前。他吩咐说:"我要你把我带往人世罕见的一座澡堂中去沐浴、熏香,并给我预备一套很讲究的御用衣冠。这套衣冠必须是古今的帝王所没见过的。"

灯神回答一声,随即带阿拉丁飞到一座无比富丽堂皇的、连波斯国王也没见过的澡堂里。这座澡堂是用雪花石和红玉髓建成的,金碧辉煌,光彩夺目。大厅的墙壁上镶嵌着各种名贵的宝石,真像人间天堂。澡堂寂静无人，只在阿拉丁到来时，才有一个神仆前来招待他，替他擦背、冲洗。

阿拉丁沐浴毕，来到大厅休息，来时所穿的那身衣服已不见，眼前摆着的是一套极其阔气的御用衣冠。这是灯神按他的意图准备的。这时，神仆端出果子汁和混龙涎香的咖啡供他享受。待他吃喝、休息之后，便有一队黑肤色仆人来服侍他，替他穿衣整冠，并用香烟熏沐他，把他打扮得整整齐齐。他容光焕发，一下变成了仪表出众的人物。现在人们再不把他当穷裁缝的儿子看待了，因为他娶皇帝的女儿为妻，成为驸马，跻身皇亲国戚了。

阿拉丁穿戴齐全，是回家的时候了，灯神又出现在他面前，随即带他一起飞回家去，说道："我的主人，你还需要什么？告诉我吧。"

"不错，还要你给我弄四十八名仆人来做我的卫队，其中二十四人做前卫，走在我前面；二十四人作为后卫，走在我后面。他们的服装必须整齐，装备齐全。他们的佩戴和坐骑的鞍辔必须是稀罕的，为帝王库藏中所没有的。还需要给我备一匹适合波斯国王骑用的高头骏马，鞍辔必须是金银制成并嵌满珠宝玉石的。还要给我预备四万八千枚金币，以便每个侍从携带一千金币。现在是我去见皇帝的时候了，你不要耽搁，快去备办这几件事吧。因为必须这几件事备办齐全，我才能进宫去谒见皇帝呢。此外还要预备十二名美丽的婢女，让她们陪我母亲一道上皇宫去。她们的衣裙、首饰必须是最讲究的，适合皇后穿戴的。"

"听明白了。"灯神回答一声，立刻隐去。一会儿，当他再次出现时，便带来阿拉丁所要求的一切。他牵着一匹高头大马，那是闻名于世的阿拉伯骏马都不能与之媲美的。骏马配着金鞍银辔，鞍垫是用顶名贵的锦缎制成的，镶满金片，放射出一道道灿烂夺目的光芒。

阿拉丁马上把御用衣服给他母亲穿上，并打发她率领十二名美丽的婢女，排队径往皇宫。接着又派一名神仆去打听皇帝的举止，看他在做什么。神仆遵命转瞬就不见了。继而他以同样的速度完成任务归来,说道:"禀告主人:皇帝正等候你呢。"

阿拉丁骑上座骑,卫队分为前后两部分,排成整齐的队伍,浩浩荡荡地护卫他上皇宫去。他们的威武、整齐的排场和装束,非常惹人注目,街上的行人都停下来看热闹,他们既惊羡,又赞叹。阿拉丁本人在卫队中显得非常突出。他相貌漂亮,举止大方,使人肃然起敬。他们所经过的地方,卫队一把一把地把金币撒向人群,那种派头和气势,观众一看便知是王孙公子在出巡。阿拉丁所以有今天,全是那盏神灯所起的作用。谁要是拥有神灯,谁就会成为荣华富贵的幸运儿。阿拉丁既是神灯的主人,所以他的慷慨性格,漂亮形貌,庄重态度,全都受到人们的夸奖,大家异口同声地称赞他。虽然人们知道阿拉丁出自贫穷人家,是裁缝的儿子,但是没有谁嫉妒他。相反,人们却说他是时来运转,应该享受他应得的幸福,并替他祈求福寿。

皇帝对白狄伦·布杜鲁公主同阿拉丁的婚事非常重视,下令召集文武百官和缙绅耆宿进宫,当他们的面谈他给阿拉丁许下的诺言,告诉他们白狄伦·布杜鲁公主同他结婚的喜讯,命令他们等候新郎到时,一起迎接他,祝福他。文武百官和缙绅耆宿遵循皇帝的命令,按自己身份地位的高低,排列在皇宫门前,等候新郎的到来。

阿拉丁在威武的卫队护卫下,来到皇宫门前,正要下马进宫的时候,那位受皇帝吩咐主持迎宾的贵族,赶忙趋前阻止,说道:"我的主人啊!皇上有令,命你骑马进宫,直至殿前下马。"于是文武朝臣一齐迎接阿拉丁,引导他进宫。到了迎宾殿,他们便争先恐后地扶他下马。继而文武朝臣们鱼贯地带他进入迎宾殿,并请他坐在御用椅上。

这时候皇帝站起来,离开宝座,走近阿拉丁,不但免他下跪、磕头,而且紧紧地拥抱他,吻他,让他在右边坐下,亲密地和他交谈。阿拉丁按皇帝的指示行事,举止、动作、应酬、对答,都认真对待,完全符合官礼。他向皇帝行礼、祝愿,说道:"皇上,我们的主人啊!陛下本着宽宏大量的德行,允许我和公主白狄伦·布杜鲁结婚,成为夫妻;陛下赏赐的这种恩典,对我来说,是一种至高无上的宠幸呢。今后,我一定作为一个谦恭、卑顺的奴婢,忠心伺候陛下,祝愿陛下万寿无疆,国泰民安。陛下恩深如海,所赏赐的恩惠是无法衡量的,我的感激心情不是言语能表达的。现在切望陛下恩上加恩,赏我一块土地,让我替公主建筑一幢适于她居住的宫室,借此表示我对她的敬仰爱慕之心。"

皇帝看了阿拉丁的穿戴全是御用服饰,而且容貌昳丽,随身有威武的卫队伺候,非同寻常,因之产生钦佩的心情。同样,当阿拉丁的母亲穿戴着极其华丽的衣裙,打扮得像皇后一样,在十二名婢女小心翼翼的簇拥下到宫中参加婚礼。她的穿戴、打扮,皇帝见了非常惊羡。阿拉丁雄辩的口才和他应用的文雅优美的辞藻,也给皇帝留下深刻的印象。因此,不仅皇帝本人觉得惊奇,就是在场的文武朝臣也都钦佩,只有宰相例外:他嫉妒阿拉丁,内心燃烧着愤恨的火焰。皇帝一时乐得抑制不住激情,把阿拉丁紧紧地抱在怀里,边吻边说:"我的孩子,你的举止言谈使我极为高兴,这种愉快的心情,是我生平第一次感触的。"宰相看到这种情景更加仇恨阿拉丁,他的嫉妒心已经达到快要爆炸的程度。

皇帝亲切地接待阿拉丁,显出高兴满意的神情,亲自吩咐奏乐,带阿拉丁和朝臣们前往宴会厅。那里宦官、婢仆们已经摆下丰盛的筵席。皇帝让阿拉丁坐在他的右边,其余文武朝臣和缙绅耆宿,则按官阶大小地位高低,顺序入座。在热闹的鼓乐声中,一场阔气的、气派极大的婚宴典礼开始了。

席间,皇帝对阿拉丁十分慈祥亲切,用和颜悦色的态度跟他谈话。阿拉丁有问必答,彬彬有礼,殷勤谦恭,好像出自帝王之家,是公子王孙一类的人物,或者从小就生活在宫廷中,熟悉各种礼节。他很健谈,同皇帝、朝臣们谈得头头是道。皇帝听了阿拉丁滔滔不绝的言谈和出口成章的祝词、赞语,感到无限的快慰。

宴会毕,撤了杯盘碗盏,皇帝随即召法官和证婚人,参加订婚仪式,替白狄伦·布杜鲁公主和阿拉丁写结婚证书。证婚的时候,阿拉丁突然离席,朝外走去。皇帝见此行动,立即制止,说道:"我的孩子,你要上哪儿去?现在正在进行订婚仪式呢,下一步便要举行结婚典礼,一切都准备妥当了。"

"启禀皇上,我决心替白狄伦·布杜鲁公主建一幢适合她那崇高地位和尊贵身份居住的宫室,以此表示我对她的爱慕和诚意。不完成这桩心愿,我是不同她见面的。不过,靠老天的力量,在陛下的关怀和我自己努力下,宫室是可以在最短期内建成的。当然,为白狄伦·布杜鲁公主一辈子过幸福的生活,我必须努力去做,目前应该是我开始为公主做事的时候了。首先建筑一幢宫殿,这是我义不容辞的事。"

"我的孩子,你自己去踏看吧。"皇帝说,"你认为哪儿最适宜,就决定在哪儿建屋。我看皇宫前面那片广阔平坦的空地,倒是一块好基地,如果你认为不错,就在那儿建筑宫殿吧。"

"很好。"阿拉丁说,"在皇宫附近替白狄伦·布杜鲁公主建筑住宅,这是我所希望的。"他说着向皇帝告辞,跨上坐骑,在卫队的护卫下,离开皇宫。他的果断言行,博得众人称赞,都说他正直善良,不愧为堂堂的驸马。

阿拉丁回到家中,走进卧室,取出神灯一擦,灯神便出现在他面前,应声说道:"我的主人啊!说吧,你需要什么?"

"现在有一桩紧急、重要的事要你去做,必须尽快完成。我要你在皇宫前面那块广阔的平地上,以最快的速度,为我建筑一幢非常富丽堂皇的宫殿。里面的设备,如家具和贮藏物等要应有尽有,而且必须是名贵的御用之物。"

"听明白了,遵命就是。"灯神应诺着悄然隐退。

翌日清晨,灯神出现在阿拉丁面前,说道:"禀告主人,宫殿已经按照你的指示和设想建筑完工了,请随我一块儿去检查吧。"

阿拉丁欣然随灯神去看新建筑的宫室。于是灯神背着他飞腾起来,一会儿便来到新宫室的所在地。

阿拉丁举目观看那巍峨壮丽的建筑物,感到非常满意。整幢宫室都是用碧玉、雪花石和云石等名贵材料,经过精雕细凿建成的。他随灯神进入宫殿,仔细观看每一部分的装饰和陈设。首先在贮藏室中,他看到了堆积如山的黄金白银和其他各式各样的名贵珠宝,数量之多,质量之好是无法估计的。在餐厅里,他看见餐桌、餐具,如杯盘碗盏刀叉匙筷等食具一概俱全,都是金制的,非常稀罕名贵。在厨房中,他看见了厨师,在他们旁边是所需用的全套炊具,金银般发射出灿烂的光芒。在储藏室里,摆满大大小小的箱子、柜子、盒子,箱柜中装着各种御用衣服和名贵的丝绸锦缎衣料,其中织锦、天鹅绒一类的衣料是中国、印度的产品。在一间间布置成套的寝室里,摆着堂皇的卧具、富丽的陈设和稀罕的装饰品。在马房里,饲养着高头骏马,远非一般帝王拥有的骒马可以比拟。在马具室里,摆着华丽的镶珠宝的金鞍子银辔头,墙壁上挂着讲究的、嵌珠玉的马衣、鞍褥等服饰品。这一切都是在一个晚上创造出来的。如此壮丽、宏伟的建筑和丰富多彩的陈设,即使人世间最权威的帝王也办不到,因此阿拉丁感到十分惊诧。除了大量财物之外,在这幢新落成的宫殿中,还有大批供使唤的宦官、奴仆。其中婢女们一个个苗条美丽,十分惹人爱,即使虔诚的圣徒见了,也会神魂颠倒。而在这幢宫殿中最令人惊叹的,是楼上那个有二十四扇格子窗的望景亭。每道窗子都是用各种名贵的宝石组成的。但其中的一扇还未完工,这是为给阿拉丁有机会考验皇帝的能力,故意做这样安排的。

　　阿拉丁仔细查看整幢宫殿,感到快慰。他看了灯神一眼,说道:"还有一件事要你去做,先前我忘了告诉你了。"

　　"说吧,我的主人!还需要什么呢?"

　　"还需要一张混金丝编织的、质量最佳的、又宽又长的织锦地毯,好把它从我的新屋一直铺到皇宫,以便白狄伦·布杜鲁公主从皇宫到这儿来时,从地毯上走过,免得她的尊足踩着地面。"

　　灯神应诺着悄悄隐去,转瞬间再次出现在阿拉丁面前,说道:

"我的主人，你所吩咐的事，已经办妥了。"于是灯神带阿拉丁走出宫殿，指铺在两宫之间令人惊叹的地毯给他看，博得他的赏识，这才送他回家。

当天清晨，皇帝从梦中醒来，披衣下床，推开窗子，朝外一望，只见皇宫对面，出现一幢宏伟壮丽的宫殿。他揉一揉自己的眼睛，睁得大大的仔细观察，证实映入他眼帘中的，确是一幢非常富丽堂皇的大建筑物。而当他看到铺在两座宫殿之间那床稀罕的地毯时，简直惊得目瞪口呆，还有那宫殿的门房、仆役的装束打扮，俨然跟皇宫里的婢仆无异，显示出庄重、严肃的景象。

这天清晨，宰相进宫早朝，看见皇宫对面骤然出现的崭新大厦和铺在两宫之间的讲究地毯，感到茫然，万分惊诧。他匆匆进宫，谒见皇帝，君臣两人便围绕这个不可思议的奇迹谈论起来，对这种惹人注目吸引人心的景象，都感到震惊。最后君臣异口同声地说道："老实说，像这样的宫殿，断然不是帝王能够建造的。"皇帝洋洋得意地对宰相说："现在你该承认阿拉丁够资格做白狄伦·布杜鲁公主的丈夫了吧？他那幢巍峨壮观的宫殿，其富丽堂皇的程度，是人们想象不到的，你亲眼看见了吧？"

宰相始终怀着嫉妒阿拉丁的心情，所以他回答皇帝说："陛下，这么巍峨富丽的大建筑，只有魔法师才弄得出来；在人世间即使最有钱的大富翁和最有权势的帝王，都不可能在一夜间建成的。"

"你老是啰唆，诽谤阿拉丁，真让我奇怪。我看显然是你的嫉妒心、猜疑心在作祟。阿拉丁需要一块地基，打算盖一幢宫殿供我女儿居住，我赏赐他那块地基，你是知道的。总之，一个既然能把帝王所没有的名贵珍宝作为聘礼、献给公主的人，他难道不能建筑这样一幢宫殿吗？"

宰相听了，知道皇帝很爱阿拉丁，更激起他的嫉妒和怨恨情绪。他没有其他办法，也不可能明目张胆地对抗年轻的阿拉丁，所以只得忍气吞声，不再吭气。他表面上唯唯诺诺，装出唯命是听，十分依顺的样子,并勉强振作精神,跟随皇帝及文臣武将,在宦官、宫女簇拥下,等待着热烈庆祝白狄伦·布杜鲁公主的婚礼。

这天清晨,阿拉丁从梦中醒来,一睁眼便想到这是他同白狄伦·布杜鲁公主结婚的喜庆吉日,一会儿就要上皇宫去举行庄严隆重的结婚大典,心中感到无限快慰。他一起床,把神灯取出来一擦,灯神便出现在他面前,说道:"我的主人,要做什么事? 我等候你的吩咐哪。"

"今天是我结婚的吉日,马上就上皇宫去举行婚礼。现在你快去弄一万金币供我使用。"

灯神应声悄悄隐去,转瞬便带来一万金币。于是阿拉丁骑着高头大马,由侍从分前后两班护卫,前往皇宫。一路上,他不停地把金币一把一把地撒向人群,充分显出慷慨豪爽派头,博得人们的称赞和爱戴,无形中他的地位声望显得更高贵更尊严了。

阿拉丁率领侍从浩浩荡荡来到皇宫门前,文武百官赶忙趋前迎接,并立即向皇帝报告驸马莅临的消息。皇帝离开宝座,步出厅外迎接驸马,热烈地拥抱阿拉丁,亲切地吻他,然后牵着他的手一起进入客厅,让他坐在自己身边。于是装饰得焕然一新的皇宫和整座城市便开始欢庆公主的婚姻大典,乐师们吹奏起响亮热闹的乐曲,艺人们一队队翩翩起舞,跳各式各样的舞蹈,歌舞融成一片,到处都是悦耳畅怀的乐声和使人眼花缭乱的舞姿,欢声笑语,响彻云霄,宫内宫外欢声雷动,一直欢跃到正午,皇帝才吩咐摆宴。

宦官遵循命令,指挥婢仆们迅速安排桌椅,端出饭菜,大宴宾客。于是皇帝带阿拉丁、朝中文臣武将以及绅耆、富商、名流鱼贯进入宴会厅,各按官阶的大小和地位的高低顺序坐下,然后无拘无束地随便吃喝,开怀畅饮。婚宴席上的肴馔非常丰富,山珍海味应有尽有;应邀赴宴的宾客济济一堂;还有京畿的地方官吏和庶民,不辞跋涉,远道前来庆贺的,看热闹的,络绎不绝;皇宫和阿拉丁新建的壮丽宫殿内外,门庭若市,到处都是欢声笑语;排场之大,欢乐之盛,从皇宫和京城的历史来看,都是空前的。在这一片欢腾中,皇帝的记忆里突然闪现出当初阿拉丁的母亲前来求见时那副褴褛畏缩的形状,以及她儿子得不到准信儿的那种可怜相,前后一比较,感慨就多了。前来看热闹的庶民,在皇宫前流连忘返。尤其面对阿拉丁一夜间建成的那幢非常巍峨富丽的新宫殿,大家赞不绝口,惊羡得五体投地,众口同声祝福他,说道:"他得天独厚,少年得志,天官赐福,天长地久,应当世代享受荣华富贵。"

宴会毕,阿拉丁起身向皇帝告辞,然后跨上骏马,在侍从的护卫下,转回他自己的宫殿,以便安排一切,好迎接新娘白狄伦·布杜鲁公主过门。一路上人们欢呼祝福他,众口同声地喊道:"老天爷喜爱你,增加你的荣誉,赏赐你长命百岁!"在欢庆声中,人们越聚越多,欢声也越呼越高,大家追随侍从们,挤得水泄不通。在从皇宫前往新宫殿这段路上,阿拉丁不停地把金币撒给人群,表示感谢。

到达新宫殿门前,阿拉丁下马,步入客厅,坐下休息。侍从排成整齐行列,把手臂交叉着贴在胸前,小心翼翼地伺候他,阵容非常严肃。一会儿,婢仆端来果子汁伺候他。阿拉丁喝了,随即吩咐宫中的奴婢、宦官和各色人等,大家分头准备,届时迎接白狄伦·布杜鲁公主到新宫殿中举行结婚典礼。

过了正午,太阳逐渐西偏,温度慢慢下降,皇帝便吩咐武官、公侯和宰相骑马陪他到宫前的广场,观看骑术、武艺表演。

同样,阿拉丁也带领他的侍卫,骑着一匹为阿拉伯骏马所不及的高头大马,到广场参加表演。他在竞技场中,大显身手,表演他的骑术,同样还拿棕榈木标枪,表演各种高超武艺。

当时,阿拉丁的未婚妻白狄伦·布杜鲁公主坐在闺房的阳台上,穿过格子窗,俯视广场,一眼看见阿拉丁的英俊漂亮形貌,抑制不住爱慕的激情,直看得发愣,满意得几乎跳了起来。

参加表演骑术、武艺的人,各显身手,认真表演后,随着铃声各自归队,听候评比。结果阿拉丁的骑术、武艺比谁都好,公认为出类拔萃的优胜者。表演告一段落,皇帝率领亲信臣僚,高高兴兴地回宫。阿拉丁也在侍从的簇拥下,胜利转回新宫殿。

黄昏时候,皇帝的大臣和贵族陪新郎阿拉丁前往皇家澡堂洗澡。阿拉丁沐浴、熏香毕,穿戴华丽衣冠,跨上骏马,同官吏、贵族排成整齐的队伍,浩浩荡荡转回新宫殿。有四个骑兵,手持宝剑,在阿拉丁的前后左右,严加保护。本城和外地的人群,为了欢呼庆贺,抬着蜡烛,敲着铜鼓,吹奏着各式各样的管弦乐器,排队走在前头,直把阿拉丁和陪随他的官吏、贵族引到新宫殿门前。

阿拉丁请陪伴他的官吏、贵族进入客厅,陪他们坐下。婢仆端来果子露和糖浆一类的饮料,招待他们,也款待前来欢呼祝愿的人群。新宫殿内外挤满了人,盛况空前。阿拉丁面对那样的欢腾景象,感到无比快慰,吩咐侍从站在宫殿门前,拿金币撒给他们,表示竭诚感谢。

皇帝观看骑术、武艺表演之后,回到宫中,即刻吩咐皇亲贵戚中的男妇老幼,为白狄伦·布杜鲁公主出阁组成送亲班子,先在宫中举行各种传统的礼节和仪式,然后热热闹闹地送公主前往丈夫宫中去举行结婚仪式。皇帝最亲信的文臣武官也奉命参加送亲队伍。宫娥彩女和宦官婢仆手持蜡烛走在前头,接着是文武官吏、大公、贵人和他们的妻妾,最后是当初阿拉丁打发她们送聘礼给公主的那四十名婢女。她们每人手中握着一支插在嵌宝石的金蜡台上、散发出樟脑和龙涎香气味的大蜡烛。这个送白狄伦·布杜鲁公主出阁的皇家送亲队伍,浩浩荡荡,走向阿拉丁的宫殿,形成壮观的场面,直把公主送到她丈夫的宫殿,进入楼上的洞房中。妇女们忙着替公主重新梳妆打扮,给她戴上凤冠,穿上霞帔,陪她到堂上行礼,新郎新娘会面,共拜天地,正式匹配成夫妻。这时候阿拉丁的母亲站在新娘身旁,待新郎伸手揭下新娘的面罩,老太太便目不转睛地仔细观看,认为公主的确是绝世佳人。

白狄伦·布杜鲁公主环视周围,见屋内灯火辉煌,一盏盏各式各样的大分枝烛台都是贵金制成的,嵌满了绿宝石、红宝石。她暗自说:"从前我以为皇帝的宫室是最富丽堂皇的,可是现在我才知道,这幢宫殿才是独一无二的,它远远超过古今所有帝王的宫殿了。我相信波斯帝国各王朝中即使最权威的帝王,在当时他也没有这样的宫殿。同样我相信,即使集中全人类的力量,也是不可能在一个晚上建成这样一幢宫殿的。"除了宫内的装潢陈设之外,整幢宫殿的雄伟壮丽的外观,也使白狄伦·布杜鲁公主赞叹不止。

白狄伦·布杜鲁公主正沉思之时,欢迎送亲队的筵席已经摆开,大家入席吃喝,满堂都是欢声笑语。正当大家开怀畅饮、尽情欢乐时,有八十名手持管弦乐器的歌女来到席间,站在宾客面前,轻举玉指一弹,管弦便发出和谐悦耳的音乐,大家都被优美的音乐所陶醉。白狄伦·布杜鲁公主听了抑扬顿挫的音乐,非常感动,暗自感叹:"这样美妙动听的音乐,我生平还没听过呢。"她索性不吃不喝,聚精会神地欣赏起音乐来。

宴会持续不停,宾客开怀畅饮,音乐和欢笑融成一片,一直热闹到夜阑人静。最后新郎阿拉丁站起来,亲手斟一杯酒,递给新娘。公主接过去,一饮而尽。这样一来,宾客们高兴快乐的程度达到极点,大家认为这是最值得纪念的一夜。这样的快乐,就是赫赫不可一世的亚历山大大帝在世时,也不曾享受过。

阿拉丁和白狄伦·布杜鲁公主待宾客尽欢席散后,才双双并肩进入洞房,共度鱼水之欢。

翌日清晨,阿拉丁刚起床,管库的便给他送来一袭极其华丽、讲究的御用宫服。吃过早点,喝了混龙涎香煮的咖啡,阿拉丁吩咐备马。于是在侍从前呼后拥下,骑马上皇宫去。他刚进入皇宫庭院,宦官便急忙奔进后宫,向皇帝报告阿拉丁莅临的消息。

皇帝听说阿拉丁驾临,即刻起身出迎。他一见阿拉丁,便像对待亲生儿子那样,热烈地拥抱他,亲切地吻他,让他坐在自己右边。阿拉丁刚坐定,便按照宰相、朝臣、大公、贵族们的惯例,开始祝福皇帝,替他祈祷。皇帝喜不自禁,吩咐侍从端出饮食招待驸马。侍从即刻端来菜肴,于是翁婿共进早餐。吃喝毕,撤去杯盘桌椅,阿拉丁才面向皇帝,说道:"皇上我的主人,今天陛下可否在满朝文臣武将和大公贵族陪随下,前往令爱白狄伦·布杜鲁公主家中,吃一顿午饭?"

"我的孩子,你可真够慷慨大方呀。"皇帝高兴地接受阿拉丁的邀请。

皇帝率领应邀的文武朝臣和大公贵族,同阿拉丁并辔离开皇宫,一直来到阿拉丁为白狄伦·布杜鲁公主建筑的新宫殿里。他举目环顾,欣赏宫殿的建筑,见其结构非常别致、结实,所用的材料全是碧玉、红玉髓等名贵的宝石。在这壮观宏伟的建筑物中,他感觉眼花缭乱,惊奇得难以形容。他回头对宰相说:"你怎么说呢? 告诉我吧:用如此丰富的金银、宝石所建成的富丽堂皇的宫殿,在古今最有权势的帝王中,你这一辈子到底见谁这样做过?"

"皇上,我的主人啊! 这固然是一幢富丽堂皇的宫殿,可它不是亚当的子孙中最有权势的帝王所能建造的,即使集中全人类的力量也不可能建造这样的宫殿。不,像这样的建筑物,也是建筑人员无能为力的。因此,臣对陛下说过,类似这样的事物,只有应用魔法、巫术,才会出现的。"

宰相的这通议论,在皇帝看来,显然是他仇恨、嫉妒阿拉丁的缘故。对朝臣、贵族们来说,这些言谈,只会使他们相信这样辉煌的成就,并非出自人类的创建,而是属于魔法、妖术的产物。因此,皇帝直截了当地对宰相说:"我的宰相哟! 你说了这么多话该满足了吧。即使你不再说别的,我也明白你的意思了。"

阿拉丁带着皇帝及其僚属参观宫殿,直把他们引到最高层,来到望景亭前。他们举目眺望,见亭榭的门窗,全是用祖母绿石、红宝石和其他贵重珠宝玉石嵌镶而成,美观华丽的程度为世间罕有、无可比拟的。面对那样的景象,皇帝心神恍惚,好像置身于仙境之中;同时他内心乐滋滋地感到无比快慰。他怀着激动的心情,慢步绕着亭榭兜圈子,仔细观赏,尽情陶醉在快乐的气氛中。但是出于意外,他无意间发现一道窗子还未完工，那原是阿拉丁故意如此安排的。皇帝认为这扇窗子不像其他窗子那样完整无缺，便大惊小怪地感叹起来，对阿拉丁说："啊呀！这可糟了，对你来说，这是美中不足，实在太不妙了。"接着他回头问宰相："这扇窗子还有局部未完工的地方，其中原因你知道吗？"

"主上，据我设想，这扇窗子之所以还未完工，是因为陛下催阿拉丁赶办婚事，他没有闲工夫，才来不及完成的。"

阿拉丁趁皇帝同宰相谈话的时候，抽空下楼去到白狄伦·布杜鲁公主房中，告诉她皇帝驾临的消息。而在他再次回到皇帝面前时，皇帝便问他："我的孩子，这望景亭的窗子，未完工的部分是什么原因？"

"皇上我的主人，鉴于婚期迫在眉睫，我太忙碌，一时来不及物色巧匠、大师，才留下部分工程未完工。"

"这扇窗子未竣工的地方，我打算用我自己的力量来完成它。"皇帝许下愿心。

"果能如此，不但老天爷会使陛下流芳百世，而且陛下的恩泽，必将在令爱白狄伦·布杜鲁公主宫中永存不朽。"

皇帝既决心以他自己的力量来完成那扇窗子的部分工程，就马上下一道命令，召集一批宝石商和五金工匠，并供给必需的金银、宝石和名贵矿石，责成他们全力完成那扇窗子的工程。

白狄伦·布杜鲁公主姗姗前来接待皇帝，眉开眼笑地一直挨到皇帝身边。皇帝看见公主满面春风，热烈地拥抱她，亲切地吻她的额角。他带领僚属，跟随公主，一起下楼，进入餐厅。皇帝坐在为他设置的首席，左右有白狄伦·布杜鲁公主和阿拉丁驸马陪同，朝臣、大公、贵族和内侍的头目，则顺序坐在另为他们布置的席间，一起共进午餐。皇帝刚动手吃喝，便觉得菜肴格外芳香，味道特别可口，是他生平未尝过的。他对烹调的高超技术和豪华的餐具，羡慕到极点。席前，有八十名歌女排队站在宾客前面奏乐助兴。她们轻举玉指弹奏,乐器便发出抑扬顿挫、动人心弦的美妙乐声。皇帝听了演奏,心旷神怡,乐不可支,在极为惬意的时刻里,他抑制不住奔腾澎湃的激情,叹道:"真的,一切事物都不在一般国王和波斯大帝的权力范围之内了。"

皇帝和僚属们一个个无拘无束,大吃丰富的菜肴,直至吃饱喝足,洗过手,才转到客厅休息、谈天,吃各种各样的糖食和水果。在愉快的气氛中,皇帝仍念念不忘宝石商和五金工匠的工作。他站起来亲身前去察看,走上最高层,来到工匠跟前,发觉工作进度很慢,离完工还有很长的一段距离,而且他们的技艺,跟原来的工程技术比起来,也太逊色。

宝石商和五金工匠禀告皇帝,说放在小库藏中的宝石已全数搬来供他们使用,但是跟实际需要比较,还很不够。皇帝听了,即刻下令开启宫中的大库藏,取出其中的宝石,按工匠的需要供给,并且说,如果还不够,可以把阿拉丁贡献的那份宝石也拿来使用。

工匠们小心翼翼地从皇宫中取来全部宝石,努力埋头工作。但是出乎意外,工程还没做完一半,宝石就用完了。

为了应急起见,不得已,皇帝下命征用宰相和朝臣们私人的宝石。人们虽然按皇帝的命令来办,可是宝石的数量仍然差得很多。

次日,阿拉丁一早去检查工匠们的工作,发现只完成一半。他一气之下,索性命令他们立刻停工,不要再做下去,并吩咐他们把宝石归还原主。

工匠们按照阿拉丁的指示,赶忙摘卸用上的宝石,归并在一起,分别归还物主。皇帝的归皇帝,宰相、朝臣的也归还本人。工匠们觐见皇帝,报告他们奉阿拉丁的命令停工的经过。皇帝听了,问道:"这是什么缘故?干吗不叫你们继续工作下去?为什么要中途停工呢?"

"禀告主上:除了他命令我们将已完成的部分工程拆卸外,其他的事,奴婢们一点也不知道。"

皇帝立刻吩咐侍从备马,跨上坐骑离开皇宫,上阿拉丁的宫殿中去,以便亲自了解个中真实情况。

阿拉丁命令宝石商和五金工匠停工,把他们打发走了,才回到自己房中,取出神灯一擦,灯神便出现在他面前,说道:"有什么吩咐,你只管说吧。"

"我的希望是,望景亭中那扇未完工的窗子,由你去完成它吧。"

"听明白了,遵命就是。"灯神应诺着悄悄隐退。

一会儿,灯神再次出现在阿拉丁面前,说道:"我的主人,你吩咐我做的事,已经做完了。"

阿拉丁高兴地去到最高层的望景亭,见那扇窗子已修理完整,跟其他的窗子一样,毫无差别。当他聚精会神地打量那扇刚完工的窗子时,一个宦官急急忙忙跑到他面前,说道:"禀告主人:皇帝骑着御马前来看你,已到院落中了。"

阿拉丁听了,赶忙下楼迎接。皇帝一见阿拉丁便说:"我的孩子,你干吗这样做呢?你不让匠人们做完那扇窗子的工程,而使宫殿中留下残缺不全的地方,这是什么缘故呢?"

"主上,撇下那扇窗子的部分工程,这是我原定的计划。并不是我无能为力,也不是存心在陛下驾临参观时,使陛下看到一幢有缺点的宫殿。我的目的只是要陛下自己察觉:不是我不能完成它,而是让陛下跟我一起上去,可以亲自看到当中还有缺点,还应该添补一些什么罢了。"

皇帝同阿拉丁交谈之后,再次随阿拉丁进入望景亭,把所有的窗户仔细看了一遍,终于认为每扇窗子都完整无缺,全都一个模样,挑剔不出丝毫缺点。他骇然震惊,激动得热烈地拥抱阿拉丁,亲切地吻他,说道:"我的孩子,这种非凡独特的技艺,你是从哪儿学来的?你在一晚上所做成的事,宝石商和五金工匠花几个月工夫也完成不了。指天起誓!像你这样能干的人,世上是找不出来的,至于能同你匹敌的对手,那更谈不上了。"

"承蒙主上夸奖，我可不该受此赞扬。但愿老天爷赏赐陛下长命百岁，万寿无疆！"

"指天起誓，我的孩子，你的技艺是百工望尘莫及的，因此，你对所有的赞扬是当之无愧的。"

皇帝和阿拉丁彼此谦虚，互相恭维着一起下楼，来到白狄伦·布杜鲁公主房中。公主赶忙迎接，让父王休息，自己在一旁小心伺候。皇帝眼看公主生活在豪华、宏伟的宫殿中，过着极其安乐、舒适的生活，内心感到无限快慰。他亲热地和女儿交谈一会儿，才高高兴兴地回宫。

阿拉丁新婚之后，过着自由自在的安定生活。他每天总要骑马，在侍从们前呼后拥下，去城中走走，借看热闹消遣的机会做好事，沿途总是把金币一把一把撒给街道两旁的人群，用这样的办法广施博济。因此无论本地人或外乡人，无论近处或远方，都称赞他善良、慷慨，博得众人的拥护和爱戴。此外他对一般孤苦无告的穷苦人、修道士、乞丐尤其关怀，亲手给他们很多的施舍、救济。由于他的乐善好施，他的名声越传越远，声誉超过王侯将相。他的交游也日广，公侯将相、大公贵族都成为他的座上客，彼此过往很亲密。

阿拉丁的声誉、地位虽然日益显赫，但他的本来面目未改，始终保持着过去的生活习惯，依然同旧相知交游如初，并坚持骑马，经常驰骋于宫前的广场，参加皇帝主持的骑术比赛。白狄伦·布杜鲁公主活泼伶俐，爱热闹，好嬉戏。她每见阿拉丁骑马的英武姿态和熟练的骑术不但感到高兴，而且越发爱慕。她深切感到老天爷为她所安排的恩遇是很多的。比如当初她一度跟宰相的儿子发生纠缠的时候，便有她的真正的丈夫阿拉丁来保护她，使她免遭蹂躏。这便是老天爷无上恩赏的例证。

阿拉丁的声誉越传越远，不仅皇帝、朝臣们爱护和信任他的心情日益增加，而且在一般老百姓的心目中，他已成为伟大非凡的人物，博得朝野的拥护和爱戴。就在这样美满的日子里，突然发生外敌入侵的祸事。皇帝即刻调兵遣将,命令阿拉丁挂帅,率领全副武装的部队,开往前线御敌。阿拉丁遵命,统率部队,马不停蹄,日以继夜地奔赴战场,与强敌对垒。他在战火纷飞的阵地中,身先士卒,奋不顾身,英勇杀敌。战斗越打越激烈,伤亡的将士与时俱增,刀枪剑戟的碰撞声,人吼马嘶的喧闹声融为一片,汇成悲壮惨烈的景象。最后阿拉丁大显身手,冲破敌阵,杀得敌人弃甲曳兵,抱头鼠窜。阿拉丁大获全胜,夺得很多的战利品。

阿拉丁战胜入侵敌人的捷报传来,全城欢腾,为了热烈庆祝胜利,人们张灯结彩,京城被装饰得焕然一新。当他凯旋时,皇帝亲自出城迎接,亲切地拥抱他,吻他,老百姓也争先恐后地出来迎接、庆贺,整个城市都笼罩在节日的欢乐气氛中。

皇帝和阿拉丁翁婿二人,喜气洋洋地并辔进城。在皇帝的陪同下,阿拉丁回到他自己的宫殿中。白狄伦·布杜鲁公主早已等着迎接他,满心欢喜地吻他的额角,殷勤地让他和皇帝休息,并吩咐婢仆端出果汁、糕点,陪他俩吃喝。

阿拉丁歼敌有功,博得朝野的钦佩和爱戴;为了庆贺他的凯旋,皇帝发布圣旨,命令全国各城市张灯结彩,欢庆胜利。这样一来,阿拉丁一鸣惊人,扬名天下,上自官吏、部队,下至老百姓都另眼看待他。在众人心目中,都留下"上有天帝,下有阿拉丁"的印象。由于阿拉丁为人慷慨,本来就受人们拥护、爱戴,再加上他高超的骑术,以及捍卫社稷歼灭敌人的功勋,更使人们格外崇敬。这时他的幸运已达到登峰造极的地步。

非洲魔法师重返中国

非洲魔法师回故乡后,不甘心自己的失败,老是耿耿于怀,想着为谋取神灯所经受的跋涉、劳累而终日悲叹、苦恼。尤其每逢想起快到手的神灯却不翼而飞的情景,深感自己所吃的苦头等于白费精力和时间。他对自己的遭遇,既悲伤又生气。他咒骂阿拉丁违拗命令,给他造成终身遗恨。他有时抑制不住悲愤情绪而狂叫起来,自言自语地说:"那个小杂种死在地道中,我可心满意足了。反正我可以另找机会谋取神灯,它会安然保存在地下宝藏中的。"

非洲魔法师的心中还有一线希望,决心再次采取行动。有一天,他取出沙盘,仔细检查并作好一切准备,以便卜问阿拉丁的下场和神灯的去向。他摊平沙粒,布成平整的轮廓,并星罗棋布地弄出小点子,才开始占卜,然后将呈现在沙面上的形迹,仔细转移到纸片上,聚精会神地观察、研究,结果却不见什么反应,没达到预期的目的。息了一会儿,他重新布置一番,把盘中沙粒的体形按主要和次要的秩序,更精确地固定下来,再做第二次卜卦,再观察、推算,结果仍不知神灯的去向,使他大失所望,怒火中烧。他为探听阿拉丁的下场,不得不耐着性子继续卜第三卦,知道阿拉丁并未葬身在那个宝藏的地道中,这使他非常惊诧,愤怒到极点。经过仔细观察研究之后,算把阿拉丁的去向弄清楚了。原来这个小家伙已经溜出地道,还活在人间,而且他为人机警、活跃,已成为神灯的主人。他不由自主地联想到自己的悲惨遭遇。他自怨自艾地说:"为了寻求神灯,我遭逢的艰难困苦和所吃的苦头,是别人忍受不了的。可是那个该死的小杂种,却不劳而获,坐享其成。这到底是谁告诉他神灯的秘密,让他一跃而为世间最有钱的人物呢?"

非洲魔法师通过卜卦,知道阿拉丁没遭到致命的打击,已经逃脱性命,而且享受神灯的实惠。他咬牙切齿地说:"只有把他置之死地,我才解恨呢。"于是他换用泥盘又占卜一卦,从显露的迹象中,知道阿拉丁不仅富厚,而且已同皇帝的女儿结婚,成为驸马。因此他愤怒到极点,气得发抖。为要达到报复和夺取神灯的目的,他振奋起来,准备行装,随即起程,做重返中国之行。

魔法师怀着希望和仇恨的心情,风尘仆仆,经过漫长的旅程,饱经风霜,终于到达中国,进入阿拉丁所居住的京城,在一家旅店中住下。他换了一身衣服,出旅店上大街溜达。他挨到人丛中,侧耳细听他们谈话。有的人赞美新建宫殿的宏伟、壮丽,有的人夸赞阿拉丁的慷慨、慈良,有的人推崇其高尚操行,有的欣赏其堂堂仪表。魔法师走进一家茶馆,见人们一群群喝茶谈天,有低头细语的,有高谈阔论的,真是五花八门。魔法师挤到一个正在夸赞阿拉丁的年轻人身旁坐下,插嘴说:"小伙子,你所夸奖的这个人,他是谁呀?"

"老人家,显见得你是外路人,从远方刚到这儿来的吧。就算是这样,怎么会听不到赫赫有名的阿拉丁的大名呢?他那幢富丽堂皇的宫殿已经驰名于天下,成为世上的奇迹了。他的荣誉和享受,几乎超过咱们的皇帝了。他的这种名声,你一点也没听说吗?"

"我最大的愿望是想亲眼看一看那幢宫殿,劳你的驾,带我去看一看吧?"

"听明白了,我带你去。"年轻人答应魔法师的要求,走在前头,带魔法师一直去到阿拉丁的宫殿所在地。

魔法师仔细打量、观看一番,意识到这幢宫殿的建成,全是神灯起的作用。他痛心得暗自嘀咕:"啊!这个该死的家伙,这个裁缝的儿子,他原是一个连一餐晚饭都挣不到手的穷小子,我非挖个陷阱弄死他不可。如果命运之神暗中支援我,那么,我是能置他于死地的,我也能叫他妈重新去摇她的纺车的。"魔法师露出一副凄切、悲痛的形象,垂头丧气地回到旅店,心中燃烧着愤怒、嫉妒的火焰。

魔法师取出天文历表和沙盘,卜了一卦,寻找神灯的所在,发现神灯摆在新宫殿中,不在阿拉丁身边,因此喜不自禁,大声说:"现在有办法了,我能够轻而易举地杀死他,并把神灯弄到手了。"他打定主意,急急忙忙走出旅店,找到一个铜匠,对他说:"你替我做几盏油灯吧,我愿多给你工钱,只要你赶快把灯做出来就行了。"

铜匠同意替魔法师做灯,并且马上动手,日以继夜地埋头工作,果然把灯赶做出来了。

魔法师付了一笔工钱，把灯带回旅店，装在一个篮子里。他提着一篮油灯，走出旅店，串大街，走小巷，过集市。一边高喊道："呵！谁有旧灯？快拿来换新灯啰！"人们听他这么叫喊，都嘲笑、奚落他："这人一定是着魔了，不然，他怎么肯拿新灯换旧灯呢？"因此围着他看热闹的人越聚越多，小孩尤其好奇，老是跟在后面嘲弄他，一步也不放松。魔法师本人却若无其事，既不阻拦他们，对侮辱性的言行也不在乎，只是一股劲地朝前走，终于来到阿拉丁的宫殿前。他把叫唤声提得更高，孩子们也跟着放开嗓门大声嚷："老疯子……"

　　说来凑巧，当时恰好白狄伦·布杜鲁公主坐在望景亭中眺望景致，突然听见一阵阵叫喊的嘈杂声，便从窗户朝下看，见那种景象很奇怪，不知是怎么一回事，便打发女仆下去了解情况。

　　女仆立即下楼，走出大门一看，便听见有人在喊："呵！谁有旧灯？愿意拿来换新灯吗？"同时一群孩子在后面，闹得非常厉害。女仆赶忙回去告诉白狄伦·布杜鲁公主，公主听了，忍不住哈哈大笑起来。于是婢女们七嘴八舌地同公主议论开了。其中有人说："我相信这人所说的，不一定是真话。"

　　"公主，我看见咱们主人房中有一盏旧灯。"另一个婢女说，"倒不如咱们拿去换一盏新的吧，这便知道他所说的是真话还是假话了。"这原是由于阿拉丁一时疏忽大意，竟忘记把神灯收锁起来，才被那个婢女看见的缘故。

　　关于神灯的特点和价值，白狄伦·布杜鲁公主一点也不知道，同时她也不知道阿拉丁一步登天而同她结婚，成为皇帝的快婿，当上了驸马，这一切的名利地位，全是这盏神灯所给予的。因此，她同意婢女的建议，说道："好的，去把你主人房中的那盏旧灯给我拿来吧。"她所以这样，仅仅是为了证实那个叫唤者是否真能以旧灯换新灯这个目的罢了。

　　婢女即刻把神灯拿来，递给白狄伦·布杜鲁公主。公主跟其他所有的人对非洲魔法师的狡猾和诡谲，都是毫不知悉的。于是她打发一个宦官把旧灯拿下去换新灯。宦官遵命，带着神灯向魔法师换了一盏新灯，拿到楼上，小心翼翼地放在公主面前。公主仔细看了换来的果然是一盏全新的，所以对叫唤者的所为越发不理解，只是捧腹大笑不止。

非洲魔法师分辨出换到的旧灯，确是从地下宝藏中取出来的那盏令人心醉的神灯，万分高兴，立刻把它塞在胸前的衣袋里，扔掉作为交易使用的那些剩余的新灯，急忙拔脚溜走，摆脱孩子们，远远离开城市，一直跑到郊外，然后放慢脚步，继续向前，到了荒无人烟一望无际的原野，耐心等到夜幕降临，周围寂静无声的时候，才掏出神灯一擦，灯神随即出现在他面前，说道："主人，奴婢应声到你面前来了，你要我做什么？只管吩咐吧。"

"我的愿望是，"魔法师说，"让你把阿拉丁的那幢宫殿，连同里面所有的一切人和物，全都给我搬到我的家乡非洲去，把它安置在城外的一座花园中。我居住的城市，你是知道的，可别忘了连我本人也一起带走。"

"听明白了，遵命就是。你先闭上眼睛，等你再睁眼时，便可看到你自己连同宫殿一起都在你的家乡了。"

果然在转瞬之间，魔法师和阿拉丁的宫殿连同其中的一切，全都被灯神搬到非洲。

阿拉丁被捕

皇帝一向关心、爱护白狄伦·布杜鲁公主，所以每天清晨醒来，首先打开窗户，朝前观望女儿的宫殿。在阿拉丁的宫殿被搬走的第二天清晨，皇帝照常起得很早，开窗朝前看时，却不见阿拉丁的宫殿，只剩空旷、平坦的一块基地，已成为人们往来的通道，跟先前的景象大不相同，建筑物的踪影不存在了。他非常吃惊，恐惧到极点。他揉一揉眼睛,仔细观察了半天,终于证明他没有看错,前面的确不存在宫殿的影子。他不知究竟是为什么,建筑物消失到哪儿去了。他搓着手掌,泪水从腮颊流下,浸湿了络腮胡。因为不知道女儿白狄伦·布杜鲁公主的遭遇和下落,他忍不住痛哭流涕,赶忙着人召宰相进宫。

宰相谒见皇帝,一眼看到皇帝哭哭啼啼的可怜相,暗自吃惊,说道:"请饶恕我,皇帝陛下!求老天爷护佑,使陛下免除每件灾祸。今天陛下如此悲痛,这是为什么呢?"

"在我看来,你还不知道我的遭遇吧?"

"主上,指天起誓,臣一点也不知道。"

"那么,今天你显然是没看见阿拉丁的宫殿啰?"

"主上,臣果真没看到那幢宫殿。想必是关锁着还未开门吧。"

"你既然没看到,那么你站起来,从窗户里往外看一看。你怎么说它关锁着还未开门呢?"

宰相走近窗前,朝外一望,果然什么也没看见,既无宫殿,也无住宅,一时感到茫然,默不作声地回到皇帝面前。皇帝问他:"现在你知道我悲痛的原因了吧?你看到那幢还关锁着的宫殿了吧?"

"主上,前些时,臣曾一再提醒陛下,指出那幢宫殿和其他的事物,全是凭魔法、巫术弄出来的。"

皇帝听了,火冒三丈,狂叫起来:"阿拉丁哪儿去了?"

"他上山打猎去了。"宰相不轻不重地回答一句。

皇帝急忙下一道命令,派亲信侍从一齐出发,前去逮捕阿拉丁。

卫队、侍从一齐出动,上山寻找,直至猎区找到了阿拉丁,诚恳地对他说:"阿拉丁,我们的主人啊!求你宽恕,别责怪我们。因为我们是奉皇上的命令来逮捕你的,他叫我们给你戴上枷锁镣铐,把你押进宫去治罪。皇上的命令,我们怎敢违拗呢!"

阿拉丁骤然听了卫士的话,不知其中缘故,大吃一惊,吓得张口结舌,说不出话来。他慢慢镇静下来,望着他们说:"关于皇帝下圣旨逮捕我的原因,你们知道吗?我相信我自己没有犯罪,我的灵魂是清白的。因为我一没触犯皇帝,二没叛国。"

"我们的主人啊!这当中的缘故,我们一点也不知道。"

阿拉丁滚鞍下马,坦率地对卫士们说:"好吧,既是皇帝的圣旨,你们就按皇帝的吩咐做吧。"

卫士们给阿拉丁戴上枷锁、镣铐,反绑着手臂,押解进城。人们见阿拉丁被捕,觉得奇怪,知道会被皇帝杀头,都替他担心受怕。由于阿拉丁平时为人慷慨、慈良,一贯同情穷苦人,所以博得他们拥护爱戴。他被捕的消息一下子传开,人们闻风而出,越集越多,流着同情的眼泪,怀着愤怒的心情,大家跟着卫士看他们如何对待阿拉丁。其中有的卫士也同情阿拉丁,打算问皇帝生气的原因,准备替他求情。卫士们把阿拉丁押到宫中,向皇帝报告逮捕的经过。皇帝不问青红皂白,悍然命令砍阿拉丁的头。

刽子手奉命,赶忙铺下皮垫子,让阿拉丁跪在上面,用布条蒙住他的眼睛,然后抽出宝剑,围绕着他兜圈子,等皇帝最后的处决令一下,便动手行刑。

皇帝处决阿拉丁的命令刚一传出,人们听了,一窝蜂地拥进宫去,堵住各道门路,并派人去见皇帝,陈述他们的意见:"假若阿拉丁稍微受到一点危害,我们即刻夷平你的宫殿,把你和其他的人,通通埋葬在里面。"

由于人们对皇帝提出警告,宰相便及时进谏皇帝,奏道:"陛下,你的这道命令会很快毁掉我们的生命。现在宽恕你的女婿,收回成命是最适当的时候了,否则,人们的莽撞行为,就给大家带来灾难了。因为他们爱戴阿拉丁的程度,远远超过拥护我们的程度,这当中有很大的差别呢。"

皇帝从窗户朝外一望,见庶民都行动起来。人越来越多,来势汹汹,潮涌般势不可挡,颇有推倒宫墙之势。在这种情况下,皇帝有所顾忌,被迫不得不立刻收回成命。于是他一方面吩咐刽子手释放阿拉丁,另一方面赶忙着差役向人群宣布宽恕驸马,恢复他的自由的赦免令,这才使人群的骚动平息下去。

阿拉丁死里得生,获得自由,感到十分高兴。他抬头见皇帝坐在宝座上,便走近御前,说道:"主上,承蒙陛下开恩,赏我活命,我永生难忘。现在能否让我明白一下:我到底什么地方触犯了陛下,犯了什么罪过?"

"叛贼!"皇帝吼了一声,"你犯了什么罪过,我也说不清楚。"他望宰相一眼,说道:"你带他过去,从窗户里指给他看,再叫他告诉我们,他的宫殿哪儿去了?"

宰相遵命照办。阿拉丁朝外一望,见前面一片空旷平地,成为通衢大路,宫殿已经不翼而飞,连痕迹都不存在。眼看这种景象,他自己也感到震惊,不知道发生什么变故。他恍恍惚惚地回到皇帝面前,听皇帝质问道:"你的宫殿呢?我的女儿哪里去了?公主是我的心肝,我一生就这么一个女儿呀!"

"主上,我不知道宫殿和公主的去向,就连发生什么事故,我也一无所知。"

"阿拉丁,你要知道,我所以饶恕你,只是为了让你赶快去查访这件事的究竟,好把有关我女儿的事打听清楚。只有找到公主,才允许你再来见我。指我的头颅起誓,万一你不把公主给我找回来,我非砍你的头不可。"

"听明白了,不过恳求陛下给我一个期限,并把期限规定为四十天。要是过了限期还找不到公主,那就随陛下的便,砍头或别的处分都行。"

"我答应你要求的期限,你可别想逃出我的手掌。你即使离开地球逃到天上,我也要把你抓回来。"

"皇上,我的主人啊!如限期届满还找不到公主,我会回来自首,承担砍头的处分。"

人们眼看阿拉丁受到饶恕,恢复了自由,感到无限快慰。可是阿拉丁本人，因为受了虐待而感到羞耻，嫉妒者的幸灾乐祸，使他在亲戚朋友和人们面前抬不起头来。他离开皇宫，走在街道中，恍恍惚惚地漫游着，对自身的境遇以及所发生的事件，茫然不知所措。他迷迷糊糊地在城中游荡了两天，不知道该怎么去寻找妻子和宫殿。这期间，各式各样的人都同情他，怜悯他，悄悄地送饮食给他充饥度日。

阿 拉 丁 复 仇

阿拉丁经过两天的徘徊、流浪，索性离开城市，溜到郊外，无目的地走向寂寥、荒凉地区，结果被命运带到一条河边。由于失望过度，感到没有生存的余地，一度产生投河自杀的念头。他站在河岸上，面对滔滔的流水，突然想起当年埋在地道中那种九死一生的遭遇。当时他没丧生，终于闯出来了，现在怎能轻生呢？他恍然如梦初醒，理智慢慢恢复过来。他蹲下去用河水洗脸，刚捧水在手中，左右手开始一搓，便擦着指上的戒指，戒指神突然出现在他面前，说道："我的主人，奴婢到你跟前来了，要我做什么？请吩咐吧。"

阿拉丁一见戒指神，喜得大声吼叫起来，说道："我要你把我的宫殿和我的妻子白狄伦·布杜鲁公主，以及宫中所有的一切，都给我搬到这儿来。"

"主人啊！你要我做的这件事太困难了，我实在无能为力。因为这是灯神职权范围内的事情，我不敢去尝试。"

"这件事你既然不能胜任，我不勉强你。不过，最低限度你得把我送到宫殿的所在地。无论宫殿在什么地方，都非去不可。"

"遵命就是。"戒指神背着阿拉丁腾入高空，转瞬就把他送到他的宫殿面前。而他落脚的地点，正对着他妻子白狄伦·布杜鲁公主的寝室。当时正是黑夜，伸手不见五指，一眼看去，不容易辨认自己的住室，但是他满腔的忧愁都消逝了。他确信这是老天爷让他重见妻子的安排，因此，满怀感激的心情，同时回顾自身的遭遇，在山穷水尽走投无路的危急情况下，戒指神却及时前来救援。显然这是天意，给予生存的希望。于是他满腔的苦恼情绪，终于烟消云散了。

阿拉丁遭受沉重的打击，苦恼到极点，整整四天没睡觉，此刻他疲劳不堪，当他走到宫殿左边的一棵树下时刚坐定就睡着了。

阿拉丁既是一个被视为犯了杀头罪的犯人，曾等待处决照理是睡不着觉的，但由于太疲倦，一睡就到天亮。当他被树上小鸟啾啾声吵醒时，太阳已经照在他脸上。他伸个懒腰，一骨碌爬起来，走到小河边洗手洗脸，然后合掌祈祷，求老天爷暗中援助他顺利地救出妻子。他来到宫殿前，仔细打量一番，然后靠墙坐下，想办法闯进宫去跟妻子见面。

白狄伦·布杜鲁公主受了非洲魔法师的欺骗，跌在陷阱中，因为离别丈夫和父亲，感到万分痛苦，吃不下饭，喝不下茶，觉也睡不着，只是日夜悲哀哭泣。她的亲信使女非常可怜她，按时进房问候她，照顾她。恰巧这天清晨，在命运的驱策下，婢女伺候公主时，随手打开窗户，让公主看一看树木、溪流，以便触景生情，获得一些慰藉。她刚打开窗户，便一眼看见阿拉丁坐在屋下。她迫不及待地嚷道："公主呀，公主！这是我的主人阿拉丁，他坐在墙脚下呢。"

白狄伦·布杜鲁公主一骨碌站起来，走到窗前一望，果然看见阿拉丁。同时阿拉丁抬头也看见了她，于是两人的目光连成一线，彼此问好，顿时乐得几乎飞腾起来。白狄伦·布杜鲁公主对阿拉丁说："你站起来，打侧门进来吧。那个该死的家伙现在不在屋里。"她立即打发婢女下去给他开门。

阿拉丁来到白狄伦·布杜鲁公主面前，夫妻重逢，互相拥抱、接吻，两人高兴得热泪盈眶。阿拉丁说道："公主啊！首先我要问你一件事：当初我把一盏旧油灯摆在我的房间里，你知道它的去向吗？"

公主听了丈夫的询问，长叹一声，说道："亲爱的，原来就是那盏旧灯把我们拖到灾难中呀。"

"这是怎么一回事呢?"阿拉丁莫名其妙。

公主把事情的原委从头到尾说了一遍,尤其把旧灯调换新灯的经过说得更详细,最后说:"第二天我发觉我被安置到这里,就意识到我们彼此难见面了。那个欺骗我们,用交易办法拿走旧灯的人,他说他干这种勾当,是凭其魔力和那盏旧灯的作用的。他是非洲的摩尔人。现在我们就在他的家乡呢。"

"告诉我吧:这个该死的家伙,他跟你说过什么? 对你抱什么意图? 是怎样对待你的?"

"他每天到这儿跟我见一次面,向我求婚,叫我忘掉你,不要为离开你而苦恼,叫我自重自慰。他还说,我父亲已经杀掉你,说你的父母是穷苦人,你是靠他发财致富的。此外他还说许多好话安慰我。可是我始终悲哀、哭泣,一直没对他说一句好话。"

"告诉我:他把那盏灯放在什么地方?"

"他随时把灯带在身边,一刻也不离开它。有一天他问我对你还抱什么念头时,从胸前的衣袋中掏出灯来,让我看了一眼。"

阿拉丁听到这个消息,非常高兴,说道:"公主,你注意听我说:我将暂时离开这里,换掉我这套衣服,然后再来见你。当你见我改装时,不要惊奇。望你派个女仆守住侧门,以便见我时开门,让我进来,用计谋宰掉这个该死的蠢贼。"他交代毕,立即溜出宫殿,迈开脚步,不停地朝前走。中途他碰见一个农夫,便对他说:"喂! 庄户人,把你的衣服脱给我,换穿我的吧。"农夫不懂他的意思,表示拒绝。他不管三七二十一,动手硬把农夫的衣衫脱下来,拿自己的新衣当礼物送给农夫。他穿着农夫的衣服,扮成庄稼人,去到附近的城市,花了两枚金币,从集市里买了一瓶烈性麻醉剂,揣在怀里,然后急急忙忙,一口气奔到宫殿门前,守门的女仆赶忙开门让他进去。

阿拉丁扮成农夫,回到白狄伦·布杜鲁公主面前,说道:"听我说吧:你打扮一番,穿上最华丽的衣裙,装成眉开眼笑的样子,显出落落大方、一切都不在乎的神气;待那个该死的摩尔人来看你时,便笑脸相迎,装得非常亲切、热情,陪他一起吃喝;这样一来,他以为你把心爱的丈夫和尊贵的父亲都忘了。总之,你要在他面前用各种方式惹他欢喜,表示对他无比的钟情,并意味深长地举杯大喝一口,以此祝贺他延年益寿、万事顺利。当你满满灌他几杯,趁他漫不经心的时候,拿这瓶麻醉剂滴儿滴在他杯中,再斟酒给他喝。只要这杯酒一下肚,他就会死人般毫无知觉地倒下去的。"

"要我这样做,是一桩很痛苦的事。但为了摆脱这个坏蛋的玷污、亵渎,我必须这样做。这个该死的家伙,虐待我,折磨我,割断我的亲骨肉。他是罪不容诛、死有余辜的,宰掉他是合理合法的,是他咎由自取的。"

阿拉丁同妻子商量停当,一起吃了一点饮食,便匆匆和她分手,溜出宫殿藏起来。白狄伦·布杜鲁公主随即唤亲信婢女替她梳妆,穿上最华丽的衣裙,打扮得花枝招展,像下凡的仙女一样美丽。这时候,该死的非洲魔法师来了,她便笑容可掬地迎接他。

魔法师见白狄伦·布杜鲁公主梳妆打扮得这么漂亮,一反惯例,用和颜悦色的态度待他,使他喜不自胜,求爱之心和占有欲随之而扩大了。

白狄伦·布杜鲁公主从容大方,让魔法师坐在自己身边,说道:"亲爱的人儿啊!如果你愿意,今晚到我这儿来,陪我喝几杯吧。这几天我苦恼极了,过孤单寂寞、度日如年的日子。阿拉丁不会从坟墓中来见我了,我相信你昨天的谈话,家父为我而忧愁痛苦,所以一气之下杀了阿拉丁。如果说我今天改变态度,和以往大不相同,这你别奇怪。我决心以你为友,让你代替阿拉丁,做我的终身伴侣。事到如今,我没有其他可依靠的人,所以望你今晚上这儿来,咱们一块儿吃饭,痛痛快快地干杯,希望你给我尝一尝这里的美酒,据说非洲酒是再好不过的。我这儿有酒,但都是家乡产品。现在我想喝本地的名酒呢。"

魔法师眼看白狄伦·布杜鲁公主钟情于他,她那忧郁、苦闷的愁容,已变得眉开眼笑,因而认为她抛弃原有的念头,不再寄希望于阿拉丁,所以感到高兴,欣然说道:"亲爱的公主,你所希望的和盼咐的,一切都能办到。我家里有一坛本地酿的醇酒,保存得很好,一直埋在地下,已经八年了。现在我回家取酒去,很快便转回来。"

白狄伦·布杜鲁公主善于交际,长于应付,于是她进一步玩弄魔法师,说道:"亲爱的,你别去,免得我孤单寂寞。倒不如打发一个宦官去取,以便你留在我身边,让我从你的言谈中感到慰藉。"

"公主啊!那坛酒埋在什么地方,除我之外,别人是不知道的。我去一会儿就来,不会耽搁的。"魔法师说着走了。

不多一会儿,魔法师果然带着酒回到公主身边。公主表示感激,说道:"亲爱的,你为我不怕麻烦,太辛苦了,我实在过意不去。"

"我的眼珠啊!一点也不麻烦。能伺候你,我是引以为荣的。"

白狄伦·布杜鲁公主和魔法师客气一番,坐在桌前,预备开怀畅饮。白狄伦·布杜鲁公主显出要喝酒的神情。当女仆斟一杯酒给她,同时也斟一杯给魔法师时,她便举杯为祝他长寿,一饮而尽,同样魔法师也举杯为她的长寿干杯。白狄伦·布杜鲁公主显出健谈、雄辩姿态,一面谈情说爱,一面举杯同魔法师对饮。她所以装样作态,旨在使他更加迷恋。魔法师不懂得这是为他张下的一张罗网,却认为白狄伦·布杜鲁公主真的屈服、顺从他了,所以他狂妄、得意得了不得。面对白狄伦·布杜鲁公主的音容笑貌,竟一往情深,飘飘然不知所以,几乎把宇宙间的一切都不放在眼下。

白狄伦·布杜鲁公主始终陪随魔法师吃喝,当他有几分醉意时,公主说:"我们那儿,全国各地有一种风俗习惯,不知你们这儿是否也如此?"

"那是什么样的风俗习惯呀?"

"就是在吃晚饭后,相爱的双方,彼此交换酒杯,各干一杯,表示尽欢的意思。"说罢,她拿起魔法师的酒杯,斟了一杯酒摆在自己面前,并把她自己的杯子递给女仆,让她按事先的布置,斟一杯有麻醉剂的药酒,递给魔法师。白狄伦·布杜鲁公主摇摆着窈窕的身子,显出婀娜的姿态,并握着魔法师的手,娇声娇气地说:"亲爱的,这是你喝过的酒杯,那是我喝过的酒杯,现在咱们交换,各干一杯吧。"她说罢,举杯一饮而尽。

魔法师听了白狄伦·布杜鲁公主的亲密言谈,看了她爽快的喝酒举止,满以为这是一种钟情的表示,他飘飘然以不可一世的亚历山大大帝自居,欣然学着白狄伦·布杜鲁公主的举止,举起她的酒杯,也一口把酒喝了。不想酒一下肚,他便头晕眼花,昏迷不知人事,死人般倒了下去。这时候,女仆们立即奔下楼去,开了侧门让主人阿拉丁走了进来。

阿拉丁急忙奔到楼上,见白狄伦·布杜鲁公主坐在桌旁,已经把非洲魔法师置于死地,因而满怀感激的心情热烈地拥抱她,吻她,快乐到无以复加的地步,说道:"公主,你同婢女们暂时退入内室,让我一个人在这儿,以便妥当地处置这件事。"

白狄伦·布杜鲁公主立刻和婢女们进入内室。阿拉丁抖擞精神,把房门关锁起来,然后挨到魔法师身边,伸手从他的衣袋里掏出神灯,这才拔出腰刀,结果了魔法师的性命。他马上擦一下神灯,灯神便出现在他面前,说道:"我的主人,你要我做什么?请吩咐吧。"

"我要你把我的宫殿从这个地方搬回中国去,仍然把它摆在皇宫前面的那个老地方。"

"听明白了,遵命就是。"灯神答应着隐退下去。

阿拉丁乘此机会进入内室,搂着白狄伦·布杜鲁公主的脖子,亲切地吻她。夫妻相亲相爱,并肩坐在一起谈心,并吩咐婢仆摆出饮食,安心地吃喝,愉快地交谈,直喝得有几分醉意,才从容上床,安安静静地进入梦乡。

翌日清晨,阿拉丁从梦中醒来,唤醒白狄伦·布杜鲁公主,一起洗脸穿衣;婢女替公主梳妆、佩戴首饰,换穿华丽衣裙,打扮得非常漂亮。同时阿拉丁也穿戴整齐。白狄伦·布杜鲁公主显得格外活泼可爱,因为就要同皇帝见面,简直抑制不住沸腾的欢乐情绪。

皇帝释放阿拉丁之后,对失去白狄伦·布杜鲁公主这件事,始终忧愁苦恼,忐忑不安,心情一直静不下来,每天呆呆地坐着,像妇孺一样悲哀哭泣,因为公主是他的独生女儿,除公主外,没有别的子女了。他每天清晨醒来,总是先打开窗户,望着先前阿拉丁的宫殿所在的方向伤心、哭泣,直哭得无泪可挥,眼皮红肿。当阿拉丁夫妇平安归来的那天早晨,他按老习惯眺望窗外时,却见前面出现一幢高楼大厦。他几乎不相信自己的眼睛,用手背揉了一下,然后怀着惊奇的心情仔细审视,终于看出那确实是他女婿的宫殿。于是他迫不及待地吩咐侍从赶快备马,亲身前去踏看。

阿拉丁看见皇帝骑马向他的宫殿跑来,急忙出门迎接。他俩中途相遇,阿拉丁便搀扶岳父走进宫殿。白狄伦·布杜鲁公主听说父王驾临,满腔激情地奔到楼下迎接,父女彼此见面。皇帝将公主搂在怀里,不停地吻她,由于欢喜过度,竟抱头痛哭起来。阿拉丁夫妻共同搀扶皇帝,慢步上楼。到了公主房中,皇帝询问她的情况和遭遇。

白狄伦·布杜鲁公主开始向皇帝叙述她的遭难:"父王啊!从昨天同我丈夫见面时,我的生命才算得救;是他把我从那个非洲魔法师的魔爪中拯救出来的。那个该死的魔法师,是世间绝无仅有的大坏蛋,没有比他更坏的人了。假若不是我心爱的丈夫赶来营救,那就逃不出那坏蛋的魔爪,你老人家也不会再见我的面了。那时候,眼看我失掉父亲和丈夫,我忧愁苦痛到极点。谢天谢地,阿拉丁把我从恶毒的魔法师手中救出来了,在他的庇护下,我可以安全地活这辈子了。"接着公主把遭难的经过:如何受魔法师以新灯换旧灯的伪装所蒙蔽,如何让婢仆拿旧灯向他换取新灯,如何企图借换灯这件事来证实他的愚蠢行为,等等,详细说了一遍,接着说:"可是刚做了那些事情的第二天,我和婢仆以及整幢宫殿便全被搬到非洲。从此流落异乡,如坐针毡,度日如年,过着苦难的日子。直至我丈夫赶到那里,同我见面,才想出脱身之计。如果阿拉丁不及时赶去营救,我难免要受那该死的魔法师糟蹋、蹂躏的。"继而公主叙述用药酒灌醉非洲魔法师的经过,最后说:"我丈夫终于把我带回来了。至于他怎样带我回来的,我一点也不知道。不过我们总算从非洲转移到这儿来了。"

白狄伦·布杜鲁公主叙述毕,接着阿拉丁把他怎样再次进宫殿去见魔法师死人般醉倒的情景,怎样打发妻子和婢女离开污染的地方躲进内室,怎样从魔法师衣袋中掏出神灯,怎样用腰刀结果坏蛋的性命,怎样命令灯神将宫殿搬回来摆在老地方的经过,详细叙述一遍。最后说道:"关于我所谈的这些经历,陛下如果不相信,那么请玉驾跟我去看一看非洲魔法师的尸首吧。"

皇帝果然随阿拉丁去看非洲魔法师丧命的地方,并吩咐把死尸搬走,放火烧掉,把骨灰撒在空中。至此,皇帝若有所悟,把阿拉丁紧紧搂在怀里,亲切地吻他,说道:"孩子,原谅我吧!在该死的魔法师胡作非为的时候,我几乎害了你的性命。我的孩子,我相信你是能原谅我的。当时我那么对待你,是因为失去可怜的独生女儿,对我来说比失去江山还痛苦呢。父母爱怜子女的心情,你是应该理解的。"

"主上,你老人家给我做出那样的处分,并不违背王法;我自己也不曾违抗你的命令而犯罪。这中间所发生的灾难和痛苦,全是非洲魔法师那个坏家伙一手弄出来的。"

皇帝听了阿拉丁的解释,欣然如释重负。于是马上下令装饰城郭,大摆筵席,把白狄伦·布杜鲁公主和驸马阿拉丁的平安归来,作为大典庆祝,派人四处传达圣旨。全国各地官民遵循皇帝的命令,大张旗鼓地群起热烈祝贺,整整热闹了一个月。

魔法师的同胞弟兄

阿拉丁报了仇,夺回妻子和宫殿,但他还没有永远地摆脱非洲魔法师的危害。虽然非洲魔法师的尸体被烧毁,骨灰撒在空中,可是他还有一个更坏、魔法更精的同胞哥哥。那是一个本领高超,精通各种占卦的大魔法师。古谚说:"一个豆瓣成两半",正是他们兄弟的写照。他们分居两个地区,各自玩弄妖法、邪术,从而利用权术干伤天害理的事,已经到了无法无天的地步。作为弟弟的非洲魔法师恶贯满盈,遭到杀身的下场之后,有一天,这个作为哥哥的大魔法师忽然心血来潮,想起他的弟弟,为要了解其境遇,便取出沙盘,摊平沙粒,打出小点子,然后卜了一卦,根据反映出来的迹象,仔细观察研究之后,知道他寻求的人,已经过世。这噩耗使他无限悲哀、苦恼。为要探听弟弟死亡的情况和葬身的地区,他又卜了一卦,知道弟弟是在中国被杀丧生,死在一个叫阿拉丁的年轻人手中。

非洲大魔法师明了这个情况之后,急于要替弟弟报仇。他预备了行装,随即动身出发,不辞跋涉,横穿平原、荒野,跨过戈壁、高原,继续跋涉了几个月,才到达中国的京城,也就是杀他弟弟那个凶手居住的城市。他在一家旅馆中租了一间小房间,躲在里面稍事休息,然后走出旅馆,上街溜达,借此识别方向,熟悉路途,以便顺利地替他弟弟报仇雪恨。

有一天,非洲大魔法师进入一家茶馆,那是在闹市中非常讲究的一座茶楼。里面挤满人群,有的打牌,有的下棋,有的听说书,各种娱乐都有,五花八门,热闹得很。他在人丛中坐下,细听别人闲谈。那些人谈到道姑法图美的道德品行,以及她所做的种种奇迹般的事情。他了解到道姑法图美住在城外一个僻静的地方,终日待在简陋的修道室中,埋头修功悟道,每月只进城两次施医。她不但廉洁、虔诚,而且神通广大,治病有妙手回春的功效。她尤其乐意救助不幸的无依无靠的可怜人。

非洲大魔法师听了众人称赞道姑法图美的德行,非常欢喜,暗自说:"我所寻求的,很快就要获得了。谢天谢地!从这个老婆子身上,我的目的很快便可达到了。"于是他跟其中的一人拉起话来:"老伯,刚才听你们几位谈道姑法图美的道行,实在令人钦佩,但不知她是谁？住在什么地方？"

"奇怪,奇怪!"被问的人一声惊叫起来,"你住在我们这座城市里,关于道姑法图美的神奇事迹怎么会不知道呢？可怜的朋友！显然你是外路人,所以对她那清心寡欲的节操、虔诚廉洁的品性、勤修苦练的道行却一点也没听到。"

"不错,我的主人啊！我是外路人,昨天夜里刚到这儿,因此听了这样的事感到惊奇,希望你把那位道姑的事迹全都告诉我,让我知道她的住处,以便专程前去拜访她。因为我是幻尘中罹难而有罪在身的人,要去求她救援,替我祈祷,用她的慈航,把我渡出患难的苦海,这就终生有幸,感激不尽了。"

老头子被大魔法师的一席话所感动,顿生慈悲心肠,果然把道姑法图美的道德品行和所作所为,极其详尽地叙述一遍,并告诉他道姑法图美住在丘陵的窑洞中,然后牵着他的手,带他到城外,把去道姑法图美居室的道路指给他看。大魔法师说了许多好听话夸赞老头的为人,对他的好心肠,一再表示衷心感谢。

大魔法师怀着喜悦心情回到旅馆,做了认真的计划,决心从道姑那里替弟弟报仇。第二天一早,他打算上丘陵去窥探道姑法图美的住室。由于命运的支配,当天恰巧是道姑法图美进城施医之日。在出城的路上,他看见人群密集在一起,拥挤得很。他出于好奇心,便走过去看热闹,却发现道姑法图美在人群当中,被人们团团围住。那些人都是患病或身有痼疾的,大家要求她替他们祈祷、治疗。为满足人们的愿望,她有求必应,忙得不可开交。

大魔法师中途遇见道姑法图美,便站在一旁冷眼瞅着,一步也不放松地跟踪她,直跟到她走进窑洞,才满有把握地返回旅馆。他耐心等到日落,然后溜出旅馆,进一家酒馆,喝了一碗酒,才迈步出城,急急忙忙奔到道姑法图美居住的窑洞前,蹑手蹑脚地进入窑洞,见她平坦地仰卧在一张席子上,便纵身跳上床,骑在她身上,随即拔出匕首,呼唤她。

道姑法图美一下子惊醒,睁眼见一个大汉拿着锋利的匕首骑在她身上,好像立刻就要杀她。她感到十分恐怖。大魔法师趁机威胁她:"听我说吧! 你若出声叫唤或胆敢说话,我就马上杀死你。现在我让你起来,按我的吩咐去做。"他赌咒说,只要她服从命令,尽力做完所吩咐的事,就不杀她。大魔法师说毕,从道姑法图美身上站了起来,让她有动弹、起身的自由。

　　"把你的衣服脱给我,换上我的衣服吧!"

　　道姑法图美只好把衣裳脱给魔法师,还把头巾、面纱和披肩都给他。

　　大魔法师脱下自己的衣服,扔给道姑法图美,并拿她的衣裳、披肩、面纱和头巾穿戴起来,伪装成道姑法图美,然后说:"你必须用油脂一类的化妆品,把我的脸孔粉饰得跟你的面色差不多。"

　　道姑法图美按照吩咐,挨至修道室的角落,取出一个陶罐,拿油膏给魔法师脸上连涂带抹,把他的面色涂染得跟她自己的十分相似,然后拿长念珠给他戴在脖子上,又把拐杖递给他拄着,最后拿一面镜子给他照一照,说道:"你看一看,现在你的模样跟我一样了。"

　　大魔法师从镜子中看到自己跟道姑法图美果然一个样子了,非常满意。可是卑鄙的他获得所需要的一切之后,居然翻脸违反誓言。他先向道姑索取一根绳子,然后下毒手捉住她,用绳子勒死了她。他把尸首拖出洞外,扔到深坑里,然后转回窑洞,在里面睡了一宿。

　　翌日清晨,大魔法师离开道姑法图美的修道室,赶忙进城,来到阿拉丁的宫殿附近,站在一堵墙下。人们见他的装束打扮,认为他是道姑法图美,便朝他走来,有的求他祈祷,有的求他治疗。他模仿道姑法图美的举止动作,装出有求必应的姿态,一会儿摸着这个病人的头替他医病,一会儿念念有词地替那个遭难者祈祷,一时忙得不可开交。人们越聚越多,嘈杂声逐渐扩大,一阵一阵传到阿拉丁的宫殿中。白狄伦·布杜鲁公主听了突如其来的喧哗声,对婢女说:"你出去看看,到底是怎么一回事?"

婢女匆匆出去,看了一眼,随即回到公主面前,说道:"公主,刚才的吵闹声是从那些求道姑法图美给他们祈祷、治病的人群中发出来的。如果你愿意见她的面,我便带她进来,你可以趁机会请她祈祷。"

"好的,你去带她进来吧。很久以前听说她的道行,我就想见她一面,求她替我祈祷,因为她所表现的神通和奇迹,那是有口皆碑,为人们所乐道的。"

婢女按白狄伦·布杜鲁公主的指示,把穿着道姑法图美衣服的非洲大魔法师请进宫殿。当他来到白狄伦·布杜鲁公主面前时,便滔滔不绝地讲出一些祈求、祷告的术语祝福她,再加上他那道貌岸然的谦虚庄重形象,竟然使在场的人毫不怀疑他真是道姑法图美本人。

白狄伦·布杜鲁公主赶忙起身迎接,亲切地问候他,让他坐在自己身边,说道:"尊贵的法图美老人家,让你长期同我住在一起,这是我生平的愿望呢。因为同你在一起,通过你的祈祷,我不仅可以蒙受天恩,而且可以模仿你的方式进行修炼,并以你的虔诚性格和廉洁行为作为范例,以期达到济困扶危的最终目的。"

显然非洲大魔法师的卑劣奸计已经得售,但他要进一步完成其全盘诡计,所以不得不继续欺骗,说道:"公主啊!奴家本是埋头修道的一个可怜老婆子。像我这样的人,只能在荒凉偏僻的地方勤修苦练,是不该来皇家的宫殿中过享福生活的。"

"法图美老人家,你不必顾虑,我会替你安排一间清静的小屋子,供你居住,让你一个人在里面静静地修炼,谁也不会干扰你。这样,你在我宫里,就比你在修道室更合适了。"

"那就遵命了。公主既然打算这样给我安排,那我就同意了。因为帝王子女所说的话,就如圣旨,是不可违拗的。这里我只希望吃饭、喝水和休息都在我自己的卧室里,以此保持我爱寂静的老习惯。我不要求你给我预备丰富可口的饮食,只望每餐打发使女送给我几块面饼和少量凉水,供我充饥就行了。"大魔法师强调要一个人躲在卧室里吃喝的目的,是避免暴露他的真面目。因为同别人在一起用餐,怕掀面纱时,会被同桌的人发现他脸上的络腮胡,那就露出真面目,他的阴谋诡计就不能得逞了。

"法图美老人家,你放心吧!"白狄伦·布杜鲁公主安慰他,"一切我都按照你的愿望去安排。现在你跟我来,我把准备给你居住的寝室指给你看。"

白狄伦·布杜鲁公主把冒充道姑法图美的大魔法师一直带到一间小巧别致的厢房,指着说:"法图美老人家,这便是我准备给你居住的小房间。以后你一个人住在这里面,让你清静修道,安稳养息,欢度你乐天安命的一生吧。往后我还要以你的大名给这间屋子命名呢。"

白狄伦·布杜鲁公主这种善男信女特有的虔诚言行,尤其她那善良的性格,博得大魔法师的赞赏,因而现身说法地替她祈求、祷告。

白狄伦·布杜鲁公主给这冒充道姑的大魔法师安排了住室后,还带他参观壮丽的宫殿,一直把他引到最高层,来到那有二十四扇宝石窗户的望景亭,指辉煌富丽的楼阁给他看。她洋洋得意地说道:"法图美老人家,这宫中楼台亭阁的结构、装饰,你觉得怎么样?还可以吧?"

"指天起誓,我的女儿啊!宫中楼台亭阁的结构、装饰都非常美观,实在惹人羡慕,我相信能同这幢宫殿媲美的建筑,宇宙间是找不到的。然而美中不足,这当中还缺少一件东西,所以在装潢点缀方面,还不能说是尽善尽美的。"

"法图美老人家,不足的是什么地方?还缺少什么东西?告诉我吧。我相信我们可以弥补当中的缺陷而使它达到尽善尽美的地步呢。"

"我觉得这里面还缺少一个稀罕、名贵的神鹰蛋,拿它来挂在屋顶的正中央,使屋内锦上添花,使整幢宫殿成为举世无双的人间乐园。"

"神鹰是什么鸟呀？我们上哪儿去找它的蛋呢？"

"公主啊！神鹰是一种很大的飞禽，能把骆驼、大象抓在爪中带去吃掉。这种飞禽，主要是栖息在戈府山中。这幢宫殿的建筑师，他是能找到神鹰蛋的。"

白狄伦·布杜鲁公主带着冒充法图美的大魔法师边参观宫殿，边闲谈，不知不觉已是正午吃中饭的时候，婢仆摆出饭菜，公主请魔法师和她同席。但他不接受邀请，借故断然拒绝。公主不便强求，只得让他回小屋去休息，并打发婢女送饭菜到他屋里，满足他的愿望。

当天黄昏时候，阿拉丁打猎归来，同妻子见面，彼此寒暄，互相问好。阿拉丁把公主搂在怀里，亲切地吻她，发现她面带愁容，跟平时眉开眼笑的情形大不相同，因而问道："公主，发生什么事了？告诉我，你干吗发愁？"

"什么事都没发生。"公主回答，"不过在我看来，咱们这幢宫殿还不算尽善尽美，美中还有不足的地方。我的眼珠阿拉丁哟！假若在屋顶的正中央，挂上一个神鹰蛋，那么咱们的宫殿便是独一无二、举世无双的了。"

"看来就是因为这么一件小事才使你苦闷吧。其实这件事，在我看来是轻而易举的。你放心、快乐地过你的生活，不必自寻烦恼。今后无论你要什么，只管告诉我，我能满足你的愿望。"

阿拉丁宽慰公主一番，才进入自己的房间，取出神灯一擦，灯神便出现在他面前。

"我要你给我找一个神鹰蛋，把它挂在屋顶的正中央，作装饰点缀之用。"

灯神听了阿拉丁的要求，顿时怒形于色，扯开洪亮、恐怖的嗓音大吼起来，说道："你这个不知感恩的家伙！我和神灯的其他奴仆都伺候你，可是你不知满足，为了消遣、娱乐，却要我去取我们王后的蛋来供你夫妇玩耍、取乐。指天起誓！你夫妇是罪大恶极的人，应该受到严厉惩罚，我即使把你俩弄成齑粉撒在空中，也不足以解我心头之恨。不过由于你夫妇对此事无知,不明白其中真实情形,算是天真无邪,我可以原谅你们。至于真正作孽作怪的,却是那个该死的非洲魔法师的同胞哥哥。因为他勒死道姑法图美,拿她的衣服首饰穿戴起来,伪装成她本人,混到你家中,伺机暗杀你,其目的是要替他弟弟报仇。你的妻子便是受他挑唆,才让你来向我要神鹰蛋呢。"灯神讲明原委,随即悄然隐退。

阿拉丁听了灯神的吼叫和由衷之言,感到头晕目眩,筋肉痉挛,全身发抖,可是他勉强抑制着恐怖心情,慢慢镇静下来。他知道法图美是以善于治病闻名的,所以他装成头痛的模样去见妻子。

白狄伦·布杜鲁公主见丈夫两手托着脑袋呻吟,便问他叫苦的原因。阿拉丁说:"不知为了什么,我的脑袋痛得要命。"她一听丈夫头痛,便打发婢女去请道姑法图美来替他治疗。阿拉丁问道:"谁是法图美呀?"公主这才把道姑法图美对治病的神通本领以及接她来宫中居住的经过,详细告诉阿拉丁。接着伪装为道姑法图美的大魔法师应邀随婢女来到白狄伦·布杜鲁公主的房中。阿拉丁佯作不知内情,立即站起来迎接,把他当作道姑法图美本人那样尊敬、问候,并吻他的袖口,表示竭诚欢迎,并恳挚地请求他:"法图美老人家啊!我头痛极了,求你大发慈悲,替我祈祷、治疗吧。因为我知道你的脉理很好,经你治疗是手到病除的。"

非洲大魔法师几乎不相信他会听到这样恳挚的赞语,而这个正是他所巴望的。于是他摆出道姑法图美的举止动作,用左手抚摩阿拉丁的脑袋,替他祈祷治病,同时将右手暗中伸进长袍拔出藏在腰间的匕首,以便趁机刺杀他。

阿拉丁心中有数,沉住气,冷眼注视大魔法师的举止动静,待他刚抽匕首时,便先下手为强,以猛不可挡之势,迅速扭住魔法师的手臂,夺过匕首,并一刀扎进大魔法师的心窝,当场结果他的性命。

白狄伦·布杜鲁公主看到阿拉丁的动作,吓得大声吼叫起来,说道:"这位德高望重神圣不可侵犯的道姑,她到底犯了什么过失,你竟这样残暴地杀害她?善良虔诚的道姑法图美,她的道行远近驰名,是众人拥护、爱戴的;你胆敢杀害她,难道不怕受天诛地灭的报应么?"

"不,"阿拉丁回答,"我没杀害道姑法图美。我所杀的是谋杀道姑法图美的那个凶手。他也是用巫术把你连同我的宫殿一股脑儿搬到非洲的那个魔法师的哥哥。这个该死的坏种窜到咱们这里来,设下阴谋诡计,先下毒手勒死道姑法图美,从而伪装为道姑法图美本人,模仿她的言行,欺骗别人,并处心积虑地找机会谋杀我,以此达到替他弟弟报仇的目的。同样,教唆你向我要神鹰蛋的也是他,因为索取神鹰蛋足以置我于死地嘛。如果你不相信我所说的这些事实,请过来仔细看一看被我杀死的这个人吧。"阿拉丁说罢,伸手扯下摩尔人的面纱。

白狄伦·布杜鲁公主见躺在地上的是个陌生男人,腮帮上长满络腮胡,不禁大吃一惊,如大梦初醒,明白事情的真相,说道:"亲爱的人儿哟!这是我第二次把你推向死亡的边缘了。"

"好公主,这不碍事,你别难过。指你这双幸福、多情的眼睛发誓!凡是你做的事,无论结果如何,我都是乐意承受的。"

白狄伦·布杜鲁公主听了阿拉丁安慰她的话,非常感激,欣然把他紧紧地搂在怀里,边吻边说道:"亲爱的,只因我太爱你而不明白这件事的底细,所以惹出这桩不幸的祸事,我真后悔。而你临危不惧,当机立断,毫无怨言,你的宽大使我感激不尽。从此我更加珍惜你我之间的爱情了。"

阿拉丁听了公主的谈话,也深为感动,同样紧紧地拥抱着她,不停地吻她。夫妻二人互敬互爱,彼此间的了解加深了,夫妻的爱情也日益巩固,真正达到了同甘共苦的地步。

这时候皇帝前来看望公主,突然出现在阿拉丁夫妇面前。两口子便将发生的危险事件,从头说了一遍,并指摩尔人的尸体给他看。

皇帝知道祸事的来历,看了摩尔人的尸体,感到心有余悸,便按照前次处置非洲魔法师的办法,将其尸体拿去烧毁,并把骨灰撒在空中。

阿拉丁战胜两个强敌,粉碎了非洲魔法师两弟兄的阴谋诡计,摆脱了危害,从此同白狄伦·布杜鲁公主,开始过无忧无患的快乐幸福生活。几年之后,皇帝逝世,阿拉丁和白狄伦·布杜鲁公主夫妻两人继承帝业,做了皇帝和皇后。他们秉公正直,安邦治国,博得老百姓的拥护、爱戴。在阿拉丁当政的年代里,老百姓过着安居乐业的太平盛世生活。阿拉丁和白狄伦·布杜鲁夫妻彼此相亲相爱,直至白发千古。

译　后　记

　　《一千零一夜》是我在留学埃及期间(二十世纪三十年代末四十年代初的几年中)开始翻译的。当时,我翻译此书的动机很单纯,只打算拿它给学习阿拉伯文的中国学生当作课外读物。于是,我仅凭天真和勇气,毫无顾虑地动手翻译,结果译出了《天方夜谭》五册,每册十万至十二万字,由上海商务印书馆出版。

　　一九四七年我回国时,商务印书馆给了我几百块钱稿酬;当时伪币贬值,这笔稿酬还不够买一张公共汽车票,我一气之下,连钱也不要了,第六册译稿也不再给他们印行,并且决心从此不再做翻译工作。

　　新中国成立以后,一九五四年我应邀参加中国作家协会在首都召开的翻译工作会议,同全国翻译界的同志共聚一堂,进一步认清了翻译工作的重要意义,亲眼看见中华人民共和国成立后,翻译工作受到重视,一片欣欣向荣的景象,我的心情也就极为振奋,欣然接受了人民文学出版社之约,把丢了十多年的翻译工作重理起来,重新译成了《一千零一夜》三卷选集,于一九五七至一九五八年出版。

　　通过学习和翻译实践,我进一步认清了翻译工作所担负的沟通学术、交流文化、为读者提供精神食粮的使命,译文既要忠实于原著,又要易于读者理解。基于这样的要求,我在翻译过程中感到困难重重,但又觉得这种困难是鞭策和督促我的一种动力;它使我兢兢业业地不断努力做好工作。

一九六〇年我调到人民文学出版社的编译所,任务是翻译《一千零一夜》全译本。

面对《一千零一夜》这部卷帙浩繁的巨著,我感到畏怯,怕挑不起这副重担;但我同时觉得这是难得的机会,翻译《一千零一夜》全译本的夙愿现在可望实现了。就在这种矛盾的心情下,我接受了翻译全本的任务,随即拟订计划:继三卷集之后,将其他的故事按序分为五卷,每卷二十五至三十万字,新译的五卷同三卷集衔接起来,共为八卷。

我克服困难,字斟句酌地埋头翻译,连续译完了四、五、六三卷。不料这时碰上了十年浩劫的风暴,我受到了批判,进五七干校"劳动改造",《一千零一夜》一下子变成了"大毒草"。我莫名其妙,暗自叫苦:"既有今日,何必当初!"但我又觉得花了精力和时间未能译完全书,是终身的憾事! 先后两次翻译此书都中途受挫,这实在是对我的致命打击。

一九七三年冬,我到了干校翻译组(旋即改为版本图书馆编译室)翻译《一千零一夜》,一九七七年秋译完了七、八两卷,至此《一千零一夜》全译本的初稿终于告一段落,我的夙愿初步得到了实现。

"四人帮"倒台后,我回到了人民文学出版社,开始从头校改《一千零一夜》初稿。一九八〇年校改工作结束。编辑室讨论,认为三卷集是选本,其中一部分故事的次序与原著不一致,而全译本的故事须按原著的次序编排,所以决定将三卷集里的故事拆开,按原著的次序编入全译本内,还它本来面目。

我于是修改原来的计划:先将三卷集的译文仔细校改一遍,其次是把原编为八卷的计划改为六卷,每卷三十五万至四十万字,并趁此机会对新译各卷又做了最后一次修订。

在编译过程中,我有时也碰到过一些难以处理的问题。比如,第五卷中有七篇短小故事,约七千余字,描写粗鄙,不堪入目,我始终打算把它们删掉,但又举棋不定。每次校改时,我对这几篇小故事都有强烈的反感。直到最后一次修订时,我才决心把它们删去。

我所据以翻译的两种版本都没有《阿拉丁和神灯的故事》和《阿里巴巴和四十大盗的故事》。而这两篇故事是脍炙人口的,因此我从别处找到这两篇故事翻译出来,补充在全译本里。

《一千零一夜》是著名的阿拉伯民间故事集,被公认为民间文学的优秀遗产,已译成多种文字。有的故事已经搬上了银幕,有的被选为教材,流传久远,深为读者喜爱。

《一千零一夜》内容丰富,情节离奇,充满美妙的幻想,具有浓厚的生活气息和鲜明的民族特色,显示了阿拉伯人民高度的智慧和丰富的想象力。它描述了阿拉伯色彩斑斓的风土人情,记录了阿拉伯几个世纪的社会变迁,闪耀着阿拉伯古老文化的光芒。

《一千零一夜》的许多故事,把阿拉伯人的生活、风尚和社会各阶层的习性如实地描绘出来,因此阿拉伯人称它为一面纤尘不染的明镜。其中很多故事,有的是根据历史改编的,有的是凭想象撰写的,最初曾被官方宣讲员和民间说书人在军营和咖啡店里宣讲、说唱,为广大群众所熟悉。而历代的文人、宣讲者和民间艺人从事口头创作、编写、收集、抄写故事,只是为了谋生,而且限于口头讲述、说唱,父死子传,子死孙继,经历了六七个世纪,直到发明了印刷术,才照原来的手抄本印行,作者的姓名自然无可查考。一般考据者说,《一千零一夜》中的每篇故事都各有它的作者以及无数传抄者、讲述者。但是,最后收集整理编辑成书的却是一个人。

《一千零一夜》这部通俗读物的内容,描绘了阿拉伯社会各阶层的真面目,形形色色,范围广泛,所以不为一般自命高雅的文人学士所重视。后来,西方的探险队、古迹考察团相继到了东方,收集阿拉伯的民间传说,阿拉伯作家才注意到了自己的生活和文化,逐渐使用大众语言,记录整理民歌民谣以及故事体的民间文艺作品。欧洲人承认,阿拉伯人无限丰富的宝藏对他们的文化有莫大的影响。难怪法国学者伏尔泰说,读了《一千零一夜》四遍以后,算是尝到了故事体文艺作品的滋味。法国作家司汤达甚至希望上帝使他忘记《一千零一夜》的故事情节,以便再读一遍,重新得到美妙的故事给予他的乐趣。

十八世纪初叶,《一千零一夜》译成各国文字,博得了读者的赏识,阿拉伯人从而感到无限光荣,因为《一千零一夜》把阿拉伯的文化传播到了东西方各国,填补了阿拉伯历史和文学上的空白,成了衰败、动乱时期阿拉伯人的火把,照亮了他们的心胸,让他们忆起过去的光荣而发愤图强。同时,《一千零一夜》也是一条坚固的纽带,把阿拉伯人紧密地联结起来。

《一千零一夜》故事中的正面人物,代表了光明和正义;反面人物则是代表黑暗和邪恶的人妖鬼蜮。许多故事都贯穿着这样一个主题:光明和正义总要战胜黑暗和邪恶。

在《国王山鲁亚尔及其兄弟的故事》这篇缘起中,读者首先对山鲁佐德的德才兼备、舍己为人的形象留下不可磨灭的深刻印象,同时对《一千零一夜》全书的内容有了概略的了解。因为山鲁佐德是以不惜牺牲性命的大无畏精神去跟一个嗜杀成性的暴君面对面地战斗的。她在暴君面前多活一天,便可多挽救一条性命;她的彻底胜利能使千百万女同胞免遭暴君的蹂躏和屠杀。她赖以战胜暴君的武器就是“讲故事”,而且所讲的故事必须罕闻动听、吸引力特别强、具有强烈感染作用。编辑者收集的故事,只有符合这样的要求,才能博得后人的喜爱而流传久远。

在《渔翁的故事》中,渔翁为人善良,勤勤恳恳地靠打鱼糊口,被生活重担压得喘不过气来,景况十分悲惨,却又碰见凶恶可怕的魔鬼。生命危在旦夕,他却机智而不动声色地使用计谋,把张牙舞爪的魔鬼诱回瓶中,终于制服了它。同样,国王也冒着生命危险杀了作恶多端的妖妇,从而拯救了整座城市的居民。

在《阿拉丁和神灯的故事》和《阿里巴巴和四十大盗的故事》这

两篇脍炙人口的故事中,勇敢机智的阿拉丁战胜了诡计多端的魔法师,聪明伶俐的马尔基娜战胜了凶悍残暴的强盗,便是正能克邪的例证。

在《阿里·沙琳和祖曼绿蒂的故事》中,几个恶贯满盈的坏蛋相继自投罗网,充分地说明了阿拉伯人丰富的想象和超众的智慧,也就是说代表光明和正义的人,总能战胜黑暗和凶狠的恶棍。

在《伊补拉欣·迈赫底亚和黑人的故事》中,伊补拉欣反对国王,企图篡夺王位,受到国王悬赏缉拿,终于在他的仆人告密下,被捕归案。可是,国王不但不按照诺言赏赐仆人,反而惩罚他。因为在国王看来,伊补拉欣·迈赫底亚的仆人虽然立了大功,可是他作为奴隶出卖主人,却是大逆不道,罪该万死。所以国王不履行诺言,反而惩罚他,算是天经地义的做法。这说明国王是按照自己的观点办事的。即使在对他本人有利的情况下,他也是不轻易改变观点的。

在《国王和医师的故事》中,都班医师用巧妙的医术把国王郁南不治之疾治愈,国王却偏听谗言,以怨报德,诬医师为奸细,非杀头不可;医师精心安排对策,慷慨就义,同时使国王暴死,同归于尽。国王得到自作孽不可活的下场,大快人心。

在《戴蔾兰和宰乃白母女的故事》中,哈里发信任、依赖恶人,利用狡猾、诡谲的大骗子任禁卫军左、右队长职务,致使诡计多端的戴蔾兰母女望而眼红,明目张胆地到处行骗,扰乱治安,闹得满城风雨,使人惊慌失措。这母女俩的目的,无非是为了能像禁卫军左、右队长那样耍手段、逞威风,借拐骗作为晋升的阶梯,巴望继他俩之后获得一官半职,名利双收。这种恶人当道、任意扰乱治安的混乱局面,显然是哈里发善恶不分而一手制造出来的,活该他自食其恶果。

在理发匠和他的兄弟们的故事中,几弟兄一生受尽欺凌、迫害和剥削,境况非常凄惨,作品对此深表同情和愤慨。科祖·艾斯瓦尼敢于闯入贼窝,将匪徒杀绝斩尽,替己报仇,为民除害。奈沙尔饮酒装醉,对准富翁的脖颈一巴掌打下去,给为富不仁的财主一次沉痛的教训。作品对这些敢做敢为的英勇行为,深表钦佩、赞赏。

在《雅侯约·哈利德和曼稣尔的故事》中,雅侯约·哈利德全力以赴地替曼稣尔筹款还债,挽救了他的生命。在《一封伪信的故事》中,雅侯约·哈利德消除与阿卜顿拉·马立克之间长期存在的隔阂和宿怨,彼此和好如初。这些故事充分体现了雅侯约的高尚情操。

《女人和她的五个追求者的故事》,叙述国王、宰相、省长、法官利用职权,企图奸污一个善良妇人,结果偷鸡不着蚀把米,反而受到罪有应得的惩罚,落得个狼狈不堪的可耻下场,成为千古的话柄。

《宰相夫人的故事》中的那个大臣把宰相夫人作为坏女人的典型,其理由是宰相夫人太狡猾,使国王达不到奸污她的目的。其实在读者看来,宰相夫人不亢不卑,有理有节,言谈举止从容大方,真够得上妇女中的佼佼者。足见同一事物,从不同的观点和立场去看,就会得出不同的结论。

总的说来,《一千零一夜》的故事优美动听、爱憎分明。它赞扬了真、善、美,鞭笞了假、恶、丑。故事内容和人物性格具有比较深刻的思想性和哲理性。不过,这些作品毕竟是封建时代的产物,有一定的局限性,比如,作品歌颂的人物中,除了受剥削受压迫的下层人物外,有的是剥削阶级的权贵,有的是巧取豪夺的自私自利者;某些作品还有封建迷信色彩,我们阅读时应该加以鉴别。

末了我还要附带谈谈这样一件事:去年友人介绍我读杜渐先生的《书海夜航》,其中题为《〈天方夜谭〉的版本与翻译》一篇有这样几句:

> 近日见台湾世界书局印行《新译一千零一夜》,译者叫成伟志,共四小册,有杨家骆写的序《一千零一夜》,文中说三年出齐,可是对照之下,发现原来这台湾版《新译一千零一夜》并非新译,只是盗印纳训的旧译,而且一字不易,这样的新译实在少见。

其实,我第一次翻译的那五册《天方夜谭》,粗枝大叶,译文水平低,我自己都很不满意,早已废置。倒是新中国成立后新译出版的

《一千零一夜》三卷集，无论在故事的次序和译文上，都有了很大的改动，现在又经修订，一并编入全译本内。我希望祖国早日统一，让这个全译本发行台湾，成为海峡两岸同胞的共同财富。

译　者
一九八四年春于北京